Wang Shuo

Herzklopfen heißt das Spiel

Roman

Aus dem Chinesischen von Sabine Peschel in Zusammenarbeit mit Wang Ding und Edgar Wang

Mit einem Nachwort von Sabine Peschel

Diogenes

Titel der 1989 bei
Zuojia chubanshe, Autorenverlag, Peking,
erschienenen Originalausgabe:
›Wande jiu shi xintiao‹

Umschlagfoto:
© Flint River Press Ltd., London

80/95/8/1
ISBN 3 257 06060 2

I

Die Nacht durch hatte ich mit ein paar Freunden Karten gespielt. Vor Mitternacht sammelte ich prächtig Punkte, es lief wie geschmiert. Danach war es aus mit dem Einsacken, die guten Karten wanderten zur anderen Seite des Tischs, selbst die stärkste Hand wurde mir kaputtgemacht, und als es dämmerte, stand ich als erster völlig blank da. Ich verzog mich, um ein bißchen zu schlafen, aber mein Kopf war wirr, wach und taub zugleich, sobald ich die Augen schloß, sah ich Hände mit Karten, an Schlaf war nicht zu denken. Da rief der Hausmeister aus der Postverteilungsstelle unseres Wohnblocks an, es sei ein Telegramm für mich da und ich sollte es abholen kommen. Ich war zu faul hinzugehen und bat ihn, es mir am Telefon vorzulesen. Das Telegramm kam aus einer Stadt im Süden und lautete: »meine freunde derundder und dieunddie kommen am soundsovielten mit demunddem zug auf ihrer hochzeitsreise nach peking hoffe empfang und herzliche aufnahme als wär's ich«, Unterschrift: »ming song.«

Ich legte den Hörer auf und beschimpfte Fatty Wu, der mit einem todsicheren Blatt auf der Hand genüßlich Tee schlürfte und versuchte, den Bankhalter zum Weitermachen zu überreden:

»Das ist wieder ein tolles Ding von dir, baggerst unterwegs irgendwelche Miezen an und gibst ihnen dann meine Adresse; du hältst dich fein raus, aber ich hab sie alle auf dem Hals – wie soll ich das schaffen?«

»Schieb's nicht auf mich«, wehrte sich Fatty Wu, nachdem er sich nach dem Absender erkundigt hatte, »woher soll ich einen kennen, der den Mut hat, sich ›Ming Song‹ zu nennen; du selber rennst durch die Gegend, bist mit jedem sofort dicke Tinte und gibst allen deine Adresse, wer oder was es auch sein mag, du lädst sie großzügig ein: ›Wenn du in Peking was zu tun hast, komm mich unbedingt besuchen.‹ Und wenn sie dann wirklich kommen, stehst du blöd da.«

Ich fragte die Herumsitzenden, ob sich einer erinnern könne, wer Ming Song war, und alle sagten, sie wüßten es nicht.

»Wie kann ein anständiger Mensch ›Bekannter Frühergüßler‹ heißen?« Liu Huiyuan mischte die Karten neu. »Bekannte Frühergüßler kenn ich keine, bekannte Schwänze schon ein paar.«*

Alle lachten.

»Ist doch egal, wer das ist, vergiß ihn.«

»Wie das denn?« fragte ich. »Wo wir doch noch gar nicht wissen, wie die Braut aussieht.«

»Hinterhältig«, bemerkten die anderen, »... scharf!«**

Lachend holte ich den Fahrplan und sah nach, wann der Zug ankommen sollte. Er kam schon in einer Stunde. Ich zog mir schnell was anderes an und fuhr in die Schuhe.

»Falls jemand vorbeikommt oder anruft: Ich bin bei einer kurzfristig angesetzten Konferenz im Hauptquartier, sie sollen mich dort suchen, wenn sie was wollen.«

»Hast du deine Lederunterhose*** an? Sonst läßt dich der Wächter dort nicht rein.«

»Wenn's ein Typ ist, fliegt der Hurensohn raus, bei einer Frau wird auf der Stelle besetzt.«

Auf den Deckel eines Schuhkartons hatte ich mit dicken Strichen geschrieben: »Ich bin Fang Yan****.« Damit stellte ich mich an den Bahnhofsausgang und hielt ihn dem Menschenstrom entgegen. Die Leute, die herauskamen oder jemanden abholten, liefen an mir vorbei und sahen mich an wie einen Deppen. Ich war auch wirklich idiotisch, zwei Stunden stand ich im eisigen Wind auf dem Bahnhofsvorplatz, ohne daß sich jemand mit mir bekanntmachen wollte. Das Chaos am Bahnhof war noch größer, als ich vermutet hatte, viele Züge kamen verspätet an, die,

die frühmorgens hätten eintreffen sollen, liefen erst jetzt in kurzen Abständen ein und gerieten zwischen die von mittags. Die Reisenden der einzelnen Züge ergossen sich wie Flutwellen ineinander, und es war absolut unmöglich, aus den Durchsagen zu schließen, wer jetzt von dem Zug kam, den man erwartete, man konnte nur eine Gruppe nach der anderen fragen. Ich hielt meinen Schuhkarton jedem einigermaßen proper aussehenden jüngeren Pärchen vors Gesicht und umschloß es mit einem herzlichen, erwartungsvollen Blick, bis ich schließlich sogar nicht länger bekrittelte, wie die beiden gewachsen waren, und auf sie zuging, selbst wenn die Frau nicht gerade hübsch war. Aber es blieb erfolglos. Ich war bereits völlig erledigt, als ich einen Freund traf, der seine Freundin abholte. Er wies mich auf den Fahrplan hin, der am Bahnhof aushing. Ich stellte erst jetzt fest, daß mein Fahrplan zu Hause nicht mehr gültig war, nach dem neuen sollte der Zug, auf den ich wartete, erst in zwei Stunden ankommen.

Zwei Stunden waren ziemlich unangenehm. Wenn ich heimging, konnte ich gerade mal verschnaufen und mußte dann gleich wieder zurückrennen; wenn ich einfach weiter so am Bahnhof rumstand und wartete, würden sie unerträglich lang werden. Als ich losgegangen war, hatte ich mich dick angezogen, aber inzwischen hatte mich der kalte Wind durchgepustet, und meine Zehen waren völlig gefühllos. Ich mußte einen warmen Platz finden und etwas essen. Es war Mittagszeit, alle Kneipen in der Nähe des Bahnhofs waren voller lärmender Menschen, die aßen wie die Räuber. Auf den Tischen stapelten sich ölige Schalen und Teller, Suppe, Soßen und Essensreste flossen über die Tische, und sobald man den Türvorhang zur Seite schlug, war der Gestank umwerfend. Deshalb fuhr ich eine Station bis Chongwenmen und suchte in einer der nobleren Straßen dort in der Nähe ein Restaurant. Auch hier sind die Restaurants um diese Zeit sehr voll, aber es geht ordentlich zu, das Geschirr und die Speisen können als sauber durchgehen, und dafür, daß es ein bißchen teurer ist, wird einem wenigstens nicht gleich schlecht und das Hirn nicht geräuchert. In einem hellen, warmen Fast-food-Restaurant aß ich einen Teller pseudoitalienische Spaghetti und eine pseudoamerikanische Suppe, danach kaufte ich mir eine Dose echt chinesisches Bier und setzte mich ans Fenster, um die Zeit totzuschlagen. Aus einer Gruppe Typen und Frauen, die nebenan saßen und sich auch trinkend die Zeit vertrieben, nickte mir einer zu, ich nickte zurück, er zog einen leeren Stuhl ran und lud mich ein rüberzukommen, ich griff mein Bier und setzte mich grinsend und nickend zu ihnen an den Tisch.

»Was treibst du denn so zur Zeit?« fragte mich der Typ lächelnd.

»Nix, es ist nichts los.« Ebenfalls lächelnd fragte ich meinerseits: »Und was machst du?«

»Auch nichts«, antwortete der Bursche. »Wir haben uns ewig nicht gesehen. Ich habe gehört, du warst jetzt dauernd im Süden.«

»Aha«, gab ich undeutlich zurück und starrte eine wunderhübsche Frau an unserem Tisch an, die mit dem bärtigen Typ neben ihr plauderte.

»Hab gehört, du hast einen ziemlichen Haufen Geld gemacht.«

»Nein, nein.« Ich betrachtete die zweite Frau und fand sie eher durchschnittlich.

»Reich ist reich, du brauchst dich dafür nicht zu genieren.«

»Das ist doch Quatsch, wenn ich reich geworden wäre, würde ich mich dafür doch nicht schämen – ich wär's echt gern. Aber würde ich dann noch hier rumsitzen?«

Das dritte Mädchen war rot wie eine Persimone nach dem ersten Frost. »Du ödest einen an, den eigenen Kumpels die Wahrheit vorzuenthalten.«

»Ehrlich, es stimmt.« Ich wandte meinen Blick dem Typ zu.

»Es haben dich doch alle gesehen, wie du mit einer Tasche voll Geld in Kanton ein Hotelzimmer bestellt hast, erst letzten Monat, nicht war, Tan Li?« richtete sich der Typ an die wunderhübsche Frau.

Das Mädchen sah mich großäugig an: »Du bist doch Fang Yan.«

»Das stimmt allerdings.« Ich grinste unverfroren.

Das Mädchen lächelte nicht, sondern fragte ernsthaft: »Du kennst Sha Qing?«

»Ach, diesen Kerl?«

»Siehst du, schon lenkt er ab.« Lachend wandte sie sich an die anderen: »Ich brauch gar nicht mit ihm zu reden, es handelt sich um eine Frau, von wegen Kerl.«

»Du spielst dich bloß auf, das ist schlicht uncool.«

»Nein, wirklich nicht.« Ich lächelte Tan Li direkt an. »Wie, sie sagt, sie kennt mich? Dann bring sie doch mal mit zu mir, wir alten Freunde sollten uns mal treffen.«

»Wozu soll ich mitkommen, wenn ihr euch so gut kennt. Wenn du sie wirklich sehen willst, kann ich ihr Bescheid sagen.« Tan Li lächelte mich hintergründig an.

Auch ich lachte ihr bedeutungsvoll zu: »Du brauchst sie nicht unbedingt mitzubringen, du kannst auch allein kommen.«

»Ha, so eine direkte Anmache. Tan Li, sei vorsichtig, das ist ein ziemlich übler Kerl.«

Tan Li lachte den Bart an, der mit der frostgeschädigten Dattelpflaume schäkerte.

»Was soll ich denn bei dir? Ich kenn dich doch gar nicht.«

»Das hat sich beim zweiten Mal schon geändert, man lernt sich doch schnell kennen. Behandle mich bloß nicht als Fremden. Schau, ich begegne dir heute zum ersten Mal, und wir haben kaum ein paar Sätze gewechselt, aber ich habe schon das Gefühl, wir sind so gut wie verwandt.«

»Tss, schrecklich.«

»Was ist daran schrecklich? Also abgemacht, wir beide gehen nachher, die anderen können dann machen, was sie wollen.«

Tan Li lachte sich halb tot, sagte weder ja noch nein und plauderte höchst amüsiert weiter. Wir scherzten noch eine Weile so herum, dann unterhielten wir uns über dies und jenes, bis die anderen aufstanden, um zu gehen. Auch Tan Li stand auf und nickte mir lachend zu: »Wir gehen, bis zum nächsten Mal.«

»Du kommst nicht mit mir mit? Na, ist auch egal, Wiedersehen, und vergiß mich nicht, denk immer schön vor dem Schlafengehen an mich.«

»Immer die gleiche Masche, was? Das sagst du wohl zu jeder?«

»Korrekt, und du durftest es erraten!« Ich lachte und winkte ihr zum Abschied nach. Nachdem der Trupp weg war, hatte ich auch vergessen, was ich eigentlich dort wollte. Ich blieb gelangweilt sitzen, trank mein Bier aus, zerdrückte die Bierdose und verließ das Schnellrestaurant.

Draußen fegte ein starker Wind die Straßen blank. Die Passanten eilten gut verpackt, mit Mundschutz und Mütze, die nur noch die Augen frei ließen, ihrer Wege. Im Winter sind die Tage erbärmlich kurz, es war schon fast dunkel. Die Straßenbeleuchtung war noch nicht an, aber die Läden hatten ihre Lichter alle schon eingeschaltet. Ich ging eine Zeitlang gegen den Wind, bis ich es unerträglich fand und in eine Gasse abbog, um einen Freund zu besuchen. Der Freund war nicht zu Hause, ich klopfte lange, aber niemand reagierte. Ich verließ die Gasse wieder und betrat ein privates Lokal, wo ich mich sehr lange damit beschäftigte, eine Schüssel Klumpen aus Nudelteig zu verspeisen. Sie nannten diese Nudelklumpen Minimaultaschen.

Wieder trat ich auf die Straße. Inzwischen war es ganz dunkel geworden. Die Neonlichter der Geschäfte, von denen die meisten schon geschlossen hatten, leuchteten nah und fern. Die feierabendlichen Massen waren bereits nach Hause geströmt und die Straßen sehr leer. Ich bummelte zur Dongdan-Kreuzung, dort war ein bißchen mehr los. Die Chang'an-Avenue lag im Lichterglanz, Autoschlangen glitten aneinander vorbei. Mein Blick fiel auf ein großes Gebäude, an dessen girlanden- und lichtergeschmücktem Eingang sich die Menschen drängten, und ich schlenderte hinüber. Ich erinnerte mich, daß dort eine Markthalle war, und fragte mich, weshalb die Leute jetzt schon zur Nachtzeit hamsterten, bis zum Frühlingsfest waren es noch zwei Monate. Erst als ich näher kam, die herausgeputzten Männer und Frauen sah und von drinnen Musik hörte, wurde mir klar, daß sie zu einer Tanzhalle umfunktioniert worden war. Da sah ich am Markteingang einen Freund, der sich laut mit dem Typ, der die Karten abriß, unterhielt und gleichzeitig die Freunde abzählte, die er umsonst mit reinnehmen wollte, ging schnell hin und begrüßte ihn, er schlug mir auf den Rücken, und schon hatte er mich reingeschubst.

Fisch und Fleisch waren aus den weißgekachelten Becken und von den Betontheken verschwunden, statt dessen standen dort Getränke zum Verkauf. Hinter dem Gemüsestand spielte eine Band. Über dem Markt hingen bunte Papiergirlanden und ein paar Glühbirnen, die tatsächlich Fröhlichkeit verbreiteten. Viele Paare tanzten in den Fischbecken und sahen glücklich aus. Nebenan an der Konserventheke standen oder saßen auf engstem Raum eine Menge Leute und sahen den Tänzern zu, die meisten von ihnen wirkten ziemlich edel und kultiviert. Ich traf einen Haufen Bekannte, die alle gut drauf waren und mich sofort fragten, ob ich wirklich reich geworden sei. Zuerst sagte ich noch, schön wär's, aber dann wurde ich allmählich sauer. Wieso sagten alle, denen ich begegnete, ich sei reich geworden, das war doch gemein. Ich stülpte meine Taschen um und forderte die Leute auf: »Na, durchsucht mich doch, wenn's nix bringt, könnt ihr bei mir zu Hause weitersuchen. Wer was findet, darf's behalten.« Da waren sie dann still.

Mit ein paar Freunden, die noch ohne Tanzpartnerin waren, grasten wir den ganzen Platz nach einzelnen Mädchen ab, die wir anmachen konnten, und wenn wir ein wohlgestaltetes gefunden hatten, sagten wir: »Du bist wirklich ungerecht.« Sobald sich die Frau nach uns umsah, schoben wir nach: »Wie soll unsereins noch weiterleben, so wie du gewachsen bist?« Es gab kaum eine, die ein so schönes Kompliment nicht rührte. Vor allem die Mädels, die eigentlich gar nicht so umwerfend aussahen, kicherten schamhaft, und wenn man dann noch behauptete, daß man alles aufs Spiel setzen würde, nur um an sie heranzureichen, stürzten sich zehn von zehn auf einen, ließen sich zum Tanzen in jede Ecke und hinter jeden Stand zerren und gingen voll in die Falle. Wir drehten eine Runde und machten fette Beute, fast jeder fand eine Tanzpartnerin, wie sie das Herz begehrte. Ich tanzte zwar nicht, hatte aber auch sehr viel Spaß, als ich lange mit einer Dicken quatschte, der ich erzählte, sie sähe total aus wie die Hepburn. Ein paar Bekannte, die ihre Partnerinnen – darunter ungewöhnlich hübsche Bräute – selbst mitgebracht hatten, machten eine Tanzpause und setzten sich in die Nähe; ich ging hin, um mein Glück zu probieren, ob ich nicht die eine oder andere abspenstig machen könnte, scherzte und lachte lange herum, aber keiner der Typen bewies Humor, sie blieben stocksteif. Ich gab's auf und versuchte mir einen passablen Abgang zu verschaffen. Als ich mich trollte, hörte ich, wie eine der Frauen den Typ, mit dem ich mich eben unterhalten hatte, fragte, wer ich denn sei. »Der blöde Schwanz«, antwortete er ihr, »das weiß doch keiner.« Ich war tief getroffen, meine Stimmung sackte in den Keller, und auch die Dicke, die lachend zu mir herkam, erfreute meine Augen nicht. Ich verkrümelte mich etwas abseits auf einen Stuhl und rauchte. Zwischen all den Leuten, die vor mir standen, hindurch sah ich jede Menge hin und her hüpfende plumpe oder zierliche Füße und dachte, daß das Leben doch unbeständig ist und jedes Fest zu Ende geht.

In einer anderen ruhigen Ecke des Marktes saß eine Frau ganz allein, aus der Entfernung betrachtet schön wie eine Skulptur; mit gelassener Distanz beobachtete sie die Tänzer, als befände sie sich ganz außerhalb des Getöses. Das Licht, die Musik und die Bewegungen änderten sich mit jedem Moment, nur sie rührte sich nicht. Ich stand auf und ging zu ihr hinüber, und je mehr ich mich ihr näherte, um so zauberhafter fand ich sie, was mich trotz der fisch- und fleischverpesteten Luft sofort aufmunterte. Sie merkte, daß ich auf sie zukam, und ihre Augen strahlten. Als ich bei ihr war, sagte ich: »Sieh dir bloß diese Lebensmüden an.« Sie lachte hell auf, und wie die Felsen auftauchen, wenn die Brandung sich zurückzieht, sah ich ihr rosafarbenes Zahnfleisch und Zähne wie Mah-Jongg-Steine.

Ich ließ das dicke Mädchen im Kiefernwäldchen warten und zeigte ihr das einzige noch beleuchtete Fenster.

»Wenn das Licht ausgeht, kommst du hoch. Ich muß erst die Kartenspieler verabschieden.«

»Mir ist kalt«, zierte sich die Dicke, »wieso können wir nicht zusammen hochgehen?«

»Du willst doch wohl nicht von den anderen gebumst werden?« Ich ließ sie stehen und stapfte die Treppe hoch, riß die Wohnungstür auf und brüllte: »Hier ist die Polizei. Lassen Sie sofort alles fallen, keine Bewegung!«

»Wir bewegen uns nicht, kommen Sie rein.«

Im Zimmer saßen drei Männer in blauen Mänteln ohne Abzeichen, die mich mit großer Höflichkeit ansahen. Einer von ihnen begrüßte mich: »Sie sind Fang Yan? Wir haben schon lange auf Sie gewartet.« Dann stellte er die beiden anderen kollektiv vor: »Das sind Polizisten.«

»Zittern Sie nicht, warum zittern Sie denn?«

Ich sagte, ich zitterte nicht, ich zitterte nicht vor Angst, sondern ich bebte vor Bewegung. Ich fragte die Polizisten, ob wir gleich gingen, wenn ja, dann würde ich sofort meine Sachen packen, ich müßte alles Lebensnotwendige mitnehmen, weil mich im Gefängnis niemand besuchen würde.

»Wohin wollen Sie«, fragte ein Polizist, »zu uns? Nein, nein, wir haben nicht vor, Sie mitzunehmen. Was haben Sie gemacht, daß Sie freiwillig mitkommen wollen?«

Nein, nein, sagte ich, ich hätte nichts gemacht, ich hätte nur nicht begriffen, was die Polizei mitten in der Nacht bei mir macht, und deshalb gedacht, ich hätte was gemacht, aber ob ich was gemacht hätte oder nicht, hätte ich auf dem Revier auf jeden Fall klarstellen können.

»Ihr Vertrauen zur Polizei rührt uns«, sagte der Polizist. »Wir wollen eigentlich nichts Besonderes, wir sind nur zu Ihnen gekommen, um ein paar Dinge klarzukriegen.«

»Alles, was ich weiß.« Ich schlug mir an die Brust.

Na prima, das sei sehr gut. Der Polizist schlug höflich vor, wir sollten alle im Zimmer Platz nehmen, um uns weiter zu unterhalten, wenn ich so am Eingang stände, der eine draußen, die anderen drinnen, wär's doch, als ob der eine gleich abhauen und die anderen jeden Moment hinterherjagen wollten.

Ich lachte unnatürlich laut, ging ins Zimmer und plazierte mich auf dem Sofa, sprang aber sofort wieder auf, rannte herum und holte Tassen, Tee und heißes Wasser, öffnete Zigarettenpackungen, bot Bonbons und Melonenkerne an, riß einen Witz nach dem anderen und nötigte die Polizisten, sich bequemer hinzusetzen.

»Machen Sie sich nicht soviel Mühe«, sagte einer, »mir wird ganz schwindlig, wenn Sie so herumwirbeln. Wir sind nicht als Gäste gekommen.«

Die Polizisten fragten mich nach einem alten Freund, Gao Yang. Ich erzählte ihnen, daß ich diesen Menschen seit zehn Jahren nicht mehr gesehen hatte. Vor zehn Jahren, als wir aus dem Militärdienst entlassen worden waren, hingen wir jeden Tag zusammen. Dann war er plötzlich verschwunden. Ich hatte nach ihm geforscht, aber von unseren gemeinsamen Freunden wußte niemand, wo er hin war, nicht mal sein jüngerer Bruder Gao Jin, niemand hatte ihn je wieder gesehen. Über seinen Verbleib hatte es viele Gerüchte gegeben, das beliebteste und am weitesten verbreitete war, daß er es zu Geld gebracht, sich einen falschen Paß gekauft und auf die Philippinen abgesetzt hätte. Jemand hatte zum Spaß erzählt, daß er auf der Insel Luzon Tabak anbaue, ein anderer behauptete, er mache bei der neuen Volksarmee mit, aber das war alles Quatsch, weil noch niemand auf den Philippinen war.

Die Polizisten fragten mich, wann und wo wir uns zum letzten Mal gesehen hätten, wer dabei gewesen sei und worüber wir gesprochen hätten.

Ich erklärte ihnen, es müsse Sommer gewesen sein, weil wir damals alle kurzärmelige Hemden getragen hätten und den ganzen Tag schweißnaß gewesen seien, ich hätte intensive Bilder von den weißen Eiswagen mit ihren Sonnenschirmen, die überall auf den Straßen standen, im Kopf. Allerdings müsse man in Betracht ziehen, daß wir in der südlichsten Stadt Chinas gewesen seien. Und da die Temperaturunterschiede zwischen Süden und Norden in unserem territorial so weit ausgedehnten Land so groß seien, könne es nach dem normalen Kalender auch Frühling gewesen sein, jedenfalls sei es in den meisten Regionen Chinas damals Frühling gewesen.

Ich erzählte den Polizisten weiter, daß meine Kumpels und ich damals gerade von den diversen Streitkräften entlassen worden waren, obenrum hätten wir schon schicke T-Shirts getragen, aber unten noch unsere verschiedenfarbigen Uniformhosen. Damals machten wir uns um nichts Gedanken, wir wollten nur gründlich das Leben genießen. Wir aßen, glückstrahlend saßen wir zusammen, aßen und tranken. Es kam mir vor, als hätten wir immer gegessen, ununterbrochen saßen wir in den verschiedensten Restaurants und aßen. Wir hatten in diesen Tagen gewiß auch noch andere aufregende Dinge getan, aber sobald ich an die Zeit dachte, fiel mir nur das Essen ein, eine Reihe sehr deutlicher Essensszenen.

Einmal hätten wir in einem großen Restaurant mit einem Innenhof gegessen, das war wahrscheinlich das letzte Mal, daß ich Gao Yang sah… An den Namen des Restaurants könnte ich mich nicht mehr erinnern. Es befand sich an einer Stelle, wo sieben, acht kleinere Gassen in einem Wohngebiet zusammentrafen. Wir waren bei unserem Streifzug durch die Altstadt spontan reingegangen. Der Eingang des Restaurants sah aus wie ein Garagentor, über dem eine schwere schwarze Holztafel mit goldenen Zeichen hing. Vor dem Eingang stand ein Strommast aus Beton. Von dort strahlten in alle Richtungen Gassen aus. Mindestens zwei davon führten zu verkehrsreichen Hauptstraßen. Im Innenhof des Restaurants standen über hundert alte Eisentische. Gebildet wurde er von jenen pompösen zweistöckigen Kolonialbauten, die noch reichverzierte Zementsäulen und Steinbalustraden sowie große Bogenfenster hatten. Die Oberfläche des Steins war durch die Wettereinflüsse längst erodiert und vom Ruß schwarz gefärbt. Das Hauptgebäude des Restaurants war ganz im klassischen chinesischen Stil gehalten, mit geschnitzten und bemalten Säulen, Balken und Dachvorsprüngen. Die Fenster, die sich alle öffnen ließen, waren mit Blumen und Vögeln graviert, insgesamt wirkte das Gebäude dadurch wie eine traditionelle mehrstöckige Opernbühne. Ich war mir nicht sicher, ob mich meine Erinnerungen trogen, aber es kam mir so vor, als seien wir an jenem Tag zu früh dagewesen, im Hof war niemand, nicht mal ein Kellner. Die Fenster des Haupthauses standen offen, im Restaurant wurden die sauber aufgereihten Mahagonimöbel glänzend poliert. An den Wänden hingen traditionelle Landschaftsmalereien und Kalligraphien. In den Ecken standen große Gefäße mit üppigen Pflanzen und prächtigen, überhaupt nicht duftenden Blumen. Damals empfand ich wahrscheinlich nichts, aber wenn ich heute daran zurückdachte, hatte ich das Gefühl, das dekadente Luxusrestaurant hätte jemanden erwartet.

Ich hatte sowohl den intensiven Eindruck zurückbehalten, daß der Hof sonnenerfüllt, als auch, daß er schattig war. Wenn das erste Gefühl stimmte, dann hieß das, daß wir vormittags in diesem Restaurant waren, wenn letzteres, dann war es natürlich nachmittags; es war aber genauso möglich, daß wir von früh bis abends dort gesessen hatten.

Heute konnte ich mich noch genau an das Lächeln jedes einzelnen in der Runde, an die Gesten und die übertriebenen Bewegungen beim Trinken erinnern, auch an die Gesichter, während wir in einem fort plauderten. Aber der Inhalt unserer Gespräche, die Laute, die unsere nicht stillstehenden Münder produziert hatten, waren mir blöderweise verlorengegangen, die spielerische, vergnügte Szene blieb stumm.

Wir hatten zu acht an einem nicht sehr großen Eisentisch gedrängt gesessen, zwei an jeder Seite. Mir gegenüber saßen Gao Jin und Xu Xun, zu meiner Rechten waren Wang Ruohai und so eine Schlampe, Qiaoqiao, unsere gemeinsame Geliebte, neben mir saß unser anderes Gemeingut, Xia Hong, links von Xia Hong war Gao Yang, der ihre Hand hielt, neben Gao Yang... Hier geriet ich ins Stottern: »Nein, nein, er kann es gar nicht gewesen sein. Wenn er es gewesen wäre, wäre alles Quatsch.«

Je mehr ich versuchte, Zhuo Yues Bild zu verscheuchen, um so hartnäckiger sah ich neben Gao Yang Zhuo Yue in seiner weißen Marineuniform vor mir, übers ganze Gesicht strahlend hob er sein von reichlich Schaum gekröntes Bier, lachte und redete...

Ich versuchte noch einmal, alle Beteiligten aufzuzählen, aber ich wurde wieder von Zhuo Yue blockiert. Immer wieder stolperte ich über ihn, ich kam nicht weiter.

»Vielleicht habe ich was durcheinandergebracht.« Ich erklärte den Polizisten, warum der letzte nicht Zhuo Yue sein konnte: Es handelte sich nämlich um einen Toten. Er hatte ein Jahr vor unserer Entlassung aus der Marine bei einem Unfall auf einem Kriegsschiff sein Leben geopfert. Wenn er dabei war, dann konnte das unmöglich das letzte Essen mit Gao Yang gewesen sein, außerdem kannten wir, als wir noch beim Militär waren, keinesfalls solche Frauen wie Qiaoqiao und die andere.

»Regen Sie sich nicht auf, denken Sie noch mal gut nach«, beruhigte mich einer der Polizisten. »Wahrscheinlich erinnern Sie sich falsch.«

»Ja, irgendwas habe ich mir nicht richtig gemerkt.« Nervös überlegte ich weiter, aber meine Vorstellung, daß Zhuo Yue mit dabei war, wurde nur immer fixer.

»Wie wär's, wenn wir ihn beiseite lassen?« schlug der Polizist freundlich vor. »Da es bei ihm ja eindeutig um einen Toten geht.«

Was mich dabei störte, war, daß ich, wenn ich Zhuo Yue wegnahm, auch Gao Yang streichen mußte, die beiden gehörten in meiner Erinnerung untrennbar zu dieser Szene. Und wenn ich Gao Yang wegließ, war auch Xia Hong nicht mehr komplett. Ihre Hände lagen doch ineinander. Xia Hongs Bein schmiegte sich an meins, wenn sie fiel, stand auch ich auf der Kippe. So weitergedacht, brach ein Glied nach dem anderen aus unserer Kette, und es saß niemand mehr am Tisch. Das war absurd. Die einzige Lösung war jetzt, Zhuo Yue und Gao Yang mit Gewalt zu trennen, aber wenn ich Zhuo Yue wegnahm, dann stellte sich als anderes unübersichtliches Problem, daß zwischen Gao Yang und Gao Jin noch immer ein Platz leer blieb. Wer hatte neben Gao Yang gesessen? So wie bei einer Kette, deren eines Ende am Poller, deren anderes am Schiff festgemacht war, kein Glied fehlen durfte, wenn sie beides verbinden sollte, konnte ich diesen Stuhl nicht frei lassen.

Die Polizisten wandten vorsichtig ein, daß ich mir vielleicht die Anzahl der Leute bei dem Essen falsch gemerkt haben könnte. Wenn es nun damals sieben und nicht acht waren. »In diesem Fall wäre alles plausibel.«

Das verwarf ich sofort kategorisch. »Der Tisch war voll, zwei auf jeder Seite. Ich kann zwar nicht besonders gut schreiben, aber zusammenzählen kann ich.«

Ich merkte, daß die Polizisten meine Erklärungen bezweifelten. Sie fragten nicht länger, wer damals mit von der Partie war, sondern welchen Eindruck Gao Yang auf mich gemacht hätte.

Ich antwortete, daß Gao Yang sich damals wie alle anderen verhalten habe und ich nichts Außergewöhnliches bemerkt hätte, er aß, lachte und trank unentwegt und zeigte auch später, als wir schon eine Menge getrunken hatten, nicht die geringsten Anzeichen von Melancholie, sondern schien die ganze Zeit über ziemlich gutgelaunt. Wir bliesen uns damals alle heftig mit unseren Geld- oder Frauengeschichten auf, bloß er nicht. Er hörte fröhlich zu, trank und lachte ab und zu mal jemanden an. Er wirkte nachsichtig und distanziert, wie jemand, der das alles schon ohne Probleme hinter sich gebracht hatte und einer rosigen Zukunft entgegensah. So hörte er den armen Würstchen zu, die von ihrem unzulänglichen Glück erzählten. Noch bevor das Essen zu Ende war, rief er den Ober, bezahlte und ging mit einer schwarzen Aktentasche. Ich begleitete ihn zum Eingang, wo schon ein rotes Taxi wartete, das er frühzeitig bestellt haben mußte. Wir schüttelten uns lachend die Hand, er stieg ein und fuhr weg. Ich hörte, daß er dem Fahrer sagte, zum Bahnhof, wahrscheinlich wollte er noch einen Zug erreichen. Seither hatte ich ihn nicht mehr gesehen.

Ich schilderte meinen letzten Eindruck von Gao Yang wie ein neutraler Augenzeuge. Eigentlich hätte jemand, der befördert wurde oder ins Ausland ging, denselben Eindruck auf mich machen können – es war schwer zu sagen, wer ihn mir tatsächlich vermittelt hatte. Ich traute mich nicht, den Polizisten zu sagen, daß ich an jenem Tag in Wirklichkeit gar keinen Eindruck von Gao Yang hatte. Ich befürchtete, daß sie bereits annahmen, ich wollte ihnen durch meine Undeutlichkeit etwas verheimlichen, oder, noch schlimmer, ich hätte dabei selbst etwas zu verbergen; sie machten schon kein besonders freundliches Gesicht mehr. In dieser Lage mußte ich ihr Vertrauen zurückgewinnen, deshalb blieb mir nichts anderes übrig, als Geschichten zu erfinden.

Offen gestanden erinnerte ich mich nicht nur nicht an Gao Yangs Verhalten damals während des Essens, selbst in der ganzen turbulenten Zeit, wo wir Tag und Nacht zusammen waren, hatte er keinen bleibenden Eindruck bei mir hinterlassen. Meine letzte Erinnerung an ihn bezieht sich auf einen Nachmittag kurz vor unserem Schulabschluß. Ich war gerade von einem Mittagsschlaf aufgestanden; noch nicht ganz wach, ging ich höchst widerwillig zur Schule. Ich kam bereits zu spät; von den taschenschleppenden Schülern auf der alten Straße, die zur Schule führte, war nichts mehr zu sehen. Gemütlich schaukelnd kam mir Gao Yang auf seinem 28er Fahrrad, das keinen Gepäckträger und einen sehr hoch gestellten Sattel hatte, direkt entgegengeradelt. Als er mich sah, hielt er an; mit einem Bein abgestützt, schaute er von oben auf mich herunter und erzählte mir betont gleichmütig, daß er zur Armee gehen würde, zu einer bekannten Panzereinheit. Zu seinem runden Kindergesicht gehörten ein Paar große und ehrliche Augen, die erwachsen wirkten. Im Schlamm neben seinem Fuß nah an der Mauer lag ein spiralförmiger, unbeschreiblich spitz zulaufender Haufen noch dampfender gelber Scheiße, den irgendein wildes Kind kurz zuvor hier abgelegt haben mußte. Vielleicht war es gerade dieser kunstvolle Scheißhaufen, der einen unauslöschlichen Eindruck bei mir hinterlassen hatte.

In diesem Moment kam das dicke Mädchen hoch. Ich war so damit beschäftigt, die Polizisten zu traktieren, daß ich die Dicke, die im Kiefernwäldchen nach oben starrte und auf das Lichtsignal wartete, längst vergessen hatte. Als es klopfte, war ich genauso ahnungslos wie die Polizisten, und ich fragte sie:

»Haben Sie unten noch Leute postiert?« Sie schüttelten heftig den Kopf. »Dann ist das wahrscheinlich Gao Yang.« Ich scherzte. Als ich die Tür aufmachte und das Mädchen sah, erschrak ich zu Tode und versperrte den Eingang, um sie so schnell wie möglich loszuwerden. Sie fühlte sich übel behandelt, und wirklich war die Arme recht zu bedauern; in den zwei Stunden, die sie unter den rauschenden Kiefern im Wind gestanden hatte, war sie stocksteif gefroren.

»Was soll denn das?« fragte sie mich rotztriefend. Ich wollte ihr gerade sagen, wer im Zimmer war, als die Polizisten schon hinter mir auftauchten.

»Wer ist das? Sie soll reinkommen.«

»Niemand«, drehte ich mich lachend zu den Polizisten um, »bloß eine Nachbarin, die ein Buch zurückhaben will. Ich hatte ihr versprochen, daß sie es heute wiederkriegt. Jetzt ist es schon nach Mitternacht, und ich habe es ihr immer noch nicht gebracht, deshalb kommt sie es holen.«

»Ohne Bücher könnt ihr wohl nicht leben, was? So spät, mitten in der Nacht.«

»Spät? Das ist gar nicht spät. Für uns normale Leute ist das vielleicht spät, aber sie ist Schriftstellerin, die sind doch nachts am kreativsten; man kann nicht verlangen, daß die Intellektuellen nach der gleichen biologischen Uhr wie wir gewöhnlichen Menschen leben.«

Ich griff irgendein Buch aus dem Regal, »Flexibilität im Betrieb«, steckte es der Dicken zu und sagte dabei laut: »Entschuldigen Sie bitte, ich bedaure, Sie bei Ihrem Werk gestört zu haben.« Leise nannte ich ihr die Adresse von Fatty Wu, damit sie zu ihm gehen konnte. »Hier um den Block, wenn du um die Ecke zu den Mülltonnen kommst, immer geradeaus.«

Auch das dicke Mädchen hatte erkannt, daß es sich um Polizisten handelte. Ohne Protest nahm sie das Buch, machte kehrt und rannte die Treppe runter.

»Sie schreibt gerade Tag und Nacht an einem Buch über die Reformen.« Ich bot den Polizisten an: »Wenn es Sie interessiert, kann ich ihr sagen, daß sie es Ihnen später schenken soll.«

»Hören Sie auf mit dem Quatsch. Wir kümmern uns nicht um Ihr Privatleben. Sie halten uns wohl für beschränkt.«

»Gibt es etwa keine dicken Schriftstellerinnen?« fragte ich aufsässig. »Beurteilen Sie sie bitte nicht nur nach ihrem Äußeren.«

Die Polizisten gingen darauf nicht ein. Nachdem sie einige Zigaretten geraucht und etwas geplaudert hatten, setzten sie ihr Verhör fort. Sie fragten mich, wohin ich nach dem Abschied von Gao Yang gegangen sei. Ich sagte, daß ich bald darauf nach Hause gefahren sei und mich im Büro für demobilisierte Soldaten gemeldet hätte, dort hätten sie mich einer bekannten Apotheke zugewiesen, wo ich Heilpflaster verkaufen sollte, die Apotheke an der großen Straße neben dem zentralen Polizeirevier.

»Wahrscheinlich haben Sie sogar bei mir Medikamente gekauft. Ich war immer besonders freundlich, wenn Polizisten Arzneimittel holten. Soldaten und Polizisten sind Brüder, wer einmal Soldat war, fühlt sich einem Polizisten wie verwandt. Damals wäre ich auch fast zur Polizei gegangen. Der Polizeibeamte im Personalbüro hat mir ein Formular gegeben und mich gefragt: ›Wollen Sie zur Polizei? Wenn ja, dann füllen Sie das aus.‹ Ich dachte, daß jemand so Undiszipliniertes wie ich die Ehre der Polizeitruppe nur beschmutzen könnte, sonst wären wir heute Kollegen.«

Die Polizisten lachten: »Dann hätten wir Sie leichter gefunden.«

»Sind Sie auch bei der Armee gewesen? Die Leute, die beim Militär waren, kann man auf den ersten Blick erkennen. Sie haben alle eine ganz besondere Haltung, ein anderes Auftreten als die Masse der Leute, auf ihrer Stirn zeigt sich ihr heroischer Geist.«

Sie fraßen sogar das – wie die bloß lachten!

»Viele von den Freunden, die mit mir zusammen vom Militär entlassen wurden, sind zur Polizei gegangen, zur Landespolizei oder in einzelne Reviere. Xu Xun, Xu Xun ist einer davon, oder Wei Ren, Wei Ren müßten Sie kennen. Der ist auch bei der Landespolizei.«

»Schluß jetzt mit dem Geplauder, ja? Wenn wir die Arbeit hinter uns gebracht haben und Sie sich immer noch unterhalten wollen, dann können wir meinetwegen bis ultimo reden. Wir haben gerade angefangen, Sie was zu fragen, und schon geht das Gequatsche los, fragen, quatschen – so geht das nicht.«

»Gut, gut, lassen Sie uns zum Thema kommen, fragen Sie, fragen Sie nur.«

»Sie sagten, Sie hätten nach Ihrer Rückkehr gleich Arbeit bekommen, in dieser Apotheke. Haben Sie dann die ganze Zeit dort gearbeitet?« Der Polizist blätterte im Protokoll zurück, während er das fragte.

»Ja, außer an den Ruhetagen. Später, nach drei Jahren, habe ich gekündigt. Ehemalige Soldaten wie wir sind gewohnt herumzustreifen, wir halten es nicht aus, immer auf dem gleichen Fleck zu hocken, wir unruhigen Geister. Haben Sie sich nicht auch so schwer dran gewöhnt, als Sie frisch von der Armee kamen? Wenn man arbeitet, ist das Leben tagein, tagaus gleich, Unebenheiten werden einem abgeschliffen. Na ja, als Polizisten sind Sie da wahrscheinlich besser dran, das ist abenteuerlicher, wenn man's immer mit Mord und Totschlag zu tun hat.«

»Nach unseren Informationen sind Sie kaum einen Monat nachdem Sie angefangen hatten zu arbeiten, plötzlich für eine Woche verschwunden. Ach, das, was der gerade zuletzt gesagt hat, braucht ihr nicht zu protokollieren; alles, was nichts mit dieser Sache zu tun hat, braucht ihr nicht aufzuschreiben«, wies der Oberpolizist die beiden anderen an, die ununterbrochen mitschrieben. »Wo waren Sie da?« fragte er weiter.

»Wo ich war? Nirgends. War ich jemals weg?«

»Ja, Sie waren einmal weg. Zur Strafe wurde Ihre Probezeit in der Apotheke um drei Monate verlängert.«

»Jetzt fällt's mir ein. In dieser Woche war ich in Kanton, ich hatte mir von einem Freund Geld geliehen, um Klamotten zu kaufen. Gao Jin und Xu Xun wissen auch davon, ein paar Sachen, die ich mit zurück gebracht hatte, habe ich noch bei denen verkaufen wollen. Die zwei haben dann alles ihren Schlampen geschenkt. Das habe ich nicht gut gemacht; ist es strafbar, mit Kleidern zu handeln?«

»Das hat sich im zweiten Jahr abgespielt. Im zweiten Jahr sind Sie noch mal sieben Tage lang verschwunden, um mit Kleidern zu handeln, und haben Verlust gemacht. Aber wohin sind Sie im ersten Arbeitsjahr gefahren?«

»Ich kann mich nicht daran erinnern«, antwortete ich, »es fällt mir wirklich nicht ein. Damals war ich nicht so gut drauf, ich konnte meine Talente nicht anbringen, ich bin oft nicht arbeiten gegangen, nirgends bin ich hingegangen, nur so durch die Straßen gestrolcht, ein Flaneur, sozusagen.«

»Denken Sie gut nach, das ist sehr wichtig.« Der Polizist stand auf und wanderte im Zimmer umher. Er nahm einen Pinselbehälter aus Marmor von meinem Schreibtisch und betrachtete ihn genau, anschließend ruhte sein Blick auf dem vollen Marmoraschenbecher und den zwei Briefbeschwerern, die daneben standen.

»Kann ich mir Zeit lassen? Es ist so lange her, und ich hab auch nichts Weltbewegendes gemacht, was der Erinnerung irgendwie als Meilenstein dienen könnte.«

»Waren Sie mal in Yunnan?« fragte mich der Polizist.

»Nein, aber ich wollte immer gern hin. Ich habe gehört, daß einen die Minderheiten da beim Baden zugucken lassen und daß die Frauen ledig bleiben und so viele Affären haben können, wie sie wollen, das gilt da nicht als anstößig; ist alles viel lockerer als in den Gebieten der Han-Chinesen... die Marmorsachen hab ich geschenkt gekriegt.«

»Von wem?«

»Von Gao Yang.«

Sechs Polizistenaugen leuchteten plötzlich auf wie angeknipste Lampen.

»Hey, hey, hey, was ist los?«

»Wann hat er Ihnen diese Dinge geschenkt? Vor dem Essen oder später?«

»Natürlich vorher, danach habe ich ihn ja nie mehr gesehen. Wann er mir das geschenkt hat, weiß ich nicht mehr genau. Außer diesem Zeug hat er mir auch noch ein Schwert geschenkt, dessen Scheide angeblich versilbert war, ich habe mich sehr gefreut und überall damit angegeben, bis mir ein Typ aus der Schmuckfabrik erklärt hat, daß das bloß Weißblech war. Daß die Mädchen da öffentlich im Fluß baden und man ein Paar stinkende Turnschuhe gegen fünf Becher Zucker eintauschen kann, hat mir alles Gao Yang erzählt.«

»Wo ist das Schwert?«

»Das dürfen Sie aber nicht beschlagnahmen, das ist kein Mordinstrument, sondern Kunstgewerbe.«

»Wir beschlagnahmen es nicht, wir wollen's uns nur ansehen.«

»Ansehen können Sie's, aber versprochen ist versprochen.«

Ich ging ins Schlafzimmer und holte das silberne Schwert unter dem Bett hervor, um es den Polizisten zu zeigen. »Schauen Sie, wie fein der Griff gearbeitet ist.« Ich machte sie darauf aufmerksam, daß die Steine, die auf dem Griff eingelassen waren, keine Edelsteine waren, sondern nur aus Glas. »Der übliche Fischaugen-für-Perlen-Trick der kleinen Händler.« Ich zog das Schwert aus der Scheide, es war schwarz geworden, die mit Blumen und einer Rille gravierte Klinge war alles andere als scharf. Ich begann damit herumzufuchteln und nahm verschiedene Schwertkampfpositionen ein.

Die Polizisten wichen schnell aus und schrien: »Leg das hin, weg damit!«

Ich sagte lachend: »Keine Angst, wenn ich Sie wirklich erstechen wollte, würde ich nicht so ein Schwert nehmen; solche Schwerter sind bloß zum Anschauen da, der Stahl ist miserabel.«

»Wir haben keine Angst, daß Sie uns umbringen wollen, sondern daß Sie sich verletzen.« Die Polizisten näherten sich vorsichtig wieder, nahmen mir das Schwert aus der Hand und betrachteten es eingehend.

»Woher kommen denn die Scharten in der Klinge?« wollte ein Polizist wissen.

»Ach, das ist passiert, als ich damit bei einem Bauern Zuckerrohr geschnitten habe, da sehen Sie es, die Klinge wird schon von Zuckerrohr schartig.«

»Zuckerrohr? Wo war das denn?« Die Polizisten betrachteten mich höchst mißtrauisch.

»Das war nur ein Witz. Es kann Zuckerrohr oder ein Baum gewesen sein. Wenn man ein Schwert in der Hand hält, will man immer irgendwas umsäbeln.«

»Sieh mal, dieser dunkle Fleck, ist das nicht Blut?« fragte ein Polizist leise seinen Kollegen.

»Hühnerblut«, erklärte ich ihnen. »Mit diesem Schwert habe ich auf dem Dorf Hühner geschlachtet, so wie die japanischen Soldaten früher, das macht wahnsinnig Spaß.«

Ich streckte die Hand aus, um das Schwert wieder an mich zu nehmen, aber der Polizist ließ es nicht los; er schob es in die Scheide zurück und übergab es dem anderen: »Wir müssen das Schwert mitnehmen.«

»Sie haben doch fest versprochen, daß Sie es sich nur ansehen wollten, gilt das etwa nicht mehr? Wie soll ich Ihnen denn noch vertrauen?«

»Wir beschlagnahmen es ja nicht«, versicherte mir der Polizist, »wenn wir es genau angesehen haben, bekommen Sie es zurück.«

»Das ist wirklich undankbar, sehr undankbar.«

Als die Polizisten ihr Verhör beendeten, graute schon der Morgen. Der Himmel wurde fahl. Wir waren alle todmüde, hatten das Zimmer vollgequalmt, daß uns die Augen tränten, und konnten uns wie enge Verwandte nicht voneinander verabschieden. Sie hatten mich zum Schluß konzentriert verhört, was ich in den sieben Tagen, in denen ich verschwunden war, gemacht hätte, und ich hatte geschworen, ich könnte mich wirklich nicht erinnern und würde ihnen keinen Stuß erzählen. Resigniert gaben sie mir Zeit zum Nachdenken, sie wollten mich dann ein paar Tage später wieder besuchen, und bis dahin sollte ich alles, was ich von meinem Armeeaustritt bis zum Arbeitsbeginn getan hatte, aufschreiben, wen ich getroffen hätte, wo ich gewesen sei, sie würden es dann abholen. Ich entgegnete ihnen, daß man darüber mehr als einen Roman und mindestens drei lange Bilanzlisten verfassen könnte.

»Erzählen Sie uns bloß keine Geschichten«, warnte mich ein Polizist, »wir sind nicht zu unserem Vergnügen hier und schon gar nicht, um einen neuen Schriftsteller zu entdecken, wenn Sie Unsinn schreiben, ist es Ihr eigenes Pech.«

Danach hatte ich Hunger, ging in die Küche, um mir Nudeln mit Eiern zu kochen, und fragte die Polizisten, die gähnend ihre Sachen zusammenräumten, ob sie nicht eine Portion mitessen wollten. Sie sagten, nein, sie müßten gehen. Ich sagte, keine falsche Zurückhaltung, sie könnten, wenn sie jetzt gingen, ja doch nichts anderes machen als essen und schlafen; da sie sich schon die Nacht um die Ohren geschlagen hätten, käme es nun auf ein bißchen früher oder später auch nicht mehr an.

»Wenn Sie Angst haben, daß ich Sie vergifte oder damit besteche, dann lassen Sie es.«

»Wenn Sie das so sagen, dann müssen wir ja annehmen«, sagte der Oberpolizist und lachte.

»Na eben.« Ich sagte, daß ich auch noch nie gehört hätte, daß man Nudeln und Eier als Zuckergeschosse* verwenden könnte. Die Polizisten nahmen wieder Platz. Ich kochte die Nudeln und gab reichlich Sesamöl in ihre drei Schüsseln. Als wir zusammen im Kreis saßen und unsere Nudeln schlürften, war die Atmosphäre recht harmonisch. Die Polizisten aßen geräuschvoll, es schmeckte ihnen hörbar; nach dem Essen drängten sie mir noch eine Zigarette auf. Sie fragten mich, woher ich denn Geld hätte, wo ich doch nicht arbeitete. Ich sagte, daß ich das auch nicht wüßte, irgendwie käme man immer zu Geld.

»Machen Sie nur nichts Illegales«, riet mir einer der Polizisten wohlwollend. »Unrecht Gut gedeihet nicht.«

Ich sagte, daß ich in meinem ganzen Leben noch nichts Unrechtes getan hätte, ich sei schlicht und ehrlich und hätte sogar Angst, daß mir ein Blatt auf den Kopf fallen könnte, stets hätte ich nur die hehrsten Prinzipien verfolgt und weit und breit sei ich als »Fang der Wohltäter« bekannt. Die Polizisten erinnerten mich an die Sache mit den Kleidern, und wir lachten alle. Ich sagte, damals sei ich jung gewesen, »Jugend hat noch keine Erfahrung«, außerdem sei heutzutage der Handel mit Kleidung nicht strafbar, »solange man nicht mit Menschen handelt, ist vor dem Gesetz alles erlaubt«. Die Polizisten meinten, das sei alles Unsinn, und ich bat sie, doch nicht alles so ernst zu nehmen. Sie fragten wieder, woher wir damals das Geld für unser Luxusleben gehabt hätten, unser Entlassungssold hätte »nicht gereicht, um drei Tage rumzuhüpfen«. Ich sagte, daß wir damals alle von Gao Yangs Geld gelebt hätten.

»Hatte Gao Yang eine reiche kinderlose Verwandte im Ausland beerbt?«

Ich sagte, nein, seine Familie hätte über viele Generationen hinweg vom Rinderhüten gelebt, bis sie dann in der Generation seines Vaters absolut nicht mehr davon existieren konnte und der Vater sich an die Armee verkaufte, zuerst an die Nationale Armee, dann an die Japantreuen, und zum Schluß an die Achte Armee. Er hätte bloß einen Onkel, der von den Japanern als Arbeitskraft verschleppt wurde und zwei Jahre lang auf Hokkaido unter Tage Kohle abbauen mußte, der Rest hätte noch nicht mal das Glück gehabt, als Arbeitstier im Ausland zu schuften.

»Und woher hatte er dann so viel Geld?«

»Seine Sache«, lachte ich, »geraubt, erpreßt, erschwindelt, es war doch egal, völlig schnuppe, woher er das Geld hatte, unser Job war nur, es auszugeben.«

Als die Polizisten gingen, war es schon hell; die älteren Frühaufsteher aus unserem Block joggten schon, übten Taiji, drehten sich um einen Baum und schüttelten sich dann von Kopf bis Fuß kräftig durch.* Ich brachte die Polizisten an ihren Jeep, wir reichten uns herzlich die Hand und verabschiedeten uns. Die drei nannten mir ihre Namen, einer hieß Zhao, einer Qian, einer Sun.**

»Wenn ich's das nächste Mal mit der Polizei zu tun bekomme, werde ich nach Ihnen fragen.«

»Seht ihr, was uns die Schüssel Nudeln eingebracht hat?!«

»Keine Angst, war nur ein Scherz, ich hab schon ein paar Kumpel bei der Polizei.«

2

Fatty Wu war gerade aufgestanden; in weiten Unterhosen, mit bloßem speckigem Oberkörper und einer Zigarette zwischen den Lippen kam er zur Tür geschlappt, um mir aufzumachen.

»Hey, du lebst ja noch. Ich dachte schon, die Polizei hätte dich Volksschädling eliminiert.«

»Hast du mein Eilpäckchen gestern abend gekriegt? Als echter Kumpel denk ich doch gleich an dich, wenn's was Gutes gibt.«

»Scheiße, Mann, kannst du nicht wenigstens vorher anrufen und fragen, ob meine Alte zu Hause ist, anstatt die direkt rüberzuschicken? Wenn meine Frau nun plötzlich heimgekommen und der hier begegnet wäre, hättest du unser Familienglück auf dem Gewissen gehabt.«

Grinsend langte ich mir die Milchflasche vom Tisch und setzte sie an die Lippen. »Na, warst du nicht angenehm überrascht? Hast du nicht geglaubt, das wär 'ne Art Fuchsfee?«*

»So 'ne dicke Fuchsfee?« lachte Fatty Wu. »Du Bock teilst mir doch auch bloß eine gewöhnliche Hausfrau zu – wie kann ein so fettes Mädchen auch nur einen Hauch von Unsterblichkeit an sich haben, wenn sie bei dieser Kälte noch wie wahnsinnig schwitzt?«

»Du hast doch nichts gegen einen saftigen Braten, oder?« Ich hatte die Milch ausgetrunken und stellte die Flasche achtlos auf den Tisch zurück, während ich mich spöttisch umsah. Die Tür zu Wus Schlafzimmer war fest geschlossen.

»Übrigens, was wollte denn die Polizei von dir?«

»Nix, das waren ein paar alte Kampfgenossen, die nur so vorbeikamen.«

»Quatsch, wozu sollten alte Kampfgefährten, die dich besuchen wollen, unsere Namen und Adressen aufnehmen?«

»Hör bloß auf. Wenn ihr wußtet, daß die Polizei bei mir ist, hätte ja wohl jemand unten auf mich warten können, um mich vorzuwarnen, anstatt mich völlig ahnungslos zur Tür reinspazieren und voll auflaufen zu lassen.«

»Die Bullen wissen Bescheid, den Trick kennen die längst. Als sie uns entließen, haben sie uns gewarnt: ›Wenn wir jemanden erwischen sollten, der nicht heimgeht, sondern unten rumlungert, der kommt nicht so leicht davon.‹ – Was wollten die von dir?«

»Sie haben da einen Fall, den sie nicht geknackt kriegen, ich soll ihn für sie aufklären.«

»Du Angeber! Noch mit der Pistole auf der Brust fällt dir Hurensohn nichts anderes ein, als fett aufzuschneiden.«

Feixend ging ich zur Schlafzimmertür. Wu rief hinter mir her: »Wenn du was vorhast, dann nimm sie mit und mach's zu Hause, stell hier bloß nichts an!«

»Ich mach's aber lieber hier. Wenn was passiert, kann ich immer sagen, du hättest es begünstigt.«

Das dicke Mädchen saß fertig angezogen auf dem Bettrand und ließ den Kopf hängen. Sie schnaubte, als sie mich reinkommen sah.

»Was ist los, Hepburn? Reg dich nicht auf, halt mich einfach für einen ganz normalen Chinesen.«

»Faß mich nicht an, und red gefälligst anständig! Wenn du keinen Platz für deine Hände findest, dann steck sie in die Taschen.«

»Ei, ei, ei, ganz die Diva. Was soll die Ziererei, sei doch nicht so spröde!«

»Bleib, wo du bist, noch einen Schritt, und ich spring aus dem Fenster.«

»Was ist los? Mit wem hab ich's denn hier zu tun, der obersten Kremlwache, oder Doktor Tôtô*? Spring doch, wenn du nicht springst, mußt du dich bei mir entschuldigen.« Lächelnd ging ich zu ihr und umfaßte ihre Schultern. Im Gegenzug legte auch sie mir ihre rundlichen Hände auf beide Schultern. Mit großem

Gestus lieferten wir uns für einige Runden eine Kraftprobe, wie ein Paar Ringkämpfer. Die Dicke mußte die Tochter eines Steinmetzen sein, sie war wirklich kräftig, mit einer Fußangel ließ sie mich stolpern, unter dem Druck ihrer Hände schwang ich herum und krachte schwer aufs Bett.

Als Fatty Wu sein Bett ächzen hörte, stürzte er herein und flehte mich an: »Untersteh dich, in meiner Wohnung eine Frau zu vergewaltigen!«

Mühsam stieg ich aus dem Bett, massierte mir den Hintern und bemerkte anerkennend: »Wie bin ich bloß an eine Ringkämpferin geraten?«

Die Dicke machte ein respektheischendes Gesicht, warf die Haare zurück und erhob den Kopf zum Himmel.

»Du bist aber auch zu unsensibel«, sagte Fatty Wu angesichts ihres Gehabes, »Fräulein Hepburn ist böse auf dich, und du nimmst es noch nicht einmal zur Kenntnis. Was wäre passiert, wenn ihr gestern, als du sie spätnachts alleine in dem Wäldchen stehengelassen hast, irgendein übler Kerl begegnet wäre? Ich an ihrer Stelle wäre auch sauer, nicht wahr, Hepburn?!«

»Nenn mich nicht Hepburn!« fauchte das dicke Mädchen. »Du bist auch ein unmöglicher Typ! Ich habe so laut geschrien, aber du bist nicht reingekommen, was bist du für ein Mann!«

»Da hast du's, Genossin Hepburn ist enttäuscht!« lachte ich Fatty Wu aus.

»Bleib hier«, grinste Wu zurück.

»Es langt, ich hab jetzt begriffen, daß ich hier nichts verloren habe.«

»Wenn der hierbleibt, gehe ich.«

»Dann geh.«

»Halunken.« Die Hände vor dem Gesicht, stürmte die Dicke aus dem Zimmer; laut knallte die Tür hinter ihr zu.

»Da siehst du, was du angerichtet hast«, warf ich Fatty Wu vor, »jetzt hält sie uns für Halunken.«

»Was interessiert uns das? Was interessiert uns die? Soll ich wegen einem Weib einen Kumpel im Stich lassen?« Fatty Wu strahlte übers ganze Gesicht. »Und wo soll ich meine Frau unterbringen, wenn die hierbleibt?«

Er ging ans Telefon, um Liu Huiyuan und die anderen »auf ein paar Runden Mah-Jongg« zusammenzutrommeln. Ich erkundigte mich, ob das Mittagessen inbegriffen sei, worauf er antwortete: »Der Gewinner lädt natürlich ein.« Als sie eintrafen, erzählte er ihnen von dem Ringkampf, den ich eben durchgestanden hatte, was Liu Huiyuan und die anderen mit unbändigem Vergnügen quittierten. Dann fragten sie mich, was die Polizei gestern abend bei mir gewollt hätte. Nichts, sagte ich, auch die Polizei langweile sich eben. Außerdem wollten sie wissen, wie die Braut aussähe. Ich stutzte, ehe ich mit einiger Verzögerung meinte: »Längst vergessen.« Wir spielten bis mittags, dann gingen wir in die Kantine ein paar Dampfklöße essen. Als die anderen noch weiterspielen wollten, sagte ich, daß ich am Nachmittag noch was vorhätte.

»Was kannst du schon vorhaben? Was ist denn wichtiger, als Mah-Jongg zu spielen?«

Ich sagte, ich hätte eine Verabredung. Dabei zwinkerte ich lasziv. Alle fingen an zu lachen:

»Na, dann wollen wir deinem Glück nicht im Wege stehen.«

Ich verließ Fatty Wus Haus und bestieg die U-Bahn. Im Wagen war es sehr warm. An einer Schlaufe Halt suchend, schlief ich quasi im Stehen und verpaßte meinen Bahnhof, erst viele Stationen später wachte ich auf und stieg schnellstens aus. Ich rannte nach oben auf die Straße und versuchte ein Taxi anzuhalten. Es fuhren viele vorbei, aber nicht eines hielt an. Ich mußte zwei Kreuzungen überqueren, bis ich am Straßenrand einen Taxistand sah, vor dem einige Wagen hielten. Ich versuchte es bei den Fahrern der ersten paar, aber sie waren alle pauschal für den ganzen Monat gebucht. Der einzige, der individuelle Fahrgäste beförderte, fuhr nur gegen Valuta-Yuan. Ist klar, weiß schon, sagte ich, stieg ein und zog demonstrativ ein Bündel Valuta-Scheine aus der Tasche. Der Fahrer manövrierte seinen Wagen auf die Straße und erklärte mir unterdessen, daß er die Volkswährung *Renminbi* keinesfalls verachte, daß er aber sein Einnahmesoll an Touristengeld heute noch nicht erfüllt habe und deshalb nicht anders könne, inzwischen seien eine Menge Ausländer, die langfristig in Peking lebten, auch so schlau geworden, nicht mehr mit Touristengeld zu bezahlen, sondern es schwarz zu tauschen; dabei brauchten die Leute die Valuta-Yuan doch ganz dringend zum Erwerb ausländischer Artikel, sie seien so verrückt danach, daß sie am liebsten wie die Boxer* gegen die Botschaften losgehen würden. Für einen Festlandchinesen wie ihn sei das doch kränkend, er sei ziemlich sauer darüber und könne das nicht mit ansehen. Nickend saß ich im Fond und rang mir bloß ein scheinheiliges Lächeln ab, ich war so benommen, daß ich mich nur noch hinlegen und einschlafen wollte. Mir war klar, daß ich jetzt nicht konfus sein durfte, bei dem Gespräch nachher mußte ich einen kühlen Kopf behalten, außerdem sollte ich mich vor diesem Menschenfreund von einem Fahrer ein bißchen in acht nehmen. Wenn ich jetzt einschliefe, würde er mich bis zur Großen Mauer nach Badaling schleppen und bis auf die letzte Münze filzen, mir womöglich sogar den Mantel abknöpfen. Er brabbelte immer weiter vor sich hin: Die Leute hätten ja auch keinen Durchblick, trauten sich nicht, das vorhandene Touristengeld abzuschöpfen, so viele starke und kerngesunde Ausländer lebten unbeweibt in China, während doch gleichzeitig eine Menge junger Frauen müßig und ohne jeden gesellschaftlichen Beitrag vor sich hin existierten, nicht wahr, öffnen und ankurbeln!, wo kommen wir denn hin, wenn wir die alten Begriffe und Vorstellungen, die das Denken fesseln, nicht zerschlagen.** Sie sind ein sehr patriotischer, der Sorge um das Vaterland und hohen Idealen verbundener Mann, und weil Sie ein so guter Mensch sind, sehen Sie am besten gleich ein, daß ich leider Gottes kein Touristengeld habe und Ihnen nur *Renminbi* geben kann. Als wir beim Hotel, in das ich wollte, vorfuhren, zog ich den oberen Schein von dem Bündel Valuta-Geld und entblößte die darunterliegenden *Renminbi*. Wenn Sie mich etwa nicht gehen lassen lassen wollen, können Sie mich auch mitnehmen, okay, fahren wir aufs Polizeirevier, zu Ihrer Taxizentrale oder zum »5-4-3-Büro«*, ich hab trotzdem kein Ausländergeld, und den einzigen Schein, den ich habe, können Sie auch nicht kriegen, denn ich muß andauernd Taxi fahren, ich brauche eine Quittung und das Wechselgeld, und zwar auf Heller und Pfennig, sonst schlag ich Krach. Wenn Sie sich so ausgenommen, angeschmiert und in ihrer Gutherzigkeit ausgenützt vorkommen und die Sache zu unrentabel finden, dann knallen Sie mir doch eine, basta.

Ich stieg aus und ging zum Eingangsportal des Hotels, wo ich dem prächtig ausstaffierten Portier sagte, ich wollte zu Gao Jin, er nickte und ließ mich rein. Der Himmel war trüb, in der Halle brannte Licht, und alle Leute, die dort rumstanden oder -saßen, sahen müde aus. An der Rezeption hingen zwei Reihen Quarzuhren, die die verschiedenen Uhrzeiten an verschiedenen Orten der Welt anzeigten. Chinesische und westliche Restaurants und Bars in diversen Ausstattungen und Designs wurden von Lichtern angestrahlt. Die fein gedeckten Tische warteten auf Gäste und vermittelten den durch die Halle Wandelnden jenes träge Gefühl, bei dem sich jeder Unterschied zwischen Tag und Nacht verwischt. In den breiten, umlaufend glasüberdachten Wandelgängen des ersten Geschosses mit ihren spiegelblank polierten Fußböden standen in jeder Ecke Sofas und Bonsai-Pflanzen. Das Dach bildeten von dunkelbraunem Glas überdeckte Stahlträger, die hoch wie eine Turnhalle aufragten. Das Büro befand sich hinter einer kleinen lederbespannten Tür in einer Ecke, wo sich ein schmaler, T-förmiger Gang mit kaum mannshoher Decke auftat; die Beleuchtung war schummrig, und all die kleinen Türen waren dicht geschlossen, wie in einem Schiffsbauch. Gao Jin war nicht in seinem Büro, und niemand reagierte hinter den verschlossenen Türen, an die ich klopfte. Ich verließ den Bürotrakt und suchte ein Telefon, um »Direktor Gao« über die Zentrale mitteilen zu lassen, daß sein Gast in den Wandelgängen der ersten Etage auf ihn wartete. Im Lichthof hatte man einen Zierhügel angehäuft, von dem ein kleiner Wasserfall in ein Bambuswäldchen rauschte; im tiefen Schatten von Arekapalmen und Zwergbananen verteilten sich die Sitzgruppen dieses großen Landschaftscafés. Fröhlich plätscherten Stimmen und Geräusche aus dem serenen Hain zu mir empor. In den Gängen der ersten Etage ließ sich kein Mensch vernehmen, lediglich die gläsernen Kabinen des Aufzugs mit ihren farbenprächtig gekleideten Fahrgästen glitten lautlos auf und ab. Da erschien von der anderen Seite Gao Jin, im schwarzen Anzug kam er auf dem roten Teppich den Gang entlang auf mich zu und begrüßte mich mit ausdruckslosem Gesicht.

»Wolltest du nicht zum Essen kommen? Ich habe die ganze Zeit auf dich gewartet, aber weil du ewig nicht gekommen bist, habe ich schon angefangen.«

Ich sagte, ich hätte unterwegs schon was gegessen, und fragte, ob er denn nicht sehr viel zu tun hätte.

Keine Angst, ich störte ihn nicht, auch wenn er sehr beschäftigt sei, Zeit für eine kleine Unterhaltung hätte er immer. Wir könnten uns doch zum Plaudern nach unten setzen, meinte er mit einem Blick in das Lichthofcafé und schaute mich fragend an.

Ganz wie er wolle, antwortete ich. »Das hier ist dein Reich.«

Er drehte sich um, und ich folgte ihm nach unten. Dort nahmen wir in einer Ecke Platz. Es war kaum jemand in dem weitläufigen Café; die mit herabhängenden Armen auf Gäste wartenden Kellnerinnen erblickten uns schon und eilten von fern herbei, als wir uns setzten. Gao Jin warf einen Blick in die Karte und fragte mich, was ich trinken wollte. Ich antwortete, egal. Du bestellst, sagte er. Ich erkundigte mich, was es denn alles gebe, und als er meinte, alles, verlangte ich eine Dose Bier. »Für mich ein Mineralwasser«, richtete er sich an die Bedienung, klappte die Karte zusammen, setzte sich wieder mir zugewandt in Position und starrte mich aus reglosen Pupillen an.

»Die Polizei war gestern bei mir, sie erkundigten sich nach Gao Yang...«

Die Bedienung brachte das Bier und das Mineralwasser, entfernte die Verschlußkappen, schenkte erst ein Glas, dann das andere ein und zog sich wieder zurück.

»Hast du in letzter Zeit was von ihm gehört? Was hat er denn gemacht?«

Gao Jin trank, setzte das Glas ab und verzog den Mund. »Er ist tot. Die Polizei war bei meinen Eltern und hat uns mitgeteilt, daß sein Leichnam aufgefunden wurde.« Gao Jin sah an mir vorbei. »Es war bereits unmöglich, die Leiche zu identifizieren, man konnte ihre Herkunft lediglich anhand eines alten Entlassungsbescheids feststellen, den er bei sich getragen hatte.«

»Dann ist er nicht erst kürzlich gestorben?«

»Nein, schon länger.« Gao Jin sah mich an und schüttelte den Kopf. »Nach Aussage der Polizisten war der Körper bereits vollständig verwest und nur das Skelett übrig, auch der Schädel ist verschwunden, den wird irgendeine Bestie sonstwohin geschleppt haben. Zum Glück war der Entlassungsbescheid in einer Plastikhülle, so daß man die Schrift und das Bild noch vage identifizieren konnte. Schätzungsweise ist er schon über zehn Jahre tot.«

»Das heißt, daß er damals, als es hieß, er sei auf den Philippinen, schon nicht mehr lebte? Wo hat man die Leiche entdeckt?«

»In Yunnan, an der Straße nach Burma bei Baoshan, mitten in der Bergwildnis. Angeblich fand ein Fahrer, der den Absturz seines Wagens von der Straße und den Abhang runter zum Glück überlebt hat, die Knochen im Gebüsch.«

»Habt ihr Kaffee? Ich hätte gern eine Tasse, ich habe seit zwei Tagen nicht mehr geschlafen.«

Gao Jin winkte die Bedienung aus einiger Distanz herbei und wies sie an, Kaffee zu bringen, »und zwar starken«.

»Ich nehme an, es war kein Selbstmord.« Ich rieb mir das Gesicht, um die Lebensgeister zu wecken.

»Es war kein Selbstmord. Die Polizei sagte, daß sein Kopf mit irgendwas Scharfem abgetrennt worden sei.«

Gao Jins Hand vollführte die Bewegung des Köpfens. »Der Halswirbel wies Schnittspuren auf.«

Als ich mich aufsetzte, verschüttete die Kellnerin, die versuchte, meiner plötzlichen Bewegung auszuweichen, den Kaffee auf meine Hose. Sehr verlegen stellte sie die Tasse hin. Gao Jin sah sie scharf an und befahl ihr leise: »Holen Sie sofort Papiertücher, und wischen Sie das ab.«

»Nein, nein, das macht nichts, die Hose muß sowieso gewaschen werden.«

Die Bedienung kam mit einer parfümierten Serviette zurück, und ich beteuerte noch einmal: »Das macht gar nichts, keine Umstände, bemühen Sie sich nicht, ist schon alles eingesickert.«

Gao Jin fixierte die Bedienung unentwegt, auch als sie sich ungelenk auf ihren Platz zurückzog, schaute er ihr noch nach.

»Das macht nichts, wirklich nicht. Mach ihr deswegen keine Schwierigkeiten«, bat ich ihn.

Gao Jin hörte überhaupt nicht hin. Noch einmal hob er die Hand, um die Bedienung herbeizurufen. »Woher kommen Sie? Sind Sie Praktikantin? Ihre Dienstnummer?«

Das Mädchen war noch sehr jung, puterrot im Gesicht sah sie stumm zu Boden.

Ich redete auf Gao Jin ein:

»Laß doch, was soll das, laß sie gehen, es ist alles in Ordnung.«

»Nein, nein, davon verstehst du nichts, unser Hotel ist von der Ausstattung her erstklassig, aber die Qualität der Angestellten stagniert, wie sehr man sich auch bemüht. Die Ausländer hassen nichts mehr, als wenn man sie mit Suppe, Saft oder anderen Getränken bekleckert, und unsere Angestellten bringen dazu noch kein Wort raus, ihre Entschuldigungen fallen so leise aus, daß sie sie selbst kaum hören. Wenn man bei uns was verschüttet, dann verstehen wir Chinesen das allemal, aber Ausländer niemals, die haben sofort einen schlechten Eindruck von deinem Hotel.«

Gao Jin rief den Chef vom Dienst und zeigte auf die Bedienung, die den Kaffee verschüttet hatte: »Registrieren Sie sie.«

Nachdem er weg war, setzten wir unsere Unterhaltung fort. Gao Jin wollte wissen, wonach mich die Polizei bei ihrem Besuch gefragt hatte.

»Vor allem wollten sie wissen, wann und wo ich Gao Yang das letzte Mal gesehen hätte und wer dabei war. Ich habe ihnen erzählt, daß ich ihn zuletzt gesehen habe, als wir damals in dem Innenhof essen waren, da warst du doch auch dabei, oder? Da waren wir paar und die beiden Miezen. Was anderes hab ich nicht erzählt, ich kann mich wirklich kaum erinnern, das ist alles schon so lange her. Ich weiß nur noch, daß wir damals überhaupt nichts gemacht haben, außer uns schlicht und einfach zu amüsieren, und wenn in der Zeit irgendwo der springende Punkt, der Gao Yangs Tod herbeigeführt hat, verborgen liegen soll, dann kann ich mich nicht im mindesten daran erinnern.«

»Dasselbe habe ich der Polizei auch erzählt.« Gao Jin trommelte auf den Tisch. »Gao Yang war zwar mein älterer Bruder, aber du weißt ja, daß wir uns nie darum gekümmert haben, was der andere machte, er war mit euch immer viel vertrauter als mit mir. Vieles hat er wahrscheinlich euch erzählt, aber nicht mir, zum Beispiel, was Frauen angeht.«

Als ich auflachte, sah er mich an. Ich nahm einen Schluck

Kaffee und sagte: »Mir scheint, daß die Polizei mich für den Täter hält.«

Gao Jin sah mich ohne die geringste Gemütsäußerung an.

»Sie haben bei mir ein Schwert aus Yunnan mitgenommen, das an einigen Stellen verbogen ist und Blutspuren aufweist. Sie haben nichts dazu gesagt, auch daß Gao Yang tot ist, haben sie nicht verraten. Erst als du es eben erzählt hast, ist mir klargeworden, daß sie garantiert annehmen, daß ihm mit diesem Schwert der Kopf abgeschlagen wurde.«

»Und, stimmt's?«

Ich lachte. »Dieses Schwert habe ich von Gao Yang persönlich bekommen, als er das erste Mal aus Yunnan zurückkam, nicht wahr? Wie kann jemand das Schwert verschenken, mit dem er geköpft wurde? Das ist doch absurd.«

Gao Jin sah mich lange an und trank dann einen Schluck Wasser. Er lehnte sich wieder zurück und richtete seinen Blick erneut auf mich: »Ich habe keine Ahnung, ob Gao Yang vorher schon mal in Yunnan war und Leuten Geschenke mitgebracht hat. Ich weiß nur, daß er kein Interesse an Landschaft oder Natur hatte, es hat ihm schon immer mehr Spaß gemacht, sich in den südöstlichen Küstenstädten mit ihren zahlreichen Vergnügungsstätten, bei gutem Wein, leckerem Essen und mit schönen Frauen zu amüsieren. Nachdem mir die Polizei erzählt hatte, daß er in den unwirtlichen Bergen Yunnans umgekommen ist, habe ich mich lange Zeit gewundert; nach meiner Vorstellung hätte er, wenn er schon sterben mußte, in der Suite eines Nobelhotels im weichen Bett irgendeiner Frau sterben müssen, das wäre mir plausibel erschienen.«

»Das bedeutet, ihr wart zwar nominell Brüder, euch in Wirklichkeit aber längst fremd geworden.«

»Tüt, tüt.« Der Piepser an Gao Jins Gürtel ertönte. Er drückte einen Knopf. Auf der Digitalanzeige erschienen eine Telefonnummer und ein Name. »Entschuldige, jemand will mich sprechen, ich muß eben anrufen.« Er stand auf und ging an die Rezeption, um zu telefonieren. Ich beobachtete ihn, er führte ein langes Gespräch und rief noch jemanden an, dann legte er nach wenigen Sätzen wieder auf. Auf dem Weg zu unserem Tisch hielt er eine Kellnerin an, die gerade ein Getränk serviert hatte, und machte sie auf ein Ausländerpärchen aufmerksam, das in einiger Entfernung am Springbrunnen Platz nahm, sie sollte sie schleunigst bedienen.

»Kannst du dich noch erinnern, was wir in dem Jahr damals getrieben haben, als wir aus dem Süden zurückgekommen sind?« fragte ich Gao Jin. »Die Polizisten behaupteten, daß ich, nachdem ich in der Apotheke zu arbeiten angefangen hatte, sieben Tage lang unauffindbar war. Sie verdächtigen mich wohl, daß ich in der Woche nach Yunnan gerast bin, um Gao Yang zu köpfen, und mich dann heimlich wieder zurückgeschlichen habe.« Ich lachte. »Ich kann mich auch nicht daran erinnern, wo ich in der Zeit war. Damals hatten wir doch noch Kontakt und haben uns immer Bescheid gesagt, wenn was anstand, hast du eine Ahnung?«

»Warst du nicht in Kanton, um Kleidung einzukaufen? Mir ist so, als wärst du deshalb einmal runtergefahren.«

»Daran erinnere ich mich auch noch, aber die Polizei meint, das wäre erst im folgenden Jahr gewesen. Davor, gleich nach unserer Rückkehr nach Peking, war ich noch mal weg, natürlich wissen die das genau, wir müssen uns an deren Version halten.«

»Mir fällt nichts ein; ich erinnere mich lediglich, daß du in der Apotheke am Qianmen Hautcreme gegen Allergien und Pickel verkauft hast, und man konnte zu dir kommen, wann man wollte, immer hast du mit dem Mädchen an der Kasse gequatscht – bist du später bei ihr zum Zug gekommen? Außerdem hast du haufenweise Kondome aus der Apotheke geklaut und sie jedem, der dir über den Weg lief, in die Tasche gesteckt, angeblich warst du für sämtliche Kumpel zuständig – du hast dich kaum verändert, immer noch dieselbe Kanaille; als ich dich vorhin zuerst sah, schoß mir gleich durch den Kopf, dieser Lump sieht doch immer noch genauso aus wie damals. Als wärst du über die Jahre irgendwo eingefroren gewesen und vor ein paar Tagen erst aufgetaut und auf die Leute losgelassen worden.«

Auf Gao Jins Gesicht erschien zum ersten Mal seit unserem Wiedersehen der Anflug eines Lächelns, seine Augen begannen zu leuchten, fröhlich und freundschaftlich, und er glich wieder dem Gao Jin, mit dem ich damals so vertraut war. Lächelnd fragte ich:

»War ich wirklich so? Wie kommt es dann, daß ich mich als braves Kind* in Erinnerung habe?«

»Ah, du warst schon von Anfang an ein ziemlicher Gangster, du mußt schon als Dickhäuter geboren worden sein. Du hast so viele Frauen ins Bett gequatscht, daß ich mir wirklich manchmal überlegt habe, ob ich dich nicht denunzieren und erschießen lassen sollte.«

»Du bist aber ganz anders als früher«, lachte ich ihn an. »Direktor Gao, ich krieg eine Gänsehaut, wenn ich das höre, und Herzrasen, wenn ich sehe, wie korrekt gekleidet du rumläufst und die Leute herumkommandierst.«

»Ich hab mich verändert?« Gao Jin zupfte seine Anzughose zurecht und setzte sich gerade. »Das finde ich überhaupt nicht. Ich war doch schon immer so, genau wie das farblose Wasser in diesem Glas, das rot erscheint, wenn es vor was Rotem steht, und dunkel vor was Schwarzem.«

Wieder ertönte das Cityrufgerät. Brummend erhob er sich: »Es gibt kein Entrinnen, andauernd will jemand was von mir, es ist einfach zu viel los, und wenn du den Posten erst mal hast, mußt du auch am Ball bleiben.«

»Dir geht's doch gut, so weit, wie du's gebracht hast«, schmeichelte ich Gao Jin, als er von seinem Telefonat zurückkam. »Ich hätte ja so gern, daß jemand was von mir will, aber keiner sucht mich, außer der Polizei.«

»Es ist langweilig.« Gao Jin hatte mir noch eine Tasse Kaffee bestellt, gab »Coffeemate« und Zucker hinein und rührte für mich um. »Mir reicht's. Im Grunde genommen bin ich nicht der Typ für so ein Amt. Noch ein Jahr, dann hör ich auf, ich möchte viel lieber frei und unabhängig sein.«

»Aber nein, mach weiter, du kannst doch noch aufsteigen, wenn du Karriere machst, kann ich wenigstens mit dir angeben: ›Ihr kennt doch bestimmt den Typen... wir sind Freunde.‹ Und für unsere Kinder fällt auch immer ein guter Posten ab – das bringen die doch allemal.«

Es piepste wieder.

»Ich gehe. Du hast zu viel zu tun. Wir können uns ein andermal weiter unterhalten.«

»Ich bring dich raus.«

»Nein, bleib hier, ich find prima alleine raus.«

»Ich möchte dich aber gern begleiten. Warte einen Moment auf mich, das ist sofort erledigt.«

Während er an die Rezeption eilte, um zu telefonieren, brachte die Bedienung die Rechnung. Nachdem er sich wieder gesetzt hatte, zog Gao Jin einen Kugelschreiber aus der Innentasche seines Jacketts und unterschrieb. Dann erhoben wir uns und gingen Richtung Ausgang.

Wir kamen an einer Arkade von Luxusläden und Restaurants vorbei. Alle Hotelangestellten, die wir unterwegs trafen, grüßten »Direktor Gao« ehrfurchtsvoll. Gao Jin hatte seinen ernsten und gleichmütigen Ausdruck wiedererlangt.

»Du solltest dir doch einen Job suchen, mit einem festen Einkommen. Du kannst ja nicht ewig so weiterloddeln, du bist jetzt auch schon einiges über dreißig. Bis neunundzwanzig kann man sich meinetwegen rumtreiben, ab dreißig wird's schon eng, aber mit vierzig oder fünfzig wird der alte Faxenmacher dann zum alten Bettler.«

»Ich laß mich von dir anstellen, ich kann ganz unterwürfig sein.«

»Ich kann dich nicht gebrauchen, du bist zu alt. Wenn du wirklich arbeiten willst… ach, Schluß damit, was geht's mich an, mach, was du willst.«

»Grüß deine Frau.« Wir verabschiedeten uns am Ausgang. »Ich komm demnächst mal bei euch vorbei.«

»Laß dich öfter hier sehen, da du jetzt den Weg kennst«, forderte mich Gao Jin auf, »und sag auch den anderen, daß sie vorbeikommen sollen, wenn du sie triffst.«

»Ist gut.« Ich stieg die Stufen zum leeren Vorplatz hinunter und winkte noch einmal.

»Warte«, Gao Jin lief mir nach, »du solltest dich in der Angelegenheit mit meinem Bruder doch ein bißchen gewissenhafter verhalten, nicht daß die Polizei dich wirklich noch für den Mörder hält.«

»Keine Bange. Wenn's soweit ist, werde ich sagen, daß ich damals die ganze Zeit mit dir zusammen war, du bist mein Zeuge.«

»Wenn du dich damit aus der Affäre ziehen kannst, meinetwegen.« Lachend hob Gao Jin die Hand zum Abschied.

Ich rief mir nicht noch mal ein Taxi, nachdem wir uns getrennt hatten, ich beschloß, ein bißchen zu sparen, außerdem hatte ich nichts Besonderes vor. Dafür mußte ich ewig gegen den Wind laufen, bevor ich eine Bushaltestelle fand. Ich kannte mich in der Gegend nicht aus, noch vor wenigen Jahren war hier nichts als eine große Gemüseplantage gewesen. Die neuen Gebäude sahen alle gleich aus, auch die schilderlosen Straßen glichen einander aufs Haar, so daß man sich sehr leicht verlaufen konnte. Die Buslinie, die dort verkehrte, war mir ebenfalls fremd, und wenn sie nicht zu irgendwelchen »… höfen« fuhr, dann zu einem »… acker« – auf jeden Fall führte sie noch weiter aus der Stadt hinaus. Ich hielt es doch für besser, mich zu erkundigen, um nicht sinnlos in der Gegend herumzufahren. Eine Frau, die auch auf den Bus wartete, riet mir, diese Linie bis zur zweiten Haltestelle zu nehmen, und dann in einen Bus umzusteigen, der in die Stadt fuhr; »wenn man in die Stadt will, muß man so fahren, es hält hier weit und breit kein anderer Bus«. Also fuhr ich so umständlich, wie sie es mir beschrieben hatte. In dem Außenbezirk waren die wenigen Busse mit Fahrgästen vollgestopft, außerdem fuhren sie so langsam, daß ich mitten in die Stoßzeit geriet, als ich endlich in der Stadt war. Alle Busse waren mit Menschen in dicken Mänteln überfüllt; total entkräftet, wie ich war, hatte ich nicht die geringste Lust, mich in einen reinzuquetschen. So stand ich auf der dämmrigen Straße in der hin- und herwogenden Menschenmenge. Unendlich müde, wollte ich nur noch einen Platz finden, an dem ich die Stoßzeit verschlafen konnte, und erst anschließend weiterfahren. Eigentlich war es unpassend, jetzt zu Zhang Li zu gehen, aber außer ihr fiel mir niemand ein, der in diesem Viertel wohnte. Wie erwartet erschrak sie, als ich vor ihrer Tür stand, und sagte ängstlich, daß ihr Mann jede Minute nach Hause kommen könne. Mühsam hielt ich die Augen offen: »Soll er mich halt schlachten.« Ohne ihre Erlaubnis abzuwarten, ging ich in das unbeleuchtete Schlafzimmer, fiel aufs Bett und schlief sofort ein. Ich schlief sehr tief und merkte nicht einmal, daß Zhang Li reinkam, um mich zuzudecken. Als ich in wohliger Wärme aufwachte, war es schon vollkommen dunkel und so still im Zimmer, daß ich glaubte, es sei bereits Mitternacht. Erst als ich den im Dunkeln leise klackend vorrückenden Leuchtzeiger der elektrischen Wanduhr bemerkte, wurde mir klar, daß ich nicht einmal eine Stunde geschlafen hatte. Ich stand auf und ging hinaus ins vordere Zimmer, wo Zhang Li mit einem kräftig gebauten Mann beim Abendessen saß. Als ich reinkam, hörte der Mann auf zu kauen und begrüßte mich mit der Frage, weshalb ich denn nach so kurzer Zeit schon wieder aufgestanden sei, dann lud er mich ein, »doch was mitzuessen«.

»Danke«, lehnte ich ab, ich wollte nichts essen, sondern würde gleich gehen. »Geht's wieder besser?« fragte mich Zhang Li. »Bist du krank?« Nein, ich sei keineswegs krank, nur müde.

Zhang Lis Mann versteifte sich darauf, daß ich zum Essen bleiben sollte, aber ich lehnte höflich ab: »Wenn ihr so gastfreundlich seid, traue ich mich beim nächsten Mal ja gar nicht mehr her.« Da er mich nicht zum Bleiben bewegen konnte, bestand er darauf, daß Zhang Li mich hinausbegleitete, und riet mir besorgt: »Wenn du nicht mehr kannst, dann versuch bloß nicht, dich mit Macht auf den Beinen zu halten.« Ich beteuerte, daß alles bestens sei, und ging. Zhang Li brachte mich an die Haustür. Im düsteren Treppenhaus raunte sie mir zu: »Heute hat es überhaupt nicht gepaßt, aber wie wär's mit morgen, ich nehme am Nachmittag Zeitausgleich.« Ich sagte, mal sehen, »ich ruf dich an, wenn ich Zeit habe«.

Auf der Straße waren nur noch wenige Passanten unterwegs, aber in den U-Bahnen drängten sich die Leute noch immer. Ich zwängte mich zwischen einen Trupp Bauarbeiter vom Land und ihre Bündel mit Bettzeug, nickte halb ein und versetzte mich dabei in die Szene zurück, die ich kurz zuvor in Zhang Lis Bett geträumt hatte: Wir saßen in dem bekannten Innenhof beim Essen, alle tranken und lachten, es waren dieselben Leute wie in meiner Erinnerung, nur hatte ich den Platz gewechselt. Ich saß jetzt neben Qiaoqiao, und Wang Ruohai saß auf der anderen Seite neben ihr, also befanden sich mir gegenüber nicht mehr Gao Jin und Xu Xun, sondern Gao Yang, neben dem auch nicht mehr Zhuo Yue saß, sondern ein Unbekannter. Das Gesicht des Fremden war von einem blendenden Licht verdeckt, ich hatte ihn lediglich vom Hals abwärts klar und deutlich vor Augen, in einem gestreiften Markenhemd, dessen Stoff immer andere Falten warf, sobald er schluckte oder laut lachte. Im Traum hatte ich versucht, sein Gesicht klar zu erkennen, aber ganz gleich, wie nah ich ihm kam, ich sah nichts als einen Lichtfleck mit den ungefähren Umrissen eines menschlichen Gesichts – die einzelnen Züge blieben verschwommen. Die Traumszene zerfiel in Fragmente, Zeit und Raum gerieten durcheinander wie bei einer

Videokassette, die man jederzeit beliebig vor- oder zurückspulen kann. Wir standen vom Eßtisch auf und gingen rückwärts wieder hinaus, wo wir am Eingang des Restaurants laut und fröhlich darüber debattierten, ob wir in diesem unheimlichen Lokal speisen sollten; wir fanden uns grüppchenweise draußen im Gewirr der Gassen wieder, in denen wir ziellos umherschlenderten und schon halb geschmolzenes, sehr weiches Waffeleis mit Schokoladenkrümeln schleckten. Ich bemerkte, daß der Fremde mit seinem Gesicht aus Sonnenstrahlen und dem gestreiften Hemd von Anfang an bei uns gewesen war, mit uns herumbummelte, mit uns neben den Leitungsmasten aus Beton vor dem Restaurant stand, lautlos, aber sonst höchst gegenwärtig, zweifellos nahm er in jeder Szene einen angestammten und nicht zu übersehenden Platz innerhalb der Gruppe ein. Als wir uns in dem moosbedeckten Hof an den feuchten Eisentisch setzten, setzte er sich mir gegenüber neben Gao Yang, in ein Strahlenbündel gehüllt. Ich glaubte, daß ich im Traum kurz sein Gesicht deutlich gesehen hatte, und zwar in dem Moment, in dem wir in den Schatten des an allen Seiten von Häusern umstellten Innenhofs eintauchten, aber irgendwie konnte ich mich jetzt nicht daran erinnern. Im Traum füllte das Hauptgebäude des Restaurants einen riesigen Raum aus, es wirkte wie ein großes Theater mit mehreren leeren, lichtdurchfluteten Bühnenetagen und verdrängte fast die realen Orte, wo sich alle anderen Dinge und Menschen aufhielten, so daß sie sich in meinem Blickfeld ständig gegenseitig verdeckten, überschnitten oder zusammenpreßten und deshalb nur verschwommen und unklar wahrnehmbar waren. Je ausführlicher ich darüber nachdachte, um so verschwommener, farbloser und unlogischer verwoben sich die Menschen und die Bilder ineinander, als versuchte man mit einer öligen Hand im Wasser einen glitschigen Fisch zu fangen und müßte trotz allen Bemühens mit ansehen, wie er einem unter den Augen Stück für Stück wieder entglitt und im Wasser verschwand. Das einzige Traumbild, das am Ende klar bei mir zurückblieb, war, daß sich Gao Yang andauernd mit dem gesichtslosen Fremden unterhielt, während hinter ihm das mehrstöckige Gebäude mit all seinen offenen Türen und Fenstern wie ein ausdrucksloses Riesenauge oder ein ins Extreme vergrößerter Mund den Raum füllte.

Ich wußte nicht, in welchem Maß der Traum die wirkliche Szene von damals widerspiegelte.

3

Als ich nach Hause kam, fand ich Fatty Wu und die anderen vor, die Karten spielten.

»Meine Frau ist zurückgekommen, deshalb haben wir unsere Parteigruppensitzung zu dir verlegt«, erklärte mir der Dicke. Dann stellte er mir einen Neuen vor, einen Mann mit einem großflächigen Gesicht: »Dieses Parteimitglied haben wir neu aufgenommen. Weil du so oft abwesend bist und ohne Angabe von Gründen deinen Mitgliedsbeitrag schuldig bleibst, haben wir beschlossen, dich vorläufig von den Veranstaltungen der Partei auszuschließen.«

»Wenn du spielen willst, kann ich dir mein Blatt abtreten«, sagte der mit dem großen Gesicht.

»Nein, nein, ich spiele nicht, ich beuge mich dem Parteibeschluß.«

»Was ist los?« fragte mich Liu Huiyuan. »Du siehst aus, als wärst du gerade aus der Senkgrube gestiegen.«

»Es scheint« – ich ließ mich aufs Sofa fallen –, »es scheint verdammt noch mal so, als stehe ich unter Mordverdacht.«

Fatty Wu nahm die Zigarette aus dem Mundwinkel, sah zuerst seine Karten, dann mich an und meinte: »Da hast du aber Glück. Wie hast du das denn angestellt, so schnell eine VIP zu werden?«

»Bild dir nicht ein, daß du was Besonderes bist«, belustigte sich ein anderer. »Behalt deine hundert Gramm Fleisch da unten, kein Mensch schert sich drum, ob du dich opfern willst!«

Ich mußte lachen. »Mit euch Idioten braucht man sich wirklich nicht zu unterhalten.«

»Und wir unterhalten uns nicht mit Idioten.« Alle grölten. »Wer weiß, was dabei rauskommt, als nächstes erzählt er uns noch, er hätte im Leerlauf acht Meilen gegen den Wind gemacht und durch heftigste Anstrengung gar nix erreicht.«

»Ach«, sagte Liu Huiyuan plötzlich, »nebenan sitzen übrigens zwei Besucher. Nicht die Polizei, vermutlich sind es die beiden Schätzchen, die ›Frühergüßler‹ dir schickt. Wenn du die Leute nicht abholst, marschieren sie eben alleine her.«

»Beeil dich«, riet mir Fatty Wu, »die Braut ist spitze, zart wie frischausgelöstes Muschelfleisch.«

»Bitte nicht diese Nummer.« Ich stand grinsend auf. »Sie ist garantiert ein hoffnungsloser Fall, sonst würdest du längst wie eine Fliege um sie herumschwirren und kaum noch hier Karten spielen!«

Als ich ins Nebenzimmer kam, erhob sich das junge Paar eilig. Das waren weiß Gott keine Penner, die beiden hatten etwas von südlicher Finesse an sich, allerdings wirkte der Mann in seinem vornehmen Anzug ein bißchen blöde, wie ein Möchtegern-Gentleman. Ich begrüßte sie scherzend: Ich sei gestern auf dem Weg, um sie abzuholen, plötzlich in Ohnmacht gefallen und von irgendeinem Wohltäter zur Notbehandlung ins Krankenhaus gebracht worden, ich hätte Epilepsie, von der ich selbst nie wüßte, wann sie ausbrechen würde, es täte mir infolgedessen furchtbar leid, daß ich sie im Stich gelassen hätte. Der Mann sagte, das sei doch unbedeutend, sie hätten schon von den Spielern erfahren, daß ich einen Anfall erlitten habe, das nähmen sie nicht übel; er und Ming Song seien eng befreundet, und da ich ja auch ein guter Freund sei, habe Ming Song sie zu mir geschickt und dabei noch nicht einmal die zwei Pfund Mondkuchen, die er mitschickte, erwähnt, ich sollte doch mal probieren. Ich war hungrig, also aß ich gleich einen und fragte dabei, ob es Ming Song denn gutgehe und ob er inzwischen reich geworden sei, ob sich seine Frau von ihm hatte scheiden lassen und wem das Kind zugesprochen worden sei. Der Mann antwortete, Ming Song gehe es sehr gut, er sei nicht reich geworden und seine Frau habe sich nicht scheiden lassen, weil sie zwar die ganze Zeit vom Heiraten geredet, aber sich doch noch nicht hätten trauen lassen, das Kind könnte sein kleiner Bruder gewesen sein, Ming Song hätte einen sehr viel jüngeren Bruder, aber zu einem eigenen Kind habe er es noch nicht gebracht, im Gegenteil hätte seine Freundin schon einige Abtreibungen hinter sich. Ich hustete und meinte, es sei mir wurst, ob er schon Kinder hätte oder nicht und genauso scheißegal, mit wem er zusammen sei, sie aber seien von so weit her gekommen und nun mutterseelenallein, sie sollten doch mal sagen, was sie eigentlich vorhätten! Der Mann fing an herumzustottern, sie hätten überhaupt nichts vor und wollten sich bloß ein bißchen amüsieren; als sie mich gestern am Bahnhof nicht gesehen hätten, seien sie zu einer Verwandten der Frau gegangen, um dort zu übernachten, aber deren Wohnung sei sehr klein, es gebe nur ein Zimmer mit einer heizbaren Schlafbank, die Schlafbank hätte sie ihnen überlassen und selber die ganze Nacht primitiv auf dem Boden logiert, und das sei ihnen »sehr unangenehm, im höchsten Maße peinlich«. Kapiert, sagte ich, wenn ihr den Vorsitzenden Mao besuchen wollt, kann ich euch keine Karten besorgen*, aber wenn ihr einen Platz zum Schlafen sucht, dann ist das kein Problem, wohnt einfach hier, zu essen gibt's nichts, aber rumwälzen könnt ihr euch, wie ihr wollt. Mann und Frau strahlten vor Freude und wickelten ein Bonbon aus, das sie mir eigenhändig in den Mund steckten. Aber laßt das doch, was soll das denn, ich bin Höflichkeiten nicht gewohnt, ich krieg ja ein schlechtes Gewissen, seitdem ich klein war, hat mich niemand mehr so verhätschelt, wenn ihr plötzlich so gut zu mir seid, könnte ich annehmen, daß ihr was im Schilde führt. Ich schwöre, das Bonbon ist nicht vergiftet, das sind Hochzeitsbonbons, Zucker der Freude, von heute an sind wir Freunde, es freut uns sehr, mit dir befreundet zu sein, wir sind doch alle jung und werden bestens miteinander auskommen, wenn du später bei uns irgendwas zu erledigen hast – ein Wort genügt. »Hört auf«, versuchte ich die beiden abzuschütteln, »wo wohnt denn eure Bekannte? Heute abend könnt ihr einziehen.« Die beiden schwatzten noch ein wenig rum, dann zogen sie selig lächelnd ab.

Ich ging in das andere Zimmer zu den Kartenspielern zurück und saß für eine Weile dümmlich und geistesabwesend lächelnd da, mein kurzgeschlossenes Hirn konnte sich nicht mehr daran erinnern, was ich gerade hatte tun wollen. Ich fragte die Anwesenden, wozu ich eigentlich hergekommen sei. Zur Antwort spuckten sie nichts als schmutzige Gedanken aus, die alle nur um das eine kreisten, rhythmische Leibesübungen in der Horizontalen und so was. Als ich lachte, fiel mir plötzlich ein, daß ich ja telefonieren wollte. Es klingelte eine kleine Ewigkeit, ehe eine Frau abnahm und mich fragte, wer ich sei. Die Wache, sagte ich. Sie antwortete, Xu Xun sei doch im Dienst, weshalb ich denn zu Hause anriefe. Ich legte auf und rief bei der Polizeistation an. Der Vermittlung sagte ich, ich riefe von Xu Xun zu Hause an. Xu Xun nahm das Gespräch an. Als er hörte, daß ich es war, sagte er, ich sollte sofort einhängen: »Ich habe gerade viel zu tun, ich ruf dich gleich zurück.« Sein Rückruf kam wenig später, offensichtlich hatte er an einen anderen Apparat gewechselt; er sprach leise und war schwer zu verstehen. Er teilte mir mit, daß er mir am Telefon überhaupt nichts erzählen könne, ich solle am nächsten Morgen ganz früh bei ihm vorbeikommen. »Und komm um Himmels willen allein!« – »So schlimm steht's?« versuchte ich noch zu scherzen, aber er hatte bereits aufgelegt.

Alle Spieler blickten erwartungsvoll zu mir rüber, vielleicht sah man mir meine Niedergeschlagenheit an. Liu Huiyuan spielte aus und fragte mich:

»Was ist los, hast du dich über irgendwas geärgert?«

»Nein«, zwang ich mich zu lachen, »außer über mich selber.«

»Wenn du was hast, dann sprich dich bei deinen Freunden aus«, preßte Fatty Wu neben der Zigarette zwischen seinen Lippen hervor und sah in sein Blatt, »verschließ dein Herz nicht, das macht's nur noch schlimmer!«

»Ich hab wirklich nichts, und wenn ich was hätte, wär auch drauf geschissen, wer bin ich denn!«

»Wer nicht will, der hat schon«, fuhr Liu Huiyuan Fatty Wu, der den Mund noch mal öffnen wollte, in die Parade, »spielen wir weiter!«

Als es in diesem Moment klingelte, wich mir alle Farbe aus dem Gesicht, was den Spielern nicht entging. Bestürzt sahen sie einander an und fragten mich, wer das sein könne.

»Keine Ahnung.«

»Wer soll das schon sein, garantiert kommen da deine beiden Herzchen wieder anmarschiert.« Liu Huiyuan warf seine Karten hin und ging aufmachen. Mit ziemlichem Krach, einem großen und einem kleinen Koffer und knallroten Gesichtern erschien das Paar im Türrahmen:

»Da wären wir!«

»Na und? Was macht ihr deswegen für ein Getöse?« Dann lächelte ich sie an und stand auf, um ihnen ihr Zimmer zu zeigen. »Hier drin ist es ziemlich warm, egal, wie das Wetter draußen ist, es besteht keinerlei Chance, daß ihr euch erkältet.«

»Ach, darf ich bekannt machen, das ist die Cousine meiner Frau, bei der wir gestern übernachtet haben, Li Jiangyun.«

»Wirklich hübsch«, bemerkte ich angesichts der anmutigen Frau, die mit hereingekommen war, »wenn ich du wäre, würde ich mich viel lieber bei ihr drängeln, als hierherzuziehen.«

»Die machen dauernd Witze«, erklärte der Mann, »echt lustig.«

»Oh, die Sorte kenne ich besser als du«, gab Li Jiangyun lächelnd zurück, »die sind hier allüberall.* Wenn ihr gut untergebracht seid, dann gehe ich jetzt wieder. Solltet ihr noch irgendwelche Probleme haben, dann kommt zu mir.«

»Darf ich auch kommen, wenn ich Probleme habe?«

»Nein.« Li Jiangyun schüttelte lachend den Kopf.

»Wo wohnst du denn, weit von hier?« fragte Liu Huiyuan.

»Ganz nah«, erläuterte der Mann, »in dem Block gleich über die Straße.«

»Was hast du's dann so eilig? Setz dich doch ein bißchen zu uns, so einfach lernt man sich ja nicht kennen.« Ich schob Li Jiangyun zurück ins Zimmer, während Liu Huiyuan den Ausgang versperrte und sie nach drinnen drängte.

»Vielleicht gehst du doch besser heim, Cousine Yun.« Der Tonfall der jungen Frau verriet, daß die Situation sie etwas beunruhigte. »Sie hat weniger zu befürchten als du«, meinte Liu Huiyuan, »Cousine Yun kennt das, sieh nur, wie gelassen sie lächelt! Paß bloß auf dich selbst auf, es wird keine Woche dauern, dann wird dein Originalgatte nix mehr zu tun haben – also wappne dich lieber jetzt schon.«

Wir amüsierten uns alle. Der Mann lachte seine Frau an: »Das ist nur Spaß, alles unter Freunden!«

»Oh, bei solchen Angelegenheiten hört die Freundschaft auf, nicht wahr, Fang Yan?«

»Ganz richtig«, nickte ich, »die ist dann scheißegal!«

Von uns allen umdrängt, kam Li Jiangyun ins Zimmer zurück und nickte den Jungs, die ihr entgegensahen, unbefangen lächelnd zu. Liu Huiyuan stellte Fatty Wu und den anderen vor, machte einen Sitzplatz für sie frei und bot ihr Tee an.

»Li Jiangyun?« Fatty Wu warf die Karten hin. Er zog an seiner Zigarette und strahlte sie an. »Kein sehr bekannter Name, hab noch nie was von dir gehört.«

»Und wer bist du?« entgegnete Li Jiangyun lässig, »du gehörst wohl auch zu den Leuten, von denen man nie was hört, was?«

»Kennst du den?« Wu zeigte mit der Zigarette auf mich.

Li Jiangyun wandte mir ihren Blick zu.

»In welchem Jahr hing denn seine Urteilsverkündung auf der Straße?«

»Welche Urteilsverkündung?« freuten sich alle, und Fatty Wu erklärte: »Unser Freund hier ist Schriftsteller, du hast bestimmt schon was von ihm gelesen, nur Maos ›Ausgewählte Werke‹ haben in China eine höhere Auflage als seine.«

»Wirklich?« Noch einmal drehte Li Jiangyun sich zu mir um. Bescheiden schlug ich die Augen nieder.

»Was hast du denn geschrieben?« fragte mich die Neuvermählte.

»Die Titel muß ich gar nicht erst erwähnen«, antwortete Fatty Wu für mich, »es reicht, wenn ich euch sein Pseudonym verrate, dann wißt ihr Bescheid: Qiong Yao.*

Dieser Witz kam immer sehr gut an, selbst wer ihn schon kannte, lachte noch einmal mit. Ich lachte als einziger nicht, denn der Witz war noch nicht zu Ende, die Pointe sollte noch kommen.

»Er schreibt nicht bloß, sondern er spielt auch Theater und dreht Filme, ein Multitalent. In China ist er nicht so bekannt, aber dafür in Europa.«

»Wen hat er denn gespielt?« Die törichte Braut biß noch einmal an.

»Den jungen Gorki und den jungen Lu Xun, bevor er sich den Bart wachsen ließ.«

»Tatsächlich?« Das Paar musterte mich von oben bis unten, wie ich rauchend und mit zurückgebogenem Kopf ein lebensechtes Porträt probierte.

»Wirklich total ähnlich.«

»Sein letzter Streifen war eine Koproduktion mit einer tschechischen Filmgesellschaft, *Die Geschichte vom Maulwurf.*** Er spielt die männliche Hauptrolle, auch noch ohne Bart.«

Alle prusteten los. Li Jiangyun klärte ihre einfältige Cousine auf:

»Kapierst du immer noch nicht, die machen nur Quatsch.«

»Bist du verheiratet?« Fatty Wu setzte eine todernste Miene auf.

»Nein«, lächelte Li Jiangyun ihn an, bevor sie mit herabgezogenen Mundwinkeln zu uns anderen sah.

»Du solltest heiraten.« Fatty Wu redete ihr voll herzlichen Wohlwollens ins Gewissen. »Du bist nicht mehr die Jüngste, und allzulang wirst du auch nicht mehr so gut aussehen.«

»Danke, ich bin schon verheiratet, mach dir keine Sorgen.« Li Jiangyun lachte.

»Na, um so besser«, meinte Fatty Wu, »dann solltest du dir Gedanken wegen eines Geliebten machen. Verheiratet bist du schon, die Pflicht hast du erledigt, du solltest also jegliche Bedenken aus dem Weg räumen und dir jemanden ganz nach eigenem Belieben suchen.«

»Du hast wohl immer das letzte Wort?!«

»Zu den unumstößlichen Gesetzen unserer Partei gehört es, dich, wenn du Mitglied bist, auszuschließen, und wenn du nicht Mitglied bist, aufzunehmen, auf keinen Fall aber darfst du müßig daneben stehen.«

Ich johlte, johlte so, daß ich vom Stuhl herabglitt und mich kniend auf dem Boden krümmte. Die anderen sahen mich an, und Li Jiangyun fragte Fatty Wu:

»Glaubst du etwa, ich wäre scharf drauf, eurem Verein beizutreten?«

»Oh, zu diesem Punkt haben wir längst strenge Parteistatuten: Es ist scheißegal, ob du selbst in die Partei eintreten möchtest oder nicht, es kommt nur darauf an, ob dich die Partei für passend befindet, dann bist du aufgenommen.«

»Sieh nur, wie er lacht«, sie schaute mich an, »habt ihr jetzt jemanden gefunden, über den ihr euch lustig machen könnt, ja?«

»Nein, nein«, grinsend stand ich auf, »mir ist nur ein Vers aus einem Shandonger Sprechgesang eingefallen: Mein und so fein, ich tu ihn dir rein, mach breit deine Bein', schon bist du im Verein! Das sagt der Parteizellensekretär zu den weiblichen Massen, die heftig die Aufnahme in den Großen Verein begehren.«

Und schon wieder mußte ich losprusten.

Li Jiangyun fragte Fatty Wu: »Ist das komisch?«

Wu schüttelte den Kopf: »Nicht komisch.«

»Wie kommt's nur, daß ich das so ordinär finde?« fragte Li Jiangyun.

»Du hast völlig recht«, gab er zurück, »wir haben den lokalen Justizbehörden bereits unterbreitet, daß sie ihn verhaften sollen.«

»Das ist bei solchen Typen wirklich notwendig.«

»Falsch, derartige Maßnahmen geschehen vollständig aus dem Unterbewußtsein unserer Partei heraus – um die politische Atmosphäre in der Partei zu beleben, müssen alle Parteimitglieder reihum einsitzen.«

Bei unserem Gelächter dämmerte es Li Jiangyun schließlich, daß sie keine Chance hatte, gegen den Strom zu schwimmen. Sie beschloß klugerweise, die Rolle der lächelnden Stummen zu spielen, Fatty Wu und uns andere ihre Show abziehen zu lassen, ohne sich in irgendeiner Weise davon berührt zu zeigen, und so keinerlei Angriffsfläche mehr zu bieten. Nach einer Weile ging uns das auf die Nerven, diese Unterhaltung ohne Reaktion war uninteressanter, als Karten zu spielen, deshalb schmissen wir sie raus.

»Du solltest lieber gehen, es ist nicht gut, wenn du bis spät in die Nacht hier bleibst, unser Ruf ist noch unbefleckt!«

»Macht ihr das immer so, daß ihr die Leute fortjagt, wenn ihr nicht gewinnt?« Es war bewundernswert, wie sie Haltung bewahrte. »Ihr besitzt wirklich die Fähigkeit, den geeigneten Zeitpunkt festzustellen und die Situation richtig einzuschätzen, ganz ohne unnützes Zaudern.«

»Du bist zu intelligent, und wir mögen keine intelligenten Frauen, bei denen kommt nämlich die Hauptsache immer zu kurz.«

»Ihr wünscht euch wohl alle, daß sämtliche Männer Gymnastiklehrer wären und sämtliche Frauen Gummimatten, auf denen ihr nach Belieben turnen könntet!«

»Noch nie sah ich jemand nach Tugend streben so gern wie das Geschlecht beleben.«

»Los, los«, ich reichte Li Jiangyun ihr Tuch und die Handschuhe, »jetzt wird nicht mehr herumgequatscht. Wir sind alle Choleriker und strengen uns nur bei Aussicht auf Erfolg an. Und wir legen besonderen Wert darauf, daß wir keinen Finger zu rühren brauchen, um eine Frau an der Angel zu haben.«

»Dann tschüs!« Li Jiangyun hatte sich fertig angezogen, sah uns noch einmal mit einem halben Lächeln an und strebte dem Ausgang zu.

»Sei nicht böse, tu einfach so, als wären wir uns nie begegnet.« Nachdem ich die Tür hinter ihr zugemacht hatte, sagte ich zu dem Paar, das noch immer verängstigt dasaß:

»Und ihr geht auch schlafen, da wir sowieso nicht zusammen schlafen, braucht ihr nicht zu warten.«

»Eigentlich ist das alte Mädchen gar nicht so übel«, meinte Liu Huiyuan, nachdem die beiden draußen waren.

»Klar ist sie nicht schlecht, wie kommt's nur, daß sie unserer Herrenriege nicht gefällt?« Fatty Wu zwinkerte mir zu. »Da mußte dir dein Freund laufend aus der Patsche helfen, ist dir wenigstens ein bißchen wohler geworden?«

»Sehr viel wohler!« lachte ich.

Wir begannen zu spielen. Während des Spiels betrachtete ich eine silbergraue Umhängetasche aus Kunstleder, eine weiche Damentasche, von der Art, wie sie vor vielen Jahren der Modehit war, die an einem Haken neben dem Bücherregal hing und so verstaubt war, daß das ursprünglich glänzende Leder dunkel und stumpf schimmerte. Wir spielten alle ziemlich draufgängerisch, selbst wenn jemand keine einzige Punktekarte auf der Hand hatte, kündigte er trotzdem gleich brüllend »Hundert!« an, aber nur ich hatte damit Glück, ich bekam am Ende aus dem Tapp jedesmal ein prächtiges Blatt auf die Hand, genau wie ich es brauchte, und konnte ausspielen, was ich wollte, ich zog die anderen immer ab.*

Das war keinesfalls ein gutes Zeichen, da ja Glück im Spiel Pech an anderen Fronten bedeutete, das hatte sich als unumstößliche und ausnahmslose Regel erwiesen. In jener Nacht kam ein Anruf für mich, von einer Frau, die mir sagte, daß es einer anderen Frau namens Ling Yu schlechtgehe und sie im Krankenhaus sei, ihre Zehrrose** habe bereits das Endstadium erreicht, sie wolle mich sehen. Ich dachte lange nach, aber mir fiel nicht ein, wer Ling Yu war. Die Anruferin fragte mich, ob ich nicht kommen könne. Ich entschuldigte mich, es ginge nicht, da ich gleich früh am nächsten Morgen nach Amerika fliegen müsse, das Ticket sei bereits fest gebucht, es täte mir leid. Die Frau am anderen Ende schwieg noch eine Zeitlang, dann legte sie auf. Danach wendete sich mein außergewöhnliches Spielglück.

4

Auf dem Weg zu Xu Xun machte ich einen Abstecher ins Kinderkrankenhaus. Ich ließ Jin Yan herausrufen, die gerade dabei war, eine Schar kleiner Dickbäuche mit Medikamenten zu versorgen, und sagte ihr, sie solle sich frei nehmen, um mit mir einen Regisseur zu besuchen; dieser Regisseur suche Schauspieler für seinen nächsten Film über eine junge Frau, die sich nach oben kämpft. Wenn wir dort seien, redete ich ihr ein, solle sie auf keinen Fall etwas sagen, der Regisseur sei ein besonders wortkarger Mensch und ihr seichtes Geplapper würde ihn sicherlich enttäuschen, »außerdem ist die Hauptdarstellerin des Films stumm, sie hat nicht eine Zeile Text, sondern muß die ganze Zeit nur tiefgründig in die Gegend blicken«.

Als wir bei Xu Xun ankamen, saß er mit seiner jungen Angetrauten inmitten einer hohen Front von braunen Einbauschränken und unterhielt sich gedämpft mit ihr, ehe er bei unserem Eintreffen freundlich nickend aufstand. Ich stellte ihm Jin Yan als eine ausländische Freundin vor, die kein Wort Chinesisch verstünde und um die man sich daher nicht groß kümmern müsse, es sei völlig ausreichend, ihr ab und zu ein bißchen nett zuzunicken und ihr eine Tasse chinesischen Tee hinzustellen.

»Weshalb schleppst du denn eine Ausländerin an?« Er beäugte Jin Yan argwöhnisch, »ihre ganze Aufmachung entspricht so sehr dem, was hier Mode ist, daß ich normalerweise annehmen würde, sie wäre eine von der nächsten Ecke.«

»Sie kommt aus einem ziemlich unterentwickelten Land«, ich setzte mich hin, »aus Fleischa*, die nachlässige Kleidung der Leute dort läßt sehr viel Fleisch frei, daher der Name.«

»Ach, so ist das«, Xu Xun sah mich scheel an, »kein Wunder.«

»Such mal einen Film für unseren ausländischen Gast aus«, ich klopfte auf den Videorecorder im Einbauregal, »sie soll sich doch nicht langweilen!«

»Ich habe nichts Vernünftiges«, sagte Xu Xun, »nur Kongfu-Streifen.«

»Also dann eben Kongfu, so was gibt's bei denen noch nicht.«

Xu Xun legte eine Kassette ein, schaltete das Fernsehgerät an, und sofort gellte kehliges Kampfgeschrei von kahlköpfigen Mönchen durch das Zimmer. Xu Xuns kleine Frau stellte zwei Tassen Tee auf den Sofatisch vor uns und fragte mich lächelnd:

»Du hast jemanden umgebracht?«

»Oh, weißt du das auch schon?«

»Worum ging's denn?« erkundigte sie sich neugierig, »warum hast du gemordet?«

»Geld natürlich, wofür bringt man heutzutage sonst einen um? Ich kämpfe schließlich nicht um die Staatsmacht.«

»Großartig!« Die junge Frau strahlte mich voller Bewunderung an. »Hoffentlich einen dicken Batzen?«

»Einen dicken Batzen. Sonst lohnt sich das Verbrechen nicht.«

»Ja, wenn man schon so was macht, dann richtig!« Sie warf ihrem Mann einen kritischen Blick zu, »du hättest nicht den Mut dazu!«

»Verpiß dich, was kapierst du schon!« verscheuchte Xu Xun sein Frauchen, »setz dich vor die Glotze, und misch dich hier nicht ein!«

Sie sah ihn nur verächtlich an und setzte sich dann schmollend ein Stück weg, wo sie schon bald voller Vergnügen den Videofilm verfolgte.

»Habe ich dir nicht ausdrücklich gesagt, daß du niemanden mitbringen sollst, und da kommst du erst recht nicht allein!« beschwerte sich Xu Xun unter dem Gebrüll der Mönche. »Du brauchst wohl unbedingt einen Zeugen!«

»Sie ist doch ein schöner Deckmantel«, antwortete ich. »Schließlich muß ich mir jetzt bei jeder Bewegung vorher überlegen, wie man sie mir später auslegen könnte, und für den Fall, daß man mich beobachten läßt, ist es immer noch besser, ich erzähle denen, ich hätte mir dein Schlafzimmer geliehen, als zu behaupten, ich sei gar nicht hier gewesen.«

»Das heißt, sie waren schon bei dir?«

»Bei dir noch nicht? Da kannst du mal sehen, das fällt mir schon seit langem auf, es ist völlig egal, worum es geht und wie viele Leute damit zu tun haben, immer bin ich es, der hinterher in der Tinte sitzt, und ihr seid alle fein raus.«

»Woher willst du wissen, daß ich fein raus bin?« Xu Xun starrte mich an. »Als ich mir nicht zu helfen wußte, hast du dich noch weiß Gott wo fröhlich rumgetrieben.«

»Also waren sie auch schon bei dir. Sie haben erst dich befragt und dann mich, da hast du mir wohl die Bullen auf den Hals gehetzt.«

»Ich kann dir gar nichts sagen«, flüsterte Xu Xun, »da sind noch andere involviert, die deswegen ihren Hals riskiert haben. Ich kann dir nichts weitererzählen, sonst sind die dran, und ich wäre dann auch geliefert.«

»Ich will keine Details wissen, mir geht es nur darum herauszubekommen, wie weit die Sache schon ist; du wirst doch nicht gleich eingelocht, wenn du mir ein bißchen was erzählst? Gib mir ein Stichwort, damit ich nicht ganz in der Luft hänge.«

»Genau das kann ich nicht, die anderen haben mir darüber auch kein Wort erzählt.«

»Glaubst du etwa auch, daß ich Gao Yang umgebracht habe?« fragte ich geradeheraus. »Hältst du das für möglich? Warum hätte ich das tun sollen? Du kennst mich doch in- und auswendig. Wer auf der Welt wäre es wert, von mir ermordet zu werden?«

»Mir brauchst du das nicht zu erzählen. Wenn ich in dieser Sache schriftführend wäre, würde ich dich für unschuldig erklären, selbst wenn du den Mord begangen hättest.«

»Komm mir bloß nicht so arrogant!« Ich tastete nach den Zigaretten und richtete mich dabei auf. Ich sah zu Jin Yan hinüber, die in der Ecke vor dem Fernseher saß, lächelte ihr zu, als sie sich zu mir umdrehte, zündete mir eine Zigarette an und wiederholte dann noch einmal leise: »Nur nicht so arrogant! Ich kenn dich doch! Glaub nur nicht, ich sähe dir nicht hinter die Fassade, was ich fertigbringe, bringst du doch schon lange.«

»Als es dein größter Wunsch war, für die jungen Pioniere den leibhaftigen Onkel Lei Feng* abzugeben, konnte ich leider nicht mithalten.«

»Hör auf, das war das einzige Schmachvolle, was ich in meinem Leben je getan habe, und du mußt mich immer wieder damit aufziehen!« Ich schlug die Hände vors Gesicht.

»Also, setz uns nicht gleich. Du hast auch nicht nur Pech, es gab auch Zeiten, in denen du kraft deiner Verdienste in der Öffentlichkeit bestens dagestanden bist.«

Xu Xun schob sich eine Zigarette zwischen die Lippen. Ich gab ihm mit meiner Feuer und steckte sie mir wieder in den Mund. »Jetzt mal im Ernst«, ich lachte Xu Xun an, »die Polizei hat auch nicht behauptet, daß unbedingt ich den Mord begangen haben muß, oder? Es gibt viele Verdächtige, zum Beispiel dich, du bist so ein finsterer Typ. Wenn ich der Kommissar wäre, würde ich dich als ersten verdächtigen. Als wir klein waren und Mörder und Gendarm gespielt haben, wolltest du immer der Mörder sein; mit deiner Veranlagung zum Übeltäter konntest du gar nicht den Polizisten spielen.«

Xu Xun lachte. »Das darfst du aber nicht der Polizei erzählen. Ich weiß, daß du einem Kameraden die Treue hältst.«

»Ich bin nicht treu«, grinste ich ihn an, »ich habe dir schon mal gesagt, wenn's um Leben und Tod geht, ist sich jeder selbst der Nächste.«

Bei unserem Gelächter schauten Xu Xuns Frau und Jin Yan erstaunt zu uns herüber.

»Aber meinst du nicht auch, daß wir alle grundanständig sind, wer von uns hätte denn je einen anderen in Schwierigkeiten gebracht? Jemanden daraus gerettet, das oft, aber jemanden umgebracht? Anscheinend war irgendwas an dem Essen damals faul, hätte ich das eher gewußt, wäre ich erst gar nicht hingegangen. Du hast der Polizei doch auch erzählt, daß wir Gao Yang damals bei unserem gemeinsamen Essen zum letzten Mal gesehen haben?«

»Ja«, bestätigte Xu Xun , »damals hab ich ihn zum letzten Mal gesehen.«

»Was soll das heißen, *du* hättest ihn damals zum letzten Mal gesehen, *wir* haben ihn dort zum letzten Mal gesehen.«

Xu Xun lächelte und schwieg, gemächlich zog er an seiner Zigarette.

»Natürlich waren *wir* das«, beharrte ich, »Gao Yang ging als erster, noch ehe das Essen vorbei war, und wir gingen erst eine ganze Weile später in den Zoo zu den Affen. Damals hatte der Zoo ein paar neue, ziemlich intelligente Affen. Im Zoo bekamen wir noch Streit mit ein paar Typen aus dem Nordosten, du warst betrunken und hast einen angemacht, du dachtest, er sei allein, aber es stellte sich heraus, daß es eine ganze mit Messern bewaffnete Band war, und als sie anfingen, uns einzukreisen, sahen wir ganz schön alt aus – du Pisser bist als erster weggerannt!«

Xu Xun mußte lachen: »Wer als erster abgehauen ist, warst du, und den Streit vom Zaun gebrochen hast auch du, das hast du immer gemacht, wenn du zuviel getrunken hast, auch wenn wir überhaupt nicht im Vorteil waren, wie oft haben wir deinetwegen Schläge eingesteckt, jahrelang, schon seit frühester Jugend, sei bloß still!« Seine Fröhlichkeit verschwand. »Es hat keinen Sinn, daß wir uns länger gegenseitig was vormachen – das war nach einem anderen Essen. Damals, nach dem letzten gemeinsamen Essen mit Gao Yang, warst du nicht dabei, als wir gingen.«

»Wieso soll ich nicht dabeigewesen sein?« fragte ich belustigt.

»Wo war ich denn? Bin ich etwa mit Gao Yang um die nächste Ecke gebogen, um ihm den Kopf abzuhacken?«

»Wohin du mit wem gegangen bist und was ihr getrieben habt, weiß ich nicht«, antwortete Xu Xun friedfertig, »aber auf keinen Fall bist du mit uns zusammen weggegangen, aus dem Restaurant sind nur wir fünf gekommen: Gao Jin, Wang Ruohai, Xia Hong, Qiaoqiao und ich. Wir sind die ganze Zeit durch die Straßen geschlendert und zwischen den Ständen herumgebummelt, später haben mich die vier dann abgehängt. Ich erinnere mich genau daran, wie ich allein an einer Schießbude mit dem Luftgewehr auf bunte Luftballons schoß, die vor einem weißen Stoff aufgereiht waren, und einen nach dem anderen platzen ließ – du warst wirklich nicht dabei.«

»Das kann nicht sein, daß ich nicht dabei war«, ich sah an die Decke, »das ist unmöglich. An dem Tag sind wir zu acht essen gegangen…«

»Zu siebt«, unterbrach mich Xu Xun, »wir waren sieben: du und ich, die Brüder Gao, Wang, die beiden Frauen und… hm, wir waren acht, wieso waren wir acht?«

»Wer war noch dabei? Sag, wer war dieser achte?«

»Ich weiß nicht, es war jemand, den ich nicht kannte.«

»Hatte er ein gestreiftes Hemd an?«

»Ich glaube, ja.«

»Dann stimmt es also, mir fällt auch die ganze Zeit nicht ein, wer dieser achte war, ich denke dauernd, es war Zhuo Yue…« Ich bemerkte, daß Xu Xun lächelte. »Damals war es noch nicht so lang her, daß Zhuo Yue gestorben war, ich hatte mich noch nicht daran gewöhnt, und es kam mir immer so vor, als wäre er noch am Leben und immer mit uns zusammen.«

»Erklär mir nichts«, sagte Xu Xun, »das ging mir genauso.«

»Was du da sagst, ist eine Katastrophe für mich.« Der Kampf zwischen dem Mönch und einem Langhaarigen auf dem Bildschirm war beendet, die Personen erstarrten zum Standbild, und ihr Kampfgebrüll wurde von einem kantonesischen Lied abgelöst, bei dessen schwüler Melodie die Namen der Schauspieler über die Mattscheibe flimmerten.

»Glaubst du etwa, wenn ich nichts erzähle, daß es die anderen für sich behalten?« fragte Xu Xun und sah mich an. »Denkst du, ich war der erste, zu dem sie gekommen sind? Außerdem können sie dir allein aus diesem einen Punkt noch keinen Strick drehen, wenn du nicht bei uns warst, heißt das noch lange nicht, daß du mit Gao Yang weggegangen bist. Das ist erst ein Stück vom Strick, und wenn du nicht auch noch irgendwo anders drinhängst, wird er nie gedreht.«

»Und, hänge ich noch an anderer Stelle drin?«

»Das mußt du dich selbst fragen, kapierst du das immer noch nicht?«

»Ich hänge drin«, entgegnete ich amüsiert, »aber nicht parallel an dem Seil von Gao Yang, das ihr für mich so schön gespannt habt, sondern tangential an einem anderen, und dazwischen gibt es einen Winkel von mindestens neunzig Grad, Gao Yang ist nach Südwesten gegangen und ich, genau wie ihr, direkt nach Norden, und wenn du mir irgendeine Vergewaltigung, die damals in Peking passiert ist, anhängen willst, dann war ich allerdings dabei.«

»Und später? Hast du nicht quer über die chinesische Landkarte eine Diagonale gezogen?«

»Ich wußte, daß du mit diesen sieben Tagen ankommen würdest«, lachte ich ihn an, »mir fällt tatsächlich nicht ein, was ich in der Woche gemacht habe. Aber in einem bin ich mir sicher, nämlich daß ich nicht in Yunnan war, ich war noch nie in Yunnan, nicht in den sieben Tagen und auch sonst noch nie.«

»Was soll denn das, spinnst du?« erregte sich Xu Xun. »Mich kannst du gern belügen, ich nehm's sowieso nicht für voll, aber sollen das andere auch glauben? Ehrlich gesagt, du bist zusammen mit Gao Yang in Kunming gesehen worden. Und bildest du dir etwa ein, daß sämtliche Herbergen und Hotels alle paar Jahre ihre Registrationsbücher komplett wegschmeißen?«

»Wer hat mich gesehen?«

»Wen hast du denn gesehen?«

»Ich hab meinen Hinterkopf gesehen.«

»Hör auf«, Xu Xun richtete sich auf, »wozu streiten wir zwei uns rum. Das paßt auch nicht zu uns, daß wir hier Ankläger und Verteidiger spielen müssen. Es interessiert mich auch einen Dreck, wer hier wen gesehen haben will.«

In diesem Moment zeigte das Fernsehprogramm, das inzwischen lief, in seiner Wiederholung der vorabendlichen Unterhaltungssendung einen bekannten ausländischen Filmstar, der von einer Schar mehr oder minder bedeutender Starlets, Sängerinnen und Fernsehsternchen umschwärmt wurde. Sie sangen, tanzten und verbeugten sich, daß sie fast zwischen den Beinen durch den eigenen Hintern betrachten konnten. Jin Yan, die diese gemischte Schar betrachtete, lächelte mich trübsinnig an, denn es waren einige darunter, die ihr eigentlich gefielen.

»Sagt denen denn niemand, wie bescheuert sie sind?«

»Hast du noch die Hoffnung, daß diese Bande ein Hirn hat?« rief Xu Xuns Kleine. »Äh, du kannst Chinesisch?«

»Eine Chinesin soll kein Chinesisch können?!« platzte ich heraus, doch dann kam ich wieder zur Besinnung und gab feixend zu: »Jetzt reicht's, wenn sogar dieses Spielchen durchschaubar wird. Meine Technik macht Rückschritte, nicht einmal mehr eine Schwindelei haut hin, ich vergeß sie selbst zuerst, ich nutzloser Trottel!«

»Als wären wir drauf reingefallen!« lachte Xu Xun. »Spiel hier bloß nicht den redlichen Pfiffikus; wenn's ums Schwindeln geht, sind wir doch alle noch deine Meister!«

»Also muß dir klar sein, daß ich nicht gelogen habe; wenn ich sage, ich habe Gao Yang nicht umgebracht, dann hab ich ihn auch nicht umgebracht.«

»Und wenn schon, dann hast du ihn halt umgebracht«, meinte Xu Xuns Frau, »wieso gibst du es jetzt nicht mehr zu? Du enttäuschst mich sehr.«

»Wie kommst du nur zu einer so optimistischen Frau?« fragte ich Xu Xun. »Da sie sich nichts draus zu machen scheint, kann ich die Bullen ja auf dich ansetzen. Dieses Verdienst überlasse ich dir ohne Umschweife!« Ich wandte mich an sie: »Hiermit hat er ihn umgebracht, du bekommst die Prämie.« Unglaublich, die jungen Frauen von heute.

»Was quatschst du nur immer so dumm dazwischen«, fuhr Xu Xun seine Gattin an, »es gibt viele Arten zu sterben, ich werd dir helfen, wir werden schon ein Seil oder Gift im Haus haben, du kannst in Würde abtreten.«

»Ich habe mir etwas überlegt«, sagte ich zu Xu Xun. »Da ich in jener Woche garantiert niemanden umgebracht habe, war ich sicherlich unterwegs, um jemandem zu helfen.«

Xu Xun sah mich irritiert an, und ich lachte: »Schließlich war ich noch nie der Typ, der allein an den Rand irgendeines Abgrunds rannte, um unsere schöne Erde aus der Vogelperspektive und in innerer Einkehr zu studieren, ich bin wohl kaum so philosophisch oder missionarisch veranlagt.«

»Das bist du wirklich nicht, und wenn du dich tatsächlich an den Rand eines Abgrund stellen würdest, dann nicht, um die Menschheit zu retten, sondern um runterzupissen.«

»Wie du mich darstellst, ist auch unerträglich, aber auf jeden Fall bleibt Fang Yan immer bei seiner Schar, wie der Fisch im Wasser.*

»Das muß man allerdings sagen, Fang Yan bleibt immer bei seiner Schar Weiber, wie der Fisch im Wasser.«

»So bin ich wohl«, lachte ich. »Ich bin durchaus dieser Meinung, wenn ich in den sieben Tagen damals überhaupt irgendwo war, dann bei einer Frau.«

»Vielleicht«, schmunzelte Xu Xun, »ich glaube auch, das einzige, was dich eine Woche lang so fesseln kann, daß man nichts mehr von dir sieht, wäre eine Frau; wenn man einen Hund anbinden will, reicht es auch nicht, ihn nur an die Kette zu legen, dann tobt und bellt er immer noch herum, man muß ihm schon einen Knochen hinwerfen, damit er still ist.«

»Damals sind mir doch ziemlich viele Frauen nachgelaufen, oder? Hilf mir mal nachdenken, welche am schärfsten auf mich war. Welche mit mir unter einer Decke steckte oder mit mir zusammenwohnen wollte.«

»So eine ist mir nie begegnet. Ich sehe dich mit deiner Decke nur allein auf der Straße hausieren gehen, ohne daß dich irgendeine beachtet hätte.«

»Jetzt reicht's aber, damals hab ich vor Charme gesprüht, wäre da nicht Alain Delon* gewesen, hätten sich alle nur für mich interessiert.«

»Tatsächlich?« erkundigte sich Xu Xun bei seiner Frau.

»Das kam mir nicht so vor.« Sie sah mich von der Seite an. »Damals sahen wir alle nur Sun Wukong.«**

«Ach, so erbärmlich war ich? Jin Yan, du mußt jetzt ein gutes Wort für mich einlegen, warum hat sich damals das gesamte weibliche Personal eurer Klinik meinetwegen bis aufs Messer bekämpft?«

»Du warst wirklich grauenerregend«, antwortete sie lachend. »Damals fanden wir dich alle äußerst bemitleidenswert, aber da es – zumal in einem Kinderkrankenhaus – unsere Aufgabe war, Menschen vor dem Untergang zu retten und Verwundete zu heilen***, mußten wir uns ja um dich kümmern, und das mit dem Messer war schlicht gesagt so: Wer verlor, hatte eben Pech gehabt, und ich habe verloren und hatte die Bescherung.«

»Finster, finster!«**** sagte ich zu Xu Xun. »Ich glaube, daß jede Frau, für die ich mich damals interessierte, unbedingt folgende Bedingungen erfüllen mußte: schön sein wie eine Fee, tausend Käsch im Portemonnaie, Wissen vereinend aus Ost und

West, sanft und tugendhaft im Nest – so steht's mir schon in die Hand geschrieben.«

»So ein Wesen wurde noch nicht geboren.«

5

Nach dem Mittagessen verließ ich Xu Xun, schickte Jin Yan weg und rief dann von einem öffentlichen Telefon aus bei Wang Ruohai an. Seine Mutter sagte mir, daß er schon in aller Frühe aus dem Haus gegangen und noch immer unterwegs sei. Ich legte auf und ging hinunter in den nächsten U-Bahnhof. Jetzt um die Mittagszeit befanden sich nur wenige Fahrgäste auf dem Bahnsteig. Ich blieb so lange allein auf einer Bank sitzen, bis ich mich überzeugt hatte, daß es außer mir und dem Bahnpersonal nicht noch andere Müßiggänger gab, die keinen der aus beiden Richtungen einfahrenden Züge bestiegen. Dann nahm ich die U-Bahn nach Hause. Mir war klar, daß ich ein bißchen meine Zeit verschwendete, denn ich war nicht so naiv zu hoffen, auf diese Weise einen Verfolger abschütteln zu können; ich wußte, daß dem Amt für öffentliche Sicherheit grenzenlose und übernatürliche Kräfte zur Verfügung standen; hatte man deren Aufmerksamkeit erst einmal erregt, zappelte man unentrinnbar in ihrem Netz. Ich wollte lediglich die Lage peilen; wenn sie mich jetzt noch nicht verfolgten, dann bedeutete das, daß man mir noch ein paar Tage Galgenfrist gegeben hatte.

Als ich an meinem U-Bahnhof ausstieg, fiel mir am anderen Ende des Bahnsteigs ein Mann auf, der auf einer Bank saß und mich musterte. Ich blieb stehen und lachte ihn an, auch er lächelte freundlich zurück, stand auf und drängte sich eilig gegen den Menschenstrom zu mir durch.

»Hast du auf mich gewartet?«

»Den ganzen Vormittag«, antwortete Wang Ruohai, während wir zum Ausgang gingen, »wo hast du denn gesteckt?«

»Ich mußte zu einer Restauranteröffnung, ich sollte ihnen ein paar goldene Worte aufpinseln.«

»Ach, kannst du jetzt schreiben?« Wang Ruohai, dem der Scherz entgangen war, sah mich stirnrunzelnd an.

»Wie lange haben wir uns nicht mehr gesehen?« fragte ich ihn nachdenklich. »Ich dachte schon, du bist im Gefängnis verfault.«

»Ich bin gerade rausgekommen.« Er lächelte gezwungen. Das war nicht mehr der fröhlich lachende Wang Ruohai, wie ich ihn kannte, der lange Gefängnisaufenthalt hatte ihn alt gemacht und ihm den Schwung genommen. Als wir aus dem U-Bahn-Schacht auf die Straße kamen, bemerkte ich an seinem staksigen Gang, wie ungewohnt und furchteinflößend die lärmende Menschenmenge und der Strom der Autos für ihn waren.

»Weißt du, daß Gao Yang tot ist?« fragte er mich unterwegs hastig.

»Ach, wußte ich nicht. Wie ist er denn gestorben? Hat er sich an der eigenen Faust verschluckt?«

»War denn die Sicherheit noch nicht bei dir?«

»Nein, ich habe überhaupt noch nichts von der Sache gehört.«

»Er ist ermordet worden. Sie waren gestern bei mir und haben sich in erster Linie nach dir erkundigt, nach der Zeit unmittelbar nach unserer Entlassung aus der Armee. Damals soll es passiert sein.«

»Das bedeutet, daß ich ihn umgebracht haben soll.« Ich fischte nach dem Schlüssel, während wir das Treppenhaus hochgingen.

»Genau das«, antwortete Wang Ruohai hinter mir auf der Treppe, »ich habe ihnen gesagt, daß sie sich täuschen müssen.«

»Woher willst du das so genau wissen?« Ich war stehengeblieben, um aufzuschließen, dann bat ich ihn in die Wohnung. Es war mucksmäuschenstill, das junge Paar mußte ausgegangen sein. Das Telefon fing an zu klingeln, aber ich nahm nicht ab, anschließend war wieder Ruhe. »Dann weißt du also, wer es war?«

»Keineswegs.« Wang Ruohai nahm Platz und betrachtete die Zimmereinrichtung. »Bei dir sieht es immer noch so aus wie früher.« Dann sah er mich wieder an. »Nein, überhaupt nicht.

Du hast nicht die Veranlagung dazu, ich meine die stumpfe Brutalität, einen totzuschlagen und dabei alles zu riskieren, ohne an die Folgen zu denken. Wahrscheinlich würdest du nicht einmal jemanden, der dir an den Kragen will, umbringen können, und wenn man dich noch so in die Enge treibt… Ein Mord ist auch eine Frage der geistigen Haltung.«

Lachend setzte ich mich ihm gegenüber. »Unterschätzt du mich nicht doch ein bißchen?«

Wang Ruohai betrachtete mich erstaunt: »Hältst du das etwa für ein Gesellschaftsspiel? Du darfst es nicht den anderen überlassen, den Gang der Ermittlungen zu bestimmen!«

Ich bot ihm eine Zigarette an und gab uns beiden Feuer. Selbstzufrieden stellte ich fest: »Aber bisher sieht es aus, als sei ich der einzige in unserer ganzen Bande, der Gelegenheit gehabt hätte, Gao Yang zu ermorden.«

Wang Ruohai lachte und schaute mich aufmerksam an: »Du hast dich wirklich verändert, offensichtlich war ich so lange eingesperrt, daß ich im Knast verblödet bin. Was ist los, gilt es jetzt als schick, jemanden umzubringen?«

»Woher willst du denn wissen, daß ich nicht in der Lage bin, einen Mord zu begehen?«

»Ach, noch immer so eingebildet!« Er sah kurz zur Seite. »Und warum hast du ihn umgebracht?«

»Geld«, antwortete ich vergnügt, »ein besserer Grund könnte mir nicht einfallen.«

Wang Ruohai blickte mich nachdenklich an; eine ganze Weile sagte er gar nichts. »Du hast es schon die ganze Zeit gewußt?« fragte er schließlich.

Ich nickte lächelnd.

Er runzelte die Stirn und sah mir prüfend in die Augen, ehe er vorsichtig fragte: »Du machst Witze, was?«

Ich mußte lachen und konnte nicht länger an mich halten: »Wie soll ich das wissen? Was weiß ich denn schon? Ich erinnere mich nur, daß ich mit euch zusammen im Süden war und wir uns köstlich amüsiert haben. Aber wenn jetzt plötzlich nach zehn Jahren jemand daherkommt und behauptet, ich hätte einen Mord begangen, stehe ich auch nur dumm da; mir fällt überhaupt nichts mehr von damals ein. Wenn man mir vorwirft, ich hätte die Parteimacht usurpiert, bliebe mir auch nur übrig, es zuzugeben.«

»Fällt dir wirklich nicht ein, was wir damals gemacht haben, überhaupt nichts?« Wang Ruohai atmete sichtlich auf.

»Ich erinnere mich nur, daß wir gegessen, getrunken und mit Frauen rumgemacht haben und sich hinterher alles in Rauch aufgelöst hat, Gao Yang ging weg, ihr seid gegangen, und ich bin auch gegangen.«

»So war's«, freute sich Wang. »Auf jeden Fall haben wir damals im Luxus geschwelgt, das können wir alle bezeugen.«

»Aber ich überlege mir auch«, meinte ich, »ob nicht diese ganze Fresserei und Sauferei nur ein äußerliches Phänomen war, vielleicht haben wir unter dieser Oberfläche noch was ganz anderes getrieben, wir haben ja schließlich nicht nur gegessen und getrunken. Eine Frage haben die Polizisten ganz richtig gestellt: ›Woher hattet ihr damals das Geld?‹ Stimmt, wir waren doch alle Habenichtse, wieso konnten wir da plötzlich mit Geld um uns werfen? Soweit ich weiß, hatten wir nicht mehr als das bißchen Entlassungssold in den Taschen, als wir im Süden ankamen.«

»Also war die Polizei doch schon bei dir.«

»Natürlich war sie hier«, ich nickte nachdrücklich. »Ist doch klar, daß sie zu mir kommen müssen, wenn ich so stark verdächtig bin. Das geht ja noch, wer weiß, wann sie mir Li Yuhes* Hand- und Fußschellen anlegen. Abgesehen davon...«

Ich stand auf, nahm die Umhängetasche aus silbergrauem Kunstleder von ihrem Haken neben dem Regal und leerte alles aus, was sich darin befand, eine Schminkdose, einen Spiegel, Haarklammern, Papiertücher und anderen Krimskrams.

»Woher kommt diese Tasche? Sie hängt seit zehn Jahren hier. Zweifellos hat sie einer Frau gehört, aber welcher? Und warum hängt die Tasche hier, wenn die Frau verschwunden ist? Offengestanden war in der Tasche ursprünglich auch noch Geld, das ich ausgegeben habe.« Ich setzte mich wieder. »Wer war die Frau? Ich kann mich nicht im mindesten erinnern, nicht an ihr Aussehen und nicht, wie es dazu kam, daß sie ihre Tasche hiergelassen hat. Sie muß eng mit mir befreundet gewesen sein, aber ich habe alle Frauen, die ich kenne, gefragt, und alle haben behauptet, daß ihnen die Tasche nicht gehört. Ich werde sie doch nicht etwa geklaut haben?«

»Mach dich nicht schlechter, als du bist, du wirst auch schon so oft genug für einen Übeltäter gehalten.«

»Diese Tasche vermittelt mir immer das Gefühl, daß irgend etwas Mysteriöses in der Vergangenheit mir ihr zusammenhängt.« Ich starrte auf die Tasche, die vor mir auf dem Tisch lag. »Sobald ich die Tasche sehe, fühle ich mich verunsichert, ich komme mir vor wie in einem dicken Nebel, in dem ich mein eigenes Gesicht nicht erkenne, da ich mir nicht einmal selber Klarheit darüber verschaffen kann, was ich früher gemacht habe.«

Ich fixierte Wang Ruohai: »Sag, was haben wir denn damals noch gemacht? Haben wir denn wirklich nur Schlangenfleisch gegessen und den Schnaps dazu getrunken?«*

»Ich schon, aber du nicht«, grinste Wang Ruohai, »du hast noch was ganz anderes gemacht, hast du nicht hauptsächlich was anderes gemacht?«

»Und was von allen ungesetzlichen Dingen war es?«

»Du warst verliebt«, amüsierte sich Wang. »Das fällt unter die Paragraphen für Schurken und Herumtreiber. Damals warst du verliebt, unsterblich und bis unter die Haarwurzeln verliebt, frühmorgens bist du losgezogen und erst spätabends in Selbstgespräche vertieft wieder zurückgekommen, knallrot im Gesicht vor lauter Liebe, und dabei hast du dir die ganze Zeit noch Mühe gegeben, das vor uns zu verheimlichen. Du hast jeden Eid geschworen, es sei nur Spielerei, aber in Wirklichkeit hatte es dich voll und ganz erwischt, und uns wolltest du alle für dumm verkaufen.«

»Das hatte ich noch drauf?« lachte ich verlegen.

»Hattest du, und dabei warst du noch echt klassisch, du hast täglich Liebesbriefe und Ähnliches geschrieben und dauernd in Hymnen die Sterne am Himmel oder all die Dinge der irdischen Welt besungen, so schön und so poetisch, daß man eine Gänsehaut kriegte.«

»Ich bin zutiefst beschämt.« Lachend fragte ich Wang Ruohai: »Wer war die Frau? Sie muß eine einmalige Schönheit gewesen sein!«

»Sie war totaler Durchschnitt. Es war wirklich nichts Besonderes an ihr, und ich weiß auch nicht, was du an ihr fandest. Damals vermuteten wir, daß du im großen Schmelzofen der Revolution lange verdammt vegetarisch gelebt haben mußtest und einen fetten Happen nicht ablehnen konntest, Genaueres kann ich dir auch nicht erzählen, weil du sie dauernd vor uns versteckt hast. Damals warst du ja so rein und edel, daß es fast schon peinlich war, und du hast die Geschichte so ernst genommen; wenn wir dich deswegen ab und zu verscheißert haben, bist du regelmäßig ausgerastet. Ich erinnere mich nur noch, daß diese Frau immer eine graue Tasche umhängen hatte, aber ob es diese war, ist schwer zu sagen, die Taschen waren damals so populär, daß so ungefähr jede Frau mit einer rumlief.«

»So wie du das erzählst, kann ich mich auch dunkel erinnern«, grinste ich ihn an. »Da war wirklich so eine Frau, die mir dauernd an der Backe hing.«

»War's nicht eher andersrum?«

»Ist doch egal, wer wem nachlief, ich erinnere mich aber, daß die Frau keinesfalls so grausig war, wie du sie beschreibst, sie sah ziemlich gut aus, und nicht nur ich, sondern ihr alle seid wie die Wölfe hinter ihr hergewesen.«

»Wir haben alle vor ihr die Flucht ergriffen, wie vor einem Wolf.«

»Nur keine übertriebene Höflichkeit!« ereiferte ich mich, »ich glaube, ich erinnere mich.« Ich öffnete die Schminkdose und entnahm ihr einen Lippenstift, griff nach einer herumliegenden Zeitung und skizzierte darauf das Gesicht einer Frau, das ich Wang Ruohai entgegenhielt: »Sah sie nicht so aus: ziemlich hohe Stirn, großer Mund und ungeheuer tiefgründige Augen?«

»Da liegst du falsch«, antwortete Wang gelassen. »Deine Angebetete war das ganze Gegenteil, eine typische flache Chinesin.«

»Keinesfalls«, ich warf die Zeitung weg, »daran erinnere ich mich besser als du. Sie war schön. Geil, jetzt ist aus meiner Kriminalgeschichte ein echter Liebesroman geworden. Weißt du, warum wir uns später, hm, getrennt haben?«

»Keine Ahnung«, brummte Wang Ruohai düster, »ich glaube, ihr hattet schon die ganze Zeit über Schwierigkeiten.«

»Das kann nicht sein. Sicherlich habe ich sie sitzenlassen. Ich erinnere mich immer deutlicher, was für ein bezauberndes Mädchen das war, warum habe ich sie nur sitzenlassen? Wenn man jung ist, begeht man leicht Dummheiten. Weißt du noch, wie sie hieß und wo sie wohnte?«

»Was soll das?« erschrak Wang Ruohai, »du willst sie doch nicht besuchen?«

»Hm«, meinte ich mit todernster Miene, »erstens wäre es doch ausgesprochen rührend, gemeinsam plaudernd vergangenen Zeiten nachzutrauern; zum anderen kann sie sicherlich sagen, wo ich in jener Woche gesteckt habe, höchstwahrscheinlich mir ihr zusammen – hast du nicht behauptet, ich hätte sie damals so heiß geliebt?«

»Ich habe keineswegs behauptet, daß du sie geliebt hast, ich sagte, du warst in deine Flachwarze verknallt.«

»Ach ja? Es betrübt mich sehr, wie du meine Liebste nennst. Sag schon, weißt du noch, wie sie hieß?«

»Weiß ich nicht«, erklärte Wang, »ich habe keinen blassen Schimmer, wirklich nicht, ich mach dir nichts vor.«

In diesem Moment klappte die Tür, erschöpft und staubbedeckt kam das Paar von seinem Ausflug zurück. Als sie bemerkten, daß ich zu Hause war, kamen sie höflich herein, um ein bißchen Konversation zu betreiben, und ich teilte ihnen ebenso höflich mit, daß wir uns in meinem eigenen Heim befänden, wo wir uns täglich begegnen würden, so daß wir uns nicht ständig formell zu begrüßen brauchten, nicht alle Pekinger seien Banner-Männer.* Nachdem das Pärchen seine Toilette beendet und sich zum Ausruhen zurückgezogen hatte, besprachen Wang Ruohai und ich wieder die Sache mit Gao Yang. Als wir auf jenes letzte Essen zu sprechen kamen, meinte er:

»Du bist nach dem Essen tatsächlich nicht mit uns zusammen losgegangen, in diesem Punkt stimmt meine Erinnerung mit der von Xu Xun überein. Ich habe auch immer gedacht, daß wir damals zu siebt waren, aber jetzt schwebt mir ein vages Bild von dem Mann im gestreiften Hemd vor, nachdem du ihn erwähnt hast. Er war ständig mit uns zusammen, Gao Yang muß ihn mitgebracht haben, denn anschließend war er verschwunden. Ein ziemlich undurchschaubarer Typ, er hat sich mit niemandem groß unterhalten. Wo du in der Woche warst, nachdem du in der Apotheke gearbeitet hast, weiß ich ehrlich gesagt auch nicht, es ist ebensogut möglich, daß du nirgends warst und dich bloß bei einer Frau im Bett verkrochen hast. Es stimmt übrigens wirklich, daß dich jemand zu der Zeit in Kunming gesehen haben will, und zwar keine andere als Qiaoqiao. Ich weiß nicht mehr, welches Jahr es war; ich habe sie einmal auf der Straße getroffen, und wir fingen an, davon zu reden, wohin es uns alle verschlagen hatte. Da erzählte sie mir, daß sie deinen und Gao Yangs Namen auf der Gästeliste bemerkt hatte, als sie sich auf einer Reise in irgendeinem Hotel in Kunming anmeldete. Sie wollte euch in eurem Zimmer besuchen, traf dort aber nur Gao Yang an. Sie meinte, du hättest dich absichtlich vor ihr versteckt, denn ganz offensichtlich sei jemand im Badezimmer gewesen, Gao Yang hätte ihr jedoch einreden wollen, du seist draußen unterwegs. Sie war ziemlich sauer, sogar noch, als sie mir das erzählte. Sie meinte, du seist ein unglaublich langweiliger Kerl, der sich einbildete, sämtliche Frauen der Welt wollten ihn auf der Stelle heiraten, dabei würde dich, mit Ausnahme von ein paar chinesischen Bauerntrampeln oder afrikanischen Eingeborenenweibern, keine Frau der Welt freiwillig zum Mann nehmen.«

Ich mußte lachen. »Verkauft Qiaoqiao immer noch ihre Kuchen?«

»Keine Ahnung«, entgegnete Wang Ruohai. »Ich war so lange von der Außenwelt abgeschnitten, ich weiß längst nicht mehr, wer was macht. Das letzte Mal habe ich ihre Stimme im Knast gehört, als sie im Raum nebenan verhört wurde und gewaltig rumzeterte, welches Unrecht ihr geschehe. Später habe ich erfahren, daß die Sicherheit, die sie schon längst einsperren wollte und nur damals keinen richtigen Grund fand, sie anschließend wegen irgendeiner Kleinigkeit in eine Besserungsanstalt gesteckt haben soll.«

»Aber dann müßte sie nach all den Jahren auch wieder draußen sein.«

»Wer weiß, ob sie nicht wieder etwas angestellt hat, ich habe auf jeden Fall nichts Neues von ihr gehört. Mit solchen Typen will ich sowieso jeden Kontakt vermeiden; wenn ich sie auf der Straße träfe, würde ich sofort abhauen.«

»Sag mal«, gutgelaunt bot ich Wang eine Zigarette an, »weshalb bist du eigentlich damals geschnappt worden? Allgemein hieß es ja, du seist wegen Diebstahl eingefahren, aber ein paar meinten auch, du hättest einen Rubin verscherbelt, wie war das eigentlich?«

»Hör bloß auf, ich bin mächtig gelinkt worden«, lachte Wang. »Von wegen Diebstahl, und von einem Rubin kann erst recht keine Rede sein. Wenn ich einen Rubin gehabt hätte, dann hätte ich ihn behalten. Ich habe einen Hongkonger Bekannten auf seinem Zimmer besucht und, als ich ging, eine Tasche von ihm mitgenommen, nicht ahnend, daß ich ausgerechnet in eine Hotelrazzia geraten würde. Ich war schon fast den Korridor hinunter, als mir der Ausgang versperrt wurde. Die läppischen paar tausend Hongkong-Dollar, die in der Tasche waren, haben mich acht Jahre gekostet. Ich bin damals mitten in eine Kampagne geraten, das Urteil war verdammt unangemessen und willkürlich. Ich bin gerade dabei, meine Rehabilitierung zu beantragen.«

»Da habe ich aber was ganz anderes gehört«, ich lachte ihm ins Gesicht, »du hast angeblich mit deinem großen Rubin überall angegeben und sollst dann mitsamt deinem Stein festgenommen worden sein. Dieser Rubin war nämlich ein nationaler Kunstschatz, der ursprünglich auf dem Satinpantöffelchen deiner Großmutter eingefaßt war; deine Großmutter war eine Kammerzofe und dein Großvater kaiserlicher Eunuch. Als die beiden Geliebten in den ersten Jahren der Republik aus dem Palast flohen, haben sie ihn mitgehen lassen.«

»Hör auf mit dem Quatsch, und wie soll ich zur Welt gekommen sein, wenn mein Großvater Eunuch war?«

»Es stimmt aber, wenn dein Großvater kein Eunuch war, dann gehörte er eben zur kaiserlichen Palastgarde. Sonst hätte man dich doch nicht so streng verurteilt. Deine Absichten waren zu finster, das ist der Dreh- und Angelpunkt. Wenn du den Stein verkaufen wolltest, in Ordnung, aber dazu noch den Schuh?! In aller Dreistigkeit zu behaupten, daß das stinkende Pantöffelchen deiner Großmutter auch ein nationaler Schatz sei und mindestens zehntausend wert, damit hast du den Staat besonders verärgert und dir eine Anklage wegen nationaler Verunglimpfung eingehandelt; auf der ganzen Welt gibt es keinen so miesen Beutelschneider wie dich! Wenn die Ausländer diesen kleinen Stinklatschen in ihr Museum stellen, dann sehen wir Nachfahren des

Gelben Kaisers ganz schön blaß aus! Du hast ein Verbrechen begangen, das der Republik schwer geschadet hat, selbst die Taiwanesen würden dir noch ein paar Jährchen aufbrummen, wenn sie dich zwischen die Finger kriegten.«

»Hast du all die Jahre lang an deiner Rhetorik geschliffen?« fragte Wang Ruohai amüsiert.

»Und wo ist der andere Stein? Deine Großmutter hatte zwei Beine, also muß es auch zwei Steine gegeben haben, hat unsere Himmelsdynastie nicht stets Wert auf Symmetrie gelegt?«

»Es gibt noch drei, meine Großmutter hatte vier Beine.«

Am Abend spielte ich im Lampenschein ein bißchen mit den Gegenständen aus der grauen Umhängetasche herum. Ich versuchte, mir die Klemmen ins Haar zu stecken, aber meine Haare waren zu kurz, die Klemmen rutschten immer wieder heraus. Ich öffnete die Dose mit dem Make-up und schminkte mich vor dem Garderobenspiegel. Rund um die Augen legte ich hellblauen Lidschatten auf, so daß ich hinterher wie ein Pandabär aussah, die Fläche neben den Nasenflügeln rieb ich mit Rouge ein; dann malte ich mir mit Lippenstift einen riesengroßen Mund. Ich glich einer Muschel, die ihre Schalen öffnet, als ich mich so vor dem Spiegel anlachte und hoffte, mit diesem Zerrbild eines Make-ups das Bild meiner Angebeteten leichter heraufbeschwören zu können. Dann kramte ich mein altes Adreßbuch hervor und blätterte darin. Seite für Seite war vollgekritzelt mit allen möglichen Namen und Telefonnummern. Bei manchen Namen konnte ich mich noch vage erinnern, wann ich mit dem Betreffenden befreundet gewesen war und wie er aussah, aber bei einem beträchtlichen Teil hatte ich keinen Schimmer mehr, ich konnte mich partout nicht besinnen, in welcher Beziehung der zur Telefonnummer gehörende Mensch und ich einmal gestanden hatten. Ich war mir ganz sicher, daß sich meine Flamme von damals irgendwo zwischen den vielen Namen verbarg, nur war es mir unmöglich, sie zu erkennen. Diese Ansammlung von Lis und Mings* war so sehr Maß und Mitte, so gleichgesichtig, daß ich sie nicht einmal mehr nach Männlein und Weiblein sortieren konnte. In dieser Nacht schlief ich extrem unruhig und träumte völlig unzusammenhängend. Einmal saß ich plaudernd und scherzend mit einer Menge Unbekannter beim Essen, dann schlief ich mit einer Frau, deren Gesicht verschwommen blieb; unsere Bewegungen waren dabei ganz unkoordiniert, mir wurde gleichzeitig feucht und heiß, als würde ich in siedendes Wasser tauchen, um kurz darauf meilenweit in den Himmel aufzusteigen. Was immer ich auch tat, ständig befand sich ein Mann mit einem gestreiften Hemd in meinem Blickfeld, der einen gänseeigroßen Rubin in der Hand hielt. Einen Moment lang erschien auch Gao Yang, der mir im Traum überhaupt nicht wie ein Toter vorkam, er wirkte eher unterhaltsam und spritzig und äußerst lebendig, und ich fühlte mich plötzlich wie befreit.

6

Ein Mann im schwarzen Ledermantel stand auf der anderen Straßenseite im Postamt und beobachtete mich durch die Glastür, in der sich der Verkehrsstrom und die Menschenmenge der Straße spiegelten; wahrscheinlich dachte er, ich sähe ihn nicht. Als ich um die Ecke bog, sah ich, wie sich sein Gesicht schon wieder in der Glastür eines Bekleidungsgeschäftes spiegelte. Ganz gleich, welche Straße ich hinunterging, stets tauchte im Flügel einer blinkenden Glastür oder in einem Schaufenster der Ladenfronten das Gesicht des Mannes auf, wie ein Filmplakat, das in der ganzen Stadt klebte. Die Leute, die jetzt für das Amt für öffentliche Sicherheit arbeiteten, sind alle aufgemacht wie Hooligans, die Geheimpolizei ist ganz schön auf der Höhe der Zeit, dachte ich. Ich betrat ein Lebensmittelgeschäft und stellte mich vor die Theke an der Ladentür, wieder nahm das Gesicht des Mannes Gestalt an, diesmal im Fenster des Restaurants gegenüber, es wurde größer und größer und richtete seine glänzenden Augen über die Straße hinweg auf mich, wie zwei Scheinwerfer, die mich gründlich ausleuchteten. Um dem Blick auszuweichen, kehrte ich dem Gesicht meinen Rücken zu und rief leise nach einer Verkäuferin. Eine junge Angestellte sah mich flüchtig an und kam dann mit einer Gebäckzange in der Hand zu mir rüber.

»Was möchten Sie?«

»Ich wollte mich nach jemandem erkundigen, arbeitet Qiaoqiao noch hier?« – »Was für eine Qiaoqiao?« Sie musterte mich mißbilligend und drehte sich weg. »Haben wir hier nicht.«

»Warten Sie, einen Moment noch! Sie heißt gar nicht Qiaoqiao, Qiao ist nur der Familienname, den Vornamen habe ich vergessen, sie hat hier früher mal Gebäck verkauft.«

»Hier heißt niemand Qiao«, schleuderte mir die Verkäuferin von weitem noch hinterher, bevor sie für einen älteren Herrn Schweinsohren abwog und mich nicht mehr beachtete.

Ich verließ das Geschäft und ging unter dem Blick jenes riesigen, allgegenwärtigen Gesichts langsam weiter, den ich wie ein Gewicht im Nacken spürte. Als ein langer Trolleybus vorbeifuhr und das Sichtfeld vorübergehend versperrte, stürzte ich in eine Apotheke. Im Laden lächelte ich höflich zur Verkaufstheke hin, während das phantastische Riesengesicht sich in einen Mann im schwarzen Ledermantel verwandelte, der hastig die Straße überquerte und dann unentschlossen die verschiedenen Ladentüren auf dem Bürgersteig absuchte. Eine Apothekerin kam zu mir und fragte nach meinen Wünschen, aber ich antwortete, immer noch lächelnd, daß ich nichts kaufen wolle. Die Angestellte sah sich um und bemerkte Zhang Li, die ebenfalls lächelnd auf mich zukam, und entfernte sich diskret.

»Was machst du denn hier?« fragte Zhang Li.

»Ich komme dich besuchen.«

»Quatsch, du willst doch garantiert was. Sämtliche Potenzpillen und Affenschwanzessenzen sind aber leider gänzlich ausverkauft.«

»Kollektive Impotenz, da zeigt sich wieder der erhöhte Lebensstandard des chinesischen Volkes.«

Der Mann im schwarzen Mantel näherte sich der Apotheke. Ich fragte Zhang Li:

»Können wir uns hinten weiter unterhalten?«

»Komm mit.« Sie drehte sich um.

Eilig umrundete ich die Verkaufstheke und verschwand hinter ihr durch den Türvorhang, bevor der Mann im Mantel den Laden betrat.

Wir saßen im Aufenthaltsraum hinter dem Laden, tranken Tee, es war warm und ich wunschlos glücklich. Zhang Li lachte und rieb mir wie nebenbei die kalten Hände:

»Was treibst du denn in letzter Zeit? Du rennst rum wie ein aufgescheuchtes Huhn.«

»Ich habe jemanden umgebracht, jetzt ist die Sicherheit hinter mir her.«

»Unsinn«, spottete sie, »woher hättest du denn den Mut zu einem Mord?«

»Die gute Zhang Li kennt mich eben doch am besten«, grinste ich und trank einen Schluck. »Ich muß dich was fragen, kann du dich erinnern, was ich immer so gemacht habe, als wir zusammen in der Apotheke am Qianmen gearbeitet haben?«

»Worauf willst du hinaus? Was wirst du schon getan haben? Jeden Tag, an dem du zur Arbeit kamst, hast du nichts gemacht als geschwätzt, den Rest der Zeit hast du telefoniert.«

»Weißt du noch, mit wem ich besonders häufig gesprochen habe?«

»Wieso? Ist was passiert?«

»Scher dich nicht drum. Sag mir nur, mit wem ich deiner Meinung nach damals am meisten zu tun hatte. Wer kam mich in der Apotheke immer besuchen?«

»Das waren viele. So ziemlich alle Halunken, die rumliefen. Wie soll ich denn noch wissen, wer das war, ich kannte sie sowieso nicht.«

»Meinetwegen, dann waren es viele, aber irgend jemand muß doch regelmäßig gekommen sein. Hast du überhaupt keine Ahnung mehr? Du hattest doch damals ein Auge auf mich geworfen und andauernd die Leute wieder weggeschickt, die mich besuchen wollten.«

»Ich? Wie käm' ich denn dazu, mich dermaßen für deine Angelegenheiten zu interessieren? Du bist wohl größenwahnsinnig!«

»Doch«, ich versicherte mich, daß niemand uns sehen konnte, und streichelte Zhang Li verstohlen, »du erinnerst dich bestimmt noch an irgendwas.«

»Laß mal überlegen«, sie wich mir aus, ließ den Blick schweifen und dachte eine Weile still nach. Dann strahlte sie mich an: »Mir fällt ein, daß du damals dauernd ein Mädchen angerufen hast.«

»Wen, wie hieß sie?«

»Sie hieß Liu.« Sie schaute weg. »Ihren Vornamen habe ich vergessen. Du hast damals mehrmals am Tag mit ihr telefoniert; ihr konntet nie ein Ende finden, wie zwei Turteltäubchen – das kannst du doch unmöglich vergessen haben! Mach mir nichts vor, oder willst du die guten alten Zeiten wiederaufleben lassen?«

»Bist du nach all den Jahren immer noch eifersüchtig?«

»Faß mich nicht an, das hier ist mein Arbeitsplatz, etwas mehr Respekt, bitte! Wer ist eifersüchtig? Sie sah aus wie ein Nilpferd, es war mir direkt peinlich, daß du dich in dieses Ding verknallt hattest.«

»Hast du sie gesehen? War sie damals bei uns in der Apotheke?«

»Du willst sie doch nicht etwa wieder besuchen?«

»Ja! Verdammt, was geht's dich an! Entschuldige, entschuldige, ich hab's nicht so gemeint, sei nicht böse, bitte, bitte, sei nicht böse, wo hast du sie denn gesehen, sag's mir, ich flehe dich an!«

»Das sieht dir ähnlich, wenn du was von mir willst, rutschst du süßholzraspelnd vor mir auf den Knien, und wenn du mich nicht brauchst, würdigst du mich keines Blickes.« Zhang Li war tief gekränkt. »Ich hab dich längst durchschaut.«

»Ich hab's wirklich nicht so gemeint«, tröstete ich sie, »du kennst mich doch, ich hau allen Leuten eins rein, sobald ich den Mund aufmache, aber das geschieht unabsichtlich – ist nix als mein eigener Minderwertigkeitskomplex.«

»Es reicht, du brauchst dich nicht dümmer zu stellen, als du bist«, entgegnete Zhang Li besänftigt. »Ein anständiges Pferd frißt nicht das Gras hinter sich. Vorbei ist vorbei, wo bleibt dein Stolz? Wenn du wirklich ernsthaft jemanden suchst – ich kenne da ein Mädchen, das nicht übel wäre, Eltern hohe Funktionäre, gutgeschnittene Dreizimmerwohnung.«

»Du verdrehst alles, mit dir reden ist wie ›Stille Post‹ spielen! Ich suche keine Partnerin, sonst müßte ich dich suchen, eine Bessere als dich gibt es auf der ganzen Welt nicht. Ich will Memoirenschreiber werden, ist dir entgangen, wie sie tagtäglich in den Zeitungen stöhnen, daß die alten Genossen allmählich wegsterben? Ich will mich ihnen voll und ganz widmen und ihnen dabei helfen, die eigenen Erfahrungen ordentlich darzustellen; deren Leben ist aufs engste mit der Geschichte unseres revolutionären Kampfes verbunden und unersetzlich wertvoll, um der Jugend ein Verständnis für historische Zusammenhänge beizubringen.«

»Ich lieb dich ja so sehr!«

Ich verließ die Apotheke durch die Hintertür und fand mich in einer der sauberen Gassen der Altstadt wieder. Nur wenige Leute waren unterwegs. Die Sonne fiel in Strahlen auf die Dächer der Hofhäuser, die Luft war kalt und klar. Fröstelnd mummte ich mich tiefer ein und schlenderte weiter, sehr zufrieden, daß ich jetzt den Namen der Frau wußte. »Sie sah aus wie ein Nilpferd.« Ließ man einmal den Anteil an Verleumdung, der Zhang Lis emotionalen Impulsen entsprang, außer acht, dann hieß das ganz offensichtlich, daß diese Frau einen großen Mund hatte. Und das bedeutete, daß sie die Richtige war. In meinem Hinterkopf flackerte das Gesicht einer Frau mit sehr breitem Mund auf: Alle zweiunddreißig Zähne waren entblößt, und auch wenn der Mund beim Lächeln geschlossen blieb, war es trotzdem so, als verliefe ein Schnitt quer durch das Gesicht, war die obere Zahnreihe bedeckt, dann schaute immer noch die untere hervor... Wie ich es auch drehte und wendete, es mußte sie sein. Ich ließ mich die langen Gassen entlangtreiben, bis ich in die am besten erhaltene Wohngegend der Altstadt kam. Hier waren die schmalen Straßen von kleinen Läden und privat betriebenen Restaurants gesäumt, die die Anwohner selbst ausgebaut hatten. Am Straßenrand begannen die fahrenden Lebensmittelhändler, ihr Fleisch und Gemüse auszuladen. Gemächlich bahnten sich Fahrzeuge und Passanten ihren Weg. Unter die alten Hofhäuser der Gassen mischten sich nüchterne Betongebäude, Baracken und Ziegelstein-Mietshäuser unterschiedlicher Bauepochen. Ab und zu traf ich noch auf eine Inschrift, hinter der sich eine alte Adelsresidenz verbarg, oder ein großes Gehöft, das sich irgendein reicher Kaufmann vor Zeiten hatte erbauen lassen. Die Tore dieser herrschaftlichen, gutgepflegten Wohnsitze, an die man später Garagen angebaut hatte, waren fest verschlossen, und in den Räumen rund um die Höfe mit ihren üppig wachsenden Bäumen wohnten die hohen Beamten und großen Namen von heute. Zhang Li hatte mir erzählt, daß sie an einem Sommerabend vor zehn Jahren durch diese Gegend geradelt war und »das Nilpferd« und mich händchenhaltend in Hausschlappen aus einer der Gassen kommen sah, und das mußte bedeuten, daß ich mich in jenem Jahr hier mit ihr getummelt hatte. Die Stadt war mir zu vertraut, jahrzehntelang hatte ich mich in jedem Winkel herumgetrieben und fand sie so monoton und schematisch, daß ich ihre einzelnen Teile nur noch schwer unterscheiden konnte, genau wie die konturlosen nackten Menschen in einer Badeanstalt. Jedes Straßenviertel vermittelte mir das Gefühl von Vertrautheit, und wirklich hatte ich auch schon in jeder Ecke der Stadt irgendwie geartete Bekanntschaften gepflegt. Ich hatte nicht die blasseste Erinnerung, zu welchem Zweck ich mich früher in dieser Gegend aufgehalten hatte, in sämtlichen Gassen hatte ich schon logiert, die längste Zeit war ich in einem Zimmer mit einem Dutzend anderer Leute zusammengepfercht, natürlich nicht nur mit Frauen. Ich schlenderte durch die Gassen, betrachtete die offenen, geschlossenen oder halb angelehnten Türen und malte mir aus, was für eine Frau wohl hinter dieser oder jener Tür leben mochte. Am liebsten hätte ich ein großes Tamtam auf der Straße veranstaltet und alle Anwohner aufgeschreckt, damit sie mir ihre Gesichter und Fratzen zeigten. Neugierig und ahnungslos zugleich, wo ein mir unbekanntes Stück meiner Vergangenheit eingesperrt sein könnte, mußte ich eine der Türen aufstoßen, um diesen Abschnitt meines Lebens freizulassen – aber welche? Ich hatte das heftige Gefühl, daß ein Teil von mir in diesen in Sonne getauchten Höfen zurückgeblieben war, wie Zigarettenrauch, der unsichtbar, aber als Geruch wahrnehmbar in einem Zimmer schwebt, wie die Wärme, die ein Mensch auf einem Sofa hinterläßt, auch wenn er schon fortgegangen ist.

In einer Imbißstube an der Straßenecke aß ich einen Schleim aus roten Bohnen und Reis und einen Fleischpfannkuchen, und während ich ihn immer wieder in den Essig auf einem Tellerchen stippte, betrachtete ich die Passanten draußen vor dem Fenster. Die Wärme, die ich in mir aufsteigen fühlte, der Geschmack in meinem Mund und die Bilder draußen vermittelten mir das Gefühl, daß ich früher schon oft auf diesem Hocker gesessen und dieselben Dinge gegessen und aus demselben Blickwinkel die Straße beobachtet hatte.

Ich holte mein altes Adressenverzeichnis hervor und durchsuchte es nach allen Lius und auch den ähnlich klingenden Nius und Yous. Ich sah keine Möglichkeit, das Namensfeld einzugrenzen, denn wie schon erwähnt, legten die Chinesen zunehmend mehr Wert auf den tieferen Bedeutungsgehalt der Namen und kümmerten sich immer weniger darum, das Geschlecht deutlich zu machen – was natürlich keineswegs nur bei den Lius so war. Ich entschied mich für einen Namen, der mir gefiel.

Es war ein ganz gewöhnlicher Wohnhof mit Dattelbäumen, von dem die An- und Umbauten der Bewohner nicht viel mehr als einen schmalen Gang zu jeder der vier Eingangstüren übriggelassen hatten. Um die mit Jute und Kalk isolierten Wasserrohre hatte sich eine dicke Eisschicht gebildet. Unter den Dachvorsprüngen der Häuser hing Knoblauch, stapelten sich Lochbriketts und trocknende Kohlköpfe. Hier war ich früher ein- und ausgegangen, dachte ich gerührt, als ich in dem Hof stand, vergnügt und gutgelaunt (ich nahm an, daß ich damals ganz bestimmt fröhlich war). Das alles war mir fremd und doch so vertraut, ich meinte mich schon fast erinnern zu können, was für ein liebliches Mädchen Liu Xiaoli, die hier gewohnt hatte, gewesen war, mit ihrem bühnenreifen Pekingdialekt, ihrer geblümten Steppjacke, ihrer schlanken und anmutigen Figur und ihrem Lachen, das silberglöckchenhell klang – wie war ich damals doch von ihr betört, daß ich sie mehrmals täglich anrief! Ich stieg die Stufen zum Haus an der Sonnenseite des Hofs hinauf und klopfte an die mit einer Spitzengardine verhängte Glastür. Ein schlankes Mädchen in einer geblümten Steppjacke öffnete und sah mich mit einem strahlenden Lächeln an, ich lächelte zurück… doch dann merkte ich, daß etwas nicht stimmte. Das Mädchen war tatsächlich so, wie ich es mir vorgestellt hatte, nur zu jung, sie mußte vor zehn Jahren noch in den Schnellfeuerhosen* gesteckt haben – und nicht noch einmal zehn Jahre früher. Lächelnd teilte mir das Mädchen mit, daß Liu Xiaoli im Westgebäude wohnte, und rief dann von der Treppe aus hinüber: »Bruder Liu, Bruder Liu, da will jemand zu dir!« Ich fiel fast um, Fehlanzeige. Aus der kleinen Küche des Westflügels trat ein langhaariger Knirps mit klebrigen Eierschalen in der Hand und starrte mich böse an.

»Ich will… Ich…« Ich ging mit einem breiten Lächeln rasch auf ihn zu, doch mir lag noch nicht auf der Zunge, was ich ihm erzählen sollte.

»Ach, du bist es!« Der Knirps warf den Kopf zurück und lachte lauthals auf: »Komm her, komm her, wie hat's dich denn zu mir verschlagen?« rief er.

»Ich habe gerade gegessen, ich bin satt«, erklärte ich, noch während ich den Raum betrat. »Iß ruhig weiter. Ich bin zufällig hier vorbeigekommen und wollte nur mal reinschauen, ich war so lange nicht in der Gegend, daß ich schon gar nicht mehr wußte, ob du überhaupt noch hier wohnst.«

Eine winzige feine alte Frau, die sich auch im Zimmer aufhielt, betrachtete mich aus schlauen Augen.

»Einer aus meiner Klasse, Mutter«, erläuterte der Knirps, »der ist jetzt ein hohes Tier, Regimentskommandeur, hat die Militärschule absolviert. Warum trägst du keine Uniform?«

»Ach, Zivilkleidung ist bequemer.« Ich spielte das Spiel mit, während ich überlegte, für wen er mich bloß halten mochte.

Die alte Dame schnalzte mit der Zunge und musterte mich dann von oben bis unten mit verkniffenem Mund. »Und wieso hat der Junge es so weit gebracht? Schau nur mal dich dagegen an!«

»Das war eine wilde Schlacht da am Laoshan*, oder?« Der Kurze beachtete seine Mutter nicht, er war viel zu beschäftigt, sich freudig erregt zu erkundigen: »Wie viele hast du denn damals selber erschossen?«

»Oh, ich bin Kommandant, da bringt man die Leute nicht selber um, außerdem gehörten wir zur Artillerie.«

»Wie war ich immer begeistert, wenn ich in der Zeitung gelesen habe, daß ihr diese vietnamesischen Hunde in die Zange genommen habt. Man darf sie gar nicht erst aufmucken lassen, schließlich hat unsere Volksbefreiungsarmee sowieso nichts zu tun!« Der Gnom hatte die Schale Nudeln, mit der er im Zimmer stand, hastig hinuntergeschlungen und langte jetzt nach drei rohen Eiern; er setzte das erste an den Mund und schlürfte es aus. »Ach, das tut gut, wenn du wirklich schon satt bist, dann will ich dich auch nicht drängen. Rohe Hühnereier sind sehr nahrhaft, eben die Eier von Tieren! Das war aber wirklich nicht richtig von dir, dich erst nach so langer Zeit wieder blicken zu lassen, dabei habe ich mir dauernd Gedanken um dich gemacht.«

»Ist es zehn Jahre her, daß wir uns das letzte Mal gesehen haben?«

»Noch länger, du hast dich doch gleich nach der Mittelschule verkrümelt. Ich habe mich noch die ganze Zeit gefragt, was aus so einem Mistkerl wie dir wohl geworden ist. In der Schule haben sich sogar die Mädchen getraut, dich Widerling zu verdreschen.« Mein ehemaliger Mitschüler trank ein weiteres Ei aus und betrachtete mich zufrieden. »Na ja, find ich trotzdem okay, daß du noch daran denkst, mich zu besuchen, mich hat noch nie ein Regimentskommandeur besucht. Unsereins bringt's zu nix, wenn wir auch in der Schule noch wild rumgetobt und dich wahllos getreten oder verdroschen haben – das weißt du wahrscheinlich nicht mehr. Nach dem Abschluß war's vorbei, da kannst du dann ein Leben lang nur Scheißarbeiter sein. Nicht ein Regimentskommandeur wie du – affengeil. Jetzt bist du Regimentskommandeur, aber später wirst du mindestens noch zum Divisions- und Brigadekommandeur befördert.«[*]

»Ich wollte nichts Besonderes, bin nur eben so mal vorbeigekommen.«

»Warum so eilig?« Als er feststellte, daß ich gehen wollte, trank der Knirps gierig das allerletzte Ei aus und bemerkte – mit starkem Mundgeruch: »Bleib doch noch ein bißchen, wenn du schon mal da bist. Ich hab sowieso nichts vor, wenn du nicht gekommen wärst, wüßte ich auch nicht, wen ich besuchen sollte.«

»Siehst du nicht, daß es ihm bei uns viel zu dreckig ist?« bemerkte die alte Frau feindselig und starrte mich an. »Wie könnte es einen Regimentskommandeur länger in so einem Zimmer halten, der Herr hat dich doch schon über Gebühr begünstigt.«

»Aber nein, alte Dame, ich muß noch einige Soldatenfamilien besuchen. Wenn man als Offizier auf Heimaturlaub ist, hat man auch immer ein paar Hausbesuche bei Familien zu absolvieren, um zu berichten, daß der Sohn wohlauf ist. Wenn einer an der Front kämpft, dann machen sich doch die Eltern daheim Sorgen, nicht wahr?«

»Du verstehst einen Furz!« beschimpfte der Knirps seine Mutter. »Denkst du etwa, ein Regimentskommandeur hat so ein Bewußtsein wie du? Wie könnte einer sonst Regimentskommandeur werden? Scher dich nicht um die Alte, los, wir gehen.«

Der Knirps brachte mich raus. »Komm vorbei, wenn du Zeit hast. Du bist stärker als Fang Yan, der Bursche weiß nicht, was sich gehört. In den letzten Jahren zieht er eine Schau ab, als wäre bei ihm der große Reichtum ausgebrochen, der kennt einen nicht mehr. Einmal hab ich ihn mit einer Frau auf der Straße getroffen, da ist er hocherhobenen Hauptes vorbeispaziert, ohne sich auch nur umzudrehen, und schnurstracks in ein großes Restaurant gerannt. Was gibst du Scheißkerl so an, hab ich mir gedacht, wer weiß, an wen du deinen Arsch verkauft hast, um deine paar Piepen zu verdienen, und hältst dich wahrscheinlich noch für einen tollen Hecht.«

»Wann war das?« Ich sah ihn gespannt an. »Vielleicht hast du ihn verwechselt?«

»Unmöglich, das war letztes Jahr. Ich hab dem Drecksack noch ›Fang Yan, Fang Yan!‹ hinterhergebrüllt, da hat er sich nur noch schneller davongemacht.«

»Kannst du dich noch an meinen Namen erinnern?«

»Als ob ich den vergessen könnte!« Lachend schlug mir der Knirps auf die Schulter. »Du bist Zhuo Yue, oder weißt du selbst nicht mehr, wie du heißt?«

7

Nachdem ich den Knirps verlassen hatte, ging ich durch die mauergesäumten Gassen, und meine Niedergeschlagenheit wuchs. Es war früher Nachmittag, das Sonnenlicht durchflutete die schmalen Straßen wie aus den Rinnen getretenes Wasser, ein strahlender Strom, der die Augen in einem Taumel von Licht blendete. Ich wollte auf eine der größeren Straßen hinaus, aber ich lief immer wieder im Kreis, war ich eine Gasse hinuntergegangen, dann tat sich am Ende die nächste auf; als liefe ich auf einer Kugel, die sich unter mir drehte, fand ich nicht aus diesem unerschöpflichen, ständig wiederkehrenden Kreislauf hinaus. Der Damm war so nahe, daß ich sogar ganz deutlich lärmende Stimmen und das walzende Geräusch der Trolleybusse hören konnte, selbst die Lautsprecherdurchsagen der Schaffnerinnen, aber ich gelangte nicht hinaus, immer fand ich mich vor dem schwarzen Mauerwerk einer Einfriedung und der Öffnung in eine neue Gasse wieder. Ich ging wie hypnotisiert durch die stillen und menschenleeren Gassen, und die Sonne blendete mich so, daß ich kaum die Augen offenhalten konnte. Im Schlamm am Fuß einer Mauer sah ich eine aufwärts gekringelte, heiß dampfende und unsäglich schön spitz zulaufende Scheißwurst... Mit einer schweren Tasche auf dem Rücken kam mir gedankenversunken ein älterer Schüler entgegen. Dann begegneten mir ein Schüler und eine Schülerin, die wie aus einer Nebelwand hervortraten und gesenkten Kopfes schweigend an mir vorbeigingen. Danach tauchte vor mir auf einem völlig menschenleeren Sportplatz ein Mittelschüler auf und legte unter das Korbgestell ein Netz mit einem Volleyball. Das gesamte Fensterglas des aus grauen Ziegeln gemauerten Schulgebäudes war zerschossen, die Einschußlöcher formten hunderterlei schwarze Figuren... Etwas weiter unten, wo die Gasse senkrecht auf eine andere stieß, traf ich auf eine Reihe von Imbißstuben, Lebensmittelgeschäften und einen Friseur; und eine alte Frau, deren Gesicht mir bekannt vorkam, nickte mir zu. Ich bemerkte, daß ich in eine Straße gelangt war, die mir vertraut war. Hier war alles noch so wie vor zehn Jahren, nichts hatte sich verändert. Ich beschleunigte meine Schritte, ein undeutliches Gefühl sagte mir, daß etwas, wovon ich wissen müßte, vor mir lag. Und wirklich erschien über mir in der Luft ein Eisenadler mit ausgebreiteten Flügeln, der in einer Klaue eine aus Stein gehauene Erdkugel trug. Der Adler stand auf einem prächtigen steinernen Torbogen, hinter dem sich ein riesiger ummauerter Hofgarten erstreckte. Hinter den niedrigen Dachfirsten der Wohnhäuser konnte ich zwischen künstlichen Hügeln, die im Schatten dunkler Bäume lagen, Pavillons und dichten Baumreihen stattliche Gebäude erkennen. Die Anlage war zu Beginn der Republikzeit die Residenz eines der Kriegsherren gewesen, die damals Nordchina beherrschten.* Im Wandel der Zeiten war sie später von verschiedenen Geheimdienstorganisationen genutzt worden, bis der militärische Abschirm dienst während der Kulturrevolution auszog und die düsteren großen Hallen, in kleine Zimmer unterteilt, als Quartier einer anderen militärischen Einheit dienten. Damals wohnten hier die Angehörigen von Offizieren, die ihren Posten verloren hatten. Je weiter ich ging, um so bekannter erschien mir die Szenerie. Zehn Jahre zuvor war ich oft hier gewesen, um mich mit Gao Jin, Xu Xun, Wang Ruohai und einer Menge anderer Frauen und Typen zu treffen. Aber die Hofanlage, wie ich sie noch im Gedächtnis hatte, war vor zehn Jahren während der landesweit in riesigem Umfang entfalteten Bautätigkeit zum Aufbau der Städte abgerissen worden; die künstlichen Berge waren eingeebnet, die Ziersteine vom Taihusee in einen Park verkauft und die Bäume gefällt worden, in den Goldfischteichen waren Heizungsrohre verlegt worden, bevor sie aufgefüllt wurden, und auf dem eingeebneten Gelände hatte die Armee eine Reihe uniformer Wohnhäuser errichtet. Ohne daß die Soldaten in der Anmeldestelle mich aufhielten, ging ich unter dem schwebenden Eisenadler durch das Steintor, durchquerte die großen Türen dreier hochaufragender Haupthallen und folgte einem Wandelgang, in dem der rote Lack abblätterte, weiter in das Gelände hinein. Ich kam an einem ausgedehnten, in Sonnendunst gebadeten Parkgarten vorbei, in dem ein riesiger Zierapfelbaum zu einer Wolke von Weiß erblüht war; auf dem Boden unter dem Baum bildeten die Blütenblätter eine wirre Tupfenspur. Hinter einer Gruppe dunkelgrüner Zypressen standen Birnen- und Pfirsichbäume in voller Blüte und ließen ihren weißen Widerschein herabrieseln, ein prächtiges Farbenspiel unter dem blauen Himmel. Ich ging einen engen schwarzgestrichenen Gang seitlich an einer Halle entlang, in dem mir ein aus der Erinnerung bekannter Toilettengeruch in die Nase stach. Der Gang mündete ins Licht, und ich kam in einen weiten Innenhof, der an allen vier Seiten von zweistöckigen Gebäuden flankiert war. In den großen, im chinesisch-westlichen Mischstil erbauten Häusern mit ihren von Zementpfeilern gestützten Balustraden wohnten viele Familien; Kinder rannten zwischen den Säulen umher, und bunte Wäschestücke hingen über den Balustraden an der Leine. Ich stockte, denn die Szene deckte sich allzusehr mit dem Bild eines anderen Ortes in meiner Erinnerung, und ich wußte auf einmal nicht mehr, wo ich mich befand, als hätte ich plötzlich ein anderes, fernes Gelände betreten. Der Innenhof, der vor mir lag, war ein Durchgangshof, rundum öffneten sich Tore auf andere Innenhöfe hin. Die Höfe glichen einander vollständig, nur wurden sie immer kleiner; der Himmel über dem letzten erschien mir nicht größer als ein Taschentuch, und als ich in seiner Mitte nach oben sah, hatte ich das Gefühl, in einem Brunnen zu stehen. Der Hof war mit schwarzbemoosten Ziegeln gepflastert, alle Türen und Fenster waren geschlossen, und es herrschte tiefe

Stille. Hier bin ich früher schon gewesen, dachte ich, während ich auf die Tür des Westflügels zuging, und nicht nur das, träumend war ich wieder und wieder an diesen Ort zurückgekehrt, über Jahre hinweg hatte ich mich oft hier aufgehalten.

Ich wußte, daß mir ein Mann mit einem blassen Gesicht die Tür aufmachen und daß ich im fahlen Schein der Neonlampe sofort ein von Zigarettenqualm erfülltes Zimmer sehen würde, daß es ein Hinterzimmer mit dicken Holzdielen gäbe, in das so viele Betten wie nur möglich hineingepfercht wären, daß unter den Betten dreckige Schnaps- und Weinflaschen der verschiedensten Marken und auf dem einzigen vorhandenen Tisch zerknüllte Zigarettenschachteln aller Sorten herumlägen, als Aschenbecher diente eine alte Fischbüchse voller Kippen, an der Wand in die Ecke gerückt würde ein braunes Bücherregal stehen, das aus Staatsbeständen stammte, und alle Möbelbeine wären wie von Sägezähnen über und über mit Messerscharten gezeichnet. Mir fiel sogar ein, was ich jedesmal, wenn ich im Traum hierher zurückgekehrt war, getan hatte; ich hatte immer mit drei blassen Männern Karten gespielt, um Geld und nach denselben Regeln wie jetzt häufig mit Fatty Wu, Liu Huiyuan und den anderen.

Ich klopfte an die Tür des Westflügels, wartete angemessen lange und klopfte dann noch einmal. Die Tür wurde lautlos geöffnet, und ein Mann mit einem blassen Gesicht sah mich an. Ich trat in den Qualm, der das ganze, vom weißlichen Schein der Neonlampe erhellte Zimmer in Schwaden durchzog, und die Dielen quietschten unter meinen Schritten. Ich setzte mich zu den drei bleichen Männern, die mich mit starrem Blick betrachteten; es waren Bekannte, Freunde, aber ich konnte ihre Namen nicht aussprechen, jedesmal, wenn sie mir über die Lippen kommen wollten, war es, als sei ich taubstumm geworden und könnte nichts mehr hören.

»Spielen wir!« sagte einer der blassen Männer mit einer Stimme, die klang, als käme sie durch einen tiefen Tunnel von weit her. Ein zweiter holte einen Satz nagelneuer Spielkarten hervor und begann schnell zu mischen, bevor er sie auf den Tisch legte und uns nacheinander abheben ließ; ich bekam die Kreuz Zehn, die höchste Punktzahl, also durfte ich zuerst aufnehmen.

Wir spielten mit großer Aufmerksamkeit. Ich kündigte meine Punkte nur sehr vorsichtig an; selbst wenn ich schon die Hälfte aller Trümpfe auf der Hand hatte*, spielte ich noch durch, und jedesmal, wenn ich den Tapp aufnehmen durfte, liefen mir die Karten, die ich bekam, genau rein. Aber auch mit einem Blatt, das zunächst todsicher schien, scheiterte ich immer kurz vor dem Ziel, entweder spielte ich im entscheidenden Augenblick taktisch falsch, oder ich blieb auf einer blanken Königin sitzen. Mehrmals bekam ich ein wunderschönes, in allen vier Farben ausgewogenes Punkteblatt ohne Offiziere auf die Hand, aber da der König fehlte, brachte ich mein Spiel nicht durch und wurde statt dessen von den anderen abgezogen; ich kontrollierte das Spiel nicht länger und handelte mir am Ende einen Satz Minuspunkte ein. Oder ich hielt As und König mit einer Hand voll niedriger Werte bis zuletzt zusammen, und es gelang mir doch nicht, meinen Gegnern damit die hohen Karten rauszuziehen, jemand spielte den deutschen Wagen und wechselte die Farbe, und ich brach ein. Diese Niederlagen setzten mir sehr zu, und ich spielte im Kopf immer wieder durch, wie ich es hätte richtig machen müssen, aber sobald ich ein Blatt auf der Hand hielt, konnte ich nicht verhindern, daß wieder etwas schieflief – die richtige Spielweise kapierte ich immer erst hinterher.

Ich erinnere mich später, daß sich während unseres Spiels ein Mann und eine Frau leise im Hinterzimmer unterhielten. Ich konnte nicht verstehen, was sie sagten, aber ihre zischelnden Stimmen waren die ganze Zeit über zu hören; als ein leises, ununterbrochenes Summen in der Stille lenkte es meine Aufmerksamkeit ab und hinderte mich daran, ruhig zu werden und mich zu konzentrieren, so sehr, daß ich später, wenn ich an die Szene zurückdachte, immer den Eindruck hatte, der Raum sei voller Lärm gewesen. Ich entsann mich dann auch, daß für eine Weile eine Frau neben mir gestanden und uns beim Spiel zugesehen hatte. Sie war sehr hübsch und wirkte auf geheimnisvolle Weise würdevoll; erst später wurde mir klar, daß sie die Frau war, die ich unzählige Male im Geiste, auf dem Papier und auf mein eigenes Gesicht gezeichnet hatte. Ich wußte hinterher nicht mehr, ob sie aus dem Hinterzimmer gekommen war, denn während sie neben mir stand, war das leise Geplauder dort nie unterbrochen. Wir alle gingen sehr vertraut mit ihr um, scherzten beim Spielen, und auch sie lachte und plauderte die ganze Zeit über fröhlich, aber worüber wir redeten, hatte ich anschließend fast vollständig vergessen. Von unserer ganzen Unterhaltung blieb mir nur ein einziger Satz im Gedächtnis zurück, von dem ich nicht einmal wußte, wer ihn gesagt hatte.

»Ich glaube, ich hab dich schon mal irgendwo gesehen.«

Ich hatte den kleinen Innenhof in den heiteren Mittagsstunden betreten, der taschentuchgroße Himmel hatte noch tiefblau geleuchtet; als ich den Hof verließ, war es schon dunkel. Mir kam es vor, als hätte ich mich gar nicht besonders lange in dem Zimmer aufgehalten, als hätte ich nur ein paar Runden gespielt und ein bißchen gequatscht. Ich folgte dem pechschwarzen Gang zurück und durchquerte die hintereinandergereihten Höfe mit Häusern, deren Fenster und Türen alle dicht geschlossen waren. Ab und zu drangen aus der Finsternis Wortfetzen an mein Ohr. Ich empfand diesen Ort als ungeheuer fremdartig, noch nie war ich einen so gewundenen, vollkommen dunklen Weg entlanggegangen. Mich beschlich das Gefühl, als existierten das Zimmer mit dem fahlen Licht und die blaßgesichtigen Männer gar nicht, als hätten wir auch niemals dort Karten gespielt, genausowenig, wie es die rätselhafte Frau gab. Erst als ich in den letzten, hellen und weitläufigen Innenhof kam, der wieder das Erlebnis eines

Déjà-vu in mir wachrief, verließ mich dieses Fremdheitsgefühl nach und nach. Während die Abenddämmerung sich immer mehr vertiefte, hatten ein paar Soldaten dort eine Filmleinwand aufgestellt, und zwei Reihen kunterbunt zusammengetragener Schemel und Bambusstühle standen schon dichtgedrängt auf dem Platz. Ein paar Mädchen hockten schwatzend und Kürbiskerne knackend seitlich am Säulengang. Am anderen Ende des düsteren Gangs, in den nur äußerst spärliches Licht fiel, kamen und gingen ununterbrochen Menschen, lachende und plaudernde Männer und Frauen, alte und junge, die sich in leise und schemenhafte Schatten verwandelten, sobald sie in den Gang eintauchten, und erst wieder ein Gesicht bekamen, wenn sie kurz darauf in den Hof traten... Da entsann ich mich, ich war wirklich schon in diesem Innenhof gewesen. Es war ebenfalls Sommer gewesen, und auch damals wurde ein Film gezeigt; der Wohnhof hatte in abendlichem Zwielicht gelegen, was im Sommer natürlich etwas später gewesen sein mußte. Es handelte sich um einen Kriegsfilm in Schwarzweiß. Die Offiziere und Soldaten der chinesischen Armee auf der Leinwand trugen Sommeruniformen ohne Kragenspiegel oder Mützenabzeichen und Maschinengewehre des Modells »Fünf-null«, offensichtlich ging es in dem Streifen um die gegen Amerika gerichtete Unterstützung für Korea. Wir hatten an der Schwelle zum Hof gestanden, rauchten und unterhielten uns, während das weiße Licht, das durch die Leinwand drang, immer wieder die Umrisse des kleinen Holzgebäudes dahinter aus dem Dunkel aufleuchten ließ. Die Dialoge der Filmfiguren hallten verzerrt durch den Innenhof, ab und zu rasselten Panzerketten ohrenbetäubend dazwischen. Einzelne Maschinengewehrsalven ertönten, die Raketenartillerie feuerte vereint, Menschen schrien durcheinander. Am markantesten hob sich unter all den Geräuschen eine kraftvolle Sinfonie ab... Die Leute um mich herum hatten nach Alkohol gerochen, wir waren gerade vom Essen zurückgekommen. Wo hatten wir gegessen?

Mein Magen war mit einer beizenden Flüssigkeit und Unmengen von schwer verdaulichem Fleisch gefüllt, und er schmerzte, ein Symptom, das sich nur einstellte, wenn ich übermäßig viel Traubenwein getrunken und Steak gegessen hatte. Ich hatte den süßlichen Geschmack von Vergorenem aufsteigen gefühlt, ja, richtig, ich hatte westlich gegessen. Damals gab es in Peking nur zwei ausländische Restaurants, die frei zugänglich waren, eines ziemlich weit draußen, neben dem Zoo, wenn wir dort gewesen wären, hätte es noch später sein müssen... Jetzt wußte ich, wo wir gegessen hatten.

Sie hatte neben mir gestanden, ich konnte sie nur undeutlich sehen, aber ihr Parfüm riechen, »Levkoje«; kein Wunder, daß mich heute noch eine rätselhafte Erregung befiel, sobald ich es roch. Ich hatte eine Erektion, damals dort im Dunkeln, auch das bewies, daß sie wirklich neben mir stand, ich spürte sie und kam. Das Levkojen-Parfüm hatte mich erregt, wie der Moschusgeruch, mit dem sich die weiblichen Tiere besprühen, die Männchen aufreizt. Meine Erinnerung war blank, was die Zeit danach und bis ich ins Bett ging, betrifft, ich hatte getrunken und war nicht mehr ganz bei Sinnen. Ich konnte mich erst wieder an die Stunden nach Mitternacht erinnern. Die Filmgeräusche waren längst verstummt, und draußen vor dem Fenster hatte es in Strömen geregnet. Wenn es blitzte, wurde es ganz hell im Zimmer. Neben mir lag wie ein weißes Schaf ein Körper. Der Regen fiel lautlos. Jemand war hereingekommen und wieder hinausgegangen, die Dielen hatten unter seinen Schritten geknarrt. Oh, doch, es gab etwas, woran ich mich erinnerte, ihr Körper war kräftig und gewandt wie der eines edlen Rosses, ein bildhafter Eindruck, der bei mir haftengeblieben sein mußte, als ich sie in einer gewissen Stellung sah.

Wer waren all die Leute, die sich damals, von Weindunst umnebelt, mit mir am Hofeingang unterhalten hatten? Es war mir nicht möglich, die einzelnen verschwommenen Gesichter deutlich zu sehen, und ich fand auch keinerlei Ansatzpunkt, die Beziehungen zwischen den Gestalten zu sortieren, die in dieser ungeordneten Szene die verschiedensten Positionen eingenommen hatten. Es war unmöglich, meine eigene Stimme aus dem dichten Stimmengewirr herauszuhören. Wie jemand, der über einen großen leeren Platz hinweg auf eine Tanzfläche starrt, auf der bei düsterer Beleuchtung eine Menschenmenge tanzt, sah ich anstelle von Bekannten dort nur die Rückenansicht fremder Gestalten.

So viele Jahre waren vergangen. Das Restaurant hatte Schild und Namen gewechselt, doch von außen sah es noch immer aus wie früher, schlauchförmig im Würfel des grauen Ziegelgebäudes gelegen, glich es einem Theaterflur. Die Betreiber hatten den Eingang um die Ecke zu einer anderen Straße hin verlegt und prachtvoll gestaltet, dafür war der alte Eingang heruntergekommen. Dort stapelten sich jetzt leere Bier- und Cola-Kisten. Selbst die Autos, die davor in einer Reihe unter den dichten hohen Bäumen parkten, waren schmutzbedeckt, die Windschutzscheiben total verdreckt, und die Leute hatten alle möglichen Symbole und unmißverständlichen Kraftausdrücke in die Dreckschicht geschmiert.

Die Straße wimmelte von Menschen, und ich sah in die hell erleuchteten Fenster des Restaurants; die Besucher unterhielten sich an den Tischen, während sie aßen und tranken. Gedämpfte Musik drang aus dem Lokal, das längst nicht mehr so erstklassig war wie früher. Die Japaner hatten es oberflächlich zu einem modischen Fast-food-Restaurant umgebaut, mit dem sich schnell Geld machen ließ. Lange, von glänzenden Edelstahlgeländern eingerahmte Büfetts zogen sich durch den Raum, und wie am Eingang eines U-Bahnhofs oder vor der Anmeldung in einem Krankenhaus standen die Leute Schlange, um sich ihr Essen zu holen.

Kein Ort, um alte Träume wiederaufleben zu lassen. Vor ein paar Tagen war ich noch hier gewesen und hatte eine ganze Weile völlig emotionslos rumgesessen, zwischen andere eingereiht wie eine Zigarette in der Schachtel.

Stumpfsinnig saß ich unter den vielen Menschen und trank etwas. Das Lokal war rammelvoll, bärtige Touristen aus Europa mischten sich mit brilletragenden Studenten und zartwangigen jungen Mädchen, ein Kopf hinter dem anderen, einige sah ich direkt, einige im Profil, gesenkte, erhobene, lächelnde, gelassene Gesichter mit ganz verschiedenem Ausdruck. Ich trank, döste schläfrig vor mich hin und träumte mit offenen Augen, während mich das Gemurmel ringsum einlullte. Ein Wuschelkopf mit Brille und handgestricktem Pullover fiel mir auf, er stand an der Theke, um sich etwas zu trinken zu holen. Als er sich umdrehte, verwandelte er sich in einen Bekannten von früher, der mir lächelnd zunickte und zu mir herüberkam. Weshalb ich denn so allein da rumsäße, fragte er mich, »statt bei dem Rest der Bande«. Ich stand also auf und folgte ihm ungehindert quer durch den zentralen Raum in einen anderen Saal, wo lauter Bekannte saßen. Sie aßen und tranken und amüsierten sich an allen Tischen, wie bei einer Betriebsfeier. Ich entdeckte Gao Jin, Xu Xun, Wang Ruohai, Qiaoqiao und Xia Hong, bemerkte Fatty Wu, Liu Huiyuan, das dicke Mädchen, ich sah die drei Polizisten, die mich zu Hause besucht hatten, Zhang Li und Jin Yan, ja selbst jenes unsägliche Pärchen von Neuvermählten saß freudestrahlend mittendrin. Dann sah ich noch Gao Yang und Zhuo Yue, die mit dem Fremden im gestreiften Hemd an einem Tisch saßen, und ich wunderte mich, weshalb ich all die Leute in diesem Saal nicht bemerkt hatte, als ich kurz zuvor reingekommen war. Ich fand, daß ich bei dieser Gelegenheit ein paar Dinge direkt klären könnte, aber sobald ich an einen der Tische trat, kam mir kein Ton mehr über die Lippen, und auch die anderen sahen mich nur lächelnd an, ohne etwas zu sagen. Beunruhigt wandte ich mich hierhin und dorthin, meine Bitte ins Gesicht geschrieben, und gestikulierte flehentlich, aber niemand scherte sich um mich. Zhang Li hob grüßend die Hand, und ich wollte zu ihr gehen, aber gegen meinen Willen setzte ich mich an einen anderen Tisch neben den Bekannten mit dem Strubbelkopf und der Brille. Er schenkte mir ein, und der Schaum floß über den Rand des Glases, aber er hörte nicht auf, bis die Flüssigkeit am Glas runterrann, über den ganzen Tisch lief und mir aufs Bein tropfte; es fühlte sich kühl an. Er fragte mich, weshalb denn meine Freundin nicht mitgekommen sei, und ich antwortete konfus, daß sie zu Hause gebraucht würde, weil ein Verwandter zu Besuch sei. Doch dann begriff ich und fragte ihn, wen er denn gemeint habe. Liu Yan, entgegnete er, wer denn sonst. Und seltsamerweise fügte er hinzu, wir seien doch gerade erst aus Yunnan zurückgekommen, wo wir den Steinwald hätten besichtigen wollen, uns in Wirklichkeit aber auf und davon gemacht und ziemlich zwielichtig herumgetrieben hätten. »Und ich war mit ihr in Yunnan«, fragte ich hastig, »hast du Beweise?« – »Tu nur nicht so naiv«, erwiderte er, »natürlich mit Liu Yan, das müßtest du ja nun wirklich besser wissen als ich – als ob sie mit mir geschlafen hätte und nicht mit dir.« – »Liu Yan«, ich ließ mir den Namen auf der Zunge zergehen und prägte ihn mir so gut ich konnte ein, »Liu Yan heißt sie, sagst du.« – »Bist du besoffen, oder was«, fragte er mich, »oder träumst du noch?« – »Nein, nein«, entgegnete ich, »ich habe sie seit zehn Jahren nicht mehr gesehen, ich habe sie komplett vergessen.« Jener Mensch lachte. »An das Gesicht wirst du dich wohl erinnern, den Körper kann ich dir nicht so detailliert beschreiben, aber er war gar nicht übel, sei unbesorgt, du bist schon auf deine Kosten gekommen.« – »Details, ich will Details«, verlangte ich, »ich muß es ganz genau wissen. Ich suche sie nämlich, und wenn ich nicht alles genau herausfinde, kann ich nicht anfangen.« – »So ganz im einzelnen kann ich sie dir auch nicht beschreiben«, antwortete er, »aber zu Hause habe ich vielleicht ein Foto von ihr, das kann ich dir raussuchen.« – »Laß uns gleich gehen«, sagte ich, »auf der Stelle, wir können später weiteressen.« Der Typ wohnte in einer der kleinen Gassen. Wir liefen ewig im Dunkeln herum, bis wir schließlich wieder in jenen Innenhof kamen. »Hier war ich schon einmal«, sagte ich und betrachtete gebannt den zu Trümmern zerfallenen Wohnhof. Überall lagen Ziegelsteine und Dachziegel verstreut, die künstlichen Hügel, Parkanlagen und Pagoden waren dem Erdboden gleichgemacht. Lediglich das eingestürzte Mauerwerk ließ noch die frühere Hofanlage erkennen. Der kleine Raum stand isoliert für sich, weißliches Licht fiel heraus. Wir gingen hinein. Jene fahlgesichtigen Männer und die Frau waren längst verschwunden. Mein Begleiter zog ein in Stoff gebundenes Fotoalbum aus dem Regal und durchblätterte es Seite für Seite. Es war voller vergilbter Schwarzweißaufnahmen, männliche und weibliche Wesen ganz verschiedenen Alters und Aussehens, die in den unterschiedlichsten Situationen zusammen fotografiert waren. Vielfach sah ich mich selbst, mit einem roten Pionierhalstuch und Schmollmund, als Matrose im Ruderboot, rauchend, mit langen Haaren. Die Leute neben mir wechselten ständig, zuerst waren es meine Eltern, dann Gao Yang und Xu Xun, später Fatty Wu und Liu Huiyuan. Darunter mischten sich noch jede Menge Zufallsbekanntschaften, die ich längst vergessen hatte. Am häufigsten mit mir zusammen aufgenommen waren Gao Yang und Zhuo Yue. Die zwei waren auf den Fotografien aus nahezu jeder Epoche zu sehen, als kleine kahlgeschorene Glatzköpfe, die ihre schmale Brust herausdrückten, oder als Erwachsene, die an allen möglichen Orten in Uniform oder Zivil mit zurückhaltendem Lächeln vor den Sehenswürdigkeiten standen. Die beiden waren zeitgleich mit mir gewachsen und kräftig geworden, selbst ihr Blick schien sich mit meinem zusammen verändert zu haben, erst war er lauter und rein, danach voller

Zweifel und Argwohn. Dann war Zhuo Yue verschwunden, er tauchte nicht mehr auf, und anschließend war es Gao Yang, dessen Gesicht unter all den Menschen nie mehr vorkam. Immer öfter war ich allein auf den Fotografien, mein Gesicht wurde zunehmend älter und mein Lachen verlegener, und auf den letzten sah ich völlig deprimiert aus. Danach waren andere Objekte aufs Korn genommen worden, und auf den Bildern war nicht mehr zu sehen als die herumliegenden Steine, eingestürzten Mauern und verdorrten Bäume einer Tempelruine, trübes Meer oder wild wucherndes Gras auf einem Berggipfel. Auf einigen dieser bunt zusammengestellten Fotos waren auch Frauen, in Begleitung oder allein, ihr ganz unterschiedliches Lächeln für immer erstarrt, erotische Frauen, bezaubernde Frauen, meistens vor einem heiteren Hintergrund und in variierenden Landschaften. Nur ein einziges Bild war anscheinend an einem bedeckten Tag in einem Innenraum aufgenommen worden. Es zeigte verschwommen eine stehende Frau. Hinter ihr war nichts zu erkennen, auch ihr Gesicht war unscharf, erst wenn man genau hinsah, ließen sich die einzelnen Züge unterscheiden; ihr Blick war gesenkt und der Mund leicht geöffnet, als sei sie gerade dabei, stammelnd und zögernd etwas zu erzählen. Im unteren Teil der Fotografie war eine Stelle relativ scharf, dort befanden sich die Hände der Fotografierten, die einander berührten. Auch wenn die Aufnahme miserabel und die Frau darauf kaum zu erkennen war, wußte ich doch, daß sie es war. Ich merkte mir, daß ich das Bild herausnahm und in die Tasche steckte. Anschließend kehrte ich in das Lokal zurück. Es war sehr warm und sehr hell darin, das Licht tat mir in den Augen weh, und noch immer war es brechend voll. Meine Handflächen waren feucht. Gao Jin, Fatty Wu und die anderen saßen immer noch beim Essen, ihre Gesichter bewegten sich schwankend vor mir. Als ich genau hinsehen wollte und sie im Näherkommen wie mit einem Teleobjektiv vergrößert heranholte, entdeckte ich, daß ich diese Menschen gar nicht kannte. In dem Maße, in dem die Gesichtszüge klarer und die Poren größer wurden, hatte ich das Gefühl, daß die vertrauten Merkmale der Gesichter immer schwächer wurden und dann ganz verschwanden, bis sie sich in fremde Nasen, fremde Augen und fremde Münder verwandelten, die sich zu vielen gänzlich unbekannten und vollkommen anders geformten Gesichtern zusammenfügten. An meiner Seite war eine gutaussehende Frau, die mich betrachtete – als hätte ich das Foto neben mir aufgebaut. War ich in die Fotografie hineingeraten oder sie daraus hervorgetreten? Es wurde düster um uns, alle Dinge im Raum verschwammen, und draußen vor dem Fenster fiel ein feiner Regen. Träge saßen wir einander gegenüber. Ihre Hand unter dem Tisch wirkte hell und rein, das Haar fiel ihr glatt und offen wie ein rabenschwarzer Wasserfall über die Schultern, ihr Blick war gesenkt und der Mund leicht geöffnet. Ich versuchte mehrmals, mit ihr ein Gespräch anzuknüpfen, aber sie reagierte nicht. »Nur nicht so eingebildet«, sagte ich zu ihr, »da jammert man ständig, daß die günstige Gelegenheit nie kommt, aber jetzt, wo's das Glück gut mit dir meint, verpaßt du es. Wenn du wüßtest, wer ich bin, würdest du dich anders verhalten.« Ich gestand ihr, daß ich kein gewöhnlicher Sterblicher sei und mich selbst zwar nur höchst ungern dem Verdacht ausgesetzt sähe, meine Zurückhaltung aufzugeben und ihr gewissermaßen das berühmte Gericht zu servieren, bevor es von selbst auf den Tisch käme, es sei jedoch in den höheren Regionen schwer, intime Freunde zu finden, und wenn sie mich verpassen wolle – ich sie auf keinen Fall. Ich sei gar nicht dafür, daß die Menschen in verschiedene Klassen und Rangstufen eingeteilt würden, erklärte ich ihr, weshalb sollten Prominente denn nicht von sich aus mit den Normalos rumhängen, da fiele ihnen doch kein Stein aus der Krone. Sie mußte lachen, endlich... Wahrscheinlich war das der Moment, von dem an alles aus den Fugen geriet. Ich erzählte ihr, daß ich Schriftsteller sei und *Das schluchzende Kamel* sowie *Oh, wie viele Blüten* *fallen im Traum** geschrieben habe. »Sei nicht so blöd«, entgegnete sie, »diese Arie hast du mir bei dir zu Hause schon einmal vorgesungen, das ist längst nicht mehr neu.« Ich solle sie gut ansehen, wir seien uns schon begegnet, und ich hätte sie aus meiner Wohnung geschmissen. Ich stierte sie an wie vom Donner gerührt, bis ich in der Frau, die mir gegenübersaß, jene Li Jiangyun erkannte, die vor kurzem das Hochzeitspärchen zu mir gebracht hatte. Als ich das Weite suchen wollte, hielt sie mich auf:

»Tu nur nicht so verlegen, als wär's das erste Mal, damit beeindruckst du niemanden; ich weiß, daß du in diesen Sachen Experte bist.«

Ich lachte gezwungen, hüstelte, sah errötend hierhin und dorthin und sagte:

»Jeder Mensch hat seine aufrichtige Seite.« Was danach kam, nahm ich nur verschwommen wahr, und ich konnte mich später auch nicht mehr erinnern, womit ich schließlich die Kluft überbrückte. Anscheinend saß ich mit Li Jiangyun noch einmal ziemlich lange dort rum und hörte vor allem ihren spöttischen Reden zu. Was sie erzählte, war voller Andeutungen und aufschlußreicher Geheimnisse, die ich mir unbedingt merken wollte, doch am Ende hatte ich mir überhaupt nichts gemerkt. Ich war wohl von Anfang an von dem klaren Gedanken beherrscht gewesen, daß ich fort wollte, daß ich dahin zurückwollte, wo ich war, bevor Li Jiangyun die Szene betreten hatte, aber ich hatte mich nicht vom Fleck gerührt und war bis zum Schluß mit ihr dort sitzengeblieben. Von meinen eigenen Worten hatte ich Bruchstücke im Gedächtnis behalten: »Ich sag der Leitung Bescheid...«, »Wenn keiner auf dem Posten ist**, werden die Untergebenen um so laxer...« Diese Sätze hätte ich anschließend, als wir im U-Bahnhof auf den Zug warteten, sagen müssen, doch ich erinnerte mich vage, daß ich sie noch im Restaurant äußerte, als hätten wir bereits vorausgesehen, daß wir später sehr lange auf die

U-Bahn warten mußten. Bei einigem, was ich sonst noch gesagt hatte, war mir die Bedeutung sehr unklar. Ich hatte in gedrechseltem klassischem Chinesisch formuliert: »So tiefe Nacht von Dunst erfüllt, der Tag hängt voller Wolken... Groll, von alters her im Busen gehegt... Auch dem Redlichen wird mißtraut... Wie könnte das gütige Herz es ertragen...« Und dann war da noch irgendwelcher quasi-französischer Unsinn. Mir war absolut unverständlich, wie ich so was erzählen konnte, von dieser Art Gelehrsamkeit war ich seit je unendlich weit entfernt. Vermutlich träumte ich, aber meine Umgebung war so real, die Menschen waren so lebensecht, die Geräusche so deutlich, daß ich nicht zu spekulieren brauchte, ob ich träumte. Wir fuhren mit der U-Bahn nach Hause, aber ich sah ebenfalls ganz klar das Spalier der leuchtenden Straßenlampen und die tiefdunklen Baumreihen an einer großen Allee. Automatisch folgte ich Li Jiangyun zu ihrer kleinen Wohnung, schlich mit ihr durch den Korridor und schlüpfte durch einen rotblumigen Türvorhang. Im Zimmer war mir, als hauche mir in pechschwarzer Finsternis ein feuchter Mund seinen warmen Atem entgegen, andererseits sah ich im Schein der Lampe das ruhige Gesicht von Li Jiangyun in ihrem enganliegenden dunkelroten Pullover. Sie sank langsam aus der Leere herab, als glitte sie eine Rutschbahn herunter, und während ich zu ihr aufsah, fühlte ich mich wie in eine warme, weiche Windel gewickelt. Wie Wellen, die sich kräuseln, durchströmte mich ein tiefes Glücksgefühl, Woge um Woge aufsteigend, bis mein Körper noch in die letzte Faser hinein aktiviert wurde und bebte, als überschwemmte ihn eine von weit, weit jenseits des Horizonts heranspülende Woge, immer deutlicher, immer gewaltiger. In diesem Moment war ich wach, so wachsam wie ein bettnässendes Kind, aber meine Gedanken schwebten, trieben unkontrollierbar dahin, und schließlich ließ ich ihnen freien Lauf. Ich hielt ein großes, festes, vibrierendes Stück Fleisch umfaßt, mit einem Gefühl, so wirklich, daß jeglicher

Zweifel ausgeschlossen war. Sehr lange blieb ich in diesem Schwebezustand eines bereits abgefeuerten und noch im Lauf gebremsten Geschosses, zurückgehalten, doch unaufhaltsam. Dann zerbarst ein festliches Feuerwerk im nächtlichen Raum, spritzte mit einer brennend heißen Energie aufquellend empor, und die Nacht erzitterte. Wie eine hauchdünne, zerbrechliche Glasröhre zerschmolz ich rotglühend in der Hitze – jede Reue zu spät, jeder Gedanke gelöscht…

8

Ich hatte Kopfweh.

Die Sonne schien schon ins Zimmer, als ich total ermattet aus dem Bett kroch. Ich glaubte mich zu erinnern, daß ich das Bettzeug beschmutzt hatte, aber erstaunt stellte ich fest, daß ich am ganzen Körper blitzsauber war. Als ich rauskam, machte das Pärchen gerade Milch heiß; sie schenkten mir auch eine Schale ein. In einsichtsvoller Zurückhaltung tranken sie ihre Milch aus, dann sagte mir der Mann, daß sie abreisen und vorher zum Dank ein Abschiedsessen machen wollten. Die Zutaten hätten sie schon besorgt. Ich solle doch heute zu Hause bleiben und bei Gelegenheit die anderen zusammentrommeln. Ich nickte und meinte, »ganz wie ihr wollt«, dann rief ich Fatty Wu an und sagte, sie sollten rüberkommen.

Ich war gerade dabei, mein Waschzeug und ein paar Kleidungsstücke zusammenzupacken, als Li Jiangyun kam. Mit würdevoller Miene begrüßte sie mich, sicher und anmutig im Auftreten.

»Lang nicht gesehen«, grüßte ich sie lachend, »gestern nacht habe ich dauernd von dir geträumt.«

»Aha«, antwortete sie zerstreut und fragte mich, wohin ich denn wollte.

»Mich der Polizei stellen, man intrigiert gegen mich, das Leben macht keinen Spaß mehr. Du hast gestern nicht von mir geträumt?«

Sie errötete plötzlich und wandte sich schnell ab. »Und ihr wollt uns was Gutes kochen?« fragte sie das Pärchen.

Ich sann eine Weile vor mich hin, dann packte ich weiter mein leichtes Gepäck. Fatty Wu und Liu Huiyuan trafen ein; kaum waren sie da, rissen sie schon grölend und lachend ihre Witze auf

Li Jiangyuns Kosten. Sie sagten, sie hätten sie in den letzten Tagen ständig gesucht und nie gefunden. Gestern abend hätten sie sie zu Hause überfallen wollen, und es sei auch jemand dagewesen, hätte aber nicht aufgemacht; sie hätten sich die halbe Nacht lang einen abgefroren. Li Jiangyun lachte nur und entgegnete nichts. Wir setzten uns zum Pokern. Meine Besucherin saß gelangweilt herum und blätterte in einer Zeitschrift. Ab und zu schielte ich zu ihr hinüber, und auch sie sah mich gelegentlich an, aber ich konnte den Ausdruck in ihren Augen nicht deuten.

»Wo warst du denn gestern, Fang Yan?« fragte mich Fatty Wu, »dich haben wir auch die ganze Zeit gesucht. Warst du vielleicht bei Li Jiangyun untergekrochen?«

»Stimmt«, antwortete ich, »wir haben fraternisiert.«

»Ich habe die Festung erobert, und du hast sie jetzt besetzt!« sagte Fatty Wu lachend. »Du bist als Intrigant entlarvt!«

Ich forderte Li Jiangyun auf: »Komm, setz dich neben mich, wir werden es ihnen zeigen.« Scheinbar teilnahmslos blieb sie die Antwort schuldig, doch sie nahm tatsächlich neben mir Platz.

»Wie kommt's«, fragte ich lachend, »wir könnten es wohl wirklich zusammen aushalten?«

Li Jiangyuns Ausdruck änderte sich schlagartig, ihre Augen blitzten vor Zorn, als hätte ich sie zutiefst beleidigt.

»Geh weg, geh weg«, rief ich lachend, als fürchtete ich mich vor ihr, »wie könnte ich je wagen, dich zu reizen!« Li Jiangyun starrte aus dem Fenster und ignorierte uns. Liu Huiyuan fragte mich, ob sich in Sachen Gao Yang inzwischen etwas abzeichne.

»Das hat sich erledigt«, antwortete ich, »ich hab keine Chance mehr. Ich kann keinen Zeugen finden und bin schon so heillos verstrickt, daß ich mich meinem Schicksal ergebe. Ich hab auch keinen Bock mehr abzuhauen und warte bloß noch darauf, daß die Polizei mich holt, scheißegal.«

»Wie kann denn so was sein«, entgegnete Liu Huiyuan, »du mußt doch rauskriegen können, wo du damals warst.«

»Eben nicht«, antwortete ich, »und da ist ’ne ganze Menge, was ich nicht rauskriege. Soweit ich mich erinnere, war ich damals in Peking, aber ein Haufen Leute behauptet einfach, ich sei in Yunnan gewesen, und ich kann keinen einzigen Menschen finden, der mich damals hier gesehen hätte. Angeblich gibt es eine Frau, die mit mir zusammen war, aber ich kann nicht die geringste verdammte Spur von ihr finden. Nach so vielen Jahren habe ich längst keine Ahnung mehr, was sie jetzt macht, ich kann nicht einmal sicher sagen, ob sie überhaupt existiert.« Ich betrachtete Li Jiangyun, die in ihre eigenen Gedanken vertieft schien, und fand uns ziemlich unfair. Sie konnte als schön durchgehen, unbeliebt machte sie sich nur dadurch, daß sie so sehr auf ihren Selbstschutz erpicht war.

»Laß dir was einfallen, um sie richtig zu suchen«, schlug Liu Huiyuan vor, »wo gefurzt wird, stinkt’s. Jeder, der einmal da war, hinterläßt seine Spuren. Zuerst identifizierst du sie*, dann suchen wir sie alle zusammen. Wie heißt sie denn?«

»Das ist das Problem«, sagte ich, »ich weiß nix. Nur, daß sie Liu heißt, aber Leute, die Liu heißen, gibt’s wie Sand am Meer. Im Traum war mir alles total klar, aber was nützt das schon.«

»Du hast sogar schon von ihr geträumt«, lachte Liu Huiyuan, »du ziehst ja wirklich alle Register.«

»Und werde zwangsläufig verrückt, wenn ich so weitermache«, sagte ich.

In diesem Moment kam der Bräutigam schweißtriefend und mit hochgekrempelten Ärmeln rein und meinte, das Essen sei gleich fertig, wir sollten uns die Hände waschen und unsere Plätze einnehmen. Wir gingen hinaus und sahen auf dem Eßtisch bereits eine farbenprächtige Platte mit verlockend frisch und zart glänzenden Vorspeisen angerichtet. Wir jubelten im Chor, gingen einzeln ins Badezimmer und nahmen dann Platz, um das Festmahl zu genießen. Da zupfte mich Li Jiangyun am Ärmel und sagte, sie habe etwas mit mir zu bereden, ich solle mitkommen. Ich ging mit ihr ins Wohnzimmer zurück, wo sie sich, bevor sie etwas sagte, aufgewühlt eine Zigarette anzündete und den Tränen nahe ein paarmal daran zog. Dann sah sie mich fest an und fragte mich gefaßt: »Was ist mit mir los? Warum bin ich euch ein solcher Dorn im Auge? Ihr tut, als müßtet ihr mich ausgrenzen, als hättet ihr Angst, daß ich nicht zu euch passe. Komm, sag's mir, sei einmal ehrlich, was ist denn faul an mir?«

»An dir ist nichts faul, ich bin's, bei dem was faul ist.« Ich lachte, doch als ich Li Jiangyuns Blick sah, hörte ich sofort auf damit und sagte mit geglätteter Miene: »Wir mögen dich sehr, niemand hat irgendwas an dir auszusetzen, hinter deinem Rücken loben wir dich dauernd. So sind sie eben, es macht ihnen Spaß, verbal zu vögeln, es ist ihre Macke, nicht deine.«

»Ich rede von dir«, Li Jiangyun sprühte noch immer vor Zorn, »ist es so schwer für mich, auf dich Eindruck zu machen? Oder tust du absichtlich so, als würde dich überhaupt nichts berühren, um möglichst cool zu wirken?«

»Du hast mich schwer beeindruckt«, entgegnete ich, immer verwirrter. »Du liegst mir sehr am Herzen, nur weiß ich nicht, wie ich mich verhalten soll, ohne dich zu verärgern...«

»Basta!« Li Jiangyun warf die Zigarette weg und stand auf. »Leck mich!«

Leck dich wo? Wieso beschimpfte einen dieses Weib, sobald es bloß den Mund aufmachte? Wer hatte ihr denn was getan? Vor mich hin maulend, setzte ich mich zu den anderen, die schon lebhaft tafelten und die Becher kreisen ließen. Mir gegenüber saß mit kühlem Ingrimm Li Jiangyun.

»Heute begegnen wir uns zum allerletzten Mal. Ich möchte jetzt für immer Lebwohl sagen«, erklärte ich lachend und hob mein Glas. Die anderen lachten ebenfalls. Nur Li Jiangyun nicht. Ich trank aus und nahm wieder Platz, schenkte nach und stieß nacheinander mit allen an, bis mir heiß wurde. Lachend betrachtete ich Li Jiangyun, bis mir plötzlich etwas dämmerte und ich anfing, alle Taschen zu durchsuchen.

»Was suchst du denn?« fragte Fatty Wu. »Hier habe ich Feuer.«

»Nein, ich such kein Feuer.« Ich stand auf und eilte in mein Schlafzimmer, wo ich bei allen Kleidungsstücken, die im Schrank hingen, die Taschen durchwühlte. Dann erinnerte ich mich, daß ich damals eine braune, mit dichtem Fell besetzte Lederjacke getragen hatte, eine gebrauchte Pilotenjacke mit vielen Falten und großem Umlegekragen, wie sie zu der Zeit sehr beliebt waren. Ich zerrte ein Kleidungsstück nach dem anderen hervor, bis ich zuletzt tief hinten im Schrank die verstaubte Jacke fand. Aus ihrer Tasche zog ich das Foto. Staub wirbelte durch das sonnige Zimmer. Auf dem Bild war vor dunklem Hintergrund verschwommen das Gesicht einer jungen Frau in altmodischer Kleidung abgelichtet. Die Fotografie war schon verblichen und an den Ecken nach oben gewellt; ein Knick ging quer über das Gesicht der Frau und ließ es ein bißchen schief aussehen, als würde sie sonderbar lächeln.

Ich nahm das Bild mit an den Eßtisch zurück und beobachtete Li Jiangyun, die weiteraß und mich keines Blickes würdigte, aus zusammengekniffenen Augen.

»Woher hast du das?« Liu Huiyuan hatte die Stäbchen weggelegt und lange auf das Foto gestarrt, ehe er mich das fragte.

»Ich hab's in einer alten Jacke in der Tasche gefunden«, antwortete ich, immer noch Li Jiangyun im Blick. »Dieses Bild hatte ich die ganze Zeit hier zu Hause, aber ich bin überall rumgerannt und habe rumgefragt, und dabei glaube ich, daß das die Frau ist, die ich suche, die, von der alle behaupten, daß sie damals mit mir zusammen war.«

»Laß mal sehen«, sagte Fatty Wu kauend und nahm sich das Foto. »Ist das nicht die jüngere Ausgabe von Li Jiangyun? Wie, hattet ihr früher schon was laufen?«

»Was, wieso soll das Li Jiangyun sein?« Lachend holte ich mir die Fotografie zurück und verglich das Bild mit der Frau gegenüber. »Das ist doch nicht Li Jiangyun, ich sehe nicht, wo da eine Ähnlichkeit ist. Das ist meine Verflossene, sieht doch nicht übel aus, oder? Ich glaube, irgend jemand hat mir gesagt, wie sie hieß. Sie hieß … sie hieß … sie hieß Liu Yan.« Plötzlich war es mir wieder eingefallen.

»Wieso muß dir jemand anders sagen, wie deine Flamme hieß?«

»Ich hatte es längst vergessen.« Ich stellte die Fotografie ein Stück vor mir auf und sagte feixend, während ich sie musterte: »Die Tage der Jugend sind wie ein Fluß*, sie fließen dahin und fließen dahin, und dann werden sie eine trübe Brühe.«

»So einen Wirrkopf wie dich hab ich noch nie gesehen«, sagte Fatty Wu grinsend. »Du erkennst die Eier nicht, die du selbst gelegt hast, und mußt sie von anderen ausbrüten lassen.«

»Du an meiner Stelle wärst genauso konfus«, entgegnete ich. »Könntest du etwa alles genau erklären, wenn plötzlich jemand auftaucht und dich nach Sachen fragt, die Äonen zurückliegen? Ich fürchte, dir wäre nicht einmal mehr das klar, was am Anfang ganz offensichtlich schien, wenn zum Schluß abgerechnet wird.«** Gedankenverloren betrachtete ich die Fotografie und meinte: »Ich erinnere mich tatsächlich, daß es diese Mätresse gab, nur das Gesicht bleibt ein bißchen verschwommen, und an den Namen kann ich mich auch nicht ganz erinnern. Nun, ist uns seine Ehrwürden, der Vorsitzende Mao, nicht bestens vertraut? Aber wenn ich nicht dauernd wieder über den Tiananmen-Platz spaziere, passiert es mir auch ganz leicht, daß ich nicht mehr weiß, ob der alte Herr die Haare nach hinten gekämmt hat oder einen Seitenscheitel trägt.«

Ich sah Li Jiangyun an und erhob mein Glas. »Komm, stoß an mit mir, du mußt mir wirklich verzeihen. Diese ganze Sache hat mich völlig aus der Fassung gebracht, ich komme mir vor wie ein Schlafwandler.«

»Was hat das denn zu bedeuten?« fragte Fatty Wu lachend und betrachtete uns. »Da steckt doch noch was dahinter!«

»Wahrscheinlich schlafwandelt er immer noch«, entgegnete Li Jiangyun gleichmütig. Sie stellte ihr Glas wieder hin und langte nach der Fotografie. Nach einem schnellen Blick darauf gab sie sie mir zurück. »Und wo ist die Schöne jetzt?«

»Das weiß ich auch nicht«, gab ich zu, mit einemmal enttäuscht. »Was nützt einem das Bild, wenn man die Person nicht findet.«

»Du könntest es an den Hauptstraßen plakatieren«, schlug Fatty Wu grinsend vor, »oder es in die Zeitung setzen und dazu annoncieren: ›Davongelaufen: ein Dummchen…‹«

»Daß du dich immer über das Unglück anderer lustig machen mußt!« rügte ihn Liu Huiyuan. »Das ist nicht gut.«

»Bist du unglücklich?« Fatty Wu kitzelte mich.

»Natürlich.« Ich wich ihm aus. »Ich habe ein gebrochenes Herz.« Ich sah die Frau auf dem Foto an und war mir sicher, daß sie und ich einmal eine Beziehung gehabt hatten, die anders als die anderen war. Trotzdem blieben all die unzähligen Gedanken aus, die mich hätten bestürmen müssen.* Die Frau blieb die ganze Zeit sehr undeutlich für mich, was wohl daran lag, daß sie auf dem Bild nach unten sah und ihre Lider die Augen verbargen. Ihre Miene war eher abweisend als lediglich ausdruckslos. Ich wußte nicht, ob sie sich so nüchtern gab, weil das, was sie sagte, so wichtig war, oder ob sie ihren Gesprächspartner verabscheute. Ihr ausweichender Blick schien mir die Unlust auszudrücken, ihr Gegenüber anzusehen. Aus irgendeinem Grund nahm ich an, daß ich dieses auf dem Foto unsichtbare Gegenüber war, mit dem sie sprach. Es mußte also unbedingt noch ein Dritter im Zimmer gewesen sein, derjenige, der das Bild gemacht hatte, denn nach dem Aufnahmewinkel und der ganzen ernsthaften Atmosphäre des Bildes war es eher unwahrscheinlich, daß ein und derselbe Mensch beide Funktionen erfüllt, nämlich einerseits zugehört, andererseits fotografiert hätte. Ich konnte an der Ausstattung nicht erkennen, ob es sich um ein Zimmer handelte, das ich kannte. Die Stuhllehne, von der hinter der Frau ein Stück zu sehen war, wirkte glatt und sehr bunt. Die Wand, die an einigen Stellen aus dem Dunkel hervorleuchtete, schien den gleichen deutlichen Glanz zu haben und ließ vermuten, daß es sich um dasselbe Material handelte. Außer Holz fiel mir aber in dem Moment nichts ein, womit man im zivilen Wohnbau sowohl Wände als auch Möbel bauen konnte. Ich habe schon erwähnt, wie hell die Hände der Frau und wie außergewöhnlich ihre Positur waren. Die Hände wirkten ineinander verschränkt, und bei genauerer Betrachtung kam es einem vor, als hielte sie etwas darin. Leider war ihre Kleidung so dunkel, daß der Gegenstand, den man leicht für einen dunklen Geldbeutel halten konnte, damit verschmolz. Die ganze Zeit hatte ich das Gefühl – vielleicht lag es an meiner eigenen Geldgier –, daß das Gespräch auf dem Foto etwas mit Geld zu tun hatte.

Unser Mahl dauerte bis weit in den Nachmittag hinein; wir aßen, bis alle Speisen und Getränke zur Neige gegangen waren, und ließen nichts übrig. Anschließend konnten wir vor Trägheit und Erschöpfung kaum noch die Augen offenhalten. Die Flitterwöchner packten ihre Sachen zusammen, machten sich für die Reise fertig, und wir bereiteten ihnen in geheuchelter Freundschaft den gebührenden Abschied. Heimlich raunte ich Li Jiangyun zu, sie solle noch ein bißchen bleiben, aber sie weigerte sich, weil sie diese Dummköpfe zum Bahnhof bringen wollte. Ich bat und bettelte, aber sie nahm's noch nicht einmal zur Kenntnis, bis ich schließlich sagte, daß ich auch mitkommen würde.

Wir hinterließen eine Tafel, die aussah, als hätten sich die Wölfe darüber hergemacht, und gingen hinaus in den schönen Sonnenschein. Fatty Wu blinzelte rauchend in die Sonne und zog mit der Braut eine Posse nach der anderen ab. Li Jiangyun und der junge Ehemann überprüften, ob sie auch nichts aus Versehen liegengelassen hatten. Da stieß mich Liu Huiyuan an und bedeutete mir mit den Augen, ich solle ein bißchen mit ihm zur Seite gehen. Wir entfernten uns ein kleines Stück von der Gruppe, so als wollten wir dort rumstehen und rauchen, und er sagte:

»Ich wollte nicht, daß die anderen was hören.« Er zeigte mit der Zigarette auf die Tasche, in der das Foto steckte. »Dieser Liu Yan bin ich schon begegnet, ich glaube, ich kann dir helfen, sie zu finden.«

»Was, du kennst sie?« Ich wurde ganz aufgeregt, als ich das hörte. »Weißt du, wo sie jetzt wohnt?«

»Das nun auch wieder nicht«, antwortete Liu Huiyuan. »Kennen tu ich sie nicht, und ich weiß auch nicht, wo sie wohnt, aber ich kenne jemanden, der das wahrscheinlich weiß. Es ist auch schon viele Jahre her, daß ich sie bei einem Kumpel von mir getroffen habe. Sie war anscheinend sehr eng mit ihm befreundet, ich glaube, sie hat sogar mit dort gewohnt, aber das möchte ich nicht beschwören, so richtig durchgeblickt habe ich auch nicht. Ich habe kaum mit ihr geredet, mir ist nur aufgefallen, daß sie sich in der Wohnung vollkommen ungezwungen bewegt hat und genau wußte, wo alles war. Manchmal, wenn wir bis spätabends gespielt haben, hat sie uns noch was zu essen gemacht.«

»Macht nichts«, sagte ich grinsend, »mir ist völlig egal, mit wie vielen Männern sie in ihrem Leben schon gebumst hat, sie soll nur bezeugen, daß sie eine Woche davon mit mir zusammen war, mehr nicht.«

»Diese Frau hatte Charakter«, sagte Liu Huiyuan und sah mich an. »Sie hat mich ziemlich beeindruckt, sie war geistreich, witzig und ungezwungen, konnte gut tanzen und Schlittschuh laufen und sogar ein bißchen was von irgendeiner Fremdsprache. Sie hat dann rumgeflennt, daß sie heiraten wollte, aber im Endeffekt ist nichts passiert.«

»Kommst du nun oder nicht?« rief Li Jiangyun von weit vorn. »Wenn nicht, dann bleib hier.«

»Ich muß los«, sagte ich zu Liu Huiyuan, »ich komm nachher bei dir vorbei.«

Unterwegs zum Bahnhof waren Li Jiangyun und ich die ganze Zeit getrennt von dem Pärchen, ob wir nun von U-Bahnsteig zu U-Bahnsteig hasteten oder im Waggon standen. Selbst als wir am Bahnhof angekommen waren und die beiden in den Zug stiegen, waren wir so in unsere Unterhaltung vertieft, daß wir weit entfernt tuschelnd auf dem Bahnsteig stehenblieben, als hätten wir nicht das geringste mit ihnen zu tun. Ich bat Li Jiangyun mehrfach, mir zu verzeihen. »Ich habe einfach nicht geglaubt, daß so etwas sein könnte, außerdem war ich nicht klar im Kopf. Ich hab gefürchtet, ich ernte nur Hohn und Spott, wenn ich was Eingebildetes für wirklich halte, deshalb habe ich lieber geglaubt, ich bilde es mir nur ein.«

»Ich fürchte, du bildest dir jetzt was ein. Ich weiß nicht, was für Schlußfolgerungen du ziehst. Mir ist bloß aufgefallen, daß du dauernd im Kopf nicht ganz da bist und innerlich extrem hin- und hertaumelst, ohne jemals zu begreifen, was war und was nicht, mal streitest du rundweg alles ab, dann wieder ziehst du dir alles an, und schließlich legst du dir alles nach deinen eigenen Wünschen zurecht und posaunst das dann als die wahre Wirklichkeit hinaus, deshalb handelst du dir immer Schwierigkeiten ein.«

»Ich weiß, deine Selbstachtung ist sehr groß, und du wirst nach dem Rückschlag kaum bereit sein, das gleiche noch einmal zu probieren«, sagte ich. »Aber du mußt wissen, daß ich diesmal ganz aufrichtig bin. Es geht mir ja nicht darum, aus lauter Edelmut deine Ehre wiederherzustellen, sondern darum, meine Blödheit wiedergutzumachen. Glaub nicht, daß mich mein Unterbewußtsein oder eine Art gewohnheitsmäßige Neigung dazu treibt, die Gelegenheit beim Schopfe zu packen. Ich mag dich wirklich, und wenn ich bei Sinnen gewesen wäre, hätte ich genauso gehandelt, aus tiefstem Herzen wäre ich gern bereit und dabei gewesen, ja, noch aktiver, noch unterwürfiger.«

»Das glaub ich gern«, antwortete Li Jiangyun. »Sobald du von mir irgendein Zeichen bekämest, würdest du, egal in welchem Zustand, benebelt oder nicht, ganz automatisch irgendeine Reaktion produzieren, eine völlig meinen Neigungen angepaßte Reaktion. Und wenn's nicht ich wäre, sondern irgendein anderes Weibchen, wär's genau dasselbe. Ich habe daran ja auch überhaupt nichts auszusetzen, das ist bei dir genau wie bei den meisten Männern natürliche Veranlagung und nicht nur schlechte Angewohnheit.«

»Schau, du hast mich völlig falsch verstanden.«

»Ich habe dich bestens verstanden, du brauchst gar nicht so viel zu erklären. Was dich selbst betrifft, scheinst du jetzt klarzusehen, aber in bezug auf mich bist du immer noch nicht aufgewacht. Du schätzt die Art unserer Bekanntschaft völlig falsch ein, das beweist alles, was du sagst; du weißt überhaupt nicht, was für Ansprüche ich an dich stelle.* Ich habe noch nie darauf gehofft, daß sich zwischen uns was Intimes abspielen würde. Ich weiß nicht, womit ich dich zu dieser irrigen Annahme veranlaßt habe. Ich glaube, daß du dir nach wie vor nicht darüber im klaren bist, was tatsächlich zwischen uns gewesen ist, und ich vermute, daß du alles durcheinanderbringst, was sich ereignet und was sich absolut nicht ereignet hat und was sich auch auf gar keinen Fall ereignen wird. Du regulierst deine Einstellung noch immer nach der Erfahrung und, wie gewöhnlich, nach den konventionellen Verfahrensweisen für derartige Angelegenheiten.«

»Du meinst wohl, daß du anders bist als der Rest der Menschheit und daß es was ganz Gewöhnliches ist, wenn anderen so etwas passiert, aber sobald du damit zu tun hast, erscheint es in einem außerordentlichen, ungewöhnlichen Licht.«

»Das habe ich noch nie angenommen.«

Der Zug fuhr ab. Das Pärchen winkte uns aus dem Fenster zu, aber wir achteten gar nicht darauf. Erst als der Bahnsteig leer war, verließen wir ihn auch und unterhielten uns dabei immer weiter. Wir hatten völlig vergessen, weshalb wir gekommen waren.

»Du bist zu stolz, zu selbstgefällig. Mag sein, daß das in der Mehrzahl der Fälle eine Tugend ist, aber es kann auch zur Dickschädeligkeit werden, zum Eigensinn, der einen abstößt.«

»Das siehst du falsch. Mein Stolz ist Veranlagung und nicht Absicht, nichts, was ich bewußt an den Tag lege. Ich weiß, daß er die Leute sehr abstößt und mich selbst nur behindert. Ehrlich gesagt, möchte ich gern bescheiden wirken, was sogar so weit führt, daß mein Stolz gekünstelt erscheint. Ich habe eine Menge Selbstbewußtsein, aber nicht, weil ich mich selbst überbewerte, sondern einzig und allein, weil ich nicht will, daß andere willkürlich auf mir herumtrampeln. Wenn du das Stolz und Selbstgefälligkeit nennst, stimme ich zu.«

»Du glaubst also, daß wir nicht gleichwertig sind?«

»Ich glaube, daß wir vollkommen gleichwertig sind. Aber gleichwertig heißt nicht, daß man Gleiches mit Gleichem vergilt; ich habe Sachen, die ich seit je standhaft verteidige, und du hast sie ebenso. Auch wenn du dumm und wirrköpfig erscheinst, oder besser gesagt, auch wenn du alles dransetzt, möglichst dumm und wirrköpfig zu erscheinen, bist du im Grunde sehr schlau und hast dein Bündel von Lebensanschauungen, bei denen du dir von niemandem die Richtung vorgeben läßt.«

»Hab ich, ja?« lachte ich. »Oder doch nicht? Weshalb halte ich mich dann für jemanden, der sich von der Strömung treiben läßt und das Leben nimmt, wie es kommt?«

»Siehst du, jetzt sagst du schon wieder nicht die Wahrheit«, sagte Li Jiangyun. »Gerade warst du mal für einen Moment seriös, jetzt bist du's schon wieder nicht mehr. Wenn ich mich ernsthaft mit dir unterhalte, solltest du auch ein bißchen gewissenhafter sein, sonst machen wir eben unsere Scherze, meinetwegen.«

»Gut, gut, ich bin schon ernsthaft. Ich bin ein Schaf im Wolfspelz.«

»Du nimmst dich ziemlich wichtig, das mußt du zugeben, oder weshalb müßtest du sonst über jede einzelne Angelegenheit und jeden Menschen in deiner Vergangenheit genau Bescheid wissen, du könntest dich doch von den anderen ganz frei beurteilen lassen…«

»Wenn ich das nicht herausbekomme, kostet es mich den Kopf*, mein Fräulein.«

»Das ist ein Vorwand. Wenn man beobachtet, mit welcher Aufmerksamkeit und wie leidenschaftlich du diese Sache betreibst, dann geht es für dich viel eher darum, dir ein Bild von dir selbst zu machen, als durch die Aufklärung deine Unschuld zu beweisen. Du bist so panisch, weil du dich plötzlich selbst nicht mehr verstehst, dir fehlt ein Stück, um deine eigene Gestalt zusammenzusetzen. Ich glaube, selbst wenn du herausfinden würdest, daß du in der Zeit damals etwas Schlimmes getan hast, wärest du nicht so verwirrt wie jetzt. Das wichtigste ist, sich selbst bis auf den Grund zu verstehen, dann weiß man wenigstens, was man als nächstes zu tun hat. Es ist schrecklich, wenn man sich die Richtung von anderen vorgeben lassen muß.«

»Wie hervorragend du mich verstehst, besser als ich mich selbst! Wäre ich dir nur früher begegnet – du schreibst bestimmt Tagebuch.«

»Schreib ich. Mir kann es nicht passieren, daß ich plötzlich anfange, an mir zu zweifeln, weil irgend jemand irgendwas erzählt.«

»Menschen wie du sind auch ziemlich schrecklich.«

Li Jiangyun lächelte, zum ersten Mal seit langem lächelte sie ruhig. »Sind wir fertig? Wollen wir den ernsthaften Gedankenaustausch** beenden? Gut, soviel für heute, ich hab auch genug davon.«

»Von jetzt an unterhalten wir uns mal ernsthaft«, sagte ich.

»Haben wir uns nicht gerade ernsthaft unterhalten?« fragte Li Jiangyun.

»Ja, doch, ganz ernsthaft. Ich meine, wir unterhalten uns jetzt mal realistisch.«

Ich hielt die Tür des U-Bahn-Wagens auf und stieg nach ihr ein. »Na, wie war das? Ziemlich gentlemanlike, oder?«

»Au, wenn man das selbst feststellt, verdirbt es alles.« Li Jiangyun lachte. »Der Effekt ist bei weitem nicht der gleiche.«

Ich mußte auch lachen und angelte nach einem der schwankenden Halteringe. »Ich kann im Moment nicht in meine Wohnung zurück. Es ist nicht auszuschließen, daß die Polizei dort irgendwann reinplatzt. Du hast ganz recht, es ist erschreckend, sich von anderen die Richtung vorgeben zu lassen. Selbst wenn wir davon ausgehen, daß die Polizei scharfsichtig und weise ist und am Ende Licht ins Dunkel bringt, dürfen wir doch nicht zu sehr auf die Fähigkeiten anderer setzen. Wir müssen unser Schicksal selbst entscheiden – was ist, wenn ich ihn nun wirklich umgebracht habe? Stehen wir dann nicht ganz dumm da? Dann sind wir völlig machtlos.«

»Sag bloß nicht immer *wir, wir!*« Li Jiangyun lachte. »Das klingt ja, als wären wir Komplizen.«

»Das sind wir schon«, sagte ich. »Wenn ich eingeknastet werde, hänge ich dir auch was an. Dann behaupte ich, daß dein Tagebuch gefälscht ist und daß in Wirklichkeit du mich zu dem Mord angestiftet hast, Raubmord aus Habgier – du kannst dir's aussuchen.«

»Wirklich schuftig!« Li Jiangyun lachte. »Das möchte ich doch mal sehen, wohin mich das Gerede von jemand anderem bringen kann – wer hat denn hier das Kommando?«

»Bei unserer Truppe hast du's, aber die Japankaiserlichen* kommandieren dich. Komm, laß mich doch für eine Weile bei dir wohnen. Es ist nichts dabei, du sollst mich nur verstecken. Früh und spät können wir dann auch unseren Gedankenaustausch weiter pflegen und über die Welt und das Leben parlieren.«

»Oh, verschon mich!« Li Jiangyun schloß lachend die Augen. »Du kannst wirklich nicht bei mir wohnen, es wär nichts dabei, es ist nur nicht sicher. Was glaubst du denn, eine alleinstehende Frau und rechts und links die Nachbarn – die behalten mich doch wie einen Dieb im Auge! Wenn mich nun jemand anschwärzt und berichtet, daß ich einen Vagabunden aufgenommen habe, dann hätte es für mich die geringfügige Folge, daß ich mich mitschuldig gemacht habe, aber daß dein kleines Leben dann geliefert wäre, könnte ich nun wirklich nicht ertragen.«

»Wenn man dich so hört, könnte man glatt glauben, du hängst an mir«, sagte ich. »Nicht, daß ich keine Freunde hätte, aber zu den alten Kumpeln kann ich nicht gehen, das ist zu augenfällig. Dort nehmen sie mich hundertprozentig fest, da brauche ich mich gar nicht erst zu verstecken.«

»Laß es uns so machen«, schlug Li Jiangyun vor. »Ich suche einen Unterschlupf für dich. Eine Freundin von mir hat ein Apartment. Ich rede mit ihr. Du kannst ein paar Tage dort wohnen.«

»Ich wohne normalerweise nicht gern bei fremden Leuten.«

»Du wirst schnell mit ihr bekannt werden«, entgegnete Li Jiangyun lachend. »Sie ist kein bißchen stolz – paßt also zu deinem Temperament.«

»Von uns beiden bin ich der Eunuch.«

Zu Hause trug ich meine Pretiosen zusammen, während Li Jiangyun dabeisaß und aufzählte: »Hast du die Zahnbürste eingepackt? Den Fußwaschlappen, die Vaseline, das Lätzchen? Vergiß nur das Lätzchen nicht, Schätzchen.«

Lachend nahm ich die graue Umhängetasche vom Haken und sagte: »Dein großer Bruder ist völlig unvorbereitet. Nimm diese Tasche als Begrüßungsgeschenk, später kaufe ich dir eine neue.«

Li Jiangyun nahm die Tasche entgegen und untersuchte ihren Inhalt. Vergnügt sagte sie: »Das Schätzchen muß einem wirklich leid tun. Hattest du die ganze Zeit nur diese kläglichen Kleinigkeiten, um Familie zu spielen?«

»Das hat dir alles deine ›Schwägerin‹ vermacht. Damals hat sie mit dieser minderwertigen Ausrüstung die drei großen Berge umgestoßen.«*

»Oh, wie sehr gemahnt das eitel Ding an sie, nicht wahr? Langsam, ganz langsam erzählst du mir deine Familiengeschichte.«**

In diesem Moment klingelte das Telefon. Ich nahm ab und hallote eine ganze Weile in den Hörer, ehe eine Frauenstimme mich fragte: »Bist du denn nicht in Amerika?«

Ich brauchte lange, bis mir einfiel, wer das sein könnte, und sagte dann aufs Geratewohl: »Ich war dort, aber sie haben mich wieder ausgewiesen. Die Einwanderungsbehörden haben Hepatitis A bei mir festgestellt.«

»Also deshalb bist du schon wieder zurück«, sagte die Frau. »Dann kannst du vorläufig auch nicht ausreisen. Ich rate dir doch, Ling Yu zu besuchen.«

»Morgen«, sagte ich herzlich. »Morgen nachmittag um drei komme ich ins Krankenhaus.«

»Wohin gehst du morgen nachmittag?« fragte mich Li Jiangyun, während sie den Lippenstift aus der grauen Handtasche auf ihren Lippen probierte.

Ich legte den Hörer auf, trat dicht vor sie hin und sah sie an. »Nirgendwohin, ich hab die blöde Gans verkohlt. Ich habe keine Zeit, mit denen rumzuhängen.«

»Du bist wirklich mies.« Li Jiangyun trug den Lippenstift dick auf und betrachtete sich im Spiegel. »Wie sieht's aus?« fragte sie mich.

Ich starrte sie an. Ich drehte ihr Gesicht nach oben und unten und sah sie an.

»Träumen wir jetzt?«

Li Jiangyun schlug meine Hand weg und wischte sich das

Rouge energisch von den Lippen. Lachend sagte sie: »Ich hab noch nie solches Zeug benutzt. Ich finde grellrote Lippen bei einer Frau nicht nur unattraktiv, sie haben auch etwas Grausames.«

9

Offen gesagt, hielt ich es für reinen Zufall. Als Li Jiangyun und ich uns im strahlenden Sonnenschein den Weg durch die Gassen bahnten, war ich voll und ganz darauf konzentriert, sie wortreich zu umgarnen, und achtete kaum darauf, wo wir gerade entlanggingen. Erst als wir in eine Gasse einbogen, durch die eine Horde lärmender Mittelschüler mit ihren Schultaschen auf dem Rücken heimwärts rannte, und ich mich in dem Gewimmel vorsichtig umsah, erkannte ich die Schule, die dort stand; danach fielen mir die kleinen Geschäfte an der Mündung der Gasse auf.

»Wohin gehen wir denn hier?« fragte ich Li Jiangyun laut, mitten zwischen den Schülern, die sich an uns vorbeidrängelten.

»Zu Bai Shan.« Sie lächelte bedächtig. »Da vorne ist es, wir sind gleich da.«

Am Ende der Gasse türmten sich auf dem Grundstück jener großen Hofanlage mehrere Reihen hoher Apartmenthäuser, von denen eines aussah wie das andere. Ihr Schatten verdunkelte die enge Straße zur Hälfte. Zwischen die Häuserblocks fiel nur ein schmaler Streifen Sonne, und mein Körper verlor sofort an Wärme. Um die Häuserblocks fegten heftige Windstöße.

Das Treppenhaus war still und ganz leer; es fehlten die Körbe voller Chinakohl oder Papier und die Fahrräder, die sonst in den Wohnblocks die Flure verstellen. Alle Gangfenster und Türen waren intakt und fest geschlossen, aber während wir hinaufstiegen, war trotzdem ein kühler Luftzug zu spüren, der durch die Korridore strich. Wir stiegen ins oberste Stockwerk. Ganz oben war der Wind sehr stark. Ein Flurfenster schlug knallend auf und zu. Li Jiangyun zog einen Schlüsselbund heraus und öffnete die Tür zu einem der beiden Apartments im Obergeschoß.

In allen Zimmern der schlecht gelüfteten Wohnung hing

stickiger Heizungsdunst. Tisch und Stühle, Schrank und Bett standen dort, wo sie hingehörten, ordentlich und gerade. Ich sah aus einem Fenster nach unten, wo sich schuppenartig die Dächer der kleinen Häuser endlos ausbreiteten. In einiger Ferne ragte das graue Schulgebäude heraus. Zwischen den tiefhängenden Dachvorsprüngen der Wohnhäuser erkannte ich die lange, schmale Gasse und die kleinen Läden an der T-förmigen Kreuzung.

»Ist deine Herzensschwester, wie heißt sie gleich, Bai Shan, nicht zu Hause?« Ich setzte mich auf die Kante des frischgemachten Betts, aus dem mir ein weiblicher Duft entgegenstieg. »Warum empfängt sie mich nicht mit der gebührenden Verbeugung?«

»Sie arbeitet noch.« Li Jiangyun war dabei, meine Sachen einzuräumen, die Kleidungsstücke in den Schrank, das Waschzeug ins Bad. »Du kannst hier ganz unbesorgt wohnen. Ich gehe jetzt gleich zu ihr, das ist gar kein Problem. Du kannst es dir so gemütlich machen, als wärst du zu Hause.«

»Ich fand's aber bei mir noch nie gemütlich.«

»Also dann gemütlicher als bei dir.« Sie sah kurz zu mir herüber und lächelte flüchtig, dann fing sie wieder an zu räumen. Sie zog die verschließbare Tischschublade auf und erklärte mir: »Alles, was niemand sehen soll, kannst du hier reintun.« Ich warf einen Blick hinein und sah mir dann an, was sonst noch herumstand. Ich nahm das Parfüm vom Regal, das über dem Kopfende des Betts hing, zog die Verschlußkappe ab und sprühte im Zimmer herum. »Schnarcht Bai Shan?«

»Ihr schlaft nicht in einem Raum.« Li Jiangyun nahm mir das Parfüm aus der Hand. Sie steckte die Kappe wieder auf und stellte den Flakon zurück an seinen Platz.

»Und wer schläft dann bei mir?«

»Der da.« Li Jiangyun nahm ein wuscheliges Etwas vom Bett und warf es mir an die Brust. Ich fing es auf und besah es, es war ein breit lachender Teddybär.

»Und du bleibst nicht hier?« fragte ich sie.

»Ich habe ein Zuhause«, antwortete sie und sah mich lachend an. »Und ich habe auch nichts auf dem Gewissen, das mich zwingt, Arbeit und Wohnung im Stich zu lassen und mich zu verstecken.«

»Es ist viel lustiger, wenn man zusammenwohnt.« Begeistert malte ich es ihr aus. »Lieb und traut und gemeinsam, erst dann hat der Alltag das richtige Gesicht. Allein bist du einsam und verlassen.«

»Ich wußte gar nicht…« Li Jiangyun musterte mich. »Ich wußte noch gar nicht, daß du traditionelle Tugenden besitzt.«

»Ich bin allerdings sehr traditionell.« Mit dem Teddybären auf dem Arm stand ich auf. »Die Modernisten und ich haben noch nie zusammengepaßt, ich verabscheue sie ziemlich.«

»Warum suchst du dir dann nicht ein Mädchen, heiratest, zeugst Kinder, ißt Dampfbrötchen und verbringst ruhig und solide deine traditionellen Tage?«

»Das wollte ich doch, aber es hat nie geklappt. Als ich jung war, waren sie alle unerreichbar; vielleicht habe ich ja sogar dich getroffen, und du hast mich genausowenig ermuntert – wie traurig!«

»Tu nicht so. Hör auf, dich dauernd zu verstellen, ja? Wir kennen uns jetzt schon so gut, da muß es dich doch selber anöden, ununterbrochen zu schauspielern, außerdem wirkt's bei mir nicht.«

»Ich meine es ernst.« Ich trat ganz nah an sie heran und sagte schmerzvoll: »Ich bin wirklich sehr traurig, und wem außer dir soll ich mein Herzeleid klagen? Ach, ich bin eine lebende chinesische Ausgabe von Oliver Twist.« Im Zimmer stand ein Blumentopf mit einer blühenden Orchidee, ich ging hin und roch daran.

»Trauriger kleiner Oliver.«

Bei diesen Worten drehte ich mich um. Li Jiangyun hatte ihre

Tasche genommen und kam zu mir. »Ich gehe zu Bai Shan, du mußt jetzt ein bißchen allein bleiben.«

»Sag ihr, daß sich neuerdings ein kaiserlicher Kontrollinspekteur bei ihr eingerichtet hat.«

»Ich sage ihr, daß sie ein Waisenkind adoptiert hat.«

Li Jiangyun ging lachend hinaus. Ich legte mich aufs Bett und verschränkte die Hände hinter dem Kopf. Die Tür schlug zu, dann war es wieder still. Da roch ich den leichten Duft von »Levkoje«, der im Zimmer hing. Ich richtete mich auf und nahm das Parfüm vom Regal, um die Marke festzustellen. Ich zog die Verschlußkappe ab und drückte noch einmal auf das Sprühventil. Der Geruch von »Levkoje« wurde immer intensiver.

Der Duft schwebte im ganzen Apartment. Ich inspizierte alle Räume. Das Badezimmer stand voller Fläschchen mit Badeschaum und Duschgel, Creme und Gesichtslotion. Alle Behältnisse waren noch ungeöffnet und ganz voll, aber die Etiketten waren schon verblichen. In der Küche war alles vorhanden, Töpfe, Schalen, Schöpflöffel, Waschschüsseln, Gewürze, Öl, Salz, Essig, doch auch hier war alles neu und ungebraucht. Die Tür des zweiten Schlafzimmers war zu, ich versuchte sie aufzudrücken, aber sie war abgeschlossen.

Ich ging in mein Zimmer zurück und trat auf den Balkon. Auf das Geländer gestützt, sah ich weit über die Stadt, aus den Straßen drang der Lärm undeutlich und fern zu mir herauf. Zwischen den Häuserblocks war alles still. Bei einem der oberen Fenster des gegenüberliegenden Gebäudes bewegte sich der Vorhang, und ich fühlte einen Blick auf mich gerichtet. Ich drehte mich um und ging zurück. Da erst bemerkte ich, daß eine junge Frau im Zimmer stand.

»Ich bin Bai Shan«, sagte sie. Sie sah mich mit großen Augen an, die so teilnahmslos waren wie die einer Blinden. Auf den Wangen zu beiden Seiten der Nasenflügel hatte sie zwei grellrote

Male, deren Ränder sich wölbten. Sie sahen aus wie ein großer Schmetterling, der die Flügel öffnet, um loszufliegen. Die einzelnen haarfeinen Äderchen waren deutlich zu erkennen. Sie war nicht hübsch, aber sie hatte eine zierliche Figur.

»Setz dich.« Sie bewegte sich völlig lautlos durch den Raum. Kälte hüllte sie ein, wahrscheinlich war sie gerade erst von draußen hereingekommen. »Li Jiangyun hat mir alles erzählt. Benimm dich ganz ungezwungen, wenn du auf Förmlichkeit stehst, fühle ich mich nicht wohl.«

»Es ist mir außerordentlich unangenehm, Ihnen Ungelegenheiten zu bereiten.«

Wieder sah sie mich an wie eine Blinde. Die Pupillen ihrer riesengroßen Augen wirkten seltsam umwölkt und vermittelten mir aus irgendeinem Grund das Gefühl, daß sie keine Sehkraft besaßen, vielleicht, weil sie dunkel und trüb waren wie Asche beim Erlöschen der letzten Glut.

»Du mußt ja überglücklich sein, daß du hier allein wohnst.«

Als hätte sie mich gar nicht gehört, ging Bai Shan zum Bett, strich das Laken glatt, das ich eben eingedrückt hatte, und rückte das Parfüm noch einmal zurecht. »Du kannst hier alles nach Belieben benützen«, sagte sie und lächelte plötzlich freundlich: »Ich freue mich sehr, daß jetzt wieder jemand hier wohnt.«

Sie ging hinaus, und ich hörte, wie sie die Tür des anderen Zimmers aufschloß. Das Schloß schnappte, danach war alles wieder ganz still.

Li Jiangyun kam an dem Abend nicht zurück, und auch Bai Shan zeigte sich nicht noch einmal. Ich blieb allein und schlief sehr tief. Mitten in der Nacht wachte ich von einem Geräusch auf, in dem Raum draußen vor meinem Zimmer telefonierte jemand. Ich hörte, wie die Wählscheibe sich immer wieder klackend drehte, aber niemand sprach, nachdem die Nummer gewählt war. Als nach langer Zeit endlich aufgelegt wurde, hörte ich eine Frau laut schluchzen. Dann klang es, als kratze eine

Klaue an meiner Tür. Es war ein durchdringender Laut, der mir die Haare zu Berge stehen ließ, und ich rief: »Wer ist da, bist du's, Bai Shan?«

Das Schluchzen und Kratzen hörte sofort auf. Ich stieg aus dem Bett und öffnete die Tür. Es war stockdunkel in dem Raum und vollkommen ruhig. Das Telefon stand auf dem Eßtisch und war mit einer Hülle abgedeckt. Die Tür zu Bai Shans Zimmer war geschlossen.

In jener Nacht erhob sich auf den Lößhochebenen des Nordwestens ein Sturm, und der gelbe Staub, der den Himmel bedeckte, wurde von den oberen Luftströmungen nach Peking getragen. Als ich am nächsten Morgen die Augen aufschlug, trieb in der Luft über der Stadt ein düsteres Gelb, und wie ein Vorhang senkte sich tonnenweise Lößstaub vom Himmel, langsam und gleichmäßig. Die feinen Sandkörnchen drangen durch jede Ritze ins Zimmer, auf dem Fensterbrett, auf Tisch und Stühlen, auf dem Fußboden und sogar auf dem Bett lag eine dünne Staubschicht. Als ich die Bettdecke zurückschlug und mich aufsetzte, war es, als säße ich in einer Grube, in der mich jemand begraben hatte.

Draußen auf der Straße fiel der gelbe Staub wie Regen vom Himmel, als schütteten unzählige Lastwagen ihre Ladung über der Stadt aus. Die Landschaft, die Passanten, die Autos, die Gebäude, alles wirkte undeutlich und verschwommen, überall hing ein gelber Nebelschleier, und auf der Erde sammelte sich eine Sandschicht an. Die Szene war ein einziger Alptraum, ein Alptraum, der die ganze Stadt unter sich begrub. Ich ging in eine Milchbar mit einem öffentlichen Telefon und rief Liu Huiyuan an, um ihm zu sagen, wo ich gerade war. Danach suchte ich mir einen freien Stuhl. In der Milchbar brannten weiße Neonröhren, deren Licht alles fahl erscheinen ließ, die riesige Kühltheke, die weißen Kittel und Mützen der Bedienungen, die vielen Sorten

Eis in der Theke und die verschiedenen Milchprodukte, sogar die Gesichter der Menschen wirkten fahl. Im Verein mit dem düsteren Himmel und dem gelben Boden draußen vor dem Fenster wirkte der blasse Farbton höchst unwirklich und tat den Augen weh.

Als Liu Huiyuan in der Milchbar eintraf, trank ich, am ganzen Körper bebend, einen heißen, schwarzen Kakao – meine Lebensgeister kehrten zurück.

10

Liu Huiyuans Freund Li Kuidong war ein dicker Mann mit breiten Schultern, eine stattliche Erscheinung. Er war Abteilungsleiter in irgendeiner staatlichen Organisation und empfing uns in einem kleinen Sprechzimmer. Liu Huiyuan und er begrüßten sich sehr herzlich und unterhielten sich angeregt. Ich saß schweigsam und in düsterer Stimmung daneben. Liu Huiyuan hatte mir eben erzählt, daß die Polizei gestern abend meine Wohnung durchsucht hatte. Sie waren mit einem großen Aufgebot von Polizeiwagen gekommen – das ganze Quartier hatte es mitbekommen. Es hieß, ich solle als Schwerverbrecher vor Gericht gestellt werden und sei aus Angst vor der Strafe untergetaucht. Die Polizei war auch bei ihm und Fatty Wu gewesen und hatte gefragt, wo ich sei, beide hatten geantwortet, sie wüßten es nicht. Die Polizei wußte anscheinend ziemlich gut Bescheid, sie hatten sich auch noch nach dem Pärchen und nach einer Frau erkundigt, womit sie offensichtlich Li Jiangyun meinten. Liu Huiyuan und Fatty Wu hatten in etwa erklärt, was es mit den Neuvermählten auf sich hatte. Über Li Jiangyun hatten sie nichts gesagt, sondern einfach behauptet, sie würden sie nicht kennen. Ich war sehr besorgt, daß mich die Polizei durch Li Jiangyun an der Leine halten könnte. Ich nahm an, daß sie mich die ganze Zeit mit viel Raffinement überwachten. Ich verdächtigte sogar den imposanten Abteilungsleiter, obwohl er überhaupt nichts Genaueres von mir wußte.

Nachdem er und Liu Huiyuan eine Weile geplaudert hatten, sah er sich das Foto an, das ich mitgebracht hatte. Anschließend musterte er mich und fragte: »Warum suchen Sie sie denn?«

Ich tischte ihm eine vollkommen harmlose Lügengeschichte auf, nach der ich alles nur für einen anderen tat: »Ein Freund von mir will seine Rangbezeichnung festschreiben lassen, deshalb braucht er seine Abschlußurkunde, die noch bei ihr ist. Sie haben früher mal zusammengelebt.«

»Es steckt nichts anderes dahinter«, assistierte Liu Huiyuan, »keine böse Absicht. Es ist nur schon so lange her, und es hat sich so vieles geändert, unter der alten Adresse ist sie nicht mehr zu finden.«

»Wo die Frau jetzt ist, kann ich auch nicht sagen«, antwortete Li Kuidong. »Wir haben uns schon vor vielen Jahren getrennt. Nachdem wir uns kennengelernt hatten, ist sie bei mir eingezogen, doch wenn Sie von mir wissen wollen, wo sie jetzt lebt, kann ich Ihnen das auch nicht sagen, obwohl wir eine Zeitlang so eng befreundet waren.«

»Wann haben Sie sich kennengelernt, und wo? Was hat sie damals gemacht?«

»Damals...« Li Kuidong hielt inne. »Wozu wollen Sie das wissen?«

»Vielleicht solltest du doch offen mit ihm sprechen?« schlug Liu Huiyuan vor. »Sonst läßt es sich so schwer reden.«

»Na gut.« Ich griff auf das zweite Lügenpaket zurück, das ich parat hatte. »Sie ist meine Schwester. Unsere Eltern sind beide in der Kulturrevolution umgekommen. Ich wurde zu Verwandten außerhalb geschickt, und meine Schwester ging in den Nordosten, aufs Dorf, um dort in einer Produktionsgruppe zu arbeiten. Seitdem haben wir den Kontakt verloren. Ich suche sie seit Jahren ohne die geringste Nachricht von ihr. Das einzige, was ich noch von ihr habe, ist diese Fotografie, aber ich weiß nicht einmal, in welchem Jahr sie aufgenommen worden ist. Wenn es die nicht gäbe, hätte ich sogar vergessen, wie meine Schwester aussieht. Ich glaube, daß es ihr in diesen Jahren ziemlich übel ergangen sein muß, so als Frau allein ohne Halt und Stütze – es gibt ja so viele schlechte Menschen! Mir wird schon schwer ums Herz, wenn ich nur dran denke.«

»Das ist wirklich bitter«, sagte Liu Huiyuan. »Unser Freund hier hat's selber schwer genug gehabt, deshalb hab ich mir gesagt, daß ich ihm bei dieser Sache auf jeden Fall helfen muß.«

»Hm.« Ich putzte mir die Nase und sagte dann zu Li Kuidong: »Ich suche sie, nicht um dann mit irgend jemandem abzurechnen. Was vorbei ist, ist vorbei. Das geht alles aufs Konto der ›Viererbande‹, wenn ich es mal ganz offiziell ausdrücke. Ich will nur noch meine Schwester finden. Menschen wie Ihnen, die sie bei sich aufgenommen haben, kann ich nur dankbar sein.«

»Es muß schon zehn Jahre her sein, daß wir uns kennengelernt haben.« Li Kuidong blinzelte ratlos mit den Augen. »Damals war ich auch gerade erst aus dem Korps* entlassen worden, ich war arbeitslos und den ganzen Tag zu Hause, ohne was zu tun zu haben. Ganz bei mir in der Nähe war die *Hongta*-Halle**, in der damals dauernd ausländische Filme gezeigt wurden, und wenn ich nichts anderes zu tun hatte, ging ich hin und schaute, ob mir jemand eine Karte abtrat. Ich glaube, es war Frühjahr, es war noch ziemlich kalt, man mußte noch einen Mantel tragen. Ich weiß nicht mehr, was an dem Tag in der *Hongta*-Halle gezeigt wurde, kann sein *Die Abenteuer der Helden.* Ich stand am Eingang und wartete auf eine Karte. Der Film hatte schon angefangen, und alle, die eine hatten, waren schon drin. Auf den Stufen vor dem Eingang standen nur noch vereinzelt Leute rum. Ich wollte gerade gehen, als die Frau – Ihre Schwester – kam. Sie hatte einen Armeemantel an. Die Hände in den Taschen, ging sie an mir vorbei. Ich fragte sie, ob sie nicht eine Eintrittskarte übrig hätte. Sie sah mich kurz an und nickte, ja, sie hätte noch eine. Sie hat mir die Karte nicht gegeben, sondern sie ließ am Eingang beide Karten zusammen abreißen und nahm mich so mit rein. Ich wollte ihr Geld geben, aber sie nahm keines. So kam es, daß wir uns den Film gemeinsam ansahen. Während des Films saßen wir Arm an Arm da, und hinterher fragte ich sie, ob sie schon was vorhätte. Sie fragte zurück, ob ich denn was vorhätte, und ich sagte, nichts, laß uns doch zusammen essen gehen. Sie überlegte ein bißchen und war dann einverstanden...«

»Und dann?« fragte ich, als Li Kuidong abbrach. »So einfach war das?«

»Von da an kannten wir uns«, sagte Li Kuidong leicht irritiert, und ich dachte mir, daß es ihm wahrscheinlich überhaupt nicht paßte, einem Wildfremden dies alles zu berichten. »Jedesmal, bevor wir uns trennten, verabredeten wir, wann und wo wir uns wiedersehen wollten, und über kurz oder lang ist sie dann bei mir eingezogen. Sie hat mir erzählt, sie sei auch gerade erst aus dem Korps entlassen worden. Sie hätte keine Familie mehr. Nach allem, was ich selber über das Leben im Korps wußte, hatte sie tatsächlich dort gelebt. Ich habe ihr nie mißtraut und sah auch keinen Grund dazu. Sie gehörte zu den Leuten, die durch eine harte Schule gegangen waren, sie nahm alles mit natürlicher Gelassenheit. Man brauchte ihr überhaupt nichts zu erklären, die kleinste Änderung des Augenausdrucks oder der Miene genügte, und sie begriff sofort, wie es für sie selbst stand und was der andere wollte. Sie war nie stur und machte niemandem Probleme, immer nachgiebig und friedlich, ich lebte völlig entspannt mit ihr zusammen. Sie dürfen deshalb aber nicht den Eindruck haben, daß sie eine lebende Puppe war, die vor lauter Trübsal nie was sagte. Sie unterhielt sich sehr gern und interessiert, sie lachte auch viel. Es schüchterte sie überhaupt nicht ein, wenn viele Leute da waren, sie war immer ganz lässig und natürlich, das kann Ihnen Liu Huiyuan auch bestätigen. Sie zeigte sich nie kleinkariert oder selbstverliebt und affektiert. Von einem unbefangenen jungen Mädchen unterschied sie, daß ihre Fröhlichkeit nicht ungebremst, daß sie nie leichtsinnig war. Sie war sehr empfindlich, sobald wir uns zu große Freiheiten rausnahmen und unsere Witze und Neckereien anzüglich oder respektlos wurden. Ich will nicht sagen, daß man es ihr sofort ansah, sie registrierte es, aber sie ließ nichts durchblicken. Sie war eben vom

Leben gestählt, sie hatte eine gewisse Gleichmütigkeit und Ruhe, durch die sie sich aus allem ein bißchen heraushielt. Sie hatte schon eine dicke Haut bekommen, und nichts konnte ihr mehr etwas anhaben. Nur, wenn sie die Augen niederschlug, und selbst in der Umarmung oder sogar, wenn man in sie eindrang, dann konnte man das Gefühl haben, daß sie irgendwo über den Wolken schwebte und unendlich weit von einem entfernt war.«

»Hat sie den Namen Liu Yan benützt, als sie mit Ihnen zusammen war?«

»Ja. Ich hatte die ganze Zeit den Verdacht, daß das nicht ihr wirklicher Name war. Gerade in unserer vertrautesten Phase hatte ich gleichzeitig immer das Gefühl, daß sie eine Fremde blieb und mir ihre Identität verheimlichte. Wissen Sie, das Gefühl, daß sie unfaßbar blieb, war zu stark.«

»Haben Sie sich deshalb von ihr getrennt?«

»Nein, ich bin nicht so veranlagt, daß ich nur mit jemandem zusammenleben könnte, den ich von Grund auf kenne, bei manchen Sachen finde ich es sogar besser, wenn ich sie nicht weiß. So wie jetzt, wo ich als unterer Staatsangestellter Vorgesetzter von ein paar Leuten bin, da empfinde ich die Notwendigkeit, Distanz zu wahren, noch mehr; nur wenn man gleichmäßig austeilt, verläuft alles ruhig und harmonisch. Nein, es war nicht deshalb.«

Li Kuidong zündete sich eine Zigarette an, zog ein paarmal daran und drückte sie gleich wieder aus. Er sah mich an und sagte:

»Sie hat gelogen, das war es, was ich nicht tolerieren konnte. Ein ums andere Mal, und schließlich habe ich es nicht länger ertragen. Ich weiß nicht, warum sie es tat, sie hatte überhaupt keinen Grund, mir was vorzumachen, ich habe mich auch nie für was anderes als sie interessiert – sie hat mich einfach grundlos belogen. Ich konnte es mir nur so erklären, daß es bei ihr eine Art Angewohnheit war. Sie hat auch nie wie normale Schwindler mit einer bestimmten Absicht gelogen, oder um dadurch an irgend etwas ranzukommen, auch nicht wie viele Frauen, die aus reiner Vorsicht ein paar Lügen ausstreuen, sie hat ohne jeden Zweck und ganz unbewußt gelogen, das war das Ärgerliche. Ich könnte es noch eher verstehen, wenn einem was peinlich ist und man's nicht sagen will, oder wenn man in irgendeiner Absicht lügt. Zum Beispiel hat sie mir einmal, als wir an ein paar Mietshäusern vorbeigekommen sind, genau gezeigt, in welchem Stockwerk sich die Wohnung ihrer Familie befände, sie hat mir erzählt, wie viele Zimmer sie hätten, wie sie eingerichtet seien und welcher Hund und welche Katze mit dort lebten. Eines Tages wollte ich sie besuchen, einfach nur so, um ihr eine Freude zu machen. Aufgemacht hat mir ein Intimfeind von mir, der in keinerlei Beziehung zu ihr stand, ja noch nie etwas von ihr gehört hatte. Das war wirklich ein ganz übler Streich. Als ich sie zur Rede stellte, war sie völlig ahnungslos und hatte vergessen, daß sie jemals so was erzählt hatte. Ein anderes Mal hat sie mir erzählt, was für einen süßen kleinen Hund sie hätte, wie niedlich der sei und wie lang sein Fell, daß ihm die Haare über die Augen fielen und man sie dauernd trimmen müßte, damit er was sah. Sie hätte ihn im Park ausgeführt und sei deswegen von einem Polizisten ermahnt worden, da hätte sie zu dem Hund gesagt, entschuldige dich bei dem Onkel*, und der Hund hätte zweimal gebellt, wau, wau – sie hat alles ganz lebendig und detailliert geschildert. Ich sagte ihr, sie solle ihn doch mal mitbringen und ihn mir zeigen, was sie immer versprach, aber nie tat. Als sie dann später zu mir gezogen ist, kam sie ganz ernsthaft mit einer Tragetasche an und sagte, da sei der Hund drin, und als ich reinsah, war's ein Spielzeughund.«

Ich lachte. »Wirklich eine interessante Frau!«

Li Kuidong sah mich zweifelnd an. »Wenn einem jemand tagtäglich mit so was kommt, findet man es nicht mehr so interessant. Ich habe ihr dann vorgehalten, wie ich denn noch wissen sollte, was bei ihr wahr sei und was gelogen, und sie versprach, sich zu bessern. Doch es hat keine paar Tage gedauert, da hat sie mir wieder erzählt, daß irgendeine Freundin sie eingeladen hätte, weil die alte Clique sie mal wieder sehen wollte. Ich sagte ihr, geh doch hin. Na gut, als es dann soweit war, hatte ich gerade auch etwas in der Gegend der Xidan* zu tun und ging kurz nach ihr aus. Als ich an dem Rondell der Station Muxudi vorbeikam, sah ich sie allein in dem Park an der Straße sitzen und mit den Kindern spielen. Sie hatte überhaupt keine Freunde, die ganze Zeit über, in der wir miteinander befreundet waren, habe ich nie erlebt, daß sie außer den Freunden, die sie durch mich kennengelernt hat, auch nur einen einzigen Bekannten gehabt hätte. Jedesmal, wenn sie sagte, sie wolle Freunde besuchen, strich sie ziellos durch die Straßen. Trotzdem mußte sie in bestimmten Abständen immer wieder ausgehen, um Freunde zu treffen, wie sie sagte.

Es war wohl im zweiten Jahr. Ich will ganz ehrlich sein und Ihnen nicht verheimlichen, daß ich nicht die Absicht hatte, sie – Ihre Schwester – zu heiraten. Wahrscheinlich hatte sie das auch erkannt, denn eines Tages ist sie fortgegangen und nie wieder zurückgekommen. Ich habe noch sehr lange auf sie gewartet. Eine Zeitlang habe ich jedesmal, wenn es klingelte, geglaubt, daß sie es sei, aber sie war es nie. Mit der Zeit ließ das Gefühl nach, und da man schließlich einen Hausstand gründen muß, habe ich dann meine jetzige Frau geheiratet. Wenn Sie nicht gekommen wären, hätte ich sie vollkommen vergessen.« Li Kuidong nahm sich noch eine Zigarette.

»Und danach haben Sie sie nie mehr gesehen?«

»Einmal«, antwortete er. »In der Herrensohn-Gasse, oder war's die Hurensohn-Gasse, ich weiß es nicht mehr. Meine Frau und ich fuhren gerade mit dem Fahrrad vorbei, als sie zusammen mit einem Mann in Hausschlappen aus der Gasse kam. Sie hat mich nicht gesehen, und ich habe sie auch nicht gerufen. Ich bin einfach nur so vorbeigeradelt. Ein Freund hat mir erzählt, daß er sie mal bei einer Party getroffen hat. Angeblich hat er sie abgeschleppt und ein paar Nächte mit ihr verbracht, aber das ist ein Typ, der auf Wein und Weib ziemlich abfährt und immer damit angibt, mit wie vielen Frauen er schon geschlafen hat. Ich glaube nicht unbedingt alles, was er erzählt, aber es kann schon sein. Wang Kuanglin, kennst du den?« fragte er Liu Huiyuan.

»Kenn ich nicht«, antwortete Freund Liu, »kann mich nicht erinnern.«

»Haben Sie die Adresse von diesem Menschen? Können Sie sie mir aufschreiben?«

»Kann ich machen«, antwortete Li Kuidong. »Wenn Sie zu ihm gehen, dann sagen Sie ihm auf keinen Fall, daß Sie von mir kommen.«

»Auf keinen Fall.« Ich studierte die Adresse, die er mir aufgeschrieben hatte, und steckte den Zettel in die Tasche. »Dann brechen wir jetzt auf. Falls Sie zukünftig noch etwas von Liu Yan hören, wäre es sehr freundlich, wenn Sie mir Bescheid geben würden.«

»Und wo finde ich Sie?«

»Sie erreichen mich immer über Liu Huiyuan.«

»Ihre Schwester hatte wirklich hervorragende Anlagen.« Li Kuidong schien süchtig danach, weiter über Liu Yan zu reden. »Sie konnte alles mögliche ganz ausgezeichnet, prima tanzen und Schlittschuh laufen. Wenn es eine Amateurliga für Schlittschuhläufer geben würde, wäre sie unbedingt in der Oberliga gewesen. Jedesmal, wenn sie auf die Eisbahn ging, hat sie todsicher alle Blicke auf sich gelenkt, sie war besser als alle anderen. Sie drehte ihre Pirouetten, als wär's ein Kinderspiel, als hätte sie ihr Leben lang in einer Welt aus Eis und Schnee gelebt.«

11

»Was soll denn das, Brüderchen sucht Schwesterchen, mach keine Witze, jetzt herrscht Frieden im Lande, solche menschlichen Tragödien gibt's doch längst nicht mehr, Freundchen, ich kenn dich, wann soll deine große Schwester aufgetaucht sein? Deine Schwester, die hat dein Alter doch längst an die Wand geklatscht.«

Wang Kuanglin war ein häßlicher und verschlagen aussehender Hinkefuß in einem schmucken dunklen Anzug. Seine kleinen Schuhe waren auf Hochglanz gewienert. Der eine hatte eine dickere Sohle als der andere, so daß sein Träger auf flachem Boden einen majestätischen und kraftvollen Stand hatte. Als Liu Huiyuan und ich Wang Kuanglin aufsuchten, war er gerade dabei gewesen, in dem Fahrradunterstand vor seiner Haustür von dem öffentlichen Telefonapparat aus zu telefonieren. Er hatte gehört, wie ich die alte Frau, die die Fahrräder bewachte, fragte, ob sie wüßte, wo wir Wang Kuanglin fänden, und sofort den Kopf mit dem Hörer am Ohr rausgestreckt und uns zugebrüllt: »Hier, kommt her, Wang Kuanglin ist hier!« Anschließend hatte er uns in großer Manier befohlen: »Bleibt eine Weile da stehen, und wartet auf mich, wenn ich fertig bin, dann unterhalte ich mich weiter mit euch.« Auf das Fensterbrett gelehnt, auf dem der Apparat stand, hatte er dann endlos weitertelefoniert: »Ihr müßt in die Gänge kommen, die siebenhunderttausend Dollar sind schon von der Pariser Bank auf das Schweizer Konto transferiert, ich hab den Überweisungsschein selber gesehen, Herr Paravent ist schon sehr ungehalten darüber, daß eine so große Summe in Europa hin- und hergeschoben wird, ohne sich zu vermehren, immer muß ich mir Geschichten anhören, ich mag ihm schon gar nicht mehr über den Weg laufen, ihr bescheißt doch; bei anderen Ausländern ist es mir egal, aber bei Herrn Paravent geht das nicht, der liebt China, den

›Polonaise‹* hat er mir auch versorgt, wir haben doch alle einen Ruf zu verlieren, wenn ihr Hemmungen habt, kann ich mit Büro Zhao oder Büro Li** telefonieren…«

Die Fahrradwächterin hatte uns leise gefragt: »Jeden Tag telefoniert er wegen irgendwas anderem herum, was macht der Hinkefuß bloß?«

Und wir hatten geantwortet: »Er ist Verantwortlicher im Büro Hinkehinke beim Staatsrat«.***

In diesem Moment hatte Wang Kuanglin sein Gespräch beendet und sich mit rotem Gesicht zu uns umgedreht. Wir hatten sofort aufgehört zu lachen und ihm schlicht erklärt, weshalb wir gekommen waren, immer noch mit dem gleichen Spruch. Wer hätte damit gerechnet, daß dieser blöde Hinkefuß so schlau war und kein Wort davon glaubte!

»Wer ist Onkel Wang denn! Ihr braucht gar nicht erst zu probieren, mich anzuschmieren, ich hab den totalen Durchblick.«

Ich beeilte mich, lachend zu sagen: »Da Onkel Wang so klar sieht, möchte ich ihm nichts vormachen. Mit dem, was ich gerade erzählt habe, kann ich vielleicht irgendwelche Dummköpfe täuschen, aber nicht Onkel Wang. Wir suchen sie, weil sie noch Geld von uns hat, das wir ganz dringend brauchen, und selbst wenn wir's nicht brauchten, würden wir es ihr nicht in den Rachen werfen, dann würden wir es doch lieber unserem Herrn Hinkebein, unserem Onkel Wang, anvertrauen.«

»Ihr seid unfähig, Kinderchen.« Der Hinkefuß sog den Speichel durch die Zähne. »Nehmt euch ein Beispiel an mir, wenn man mit den Mädels rummacht, muß man die anderen blechen lassen, das ist die Kunst. Ich selber zahl keinen Heller.«

»Da hat Onkel Wang recht, aber wer kann sich schon mit ihm messen.«

»Also!« Mit schwankenden Schritten kam der Hinkefuß aus dem Unterstand und sagte zu uns: »Ich muß jedenfalls was essen, dann suchen wir uns doch zusammen ein Restaurant!«

»Ganz nach Ihrer Wahl!«

»Auf keinen Fall weit weg!« Als wir an einem kleinen Auto vorbeikamen, das vor dem Haus stand, klopfte er auf die Kofferraumhaube und sagte: »Das Auto hat keinen Sprit und fährt nicht, suchen wir uns also was in der Nähe, ich esse zur Zeit auch wenig Fettes, irgendwas Leichtes und Einfaches, das genügt schon – originell, mein Auto, nicht? Ein ›Polonaise‹ aus Frankreich, eine der vier großen Weltmarken, in Peking gibt's nur den einen.«

»Man braucht sich ja nur den Besitzer anzusehen!«

Gemeinsam mit dem Hinkefuß ließen wir die Gebäude hinter uns, überquerten eine noch unbefestigte Straße, an deren Rand in einer großen Tonne gerade erst der Asphalt gekocht wurde, und steuerten auf eine vielversprechend aussehende Restauranttür zu. Drin gingen wir schnurstracks zu den besten Plätzen in einem Séparée. Beim Bestellen ging es für eine Weile ziemlich hoch her. Wir sahen die Speisekarten, die uns die Bedienung brachte, gar nicht erst an und hielten uns an Hinkefuß, der erhobenen Hauptes fragte: »Was habt ihr denn heute?« Die Bedienung empfahl Seegurken und Garnelen. Wir sahen uns an und stellten fest: »Uninteressant. Mögen wir nicht.« Die Bedienung zählte weiter auf, Fleischbällchen, Ochsensehnen, Gelbfisch, und wir sagten wieder: »Zu gewöhnlich, hab ich mir übergegessen.« Sie schlug die Speisekarten wieder zu und fragte uns: »Was wollen Sie denn nun?« Ich antwortete anstelle von Hinkefuß: »Gebratenen Doufu, grüne Bohnen, geschmorte Auberginen.« Die Bedienung sagte, daß es diese Speisen in der Jahreszeit alle nicht gebe und wenn wir sie essen wollten, sollten wir sie uns doch zu Hause kochen. Hinkefuß und wir stellten einträchtig fest: »Die kleinen Gaststätten sind einfach nichts, es fehlt an allem.« Die Bedienung setzte sich schließlich wieder hin und meinte, wir sollten sie rufen, wenn wir uns entschieden hätten. Wir diskutierten eine Weile, was wir für angemessen hielten. »Behelfen wir uns eben mit dem, was da ist, bestellen wir einfach irgendwas.« Wir nahmen die Speisekarten wieder auf und bestellten von unten nach oben[*], geschmortes Geschnetzeltes und geschmortes Feingeschnetzeltes. Hinkefuß bestellte zwei Pfund Reis.[**] Beim Bezahlen fing der Scheißtyp auch noch an, sich mit mir rumzustreiten. Ich hatte das Geld schon in der Hand, da fiel er mir in den Arm, ich solle es doch wieder einstecken, er wolle in jedem Fall bezahlen, aber dann war seine Hand in der Tasche festgewachsen, und er bekam sie nicht mehr heraus.

»Aber muß das denn sein?« fragte ich Hinkefuß und gab der Bedienung das Geld.

»Das geht nicht an, das kann ich nicht zulassen.« Hinkefuß stützte das Kinn in die Hand, als sei er in Gedanken vertieft. »Das hier ist mein Revier.«

Als das Essen und die Getränke kamen, war Hinkefuß hochbeglückt. Er klopfte die Stäbchen auf der Tischplatte auf gleiche Höhe zurecht, dann legte er sie nicht mehr aus seiner kleinen Hand und schlang die Fleischstückchen schnell und geschickt, und ohne groß Luft zu holen, in den Mund.

»Woher wißt ihr denn, daß ich Liu Yan kenne?« fragte er höchst selbstgefällig und ließ sich zufrieden das Fleisch schmecken. »Diese Sache habe ich geheimgehalten, und jetzt hat sie sich doch so weit rumgesprochen.«

»Das weiß doch jeder, wozu noch fragen?« schmeichelte ich ihm. »Das ist in ganz Peking bekannt.«

»Das stimmt nicht.« Hinkefuß lachte arglistig und bewies damit realistische Selbsteinschätzung und eine wache Urteilskraft. »Das weiß niemand außer Li Kuidong, ihr habt es garantiert von ihm.«

»Nein, nein«, stritt ich in Li Kuidongs Interesse ab.

»Mir mußt du schon reinen Wein einschenken.« Der Hinkefuß lachte spöttisch. »Onkel Hinkebein ist doch nicht blöd, wo käme ich hin, wenn ich in meinem Alter immer noch nicht wüßte, mit wem ich's zu tun habe... Ist auch egal, wer's euch erzählt hat, so was kümmert mich nicht. Li Kuidong hat euch bestimmt erzählt, was die Liu, die kleine Nutte, für wunderbare Begabungen hätte, wie toll sie sei und was für ein edler Mensch, daß sie zwar außen ein bißchen angeschlagen, aber sonst noch gut zu gebrauchen sei – der hat doch sein Leben lang umsonst gelebt und noch nie eine lebende Kehrichtschaufel gesehen, der ist zu dumm, um die Löcher in seinem rostfreien Schöpfsieb zu zählen, und glaubt, daß alle Kerne, die er unter der Bettdecke vernascht, gut sind. Ich sag euch, diese Liu Yan ist das aller-, allerdreckigste Nüttchen von ganz Peking, so dreckig, wie man sie sich nur vorstellen kann. Aufgemacht ist sie wie eine Kaiserin, aber in Wirklichkeit ist sie nichts als eine Bordsteinschwalbe, über die weiß ich doch Bescheid! Ihr Vater zieht mit dem Bollerwagen durch die Gegend, und die Mutter sammelt Altpapier; seit sie klein war, hat sie sich noch nie die Zähne geputzt oder den Hintern gewaschen, wenn du sie anstößt, läßt sie pling-plang lauter lebendige kleine Tierchen fallen, und dann gehört sie zu der Sorte, die sich von oben bis unten mit *Xishilan*-Deo* bespritzt; wenn du ihr einmal zu nahe gekommen bist, kannst du dich drei Tage ins Badehaus setzen und dich schrubben, bis dir das Blut aus den Adern kommt, du wirst den Gestank nicht mehr los; die ist bloß gut mariniert und mit viel Zwiebeln und geschlossenen Augen genießbar.«

Wang Kuanglin erzählte, daß er Liu Yan vor einigen Jahren auf einer Party aufgegabelt hätte, »und es tut mir heute noch leid«. Ich holte das Foto heraus und ließ ihn einen Blick darauf werfen – nur damit wir ganz sicher von derselben Person sprächen, erklärte ich ihm. Er taxierte es kurz und sagte dann, es bestände kein Zweifel, sie sei es, »sieh dir bloß an, wie tugendhaft sie tut«. Die Party damals sei seine eigene gewesen, eine ziemlich hochkarätige Veranstaltung, bei der nur Kader vom Divisionskommandeur aufwärts als Gäste geladen gewesen seien, und ein

Mädchen mit dem Spitznamen »Brunsttropfen«[*] hätte Liu Yan mitgebracht. »Sie hat wohl geglaubt, ich bin Gebrauchtwarenhändler.« Es sei damals stockfinster gewesen und so verraucht, daß man sowieso nichts gesehen oder gerochen hätte, und er hätte Liu Yan für eine Fee gehalten.

»Ich habe gerade so richtig flott getanzt«, erzählte der Hinkefuß, »da hat mir ›Brunsttropfen‹ Liu Yan in die Arme geschubst und gesagt, die sei für mich. Von da an klebte Liu Yan wie ein Pflaster an mir. Sie hat Flämisch mit mir geredet. Belgien kenne ich gut, pah, wenn man Flämisch mit mir spricht, ist das für mich doch ungefähr das gleiche wie mein Heimatdialekt. Also sage ich zu ihr, laß uns doch mal sehen, wer es fließender spricht. Als sie merkte, daß ich Flämisch kann, fing sie mit Hebräisch an. Meine Familie stammt zum Teil aus Kaifeng[**], da war sie auf die orthodoxe Schule gestoßen. Nach dem Hebräischen kam Minnanesisch[***] dran und danach die Sprache der Lisu[****]. Dann war ich genervt und fragte, ob wir denn hier seien, um zu tanzen, oder ob wir nur noch Vogelstimmen üben wollten. ›Und was für ein Vogel bist du denn nun wirklich? Raus mit der Sprache, dann wissen wir's endlich!‹ Sie wurde rot und druckste eine Weile rum, ehe sie zugab, daß sie schließlich doch aus unserem guten alten Peking stammte. ›Damals, als die Verbündeten Streitkräfte[°] in die Stadt einfielen, war auch keiner von denen bei uns einquartiert.‹ Ich sagte: ›Komm mir bloß nicht damit, du Chinesin, so zu tun, als hätte deine Urgroßmutter ein ausländisches Ei ausgebrütet, und auch noch mit der Ehre zu protzen, was soll denn das, wir sind doch nicht schlechter als andere, ich sag dir, zur Zeit der Ost-Han[°°] waren die Kaiserinnen alle aus dem Geschlecht der Wang, und wir haben haufenweise Kaiser zur Welt gebracht, und der, der die Regierung dann fertiggemacht hat, hieß auch Wang[°°°], aber reden wir groß davon?, aber rede ich etwa davon?, haben wir's nicht für uns behalten?, Status und Würde hängen doch nicht von der Abstammung ab!‹ Später habe ich sie dann mal in der Nähe von Weigongcun* getroffen, dort sind doch verschiedene Tanzensembles, nicht wahr, da ist sie rumstolziert, total aufgemacht wie eine Schauspielerin, und als sie mich am Eingang zu dem Gemüsemarkt gesehen hat, fängt sie an, mir etwas von ›Musac‹** zu erzählen, erwähnt diesen, erzählt von jenem, als bewege sie sich dauernd nur noch in Künstlerkreisen, es war wirklich unbeschreiblich, und ich habe bloß gesagt, ach, das versteht man also unter ›Musac‹, das kenne ich ja längst, bei uns heißt's bloß anders, was ihr ›Musac‹ nennt, ist bei uns Hühnergegacker.«

Ich nützte den Augenblick, um dazwischenzugackern: »Wie lange warst du denn ungefähr mit Liu Yan zusammen? In welchem Jahr war das? Und weißt du, mit wem sie in der Zeit besonders viel zu tun hatte?«

»Nicht besonders lange«, antwortete Hinkefuß. »Von der Sorte hat man doch nach ein paar Malen genug, und eines meiner Beine ist schon hin, da kann ich mir nicht auch noch das andere ruinieren.*** Aber eines muß man ihr lassen, sie versteht ihr Handwerk.« Er zwinkerte unzüchtig mit den Augen. »Die kann einen schon bedienen.«

»Ja, sie bringt's«, pflichtete ich ihm bei und nickte. »Aber du weißt auch nicht, mit wem sie danach abgezogen ist?«

»Doch wohl mit dir, oder?« sagte der Hinkefuß unvermittelt. »Hast du geglaubt, sie ist ein Einwegfeuerzeug, das andere nicht nachfüllen können, wenn du's weggeworfen hast? Sie ist mit vielen gegangen, es lohnt sich nicht, sie einzeln zu zählen, da bist du nicht der erste und auch nicht der letzte gewesen, du brauchst gar nicht erst anzufangen, dir deshalb den Kopf zu zerbrechen. Die Frauen sind alle gleich, da wird die Asche abgewischt und der Staub ausgeklopft, einmal neu drüberlackiert und ›Made in China‹ draufgestempelt, dann verkaufen sie sich wieder wie neu.«

»Das meine ich nicht«, sagte ich, »mir geht's nicht drum rauszukriegen, mit wem sie wann was gehabt hat. Ich würde nur gern von dir wissen, ob du weißt, wie ich sie kennengelernt habe.«

»Das verstehe ich nicht.« Der Hinkefuß sah mich wachsam an. »Drück dich mal deutlicher aus, oder erklär mir, was dahintersteckt. Du willst wissen, ob ich weiß, wie ihr euch kennengelernt habt?«

»So ist es.« Ich lachte nervös. »Ich möchte es wissen. Ich habe alles vergessen. Das hat auch noch mit einer anderen Angelegenheit zu tun. Ich...« Für den Moment stammelte ich nur noch wirres Zeug.

»Ihr... Du hast sie in Kanton kennengelernt.« Der Hinkefuß war immer noch alarmiert wie ein Fuchs auf der Strecke, der mitten im Feld ein Stück Fleisch entdeckt und weder rauskriegt, warum das Fleisch daliegt, noch, welche Gefahr in seiner Umgebung droht. »Angeblich habt ihr damals Geschäftsgespräche geführt, aber in Wirklichkeit habt ihr in sämtlichen Kantoner Hotels den Hongkonger Gästen die Taschen ausgeräumt, ihr habt alle Türen ausprobiert, und wo nicht abgeschlossen war, da seid ihr rein und habt alles mitgehen lassen; ihr habt euch bei den Angestellten die Schlüssel erschlichen und habt in den Zimmern der Hongkonger Touristen übernachtet, und mitten in der Nacht habt ihr euch ihre Klamotten und ihre Lederschuhe angezogen und seid mit ihren Koffern abgehauen – hast du dir nicht damals deinen Fußpilz und den Fußgeruch geholt? –, wann hättet ihr je die feine Tour gefahren? Ihr habt euch das Essen, das Trinken und die Mädels ergaunert, ihr habt den Hongkongern von hinten eins über den Schädel gegeben, habt ihnen Mädchen zugeführt und sie dann damit erpreßt, daß sie mit euren Ehefrauen geschlafen hätten, ihr habt ihnen so was wie 'ne Handgranate um den Hals gehängt.«

»So was hab ich gemacht?« fragte ich lachend. »Warum erinnere ich mich nur an nichts davon?«

»Liu Yan war allein nach Kanton geflogen. Wie sie sagte, wollte sie der Neun-Punkte-Erklärung des Kommissionsvorsitzenden Ye* zur Erweiterung des Austauschs zwischen den beiden Seiten der chinesischen Meerenge Folge leisten und mit gutem Beispiel vorangehen, indem sie die ›Dreiwegverbindung‹** durch die Einrichtung einer ›mobilen Empfangsstation für die Landsleute aus Taiwan‹ in eine Vierwegverbindung verwandelte. Ihr seid euch in der Wartehalle des Baiyun-Flughafens begegnet. Du warst dort, um ein Ticket für einen Flug nach Kunming zu kaufen, und sie hat einen KMT-Agenten*** zum Flughafen begleitet. Als ihr in der Menge der Leute heimatliche Klänge gehört habt, wurde euch gleich ganz warm ums Herz, und ihr seid miteinander ins Gespräch gekommen. Nachdem der KMT-Agent fort war, war Liu Yan gerade nicht mehr ausgelastet, und ihr habt lange in der Flughafenhalle gesessen und euch unterhalten. Anschließend seid ihr beide freudestrahlend zusammen weggegangen.«

»Und wo warst du damals? Das klingt alles, als hättest du es mit eigenen Augen gesehen, aber ich kann mich nicht an dich erinnern.«

»Es ist auch nicht möglich, daß du dich an mich erinnerst, du hast mich nicht gesehen, aber ich habe euch gesehen, ich habe nicht weit von euch entfernt gesessen, Liu Yan hat mich gesehen, hast du nicht gemerkt, daß sie während eurer Plauderei immer wieder zu mir rübergesehen hat? Doch, du hast es bemerkt und bist ihrem Blick gefolgt und hast kurz zu mir herübergeschaut, aber weil du mich nicht kanntest, hast du mich nicht wahrgenommen.«

»Und dann?«

»Was dann passiert ist, mußt du dich selbst fragen, dann warst du mit ihr zusammen, nicht ich. Du, Gao Yang, Xu Xun, Wang Ruohai und noch Gao Jin, ihr habt den ganzen Tag zusammengesteckt, was ihr getrieben habt, müßt ihr selbst am besten wissen. Wenn wir uns begegnet sind, habt ihr mich nicht einmal gegrüßt, bei dir ist es noch verzeihlich, weil du mich nicht kanntest, aber Gao Jin und Xu Xun war ich schon so oft behilflich gewesen, und Wang Ruohai, der hat auch so getan, als würde er mich gar nicht kennen, aber was schert's mich, ich kümmere mich um meinen eigenen Kram.«

»Soll das heißen, daß Gao Jin und Xu Xun Liu Yan auch gesehen haben?«

»Wozu debattierst du eigentlich hier mit mir rum, Kumpel? Keine Angst, ich interessiere mich nicht für deine Angelegenheiten. Wenn du Liu Yan suchst, dann mußt du zu ›Brunsttropfen‹ gehen, die beiden sind ein Dreck, die wissen alles voneinander, es ist reine Zeitverschwendung, mit mir um den heißen Brei herumzureden.«

Ich konnte fragen, was ich wollte, der Hinkefuß rückte mit nichts mehr raus und sagte bei allem, er wisse es nicht. Als ich ihn nach »Brunsttropfens« Adresse fragte, gab er auch da zurück, ich solle mich doch nach ihr erkundigen, ich könne fragen, wen ich wolle, »die kennt jeder«. Ich fragte ihn, ob er in den letzten Jahren etwas von Liu Yan gehört habe, und er antwortete, jemand hätte sie vor einer Weile mit Wang Ruohai in Shidu* auf einem Berg gesehen und ein anderer hätte beobachtet, wie sie zusammen mit Gao Jin im Guanting-Stausee im Butterfly-Stil geschwommen sei. Das glaubte ich nicht ganz, denn ich wußte, wie lang Wang Ruohai gesessen hatte und daß er gerade erst rausgekommen war, es wäre noch angegangen, wenn ihn jemand im Karakorum-Gebirge** gesehen hätte; und bei Gao Jin in seiner jetzigen Position und Gemütsverfassung war es ganz und gar unmöglich, sich vorzustellen, daß er Muße und Lust für Affären hätte, obwohl er wirklich Butterfly konnte, aber um im Guanting-Stausee Butterfly zu schwimmen, hätte er schon direkt vom Hubschrauber aus reinspringen müssen. Ich nahm an, daß der Hinkepott angefangen hatte, mir Unsinn zu erzählen.

Er und Liu Huiyuan begannen von anderem zu reden. Der Hinkefuß meinte, daß er die Frau, die ein paar Tische entfernt saß, sofort haben könne. »Sie schaut dauernd her, glaubst du's etwa nicht? Wenn ich's drauf anlege, sie zu verführen, hab ich sie im Nu rum.« Wir sahen zu dem Tisch hinüber, wo tatsächlich eine hübsche und sinnliche Frau allein saß und mit den Stäbchen spielte, während sie auf ihr Essen wartete. Der Hinkefuß plusterte sich auf und strich seinen Anzug zurecht. Liu Huiyuan sagte, mach bloß keine Scherereien. Hinkefuß sagte, was für Scherereien, ihr habt keinen Mut, dann lächelte er charmant, blieb dort sitzen, wo er war, und rief der Frau zu:

»Komm her, ich will dir was sagen!«

Ich war mit meinen eigenen Gedanken beschäftigt und achtete nicht richtig auf den weiteren Gang der Dinge. Als ich wieder aufsah, hatte sich bereits ein Berg von einem Mann vor Hinkepott aufgebaut und fuhr ihn an:

»Wenn du was zu sagen hast, dann sag's mir.«

Der Hinkefuß schob sich die Ärmel hoch und keifte zurück: »Was ist, willst du Streit?«

Das schluckte der Riese natürlich nicht. Er packte Hinkefuß an der Gurgel und hob ihn hoch wie ein Hühnchen: »Juckt's dich in den Gliedern?«

Liu Huiyuan und ich standen schnell auf und versuchten den Streit zu schlichten: »Keine Gewalt, keine Gewalt.« Liu Huiyuan sagte leise zu dem großen Kerl: »Unser Genosse hier ist nicht ganz normal. Er ist gerade erst in Anding* entlassen worden.«

Der Riese ließ Hinkefuß schwer zu Boden fallen und schimpfte: »Paß bloß auf, daß du dich anständig benimmst, ehe du hier Ärger machst!«

Hinkefuß setzte sich plumpsend auf seinen Stuhl zurück: »Von deiner Sorte nehme ich es doch mit zweien auf!« Schon kam der Riese wieder rübergeschossen, und wir gingen schnell dazwischen und redeten beschwichtigend auf die beiden ein. Der Hinkefuß grölte noch: »Haltet mich nicht zurück, dem wird noch Hören und Sehen vergehen!«

»Wenn du nicht aufhörst, dann überlassen wir dich deinem Schicksal«, warnte ich ihn.

»Misch dich nicht länger ein, du Feigling!« beschimpfte er mich.

Liu Huiyuan zog mich fort: »Komm, kümmer dich nicht um den Blödmann.« Als Liu Huiyuan und ich das Restaurant verließen, hörten wir den Hinkefuß quieken wie ein Ferkel auf der Schlachtbank.

»Das ja war wirklich spannend, was Hinkepott erzählt hat«, sagte ich draußen auf der Straße lachend zu Liu Huiyuan.

Er sah mich an und sagte fein lächelnd: »Sieht aus, als steckst du ganz schön tief drin.«

»Ha« – ich warf mich in die Brust –, »das hätte ich auch nicht gedacht, was ich früher alles so draufhatte! Ich war also auch schon mal ein Mafioso. Und ich hab geglaubt, ich hätte immer nur so charakterlos und brav dahingelebt, dabei hab ich ganz schön Mut bewiesen und andere tyrannisiert!«

»Dann stimmt das also, was Hinkefuß erzählt hat?«

»Angeblich hat er ja alles mit eigenen Augen mit angesehen, also muß es wohl wahr sein. Aber was ist mit dem Geld? Wo ist das Vermögen, das mir in meiner Zeit als örtlicher Despot zugeflossen sein muß? Wieso bin ich immer noch ein Habenichts? Ich kann mich nicht im mindesten entsinnen, daß ich es genüßlich verpraßt hätte.«

»Und Liu Yan – wem glaubst du da eher, Li Kuidong oder dem Hinkebein?«

»Das glaube ich Hinkepott nicht. Mit dreckigen Frauen habe ich mich noch nie abgegeben.«

Nachdem Liu Huiyuan und ich uns getrennt hatten, kaufte ich mir in einem Kino am Weg eine Eintrittskarte und setzte mich hinein, um meinen wirren Gedanken nachzuhängen.

Auf der Leinwand spielte sich ein ausländischer Krimi ab. Ein vornehmer und liebenswürdiger Mann pendelte zwischen zwei reizenden Frauen hin und her. Der Film war schon unendlich oft gezeigt worden, die Farben waren ein bißchen verblaßt, und immer wieder gab es dunkle Stellen und Kratzer. In dem ganzen Film herrschte eine Atmosphäre wie bei Sonnenschein nach einem Regenguß. In einem schicken Haus in einem fernen, fremden Land unterhielten sich prächtig gekleidete Männer und Frauen über irgendwelche rätselhaften Dinge. Ich war nicht bei der Sache und sah den Film nur in Fragmenten. Ein Mann segelte auf dem Meer, eine Frau beobachtete ihn vom Ufer aus. Ein kleiner Wagen raste durch den Regen; aus einer hellerleuchteten Villa drang die Unterhaltung eines Mannes und einer Frau. Ein leeres Schlafzimmer, in dem die Bettdecke auf dem Teppich lag; Menschen, die die Köpfe zusammensteckten, während gedämpfte Musik ihr Getuschel untermalte. Eine Flughafenhalle, in der sich die Menge durcheinanderschob, und eine junge Frau in einem Staubmantel, die dastand und ins Off starrte… Ich stellte mir vor, wie ich Liu Yan in einer ähnlichen, von Stimmengewirr erfüllten Flughafenhalle begegnet war. Ich hatte mein Gespräch mit der diensthabenden Frau vom Bodenpersonal beendet und mich umgedreht, mein Blick war durch die Menschenmenge geglitten und hatte sich mit dem Liu Yans getroffen, die ein Stück entfernt dastand und zu mir herübersah. Ein fröhliches Lächeln hatte um ihren Mund gespielt. Am anderen Ende der Halle saß Hinkefuß auf einem Sessel; just in diesem Moment sah er auf und beobachtete, wie ich die Halle durchquerte und auf Liu Yan zuging. Wir hatten uns mit sichtlichem Vergnügen unterhalten, dann waren wir zusammen zur Seite gegangen und hatten uns hingesetzt, um mit ebenso sichtlichem Vergnügen weiterzuplaudern. Liu Yan hatte meistens zugehört und nur gelegentlich einen Satz eingeworfen, und ich hatte laut und kräftig gelacht… In einem privaten Speisezimmer nahmen Ausländer an einem langen, mit Kerzen und Blumen geschmückten Eßtisch Platz, die

Herren im Gesellschaftsanzug rückten ihren Frauen, die lange Röcke trugen, den Stuhl zurecht… In einem geräumigen, langgestreckten Restaurant schoben sich Liu Yan und unsere ganze Blase lachend und plaudernd an den Tischen vorbei, und Hinkefuß sah uns zu, wie wir einer nach dem anderen vorübergingen, während ihn keiner beachtete. Weit hinten im Saal saßen wir dann um einen runden Tisch herum, und ich richtete mich ab und zu ein wenig auf, um Liu Yan etwas zu reichen… Die Menschen auf der Leinwand gingen durch einen Hotelflur, und auch wir gingen durch einen Hotelflur. Die Menschen auf der Leinwand betraten einen Raum und setzten sich, auch wir betraten einen Raum und setzten uns. Die Menschen auf der Leinwand gingen zusammen ins Bett, und auch wir gingen zusammen ins Bett, lagen auch aufeinander, stöhnten, auch unsere Fenstervorhänge blähten sich… Der Film war zu Ende, und aus unzähligen Leuchten in der Kuppel des Vorführsaals strömte ein orangefarbenes Licht herab. Ich blieb auf meinem Platz sitzen und war wütend. Das war nicht meine und Liu Yans Geschichte. Natürlich hatten auch wir wie andere zusammen gegessen, zusammen geredet und zusammen geschlafen, aber das alles war auf keinen Fall von irgendeiner kriminellen Atmosphäre überlagert gewesen. Ich mochte noch glauben, daß Liu Yan und ich uns mitten unter anderen Menschen kennengelernt hatten, daß sich unsere Blicke in aller Öffentlichkeit zufällig begegnet waren, aber ich glaubte ebenfalls, daß ich in diesem Moment und an diesem Ort auf keinen Fall hätte lachen können… Ich holte die Fotografie heraus und betrachtete Liu Yan, die darauf seit so langer Zeit reglos und mit niedergeschlagenen Augen in einer düsteren Ecke saß. Und ich wußte felsenfest, ich war, wenn ich verliebt war, wie ausgetauscht – es sei denn, die Verliebtheit war von vornherein nur Spielerei.

Als ich das Kino verließ, hatte ich nur eine Situation unverrückbar vor Augen: Ich saß allein in einer dunklen Wohnung und hielt einen Stapel Spielkarten in der Hand. Um mich herum war es still, als sei sonst niemand da. Plötzlich stand ich auf und öffnete die Tür. In dem anderen Zimmer saßen in einem fahlen Lichtschein ganz ordentlich Gao Jin, Xu Xun, Wang Ruohai, Qiaoqiao und Liu Yan – und in einer Ecke stand mit dem Rücken zu den anderen der Hinkefuß.

12

Unter den Bäumen vor dem Haus stand ein Peking-Jeep mit offener Hintertür. Das Auto hielt dort schon sehr lange. Jemand saß drin und rauchte, ab und zu leuchtete die Glut auf. Obwohl es kein Nummernschild hatte, war es für Eingeweihte sofort als Polizeiwagen zu erkennen.* Die Nacht war schwarz wie Tinte, nur am fernen Horizont funkelten schwach ein paar Sterne. In dem Gebäude gegenüber sahen die Leute fern, beinahe alle paar Fenster flimmerte eine Mattscheibe. Im Hausflur war es sehr dunkel und still. Der Zeitschalter der Treppenbeleuchtung strahlte hell-grün. Durch den Spalt unter den Wohnungstüren drangen die Dialoge und andere Geräusche aus dem Fernseher und geisterten durch das stockfinstere Treppenhaus. Jemand stritt sich, jemand weinte, ein anderer lachte schallend – auf den verschiedenen Kanälen befanden sich Menschen in ganz unterschiedlichen Stimmungen.

Eine Wohnungstür wurde geöffnet, und plötzlich waren mehrere laute Stimmen zu hören, die durch das Treppenhaus hallten. Dann erklang ein Durcheinander von Schritten, sie kamen die Treppen hinab. Die drei Polizisten, die bei mir gewesen waren, traten im Gänsemarsch aus dem Hausflur auf die Straße und gingen zu ihrem Jeep.

Ein Mann begleitete sie ans Auto und sagte lachend etwas zu ihnen. Sie stiegen ein, und die Türen schlugen nacheinander zu, dann fuhr der Jeep los. Der Mann drehte sich um und ging ins Haus zurück, seine zögernden Schritte tönten den Flur herauf. Ich lief aus einem höhergelegenen Stockwerk einige Treppen tiefer und sah ihm von seiner Wohnungstür aus zu, wie er Schritt für Schritt die Stufen hochkam.

»Wie kommst du denn hierher?« fragte Wang Ruohai ganz

und gar nicht überrascht, als er den Kopf hob und mich sah. »Die Polizei ist gerade weg.«

»Ich weiß. Ich bin erst runtergekommen, nachdem ich gesehen hatte, daß sie fort waren«, antwortete ich lachend.

Wang Ruohai warf einen Blick hinauf in das dunkle Treppenhaus, dann öffnete er die Tür. »Hast du die ganze Zeit hier im Flur gewartet?«

»Nein, ich bin gerade erst eingeflogen. Während ihr euch unterhalten habt, habe ich über euren Köpfen auch ein bißchen mit Wu Gang geplaudert. Die Amerikaner haben ihre Flagge mitten in seinen und Chang E's Garten gepflanzt. Chang E streitet sich jetzt mit ihnen.«*

Auch bei Wang Ruohai lief der Fernseher, aber der Lautstärkeregler war ganz zurückgedreht, völlig ohne Ton wechselten die Bilder ständig von hell zu dunkel, dunkel zu hell. Es lief ein Fußballspiel der Europameisterschaft, das im Sommer stattgefunden hatte, die weißen Männer und Frauen auf der Tribüne trugen grellbunte Shorts, ärmellose Hemden und Sonnenbrillen. Stumm sprangen, brüllten, klatschten und pfiffen sie voller Vergnügen.

»Ihr kennt euch ziemlich gut, nicht?«

»Einer von ihnen, der Alte, gehörte zu den Scheißkerlen, die sich damals mit mir befaßt haben.«

»Soll denn die Sache jetzt mit dem, was damals passiert ist, was zu tun haben?«

»Das ist die Ansicht der ziemlich dummen Polizei, die glauben immer, daß eines aus dem anderen folgt.«

»Wir waren damals wirklich unvernünftig, nicht wahr? Der Staat hatte längst verkündet, daß der Kampf eingestellt sei, gemeinsam existieren, gemeinsam gedeihen war die neue Losung**, aber wir waren immer noch so drauf wie als Soldaten: Wenn wir die Kapitalisten sahen, konnten wir unsere Wut nicht unterdrücken und mußten sie bekämpfen, um uns wohl zu fühlen.«

»Was für einen Unsinn erzählst du denn da?« Wang Ruohai starrte mich mit großen Augen an. »Hat Wu Gang gerade auf dir rumgehackt, daß du jetzt diese Schiene fährst?«

»Hatten wir nicht strengste Disziplin vereinbart, Geheimhaltung vor uns selbst, man selber durfte nicht wissen, was man tat – war das nicht die oberste eiserne Regel?«

»Ich bin deinem reaktionären Verein doch gar nicht beigetreten – oder haben wir gemeinsam Hühnerblut* getrunken?«

»So ist es richtig, genau so mußt du's machen, wenn dich jemand nach mir fragt, dann weißt du von nichts. Nur weil du so resolut bist, bin ich nicht schon längst festgenommen worden und erledigt. Du hast eine harte Zeit durchgemacht, für eine Menge Sachen hast du ganz allein geradegestanden – wenn einem über so viele Jahre hinweg Unrecht geschehen ist, dann hinterläßt das bestimmt einen bitteren Geschmack?«

»Du legst es wohl darauf an, lieber in die Psychiatrische zu kommen als auf die Wache? Nein, du spinnst ja!« Wang Ruohai beugte sich ganz dicht zu mir herunter. »Du hast doch eine Chance, ein guter Junge zu sein, willst du denn unbedingt ein Gangster werden? Du schmierst dir nur selber Dreck an den Stecken. Ich hatte mein Pech verdient, aber dir ist doch nichts passiert, warum willst du es also unbedingt auf dich ziehen? Du hattest doch gar nichts damit zu tun. Wir haben uns die ganze Zeit bemüht, dich rauszuhalten, und du drängst dich die ganze Zeit mitten rein, bist du etwa lebensmüde?«

»Nein, ich finde nur, ein echter Mann muß für das, was er getan hat, geradestehen.«

»Eitelkeit.« Wang Ruohai entfernte sich ein Stück und sah sich dann prüfend nach mir um. »Deine Eitelkeit ist hier absolut fehl am Platz.«

»Was soll das, so zu tun, als wäre ich nicht dabeigewesen, wenn es doch um uns alle geht?« empörte ich mich. »Ich war wohl die ganze Zeit bloß ein peripheres Mitglied? Ihr habt mich nie richtig als einen von euch behandelt!« Ich war ziemlich betrübt.

»Okay, okay, du warst Kern und Rückgrat unserer Partei.« Wang Ruohai betrachtete mich angeekelt. »Ich glaube, du bist krank.«

Ich lachte. »Ich habe nur Spaß gemacht. So was wird auch nicht per Mehrheitswahl entschieden, bei der man begeistert annimmt, wenn man gewählt wird, und beschämt ist, wenn nicht. Ehrlich gesagt, bin ich ganz und gar deiner Meinung, daß man die Vergangenheit ruhen lassen sollte; wenn sie uns damals nicht festgenommen haben, dann brauche ich auch nichts zuzugeben, wenn sie mich jetzt festnehmen wollen. Das habe ich auch allen anderen gesagt.«

Wang Ruohai pulte mit der Zunge zwischen den Zähnen herum und starrte schräg in den Fernseher.

Ich lachte und kam auf das eigentliche Thema zurück: »Aber es ist tatsächlich wahr, ich bin in der Sache vollkommen unschuldig. Ich bin zufällig auf etwas gestoßen, was mit dieser Frau zusammenhängt, die, von der wir das letzte Mal gesprochen haben und von der du einfach behauptet hast, daß sie ganz anders gewesen sei. Ich habe ein Foto von ihr gefunden. Erinnerst du dich, daß eine von den Frauen, die damals immer mit uns zusammen waren, Liu Yan hieß?«

Wang Ruohai hielt die Hände auf dem Rücken verschränkt, sah fern und schwieg lange. »Ich erinnere mich nicht.«

»Sieh dir das Bild an.« Ich holte die Fotografie hervor und gab sie ihm. »Jemand hat behauptet, daß du sie kennst, sie hätte damals immer bei uns mitgemischt.«

Wang Ruohai streifte das Bild mit einem Blick und reichte es mir mit völlig ausdruckslosem Gesicht zurück. »Keine Ahnung.«

»Wie kann das denn sein?« Vorsichtig verstaute ich das Foto wieder. »Sie hat mit uns gegessen, geredet und vielleicht sogar geschlafen. Sie ist doch ganz offensichtlich eine Schönheit mit einer geraden Nase und tiefgründigen Augen, warum hast du mich nur angeschmiert und behauptet, sie sei eine Flachwarze? Warum hat sie all die Jahre lang nie jemand erwähnt? Und wenn ich von ihr gesprochen habe, habt ihr mich alle immer nur abgelenkt. Wie stand sie denn nun wirklich zu mir? War es nicht eine herzzerreißende Geschichte? Nimm keine Rücksicht auf mich, fürchte nicht, mir weh zu tun, die Sache ist jetzt schon so lange her, ich werde sehr standhaft sein.«*

Wang Ruohai sah mich an und seufzte. »Ich beneide dich wirklich. Wie bewahrst du dir nur so ein gutes Selbstbewußtsein? Es rührt einen, wenn man dich hört.« Er setzte sich in einen Sessel. »Wenn du schon annimmst, daß diese Frau deine Geliebte war, dann müßtest du doch viel besser über euch beide Bescheid wissen als ich, ich verstehe überhaupt nicht, warum du dich immer bei mir erkundigst.«

»Habe ich denn nicht alles vergessen?« Fröhlich lachend nahm ich auf dem Sofa Platz. »Wie heißt es im Sprichwort? ›Ein braves Pferd frißt nicht das Gras hinter sich.‹ Nein, nein, das paßt nicht ganz, ›ein braver Mann frißt nicht…‹**, das trifft's auch nicht. Ich kann's auch nicht klar ausdrücken, soll heißen, daß man nicht zurückschaut, oder so ähnlich. Ist sie tot?« Ich sagte sehr ernsthaft: »Selbstmord aus Liebeskummer ist keine Seltenheit, mußt du wissen.«***

»Nicht, daß ich wüßte«, antwortete Wang Ruohai schlaff. »Wenn du dich nicht erinnern kannst, wie soll ich mich dann erst erinnern?«

In diesem Augenblick schwenkte die Fernsehkamera vom Fußballfeld auf die Tribüne und hielt eine selbstgefällige Blondine fest. Sie wandte das Gesicht mit einer schwarzen Sonnenbrille direkt der Kamera zu und winkte aus dem Bild heraus. Ich hob die Hand und winkte zurück: »Bis gleich.«

»Hast du schon mal was von ›Brunsttropfen‹ gehört?« fragte ich Wang Ruohai.

»Natürlich.«

»Und weißt du, wie man rankommt?«

»Mit Geld. Solange du Geld hast, kannst du überall welchen kaufen.«

»Ich rede von einem Menschen, einer Frau. Laß gut sein, von der weißt du anscheinend auch nichts.«

»Kenne ich nicht.«

»Du weißt überhaupt nichts. Ob Gao Jin oder Xu Xun sie vielleicht kennen?«

»Weiß ich nicht.«

Das Telefon schrillte durch die düstere Wohnung. Ich nahm ab und reichte Wang Ruohai den Hörer hin. Er hielt ihn ganz dicht ans Ohr und meldete sich nicht. Der Anrufer redete eine ganze Weile, dann sagte Wang Ruohai: »Ich kann nicht weg.« Die Stimme im Telefon sprach noch einmal lange, und Wang Ruohai sagte mehrmals. »Nein.« Nach einer kleinen Pause bemerkte er apathisch: »Hier.« Der Anrufer legte sofort auf, wogegen Wang Ruohai den Hörer noch eine Zeitlang in der Hand hielt, ehe er ihn langsam zurücklegte.

»Ach, weshalb sind die Wege des Lebens nur so kompliziert!«*

Wang Ruohai sah mich einen Moment lang an, dann senkte er den Blick.

»Du findest mich wohl zum Kotzen?« Ich stand auf und ging mit den Händen in den Hosentaschen langsam im Zimmer auf und ab; dabei sang ich vor mich hin: »Aah, I love you, weiß ni-icht, ob auch du mich liebst...«

»Ich finde mich selbst zum Kotzen«, sagte ich lachend. »Ich bin in den letzten Jahren ein echter Oberarsch geworden, der sich dauernd wegen irgendwelcher Sachen Gedanken macht. Ich bin unheimlich mißtrauisch und gehe immer davon aus, daß die anderen mir schaden wollen. Ich glaube nichts von dem, was andere mir erzählen, und je fester jemand etwas behauptet, um so weniger glaube ich es. Vielleicht bin ich wirklich krank, wie du sagst. Das ist echt ungut, das finde ich selbst auch, aber ich kann es nicht ändern. Zum Glück gebe ich meine Fehler zu, so daß die Leute, die mich gut kennen, normalerweise nicht mit mir rechten und mich einfach als Schweinehund nehmen.«

Ich drehte den Tonregler des Fernsehers auf höchste Lautstärke, und das Zimmer war im Nu von dem Getöse erfüllt, das auf dem Fußballfeld herrschte. Der atemlose Kommentar des Reporters legte sich über das an- und abschwellende Gebrüll der Menschen auf der Tribüne, die Pfiffe des Schiedsrichters und die zerrissenen Fanfarenklänge.

»Sind wir uns fremd geworden, nachdem wir damals aus dem Süden zurückgekommen waren?« Ich sah Wang Ruohai an und lächelte weiter. »Ist zwischen uns irgend etwas vorgefallen? Habe ich etwas gemacht, das ihr mir nicht nachsehen könnt? Warum seid ihr mir seit damals immer aus dem Weg gegangen?«

»Das stimmt nicht«, entgegnete er trübsinnig. »Was denkst du dir aus? Niemand hat dich gemieden. Wir haben alle gearbeitet, und jeder hat sich um seine eigenen Sachen gekümmert.«

»Laß uns mal ehrlich miteinander reden, ja? Die alte Taktik geht nicht mehr länger durch. Wir waren so viele Jahre gute Kumpel, aber da wir das jetzt nicht mehr sind, können wir ein paar Dinge auch mal ganz offen sagen.«

»Du bist wirklich auf der falschen Fährte«, antwortete Wang Ruohai. »Bei der ganzen Sache war ich auch bloß Zuschauer. Ich fühle mich nicht schuldig, es hat keinen Sinn, einen Nervenkrieg gegen mich zu führen. Irgend etwas ist dir zugestoßen, das ist ganz klar, und ich will gar nichts sagen, wenn du mich für verantwortlich hältst und dich an mir rächen willst. Aber ganz egal, wie du dich zu mir stellst, ich könnte dir nie ein Haar krümmen.«

»Wovon sprichst du?« Ich lachte. »Wofür soll ich mich an dir rächen?«

Wang Ruohai äußerte kein Wort.

»Drück dich doch mal deutlicher aus.«

»War das, was ich gesagt habe, nicht deutlich genug?« fragte er. »Ich bin doch auch nicht blöd. Glaubst du, Gao Yang ist gestorben, und kein Mensch wüßte, wie er umgekommen ist? Hör doch auf, ich rat dir, laß es sein. Gao Yang ist sowieso tot, laß es auf sich beruhen. Wozu willst du unbedingt alle Freunde ins Verderben stürzen? Die Sache liegt jetzt schon so viele Jahre zurück, da sollte inzwischen auch der tiefste Haß verflogen sein.«

In diesem Moment hörte ich unter dem Getobe, das aus dem Fernseher drang, wie sich leise ein Schlüssel im Schloß der Wohnungstür drehte. Dann rief eine Frau aus dem Flur herein: »Wieso hast du denn den Fernseher derartig laut gestellt, man hört ihn schon ganz unten im Treppenhaus. Ist die Polizei weg?« Die Frau kam ins Wohnzimmer.

Ich stellte den Ton ab. Der Lichtschein, der von der Mattscheibe auf unsere Gesichter fiel, ließ Wang Ruohai, Qiaoqiao und mich aschfahl aussehen. Qiaoqiao trug ein sehr kleines Mädchen mit Rattenschwänzchen auf dem Arm, sie beugte sich hinunter und stellte die Kleine auf den Fußboden. Das Mädchen stolperte mit offenen Armen auf Wang Ruohai zu, jauchzte »Papa!« und warf sich ihm an die Brust. Er hielt sie eng umfaßt und küßte ihr Gesicht. Auf dem Arm ihres Vaters drehte sich die Kleine zu mir um und betrachtete mich mit ihren schwarzen und gleichzeitig hell strahlenden Augen, und ich dachte, daß man nur bei Kindern von Augen wie Weinbeeren sprechen sollte, Erwachsene taugten nicht für diesen Vergleich. Ich sah das Mädchen mit einem verzweifelten Lachen an und sagte zu Wang Ruohai und Qiaoqiao: »Ich gehe.«

»Nein, geh nicht.« Wang Ruohai stand mit der Kleinen auf dem Arm auf und sagte zu Qiaoqiao: »Erzähl ihm alles, was er wissen muß. Ich gehe nach nebenan und bringe Niuniu ins Bett.«

»Wir haben vor zwei Jahren geheiratet.«

»Prima, wirklich gut.«

Wang Ruohai war mit der Kleinen hinausgegangen. Wir hatten den Fernseher ausgeschaltet und das Licht angemacht. Einen Teetisch zwischen uns, saßen wir nun jeder in einem Sessel und blickten auf den Bücherschrank gegenüber.

»Wo soll ich anfangen?« fragte Qiaoqiao und drehte sich zu mir um.

»Keine Ahnung, ich weiß es auch nicht.« Ich sah auf die Reihen von Buchrücken, die da im Schrank hinter Glas standen, und all die fettgedruckten Zeichen der Titel. In jedem der fest geschlossenen Bücher verbarg sich eine fiktive ergreifende Geschichte.

»Ich habe dich in Kunming nicht gesehen.« Qiaoqiao sah auf ihre Fußspitzen, die einander berührten, und sprach weiter: »Ich habe lediglich deinen und Gao Yangs Namen in dem Gästeverzeichnis eines Hotels gesehen. Als ich in eurem Zimmer war, habe ich nur Gao Yang angetroffen, der behauptete, du seist ausgegangen. Aber jemand hatte sich im Bad versteckt und kam nicht heraus, also habe ich angenommen, es handle sich um dich. Aus jetziger Sicht kann es auch sein, daß du es nicht warst, sondern jemand anders. Die Anmeldeformalitäten wurden in dem Hotel sehr schlampig gehandhabt, man brauchte nur irgendein Referenzschreiben* mit irgendeinem x-beliebigen Namen, um dort absteigen zu können.«

»Was haben wir damals eigentlich alles gemacht?«

»Das kann ich dir auch nicht sagen. Du weißt, daß wir uns damals nur zusammen vergnügt haben; außerdem bin ich eine Frau, ihr hättet mir nie was von euren Angelegenheiten erzählt, und ich wollte es auch gar nicht wissen. Ehrlich gesagt, bin ich in eurer Gruppe damals immer Außenseiterin geblieben, obwohl wir jeden Tag zusammen waren und mächtig rumgealbert haben. Aber wir haben nie besonders viel miteinander geredet, richtig verstanden hat keiner den andern.«

»...«

»Du hast auf mich einen ziemlich ehrlichen Eindruck gemacht;

wenn du mit einer Frau gesprochen hast, bist du immer rot geworden. Wang Ruohai und Xu Xun waren auch nicht übel, völlig unbekümmert und die allergrößten Schandmäuler, aber ich habe nie erlebt, daß sie wirklich etwas angestellt hätten; wenn sie nichts anderes zu tun hatten, hockten sie im Hotel rum und spielten Karten. Gao Yang ging auch noch, der trug immer dick auf und feierte gern, kannte alle und jeden. Es kamen auch ziemlich viele Leute zu ihm. Am undurchschaubarsten war Gao Jin, sehr schweigsam und unauffällig, aber er hatte die meisten Einfälle. Er ist andauernd allein ausgegangen und erst spätnachts wiedergekommen, völlig selbstverständlich, als wäre nichts dabei. Wenn einer von euch insgeheim irgendwas angestiftet hat, dann dürfte es meiner Meinung nach Gao Jin gewesen sein, er benahm sich am verdächtigsten. An eine Sache erinnere ich mich besonders intensiv. Eines Abends bin ich in ein anderes Hotel ausgegangen und traf dort auf Gao Yang, der mit einigen Auslandchinesen in der Bar saß und sich großspurig unterhielt. Xu Xun und Wang Ruohai trieben sich auch in dem Hotel rum. Sie hatten sich einen großen Stapel Münzen besorgt und bekämpften an den Spielautomaten in der Lobby die Außerirdischen – wenn es ihnen geglückt war, gratulierten sie sich gegenseitig. Bloß du und Gao Jin, ihr wart nicht zu sehen. Später, als ich allein nach oben ging, traf ich im Flur vor den Gästezimmern des obersten Stockwerks Gao Jin, der auf leisen Sohlen aus einem der Zimmer kam. Er trug einen schwarzen Lederkoffer mit Nummernschloß und bekam einen panischen Schrecken, als er mich sah. Ich wollte ihn gerade begrüßen, da ging er die Treppe hinunter, ohne mir auch nur die geringste Beachtung zu schenken – den Fahrstuhl hat er nicht benutzt. Nachdem ich wieder unten war, suchte ich Xu Xun und Wang Ruohai, aber die waren auch verschwunden. Nur Gao Yang saß noch immer in der Bar und redete, ohne Luft zu holen, über Gott und die Welt. Als ich in unser Hotel kam, waren Wang Ruohai und Xu Xun längst zurück, sie alberten auf ihrem Zimmer herum, und ich wußte nicht recht, worüber sie lachten. Gao Jin und Gao Yang kamen erst sehr viel später zurück, deutlich nach Mitternacht, einer kurz nach dem andern. Ich hörte, daß sie in ihrem Zimmer noch stundenlang miteinander tuschelten.«

»Und ich? Mich hast du an dem Abend überhaupt nicht gesehen?«

»Doch. Du warst die ganze Zeit in deinem Zimmer. Ich wollte dich besuchen, aber Wang Ruohai wollte mich nicht zu dir lassen, er sagte, du hättest ›was vor‹. Ich nahm an, daß du mit Xia Hong zusammen seist, und probierte trotzdem, bei euch die Klinke herunterzudrücken. Die Tür war nicht abgeschlossen, sie ließ sich ganz leicht öffnen, und ich riskierte einen Blick. Ich bin so erschrocken, daß ich sie sofort wieder zugemacht habe und in mein Zimmer zurückgerannt bin.«

»Was habe ich denn gemacht?«

»Du hast geweint. In dem Zimmer war noch eine Frau, aber nicht Xia Hong. Diese Frau hatte ich noch nie gesehen.«

»Ich habe geweint?«

»Ja, du hast heftig geweint. Es war ziemlich dunkel, die Vorhänge waren zugezogen, und eine Nachttischlampe brannte. Du hast geweint und dabei geredet; was du gesagt hast, habe ich nicht verstanden. Wir wußten damals alle, daß du verliebt warst, und haben uns hinter deinem Rücken deshalb oft über dich lustig gemacht.«

Ich holte die Fotografie heraus. »War sie das?«

»Nein.« Qiaoqiao gab mir das Bild zurück. »Die Frau im Zimmer hatte ich noch nie gesehen.«

»Dann hattest du diese hier also schon gesehen?«

»Ja«, antwortete Qiaoqiao. »Sie hat nicht mit uns zusammen gewohnt, aber ab und zu haben wir sie zum Essen getroffen.«

»Die Frau auf dem Foto, heißt sie Liu Yan?«

»Nein«, Qiaoqiao zögerte einen Moment. »Das ist nicht Liu Yan.«

»Wer ist Liu Yan?«

Qiaoqiao und ich sahen einander an.

»Sie heißt nicht Liu Yan.«

»Wie heißt sie denn?«

»Ich weiß es nicht.« Sie schüttelte den Kopf.

Ich sah weg und starrte gedankenverloren auf die Fotografie. Die Frau darauf blieb ungerührt.

»Woran erinnerst du dich noch?«

»Ich entsinne mich noch, daß du wenig später als erster abgereist bist, sie sagten, du hättest uns zusammen mit deiner Geliebten verlassen.«

»Ich bin als erster abgereist? Ist nicht Gao Yang zuerst abgereist? Und wie verhält es sich dann mit unserem letzten gemeinsamen Essen?«

»Da haben wir uns alle getäuscht«, antwortete Qiaoqiao. »Das letzte Essen, über das wir miteinander gesprochen haben, war nicht dasselbe. Es gab zwei Abschiedsessen in demselben Restaurant. Beim ersten Mal haben wir dich verabschiedet und waren acht Leute, beim zweiten waren wir sieben, und das Essen war für Gao Yang – du warst gar nicht mehr dabei. Deshalb konnte sich auch keiner erinnern, mit wem du weggegangen bist, also nahmen alle an, daß es Gao Yang war. In Wirklichkeit ist der Mensch in dem gestreiften Hemd nach dem Essen zusammen mit Gao Yang weggegangen und später auch nie wieder aufgetaucht. Du hast bei diesem Essen damals überhaupt nicht mit am Tisch gesessen, wahrscheinlich warst du schon längst in Peking. Du bist nicht nur keinesfalls derjenige, der Gao Yang zuletzt gesehen hat, sondern du hast dich sogar als erster von ihm verabschiedet. Sofern du nicht wieder umgekehrt und nach Kunming gefahren bist.«

»Wenn ich die Biege nach Kunming gemacht hätte, hättest du dort drei Leute angetroffen. Erinnerst du dich noch, wie der Typ im gestreiften Hemd hieß?«

»Sein Familienname war Feng, er hieß Feng Xiaogang.« Qiaoqiao betonte jede einzelne Silbe genau.

»Diesen Namen hast du in dem Hotelverzeichnis nicht gesehen?«

»Nein, sonst würde ich mich daran erinnern.«

»Du weißt auch nicht, woher er kam, dieser Feng Xiaogang?«

»Das weiß ich nicht. Dem Akzent nach stammte er aus Peking, aber ich hatte ihn hier noch nie getroffen. Ich entsinne mich an ihn, weil er den gleichen Namen hatte wie ein Ausstatter, der in den künstlerischen Werkstätten beim Fernsehen arbeitet. Dieser Feng Xiaogang hat oft spaßeshalber bei Filmen mitgewirkt und einen vietnamesischen Offizier, einen Verbrecher oder ähnliches gespielt.* Er sah ihm sogar ähnlich.«

»Ich gehe.« Ich stand auf. »Nebenbei gefragt, hast du schon mal was von ›Brunsttropfen‹ gehört?«

»Nein«, antwortete Qiaoqiao augenklimpernd.

Ich lachte. »Ich habe den Schnaps gemeint.«

Qiaoqiao lachte ebenfalls. »Da hast du ja wieder einen Witz gelandet.«

An der Tür drehte ich mich um und sagte: »Deine Tochter sieht dir ähnlich.«

Qiaoqiao konnte ihren Stolz nicht verbergen und lachte. »Schieb's nicht auf Wang Ruohai. Er ist im Grunde ganz ehrlich und ist nur von anderen für die Dreckarbeit benutzt worden. Sonst hätte er auch nie so lange gesessen.«

An jenem Abend war Bai Shans Wohnung hell erleuchtet und von menschlichen Schatten erfüllt, die sich schnell hin und her bewegten. Gleich als ich in die Gasse einbog, sah ich im nächtlichen Dunkel die Reihe lichtstrahlender Fenster, hinter denen sehr viele Menschen wild zu tanzen oder in Kisten und Koffern zu wühlen schienen.

Schon im Eingang zum Treppenhaus drangen mir Stimmengewirr und chaotische Musik von oben entgegen, aber nachdem ich an die Tür geklopft hatte, war plötzlich alles wie ausgelöscht. Li Jiangyun saß allein in meinem Zimmer. Alle Dinge standen wohlgeordnet, intakt und völlig unverändert an ihrem ursprünglichen Fleck. Sie lachte mich an, und ihr Lachen ging mir sehr zu Herzen. Sie sagte, sie habe auf mich gewartet, aber nachdem ich nun heil und gesund zurückgekommen sei, könne sie wohl gehen.

Ich sagte: »Du darfst nicht gehen, heute kannst du nicht gehen, heute muß ich mit jemandem zusammensein, heute bin ich einsam.« Da hörte ich, daß die Geräusche doch nicht ganz verstummt waren, sie waren nur schwächer geworden und schwebten noch immer in jeder Ecke des Apartments. Sobald wir schwiegen, verdichteten sie sich, dann wisperten Menschen verschiedenen Alters und Geschlechts in verschiedenen Tonlagen miteinander, manchmal geisterte ein Lachen durch den Raum, dann wieder ein Schluchzen, Bruchstücke von Musik mischten sich unter die Stimmen, Stühle fielen polternd um, Streichhölzer wurden zischend angerissen, Geschirr klirrte, Türen gingen auf und zu, Schritte knarrten, Wasser rauschte aus dem Hahn... es war, als spule jemand ein Tonband ab, auf dem alles aufgenommen worden war, was sich an irgendeinem Tag irgendeines Monats irgendeines Jahres in irgendeinem Zimmer ereignet hatte.

Ich zog mich aus und sagte währenddessen zu Li Jiangyun: »Dieses Zimmer bewahrt Erinnerungen, nicht wahr? Was für eine tragische Geschichte hat sich hier wohl ereignet, und wo mögen die Protagonisten dieser Geschichte heute sein?«

Li Jiangyun sagte: »Die Protagonisten haben vergessen, daß sie jemals in diesem Zimmer waren. Die Erinnerung sitzt jetzt nur noch in seinen Mauerritzen. Bei bedecktem Himmel oder wenn ein Sturm weht, gibt es manchmal ein Echo.«

Mit entblößtem Oberkörper und zitternd wie Espenlaub fragte ich sie: »Wo war ich damals, wo warst du?«

Und sie antwortete: »Damals warst du im Himmel, damals war ich im Morast, hast du das vergessen? Damals war der Himmel makellos azurblau, und der Blick ging weit in den Horizont, und du und ich, wir waren transparent.«

»Jetzt erinnere ich mich«, sagte ich lachend, »eine leichte Brise strich mir übers Gesicht, und unsere Köpfe waren ganz dicht nebeneinander und beugten sich schwer nach unten, das Feld war golden, wir tranken den Regen und den Tau von Himmel und Erde, die Essenz von Sonne und Mond nährte zwei Ähren an einem Weizenhalm, und dann wurden wir getrennt gedroschen, kamen in getrennte Säcke, wurden getrennt gemahlen und getrennt verspeist, durchliefen getrennte Kreisläufe und wurden getrennt ausgeschieden – oh, ja, wir waren schon ursprünglich Vertraute.«

Ich ging zu Li Jiangyun hin und nahm sie an der Hand. »Da wir schon den gleichen Ursprung und den gleichen Weg haben, brauchen wir auch keine Scheu voreinander zu haben.«

Sie überließ mir ihre Hand, aber sie erhob sich nicht. »Anscheinend habe ich mir ja wirklich den Wolf ins Haus gebeten.« Li Jiangyun lachte und fragte: »Sollte meine Niederlage tatsächlich unumgänglich sein?«

Ich drehte mich um und kletterte ins Bett. Im Schneidersitz hüllte ich mich in die Decke und sagte: »Sei unbesorgt, ich habe Aids, ich werde keinesfalls so gewissenlos sein und dich anstecken.«

»Hast du aber ein Glück!« sagte Li Jiangyun lachend. »Das ist eigentlich die Stärke der Ausländer.«*

»Wir können ja die Nacht durch wach bleiben«, schlug ich feierlich vor.

»Das ist nun auch wieder nicht notwendig«, lachte Li Jiangyun. »Ob man aufhört zu rauchen, hängt nicht davon ab, wie viele Bonbons man ißt.«

Sie zog sich unbefangen aus. Im Schein der Lampe sah ich, daß sie einen dunkelroten Wollpullover trug. Dann erlosch das Licht, und es war plötzlich sehr dunkel im Raum, nur der Mondschein fiel noch durch die Vorhänge und hob ihr Muster hervor.

Nachdem wir uns hingelegt hatten, streckte ich aus reiner Höflichkeit meine Hand vorsichtig zu Li Jiangyun hinüber. Sie schüttelte sie und schob sie dann zurück: »Danke, danke.«

»Du fühlst dich wohl wie mit einer Schlange im Korb?« brummte ich leise und hüllte mich ganz eng in die Bettdecke.

Ein eiskalter Fuß schob sich in meine Betthöhle, und ich erzitterte. Schon streckte sich der zweite Fuß herein; er war genauso kalt.

Nachdem unser Atem wieder ruhig und gleichmäßig ging, hörte ich von weit her Töne wie von einer Bambusflöte, die mit wechselnder Windrichtung an- und abschwollen. Der Schall schwebte erst vor dem Fenster, ehe er ganz allmählich hereindrang. Dann kehrten auch die anderen Geräusche zurück, und es klang, als risse immer wieder eine Saite mit einem metallischen Ton, der in der stillen Nacht weich nachhallte.

Ich fiel in einen tiefen Schlaf. Gleichzeitig kam es mir vor, als würde ich aufstehen und den Klängen folgend barfuß in das vordere Zimmer gehen. Der Raum war noch immer grell erleuchtet, und eine Frau, deren Gesicht von roten Malen gezeichnet war, telefonierte. Sie wählte wieder und wieder und wartete mit dem Hörer am Ohr lange Zeit darauf, daß am anderen Ende der Leitung jemand abnahm. Das rhythmische Tuten des Telefons, das durch die ganze Wohnung tönte, hörte sich an, als schlüge neben mir ein riesiges Herz. Ich sagte wohl nichts zu der Frau, und sie sah mich auch nicht an, und doch war es auf einmal so, als redete jemand, und ich wußte anscheinend, daß sie einen Mann anrief, eine Nummer, die ihr ein früherer Freund gegeben hatte, und daß sie schon seit langer Zeit nachts dauernd diese Nummer wählte, unter der sie immer nur das Freizeichen hörte und nie jemand abnahm. In dem Raum war die ganze Zeit eine Stimme zu hören, die immer wieder denselben Satz sagte, einen Satz, den ich offenbar zu der Frau gesagt hatte, vielleicht aber auch sie zu mir. Die Stimme wiederholte diesen Satz ununterbrochen, dunkel und undeutlich nahm er immer mehr Volumen an, als hätte ihn ein riesiges Gesicht dicht in ein Mikrophon gesprochen und nun hinge die Nadel, während sich der Plattenteller unaufhörlich weiterdrehte. Ich ging in das Schlafzimmer zurück und schien doch gleichzeitig noch draußen im hell erleuchteten Wohnzimmer zu stehen, wo die Frau noch immer darauf wartete, daß jemand abhob, und die Stimme noch immer im Raum schwebte. Ich legte mich neben Li Jiangyun und schlief. Es war dunkel. Die Frau stand am Bett und sah mich an. Die Male in ihrem Gesicht waren sogar in der Finsternis deutlich zu sehen, sie leuchteten rot. Sie legte sich zwischen Li Jiangyun und mich. Ich wollte sie wegscheuchen und blieb anscheinend trotzdem ganz gleichgültig. Sie streckte den Arm nach meinem Gesicht aus, und ich sah ihre geöffnete Hand allmählich bedrohlich näher kommen. Ich langte unter der Bettdecke hervor und schüttelte sie. Da löste sich die Hand am Ellenbogen vom Arm, als trenne sich eine falsche Hand, die nur angeklebt war, an der ursprünglichen Bruchstelle wieder ab. Die Stimme wiederholte noch immer unablässig jenen eintönigen Satz, und erst als es hell war und ich aufwachte, waren die Frau, die Hand und die Stimme mit einemmal verschwunden.

Die Sonne schien ins Zimmer herein. Li Jiangyun war schon auf und davon. Ich lag allein im Bett und dachte über den Satz nach. Der Traum war schon ein bißchen verschwommen, aber an jenen Satz konnte ich mich außergewöhnlich klar erinnern: »Etwas an dir ist mir vertraut.«

Ich stand auf und ging hinaus. Die Tür zu Bai Shans Zimmer war zu. Ich drückte dagegen, sie war abgeschlossen.

An jenem Tag saß ich sehr lange mit gekreuzten Beinen auf dem Bett und heulte Rotz und Wasser.

13

»Der Hinkefuß hat gesagt, Liu Yan sei kaum wiederzuerkennen gewesen, es sei ihm einzig und allein dank seiner guten Intuition gelungen, und auch erst, nachdem er sie richtig zu fassen und unter die Augen bekommen hätte. Wenn wir nicht erst kürzlich ihretwegen bei ihm gewesen wären, hätte sie direkt an ihm vorbeispazieren können, ohne daß er sie bemerkt hätte.«

Liu Huiyuan und ich eilten eine Straße entlang, die an einem Park mit einem zugefrorenen See vorbeiführte. Die Sonne schien auf das Eis und taute die Oberfläche auf. Ein paar Schlittschuhläufer glitten ängstlich und vorsichtig über das nasse Eis, wie eine Schar Kinder, die ohne die Hilfe Erwachsener taumelnd laufen lernen. Es war ein warmer Winter, und man hörte öfter, daß wieder ein Schlittschuhläufer eingebrochen war.

»Ein echter Könner, der Hinkefuß, er wäre der glatte Übermensch, wenn er nicht mehr hinken würde.«

»So ungerecht kann der Himmel nicht sein«, sagte ich lachend, »ich mache mir wirklich sehr Gedanken darüber, ob er auch gründlich zum Krüppel geschlagen wurde.«

»Meinst du, daß Liu Yan sich noch an alles erinnern kann? Es wäre eine schöne Bescherung, wenn sie wie du alles vergessen hätte.«

»Dann suche ich mir die nächste Latrine und springe kopfüber rein – was soll ich dann noch weiterleben?«

»Hast du sie wirklich – hm, hattest du wirklich etwas für sie übrig?« Liu Huiyuan betrachtete mich grinsend. »Ich find's sehr spannend, mir vorzustellen, daß du das tatsächlich auch schon durchgemacht haben solltest.«

»Wir befanden uns in einem außergewöhnlichen Zustand.«

Freudig erregt stürmte ich voran. »Auch wir haben damals voller Schwung und Begeisterung* gelebt.«

Kaum hatte ich Hinkepotts Bau betreten, war mir klar, daß ich in eine Falle gegangen war. In dem Raum hielten sich mehrere Menschen auf, die anscheinend alle auf mich warteten. Höchst selbstzufrieden lachte mir der Hinkefuß entgegen. Sein kleines Gesicht wies kein Anzeichen der Unbill mehr auf, die ihm widerfahren war.

»Ihr habt neulich schändlich wenig Gerechtigkeitssinn bewiesen, Freunde.«

Ein Mann stand auf, der mir ziemlich bekannt vorkam. Ich stellte fest, daß sich Liu Yan nicht im Raum befand.

»Schade, daß ihr nicht mehr mit angesehen habt, wie ich dem fetten Scheißkerl die Flötentöne beigebracht habe«, sagte der Hinkefuß und grinste. »Ich hab ihn brutal fertiggemacht, er bot einen grauenhaften Anblick.«

»Wo ist sie?« fragte Liu Huiyuan auch noch. Ich hatte den Mann im schwarzen Ledermantel, der mich verfolgt hatte, inzwischen erkannt. Der Mann lag auf dem Sofa.

»Wo ist sie denn?« fragte Hinkefuß den schwarzen Ledermantel breit lächelnd und sagte dann zu mir: »Er weiß es.«

Der schwarze Ledermantel wandte sich lachend an mich: »Du suchst sie, und sie sucht dich auch gerade, da dachte ich mir, ich erspare euch ein wenig Mühe, und habe alles für euch arrangiert.«

Ich nickte dem Hinkefuß zu: »Wir sehen uns wieder, Hinkebein!«

»Nein«, winkte er ab, »du wirst mich nicht mehr sehen.«

»Was ist hier los?« brüllte Liu Huiyuan den Hinkefuß an. »Wir sind nicht hergekommen, um rauhe Männer zu treffen!«

»Uns geht das nichts an.« Der Hinkefuß zog ihn weg. »Komm mit nach nebenan, ich zeig dir was ganz besonders Schönes.«

»Laß los, zerr bloß nicht an mir rum.« Liu Huiyuan schüttelte den Hinkefuß ab, daß er durchs Zimmer stolperte.

In diesem Moment sprangen die beiden abscheulich und böse aussehenden Männer auf, die bisher nur dabeigesessen hatten. Ich mußte lachen, ihre Größe war der reinste Bluff. Im Sitzen wirkten ihre Oberkörper lang und kräftig, aber nachdem sie aufgestanden waren, reichten sie mir gerade noch bis an die Achseln. Einer hatte O-, der andere X-Beine. Das Lachen verging mir sehr schnell, als die beiden die Messer hervorzogen, die unter ihren Hintern gelegen hatten. Die Messer waren fast größer als sie selbst. Es handelte sich um 38er Bajonette, wie sie die japanische Armee während des Zweiten Weltkriegs für ihre Gewehre benutzt hatte. Eines zeigte auf meine Lendengegend, das andere war auf Liu Huiyuan gerichtet. Ich sagte verwundert:

»Demnächst bringt die Polizei auch noch die Gabeln mit.«

»Die Polizei?« Der schwarze Ledermantel stutzte einen Augenblick. »Red keinen Mist, hier kommt so schnell keine Polizei, da kannst du auf *fast forward* drücken, soviel du willst.«

»Keine Gewalt, keine Gewalt!« Ich machte mit weit durchgebogenem Rücken ein paar Schritte nach vorn und beschwerte mich mißvergnügt bei dem schwarzen Ledermantel: »Die pieksen einen bald ins Fleisch. Kümmer dich mal um die. Wenn was anliegt, dann laß uns drüber reden, ohne Folter.«

»Bist du zur Vernunft gekommen? Das ist gut. Ich mag vernünftige Menschen, wir sind schließlich auch keine Grobiane.« Der schwarze Ledermantel wies seine Handlanger an: »Paßt ein bißchen auf, sie sind unsere Gäste.«

»Ich hab gar keine Kraft angewendet«, verteidigte sich der Kerl hinter mir.

»Du mußt bedenken, daß er größer ist als du. Auch wenn du keine Kraft anwendest, bist du bei ihm sofort durch.« Der schwarze Ledermantel warf dem Kerl einen Blick zu und wandte sich dann wieder übers ganze Gesicht feixend mir zu: »Setz dich. Da du dich nun besonnen hast, wollen wir auch freundlich sein.«

Die beiden Kerle zogen ihre Schwerter zurück und blieben weiter neben uns stehen.

Ich setzte mich hin. Als ich die zwei betrachtete, konnte ich wieder mein Lachen kaum zurückhalten. Sie brachten es gerade fertig, die Bajonette wie zwei Kommandoschwerter aufrecht stehend mit beiden Händen am Stielknopf zu fassen.

»Wie kommst du bloß dazu, solche Typen zu benutzen?« fragte ich den schwarzen Ledermantel. »Gibt es keine hübscheren Gangster?«

Ganz plötzlich wurde er rot und sagte zu den beiden Kerlen, während er sie hinauswinkte: »Geht nach nebenan.«

»Los, wir auch.« Hinkefuß zog Liu Huiyuan hinter den beiden bösen Geistern in den Innenraum.

»Das sind die Bundesgenossen von Hinkefuß«, erklärte mir der schwarze Ledermantel, nachdem sie draußen waren. »Ich finde auch, daß sie einem nicht gerade Ehre machen.«

Ich sah zu Boden und schwieg eine Weile, um möglichst kennerhaft zu wirken und weil ich zudem nicht wußte, wie man sich in einer Geheimgesellschaft unterhielt. Deshalb sagte ich erst nach längerer Zeit: »Zu welcher Abteilung gehört ihr?«*

Der schwarze Ledermantel schüttelte sofort die ineinandergelegten Fäuste und antwortete: »Hoch oben auf dem Berg steht eine Kuh.«**

Ich blickte ihn lange an und sagte dann zögernd: »Die zwei Alles Dreibaumstadt!«***

Auch der schwarze Ledermantel erstarrte. Er grübelte lange und kam nicht hinter den tieferen Sinn. Dann antwortete er schließlich: »Du hast den höheren Rang.«

Ich lachte zufrieden.

»Ich habe dich beleidigt.«

»Was soll's, das macht nichts«, sagte ich gutmütig. »Was soll das Ganze eigentlich? Ihr fuchtelt hier mit Schwertern rum und stiftet Unheil, wollt ihr die Boxer wiederbegründen?«

»Da du ja auch zur Organisation gehörst, kann ich offen mit dir sprechen«, stellte der schwarze Ledermantel fest. »In Wirklichkeit habe ich sogar mit ihr geschimpft: Du darfst ihn nicht ganz und gar für einen schlechten Kerl halten. Wie könnte er denn dein Geld abzocken wollen? Wenn einem mal was fehlt, dann leiht man sich's, und früher oder später wird man's schon zurückzahlen, schlimmstenfalls redet man ein paar Takte – welcher Chinese hätte nicht einen ausgeprägten Sinn für Rechtschaffenheit?«

»Wem soll ich was schulden?«

»Ich mach dir keinen Vorwurf«, sagte der schwarze Ledermantel. »Woher hättest du denn wissen sollen, daß das Mädchen mich kennt? Hättest du ja nicht gemacht, wenn du's gewußt hättest. Ich hab mit ihr geredet: Verlaß dich drauf: Fang Yan und wir sind doch Freunde – ein Wort von mir zu ihm genügt.«

»Wo ist denn das Mädchen?« fragte ich. »Heißt sie Liu Yan?«

»Wie sie heißt, kann ich dir wirklich nicht sagen, warum schert dich das? Namen sind doch wie ein Kleidungsstück, man wechselt sie nach Belieben, ob du Rotz oder Nasenschleim sagst – die Sache bleibt die gleiche.«

Der schwarze Ledermantel steckte die beiden Mittelfinger in den Mund und pfiff durchdringend. Eine junge Frau kam aus dem Innenraum zu uns heraus. Ich betrachtete sie interessiert. Sie war aufgemacht, als wolle sie sich für den nächsten Wettbewerb von »Schön und charmant« registrieren lassen. Kaum hatte sie das Zimmer betreten, sah sie sich augenrollend um, als suche sie jemanden.

»Ich scheine hier nicht der einzige mit einem schlechten Gedächtnis zu sein«, sagte ich zu dem Mädchen. »Such nicht länger, denn du suchst mich.«

»Dich?« Sie sah mich an und lachte kokett. »Mach keinen schlechten Witz.«

»Wieso Witz?« kam mir der schwarze Ledermantel zuvor, ehe ich etwas entgegnen konnte. »Du suchst Fang Yan, und wir haben ihn dir besorgt. Hab keine Angst, sag's ruhig, wenn er es ist, ich stehe dir bei.«

»Das soll Fang Yan sein?« Die junge Dame musterte mich abschätzend. »So einer wie der da? Fang Yan trägt englische *Fibre.*«*

»Echt beleidigend.« Ich erhob mich lachend. »Bei einem anderen als mir kämst du nicht so ungeschoren davon.«

»Wann habe ich mir von dir was geliehen?« fragte ich sie dann und trat nahe an sie heran.

»Ein Irrtum.« Der schwarze Ledermantel hielt mich schnell fest. »Vergessen wir's, hier liegt ein Irrtum vor, es war jemand anders, der sie beschissen hat.«

»Das wollen wir mal klarstellen.« Ich schob ihn weg. »Ich tu dem Mädel schon nix, ich will's nur wissen. Ich habe sie ja gar nicht hübsch gefunden.«

»Es war ein Irrtum, was willst du da noch wissen?« Der schwarze Ledermantel zog mich wieder zurück. »Dann frag doch mich!«

»Das geht dich nichts an«, sagte ich. »Es geht um jenen Fang Yan, diese Sache will ich herausbekommen. Das scheint ein interessanter Fall zu sein, daß es da noch so einen Fang Yan auf der Welt gibt, nicht wahr, Fräulein Geldsack?«

Ich sagte Schwarzleder, er solle sich hinsetzen, und machte mich lächelnd daran, die Geschichte zu erfahren. »Die Angelegenheit interessiert mich mindestens ebenso wie dich«, erklärte ich dem Mädchen. »Dieser Fang Yan schuldet mir auch noch ein Sümmchen.«

»Ich habe ihn am Eingang des Freundschaftsladens** kennengelernt«, erklärte sie. Er sei groß und dick und hätte einen Bürstenhaarschnitt.*** Er habe eine schwarzgerahmte Brille getragen. Sie habe ihn für einen Japaner gehalten und ihn auf japanisch angesprochen, ihm erklärt, daß sie gern Yen oder Ausländergeld, oder was er sonst bei sich hätte, tauschen wolle, kurz gesagt, ihre

Spezialität gegen seine. Er habe ihr auf chinesisch geantwortet und gemeint, »sprich chinesisch mit mir, ich verstehe dich, das verwirrt mich nur, wenn du japanisch sprichst«. Kurz gesagt, er habe sich als echter Großkotz geriert.

»Ich hielt ihn für einen japanischen Old-Chinahand«, sagte das Mädchen beschämt. »Er lud mich ein, bei ihm im Taxi mitzufahren, und ich war einverstanden. Er sagte, er heiße Fang Yan Daijiro* und sei eine Eins-zu-eins-Mischung aus einem chinesischen Vater und einer japanischen Mutter, deshalb kenne er sich in Japan und in China wie in seiner Westentasche aus. Er sprach breitesten Peking-Dialekt, so daß sogar ich nicht alles verstand, und hatte mir im Nu den Kopf verdreht.« Das Mädchen war mit ihm essen, in die Bar und aufs Hotelzimmer gegangen, und nichts von dem, was passieren mußte, war ausgelassen worden. Wenn er auch kein Japaner war, hatte sie entdeckt, so war er doch ein waschechter internationaler Krösus, der mit vollen Händen austeilte und sich ausgesprochen wählerisch kleidete, direkt auf der Haut habe er immer hochfeine gestreifte Hemden aus Garn von einhundertzwanzig Denier** getragen.

Merkwürdigerweise sei er nie für länger als eine Nacht in einem Hotel abgestiegen, wie jemand, der seine beschwerliche Reise völlig ziellos immer weiter fortsetzt. Sie hatte nie erlebt, daß er wegen irgendeiner ernsthaften Angelegenheit mit irgend jemanden Kontakt aufnahm, er habe sich nur tagein, tagaus durch die Stadt treiben lassen. »Er trank keinen Alkohol, aber er rauchte sehr stark. Wo er auch hinkam, er hielt sich überall ein wenig abseits auf, ob er nun lief oder saß, und beobachtete die Menschen in seiner Umgebung. Einmal, als er schlief und ich mich langweilte, setzte ich seine Brille auf, die auf dem Tisch lag. Da entdeckte ich, daß die Gläser ganz normales ungeschliffenes Glas waren. Aber seine Nase hatte schon eine tiefe Druckstelle von dem Brillengestell. Er kannte sich in Peking sehr gut aus. Manchmal, wenn es kalt und stürmisch war, ließ er sich im Taxi durch die Stadt fahren und dirigierte den Fahrer durch alle möglichen kleinen Gassen. Ab und zu ließ er in ganz gewöhnlichen Wohnvierteln anhalten und sah lange hinaus. Dabei betrachtete er die Passanten schweigend und höchst konzentriert, ja, er fuhr sogar wieder und wieder an denselben Ort, um die Leute zu beobachten. Ich glaube, mindestens einmal hatte er dabei auch Tränen in den Augen, und er erzählte mir, daß dort früher sein Vater gelebt hätte.

Einmal wachte ich vom Mittagsschlaf auf, und er war nicht da, also ging ich allein hinunter und bummelte durch die Shopping Area im Hotel. Als ich an einer Cafébar vorbeikam, sah ich ihn dort mit einem anderen Mann zusammensitzen. Nachdem ich meine Runde gedreht hatte, saßen sie immer noch da. Ich betrat die Bar in ihrem Rücken und setzte mich an den Tisch nebenan, weil ich hören wollte, worüber sie sich unterhielten. Doch sie sagten lange Zeit überhaupt nichts und saßen nur einfach so beieinander. Ich wußte nicht, in welchem Verhältnis der Mann zu ihm stand. Ganz offensichtlich verkehrte er häufig in dem Hotel, denn die Kellner und Bedienungen kannten ihn alle und behandelten ihn mit höchster Zuvorkommenheit. Ich nahm an, daß auch er sehr reich war.

Nachdem ich die Bar verlassen hatte und schon weit entfernt war, drehte ich mich um und stellte fest, daß Fang Yan Daijiro mir nachsah. Sein Blick war dabei äußerst kühl.

Nicht sehr viel später rief ein Mann an. Er fragte nur: ›Fang Yan?‹, und legte sofort auf, als ich verneinte. Fang Yan wurde unvorstellbar wütend, weil ich einen Anruf für ihn entgegengenommen hatte. Ich bin darüber sehr erschrocken. Am Tag danach wachte ich mitten in der Nacht auf und bemerkte, daß er nicht da war. Ich machte mir deshalb keine Gedanken und schlief weiter. Als ich am nächsten Morgen aufstand, entdeckte ich, daß er weg war und alle meine Sachen, die etwas wert waren, mitgenommen hatte. Nicht einmal genug Geld für das

Zimmer hatte er dagelassen. Ich war stocksauer«, sagte das Mädchen und sah mich mit weit aufgerissenen runden Augen an. Ich lachte beifällig. »Ich finde diesen Fang Yan Daijiro großartig.«

»Was Niederträchtigeres gibt es gar nicht.« Sie musterte mich verächtlich. »Selbst ein Chinese bringt so was nicht fertig.«

»Und dann?« fragte ich lachend.

»Das war's«, antwortete sie. »Was hätte ich denn machen sollen, außer so schnell wie möglich zu verduften? Wenigstens war er so freundlich gewesen, nicht auch noch meine Kleider mitgehen zu lassen.«

»Und die Rechnung für das Zimmer hat letzten Endes niemand bezahlt?«

»Ich war schon geschädigt genug«, sagte das Mädchen und lächelte mich verständnisheischend an. »In der Tat hatte ich mir auch schon überlegt, daß er wahrscheinlich einen falschen Namen benutzt hat. Fang Yan konnte unmöglich sein Name sein. Einmal bin ich mit ihm durch eine größere Straße gegangen, und es hat ihn jemand von der Seite her mit ›Fang Yan‹ angerufen. Vor lauter Schreck getraute er sich nicht einmal, sich umzusehen. Allerdings muß ich ihm zugestehen, daß er nicht wegrannte, er beeilte sich nur ein Stück weit wie ein Geher. Damals nahm ich an, daß er eine Begegnung mit einem Bekannten von früher vermeiden wollte, ich vermutete zu der Zeit schon, daß er kein Japaner war. Wenn ich es jetzt bedenke, dann hat der Mann sicherlich dich gerufen, wahrscheinlich bist du auch gerade dort entlanggegangen.«

»Ich glaube«, sagte der schwarze Ledermantel zu mir, »dieser Fang Yan muß jemand sein, den du kennst, oder warum gebraucht er nicht meinen Namen?«

»Das ist schwer zu sagen«, entgegnete ich sehr ernsthaft. »Wer hätte nicht gern einen klangvollen Namen? Meine Sippe war einmal sehr einflußreich, unter den Vorfahren meiner Wenigkeit finden sich einige bekannte Würdenträger, und selbst heute hat einer meiner Verwandten ein gutes Pöstchen im Kabinett.«*

Ich ging in den Innenraum, um Liu Huiyuan zu rufen. Er saß zwischen den beiden ungehobelten Kerlen mit ihren Kommandoschwertern und sagte gerade ganz vertraulich:

»Wenn ihr mir früher mit so was gekommen wäret, hätte ich das nie durchgehen lassen.«

14

Es herrschte tiefste, lautlose Finsternis, und ich glaubte noch, daß das Gebäude leer sei, als auf einmal ein weißer Lichtstrahl über die dichtgedrängten Köpfe auf der Tanzfläche strich, sich der Saal mit orangerotem Nebel füllte, die Musik aufbrandete, die Menge losrockte und sich eine heisere Männerstimme über die Häupter ergoß: »Mein Herz wartet, es wartet für immer, mein Herz wartet, es wartet für immer...«[*]

Ich drückte den Hintern heraus, warf die Füße hoch und hüpfte so beengt zwischen den vielen Menschen umher und sah jedem Mädchen prüfend ins Gesicht, bis ich an eines geriet, das mit krampfhaft zuckenden Beinen wie betrunken auf der Stelle schwankte.

»Tan Li, Tan Li«, schrie ich, während ich um sie herumsprang und sie umkreiste wie der Sperber das Hühnchen, »mach die Augen auf, und sieh mich an, erkennst du mich?«

Das Mädchen riß die Augen auf und starrte mich benommen an, dann schloß es sie wieder und wackelte weiter mit Kopf und Po.

»Ich bin's, Fang Yan, ein Freund von Sha Qing, erinnerst du dich?«

Sie öffnete die Augen noch einmal, machte sie sofort wieder zu und nickte.

»Wo ist Sha Qing? Ich muß sie finden, ich muß mit ihr reden.« Ich sah mich um und hüpfte weiter Schenkel schleudernd auf und ab, dauernd kickte ich mir selber in den Hintern. »Dieses beschissene Lied ist so lang, laß uns an den Rand gehen.«

Ich stützte das taumelnde Mädchen und bahnte uns einen Weg aus der Menschenmenge, während ich weiter den Kopf schwenkte und mit den Beinen zappelte.

Außerhalb der Tanzdiele, wo der ohrenbetäubende Lärm ein bißchen schwächer war, ließ ich Tan Li los. Aquamarinblauer Nebel legte sich über die Tanzfläche.

»Ich bin Fang Yan. Sag mir, wo Sha Qing wohnt.«

Dem Mädchen lief der Schweiß runter. Sie sah mich blöde an und kapierte anscheinend überhaupt nicht, warum ich so penetrant auf sie einredete.

Drei dürre Jungs lösten sich aus der Menge und umstellten mich. Mehrere Hände stießen und schubsten mich. »Was suchst du hier?«

»Wieso?« Ich versuchte mich zu schützen. »Ich hab ein paar Fragen an sie persönlich. Ich geh gleich, wenn ich fertig bin.«

»Fragen? Was gibt's denn da zu fragen?« Die drei fingen an, auf mich einzudreschen, sie prügelten mich in Richtung Ausgang.

Während ich den Kerlen auswich und mich bemühte, die Schläge gegen meinen Kopf abzuwehren, rief ich: »Hört auf zu schlagen, ich gehe ja schon – Tan Li, wo wohnt Sha Qing?«

»Komm, laß den Scheißer, wir tanzen.« Einer der Typen löste sich aus dem Gemenge und zerrte Tan Li zurück.

Tan Li machte benommen ein paar Schritte, dann drehte sie sich auf einmal um und rief: »La so fa mi re do.«

»Die Musikakademie?« Ich bekam eine Faust in den Magen und schnappte nach Luft, aber während ich mich krümmte, begriff ich: die Telefonnummer.

»Er war wesentlich gepflegter gekleidet als du.«

Sha Qing und ich standen im Rundkino an der Dashilanr*, einer Vergnügungsstätte in einem kugelförmigen Gebäude. Auf der zum Halbkreis gebogenen Leinwand wurden täglich in einem fort zwei Kurzfilme gezeigt, abwechselnd einer über das Fliegen und einer über Autorennen, und wenn man sein Eintrittsgeld bezahlt hatte, konnte man so lange zusehen, wie man wollte. Sha Qing war eine zierliche Frau mit einem zart schimmernden Gesicht, der der Zahn der Zeit anscheinend nichts anhaben konnte. Als ich sie angerufen und leichthin um ein Treffen gebeten hatte, war sie äußerst auf der Hut gewesen. Sie hatte sich strikt geweigert, sich mit mir in einer privaten Situation zu treffen, deshalb hatten wir uns in dieser Oase mitten im Getümmel verabredet. Unter der Kuppel befand sich nichts, sie war leer bis auf ein Geländer, an dem nur wir beide und ein paar Kinder lehnten; die Leute, die sich die Filme ansahen, standen zum größten Teil verstreut hinten an der Wand.

»Wir haben uns auf dem Flug von Peking nach Kanton kennengelernt; wir saßen nebeneinander. Es war Frühling, und ich war für den Verlag unterwegs, um mit potentiellen Autoren Gespräche wegen Beiträgen zu führen. Er erzählte mir, daß er Schriftsteller sei. Er hatte eine tiefe Stimme und sprach mit einer besonders melodiösen Intonation, was zu seiner dezenten gelehrten Ausstrahlung paßte. Er habe *Frühlingsauge, Glockenblitz* und *Rare Gabe Torheit** geschrieben. Er schien dabei ein absolut reines Gewissen zu haben und sprach vollkommen ruhig und gelassen; seine Augen hatten einen ganz bescheidenen und höflichen Ausdruck. Ich entgegnete: ›Sehr erfreut, ich habe schon viel von Ihnen gehört und Ihre Bücher gelesen, ja, nicht nur gelesen, sondern eines davon auch lektoriert. Sie haben zugenommen und sind gewachsen, Ihre Brillengläser dagegen sind schwächer geworden, entweder habe ich Sie nicht erkannt, oder Sie haben die Gußform gewechselt.‹ Völlig unerschüttert sah er mir offen ins Gesicht und sagte: ›Ganz recht, Sie haben mich nicht erkannt, der nach außen hin Amtierende ist der Falsche, der Echte ist dicker, so wie ich.‹** Er lachte nie, wenn er von der Studentenbewegung und von seiner Verbannung*** sprach, oder über das Schreiben, dann blieb er zwar die ganze Zeit ein bißchen allgemein und großspurig, was er sagte, klang aber trotzdem ganz folgerichtig. Er wickelte mich einfach ein. Ich hatte noch nie jemanden getroffen, der so hartnäckig prahlte und spann und den einmal eingeschlagenen Kurs auch dann noch nicht änderte, als er längst entlarvt war. Dazu gehörte schon ein ziemliches Maß an Unbeugsamkeit und Draufgängertum.« Sha Qing erzählte weiter, daß sie in den zweieinhalb Stunden zwischen Start und Landung von diesem großen, kräftigen Fang Yan, der eine schwarze Brille, einen Anzug und ein gestreiftes Hemd getragen hatte, schlichtweg plattgeredet worden sei. Als sie zusammen aus dem Flughafengebäude getreten waren, war der Mensch, der Sha Qing abholen sollte, nicht gekommen, oder sie hatte ihn nicht erkannt. Daher war sie in dem Taxi, das Fang Yan rief, mit in die Stadt gefahren und hatte im selben Hotel wie er ein Zimmer genommen. Sie war sehr nervös gewesen, und er sehr zufrieden. Er hatte sie zum Essen und ins Dampfbad eingeladen, und sie hatten zusammen Bowling und Billard gespielt. Er war offensichtlich auf heimatlichem Terrain, so geschickt und bewandert war er in allen möglichen Spielen. Beim Billard sei es ihm gelungen, den Tisch in einem Zug fast abzuräumen. Er sei dabei völlig sorglos und gelassen gewesen, ganz und gar der alte Hase, der sich tagelang so die Zeit vertreibt. Er hatte weiter beharrlich behauptet, daß er Schriftsteller sei. »Wir unterscheiden uns durch nichts, außer dadurch, daß die anderen schreiben und ich nicht. Um Fragen besser erläutern zu können, nehme ich mir einen von ihnen als Alias. Welche Werke und Identität ich mir dafür ausleihe, ist völlig gleichgültig.« Er hatte Sha Qing ganz ohne Anzüglichkeit gesagt, daß sie ihm gefalle. Sie berichtete: »Damit meinte er, daß er meine Stimme mochte, es bereitete ihm riesiges Vergnügen, in der Fremde heimatliche Klänge zu hören. Weißt du, jemand mit meinem Beruf fährt ununterbrochen durch die Lande, und im Laufe der Zeit wird es ganz unbedeutend, ob du nun im Norden oder im Süden mit Leuten zusammentriffst, im Gegenteil, man fühlt sich allmählich überall zu Hause. Das alles hörte sich ganz und gar nicht so an, als habe er Peking gerade erst verlassen. Es klang ziemlich gekünstelt, es sei denn, es verbarg sich irgendein unaussprechlicher Kummer dahinter.

Nach einem halben Tag mit ihm wurde mir die Sache langweilig, und schließlich hatte ich ja auch wichtige Dinge zu erledigen. Daher machte ich mich zwischendurch frei und rief in dem Verlag an, den ich besuchen sollte. Dort war man sehr aufgeregt und jammerte, daß man mich mehrere Tage hintereinander am Flughafen erwartet und sich Sorgen gemacht habe, daß eine junge Frau an unbekanntem Ort womöglich irgendwelchen bösen Menschen in die Hände gefallen sein könnte, man sei den eigenen Verpflichtungen nicht nachgekommen und überaus glücklich, daß ich endlich anriefe. Ich solle mich nicht von der Stelle rühren, man würde sofort einen Wagen schicken, um mich abzuholen. Sie schickten zwei Männer, einen etwas älteren und einen jungen, die sich suchend umsahen, sobald sie ins Hotel kamen. Als sie mich mit dem geschniegelten Mann zusammen in der Lobby sitzen sahen, begrüßten sie mich hastig und drängten sofort zum Aufbruch, während sie ihn argwöhnisch musterten. Sie waren nicht besonders freundlich, fast unhöflich. Später erzählten sie mir, das könne nur ein übler Typ mit bösen Absichten sein. Aber er saß seelenruhig und vollkommen unbefangen da und rauchte, er beachtete sie kaum und stand noch nicht einmal auf. Als ich mich von ihm verabschiedete, nickte er nur kurz und sah sofort wieder weg. Seine Höflichkeitsfloskeln waren so kühl, als kenne er mich kaum, und nicht etwa so, als hätten wir uns den Tag lang unterhalten.

Einmal ging ich mit einem der Redakteure aus dem Verlag zum Lunchtee. Er war gerade erst frisch von der Uni in den Verlag gekommen, und wir verstanden uns sehr gut. Er hatte mich schon die ganze Zeit begleitet und sich dabei als sehr einfallsreich erwiesen. Wir harmonierten gut miteinander, und die Zuvorkommenheit, die er mir gegenüber an den Tag legte, hatte schon romantische Untertöne. Das Restaurant, in das wir gingen, gehört in Kanton, wo man auf Schritt und Tritt hervorragende Lokale findet, eher zur mittleren Kategorie, die Gäste kommen fast alle aus der Nachbarschaft, und auch wir waren einfach der Bequemlichkeit halber hingegangen, denn es liegt gleich auf der anderen Seite des Boulevards gegenüber dem Verlag.

An jenem Tag war es schon morgens schwül-heiß. Die Sonne schien durch das üppige Blattwerk der Sterkulien und sprenkelte die feuchte Straße mit ihren Flecken. Neben der Straße floß ein dunkelgrüner Fluß, auf dem eine dichte Schicht Kleiner Wasserlinsen mit ihren runden aneinanderhängenden Blättern trieb. Der Fußweg, der am Flug entlangführte, war von schlüpfrigem Moos bedeckt. Überall wuchsen Bananenstauden, Palmfarne und Fischschwanzpalmen, auf dem Grünstreifen zwischen der Fahrbahn für langsame Fahrzeuge und der Straße, vor den Fenstern des Restaurants, bei den Häusern des Wohnviertels am anderen Flußufer. Aus dem Grün der Pflanzen stieg ein weißlicher Dunst auf.

Ich hatte schon die ganze Zeit den Wunsch verspürt, Fang Yan anzurufen, nur um ihn kurz zu begrüßen, ich fand, das gehöre sich so, selbst wenn er nur eine Zufallsbekanntschaft war. Ich hatte es auch tatsächlich versucht, aber sein Zimmer war inzwischen von jemand anderem belegt worden. Die Sache beschäftigte mich in Gedanken noch immer, aber ich wußte ja nicht, wo er sich die Zeit vertrieb.

In dem Restaurant ging es sehr lebhaft zu. Der Anblick der vielen Sorten kunstvoll gestalteter süßer Klößchen aus Klebreis oder fleischgefüllter Pasteten, die man sich dort zum Tee nach Herzenslust aussuchen konnte, bereitete mir unheimliches Vergnügen. Ich wollte alles probieren, und alles, was ich probierte, schmeckte mir. Mein einheimischer Freund war darauf sehr stolz. Ich testete gerade eine nie gesehene Sorte Krabbenmaultäschchen und hatte dabei die nie gesehenen transparenten Wasserkastanienklößchen im Auge, als mir in der Menge ein Gesicht auffiel. Ein breites Gesicht ohne Brille.

Er aß gerade eine niedliche kleine Ölstange. Ich fand, daß er sich in nichts von den Lokalgästen aus der Umgebung unterschied, die in T-Shirts und Schlappen fächerwedelnd in aller Muße bei Tee und Pastetchen saßen. Einige Leute in seiner Nähe schienen ihn sogar zu kennen, denn während sie sich auf kantonesisch unterhielten, lächelte er nicht nur verständnisvoll, sondern warf auch hin und wieder selber einen Satz auf kantonesisch ein. Als er in unsere Richtung sah, rief ich ihn und deutete lächelnd auf den leeren Stuhl an unserem Tisch. Er setzte seine Brille auf, kam herüber und nahm Platz, aber er lehnte es ab, mit uns zu essen. Als er merkte, daß ich in Begleitung war, begegnete er dem Jungen äußerst höflich, fast unterwürfig. Ich fragte ihn scherzhaft nach den Trends und Entwicklungen der letzten Tage. Er reagierte nicht darauf, sondern lächelte nur. Mein Begleiter und er unterhielten sich weitschweifig über die Arbeit und ihre Mühseligkeiten, wobei er auf die Erfahrung seines Alters pochte und mein Freund ihn erkennbar herablassend behandelte. Ich dachte, er müsse das auch empfinden, aber er bewies beharrlichen Gleichmut. Nachdem ich eingeworfen hatte, daß Fang Yan Schriftsteller sei, machte mein junger Freund sich mit offensichtlich sarkastischen, provokanten Bemerkungen über ihn lustig und ließ ihn überdies unsere Vertrautheit ganz deutlich spüren.

Fang Yan verabschiedete sich äußerst taktvoll, indem er sagte, er müsse sich beeilen, um rechtzeitig zum Flughafen zu kommen. Vor dem Restaurant rief er ein Taxi, drehte sich noch einmal um und winkte uns vom Straßenrand aus zu. Kaum war er weg, machten wir auf dem Absatz kehrt und witschten riskant hinter ein paar Kindern mit Schultaschen über den Fahrdamm. Farbenprächtige Blumenläden und Obststände säumten die Straße, Perlen und Edelsteine leuchteten in den Auslagen der Juweliere. Der Junge meinte, daß Fang Yan keinesfalls zum Flughafen fahren würde, er ließe sich sicherlich zu einem Park bringen, um dort stundenlang am See rumzusitzen, anschließend würde er sich wieder mit dem Taxi in großem Bogen durch die Stadt zu seiner Wohnung hier in der Nähe fahren lassen. Er habe ihn schon oft frühmorgens oder in der Kühle der Abenddämmerung unter vielen Menschen spazierengehen sehen, er sei ihm aufgefallen, weil er immer ein gestreiftes Hemd trug. Dieser Mensch sei ein Betrüger, einer, dem vor lauter Anmache sterbenslangweilig sei. Er brauche mit seinem Pidgin-Kantonesisch nur einmal den Mund aufzumachen, schon wüßte man, daß er nicht von hier stamme. Mein Freund ermahnte mich eindringlich, daß neun von zehn der Zugvögel aus dem Norden, die sich in dieser Stadt einnisteten, Aasgeier seien. Ich sagte ja und amen und machte ein braves Gesicht, während ich im stillen dachte, Brüderchen, behalt deine Lebenserfahrung doch für dich.

Ich habe dem Jungen nie erzählt, daß ich Fang Yan noch einmal traf, und zwar am Abend vor meiner Abreise. Ich ging mit sehnsüchtigen Gefühlen in der Abendbrise spazieren, als er mir direkt entgegenkam. Es war wirklich sehr gut möglich, daß er in der Gegend wohnte, wie es mein Bekannter behauptet hatte, aber ich empfand trotzdem eine überraschende Freude. Ich war froh, daß ich ihm unerwartet noch einmal begegnete. Wir gingen dann gemeinsam weiter. Ich erzählte ihm, was mein junger Freund von ihm hielt. Ich hatte das Gefühl, ihm alles sagen zu können. Er entgegnete, mein Freund hätte recht. Alle Dinge müßten gewissen Gesetzmäßigkeiten folgen, auch die Menschen seien nicht ausgenommen. Die abgegriffenen Klischees träfen häufig zu. Aber eine Schnur Knallfrösche, sagte er, könne nicht endlos knallen. Nachdem die Explosion stattgefunden habe, sei sie harmlos. Auch wenn es den Knallfröschen schwerfiele, sich damit abzufinden, hätten sie keine Wut und Kraft mehr. Er bezeichnete sich selbst als einen ›Überlebenden‹ – einen Haufen Papierschnipsel, die schwarz versengt vom Schießpulver in die

Ferne katapultiert worden seien. Und er begann mir zu erzählen, wie reizvoll und spannend es war, bevor die Schnur abgebrannt wurde, und von der Stille nach der enormen Detonation…«

Dämmerung lag über den Straßen, in denen sich Menschen und Fahrzeuge umeinander herumschoben. Im Menschenstrom erkannte ich die drei Polizisten, die mir gemächlichen Schritts direkt entgegenkamen, auf gleicher Höhe waren, zum Greifen nahe, vorübergingen… Ich sah hinter den Schießscharten einer Militärfestung hervor, ich trug einen Mundschutz. Xu Xun und Qiaoqiao näherten sich und gingen vorbei, es kamen Hinkebein und der schwarze Ledermantel, Li Kuidong, Wang Ruohai, Fatty Wu, Liu Huiyuan – einer nach dem anderen spazierten sie an mir vorüber. Ich hatte nicht mehr den Mut weiterzugehen, ich fürchtete, auch noch Zhang Li, Jin Yan, dem dicken Mädchen und sämtlichen anderen Bekannten zu begegnen. Neben mir ging schweigsam Sha Qing, bis sie sich abrupt umdrehte und in dieselbe Richtung davoneilte wie alle anderen – sie hatte Tan Li erblickt, die dem dicken Mädchen nachlief. Ganz allein ging ich weiter vorwärts. Ich sah Gao Jin, sah Xia Hong und die Neuvermählten, sah die beiden Grobiane und Männer und Frauen jeglicher Schattierung, Leute, die ich kannte oder auch nicht. Ich gelangte an eine menschenleere Kreuzung. Die Geschäfte dort hatten alle geschlossen. Die Straßenlaternen leuchteten düster in die weite Leere. Der auffrischende und abflauende Wind fuhr in die vollgestopften Papierkörbe und blies einen Papierfetzen auf der Straße vor sich her, der sich drehte, liegenblieb, weiterrollte. Ein Mann in einem Mantel kam mir entgegen, er wechselte vom Fußweg auf die Straße, und als er unter der Laterne vorbeiging, sah ich sein Gesicht: Es war Gao Yang. Dann kam noch einer mit großen Schritten dahergeeilt, als versuche er ihn einzuholen, und schon an der Militärkleidung erkannte ich Zhuo Yue. Sie schritten ohne Zögern dahin und verschwanden im Dunkel der Nacht.

Ich blieb an der Straßenecke stehen und wartete. Eine hochgewachsene, edel gekleidete schlanke Frau trat langsam ins Lampenlicht, Liu Yan. Ihr Gesicht war ausdruckslos, und sie hatte die Augen niedergeschlagen wie auf der Fotografie. Ich rief sie leise an, und als sie sich mir ganz allmählich zuwandte, den Blick hob und in meine Richtung kam, erkannte sie mich erstaunt, wie auch ich sie erkannt hatte, als sie aufsah.

»Was machst du hier?« fragte Li Jiangyun.

»Ich warte auf jemanden.« Ich sah mich um. »Wieso bist du hier?«

»Auf wen wartest du so spät noch?« Li Jiangyun sah die düstere Straße hinauf und fragte mit dem Anflug eines Lächelns: »Doch nicht etwa auf mich?«

»Wo kommst du her?«

»Wo gehst du hin?«* Sie zog mich herum. »Geh zurück, die Person, auf die du wartest, kommt nicht mehr.«

Ich kämpfte gegen die Kraft ihrer Hand an, die meinen Arm fest umklammert hielt, und wandte mühsam den Kopf, um noch einmal die Straße hinaufzusehen. »Es fehlt nur noch eine.«

Die Straße lag verlassen da, die Person erschien nicht, nicht einmal eine Spur von ihr.

»Sie ist schon weg.« Li Jiangyun zog mich erneut weiter. »Der Mensch, den du erwartest, ist schon vorbeigekommen.«

15

»Du machst dich strafbar.«

»Meinetwegen.«

»Kannst du nicht ein bißchen warten? Laß mich erst mal Luft holen. Mußt du mit der Tür ins Haus fallen?«*

»Ich hab keine Lust, mich mit dir zu unterhalten, man weiß bei dir nie, wohin so ein Gespräch führt; wir haben schon mehr als genug geredet.«

»Warte, laß mich das selber machen, langsamer, du zerreißt ja alles, hier ist noch ein blinder Knopf – diese Tricks wurden speziell dazu installiert, um Leute wie dich abzuwehren.«

»Ich bin dafür, diesen ganzen Bürokratismus abzuschaffen, ich hab's gern ein bißchen schlichter.«

»Ja. Stimmt, ich kann bei dir auch keine Veranlagung zur Überfeinerung feststellen.«

»Ich – hm – darf mich nicht ablenken lassen. Wenn ich mich übertrieben mit den Mitteln beschäftige, vergesse ich immer den Zweck... Halt still, das ist der kritische Moment.«

»...«

»Wie ist's? Erfülle ich deine Erwartungen? Warum reißt du immer noch die Augen so auf? Du schaust mich an, als ginge dich die Sache nichts an.«

»Findest du nicht, daß du ein bißchen viel redest? Bist du dabei immer so geschwätzig?«

»Ich will nur nicht, daß du angespannt bist; wenn ich mich ein wenig mit dir unterhalte, wirst du lockerer.«

»Wie ist es bei dir in den letzten Tagen gelaufen?«

»Es entwickelt sich, aber Resultate stehen noch aus.«

»Also blickst du in deiner Vergangenheit jetzt besser durch?«

»Ja, und was ich begreife, ist recht herzergreifend. Du solltest stolz sein: Mach dir klar, daß du mit einem ganz außergewöhnlichen Menschen verkehrst.«

»Und wie warst du früher?«

»Soweit ich gehört habe und allen Indizien nach zu urteilen, ein ziemlich herzloser Bandit.«

»So spannend? Sieht man dir gar nicht an.«

»Doch. Das ist bloß schon so viele Jahre her, inzwischen sehe ich auch ganz durchschnittlich aus.«

»Erzähl mir von deiner Vergangenheit. Hast wirklich du den Mann umgebracht?«

»Ich will nicht von meiner Vergangenheit sprechen, vorbei ist vorbei, ich bin momentan mit meinem Leben sehr zufrieden. Man kann nicht sein Leben lang verrückt spielen. Wenn man jung ist, muß man sich seine Bahn brechen, da darf man sich ruhig ein paar Kerben aufs Holz holen, das gehört dazu. Aber im vorgerückten Alter sollte man sich in aller Ruhe moralisch und charakterlich zu vervollkommnen suchen und sich seines Lebensabends freuen, mehr nicht.«

»Hier spricht jemand, der sich anscheinend voll ausgelebt hat.«

»Hab ich auch. Damals war unsere Zeit – die ganze Horde Freunde frisch von der Armee entlassen und strotzend vor Tatkraft: Wir hätten am liebsten alles angestellt und hatten vor nichts Schiß. Wir waren die Herren im Lande.* Wir liebten oder schadeten, wen und wem wir wollten, wir waren nicht zu bremsen. Aber wir hatten nicht die richtige Epoche erwischt, und so habe ich mich einer Bande von Gangstern angeschlossen, doch ein paar Jahrzehnte früher, und wir hätten jeder unser eigenes separatistisches Regime begründet… schläfst du? Warum sagst du keinen Ton?«

»Äh, ich habe tatsächlich ein bißchen geschlafen; dein lyrischer Ausbruch hat mich wohl eingeschläfert.«

»Etwas lebhafter, wenn ich bitten darf. Gerade um zu verhindern, daß du einschläfst, rede ich mir den Mund fusselig. Damals war ich ganz anders als heute, wo ich jede Demütigung einstecke und auch noch lache, wenn mir jemand eine Ohrfeige gibt, nur um edel und großmütig zu erscheinen. Pah, damals, da brauchte einer bloß schräg zu gucken, schon hatte ich das Küchenbeil in der Hand, da gab's kein Pardon, wir waren dabei, und wenn's aufs Ganze ging, scheißegal.«

»Findest du das nicht langweilig?«

»Was? Wieso langweilig? Wir unterhalten uns und sind regsam, alles bleibt in Bewegung, wir tun was für Körper und Geist.«

»Ich richte dir eine Sonderzone ein.«

»Halt still, nicht bewegen!«

Das Licht war wieder an, und Li Jiangyun und ich hatten uns aufgesetzt. Ans Kopfende gelehnt, betrachtete sie mich.

»Tu um Himmels willen nicht so leidenschaftlich und berückt.«

»Ich bin sehr beschämt, daß mein Höhepunkt bereits vorbei ist. In der Vergangenheit waren die anderen hinterher immer äußerst beglückt – als hörte die Lust nie auf.«*

»Sei nicht traurig«, sagte Li Jiangyun und streichelte mich. »Das ist unabhängig vom Willen der Menschen.** Niemand kann ein Leben lang der Beste sein, für jeden fällt einmal der Vorhang. Du hast schon eine genügend heroische Aura; falls du wirklich niemanden umgebracht hast, dann hast du wenigstens vergewaltigt, damit hast du dir die Achtung der Leute allemal verdient und auf keinen Fall umsonst gelebt. Sieh dir nur die anderen an, Leute, die mehr umgebracht und keinesfalls weniger vergewaltigt haben als du, die machen jetzt doch auch schön brav und nach der Mode ihr Taijiquan und tanzen Disco***, trinken regelmäßig ihren Abendschoppen, gehen schön früh schlafen – sie sind doch auch nur müde alte Knochen, das sieht man mit einem Blick. Gib dir ein bißchen Mühe als Sackgassenheld!«

»Aber ich bin noch gut zu Fuß, ich brauche noch ein unbegrenztes Betätigungsfeld.«*

»Das ginge schon, nur wenn wir dich allein noch zur ›Betätigung‹ zulassen, dann sind alle anderen unausgelastet. Mit der ›Betätigung‹ ist es wie mit einem Kuchen, jeder kriegt sein Stück, und viele kommen gar nicht dran. Wenn du schon eins hattest und dir noch eins abschneidest, dann drängelst du dich ungebührlich vor.«

»Willst du damit sagen, daß ich für dieses Leben bereits bedient bin? Und den Rest einfach verstreichen lassen muß? Ich hab den Eindruck, ich werde bestraft, auch wenn ich den Typ gar nicht umgebracht habe.«

Li Jiangyun sah mich an und lachte plötzlich.

Ich betrachtete sie lange, dann stöhnte ich tief auf.

»Nein, bitte, stöhn nicht so, ich kann es nicht ertragen, wenn jemand stöhnt.«

Ich sah sie an und stöhnte nicht mehr, ich betrachtete sie nur.

»Was ist?« fragte Li Jiangyun. »Warum siehst du mich so an?«

»Können wir uns überhaupt ernsthaft unterhalten?« fragte ich sie. »Du und ich, können wir beide eigentlich jemals offen und ehrlich miteinander reden?«

»Keine Panik«, beschwichtigte mich Li Jiangyun, »reg dich nicht auf, natürlich können wir das, sag, was du loswerden willst, ich hör zu.«

»Wenn selbst wir beide uns nichts sagen können, dann habe ich wirklich niemanden mehr, mit dem ich reden kann.«

»Erzähl.« Ernst geworden, setzte sie sich auf. »Ich lache nicht mehr.«

»Ich…« Ich druckste rum und räusperte mich, wurde rot, sah verlegen weg. »Laß gut sein, es gibt sowieso nichts zu sagen. Sobald man's sagt, hört sich's komisch an.«

»Dann schlaf. Du kannst es mir ja sagen, wenn es dir wieder einfällt.«

Sie legte sich hin, und ich mich ebenfalls. Ein wenig zu ihr hinübergebeugt, fragte ich: »Findest du mich eigentlich besonders schlecht und schamlos?«

»Ganz ehrlich gesagt…« – Li Jiangyun öffnete die Augen –, »nein. Ehrlich gesagt, bist du noch ziemlich anständig. Und ich weiß, wovon ich rede.«

»Wirklich?«

»Wirklich.«

»Bekommst du eine Gänsehaut, wenn ich dir sage, daß mich das berührt?«

»Ja.« Sie schloß die Augen und lächelte. »Schlaf. Auch deine Seele muß sich zur Ruhe betten.«

Li Jiangyun schlief schon tief, aber mir war noch nicht nach Schlaf zumute. Als ich aufstand, folgte mir mein Schatten riesig und schwarz durchs Zimmer. Ich zündete mir eine Zigarette an und hing mit geschlossenen Augen meinen Gedanken nach. In der grenzenlosen Dunkelheit breiteten sich ganz langsam Farben aus und formten ein buntfleckiges, finsteres Bild: Ich fuhr in einer blutigen Dämmerung durchs Gebirge, immer länger, immer weiter. Auf einem der Berge stieß der Schatten eines Menschen einen anderen Schatten vom Grat, und seine in der Luft tanzenden Arme, der im Sturz vibrierende Körper und die Beine, die sich zuckend umeinanderschlangen, malten sich immer deutlicher in das leuchtendrote Zwielicht. Ganz vorsichtig, auf den Fußspitzen, schlich ich im trüben Schein der gelben Flurbeleuchtung durch einen mit purpurrotem Teppichboden ausgelegten Korridor, in der Hand einen fremden Aktenkoffer mit Nummernschloß, während im Treppenhaus ein gestreiftes Hemd auftauchte und Gao Yang vom anderen Ende des Flurs her mit einem fremden Aktenkoffer aus Leder wie mein Spiegelbild auf leisen Sohlen auf mich zukam. Liu Yan war ganz dicht bei mir, und ein intensiver Parfümgeruch erfüllte den Wagen. Verlassene Straßen wichen in die Nacht zurück, während schon neue auftauchten. Von jeder Kreuzung führten zahllose pechschwarze Straßen strahlenförmig in die Dunkelheit, in der nur die Stahlportieren der vielen Geschäfte aufglänzten. Ich sah alles ganz klar, und doch blieben die Bilder oberflächlich, und es gelang mir nicht, zu unterscheiden, was der Wirklichkeit entnommen und was reines Phantasieprodukt war. In einer Gasse kickten wir das Tor zu einem Wohnhof auf, wir hielten imaginäre Maschinengewehre im Anschlag, während unsere Münder ein Stakkato von »tackatackatacka« in den Hof feuerten. Wir schleppten den Knaben Gao Yang durch die sanft im Wind hin- und herschwingenden Zweige an den Stamm einer Weide und banden ihn mit einem Seil fest, dann schlugen wir ihn mit den federnden Weidenzweigen, und der Geschlagene und die Schlagenden lachten mit offenen Mündern; der kleine Gao Yang lag kalkweiß und reglos auf dem Erdboden, und Zhuo Yue blies ihm einen Mundvoll Wasser ins Gesicht, bis er sich plötzlich aufsetzte. Als Kinder hatten wir oft Mörder und Gendarm gespielt, einige mimten die Mörder und der Rest die Gendarmen. Die Mörder bekamen ein paar Minuten Zeit, um sich zu verstecken, dann traten die Gendarmen in Aktion und nahmen die Verfolgung auf. Obwohl die Gendarmen das Recht hatten, die Mörder nach der Festnahme brutal zu foltern, strebten alle danach, Mörder zu sein, denn als Mörder konnte man alle anderen zum Narren halten, während man sich versteckte. Nachdem man gefangengenommen worden war, durfte man schauspielern und so unfolgsam sein wie nur möglich; es war die kreativste Rolle im ganzen Spiel, die, mit der man am meisten im Rampenlicht stand. Der Mörder wurde von uns ausnahmslos immer als Held dargestellt.

Ich zog Liu Yans Foto hervor und legte es auf den Tisch. Die glatte Bildoberfläche warf den Lampenschein schimmernd zurück, und der bunte Glanz verwischte die Konturen ihres Gesichts noch mehr, als hätte sich ein dichter Nebel darübergelegt. Erinnerungssplitter aus einer längst vergangenen Zeit fielen mir ein: Im tiefen Schnee stapfte ich pfeifend und summend durch eine Gasse, wo nicht weit vor mir immer wieder heiße Dampfwölkchen aus der von einem gefütterten Vorhang verhängten Tür einer Imbißstube drangen; aus dem Lüftungsfenster ragte ein Ofenrohr, unter das jemand eine leere Dose gehängt hatte, um das schwarze Öl aufzufangen. Ich saß an einem eckigen, mit weißem Plastiktuch gedeckten Tisch und aß *Yuanxiao** mit einer Sesam-Kokos-Füllung, sie waren duftend und weich. Unterdessen rutschte mir die grüne Schultertasche mit meinen Schlittschuhen, die ich schräg über dem Rücken trug, immer wieder nach vorn. Auf der nur schwach beleuchteten Eislaufbahn drängten sich viele Menschen und glitten schweigend über das Eis; die Kufen ihrer Schlittschuhe setzten mit hellem Klang auf. In einer dunklen Ecke neben dem Zaun aus Schilfmatten lief ich, über die eigenen Füße stolpernd, jemandem in die Arme, der mich festhielt und stützte und mich anlachte, als ich aufsah. Schnee lag auf den Ästen der Kiefer, unter der ich süß lächelnd für die Kamera posierte, bis ihr Blitz mich blendete und mir ein silberhelles Lachen ans Ohr klang; in der Ferne erhoben sich die purpurroten Palastmauern und die gelbglasierten Ziegeldächer mit den Dachreiterfiguren. Im Obergeschoß eines Restaurants, an dessen Hauptsäulen gereimte Spruchpaare in Holztafeln geschnitzt waren, aßen wir Fisch, während unten auf der Straße die Leute kamen und gingen und auf dem nahen Fluß ein Schiffer mit Wollmütze sein schwarzlackiertes Vergnügungsboot um eine steinere Bogenbrücke ruderte, wobei er mit den Füßen paddelte und mit den Händen steuerte, um es dann von der Strömung zurücktreiben zu lassen; neben der Kajüte kauerte ein Mädchen mit einem Hund, und am gegenüberliegenden Ufer erstreckte sich endlos weit ein gelbblühendes Rapsfeld. Wir waren in den Bergen und saßen in einer geräumigen Halle, knabberten Melonenkerne oder aßen von den Speisen, und ein ungleichmäßiger Regen fiel wie Öltropfen vom Himmel; Nebelschwaden und Dunst fingen sich zwischen den Gipfeln, die in unserer Umgebung wie Pinsel aufragten, es war ruhig, und unten im Tal, unterhalb der dämmrigen Wälder, fuhr auf dem Fluß ein Bambusfloß vorbei, der Flößer trug einen Bambushut; wir reichten uns die Hand und stützten uns, als wir in unseren durchnäßten Kleidern durch den dunkelgrünen Bambuswald die schlüpfrigen Steinstufen den Berg hinaufstiegen, und auf einem steilen Felsen stand in großen roten Zeichen: LÄUTERUNG. Wir lagen auf dem Bett und lauschten dem Regen, und eine Frau murmelte vor sich hin »so ähnlich, so ähnlich«. Ganz deutlich sah und hörte ich das alles vor mir, doch sobald mein Blick auf das Gesicht auf der Fotografie fiel, zerbröselten alle Erinnerungen und entschwanden in weite Ferne; die Frau verschmolz nicht mit den Erinnerungsbildern, kein einziges Mal, selbst umrißhaft war sie nicht einzufügen – ich konnte sie mit der Gestalt in meiner Vorstellung nicht zur Deckung bringen, je genauer ich sie musterte, um so fremder wurde sie mir: Zum ersten Mal empfand ich Liu Yan als Fremde.

Vor dem Fenster erhob sich auf einmal ein orgelnder Wind, als pfiffe weit draußen in der Nacht jemand auf den Fingern, und eine Katze maunzte irgendwo im Dunkeln mit jammernden, hohl klingenden Schreien. Die Krähen hockten lautlos auf den Zweigen. Irgend etwas bewegte sich, unsichtbar, und doch konnte ich es fühlen. Ein heftiger Windstoß drückte das Fenster auf und ließ den Vorhang flattern. Einen Augenblick später öffneten sich auch die Türen, und der tobende Wind fuhr laut singend durch alle Räume; das Foto wurde zu Boden gefegt. Ich stand auf und sah Li Jiangyun an, die noch immer tief schlief. Sie war totenblaß und machte nicht das kleinste Geräusch im Schlaf. Ich ging in das Vorzimmer hinaus, wo die Tür zum Treppenhaus schon offenstand. Ein kalter Wind umwehte mich, und mir wurde im Nu eiskalt. Ich fühlte, daß das, was sich bewegt hatte, im Zimmer war, und in der Luft hing ein ganz leichter Parfümgeruch von »Levkoje«.

Die Luftströmung veränderte sich, es hatte sich wieder bewegt.

»Bist du's?« fragte ich leise und ging auf den stockfinsteren Hausflur zu. »Warum zeigst du dich nicht?«

Ich trat aus der Tür, das Treppenhaus war verlassen und leer. Ich ging die Treppen hinunter bis zum Eingang, alles war still. Dann hörte ich, wie oben die Türen eine nach der anderen zufielen, mit lautem Knall.

16

»Sie erinnern mich an jemanden.«

Wir aßen in einem vollbesetzten Restaurant zu Mittag, in dem es hoch herging. Li Jiangyun war zusammen mit einem älteren Bekannten in einem eleganten leichten Wollmantel gekommen, dem Gastgeber dieses Essens. Der Mann gab sich charmant und locker. Jedesmal, wenn sich unsere Blicke kreuzten, huschte der Anflug eines Lächelns über sein Gesicht.

»Li Jiangyun spricht so oft von Ihnen, daß ich Sie gern einmal konsultieren wollte.«*

Ich lachte ihn höflich an und sagte zu Li Jiangyun: »Wenn ich das eher gewußt hätte, hätte ich mein Geweih** doch behalten. Die aus der Apotheke haben mich dauernd so bedrängt, daß ich nicht mehr anders konnte – angeblich sei jedes Rezept ohne meine Geweihscheibchen unwirksam. Und dann all die Kranken, die immer zu mir kommen und mich beknien! Ohne mein Geweih brauchen sie ihre Heiltinktur wohl erst gar nicht zu trinken. Es blieb mir nichts anderes übrig, als ihnen was abzusäbeln.«

»Reizend«, sagte der Herr zu Li Jiangyun, »wie spannend.« Er musterte mich von oben bis unten. »Sie ähneln ungeheuer einem jungen Bekannten von mir. Die Sprache, die Gestik, der Gesichtsausdruck, in allem haben Sie was Gemeinsames. Er hat sich auch dauernd mit Frauen abgegeben, die älter waren als er selber, und war immer gut drauf.«

»Fängst du schon wieder mit deiner uralten Liebesgeschichte an! Die hast du bald achthundertmal erzählt.«

»Das macht nichts«, widersprach ich Li Jiangyun. »Es ist immer dieselbe, egal, wer sie erzählt.«

»Tatsächlich habe ich den jungen Mann nur ein einziges Mal

gesehen, aber die Begegnung hat sich mir tief eingeprägt«, erklärte der Mann.

»Glaub bloß nicht, daß es wirklich seine eigene Geschichte ist«, sagte Li Jiangyun. »Es handelte sich um ganz andere Personen, er hat sich die Geschichte nur gemerkt und erzählt sie überall, als sei er der Betreffende gewesen.«

»Ganz so war es auch nicht, Darling.« Der Mann warf Li Jiangyun einen liebevollen Blick zu und wandte sich dann wieder freundlich lächelnd zu mir: »Die Protagonistin dieser Geschichte und ich standen einander eine Zeitlang sehr nahe; wir waren Kommilitonen, sind gemeinsam zum Produktions- und Aufbaukorps gegangen und gemeinsam in die Stadt zurückgekommen, und auch jetzt haben wir hin und wieder noch miteinander zu tun.«

Ich sah Li Jiangyun an. »Das ist nicht etwa Li Jiangyuns Geschichte?«

»Ihren Namen lassen wir beiseite, ja?« sagte der Mann und blickte zu ihr. »Sagen wir, wir erzählen diese Geschichte, ohne konkrete Personen zu erwähnen, einverstanden?«

»Du kannst sie nicht kennen«, erklärte Li Jiangyun. »Sie ist schon vor vielen Jahren ohne jede Nachricht abgetaucht. Daß er sie angeblich noch trifft, ist nur einer der üblichen Tricks, mit denen sich Leute selber in Szene setzen.«

Der Bekannte lächelte fein und sagte, ohne gekränkt zu sein, zu mir:

»Sie können sich die Sache ganz nach Belieben anhören wie ein Märchen aus Tausendundeiner Nacht. Die Geschichte ist tatsächlich lange, lange her; wenn ich sie jetzt erzähle, dann nur zur Unterhaltung bei Tisch, mit den Anwesenden hat sie nicht das geringste zu tun.«

»Gut, gut, tun wir so, als säßen wir alle ohne Kopf hier, als wären wir gar keine Menschen, hier sitzt überhaupt niemand, hier ist bloß ein Feld, ein Acker, auf dem die Bauern Dünger streuen und wo für eine Weile ein paar weitgereiste Fliegen summend ihre Runden drehen; ob was wächst, ob was geerntet wird, ist völlig egal.«

»Ihr gebt euch ja beide ordentlich Mühe, von euch selber abzulenken«, stellte Li Jiangyun lachend fest.

»Das muß so sein«, erklärte ich ernsthaft. »Sonst sind wir nicht unbefangen.«

»Ihr Vater war ein sehr bekannter Professor für Linguistik«, erzählte der Mann. »Damals gehörte er zu den Großen seiner Zeit. Heutzutage ist er unbekannt, ihr werdet noch nie von ihm gehört haben; gleich zu Beginn der Kulturrevolution hat er sich zusammen mit seiner Frau umgebracht. Die Frau, von der ich erzähle, war damals noch ein Mädchen, und natürlich war es für sie sehr bitter, kein Zuhause mehr zu haben. Später, das heißt erst vor ganz kurzem, haben wir erfahren, daß sie noch einen jüngeren Bruder hat, anscheinend sucht er nach ihr. Ich glaube nicht, daß seine Suche zu irgend etwas führen wird. Es ist wirklich so, wie Li Jiangyun sagte, daß wir schon seit vielen Jahren ohne Nachricht von ihr sind.«

»Du würdest sie vielleicht nicht mehr erkennen, wenn du ihr begegnetest«, meine Li Jiangyun.

»Vermutlich hast du recht«, antwortete ihr Bekannter. »Damals wußten wir nicht, daß sie noch einen Bruder hat, ich sah nur, wie einsam und verlassen sie war, ohne Halt und Stütze, und sie tat uns so leid, daß wir uns was einfallen ließen, damit sie gemeinsam mit uns zum Korps gehen konnte. Ursprünglich war sie für untauglich befunden worden. Wir verbrachten acht Jahre mit dem Korps im Nordosten.* Wie hart das war, brauche ich euch nicht zu erklären – wir haben es alle überstanden. Nachdem wir zurück in der Stadt waren und das Leben allmählich wieder in normalen Bahnen verlief, sahen wir Licht am Ende des Tunnels, und jeder versuchte, sich nach Kräften zu entfalten; nach dem Regen schien endlich die Sonne. Da brach sie plötzlich zusammen. Bis dahin war alles in Ordnung gewesen, sie hatte auch eine halbwegs erträgliche Arbeit zugeteilt bekommen und hätte sogar die Chance gehabt, die Aufnahmeprüfung für die Universität zu machen – aber plötzlich brach sie zusammen. Damals hatten wir alle mächtig zu tun, wir waren damit beschäftigt zu lernen, zu arbeiten, zu heiraten, eine Wohnung zu beschaffen, und keiner kümmerte sich mehr um den anderen. Ich weiß noch, daß uns später allen wieder einfiel, wie sie jeden einzelnen von uns besucht hatte und wir alle viel zu beschäftigt waren, um uns lange Reden anzuhören. Um sie wieder loszuwerden, speisten wir sie mit ein paar flüchtigen Sätzen ab, bis sie dann tatsächlich nicht mehr kam. Irgendwann war die große Betriebsamkeit vorbei, jeder hatte einigermaßen sein Plätzchen gefunden, und alle wollten sich wiedersehen. Da war sie schon ganz verändert. Zuerst hatte sie sich vorübergehend mit dem unansehnlichsten und unfähigsten Burschen aus unserem Korps liiert; anschließend trieb sie sich mit allerlei dubiosen Kerlen in der Gegend herum. Aufgetakelt wie ein Callgirl frequentierte sie die Restaurants, rauchte und trank, und auch ihre Sprache war ganz ordinär geworden, sie redete von nichts anderem mehr als Sex und Essen*, was darüber hinausging, interessierte sie nicht länger. Ursprünglich war sie sehr talentiert, sie spielte gut Klavier, beherrschte mehrere Fremdsprachen, konnte gut tanzen und noch besser Schlittschuh laufen. All diese herausragenden Begabungen dienten ihr letzten Endes nur noch als Verkaufskapital ihrer Liederlichkeit. Ich denke, man konnte sie nur noch als Schlampe bezeichnen. Einmal kam ich mit einem unsäglichen Fiesling von Hinkefuß auf sie zu sprechen, und die Worte, mit denen der sie belegte, waren schlichtweg nicht mit anzuhören – selbst so einer hatte keine Achtung mehr vor ihr.«

»Hast du gemerkt, daß er kaum darüber wegkommt?« fragte mich Li Jiangyun lachend. »Er selber hatte sich nämlich große Hoffnungen auf die Frau gemacht. Aber er ist ein Feigling, ein Mensch voller Komplexe, der es die ganze Zeit nicht wagte, dieser Fee seine einsame Liebe zu offenbaren. Erst als er sein Kapital schließlich für ausreichend solide befand, um ihr wie ein Adliger einen großartigen, herzergreifenden Heiratsantrag machen zu können, entdeckte er, daß seine Traumfrau längst keinen Heller mehr wert war, daß jeder dahergelaufene Gauner sie billig haben konnte.«

»Ihr jungen Leute verachtet so einen altmodischen Stil in der Liebe bestimmt.« Der Mann betrachtete mich lächelnd, und Li Jiangyuns Sarkasmus konnte ihn offenbar nicht im mindesten verletzen. »Im Vergleich zu euch waren wir voller Bedenken und unentschlossen, was mit der Zeit zu tun hatte, in der wir aufgewachsen sind. Wenn wir jemandem den Hof machten, dann gingen wir nie so kühn wie ihr vor, so völlig mittellos um jemanden zu werben und vor nichts zurückzuschrecken, solange man glaubt, daß es sich lohnt. Wenn wir ein Problem beurteilten, achteten wir immer darauf, daß alle Seiten ausgewogen zur Geltung kamen. Wir sind so erzogen worden, uns selbst als Individuum nur einen winzig kleinen Raum zuzuweisen. Das ist ganz klar unsere Tragödie, aber wir sind das so gewohnt, daß wir daran nichts zu ändern vermögen.«

»Das habe ich auch schon zu Li Jiangyun gesagt«, entgegnete ich, »ihr solltet euch und mich nicht verschiedenen Generationen zurechnen.«

»Ich fürchte, Sie bleiben eine andere, auch wenn ich keinen Unterschied mache. In welcher Klasse waren Sie, als die Kulturrevolution begann?«

»Oh, so zu sortieren ist unwissenschaftlich.«

»Glauben Sie nicht, daß ich auf Sie herabsehe. Wenn ich hätte wählen können, wäre ich lieber so alt wie Sie, um über Ihre Kühnheit zu verfügen.«

»Niemand hindert Sie daran.« Ich wandte mich an Li Jiangyun. »Schließlich ist man schon längst dazu übergegangen, uns als Herde weiden zu lassen, anstatt uns einzupferchen.«

»Um so was zu sagen, muß man jung sein.« Der Mann lächelte mich an. »Sehr vieles hindert mich daran, und das gilt auch für Sie – auch Sie werden feststellen, daß die Dinge, die Sie einpferchen, zunehmen. Aber kehren wir doch zu unserer Geschichte zurück. Eines Tages, als wir unsere ehemalige Kommilitonin schon längst nicht mehr zu unseren Treffen einluden, erschien sie plötzlich von allein, mit einem jungen Mann im Schlepptau, eben jenem, an den Sie mich erinnern.«

»Das war nicht ich?« fragte ich ihn und lachte. »Vielleicht war ich ja der junge Mann.«

»Nein, nein«, widersprach der Mann lachend. »Ihr gleicht euch in manchem, aber Sie waren das nicht, da bin ich mir ganz sicher und Li Jiangyun ebenfalls, sie war damals auch dabei.«

»Du warst das nicht«, sagte Li Jiangyun und sah an mir vorbei.

»Er war sehr gutaussehend und gewandt, angemessen unauffällig gekleidet, sehr wohlerzogen und höflich, manchmal blickte er sogar etwas schüchtern. Sie können sich vorstellen, wie kühl wir ihn behandelten. Wir hielten ihn fast ausnahmslos für einen ihrer kurzlebigen Bettgenossen oder, noch schlimmer, für ein männliches Flittchen, einen von der Sorte, die es dem hübschen Gesichtchen verdankt, daß sich die Frauen mit ihnen die Zeit vertreiben. Keiner von uns beachtete ihn, und einige der Frauen machten ganz offen ihrer Empörung darüber Luft, daß sie ihn mitgebracht hatte. Sie kümmerte sich nicht darum, scherzte und lachte wie immer und ließ sogar absichtlich ein paar unflätige, für uns alle kaum erträgliche Bemerkungen fallen. Wir empfanden die ganze Zeit über, wie schamlos sie geworden war. Die beiden wurden dauernd aus unserem Kreis hinausgedrängt, wobei es ihr jedoch immer wieder gelang, sich hartnäckig ins Zentrum vorzuarbeiten und zum Gesprächsmittelpunkt zu machen, ob die Umstehenden sie nun zu ignorieren versuchten oder nicht. Der junge Mann saß die ganze Zeit kläglich und verlegen in einer

Ecke, hielt sich an seinem Glas fest und sah auf seine Schuhspitzen. Ich ertrug das nicht leicht, zumal er so ehrlich, so unschuldig wirkte. Als Hausherr des Treffens wollte ich vermeiden, daß er uns alle für Banausen hielt, deshalb schlenderte ich zu ihm hinüber und knüpfte eine Unterhaltung an.«

»Ich habe das damals alles beobachtet«, erklärte mir Li Jiangyun, »und ich finde, daß sich gerade hierin die Scheinheiligkeit dieses Heuchlers zeigt, denn es war ja klar, daß er im stillen etwas ganz anderes empfand als die Freundlichkeit, mit der er auf den Jungen zuging. Dieser Mensch bemühte sich permanent, höflich und liebenswürdig zu erscheinen, um bloß niemanden vor den Kopf zu stoßen.«

Der Mann lachte und sagte: »Ich gestehe, daß ich meine Höflichkeit manchmal etwas undifferenziert verschwende, aber ich halte das für notwendig.« Und er erzählte mir weiter in seiner flüssigen und gewandten Sprechweise: »Als ich auf ihn zuging und dann neben ihm Platz nahm, lächelte er mir schüchtern entgegen, und ich erinnere mich noch, daß er sagte: ›Mir geht's gut, Sie brauchen sich nicht um mich zu kümmern.‹ Ich fragte ihn, wie lange er unsere gemeinsame Freundin schon kannte, und er antwortete: ›Noch nicht lange, erst ein paar Tage.‹ Ich fragte weiter, wie alt er sei, und er sagte etwas von knapp über zwanzig. Dann fragte ich ihn nach seinem Beruf, und er erzählte scheu, daß er eben erst aus der Armee entlassen worden sei und noch keine Arbeit habe. Während dieser Unterhaltung, in der er wie ein unschuldiges junges Mädchen wirkte, bekam ich einen gründlich anderen Eindruck von ihm, ja, ich begann sogar zu glauben, daß erst unsere Exkommilitonin ihn korrumpiert haben mußte. Bei ein paar Dingen fiel es mir nicht so leicht, sie unumwunden anzusprechen, deshalb bemerkte ich spaßhaft, daß er ja um einiges jünger als unsere Freundin sei. Da lachte er und hielt eine kleine Rede, in der er sinngemäß sagte, daß er gern mit Frauen zusammen sei, die älter wären als er selbst, junge Mädchen interessierten ihn nicht, sie seien noch zu ahnungslos, und wenn sie erst einmal Ahnung hätten, seien sie auch schon alt, ›und dann bin ich genauso alt wie sie‹. Er war außerordentlich amüsant und offen. Wenn er von seiner Geliebten sprach, glänzten seine Augen, und er sah immer wieder zu der Frau hinüber, die sich schrill und ungeniert lachend unterhielt; er war mit Haut und Haar der verliebte junge Mann, der versucht, seine aufgewühlten Gefühle zu kaschieren. Er sagte, wir alle verstünden sie nicht, ›wirklich und für ewig kostbar wird ein Diamant erst durch seinen Schliff und die Politur‹. Ich fragte ihn, ob er wirklich sicher sei, daß er sie besser begriffe; eine hochkarätige Frau mit einem Diamanten zu vergleichen sei überhaupt nicht besonders passend, wir wählten für sie statt dessen gewöhnlich das Bild der lockergewebten weißen Shandongseide.* Ich gebe zu, daß das eine schmutzige Anspielung war, ich gestehe meine Niedertracht. Er wurde rot, dieser Junge wurde tatsächlich rot. Er wüßte, was ich meine, sagte er, er wüßte alles, sie hätte nichts vor ihm verborgen, und es sei ihm egal. ›Glauben Sie ja nicht, daß ich auf dem Terrain ein Grünschnabel bin, von Frauen verstehe ich sicherlich ein bißchen mehr als Sie, genau daher rühren wahrscheinlich unsere verschiedenen Einschätzungen.‹ Ich schämte mich, er hatte noch kaum ausgeredet, da empfand ich schon eine spontane Scham, und um das zu überspielen, fragte ich ihn, ob er vorhätte, sie zu heiraten. Er sah mich verwundert an. ›Natürlich, wozu sollte ich sonst so viele Worte machen?‹ Aber er fügte hinzu, daß er vorläufig nicht heiraten wolle, es sei ihm klar, daß sich das Glück aus vielen Elementen zusammensetze, von denen nicht eines fehlen dürfe, und daß die Bedingungen gegenwärtig noch nicht optimal seien. ›Mir wird was einfallen, sehen Sie, so naiv, wie Sie denken, bin ich gar nicht.‹ Und er brach in Lachen aus, ein unheilvolles und doch liebenswertes Lachen. Ich begriff, daß er von Geld sprach – ich glaube, das ist auch etwas, was eure Generation von unserer unterscheidet: Realitätsferne Romantik findet sich bei euch so gut wie nie. Ich fragte ihn, was er sich denn einfallen lassen wolle, manches sage sich so leicht dahin. Er entgegnete, daß er ›hart wie ein Edelstein‹ sein könne, ›unbezwingbar‹. Ich fragte weiter, ob er denn keine Angst hätte, daß sich die Gefühle ändern könnten. Da lachte er noch mehr und meinte, ›wenn es nicht so wäre, dann doch erst recht – oder hält sich ein Drachen ohne Schnur in der Luft?‹. Seine Worte erschütterten mich ziemlich.«

»Daran ist doch nichts Bestürzendes«, bemerkte ich. »Es stimmte doch alles. In meinen Augen war es das Vernünftigste, was er sagen konnte. Er hat alles höchst umsichtig und umfassend überlegt, das beweist doch erst, wie gewissenhaft er war; bloß Leute, die sich nur gelegentlich auf dem Parkett der Liebe bewegen, sind darauf versessen, ihre Partner mit leeren Liebesschwüren und Treuegelöbnissen zu täuschen – und es gibt nichts, was unehrlicher wäre.«

Der Mann sah mich an und erzählte weiter: »Er sprach dauernd von Edelsteinen. Immer wieder kam er im Gespräch auf sie zurück, vor allem in bezug auf Frauen und um Fähigkeiten oder Eigenschaften zu symbolisieren, und die Art, wie er sie als Metapher benutzte, vermittelte mir das Gefühl, daß er das Bild nicht einfach so aus dem Ärmel schüttelte, sondern daß sie ihm gleichzeitig als etwas ganz Konkretes im Kopf herumgeisterten – wir benutzen immer das, wovon wir am allermeisten fasziniert sind, um anderes damit zu beschreiben. Je mehr sich unsere Unterhaltung vertiefte, um so mehr Bestätigung erhielt dieses Gefühl. Er wollte nicht konkret sagen, was er sich denn ›einfallen lassen‹ wollte; ich merkte ihm aber an, daß er ganz aufgeregt wurde, weil er es gern erzählt hätte, sich aber beherrschte und nichts ausplauderte, nicht etwa, weil er damit sein Geheimnis verraten hätte, sondern weil er sich wie alle Wichtigtuer absichtlich nebulös ausdrückte, um das eigene Geheimnis bedeutender erscheinen zu lassen, als es an sich ist, und in den Augen der anderen dadurch noch mysteriöser und undurchschaubarer zu wirken. Er ließ durchblicken, daß er einen sicheren Weg wüßte, um reich zu werden, ›verläßlich wie ein Edelstein‹. Er habe ein paar Freunde, die im Süden auf ihn warteten, ›lauter solche wie ich‹. Und er deutete an, daß diese Freunde krumme Dinger drehten. Als ich zu bedenken gab, daß das doch sehr gefährlich sei, lachte er, genau so, wie Sie jetzt lachen. Deshalb meinte ich, daß ihr euch ähnlich seid – in Ihrem Blick erkenne ich dieselbe Mischung von Lauterkeit und Rücksichtslosigkeit, die ich damals in seinen Augen sah.«

»Diesmal haben Sie recht.«

»Ja, genau das gleiche hat er damals auch zu mir gesagt: ›Da haben Sie recht.‹«

»Ihnen ist nicht aufgefallen, was für ein Hemd er trug?«

»Wie bitte?« Der Mann sah mich verständnislos an.

»Er trug ein gestreiftes Hemd«, sagte ich und grinste, »und ich kann Ihnen auch sagen, wie er hieß.«

Er lachte und legte den Finger auf die Lippen. »Wir haben eine Absprache getroffen: Namen werden nicht genannt, das ist nichts weiter als eine Plauderei.«

»Ach, richtig, hier geht's ja nur um eine Anekdote von fremden Leuten, die uns nicht im mindesten betrifft.« Ich tätschelte mir den Schädel. »Erzählen Sie weiter!«

»Ich ließ ihn dann sitzen und ging zu der weiblichen Hauptfigur dieser Geschichte, um ihr zu ihrem Liebsten zu gratulieren. Sie verstand mich nicht und fragte: ›Was?‹ Als ich meinen Glückwunsch wiederholte, lachte sie und meinte: ›Es lohnt sich doch, oder?‹ Dann wurde sie ernst und sah zu dem jungen Mann hin, der weit von ihr entfernt saß, bevor sie mir wieder den Blick zuwandte und kommentarlos nickte. Später, nach diesem Treffen, erfuhr ich, daß sie sich von allen Seiten Geld liehen, sämtliche Bekannte wurden belästigt, und auch ich bin nicht drum herumgekommen. Als unsere Protagonistin mich wegen des Geldes besuchte, versprach sie mir, daß ich es sehr schnell zurückbekommen würde, ja, sie machte sogar ein Datum fest, einen Monat später. Als sie abfuhren, war es Frühjahr. Seitdem sind sie verschwunden; sie sind nie mehr zurückgekehrt, und ihre Abreise liegt inzwischen bereits zehn Jahre zurück. Ich weiß nicht, was sich danach ereignet hat, ob ihre Wünsche in Erfüllung gegangen sind. Ich habe mich nach ihnen erkundigt, aber ohne jeden Erfolg, sie blieben verschwunden, als hätten sie sich in Rauch aufgelöst. Irgend jemand hat sie tatsächlich im Süden zusammen mit einer Gruppe von jungen Leuten gesehen, wo dann angeblich etwas passiert ist, jemand soll festgenommen worden sein, ein anderer umgekommen. Anschließend hörte man überhaupt nichts mehr von ihnen. Wenn ich in den letzten Jahren an die beiden gedacht habe, dann ist mir immer besonders der Junge wieder eingefallen. Sie hätten das alles gar nicht machen müssen, sie waren nicht so arm, daß ihr Lebensstandard unter dem der meisten Chinesen gelegen hätte. Die Wahrscheinlichkeit zu scheitern war groß, größer als die, Gewinn zu machen. Sie waren keine Kinder mehr, sie hätten das begreifen müssen. Ich wüßte zu gern, was am Ende aus ihnen geworden ist.«

»Warum erzählst du nicht, daß du zu der Frau damals auch noch etwas ganz anderes gesagt hast?« fragte Li Jiangyun. »Du hast ihr damals auch noch gesagt, du glaubtest nicht, daß bei einer solchen Verbindung etwas Gutes herauskommen könnte – ein Urteil, das purer Dummheit und nur dem eigenen Wunschdenken entsprang.«

»Stimmt, das habe ich gesagt.« Der Mann lächelte. »Ich habe auch noch gesagt, daß der junge Mann überhaupt nicht besonders gut zu ihr passen würde. Er sei sehr gefährlich, nicht für andere, sondern für sich selbst; nach all den Jahren sollten wir doch ein bißchen behutsamer sein.«

»Und was hat die Frau geantwortet?« fragte ich.

»Sie hat gesagt«, antwortete Li Jiangyun, »›wovor fürchtet

man sich denn ein Leben lang? Doch wohl davor, umsonst gelebt zu haben.‹«

»Ich will dir meine Sehnsucht schenken, und auch meine Freiheit...«* Leise wie ein gemurmeltes Selbstgespräch klang das Lied aus den Lautsprechern des Restaurants.

»Das ist einfach großartig gesagt«, bemerkte ein Knabe hinter uns über dem Essen zu seiner Freundin. »Wenn ich diese Worte höre, läuft mir sofort ein Schauder über den Rücken. ›Und auch meine Freiheit...‹, wie tragisch und heroisch! Was läßt sich danach überhaupt noch sagen? Ich an seiner Stelle könnte dir bestenfalls meine demokratischen Rechte und mein Einkommen abtreten.«

»Brich dir keinen ab«, sagte das Mädchen. »Such dir eine, die so was mehr zu schätzen weiß.«

»So ein Schritt wäre auch zu arg«, sagte der Typ vor sich hin. »Der Kumpel wird keine andere Wahl mehr gehabt haben.«

Wir sahen uns wortlos an und lachten. Dann senkten wir einer nach dem anderen den Kopf.

17

Es hatte die ganze Nacht über gestürmt.

Als ich morgens auf die Straße ging, hatte die im Gefolge des Sturms eingebrochene Kaltluft alles erstarren lassen, was in den letzten Tagen geschmolzen war oder gerade im Begriff war zu tauen. Die Fußgänger hasteten mit verhülltem Gesicht vorüber, und im eisigen Wind zitterte das dürre Geäst der Bäume.

Ein paar junge Leute, die ihre Schlittschuhe über der Schulter trugen und Wollmützen aufhatten, saßen hinter mir, jeder eine Tasse heißer Milch in der Hand. Sie unterhielten sich lautstark. Schwer beeindruckt erzählten sie von einer Läuferin, die sich bewegte, »als wäre sie mal ein Revuestar gewesen. Die hat so viel drauf, da können wir alle einpacken.« – »Hast du schon mal eine gesehen, die die Waagepirouette so hochzieht wie sie? Die wird sich die Kufe noch mal von hinten aufs Auge hauen!« – »Irgendwie müßten wir an sie rankommen und uns ein paar Tricks zeigen lassen.« – »Die läuft mit ihren Kunstlaufstiefeln schneller als wir mit unseren Schlittschuhen!«

Die Fenster des Cafés boten einen Blick auf die Eislaufbahn, die auf der anderen Straßenseite hinter einem Drahtzahn lag. Im kraftlosen Morgenlicht zogen zahlreiche Läufer ihre Runden über das glatte Eis, das sich dunkel unter dem fahlen Himmel ausbreitete. Manche bewegten sich mit gebeugtem Oberkörper und weit rudernden Armen deutlich schneller als der Rest. Das Geschehen auf der Eisbahn glich einer aus Zahnrädern unterschiedlicher Geschwindigkeit zusammengesetzten Maschine. Einige Schlittschuhläufer drehten ihre Pirouetten, verharrten plötzlich und liefen wieder los, andere machten Luftsprünge und schossen nach der Landung wie der Blitz davon. Die Läufer einer Gruppe, die in gleichmäßigem Tempo um die Bahn kreiste, kratzten beim Abbremsen in den Kurven nacheinander rauchweiße Sprühfahnen aus dem Eis. Kufen blitzten in dem kreisenden Getümmel von Jungs und Mädchen, die lachten und schrien, wenn sie zusammenstießen. Vom Cafè aus gesehen, wo nichts zu hören war, wirkte alles wie Taubstummentheater auf einer übergroßen Bühne.

Tan Li ging am Fenster vorbei. Ihr Gesicht war von einer frischen, kräftigen Röte überzogen. Als sie mich sah, klopfte sie an die Scheibe und rief mir, den Mund ganz nahe am Glas, etwas zu. Ich lachte sie an. Sie machte kehrt und kam herein, wobei sie den dickgefütterten Türvorhang zur Seite schob. Als ich aufstand, um ihr Platz zu machen, rempelte ich unvorsichtigerweise den Typen hinter mir an, und seine Milch floß ihm über den Militärmantel.

»Oh, tut mir leid. Hab ich nicht gesehen«, wollte ich mich entschuldigen.

»Hast du keine Augen im Kopf?« versetzte der Typ und fixierte mich mit einem Unheil verheißenden Blick.

»Ich wisch's ab.« Ich suchte in allen Taschen nach Papier oder einem Taschentuch.

»Du meinst wohl, das reicht? Kannst du's vielleicht aus dem Mantel herauswischen?« Der Typ knallte die leere Tasse auf den Tisch. »Nicht mal eine Milch will er springen lassen.«

Einer seiner Kumpel, ein Typ von imposanter Statur, schielte zu mir herüber und grunzte: »Komm mal her.«

»Entschuldigung, es war wirklich keine Absicht.« Ich rührte mich nicht.

»Machst dir wohl gleich in die Hosen, wie?« feixte er hämisch. »Wo wohnst du denn?«

»Ganz in der Nähe, am Tor des irdischen Friedens.«

»Ach, am Tor des irdischen Friedens.« Die Typen sahen sich erheitert an, und der massiv Gebaute fragte: »Warum hab ich dich dann noch nie gesehen?«

»Tan Li!« Der, den ich in die Milch getunkt hatte, begrüßte Tan Li und wies mit dem Kopf auf mich. »Kennst du den?«

»Wieso? Müßt ihr schon wieder jemanden anmachen?« Tan Li stellte sich mit drohend zusammengezogenen Augenbrauen neben mich. »Das ist mein Kumpel.«

»Ach so – wußten wir doch nicht«, erklärte der Begossene feierlich. »Dann ist alles in Butter, wir gehen.« Für die anderen wiederholte er: »Ein Kumpel, vergessen wir's.«

Die ganze Horde machte sich auf den Weg. Beim Hinausgehen tätschelte mir der Schrank die Schulter: »Nimm's mir nicht krumm, war bloß Spaß.«

Als sie weg waren, setzten wir uns. Tan Li spottete: »Du bist ja immer noch ganz aufgeregt! Ganz anders als bei unserem ersten Treffen!«

»Also, hör mal, wenn das früher gewesen wäre, dann...« Ich winkte ab und lachte. »Ich hab keine Lust, mich mit diesen namenlosen Gangstern abzugeben. Außerdem – etwas nervös war ich schon.«

»Hast du die Frau gefunden, die du gesucht hast?« Tan Li wurde wieder ernst.

»Was?« Ich erinnerte mich. »Ja, hab ich, hab ganz vergessen, dir zu danken.«

»Ich meine nicht Sha Qing, sondern die andere, Liu Yan.«

Ich war überrascht. »Woher weißt du, daß ich sie suche?«

»Na, klar weiß ich das. Das erzählen sich doch alle, daß du in den Knast wanderst, wenn du sie nicht findest.«

»So, erzählen sich das alle? Schlechte Nachrichten verbreiten sich schnell.« Ich seufzte. »Ja, ich suche sie wirklich. Kennst du sie etwa?«

»Hab von ihr gehört, sie aber noch nie getroffen. Eine Freundin von mir kennt sie gut und spricht oft von ihr.«

»Eine Freundin von dir? Wer ist das?«

Tan Li lachte. »Ihren Namen weiß ich auch nicht.« Sie spreizte zwei Finger und gestikulierte. »Hast du eine Zigarette für mich? Die Sucht kommt wieder durch.«

Ich zog eine Zigarette aus der Schachtel, legte sie ihr zwischen die Finger und gab ihr Feuer. Sie nahm einen Zug, gähnte, daß ihr die Augen tränten, und wurde wieder lebhaft.

»Sie ist keine echte Freundin von mir, wir haben bloß mal ein paar Tage lang was zusammen unternommen, und ihren Namen hat sie mir nie verraten. Ich weiß nur, daß die Männer sie ›Brunsttropfen‹ nennen. Ganz schön fies, was?«

Tan Li beschrieb mir ausführlich das Äußere von »Brunsttropfen«: »Das Gesicht sieht aus wie ein Melonenkern, große Augen hat sie und Grübchen, und wegen der schlechten Zähne trägt sie immer eine Zahnspange. Sie trägt nur Weiß, wahrscheinlich aus Provokation.« Ob ich wisse, wer sie sei? »Sie sagt, sie kennt dich, und zwar sehr gut. Als ich ihr vorgestern begegnet bin, hatte sie dich gerade getroffen – hat sie behauptet.«

Ich nickte. »Ich weiß, wer es ist.«

»Ich habe gehört, daß du ein Foto von Liu Yan hast. Zeigst du es mir mal?«

»Warum nicht.« Ich holte meinen Geldbeutel hervor. »Vor dir ist sowieso kein Geheimnis sicher.«

Tan Li schien zufrieden. »Ich erfahre wirklich alles, ich liebe Klatsch.« Sie hielt das Foto vor sich hin und studierte es. Als sie den Blick wieder hob, meinte sie: »Sie ist nicht so hübsch, wie ich dachte.«

Ich schmunzelte. »Es geht.«

»Ich schau es mir noch mal an.« Tan Li betrachtete das Foto wieder und gab es mir nach einer Weile zurück. »Das Foto hab ich schon mal gesehen.« Ich sah sie nur an und wartete.

Sie drückte die Zigarette aus, lehnte sich nach vorn und legte die Stirn in ihre Hand. »Ich muß mal nachdenken, wo das war. Ich weiß, ich hab damals ein ganzes Album angeschaut, nicht nur ein Foto, und alle waren schwarzweiß. Bei wem bloß?«

»Laß dir Zeit«, sagte ich. »Noch eine Zigarette?«

Tan Li schenkte mir ein hinreißendes mädchenhaftes Lächeln. »Nein, eine reicht.« Sie versank wieder in Nachdenken. Schließlich hob sie den Kopf. »Jetzt fällt es mir wieder ein, es war bei Gao Jin. Der lebte in einem hübschen alten Wohnhof mit einem überdachten Korridor und künstlichen Felsen. Dort hat vor der Befreiung anscheinend irgendein hohes Tier gewohnt. Das Zimmer zum Hof war voll von Leuten, die pokerten, und ganz zugeraucht. Ich hab mir im anderen allein Fotos angesehen.«

»Kannst du dich noch an mehr erinnern? War Gao Jin auch da?«

»Natürlich, im Hofzimmer. Ich weiß noch, daß es dort laut wurde, bevor ich mit den Fotos durch war. Als ich hinausging, hab ich einen Neuankömmling gesehen, den die anderen mit großem Hallo begrüßten.«

»Der Mann hatte ein gestreiftes Hemd an«, warf ich ein.

»Stimmt.« Tan Li blickte mich erstaunt an. »Ich dachte, daß er aus einer sehr heißen Gegend gekommen sein mußte, weil er über dem Hemd nur ein Anzugjackett getragen hat, denn in Peking war es damals ziemlich kalt. Im Zimmer lief einer sogar mit einer Pilotenjacke mit einem Fellkragen drauf herum. Der Mann mit dem Streifenhemd war mit viel Gepäck gekommen, und außer einem großen Koffer und kleineren Taschen hatte er auch ein wunderschönes Schwert dabei, das steckte in einer mit Silber beschlagenen Scheide. Das hat sich der mit der Jacke genommen, obwohl der andere es nicht hergeben wollte. Er hätte nur eins, hat er gesagt. Aber der andere ließ nicht locker, und zuletzt mußte er es ihm doch geben. Da hat der gleich wild im Zimmer herumgefuchtelt. Die beiden kannten sich wohl sehr gut.«

»Und dann?«

»Dann hab ich mir die Fotos weiter angesehen, ab da, wo ich aufgehört hatte, und hab gemerkt, daß Liu Yans Foto nicht mehr dabei war – die leere Stelle im Album ist mir sofort aufgefallen.

Wer es herausgenommen hat, weiß ich nicht, aber es war wohl nur der in der Jacke vor mir im Zimmer. Ich hatte ihm an der Tür im Weg gestanden und mußte mich zur Seite drehen, um ihn vorbeizulassen.

»Hast du noch im Kopf, wer sonst da war?«

»›Brunsttropfen‹, die hatte mich dorthin mitgenommen. Außerdem zwei oder drei Unbekannte, alles Männer.«

»Alles Männer.« Ich zündete mir enttäuscht eine Zigarette an.

Tan Li lächelte mich neugierig an. »Du hast sie sehr geliebt, was?«

»Wie? Ja, wahrscheinlich. Wir waren zwar keine tollen Hechte, aber Liebe – warum nicht. Da war's egal, ob sie einen liebte.«

»Ihr seid schon in Ordnung, die Leute eurer Generation.«

»Wie meinst du das?«

»Nichts.« Tan Li ließ den Kopf hängen und spielte mit dem herunterhängenden Tischtuchzipfel. »Immerhin habt ihr mal geliebt.«

»Aber wir wußten doch gar nicht, was das ist, Hauptsache, wir haben was gespürt.«

»Ich hab gehört, daß du dich wegen ihr umbringen wolltest.«

»So ein Schwachsinn.« Ich lachte geringschätzig. »Wer hat das wieder behauptet? So weit her war es wirklich nicht mit uns, nicht so ernsthaft. Man darf die Liebe doch nicht mit dem Leben verwechseln. Ein bißchen Gefühl schon, aber Liebestod – ich sterbe doch nicht einfach so. Da wollte mich jemand lächerlich machen.«

»Das ist keine Schande, das ist rührend! Super! Ich hab noch niemanden getroffen, für den ich sterben wollte, das Glück hatte ich nie. Mich kotzen alle an. Ich kann's immer kaum erwarten, daß der Entsprechende vor mir stirbt.«

»So geht's mir auch, ich versuch immer, die anderen dazu zu bringen.«

»Ich mache mich nicht über dich lustig, ich bewundere dich! Und ich muß es dir einfach sagen: Für mich bist du ein tragischer Held.«

»Um Gottes willen, ein Held? Wie soll ich damit fertigwerden? Wenn du mir so tolle Komplimente machst, stelle ich wirklich noch was Tragisches an!«

»So? Und wie? Kannst du mir das beibringen? Ich weiß einfach nie, wie ich so was hinkriegen soll.«

Gerade als sie geheimniskrämerisch zu mir heranrückte, zog ein Typ in einem Militärmantel den Türvorhang zur Seite und trat, von einem kalten Luftschwall begleitet, in den Raum. Ziemlich ungehalten herrschte er Tan Li an:

»Was sitzt du denn hier herum? Wenn der Dicke mir nicht Bescheid gesagt hätte, würde ich mir drüben am Eingang immer noch ein Loch in den Bauch stehen!« Mißtrauisch beäugte er mich und schob sich zu uns herüber. »Was macht ihr hier?«

»Ich hab einen Bekannten getroffen, und wir unterhalten uns ein bißchen.« Tan Lis Gesicht überzog ein unschuldiges Lächeln. »Geh schon mal vor, ich komme gleich nach.«

»Aber ein bißchen fix.« Der Typ glotzte uns beide an. »Ich warte draußen.«

»Kann man eine solche Type etwa dazu bewegen, sich aus Liebe umzubringen?« zischte Tan Li abschätzig.

»Laß das Thema mal aus dem Spiel. Wie alt ist er denn?« Ich musterte ihn, wie er vor dem Fenster auf und ab ging und immer wieder ungeduldig hereinblickte. »In dem Alter riskiert man doch Kopf und Kragen, wenn's einen erwischt hat.«

Tan Li sandte ein bezauberndes Lächeln aus dem Fenster und wandte sich wieder zu mir. »Die kommen nie an euch heran. Die leben so vor sich hin und passen gut auf sich auf.«

»Ich hab auch nicht alles riskiert. Die Zeiten ändern sich eben, und unsere Zeit ist vorbei. Nach den heutigen Spielregeln darfst du dich an ihm vergreifen.«

»Aber ich lasse mich gern von Männern fertigmachen.« Tan Li stand auf und strich ihre Kleidung zurecht. »Du kannst ruhig glauben, daß ich eine Masochistin bin.«

»Mein Bruder!« Ich war noch nicht ganz im Zimmer, als eine Frau meinen Kopf so fest an ihr bläßliches Gesicht drückte, daß ich kaum noch Luft bekam. Sie heulte Rotz und Wasser, und Tränen und Schleim flossen auf meine Stirn, Schultern und Brust. Mit Mühe wand ich mich los und sah zu Liu Huiyuan und Li Kuidong, die gerührt und betreten danebenstanden. Die Situation war ihnen offensichtlich etwas unangenehm.

»Laß dich mal ansehen«, stieß die Frau unter Schluchzen hervor und strich mir mit ihrer groben Hand übers Gesicht. »Seit wie vielen Jahren haben wir uns nicht mehr gesehen! Ich erkenne dich gar nicht mehr!«

»Ich Sie ebensowenig! Was soll das?« fragte ich Liu Huiyuan.

»Sie ist Ihre Schwester!« verkündete Li Kuidong. »Sie suchen doch Ihre Schwester, und ich habe sie hergebracht. Sie weiß sogar noch Ihren Spitznamen!«

»Marxelmann!«* schluchzte die Frau. »Marxelmann haben wir dich alle genannt.«

»Moment mal.« Um äußerste Rücksicht bemüht, schob ich sie mit sanftem Druck weg. »Denken Sie bitte noch mal genau nach, ob es sich wirklich lohnt zu weinen.«

»Was? Schon wieder die falsche?« Liu Huiyuan wurde unruhig.

»Höchstwahrscheinlich. Ich kenne die Frau nicht.«

Die Frau war tief getroffen. »Wie solltest du mich auch kennen? Damals warst du noch ganz klein.«

»Aber ich spüre nicht das mindeste, und das wäre doch zwischen Bruder und Schwester unmöglich! Wo haben Sie sie aufgetrieben?« fragte ich den ratlos dreinblickenden Li Kuidong. »Ist sie Liu Yan? Ganz sicher sind Sie sich wohl nicht?«

»Sie ist von sich aus gekommen und wollte zu Ihnen«, versuchte er sich zu rechtfertigen. »Sie hatte gehört, daß hier jemand eine ältere Schwester sucht, war selbst auf der Suche nach einem jüngeren Bruder, und hat dann eben vorbeigeschaut. Mir war schon klar, daß sie nicht Liu Yan ist, aber Sie haben immer von einer verschollenen älteren Schwester geredet, und ich dachte, daß es vielleicht gar nicht Liu Yan war. Sie könnten sie verwechselt haben, weil ihr Leben ganz ähnlich war. Da hab ich die Frau alles mögliche gefragt, und ihre Geschichte hat haargenau mit dem zusammengepaßt, was Sie mir über die Trennung von Ihrer Schwester erzählt haben.«

Liu Huiyuan blies ins gleiche Horn: »Als er sie hergebracht hat, hab ich zunächst auch an ein Versehen geglaubt, aber sie hat stur und steif behauptet, deine Schwester zu sein, und am Ende war ich völlig durcheinander. Vielleicht bist du wirklich vor langer Zeit von einer Schwester getrennt worden, an die du dich gar nicht mehr erinnern kannst.«

»Du willst mich nicht anerkennen!« Die Frau sah mich tieftraurig an.

»Nein, darum geht es nicht. Es handelt sich um ein Mißverständnis. Die haben Sie verwechselt. Sie sind nicht meine Schwester.«

»Aber du bist mein Bruder«, beharrte die Frau, »das sehe ich doch.«

»Das ist unmöglich.« Ich streckte mit einer Gebärde endgültiger Offenbarung die Handflächen nach oben gerichtet von mir. »Ich hab keine Schwester, auch wenn ich behauptet habe, eine zu suchen. Die, um die es geht, ist nicht meine Schwester, obwohl ich sie so genannt habe. Ich wollte alles vereinfachen, und jetzt ist alles noch komplizierter – aber wie soll ich Ihnen das bloß erklären?«

»Unser Vater war ein Vogelnarr, und sein Arbeitszimmer war immer voll von Vogelkäfigen.«

»Aber mein Vater hatte ein Luftgewehr und hat damit Vögel abgeknallt.«

»Blätterteigpfannkuchen konnte unsere Mutter am besten.«

»Mach mir nichts vor. Nein – tut mir leid, so meine ich das

nicht. Ich meine, ich weiß rein gar nichts über Ihre Familie und habe nichts mit ihr zu tun.«

»Auf dem Bauch hast du ein Muttermal. Würdest du dich mal ausziehen und es uns zeigen?«

»Dann erkälte ich mich noch, außerdem hab ich kein Muttermal auf dem Bauch, nur auf der Wade.«

»Stimmt, ich hab mich geirrt, du hast eins auf der Wade. Zeigst du es uns mal?«

»So können wir noch stundenlang weiterreden. Warum müssen Sie ausgerechnet aus mir Ihren Bruder machen? Sehen wir uns denn so ähnlich?«

»Aber du bist mein Bruder, egal, wie du aussiehst!«

»Um es Ihnen noch mal zu sagen, wie es ist: Ich habe keine Schwester, und in meiner Familie gab es überhaupt keine Mädchen. Meine Eltern sind gesund und munter, und alles Gerede über eine Trennung von Bruder und Schwester ist blanker Unsinn. Verstehen Sie? Ich kann nicht Ihr Bruder sein, ob mit oder ohne Muttermal.«

»Ich hab's begriffen«, sagte die Frau.

»Es tut mir wirklich leid, daß ich diesen Scherz gemacht habe, aber ich konnte nicht wissen, daß es so weit kommen würde. Das war nicht meine Absicht, und Sie dürfen es mir nicht übelnehmen.«

»Ich hasse dich nicht.« Die Frau blickte mich jetzt gefaßt an. »Du hast deine eigenen Probleme. Ich halte euch nicht länger auf, aber eines sollst du wissen: Auch wenn du mich nicht als deine Schwester betrachtest, werde ich in dir für immer meinen Bruder sehen!«

»Warum sind die Leute heute bloß so?« brüllte ich, als nur noch Liu und Li in der Wohnung waren. »Was man ihnen auch sagt, sie glauben es nicht!«

18

Gegen Abend kaufte ich an der Straßenverkaufstheke eines großen Restaurants ein Brot, das mit süß gewürztem Fleisch gefüllt war, spazierte kauend auf und ab und äugte öfter zu der nahe gelegenen Bushaltestelle hinüber. Vor den hell erleuchteten Restaurants und Hotels hielten pausenlos Limousinen, aus denen in Schale geworfene Bankettgäste stiegen. Im grellweißen Licht der Geschäfte drängte sich eine auf und ab wogende Menschenmenge. Die bunten Waren, die in den Schaufenstern dekoriert waren, wiesen die verschiedenen Geschäfte aus: ein Bekleidungsgeschäft, Gemischtwarenladen, Elektrogeschäft... In der Ferne verschmolzen die Zinnen des Stadttors mit den Palastdächern, die hinter dem großen Platz aufstiegen, zu einem schwarzen Schattenriß, dessen Konturen vage hervortraten. Im schwachen Widerschein der Straßenlampen, der von den Zweigen der Bäume aufgefächert wurde, eilten dichte Schwärme von Radfahrern auf den in alle Richtungen führenden Straßen dahin. Die Fußgänger auf dem Gehsteig verdeckten bisweilen meine Sicht, aber die Frau, die leichtfüßig auf die Haltestelle zuging, sah ich noch rechtzeitig.

Ich bewegte mich schräg durch die Passanten auf sie zu und folgte ihr, ohne mich bemerkbar zu machen. Große Augen leuchteten lebhaft aus dem blanken Gesicht. Ihr weißer pelzbesetzter Mantel und die kniehohen braunen Stiefel glänzten im matten Straßenlicht so auffällig, daß viele Augenpaare sich auf sie richteten. Einige junge Frauen drehten sich sogar unverhohlen nach ihr um.

Sie blieb unter dem Haltestellenschild stehen und sah in die Richtung, aus der der Bus kommen mußte. Der taillierte weiße Ledermantel betonte ihren grazilen Körper. Ich stellte mich neben sie und sprach sie lächelnd an:

»Wo haben wir uns nur schon mal gesehen?«

Sie wandte sich abrupt um, und ihre argwöhnische Miene entspannte sich zu einem erleichterten Lächeln, das ihre schiefen Zähne und die Zahnspange bloßlegte.

»Hallo, Qiaoqiao.«

»Was machst du denn hier? Gehst du bei dieser Kälte spazieren, oder wartest du auf jemanden?« Sie sah an mir vorbei.

»Ich habe auf dich gewartet.« Ein Bus hielt. Ich nahm ihren Arm und zog sie fort. »Ich muß etwas mit dir besprechen, gehen wir an einen Ort, wo wir uns unterhalten können.«

»Wir können auch hier reden. Ich muß schleunigst nach Hause.« Sie warf mir einen bittenden Blick zu.

»Nein, nicht hier. Die Sache ist ziemlich verzwickt, und mit zwei Sätzen ist es nicht getan.« Ich zog sie in ein Schnellrestaurant, das gleich hinter uns lag.

Wir setzten uns in eine Ecke, und ich fragte sie, was sie essen wolle.

»Nichts, gar nichts«, antwortete sie mit Leidensmiene.

»Dann hol ich zwei Orangensaft.« Ich holte die Getränke von der Theke, setzte mich ihr gegenüber und sah sie an.

»Mach's mir nicht so schwer«, sagten wir wie aus einem Mund, und nach einer kurzen Pause: »Was möchtest du mir sagen?« Schon wieder im Duett.

Qiaoqiao sah zur Seite. »Das ist doch lächerlich. Fang du an.«

»Weißt du nicht, was ich dich fragen will?«

»Keine Ahnung«, versetzte sie unwillig. »Alles, was ich weiß, hab ich dir erzählt. Was willst du noch wissen?« Sie beugte sich vor und maß mich mit einem entschlossenen Blick. »Den ganzen Quatsch mit der Polizei und ihrer Untersuchung lassen wir mal weg, ja? Du brauchst keine langen Reden schwingen, sag, was los ist.«

»Gut, ich mach's kurz.« Ich richtete mich auf. »Ich möchte wissen, wo Liu Yan ist.«

Ich fixierte sie, und auch sie sah mich an. Ihre Lider senkten sich, und sie trank einen Schluck Orangensaft. »Ich habe dir gesagt, daß ich diese Frau nicht kenne.«

Ich drückte mich mit den Armen vom Tisch weg. »Hör mal, du lügst.«

Qiaoqiao schwieg.

»Wozu denn bloß? Von den anderen weiß ich sowieso, daß ihr befreundet seid, warum willst du es mir verheimlichen? Sollen wir unsere Zeit vertrödeln?«

»Hat Xu Xun es dir gesagt?«

»Ja, und auch Gao Jin.« Ich zwinkerte ihr zu.

Qiaoqiao griff zu ihrem Becher und nahm einen Schluck. »So, so, ich soll dichthalten, und die anderen plaudern alles aus. Warum fragst du mich dann noch, wenn du schon alles weißt?«

»Sie haben nichts Genaues gesagt, nur, daß ich von dir alles erfahren kann.«

»Die halten sich wie immer fein raus und laden alles Unangenehme auf mich ab.« Sie verstummte verdrossen.

»Komisch, daß ich deinen Spitznamen nicht kannte. Warum hast du ihn mir eigentlich nie verraten?«

»Meinst du, ich verbreite diesen miesen Namen auch noch selbst? Damit du mich auch noch so nennst?«

»Und Liu Yan«, fragte ich, »hat sie auch einen Spitznamen?«

»Ja.« Sie verzog den Mund. »Polarfuchs.* Jemandem so einen Namen anzuhängen, ist echt unverschämt.«

»Wo ist sie jetzt?« Ich betrachtete meine schon ziemlich langen Fingernägel. »Der Polarfuchs.«

»Warum mußt du eigentlich dauernd nach ihr fragen?« Qiaoqiao reckte ihren Hals vor und starrte mir ins Gesicht. Sie sprach mit mühsam beherrschter Stimme. »Glaubst du wirklich, daß du aus dem Schneider bist, wenn du sie findest? Ich sag dir eins: Das Schwert ist dein Verhängnis. Auf der angeblich mit Silber beschlagenen Scheide hat man Spuren menschlichen Bluts festgestellt, von der Blutgruppe Gao Yangs. Auch Liu Yan holt dich da nicht raus. Das Schwert kannst du nicht mehr wegzaubern, und du behauptest ja noch, es von Gao Yang bekommen zu haben. Wen willst du damit hereinlegen?«

»Aber er hat es mir gegeben!«

»Ach.« Sie winkte verächtlich ab. »Das kannst du der Polizei erzählen. Wenn sie es glauben, in Ordnung.«

»Er hat es mir nicht nur gegeben, ich wollte es unbedingt haben.«

»Laß Liu Yan in Ruhe.« Qiaoqiao setzte sich auf und sah mich wieder an. »Sie kann dir nicht helfen. Du warst in diesen Tagen nicht mit ihr zusammen, du kannst es drehen und wenden, wie du willst. Wenn du ein Alibi brauchst, dann such dir andere Zeugen.«

»Du hast es mit eigenen Augen gesehen, daß ich Gao Yang das Schwert aus der Hand genommen habe. Du warst damals dabei.«

Qiaoqiao stieß einen resignierten Seufzer aus. »Du willst mich also zu deiner Zeugin machen. Ich soll bezeugen, daß du nach der Rückkehr aus dem Süden Gao Yang wieder getroffen hast, ja? Wir haben dich immer gedeckt und ausgesagt, daß du nach dem Abschied von ihm in Guangzhou als erster abgereist bist. Ich habe sogar meine Begegnung mit ihm in Kunming in die Zeit unmittelbar nach dem Abschied vorverlegt, damit du dir genügend Alibimöglichkeiten in Peking verschaffen konntest. Ist dir klar, was für ein Risiko ich eingegangen bin? Um dich zu decken, habe ich das Todesdatum Gao Yangs um genau einen Monat früher angegeben. Wenn du das nicht zu schätzen weißt und in dein Unglück rennen willst, kann ich dir ja sagen, wie es wirklich war. Ja, wir können alle bestätigen, daß du Gao Yang in Peking wiedergesehen und dir das Schwert, das er als Souvenir gekauft hatte und das später zur Mordwaffe wurde, unter den Nagel gerissen hast, während wir dabei waren. Danach fuhr er ab, und eine Woche lang war auch von dir nichts zu sehen. In dieser Zeit habe ich ihn in Kunming getroffen, und der Mitbewohner seines Hotelzimmers hatte unter deinem Namen gebucht. Später bist du wieder in Peking aufgetaucht, und Gao Yang war verschollen. Zehn Jahre danach findet man ihn tot in den Bergen Yunnans, geköpft mit dem Schwert, das er dir geschenkt hatte. Das stimmt doch, oder? Bist du jetzt zufrieden? Das ist die Wahrheit, die du hören wolltest.«

»Ich bin ganz zufrieden. Bloß könnte alles auch ganz anders aussehen: Von dem Verdacht gegen mich bleibt nichts mehr übrig, wenn ich in diesen Tagen mit Liu Yan zusammen war.«

»Du warst es aber nicht, das weiß ich besser als du, weil ich nämlich damals mit ihr zusammen war. Wir sind zusammen nach Kunming gereist.«

»Warum dorthin?«

»Wir waren verabredet.« Qiaoqiao sah mich an. »Liu Yan wollte zu ihrem Freund und war sehr unruhig, weil sie schon länger nichts mehr von ihm gehört hatte. Bei ihrer letzten Begegnung hatten sie ausgemacht, sich in Kunming zu treffen, aber ihr Freund kam nicht. Sie meinte, daß ihm bestimmt etwas zugestoßen sei, aber mir war klar, daß er sich aus dem Staub gemacht hatte. Das ist nichts Besonderes, kommt oft vor, aber als Betroffene sieht man das nicht so schnell ein.«

»Und wo war ihr Freund? Warum hat sie geglaubt, daß ihm etwas passiert sei? War er auf einer gefährlichen Reise?«

»Weiß ich nicht, hat sie mir nicht gesagt. Ich glaube, wenn jemand lange wegbleibt, dann denkt der andere sich gleich was Schlimmes aus. Besonders Frauen sind so. Wenn der Mann nur ein bißchen später von der Arbeit kommt – dann ist es ein Verkehrsunfall, eine andere Frau und so weiter... alles, was uns ständig bedroht.«

»Also, du meinst, daß ihr Freund sie verlassen hat und mit einer anderen davon ist?«

»Das weiß ich nicht, genau sagen läßt sich das nicht.«

»Wer war ihr Freund?« fragte ich weiter. »Einer von uns?«

»Ich kenne ihn, und du kennst ihn auch.«

»Sie hat ihn in Kunming nicht gefunden, nicht wahr?«

»Stimmt.«

»Ihr Freund hat sich absichtlich nicht blicken lassen.«

»Könnte man so sagen.« Qiaoqiao warf mir einen gelangweilten Blick zu. »Vielleicht wollte er nicht nur sie nicht, sondern überhaupt niemanden sehen.«

»Ihr Freund war wirklich ein Fiesling.« Ich lachte kurz auf und tippte die Asche meiner Zigarette, die sich bereits nach unten neigte, in den leeren Pappbecher. »Hat sie ihn weitergesucht?«

»Ich glaube, sie sucht ihn immer noch. Sie ist krank. Sie weiß, daß er keinen Kontakt mehr mit ihr haben will, aber sie will ihn trotzdem noch einmal sehen. Sie ruft ihn ständig an, aber er hat sie längst vergessen. Entweder nimmt er nicht ab, oder er vereinbart irgendwelche Verabredungen, die er nicht einhält. Er erscheint nie, und sie wartet ein ums andere Mal umsonst.«

»Vorher war ihre Beziehung aber sehr gut?«

»Gut ist nicht das richtige Wort. Sie hingen immer zusammen und waren verrückt aufeinander. Alle, die damals mit ihnen zu tun hatten, waren eher entsetzt. Sie wirkten wie ein rostiges Paar von Schraube und Mutter, das sich mit aller Gewalt ineinanderdreht.«

»Und was war das Ende? Ich meine, der Anfang vom Ende?«

»Es war ganz alltäglich. Der Typ hat sich in eine andere Frau verguckt. Kennst du etwa einen, dem eine Frau reicht?«

»Was für eine Krankheit hat sie? Du hast doch gesagt, sie ist krank?«

»Sie hat Zehrrose. Und sie telefoniert die ganze Zeit weiter, noch auf dem Sterbebett.«

19

Es war schon tief in der Nacht, als ich durch die schmalen Straßen nach Hause ging. Ich passierte die Imbißstube an der Ecke, wo es die fleischgefüllten Pfannkuchen gab, die Obst- und Gemüseläden, Konservenläden, die Fahrradwerkstätte, kam an einer Unzahl kleiner Gäßchen vorbei und wurde das Gefühl nicht los, daß mich ein Augenpaar verfolgte und belauerte. Einige Male wandte ich mich um und blickte zurück, aber auf dem trübgelb beleuchteten Asphalt zeigte sich niemand. Als ich auf die T-Kreuzung zukam, sah ich unwillkürlich auf, um einen Blick auf den vom kalten Wind blank geputzten Himmel zu erhaschen, aber über mir erhob sich nur ein großer, kahler Schnurbaum. Auf seinem Geäst hatten sich bis in den Wipfel Krähen niedergelassen, die wie schwarze Kapuzenmänner auf mich herabspähten. Kein Laut war zu hören. Ich trat unter dem Baum hervor und fühlte ein drückendes Gewicht auf mir lasten. Später, schon in sicherer Entfernung in der dunklen Gasse verborgen, nahm ich ein anschwellendes Geräusch flatternder Flügel wahr. Wie ein aufsteigender Wirbelwind erhob sich die Krähenschar und verließ den Baum, und im nächsten Augenblick sah ich, wie sie gemächlich über mir dahinzog. Während ich mich im pechschwarzen Dunkel der Gasse den aufragenden Wohnblocks immer mehr näherte, tauchte ein leuchtendroter Schmetterling vor mir auf und schaukelte bald sichtbar, bald unsichtbar werdend auf und nieder.

Ich glaube, daß mir damals wirklich jemand gefolgt ist, und die weiteren Ereignisse verrieten unverkennbare Anzeichen einer menschlichen Regie. Kurz bevor ich bei dem Gebäude ankam, war offenbar jemand nach oben gegangen, das Treppenhaus war auf allen Etagen erleuchtet, und als ich eintrat und die Treppen hochstieg, ging unter jedem Stockwerk, das ich erreichte, das Licht aus. Auf dem obersten Treppenabsatz wartete ich lange, aber kein menschliches Gesicht erschien, und Schritte waren nicht zu hören. Die Glühbirne brannte über mir, bis ich die Wohnung betrat, dann erlosch sie plötzlich. Alles verlief wie nach einem ausgeklügelten Plan, aber ihn auszuführen hätte übernatürliches Geschick verlangt.

Zunächst funktionierte alles in der Wohnung störungsfrei: Die Lampen und das Radio ließen sich einschalten, im Telefon ertönte das Freizeichen, und aus dem Wasserhahn floß Wasser. Die Beleuchtung setzte zuerst aus, dann gab es gar keinen Strom mehr. Zunächst vermutete ich einen Stromausfall, aber draußen im gegenüberliegenden Wohnhaus sah ich noch Lampen brennen, und auch in den anderen Gebäuden der Umgebung gab es Licht. Dann stellte ich fest, daß das Telefon tot war und kein Wasser mehr aus dem Hahn lief. Ich begriff, daß sich das alles gegen mich richtete.

Ich setzte mich still in mein Zimmer und wartete. Ich nahm an, daß meine Isolierung nur das Vorspiel einer größeren Aktion war – selbst in dieser extremen Situation dachte ich an nichts anderes als an meine eigene Sicherheit.

Niemand kam. Solange ich wach war, rührte sich an jenem Abend nichts. Gegen Mitternacht aber, nachdem ich eingeschlafen war, gab es anscheinend wieder Strom, das Zimmer war hell erleuchtet, Leute unterhielten sich angeregt, das Telefon klingelte wiederholt, und aus dem Wasserhahn plätscherte das Wasser ins Becken. Es war ganz schön was los. Was Traum war, was Wirklichkeit, fragte ich mich nicht und schlief wie betäubt weiter.

Am nächsten Morgen weckte mich grelles Sonnenlicht. Noch benommen vom unruhigen Schlaf, tastete ich nach der weggerutschten Decke, griff aber nur in Staub, der auf dem Boden lag. Als ich die Augen aufschlug, kam mir die Zimmerdecke sehr hoch vor. Ich lag sehr unbequem und setzte mich mit einem Ruck auf. Das Zimmer war völlig leer, nur meine Tasche lag auf dem Fußboden, die Möbel waren verschwunden, in den Ecken hingen Spinnweben; ich hatte auf dem Boden geschlafen. Ich stürzte in die anderen Räume; sie waren ebenso kahl und verstaubt. Toiletten- und Waschbecken waren von rostbraunen Streifen überzogen, es gab kein Telefon, nicht eine schäbige Blechtasse – nichts von dem, was ich gesehen hatte, war vorhanden. Bai Shans Schlafzimmertür war wie eh und je verschlossen und bewegte sich nicht, wie sehr ich auch dagegen drückte. Als ich gegen sie trat, verrückte irgend etwas Schweres, das hinter der Tür stand, und sie öffnete sich einen Spalt. Nach ein paar weiteren Tritten krachte etwas mit lautem Knall zu Boden, und die Tür stand offen. Zerrissene Spinnweben hingen im Türrahmen, und vom Türsturz rieselte der Staub herab. Ich trat ein und sah ein riesiges sandelholzfarbenes Bücherregal auf dem Boden liegen. Die Scherben eines Goldfischbassins und Zigarettenkippen übersäten den ganzen Raum. Die Decken und Matratzen der drei Betten, die im Zimmer standen, waren so dick eingestaubt, daß Farbe und Muster nicht mehr zu erkennen waren. Das Handtuch auf dem Waschgestell hinter der Tür war steif, und seine Ränder hatten sich nach innen gewellt, die Seife hart wie Stein. Auf dem Tisch verstreut lagen vergilbte Pokerkarten, und an den Bett- und Stuhlbeinen zeichneten sich Messerkerben ab, so alt, daß ihre Farbe sich nicht mehr von den unbeschädigten Stellen abhob. Äußerst vorsichtig bewegte ich mich durch den Raum. So deutlich, als ginge ich auf Schnee, traten auf dem Staub die Umrisse meiner Fußabdrücke hervor. Ich bückte mich und zog unter dem Tisch ein Fotoalbum hervor, klopfte den Staub ab und blätterte es Seite für Seite durch, bis ich auf einer Seite ein leeres Feld entdeckte. Ich steckte Liu Yans Foto ein, und jetzt war die Seite vollständig: Fotos von ihr, mir, Gao Yang, Xu Xun, Wang Ruohai, Qiaoqiao, Xia Hong und Feng Xiaogang. Der kleine, dürre, schwächliche, verschüchtert lächelnde Feng Xiaogang. Auf einem schmalen querformatigen Erinnerungsbild trugen wir alle die gleichen gestreiften Hemden, als gehörten wir einer Vereinsmannschaft an. Auch Bai Shan entdeckte ich, neben mir, sie strahlte voller Energie und Lebenslust. Liu Yan stand mit einem aufgesetzten Lächeln am anderen Ende der Gruppe neben Feng Xiaogang und blickte wie auf dem Porträtfoto nach unten. Eine Person fehlte. Als ich das Album nochmals durchsah, stellte ich fest, daß sie in den Fotos nach unserer Teenagerzeit nicht mehr auftauchte, während sich die anderen in allen erdenklichen fotogenen Posen produzierten. Es war Gao Jin.

Ich klappte das Album zu. Die Tür, die ich nicht mehr verschließen konnte, ließ ich offen, das Bücherregal mußte von innen gegen sie gelehnt werden.

Jemand hatte sich an meiner Tasche zu schaffen gemacht und die Umhängetasche verschwinden lassen, die die ganze Zeit darin verstaut gewesen war. Ich stopfte das Album an die freigewordene Stelle, zog den Reißverschluß zu und ging aus der Wohnung.

Jeden, der mir auf dem Weg nach unten begegnete, ob alter Opa, Kind oder junge Frau, fragte ich nach den Bewohnern des obersten Stockwerks, aber weder von Bai Shan noch von Li Jiangyun hatte jemand gehört. Nach Auskunft einer ehrwürdigen alten Dame, die auf gleicher Höhe im Gebäude gegenüber wohnte, war die Wohnung seit je unbewohnt. Die beiden Gebäude seien zur selben Zeit gebaut worden, und weil niemand diese Wohnung benutzt hätte, hätten sich Leute, die in der Umgebung in winzigen Wohnungen lebten, beim Wohnungsamt beschwert. Aber laut Wohnungsamt waren die Wohnungen bereits verteilt, und mit der Frage, ob die Wohnberechtigten tatsächlich dort lebten oder nicht, sei das Amt nicht befaßt.

Beim Wohnungsamt fand ich heraus, daß die Wohnung einem Gao Yang zugeteilt worden war. Sie wußten nicht, daß er dort nicht wohnte, denn er zahlte jeden Monat von sich aus pünktlich die Miete und die Wasser- und Stromgebühren, manchmal sogar für ein halbes Jahr voraus, und war noch nie gemahnt worden. Man zeigte mir sogar Akten der damaligen Wohnungszuteilung mit handschriftlichen Eintragungen der Person, die sich Gao Yang nannte.

20

Es war der Abend vor dem Frühlingsfest. In den Straßen und Gassen der Stadt krachte es, als tobe nach einem Militärputsch ein erbitterter Straßenkampf, und überall blitzte der Widerschein der explodierenden Feuerwerkskörper zum Himmel.

Ich suchte die ganze Stadt nach Li Jiangyun ab, suchte da, wo sie einmal gewesen war oder hätte gewesen sein können, und fragte alle, die sie gesehen hatten oder hätten gesehen haben können, aber sie war spurlos verschwunden, und niemand wußte auch nur das mindeste von ihr.

In dieser Nacht herrschte ein Chaos wie beim Rückzug einer Armee. Durch die Straßen, in die sich keine Frauen und Kinder mehr wagten, nur Scharen verwegener junger Männer, trieben versengte Papierfetzen, und die vereinzelt auftauchenden Autos fuhren in rasendem Tempo durch das unaufhörliche Getöse. Nach jedem dumpfen Knall pfiffen Geschosse gen Himmel, die Funkenschweife hinter sich herzogen, und zerbarsten auf oder über den gegenüberliegenden Häusern. Keinen von denen, die ich suchte, traf ich an: Die Türen waren verschlossen, und davor herrschte eine wüste Unordnung.

Vorsichtig geduckt, bewegte ich mich durch den Pulverrauch und wurde ab und zu von einem ohrenbetäubenden Knall neben mir oder einem heruntersprühenden Funkenregen überrascht. Schließlich brachte ich mich in einer Telefonzelle in Sicherheit und begann zu telefonieren. Sofort aber nahmen mich im Dunkeln verborgene Schützen aufs Korn, und aus allen Ecken flitzten bunt gefächerte Leuchtspuren in meine Richtung. Raketen sausten schnurgerade auf mich zu und zerschellten an der Zelle. Sie ließen helle Flammen aufflackern und lösten sich in farbenprächtige Funkenströme auf, die ungehemmt über die glatte

Scheibe flossen. Ich rief bei allen möglichen Leuten an, aber das Klingeln schien in irgendwelchen dunklen Ecken der Stadt zu verhallen, und es bestätigte sich nur, daß niemand von ihnen zu Hause war.

Liu Huiyuan, der sich früh schlafen gelegt hatte, holte das anhaltende Klingeln wieder aus dem Bett. Gereizt – er hatte sich nicht einmal die Hose übergezogen – teilte er mir mit, daß er auch nicht wisse, wohin sie alle verschwunden seien; wie er gehört habe, seien bis zum Vortag Zehntausende mit Unmengen von Gepäck zum Bahnhof geströmt, um die Stadt zu verlassen; in der Zeitung habe es geheißen, daß eine Vielzahl Sonderzüge eingesetzt werde.

In Gao Jins Hotel begegnete mir die Rezeptionistin der Nachtschicht mit ausgesuchter Liebenswürdigkeit. Der »Chef« sei bereits seit einigen Tagen nicht mehr dagewesen, er habe Urlaub genommen. Als ich eindringlich nachfragte, kramte sie Unterlagen hervor, auf denen die Bestellung einer Zugfahrkarte nach Süden für den Geschäftsführer verzeichnet war. Normalerweise fliege der Chef, doch diesmal habe er eine Karte für den Schlafwagen erster Klasse reservieren lassen – das sei ihnen allen aufgefallen.

»Der Zug fährt heute nacht«, sagte sie sehr zuvorkommend. »Wahrscheinlich ist der Chef gerade unterwegs zum Bahnhof.«

Aus dem Taxi, das auf dem Bahnhofsparkplatz hielt, stieg aus der hinteren Tür ein Mann in einem schwarzen Anzug, der einen Aktenkoffer mit Nummernschloß in der Hand trug. Als der Wagen abfuhr, schritt er auf das hell erleuchtete Bahnhofsgebäude zu. Die Bahnhofshalle wirkte im Vergleich zum lärmenden, wilden Treiben in der Stadt still und kalt, der Strom der Reisenden war schon nachmittags versiegt, die Rolltreppen standen still, die Verkaufsstände waren geschlossen, und die diensthabenden

Polizisten und Bahnhofsangestellten standen oder saßen müßig herum und verloren sich in den Ecken der gewaltigen Halle.

Ich beobachtete, wie Gao Jin ungeachtet seiner Fahrkarte erster Klasse den Weg zum Wartesaal der zweiten Klasse einschlug, über die Treppe den ersten Stock erreichte und die Galerie durchquerte. Hätte er sich in der Halle nur ein wenig umgewandt, hätte er mich entdecken können, aber er ging gemessenen Schrittes, ohne nach rechts oder links zu blicken. Für einen Chinesen war er ungewöhnlich groß, was besonders inmitten einer Menschenmenge auffiel, über die sein Kopf normalerweise hinausragte. Schon als Kind war er unter Gleichaltrigen immer der größte gewesen. Aufgrund eines leichten Buckels, der sich in seiner Kindheit gebildet hatte, beugte er sich beim Gehen etwas nach vorn. Es erweckte den Anschein, als sei er sich immer im klaren, auf wen oder was er zuging.

Auf der großen hölzernen Anzeigetafel, die neben den Fahrkartenschaltern an der Wand hing, konnte ich die Nummer des Zugs nicht entdecken. Alle darauf angegebenen Züge waren vor oder um Mitternacht bereits abgefahren.

Ich stieß das geschlossene Fenster eines Schalters auf und erkundigte mich bei der schläfrig dreinblickenden Angestellten. Statt einer Antwort fragte sie mich, ob ich eine Karte für den Zug wolle. Als ich bejahte und ihr Geld hinlegte, warf sie mir ein Pappkärtchen heraus und knallte das Fenster zu.

Im Wartesaal wurde nicht angesagt, wann man zum Zug gehen solle, und außer Gao Jin und mir schien sich niemand dort zu befinden, der mitfahren wollte. Ich richtete mich ganz nach Gao Jin, der aufstand, kurz bevor der Eingang zum Bahnsteig geöffnet wurde, seine Karte knipsen ließ und durch die Sperre ging. Ich erhob mich mechanisch, als er außer Sichtweite war, zeigte meine Karte vor und ging hinaus.

Auf dem Weg durch den sich lang hinziehenden Gang, der erhöht quer über die Gleise führte, blickte ich durch ein Fenster auf die Stadt. Im dunklen Mantel der Nacht lag sie friedlich da, und nur die Umrisse einiger Hochhäuser waren durch ihre Schmuckbeleuchtung noch zu erkennen.

Ich hatte den Zug noch nicht bestiegen, und schon lag die Stadt für mich in weiter Ferne.

An der trüb beleuchteten Plattform stand ein Zug, der nur aus wenigen dunkelgrünen Waggons bestand. Kein Laut drang durch die geschlossenen Fenster, und durch die Ritzen der Vorhänge schien nur spärliches Licht. An den Türen stand nicht wie gewöhnlich ein Schaffner, auf dem Bahnsteig kein Bahnhofspersonal. Der Zug wirkte wie ein Sonderzug für Prominente oder wie einer, dessen Abfahrt nicht bevorstand. Von Gao Jin war nichts zu sehen, offenbar war er schon eingestiegen. Gegenüber stand kein Zug, auch an den anderen Bahnsteigen nicht. Trotzdem ging ich zunächst einen Waggon entlang und identifizierte in seiner Mitte das Schild mit dem Abfahrts- und Ankunftsbahnhof, bevor ich durch eine weit offene Tür einstieg.

Niemand befand sich im Zug. Ich suchte die Abteile ab, in denen schneeweiße Bettwäsche ordentlich auf den Betten lag, ging zu meinem Schlafplatz und setzte mich. Als ich meine Tasche verstaut hatte, trat ich ans Fenster. Weder auf dem Bahnsteig noch im Waggon rührte sich etwas, und kein Schaffner erschien, um die Fahrkarte gegen die Bettplatzkarte einzutauschen. Plötzlich aber hörte ich die Türen zufallen, und der Zug setzte sich mit einem leichten Ruck in Bewegung, ohne Ansage, Musik und den langgezogenen Pfiff der Lokomotive. In ruhiger Fahrt ließ er den Bahnsteig hinter sich, durchquerte die Stadt und tauchte in die dunkle Landschaft ein. Die Deckenbeleuchtung erlosch mit einemmal, und gleichzeitig schalteten sich die Nachtlämpchen unten an der Waggonwand ein und warfen ihr mattes Licht auf den Korridorboden. In den Abteilen war es stockfinster. Ich war allein im Waggon. Das Knirschen der Zugräder war verstummt, und mich umfing eine so vollkommene Stille, als versagte mein Gehör. Ich hustete, um mich zu hören, aber das Rattern der Räder vermochte ich nicht wahrzunehmen, und der Rhythmus der Zugbewegung teilte sich mir nur in einem leichten Hin- und Herschwanken mit. Ohne die Schuhe abzustreifen, legte ich mich aufs Bett, zog die Decke über mich und schloß die Augen. Ich schlief sofort ein, sah mich aber noch immer so deutlich, als sei ich hellwach, am Fenster stehen, wo ich die Felder betrachtete, die sich endlos ausdehnten und an mir vorüberflogen. Der Wind, der über sie hinwegging, spielte mit meinem Haar.

Als ich aufwachte, war es taghell, und ich sah wie im nächtlichen Traum das weite Land vorüberziehen. Durch das Korridorfenster gegenüber, das irgend jemand geöffnet hatte, fuhr ein heftiger Wind herein. Das Sonnenlicht verteilte sich dünn über die verödeten Felder. Die Räder ratterten über die Gleise und rissen den Waggon im Takt hin und her.

Nachts waren ein paar Leute zugestiegen. Sie saßen den Korridor entlang vor den Fenstern, alte ergraute Männer und jüngere, schmächtige meines Alters, alle ohne Begleitung. Keiner nahm Notiz von den anderen, alle saßen möglichst weit voneinander entfernt und sahen mit abweisender, freudloser Miene nach draußen.

Bald ergoß sich warmes, goldenes Sonnenlicht über die vereiste Landschaft. Ihre glitzernde Kälte und die auf der Erde ruhende Wärme durchdrangen sich nicht, aber sie schmiegten sich so ebenmäßig aneinander, daß ihre Harmonie an zwei Eheleute erinnerte, die nicht zueinander paßten, aber ohne den anderen verloren wären.

Der Zug fuhr durch den winterlichen Norden: ödes Land, erstarrte Flußläufe, laublose Bäume, keine Menschenseele, so weit das Auge reichte.

Ein vollbesetzter Zug kam uns entgegen, und im plötzlich anschwellenden Brausen und Rattern blitzte ein Fenster nach dem anderen auf, dann war er vorbei, und draußen lag wieder das unermeßlich riesige offene Land. Wir begegneten nicht wenigen Zügen, die in die Gegenrichtung fuhren, aber wir überholten keinen einzigen in unserer Fahrtrichtung. Auf den Konturen der Landschaft, die in mein Sichtfeld huschten, sich ausbreiteten und wieder zu winzigen Miniaturen wurden, erschienen grüne Tupfen; dichte Pinienhaine bedeckten die Höhenzüge, die sich träge hinzogen, und aus dem schimmernden Naß der Reisfelder reckten sich zartgrüne Setzlinge. In den zahlreicher werdenden Wasserläufen floß wieder das Wasser, und Vögel flatterten zwischen dem Herdrauch der Dörfer und den über ihnen schwebenden Wolken: Der Zug näherte sich dem Süden.

Nachmittags überquerten wir eine Reihe von Brücken, und, meine geographischen Kenntnisse zu Rate ziehend, gab ich anfangs jedem Fluß einen Namen – Gelber Fluß, Huaihe, Yangtse, je nach Breite, Wasserstand und geologischer Formation, aber als wir wohl alle hinter uns gelassen hatten, die die Regionen Zentralchinas voneinander scheiden – der Perlfluß war noch weit entfernt –, erschien ein breit dahinfließender, gewaltige Wassermassen mit sich führender Strom. Auf der Brückenzufahrt, die sich kilometerweit hinzog, rollte der Zug allmählich immer höher, und als er den höchsten Punkt erreicht hatte, traten die zurückliegenden Dörfer, Flußläufe und Höhenzüge wieder in unser Blickfeld. Die Ebene erstreckte sich weithin. An ihrem Ostrand befand sich mehrere hundert Kilometer entfernt eine riesige Industriestadt, über der sich dichte Abgaswolken ballten und den Himmel verdüsterten. Nach Lage und Größe und der dichten Bebauung zu schließen, mußte es Shanghai sein, aber ich war diese Strecke bereits gefahren, und von keinem Punkt aus, selbst bei noch so guter Sicht, konnte man bis zu dieser Stadt sehen.

Der Zug kroch hoch über dem Fluß die Brücke entlang. Unter ihm ragten dicke, sich nach unten verjüngende Pfeiler in das durch die Brückenjoche drängende Wasser, dessen unerschöpfliche Quellen in weiter Ferne lagen. Angesichts der dichten Walddecke und der mächtigen Gebirgsketten am Oberlauf fragte ich mich verwirrt, aus welcher Provinz wir kamen und in welche wir uns gerade hineinbewegten. Nichts paßte zu meinen fest eingeprägten Erinnerungsbildern von der südchinesischen Landschaft, und ich verlor vollends die Orientierung.

Das weite Blau des Flusses krümmte sich zu einer ausladenden Kurve, die mit der Erdkrümmung eins wurde. Das jenseitige Ufer verlor sich in der Ferne in der diesig verschwimmenden, bis an den Horizont reichenden Wasserfläche, als läge unter uns ein riesiger einsamer See, auf den sich kein Boot hinauswagte. Ein schräg fallender Strichregen setzte ein, und wie von der leichten Berührung gereizt kräuselte sich die Wasserfläche und formte sich zu sanft schaukelnden Wellen. Als das Gefälle der Brücke ausschwang und wir fast unmittelbar auf dem See fuhren, klatschten sie gegen die Zugwand, Wasser spritzte gegen die Fenster und floß in kleinen Lachen hinunter. Ein weicher zerfließender Dunst umhüllte uns, im Abteil wurde es dunkel, die Lampen schalteten sich ein. Wir schienen auf einem Boot durch den Regen zu steuern. Dann fielen keine Tropfen mehr gegen die Scheiben, die Feuchtigkeit kondensierte zu funkelnden Perlen, der Dunst hob sich, und die Sicht wurde wieder klar. Die Abendsonne sandte ihre letzten Strahlen über das Wasser, bis sie verglühte und wir auf einem riesigen Ozean dahintrieben, über dessen mächtige Wogen schneeweiße Möwen segelten. Der Mond war aufgegangen, und sein heller Schein ergoß sich über das Meer, die auf- und niederwogenden Fluren und die Reisähren, die sich im Wind wiegten. Die ganze Nacht über hielt ihr Rauschen an, stand der Mond am Himmel. Am frühen Morgen, als das Sonnenlicht unbändig hervorbrach, fuhren wir über festen Grund, noch immer inmitten der uferlosen Weite der Reisfelder, bis sich über der Ebene die mächtige, unter einem dunstigen

Schleier liegende Silhouette einer Stadt erhob. Ein hell schimmernder Fluß durchzog sie, Häuser, Bäume und Straßen hoben sich aus dem Bild, und Fußgänger, Fahrräder und Autos traten klar vor meine Augen.

Langsam, auf kurvenreicher Strecke, näherte sich der Zug der Stadt. Draußen leuchtete immer wieder für Momente das üppige Grün tropischer Pflanzen auf: hochgewachsene Betel- und zerzauste Fischschwanzpalmen, vollbehangene Bananenstauden und niedrige stachlige Feigenkakteen. Die Gebäude waren von südchinesischer und westlicher Bauart. Über die Straßen schlängelten sich lange Reihen von Pkws, Bussen und Lastwagen. Die Sonne stand fast im Zenit und richtete ihre Strahlen ungehindert zur Erde; die Temperatur stieg abrupt an, und heiße Luft strich sengend über die Wangen. Während der Einfahrt in den Bahnhof wechselten die Mitfahrenden ihre Kleidung und holten die Taschen von den Gepäckgestellen. Ihre Mienen belebten sich, und zum ersten Mal ließen sie eine gewisse Lebensenergie spüren, streckten ihre Köpfe aus den Fenstern und spähten auf dem Bahnsteig nach Freunden und Verwandten, die sie abholten.

Selbst als der Zug an dem überlangen Bahnsteig bereits völlig stillstand, war ich mir nicht sicher, ob ich da angelangt war, wohin ich wollte, auch wenn sich beide Orte sehr ähnelten.

21

Ich stieg als letzter aus, und erst nachdem ich Gao Jin an meinem Fenster vorbeigehen gesehen hatte. Auf dem Bahnsteig beobachtete ich, wie eine Frau ihm von weitem entgegenkam, die beiden sich anlächelten und dem Ausgang zustrebten, die Frau mit Gao Jins Aktenkoffer in der Hand. Alle meine Mitreisenden wurden abgeholt, nur ich war allein. Ein Polizist mit auf dem Rücken verschränkten Armen, der die Vorübergehenden kritisch betrachtete und offenbar die Fahrgäste überwachte, stutzte, als sein Blick auf mich fiel. Er rief mich zu sich und fragte: »Holt Sie niemand ab?«

»Draußen«, erwiderte ich.

»Woher kommen Sie?« fragte er mich aus. Ich nannte irgendeinen Ort an der Bahnlinie und fühlte, als ich mich entfernte, noch lange seinen mißtrauischen, lauernden Blick im Rücken.

Am Ausgang stand wie an allen Bahnhöfen eine große Menge, die auf Bekannte und Verwandte wartete. Fast jeder hielt ein Schild in der Hand, auf dem stand: »Soundso! Dein Soundso ist hier!« Eltern erwarteten Kinder, Kinder Eltern, noch häufiger Frauen Ehemänner und Männer Ehefrauen. Ich begriff nicht, warum diese engsten Verwandten es nötig hatten, Erkennungsschilder hochzuhalten, als fürchteten sie, nicht erkannt zu werden. Einige von ihnen schienen seit Jahren zu warten, ihre staubbedeckten Gesichter waren alt und müde, die Schilderaufschriften wie von Wind und Wetter verfärbt und verblichen. Sobald ich ins Freie trat, wurde ich umringt und gefragt, woher ich mit welchem Zug gekommen und ob ich der letzte sei, und ich gab jedem geduldig Auskunft. Sie schienen tief enttäuscht, brachten es aber nicht über sich aufzugeben und blieben weiter vor dem Bahnhofsausgang stehen und schauten in Richtung Bahnsteig. Ein junger

Mann mit einem Willkommensschild für seine Frau bemerkte, daß ich allein war, und zum zweiten Mal nach der Ankunft hörte ich die Frage, warum mich niemand abhole. Ich zögerte, von einer warnenden Stimme zu Vorsicht gemahnt, und sagte dann, ich sei hier weder zu Hause, noch hätte ich hier Verwandte, worauf er mich mitleidsvoll anblickte und meinte, daß ich dann der erste der Familie sei, der hier eintreffe.

Auf dem Bahnhofsvorplatz stand ein Taxi neben dem anderen. Meist kamen sie zu mehreren angefahren, luden die Passagiere ein und fuhren gleich wieder los, wie eine Schar bunter davonfliegender Vögel.

Gao Jin und seine Begleiterin zwängten sich in ein rotes Taxi, es umkurvte die Grünfläche auf der Platzmitte und fuhr auf der Überführungsstraße Richtung Stadtmitte. Ich bestieg ein weißes Gefährt und folgte ihnen.

Von der Straße, die hoch über den Grund führte, hatte man freie Sicht auf die Bürohochhäuser und Wohngebäude, die emsigen Angestellten und die Einrichtung der Wohnungen. Immer mehr moderne Bauten erhoben sich zwischen den alten Häusern. Neben den unten vorbeiführenden Geschäftsstraßen waren überall Werbetafeln und Leuchtreklamen angebracht. Wie die dichten Autokolonnen und das Gewimmel und Geschiebe der Menge zeugten sie von einer pulsierenden Vitalität, die sich im prallen Licht der Sonne in einer die Sinne betäubenden, vielgestaltigen, grellbunten Fülle offenbarte. Das überbordende Getümmel der Innenstadt, die Kleidung und das Verhalten der Menschen, ihr Dialekt sagten mir, daß ich am richtigen Ort angelangt sei, aber dennoch konnte ich ein Gefühl der Befremdung und Ausgeschlossenheit nicht ablegen. Wahrscheinlich aufgrund des verschwenderischen Glanzes der Sonne erschienen die Menschen zu sehr von sich überzeugt, zu zufrieden, und ihr Auftreten war so ganz anders als das der Menschen in den Städten im Landesinneren. Längs der Straßen reihten sich exquisite, mit

Kundschaft überfüllte Geschäfte und Restaurants aneinander, und eine blendende Faszination des Reichtums, die Sorgen und Nöte verdeckte, haftete der ganzen Stadt an, so aufdringlich, intensiv und allgegenwärtig, daß alles gekünstelt und unmäßig erschien, wie eine in stillschweigendem Einverständnis errichtete Fassade gegenüber Außenstehenden, hinter der sich üble Fallen verbargen.

Das rote Taxi fuhr vor uns her, es verschwand ab und zu, bis es im Strom der Fahrzeuge wiederauftauchte.

Nachdem es von der Überführungsstraße abgefahren war und mehrere Hochhausschluchten durchquert hatte, fädelte es sich in eine lange Fahrzeugschlange ein und rollte nur noch langsam vorwärts. Zu beiden Seiten blitzten die zahllosen Fenster der Hochhäuser und die Schaufenster der Geschäfte im Erdgeschoß auf und warfen wie Spiegel das blendende Sonnenlicht zurück. Ein unaufhörlicher Passantenstrom bewegte sich über die Gehsteige, und Gesprächsfetzen und Gelächter drangen ins Auto.

Der Wagen bog in eine breite Allee ohne Geschäfte und Fußgänger und beschleunigte seine Fahrt; er passierte einen Park, den eine wellenförmig auf- und niedersteigende, von Bambus überragte Mauer begrenzte. Im Abstand weniger Schritte gaben klassisch geformte Maueröffnungen den Blick auf kleine Hügel, Teiche und blühende Sträucher frei. Auf den Park folgte ein dunkelgrüner, nahezu stillstehender Wasserlauf, auf dem sich große Flecken von Wasserlinsen ausbreiteten. Auf dem Gehsteig wucherte Unkraut, die Häuser am anderen Ufer waren von Bananenstauden, Palmfarnen und Fischschwanzpalmen umgeben. Ein weißes Hochhaus erschien, an dem Tafeln mit den Namen mehrerer Verlage hingen. Das Taxi hielt ihm gegenüber vor einem Restaurant, sein Eingangstor war einem traditionellen Ehrentor nachgebildet. Wir fuhren mit hoher Geschwindigkeit daran vorbei, ich beobachtete, wie die beiden ausstiegen, die Frau wandte sich zur Straße, und ich erkannte Xia Hong. Von unserer damaligen Clique war sie die letzte, die irgendwohin verschwunden war. Ich hatte sie längst vergessen, aber sie uns offensichtlich nicht. Unser Wagen bog um die Ecke und hielt, ich zahlte und stieg aus. Vor mir lag die lichterfüllte Straße, eine geschäftige Menschenmenge umgab mich, und auf der anderen Seite, wo Xia Hong und Gao Jin soeben gestanden hatten, blickte ein dicker Ausländer ratlos um sich. Das rote Taxi war verschwunden, und statt dessen hielt dort ein silbergrauer Volvo. Als ich in dem betörenden Licht auf das Restaurant zuging, war mir trotzdem zumute, als hätte sich ein düsterer Schatten zwischen mich und den Himmel gelegt.

Die unterschiedlichsten Leute schritten von allen Seiten auf den Restauranteingang zu, als werde ein Schwarm kleiner Fische in das Maul eines riesigen Fisches eingesogen, und auch ich konnte mich, als ich davorstand, seiner Sogwirkung nicht entziehen.

Sobald ich mich in dem Restaurantsaal befand, umfing mich im Nu eine vertraute Atmosphäre.

In dem trotz brennender Lampen eher dämmerigen Raum saßen vielleicht fünfhundert Leute schweigend da und speisten. Zwischen ihnen bewegten sich viele undeutliche Schatten, schoben sich zusammen, überlagerten sich und aßen, tranken, gestikulierten geräuschlos, ohne die an den Tischen Sitzenden zu stören, wie auf einem unzählige Male verwendeten Fotonegativ, auf dem Menschen aller Epochen ihr Schattenbild hinterlassen wollten.

Gao Jin und Xia Hong hatten sich seitlich an die große Glasfront gesetzt und Getränke und Dimsum* bestellt, aber sie saßen mit gesenktem Kopf da und rührten nichts an. Sie schienen auf jemanden zu warten, denn sie hielten einen Platz am Tisch frei, obwohl viele zu ihnen kamen und ihn belegen wollten.

Ich nahm an einem entfernten Tisch Platz, von dem aus ich beobachten konnte, was sich bei ihnen abspielte.

In den Saal fiel plötzlich ein Schatten. Ich wandte mich zur Tür und sah einen hochgewachsenen Mann hereinkommen. Das grelle Sonnenlicht hinter ihm verfinsterte sein Gesicht, und die Gesichtszüge waren nicht zu erkennen. Als er in der Mitte des Saals angelangt war, sah ich, daß er ein gestreiftes Hemd trug, und ich erkannte Gao Yang.

Der Raum verdüsterte sich, als breche die Abenddämmerung herein. Wie Statisten in einem langatmigen Theaterstück aßen und tranken die vielen hundert Leute im Hintergrund, als würden sie bis zu seinem Ende nicht damit aufhören.

22

»Es hat dich gar nicht erschüttert, nicht wahr? Du hast wohl schon längst vermutet, daß ich es war?« Gao Yang sah mich mit dem Anflug eines Lächelns an.

»Schon als mir diese Frau von dem Japaner erzählt hat, der so übel mit ihr umgesprungen ist.«

Wir spazierten Schulter an Schulter im Park den länglichen See entlang, auf dem sich der Glanz der Abendsonne spiegelte. Am anderen Ufer leuchteten hinter den Bäumen, die schattig und still den See umstanden, die bunten Abendlichter auf, und das Gelärm und Gelächter der Bankette, die dort irgendwo in vollem Gange waren, schallte hin und wieder zu uns herüber.

Gao Jin und Xia Hong gingen ein paar Schritte hinter uns.

»Als mir die Redakteurin den geheimnisvollen Schriftsteller beschrieben hat, mußte ich erst recht an dich denken. Auf solche Tricks können nur Typen unseres Schlags verfallen.«

»Ich bin einfach kein guter Schauspieler. Hätte ich es professioneller angestellt, wäre er wohl als echt durchgegangen.«

»Entscheidend war das Schwert. Wenn es die Mordwaffe war, konntest du unmöglich tot sein.«

»Ja, das war eine undichte Stelle.« Auf Gao Yangs Miene malte sich unverstelltes Bedauern. »Du würdest wahrscheinlich immer noch nicht durchblicken, wenn ich es damals nicht aus der Hand gegeben hätte, zumindest hättest du dich ein bißchen mehr anstrengen müssen.«

»Aber wer weiß, ob die Polizei mich dann überhaupt verdächtigt hätte. Wir hätten uns auch nicht wiedergesehen, und ich würde immer noch glauben, daß du auf den Philippinen Tabak pflanzt.«

»Dann wäre das Spiel noch ein Weilchen weitergegangen.«

Gao Yang lächelte müde. »Es hing mir eigentlich schon zum Hals raus, aber daß alles ohne großen Wirbel ans Licht kommt, ist doch etwas enttäuschend. Tatsächlich hat uns Feng Xiaogang damals gewarnt, als wir überlegten, wer mitspielen sollte, und dich aussuchten. Beim kleinsten Fehler würden wir letzten Endes nur dir zuarbeiten; du hättest einen Mordsspaß, und wir wären trotz unseres schön ausgetüftelten Plans bloße Chargenspieler. Ich hatte keine Angst, daß du uns die Schau stiehlst – du hast damals über deine Liebesaffäre gar nicht mehr hinausgeblickt. Deine Rolle sollte nur eine kurze Episode in einer sehr langen Geschichte sein, nur eine einzige kleine Biegung in einem Flußlauf, der sich lang dahinschlängelt. Die Polizei würde sich nur so lange mit dir abgeben, bis sie festgestellt hätte, daß jemand deinen Namen benutzt hatte und du selbst völlig ahnungslos warst.«

Ich war belustigt. »Da hast du mich unterschätzt. Ich habe mir noch nie die Gelegenheit entgehen lassen, die Hauptrolle zu spielen.«

Gao Yang stimmte zu. »Von unserem Haufen glänzt keiner durch Bescheidenheit, das hätte ich mir sagen müssen. Jeder muß sich wichtig machen und spielt sich auf, als ginge es nur um ihn. Aber hast du in all den Jahren keine interessantere Rolle gefunden?«

»Was Interessanteres ist in der ganzen Zeit nicht passiert. Plötzlich habe ich gemerkt, daß ich früher eine wichtige Person war, die sich mit Sachen beschäftigt hat, die so wichtig waren, daß ich ihretwegen den Mut fand, jemanden umzubringen. Ist das nicht aufregend – und der Beweis, daß man kein bloßer Durchschnitt ist? Wär wirklich schön gewesen, wenn's gestimmt hätte. Damals haben wir schon ein paar harte Dinger gedreht – geraubt, geschmuggelt, Kulturschätze gestohlen... Ich glaube, beim Leute-Umbringen war ich nicht dabei, aber zumindest bei allem anderen habe ich mitgemacht. Augenzeugen von damals haben mir erzählt, daß wir eine Bande waren, eine hochaktive und skrupellose Verbrecherbande.«

»Es hat keine Bande oder dergleichen gegeben, die geraubt, geschmuggelt oder Schätze gestohlen hat. Außer sinnlosen Essen und Trinkgelagen gab es nur großartige Pläne und Ideen, die sich keiner von uns je zu realisieren getraut hätte. Dazu waren wir einfach zu feige. Wir waren nie zufrieden, brachten aber auch nichts anderes fertig als unsere kindischen Räuber-und-Gendarm-Spiele. Dabei träumten wir doch immer von der großen Hauptrolle in einem menschheitserschütternden Drama. Wir waren aber nur dazu prädestiniert, in unserem Lebenssumpf zu waten, ohne große Wellen aufzurühren.«

Wir blieben am Seeufer stehen. Hinter uns reihten sich kerzengerade, in gleichmäßigem Abstand gepflanzte Metasequoia. Die Sonne war untergegangen, mit dem Himmel hatten sich Bäume und See verfinstert, und aus dem dunklen Grün, das uns umschloß, rückte uns eine kühle Feuchtigkeit auf den Leib.

»Damals, nach dem Essen, dem letzten aufregenden Essen, haben wir uns von den anderen verabschiedet und sind hierhergekommen.« Gao Yang blickte aus seinen tiefen Augenhöhlen wie ein Blinder. »Wir haben uns ganz ungezwungen gegeben, so getan, als hätten wir dringend etwas vor, als wollten wir an einem entlegenen Ort auf geheimnisvolle Art und Weise verschwinden. In Wirklichkeit wußten wir nicht mehr, wohin, bleiben konnten wir nicht, das Geld war verbraucht. Wir hatten allen Leuten von unseren tollen Plänen erzählt, daß wir *den* großen Fang machen wollten, und alle hielten uns für genial. Aber wohin war der dicke Fisch dann bloß verschwunden? Wir hatten uns so aufgegeilt, und was war mehr herausgekommen als fade Pisse? Um das Geld, das wir geliehen hatten, ging es gar nicht, aber wer hätte uns und unser Geschwafel dann noch für voll genommen?«

»Das hätten wir unser ganzes Leben lang reingewürgt bekommen.«

»Und das lag uns überhaupt nicht. Wenn wir schon die Leute anschmierten, dann wenigstens gründlich. Die Idee kam von Feng Xiaogang.«

An jenem Abend trieben sich die Freunde gelangweilt hier herum, und Feng Xiaogang, der die ganze Zeit auf den See gestarrt hat, dreht sich lachend um und fragt: »Wie wär's, wenn wir beide uns einen Stein um den Hals binden und reinspringen? Was würden die Leute dann sagen?«

»Wahrscheinlich, daß wir jeder einen Onkel in Amerika haben und auf und davon sind.« Gao Yang lehnt faul gegen einen Baum und raucht. Der blaugraue Rauch, den er ausstößt, löst sich in den vom Boden aufsteigenden Dunstschwaden auf. Zwischen die langen Schattenreihen der Bäume wirft der Mond sein weißes Licht. Der Klang der Stimmen schwingt diffus wie der zerfließende Nebel durch die Dunkelheit.

»Dann springen wir doch, machen wir ihnen was vor. Das Leben ist sowieso witzlos, also sollte wenigstens der Tod etwas Spannung ins Spiel bringen.« Feng Xiaogang scherzt, seine Stimme verrät es. Seine schattenhafte Gestalt tritt aus dem Dunkel hervor.

»Wozu? Das bringt doch nichts. Unser Grundsatz war immer, jeden fertigzumachen, bei dem es uns reizt, außer uns selbst.«

»Was denn für Grundsätze? Klar bringt's was. Wenn wir immer bloß Herzklopfen spielen, werden wir sowieso nie jemandem schaden.«

»Man müßte alles genau inszenieren.« Ein Stein plumpst ins Wasser und kräuselt leichte Wellen. Ein anderer verschwommener Schatten nähert sich. »Der See ist zu seicht, kaum bist du richtig eingeweicht, schon treibst du oben. Hier geht es nicht. Wenn wir schon sterben, dann ohne Spuren zu hinterlassen, alles andere wäre fad.«

»Aber wo? Und wie?« Die beiden drehen sich zu dem Schatten um.

»Irgendwo, wo noch niemand war und nie jemand hinkommen wird. Nur wenn man ungestört verrottet, wird eine lange Geschichte daraus.«

»Schlecht.« Der Schatten einer Frau tritt hinzu. »So einen Ort gibt's doch gar nicht. Du kannst dich in der einsamsten Wildnis auf dem höchsten Berg verstecken, und wenn du ein Grasbüschel herausrupfst, hat dort schon jemand hingepinkelt. Es muß so sein, daß der Tote schließlich entdeckt wird und verstümmelt ist, als wäre er nicht einfach dahingestorben, erst dann wird es spannend. Nur wenn die Leute anfangen herumzuspekulieren und gar nicht mehr zur Ruhe kommen, sterben wir einen würdigen Tod, und niemand wird mehr annehmen können, daß man umsonst gelebt hat.«*

»Ihr scheint euch ja alle schon lange Gedanken gemacht zu haben«, sagt Feng Xiaogang.

»Es als Mord erscheinen zu lassen, finde ich gut. Jemand verschwindet, alle möglichen Verwicklungen folgen, dann wird er ermordet aufgefunden. Das gibt ein Riesentheater. Aber die Rollen müssen verteilt werden, es können nicht alle sterben. Einer stirbt, einer ist der Mörder – ohne Mörder geht es nicht, sonst ist es kein Mord.«

Feng Xiaogang grinst. »Das soll wohl heißen, daß ich der Ermordete bin und du der Mörder? Mußt du dir immer die Rosinen rauspicken?«

»Denk mal nach, wie schwer es der Mörder hat«, antwortet Gao Yang, ebenfalls grinsend. »Er muß untertauchen, wird gesucht, und wenn er irgendeinem abartigen Polizisten über den Weg läuft, ist es aus mit ihm. Der Tote hat es gut, er springt ins Wasser, macht die Augen zu, und alles ist vorbei. In aller Ruhe schaut er sich an, was über ihm passiert. Gerade zu dir würde es doch passen, nur dazuliegen und die anderen sich abrackern zu lassen! Aber wenn dir das keinen Spaß macht, tauschen wir eben.«

»Du willst immer nur mein Bestes, nicht? Aber einverstanden, ich spiele den Toten, schließlich war es meine Idee.«

»Der Mörder muß schließlich etwas können«, sagt die Frau. »Wenn wir schon eine Vorstellung geben, dann eine gute, nicht mit einem Nullachtfünfzehn-Mörder, der sich nur still und leise verkrümelt. Er muß intelligent sein und die Aufklärung der Tat soweit wie möglich verkomplizieren. Ich würde ihm raten, sich mehrere Identitäten zuzulegen. Er könnte zum Beispiel den Namen eines anderen verwenden, und zwar schon vorher, damit die Ermittler eine Weile im dunkeln tappen. Wir dürfen es ihnen nicht zu leicht machen.«

»Wir könnten Fang Yans Namen verwenden«, schlägt einer der Männer vor.

»Der schwelgt so vor sich hin und schnappt noch über, wenn man ihm nicht ein Bein stellt.«

»Mir paßt das nicht. Ihr macht den Fall so verwickelt, daß niemand ihn mehr aufrollen kann. Ihr seid dann fein raus, und ich bin umsonst krepiert«, beschwert sich Feng Xiaogang.

»Du kannst dich auf die Regierung verlassen«, sagt die Frauenstimme. »Es gibt keinen Fall, den sie nicht aufdeckt.«

»Außerdem bin ich dagegen, Unbeteiligte hineinzuziehen«, erwidert Feng Xiaogang brummend. »Fang Yan traue ich nicht, der mischt sich in alles ein, was ihn nichts angeht. Wir machen uns die Arbeit, denken uns einen wunderbaren Plan aus, und wenn er auf dumme Gedanken kommt, reißt er die Sache an sich, amüsiert sich auf unsere Kosten, und wir stehen dumm da.«

»Das stimmt«, sagt Gao Yang, »aber alle anderen, die wir gut kennen, taugen noch weniger. Keiner von uns würde sich vornehm zurückhalten.«

»Ich verstehe nicht, warum du dich über deinen Nachruhm

aufregst, wenn dir schon dein Leben egal ist.« Die Stimme der Frau klingt abschätzig.

»Also, hör mal, ich gebe mein Leben für eine erhabene Sache hin, nicht wahr? Warum soll ich dann zum namenlosen Helden werden? Ich möchte zumindest die Garantie haben, daß sich nach meinem Opfertod alle den Mund über mich zerreißen. Dafür habt ihr zu sorgen.«

»Wir schwören dir, wir werden nach deinem Verschwinden allen Bekannten und Unbekannten von deinen Taten künden, dir alles anhängen, wofür noch kein Schuldiger gefunden ist. Wir werden deine Raubüberfälle aufdecken, deine wüsten Frauengeschichten ans Licht bringen und breit ausmalen, was für ein genüßliches Leben du im Jenseits führst. Du wirst zu einer Legendenfigur in der mündlichen Überlieferung des Volkes werden, zum Realisator aller Sehnsüchte, Träume und Phantasien, und wenn die Geschichten verbraucht sind und kein Hahn mehr nach dir kräht, man dich vergessen hat und niemand deine Leiche entdeckt, dann werden wir sie finden und den Fall an die Öffentlichkeit bringen. Du wirst Schlagzeilen machen, alle werden ihren Senf dazugeben, dir endlos nachtrauern. Zehn Jahre lang, das garantieren wir dir, wirst du im Herzen des Volkes weiterleben, was danach kommt, kann niemand vorhersehen; auch der Ruhm großer Revolutionshelden ist selten unvergänglich. Aber zehn Jahre sind fast soviel wie die Unsterblichkeit, mehr kannst du nicht verlangen. Du wirst noch in der Unterwelt darauf stolz sein.«

»Ich hoffe, in Würde sterben zu dürfen, ohne irgendeine auch nur symbolische Folter.«

»Als Mörder gebe ich dir völlige Freiheit, wie du dich aus dieser Welt verabschiedest. Ich nehme es dir auch nicht übel, wenn mein Auftritt dabei zu kurz kommt.«

»Du kannst dich ersäufen, von einem Felsen hüpfen, dir die Gurgel durchschneiden, ganz nach Belieben. Du kannst es auch mal proben. Du darfst dir aussuchen, welche Todesart du am Ende in ihrer ganzen Faszination und Spannung auskosten willst.«

»Habt Dank für eure Zuvorkommenheit. Gute Freunde lassen eben mit sich reden. Das wäre dann abgemacht«, sagt Feng Xiaogang und lacht.

»Gut, abgemacht«, bestätigt Gao Yang. »Das ist wirklich ein irres Ding. Diese Wichser wird es alle auf den Arsch setzen. Niemand wird kapieren, warum und wieso das passiert ist, nicht im Traum wird ihnen ein Licht aufgehen.«

»Nachdem wir soweit schon alles geklärt haben, muß auch was geschehen«, fordert die Frau. »Nicht wie früher, wo jeder die Klappe groß aufgerissen hat und dann nichts dahinter war – die pure orale Befriedigung.«

»Aber sicher!« bestätigt Feng Xiaogang. »Diesmal haben wir ein hochgestecktes Ziel vor Augen. Wer nicht mitmacht, ist ein Waschlappen.«

»Zur Erinnerung an diese bedeutende Unterhaltung möchte ich alle zu einem Foto bitten«, sagt die Stimme eines Mannes, der lange still gewesen war, in getragenem Ton. »Für Archivzwecke.«

Die vier Schatten gehen an den See, der von hellglänzendem Mondlicht überflutet ist, und verschwinden im Dunkel eines Pavillons. Mit dem Klicken des Auslösers stürzt eine grelle Blitzlichtwelle über das Gebäude und das lächelnde, papierweiße Gesicht Gao Yangs mit den tiefliegenden Augen. Im nächsten Blitz erscheint das Gesicht Feng Xiaogangs, papierweiß, mit von Augen und Mund gezeichneten dunklen Löchern. Danach trifft das Blitzlicht auf Liu Yan, die die Augen gesenkt hat, die Arme verschränkt und den Mund einen winzigen Spalt geöffnet. Das Klicken wiederholt sich, und Liu Yan steht wie angewurzelt im blendenden Licht. Die Säulen und Verstrebungen des Bambuspavillons sind in bunten Farben gemustert.

»Machen wir keines von dir?« fragt jemand den Fotografen, als es wieder dunkel ist und nur noch der See funkelnd glitzert, und er antwortet:

»Der Film ist voll.«

Die vier Leute gehen an den tiefschwarzen Bäumen vorbei den See entlang. Gao Yangs Stimme ist weithin zu hören:

»Na, meint ihr es noch immer ernst, Freunde?«

Seit Tagen hält das regnerische Wetter an. Die Häuser und Bäume an der Straße sind triefnaß, und das Wasser rinnt die Schwingdächer und Baumstämme hinunter. Die Passanten sind in Regenmäntel gehüllt oder mit Regenschirmen bewaffnet. Alles erscheint im Wechsel deutlich und undeutlich, je nach Position des rhythmisch hin- und herpendelnden Scheibenwischers, der die feinen Regentropfen zur Seite schiebt.

Das Taxi rollt langsam durch den Regen und den Dunstnebel, über eine Kreuzung nach der anderen, vorbei an den langen Gebäudeblocks, in denen mehr trübgelbe und blaßweiße Lichter brennen als gewöhnlich.

Obwohl es früher Morgen ist, sind die vier Fahrgäste betrunken. Gao Jin auf dem Beifahrersitz sieht mit stierem Blick nach vorn, auf die bald unscharf, bald wieder klar erscheinende Straße und die hin und her eilenden Fußgänger. Gao Yang lächelt stumpfsinnig vor sich hin. Zwischen ihm und Liu Yan ist der schläfrige Feng Xiaogang eingeklemmt. Die Augen fallen ihm zu, sein Kopf sackt nach vorn, und er rutscht von der Sitzbank herunter. Jedesmal zieht ihn Liu Yan wieder hoch und drückt sein Kinn nach oben.

»Wo sind wir jetzt?« will Feng Xiaogang wissen.

Gao Yang antwortet mit stumpfsinnigem Lächeln. »In Thailand.« Feng Xiaogang fragt noch einmal und hört dieselbe Antwort. Er wird wütend, denn ihm entgeht nicht, daß sie immer noch durch die Stadt kurven.

»Nehmt mich bloß nicht auf den Arm. Glaubt ihr, daß ich nicht alles mitkriege? Hört auf zu lachen!« Er dreht den Kopf von einem zum anderen. »Was freut euch denn so?«

»Niemand lacht, außer dir selber.«

»Doch, ich lache«, antwortet Gao Yang ernsthaft. »Wenn ich an die Sache denke, muß ich lachen, das wird bestimmt sehr witzig.«

»Dann lach mal, du Armleuchter, und wenn ich plötzlich keinen Bock mehr darauf habe, dann glotzt du dumm in die Röhre!« Der Kopf kippt wieder zur Seite, und Liu Yan richtet ihn auf.

Feng Xiaogang murrt: »Faß mich nicht an. Mußt du mich immer kitzeln? Wir sitzen in einem Auto!«

»Du solltest rausschauen, zum letzten Mal, bevor es vorbei ist«, bemerkt Gao Yang.

Liu Yan fährt ihn an: »Halt den Mund, Gao Yang. Kannst du keine anderen Witze machen?«

»Sag nicht Gao Yang zu mir. Von jetzt an bin ich Fang Yan, ist das klar?«

»Wieso du? Ich bin jetzt Fang Yan. Wenn ich hinüber bin, kannst du den Namen erben.« Feng Xiaogang hat sich allein hochgerappelt.

»Haltet euch an das, was wir besprochen haben, sonst kommt schon am Anfang alles durcheinander«, sagt Liu Yan.

Gao Yang lacht dröhnend. Feng Xiaogang wird wieder wütend: »Lach nur, du Schwachkopf.«

»Ich lache über Fang Yan«, entgegnet Gao Yang. »Der hat keine Ahnung, was ihm blüht. Wenn es soweit ist, wird er bekannt werden wie ein bunter Hund. Dafür werde ich sorgen. Der wird dumm dreinschauen.«

»Zum Kotzen. Zum Kotzen ist es, was ihr mit anständigen Leuten macht«, sagt Feng Xiaogang und grinst.

Das Taxi verläßt die Stadt. Zwischen den regendurchtränkten Feldern schießt es auf einer schnurgeraden flachen Straße dahin.

In den Bewässerungskanälen plätschert das Wasser, Krähenschwärme und Wolken ziehen über den verhangenen Himmel. Auf einer freien Fläche am Fuß eines Berges stehen verstreut ein paar Flugzeuge, silberweiß und schlank wie Zigaretten.

Das Hotel ist gerade renoviert worden, aber es sieht schon wieder heruntergekommen aus. Den Launen des Wetters ist es ausgesetzt und von den Menschen abgenutzt, die den ganzen Tag hindurchströmen, in die schmalen Etagenkorridore mit ihren tiefroten Kunstfaserteppichen und braungelben Tapetenwänden, die trotz der tagsüber brennenden Lampen im Dämmerlicht liegen, und in das ebenso beengte Foyer im Erdgeschoß, wo die Kunstledersofas sich ausbeulen und die Bonsaipflanzen verstauben und verwelken. Gruppen von Männern und ein paar Frauen mit vom Licht entfärbten Gesichtern stehen oder sitzen hier, sie paffen vor sich hin, gestikulieren, unterhalten sich laut und erscheinen abwechselnd freudig oder bedrückt. Alle Zimmer und Säle sind voller Menschen, und zu jeder Tages- und Nachtzeit brennen die Lampen, hört man rücksichtsloses Gelärme, und Rauchschwaden durchziehen das Hotel.

Niemand beachtet die vier, die Einzelzimmer im obersten Stockwerk belegen und sich ab und zu, von dichtem Alkoholdunst umnebelt, unter die Leute im Flur oder der Eingangshalle mischen. Zwei der Männer trinken, bis sie konfuses Zeug reden und stolpernd und schwankend von einem zum anderen gehen. Sie sprechen Wildfremde an, treiben ihre Scherze mit den Kellnerinnen und Zimmermädchen. Manchmal brechen sie einen Streit vom Zaun, bedrängen andere mit einschüchternden Gebärden, als wollten sie zuschlagen, und wenn jemand besänftigend auf sie einredet, zaubern sie ein einnehmendes Lächeln aufs Gesicht, dann bieten sie Zigaretten an, geben Feuer und spendieren Getränke. Einer von ihnen, der sich Fang Yan nennt, kommt mit einem Gast namens Ming Song ins Gespräch, gibt ihm seine Pekinger Adresse und lädt ihn ein, sich unbedingt bei ihm zu melden, wenn er ihm behilflich sein könne.

Die Frau lehnt öfter in ihrem Zimmer am Fenster und blickt hinüber zu einem grünbedeckten Hügel. Dort liegt der Tierpark der Stadt. Spätnachts, wenn es auf den Straßen ruhig ist, hört sie von den tiefschwarzen Bäumen her das Geschrei der Affen und Gebrüll der Tiger.

Durch das dichte Grün der Berge, einen entgegenstürzenden rotschlammigen Fluß entlang, eilt ein vollbeladener Überlandbus, und mit ihm erscheinen und verschwinden die vier auf der ansteigenden und wieder abfallenden Bergstraße. Auf den Anhöhen, wo sich der Himmel jäh weitet, offenbart sich das grenzenlose Wechselspiel der Höhenzüge, und am Grund der tiefen, von Bergbächen durchbrausten Senken scheinen der Bambuswald und das dichte Gras undurchdringlich. Bisweilen passiert der Bus Ortschaften am gegenüberliegenden Ufer, die sich gegen die Hänge lehnen. Ihre Häuser, die die Anhöhe erklimmen wie auf der Skizze eines perspektivelosen traditionellen Bildes, treten aus dem Wolkendunst hervor. Das satte Grün der Bäume, das verdorrte Gelb des Grases, die Berge, der Fluß und die sich zusammenballenden und wieder auflösenden Wolken, deren Schatten durch das Tal ziehen, scheinen bis ans Ende der Welt zu reichen.

Über dem frisch renovierten Wall der alten Stadt erhebt sich am Fuß eines Berges ein imposantes Stadttor mit vergoldetem, doppelt gegliedertem Schwingdach und mächtigen purpurfarbenen Säulen. Außerhalb der Stadt dehnt sich eine fruchtbare, mit Baumhainen bestandene Ebene, die ein Gewirr von Feldrainen durchzieht. Unter dem blauen Himmel fahren Bauern mit ihren Traktoren, Viehherden grasen, und Rauch steigt auf in die kristallklare Luft. Von fern blicken schneebedeckte Gipfel aus der

Berglandschaft auf einen golden und silbern schimmernden See, der sich vom Fuß der leuchtendweißen Berge in die Weite erstreckt. Das Glitzern des Wassers und der helle Schein der Sonne brechen sich an den Pagoden; sie stehen wie gemeißelt an seinem Ufer.

Zwei Straßen kreuzen sich und führen in alle vier Himmelsrichtungen durch die ganze Stadt bis zu den vier Stadttoren. Die Fassaden der Geschäfte, der Teeläden, Restaurants, Imbißlokale und Gemischtwarenläden, die die Straßen über die ganze Länge säumen, sind alle im alten Stil lackschwarz gestrichen. Davor biegen sich die Tische unter den Marmorgefäßen, Pinselbehältern, Briefbeschwerern, Porzellandöschen mit Blumenmustern, Mörsern und Ringen und bringen noch mehr Farbtupfen in das prachtvolle Bild der Wolken und Berge.

Vergnügt und lachend, vollbepackt mit Gekauftem und Gestohlenem, durchziehen die vier die Geschäfte. Die zwei Männer, die noch vom Vorabend berauscht sind, stürzen in einem Schnapsladen Reisschnaps hinunter, bis sich die Röte ihres Gesichts in eine fahle Blässe verwandelt und sie nicht mehr aufstehen können. Sie lachen ununterbrochen.

Das geschäftige Städtchen am Fuß eines steil aufragenden Bergs ist der letzte Ort vor der Grenze.* Die Berge, die es umgeben, gehören bereits zu dem von inneren Konflikten geplagten Nachbarstaat, in dem die Regierungstruppen eine Offensive gegen die kommunistischen Guerillas und rebellierende separatistische Gruppen nationaler Minderheiten eröffnet haben. In der Dämmerung, während das rege Treiben in der Stadt seinen Höhepunkt erreicht, hallt von den Bergen der Donner schwerer Artillerie. Männer und Frauen in Sandalen und den farbenprächtigen Trachten ihrer Volksgruppen drängen sich zwischen den bunten Kleiderständen in den Straßen, und jeder scheint etwas an den Mann bringen zu wollen: Kleider, Elektrowecker, unechten

Schmuck, Zigaretten, eingerahmte Miniaturbilder, alles in einem dritten Land hergestellt. Die Einheimischen und die zahlreichen Käufer und Verkäufer aus den Nachbarländern lassen in Kleidung, Sprache und Aussehen keinen Unterschied erkennen, alle haben malaiisch-mongolische Gesichter, tragen Sarongs und sprechen chinesisch. Hinter den Kleiderhändlern stehen in einer anderen langen Reihe Eßstände mit gebratenen, gekochten, gegrillten Fleisch- und Gemüsegerichten, Salzeiern, Obst, Kaffee und allen Arten von Getränken. Eine Ecke weiter folgt eine Gasse, in der die Auslagen der Geschäfte gefüllt sind mit Buddha-Statuen aus Ebenholz, Regalen mit absonderlichen Hörnern und Geweihen und einer Vielzahl unterschiedlicher Dolche und Schwerter in ihren Scheiden.

Abends verkauft eine alte Dame im Schein der Straßenlampen ein prächtig aussehendes Schwert, dessen Scheide und Griff mit Weißblech beschlagen sind. In das Blech sind Glasstücke in allen Farben eingelegt.

Im Dachgeschoß des einzigen hohen Gebäudes im Ort herrscht bis Mitternacht der laute Trubel eines Tanzabends, und im wechselweise roten und grünen Licht der Strahlleuchten nimmt die Umgebung seltsame, bizarre Formen an. Neben einem Eßstand an der Straße übergeben sich zwei Fremde, sie erbrechen ihren Reisschnaps, und ihre Würgegeräusche gehen allmählich in Brüllen und Heulen über. Danach nehmen sie keinen Tropfen Alkohol mehr zu sich, sie trinken statt dessen Unmengen eisgekühlten Zitronensaft und gehen mit leerem Magen davon. Einer trägt ein prächtiges Schwert in der Hand.

In einer kleinen Herberge gibt es in dieser Nacht Streit. Zunächst erklärt jemand verzweifelt, er habe von Anfang an nur einen Witz gemacht, es nicht so ernst gemeint, nur phantasiert, keinen wirklichen Plan gehabt, wie er überhaupt eine Menge Unsinn rede, und wer es auf die Goldwaage lege, habe nicht alle Tassen im Schrank. Er lacht schrill. Eine Frau antwortet, sie möge keine Witze, und was einer sage, nehme sie ernst, ob es als Jux gemeint sei oder nicht, auch wenn man sie dafür für dumm erkläre. Und er – er selbst könne Witze nur im Suff machen, nur dann sei er mutig genug dazu, und wenn er seinen Rausch hinter sich habe, wolle er sich an nichts mehr erinnern. Während der langen Zeit, die sie ihn kenne, habe sie an ihm nur diese eine Fähigkeit bemerkt, im Suff Witze zu machen. Ihre beißende Verachtung ärgert den grinsenden Mann nicht im geringsten, er will sich nicht streiten und meint nur: »Ich wundere mich, daß du erst jetzt herausfindest, was für ein Mensch ich wirklich bin, aber so habe ich bisher überlebt. Es zu verbergen ist meine Überlebenstaktik. Wenn ihr mit diesem Weib über mich herziehen wollt«, sagt er den anderen und sieht nach unten, »dann haltet euch nicht zurück. Für mich ist das Spiel zu Ende, ich habe keine Lust mehr auf diese Spiele. Oder sind wir was Besonderes? Welche Ehre und welchen Stolz wollt ihr denn verteidigen? Wir gehen einfach zurück, tun so, als ob nichts wäre, wer wird sich schon darüber aufregen?« Einer, der ihm ähnelt, sagt, ob man weiterspiele oder nicht, sei ihm egal. Die Frau fragt einen anderen, der auf dem Bett sitzt, das Schwert herausgezogen hat und mit der Hand die Schärfe der Schneide prüft: »Was sagst du, du bist die Hauptfigur, wenn du weitermachst, müssen es die anderen auch. Sobald es passiert, können sie davonlaufen, wohin sie wollen, sie können sich nicht mehr raushalten.« – »Ich finde es inzwischen auch ein bißchen fad«, meint der mit dem Schwert, »zu einfach, zu künstlich. In Wahrheit hört das Spiel mit meinem Tod auf. Wenn danach andere mitspielen, könnt ihr Öl ins Feuer gießen. Aber wenn ihr euch auf einmal nicht mehr dafür interessiert und heimlich aussteigt, verläuft alles im Sand. Ihr könnt jederzeit damit aufhören, aber was mache ich dann? Sobald ich damit begonnen habe, gibt's für mich kein Zurück mehr.« – »Du kannst dich darauf verlassen, ich steige nicht aus«, sagt die Frau und streift die beiden anderen mit einem Blick, »und wenn ich nicht aussteige, schafft es auch kein anderer.« – »Ich glaube keinen Versprechungen, von niemandem«, sagt der mit dem Schwert und schneidet ein paarmal in die Luft, »auf Versprechungen habe ich noch nie was gegeben. Wir können weitermachen, aber anders, alle müssen sich voll beteiligen.« Jetzt steht der Mann erregt auf. »Ich habe es mir genau überlegt. Damit alle ernsthaft mitmachen, brauchen wir Disziplin, und damit alle Disziplin halten, müssen wir alles ganz anders machen. Wir inszenieren eine Mordserie und bringen uns gegenseitig um. Jeder kann sein Talent zeigen, und wer am Schluß übrigbleibt, ist der Intelligenteste und der Mörderkönig. Nur so ist es dramatisch, erschütternd, ein Wahnsinnsspiel, das sich lohnt – vorher festzulegen, wer stirbt und wer lebt, sieht nach Schiebung aus. Wenn es schon unser gemeinsames Spiel ist, warum soll dann nur mein Herz klopfen!«

Mit zufriedenem Lachen betrachtet er die drei auf den Betten und hält das Schwert, dessen Klinge das Lampenlicht kalt zurückwirft.

Nach einem Moment Schweigen entgegnet die Frau: »Wir können nicht alle sterben. Jemand muß weiterleben und die Sache unter die Leute bringen, der Mörder wird sich doch nicht mucksen. Außerdem wird man dich mit den anderen in einen Topf werfen, wenn mehrere sterben.«

»Wer sagt denn, daß nicht ich übrigbleibe? Wir brauchen keine Propagandaspezialisten, denn den Volksmassen wohnt eine unbegrenzte Schöpferkraft inne.* Unsere Aufgabe ist es, diese Schöpferkraft mit vereinten Kräften auf uns zu lenken.« Der Mann streckt das Schwert in Augenhöhe von sich weg.

»Ich steige aus. Ich gebe auf«, sagt eine Männerstimme.

Der Mann steckt das Schwert in die Scheide zurück. »Dann steigen wir doch alle aus. Oder wir machen es so, wie ich gesagt habe.«

Wie später berichtet wird, treten die vier Leute danach gut gelaunt die Heimreise an, und trotz mancher Sticheleien kommt niemand mehr auch nur im Spaß auf ihr Spiel zurück. Die ganze Fahrt verbringen sie zusammen, brechen morgens zusammen auf, übernachten zusammen und rühren keinen Tropfen Alkohol mehr an. Wenn sie unterwegs auf eine der vielen Buden in den Bergen treffen, die reinen Reisschnaps anbieten, und einer provozierend zum Bleiben auffordert, antwortet ihm niemand. Die aufreibenden Anstrengungen der langen Reise über die holprigen Bergstrecken hinterlassen allmählich Spuren auf ihren Gesichtern. Dunkle Ränder erscheinen unter ihren Augen, die Haut erschlafft, aber trotzdem sitzen sie in den Herbergen bis tief in die Nacht in bester Stimmung zusammen, spielen Karten, machen Witze und vergessen ihre Müdigkeit, bis sich alle gemeinsam zur Ruhe legen.

An einem Abend kommt es wegen einer Lappalie zu einem kleinen Zerwürfnis, als einer von ihnen sich im Gästebuch ihrer Unterkunft unter dem Namen Fang Yan einträgt. Die anderen meinen, daß es nicht mehr nötig sei, falsche Namen zu verwenden, und er seine Eintragung ändern solle. Er antwortet, das könne den Argwohn des Besitzers hervorrufen. Als die anderen erwidern, daß eine Änderung niemandem auffallen werde, meint er, wenn niemand darauf achte, sei es überflüssig, sich überhaupt um den Namen zu kümmern. Die anderen drei bestehen aber darauf und schlagen ihm, amüsiert von seiner Widerspenstigkeit und Trägheit, vor, die Eintragung an seiner Stelle zu korrigieren. Der erste scheint ebenfalls amüsiert, aber er wehrt auch diesen Vorschlag hartnäckig ab: Die Mühe könne man sich sparen, er sehe nicht ein, wem oder was Fang Yans Name schade, und deshalb wolle er auch nicht, daß ein anderer den Namen ändere.

Es regnet die ganze Nacht, und zunächst hört man nur das Plätschern und Rauschen des Regens, bis um Mitternacht plötzlich das Blitzen und Donnern eines wolkenbruchartigen Gewitters einsetzt. Steine rumpeln die Hänge hinunter, und ganze Feldwände stürzen mit ohrenbetäubendem Krachen in die Tiefe. Als der Regen am frühen Morgen aufhört, steigt dicker weißer Nebel aus den Tälern und türmt sich bis über die Bergspitzen. Aus weiter, unsichtbarer Ferne dröhnt das tobende Rauschen eines Flusses, und die Straßen sind mit abgerissenen, unter den Rädern des Busses knackenden Zweigen und Blättern übersät. Da, wo der Sturm im dichten Wald einen großen Baum umgerissen hat, ist das kleine Stückchen Himmel, das dieser vorher abgeschirmt hat, schon wieder vom dicht heranwallenden Nebel verdeckt.

Die Autos fahren mit äußerster Vorsicht, ihre Scheinwerfer gleiten wie weit aufgerissene gelbe Augenpaare aneinander vorbei.

Am Vormittag passiert auf der Bergstraße in der Nähe von Baoshan ein Unfall. Ein Lastwagen und ein Fernbus prallen in einer Kurve zusammen, sind glücklicherweise aber langsam gefahren und nicht in die Tiefe gestürzt, so daß bis auf den leicht verletzten Busfahrer kaum jemand zu Schaden kommt. Obwohl nur der vordere Teil beider Fahrzeuge eingebeult ist, stehen sie quer auf der Straße und halten den Verkehr vier Stunden lang auf. Erst als Verkehrspolizisten aus Baoshan eingetroffen sind, den Unfallort begutachtet und die Schuldfrage geklärt haben, kommt ein Kranwagen. Er hebt beide Fahrzeuge zur Seite und macht die Straße wieder frei. Während dieser Zeit stauen sich Hunderte von Pkws und Lkws auf einer Strecke von zehn Kilometern, ihr Hupen vereint sich zu einem an- und abschwellenden Gedröhn, und ihre Insassen steigen aus, unterhalten sich und vertreten sich die Beine. Der Nebel verhüllt Menschen und Fahrzeuge, und nur Schritte und Stimmen sind zu vernehmen, das ständige Öffnen und Zuknallen der Türen, abknickende Zweige, raschelnde Blätter und das Herabrieseln von Urin. Viele verschwinden im Wald, um sich zu erleichtern oder um die Zeit totzuschlagen, manche wagen sich sogar bis an den Rand des Steilhangs und sehen nach unten. Das Tosen des Hunderte von Metern tiefer durch das Tal schießenden Wassers dringt so machtvoll durch den Nebel, als sei es zum Greifen nahe. Ein Mädchen, das im Gras kauert, meint ganz in der Nähe vom Abgrund her den Schrei eines Menschen zu hören, aber einen Moment später ist es wieder still. Es steht auf und späht in die Richtung des Schreis, vermag aber im Nebel nicht mehr wahrzunehmen als ein Rascheln, das sich entfernt. Mehrere Leute gehen davon; sie knicken Zweige und treten das Gras nieder. Dann hört es, wie die Motoren starten und man sich gegenseitig zuruft, die Straße sei wieder frei. Die Leute laufen aus dem Wald und suchen ihre Autos, und auch das Mädchen rennt durch die Bäume auf die Straße zu dem Lastwagen, mit dem es mitfährt, steigt ein, und schon setzt sich die Schlange vor ihr ruckelnd in Bewegung.

Der Nebel hat sich gehoben, der Himmel aufgeklart. Die nicht enden wollenden Bergketten reißen plötzlich ab, und als würde es schlagartig hell, öffnet sich hinter dem Paß die Landschaft zu einer weiten Ebene mit Feldern und Dörfern, kleinen Städtchen, Gewässern und Fabriken, über der die gleißende Sonne hoch am Himmel steht. Der Fluß, der durch die Bergschluchten tobte, schiebt träge seine gebändigten Fluten in einen riesigen, glitzernden See.

Der Bus rast über die flache Landstraße, immer in Sichtweite des Sees, der bald länglich, bald rund, bald bewegt, bald spiegelglatt erscheint. Die langgezogene Masse schneeweißer, wie Watte gebauschter Wolken, die sich über ihm ballt, formiert sich wie durch eine unsichtbare Gigantenhand zu einer Unzahl naturgetreuer Figuren, zu Rudeln mähnenschüttelnder Löwen, wild dahingaloppierenden Pferdeherden, übermächtigen Schneehängen, zu Gruppen von Tropfsteinen und Bambussprossen. Als der Bus sich dem See nähert, rückt die Wolkenmasse heran und wölbt sich über ihm wie die Kuppel eines Doms. Die zahllosen Formen verschieben und verwandeln sich so rasch, als wollte der Weltenschöpfer den Menschen die Myriaden seiner Geschöpfe in einem einzigen Augenblick zur Schau stellen. Dann stürzen die Schneeberge zusammen, Steine und Bambussprossen fallen zur Seite, und die Tiger, Elefanten, Löwen und Panther lösen sich auf. Die Wolken, die sich zusammenziehen, setzen Schneehaufen und feine Jadeschnitzereien frei, und schließlich formen sie ein überdimensionales majestätisches menschliches Gesicht, das mit rollenden Augen zum Himmel aufsieht. Als der Bus den See umfährt, wendet sich der Kopf ihm zu, blickt froh, traurig, erzürnt, bedrückt, bald auf den Bus, bald an ihm vorbei in die Weite, und noch als der Bus den See hinter sich läßt, steht er am Himmel und wendet sich nicht ab. Drei Leute, zwei Männer und eine Frau, sitzen mit leichenblassen Gesichtern im Bus.

23

Als das weiße Taxi in eine Allee einbog und im Schatten der Bäume weiterfuhr, hatte es die blinkenden Lichter des Restaurants schon in der Dunkelheit hinter sich zurückgelassen. Aus dem Portal des Restaurants, das einem Ehrentor nachgebildet und mit roten Laternen geschmückt war, strömten die Menschen wie ein Schwarm kleiner Fische, den ein Riesenfisch aus seinem weit aufgerissenen Maul spuckt, in das Gewimmel auf der im fahlen Mondschein liegenden Straße. Neben ihr verlief still ein schmaler Fluß unter großen Flecken von Wasserlinsen. Zwischen den Häusern wiegten sich Bananenstauden und Palmfarne im Mondlicht. Die niedrige Mauer, die den öffentlichen Park eingrenzte, führte mit einer erstarrten Wellenbewegung in die Finsternis.

Der Wagen verließ die Allee und fuhr längere Zeit zwischen den hell erleuchteten Schaufenstern durch Hochhausschluchten wie durch einen verspiegelten Korridor. Ein nicht abreißender Menschenstrom glitt vorbei und erinnerte in seinem gleichförmigen Zurückweichen an farbenprächtige Fischschwärme in einem Aquarium.

Auf die eine hellerleuchtete Straße folgte die nächste, die zu einer weiteren sternförmigen Kreuzung und zu weiteren unzähligen lichterglänzenden Straßen führte, wo dichte Menschenmengen aus allen Richtungen zusammenliefen und sich wieder zerstreuten. Mit den Reihen von Geschäften und Bäumen wechselten Hell und Dunkel. Am anderen Ende einiger Straßen, die wir passierten, erkannte ich die Leuchtreklame von Geschäften und Restaurants, an denen ich schon einmal vorbeigekommen war; ich sah die hinter uns fliehende Hochstraße und den Busbahnhof an ihrem Ausgangspunkt, die Menschenmengen dort, die Palmen.

Allmählich fielen die Treppen der Hochhäuser ab, die Gebäude wurden älter und standen lockerer; die Straßen und Gassen wirkten zunehmend ruhiger, dunkler, verlassener.

In einer abgelegenen, düsteren Straße kam das Taxi vor einem angegrauten Hotelbau zum Stillstand. Ich stieg aus und blieb mit meinem Koffer am Straßenrand stehen, um das ehemals weiße Gebäude zu betrachten; es war das Hotel, in dem wir damals vor zehn Jahren dreizehn Tage lang gewohnt hatten. In meiner Erinnerung hatte es sich durch seine Pracht und Größe von den Häusern der Umgebung abgehoben, aber als ich es jetzt wiedersah, bemerkte ich, wie schäbig es war; das sogenannte Hotel war keineswegs hoch oder schön und in Wirklichkeit nicht mehr als eine Herberge der unteren Kategorie. Es gab in der Straße kaum größere, in jüngerer Zeit erbaute Gebäude, aber nicht einmal von den einförmigen Bauten alten Stils hob es sich ab, und mir kam der Gedanke, daß es auch damals schon eine Absteige für arme Schlucker gewesen sein mußte.

Auch innen wirkte das Hotel billig und heruntergekommen. Es gab keinen Aufzug, so daß man die unebenen Betontreppen Stockwerk für Stockwerk hinaufsteigen mußte. Das Personal, das ich auf diesem Weg traf, sah unterernährt aus und steckte in schmutzigen weißen Kitteln. Die meisten der Gäste waren dunkelgesichtige Männer mittleren Alters, die aus der Mode gekommene blaue oder graue Uniformen, den klassischen Seitenscheitel und die einst allgegenwärtige schwarze Plastiktasche trugen, oder affektierte Bürschchen in Kunstfaseranzügen und grellen Hemden und ihre Flittchen, übertrieben geschminkte und mit falschem Glitzerschmuck behängte junge Mädchen.

Ich ließ mir das Zimmer im achten Stock am Ende des Korridors geben, in dem ich auch damals gewohnt hatte. Es war sehr geräumig und sehr altmodisch; alles, was vorhanden sein mußte, war da – Fernseher, Telefon, Bad –, nur war es eben drittklassig. Die beiden Außenmauern hatten Fenster, die offenstanden; aber es gab weder Fliegengitter noch Vorhänge, lediglich ein verbogenes Geländer war vor die Öffnungen montiert, so daß die Luft ungehindert durch den Raum zog. Die Toilette im Bad war kaputt, die Spülung funktionierte nicht, und die Dichtungen waren defekt, auch Papier und Handtücher fehlten. Auf dem weißen Porzellan der Klosettschüssel hatten sich rostrote Ringe abgesetzt, an denen man sah, wie die Brühe, die einst in dem Becken gestanden hatte, langsam ausgetrocknet war. Aus keinem der Hähne kam Wasser, und der Spiegel über dem Waschbecken war zerbrochen – er warf ein schiefes, zerschnittenes Gesicht zurück, eine Dämonenfratze.

Es war schon sehr spät, und ich war ziemlich müde, deshalb ging ich ungewaschen zu Bett; angekleidet legte ich mich auf die ausgeleierte Sprungfedermatratze. Ein Windhauch strich mir unablässig über das Gesicht, er brachte Kühle mit sich. Vor den beiden Fenstern schimmerte der Sternenhimmel in der Nachtluft, glänzend wie die Innenglasur einer kostbaren Majolikaschale. Ich hatte das Licht gelöscht, doch die Sterne schienen so hell herein, daß alle Möbel und Gegenstände lange Schatten warfen und ich wie unter freiem Himmel in einen leichten Halbschlaf fiel.

Flüsternde Geräusche erfüllten den Raum, das Zirpen der Grillen und das Rascheln von Blättern, ein ferner Widerhall der Lastwagen, die auf der Hauptstraße dröhnend vorbeifuhren, der Klang ferner Schritte und das leise Echo einer Unterhaltung. Der Wind trug den Geruch von Gräsern und Sträuchern herein, und vom Asphalt der Straße wehte kühle Nachtluft herauf, die mit stechend riechenden Abgasen durchsetzt war. Darunter mischte sich auf eigentümliche Weise ein synthetischer Parfümduft. Unter den diffus heraufklingenden Stimmen tauchten hin und wieder einige bekannte auf, deren angenehmer Klang im Zimmer hängenblieb. In dem Duftgemisch, das die einander überlagernden Geräusche begleitete, erkannte ich einen vertrauten männlichen Körpergeruch, empfand ich die Körperwärme, die ein

Mensch, der inzwischen verschwunden war, im Zimmer zurückgelassen hatte, eine Wärme, in der sich seine Gestalt noch schemenhaft abzeichnete. Ich sah, wie sich dieser Mensch durchs Zimmer bewegte, wie er Wasser trank und rauchte; als er sich auf das Sofa setzte, wieder aufstand und sich entfernte, blieb im Kunststoff eine flache Kuhle zurück...

Der dreizehnte Tag

Ich mußte eben erst eingeschlafen sein, als das Telefon klingelte, rhythmisch, als klopfe eine Hand leicht an die Tür, tack-tack-tack, und dann machte es eine Pause. Benommen dachte ich noch, daß sich jemand verwählt haben mußte; keiner von meinen Bekannten hätte auch nur ahnen können, daß ich in diesem Moment in diesem Zimmer schlief; ich griff dann trotzdem zum Hörer. Aus den Tiefen der Leitung rief mir eine weibliche Stimme aufgeregt »Hallo, hallo!« ins Ohr.

»Errätst du, wer ich bin?«

Offenbar gab ich ein paar Floskeln zur Antwort, vielleicht schwieg ich aber auch nur.

»Du brauchst nicht zu schweigen, ich weiß, daß du es bist«, sagte die Frau mit einer Stimme, die auf einmal wehmütig klang. »Ich bin unten an der Straßenecke. Kannst du runterkommen?«

»Was gibt es denn noch zu sagen?« fragte ich, als führte ich einen Dialog mit einer alten Bekannten. »Ich will schlafen, ich bin sehr müde, ich habe mich gerade hingelegt.«

»Du willst abreisen«, sagte die Frau. »Von hier aus kann ich sehen, daß dein Taxi schon vor dem Hotel wartet.«

»Na gut, ich komme runter«, versprach ich. »Wo bist du jetzt?«

»An der Ecke«, antwortete sie. »Du siehst mich, sobald du unten bist, und ich sehe dich.«

Ich legte auf und erhob mich vom Bett. Verwirrt ging ich ins Bad, um mich zu waschen. Das Wasser kam gurgelnd aus der Leitung, es tropfte noch, nachdem ich die Wasserhähne ganz fest zugedreht hatte. Ich betätigte die Klospülung und verließ das Zimmer.

Draußen herrschte schon blendende Helligkeit. Autos fuhren vorbei, und neben der Fahrbahn liefen Leute. Die Straße und die Gebäude wirkten noch älter und trister als bei meiner Ankunft am Abend zuvor. Die Passanten waren alles andere als modern und entweder schwarz oder weiß gekleidet, und die vereinzelten bunten Kleidungsstücke erwiesen sich als billige Importwaren aus Nylon; die Jeans schlabberten weit am Bein und fegten beim Gehen die Straße. Vor dem Hotel stand ein rotes, schlammbespritztes Taxi. Da sah ich auf einmal Xu Xun, Wang Ruohai und Qiaoqiao aus dem Tabak- und Getränkeladen auf der anderen Straßenseite kommen. Sie lachen und unterhalten sich, und alle drei haben die Zigarettenpackung, die sie gerade gekauft haben, aufgerissen und zünden sich eine Zigarette an. Die beiden Männer tragen die gleichen gestreiften Hemden und enorm weite blaue Matrosenhosen. Ein buckliger grün-weißer Omnibus fährt vorbei und verdeckt sie, bis er abbiegt. Inzwischen haben sie sich aufgerichtet und blicken in meine Richtung herüber, aber sie sehen an mir vorbei zum Hoteleingang. Eine lärmende Horde kommt aus dem Hotel, Gao Jin, Gao Yang, Xia Hong und ich, ich gehe mit meinem Lederkoffer auf das rote Taxi zu und stelle ihn daneben ab. Aus der Brusttasche meines gestreiften Hemdes ziehe ich ein Päckchen Zigaretten und biete allen eine an, bevor ich mir selbst Feuer gebe.

»Wir sehen uns dann dort«, sage ich. »Wann wollt ihr denn zurückfahren?«

»Eventuell schon sehr schnell, vielleicht aber auch nie mehr«, antwortet Gao Yang und lacht. »Wer weiß das schon. Wenn wir wieder da sind, rufen wir dich an.«

»Du wirst dich durchmogeln«, sage ich lachend. »In der Hinsicht komm ich nicht an dich ran. Ich werde ja sehen, zu was du's mal bringst.«

»Apothekenhelfer ist doch auch nicht der schlechteste Job«, sagt Gao Jin. »Kriegen wir unsere Arznei umsonst, wenn wir dann demnächst bei dir einkaufen?«

»Geht klar. Was soll ich dir noch Geld abknöpfen, wenn du schon bei mir einkaufst.«

»Oh, Feng Xiaogang ist auch zum Abschied gekommen«, bemerkt Gao Yang, der sich umgedreht hat, und tritt zur Seite.

Ein schmächtiger junger Mann, der das gleiche gestreifte Hemd wie wir alle trägt, drängt sich in unseren Kreis und schüttelt mir mit breitestem Grinsen die Hand. »Warum reist du so überstürzt ab? Laß uns doch lieber noch einen draufmachen!« An diesem heiteren Tag sieht er ungeheuer lebendig aus.

»Ich muß fort. Es wird auch langweilig«, sage ich strahlend. »Wir sehen uns wieder, ganz sicher sehen wir uns wieder.«

»Gao Yang und die anderen haben deine Adresse?«

»Ja. Über sie erreichst du mich immer.«

Außerhalb des Kreises stand Li Jiangyun in jüngerer Ausgabe, die zusammen mit Feng Xiaogang gekommen war, und lächelte mich an; damals nannten wir sie Liu Yan. Ich löste mich eigens aus der Gruppe, um ihr die Hand zu geben. Lachend sage ich zu ihr: »Daß ich dich bei dieser Reise kennengelernt habe, wird fett auf der Haben-Seite verbucht. Falls ihr später mal auseinandergeht, du und Feng Xiaogang, dann sag mir als erstem Bescheid.«

Sie lächelt nur und gibt keine Antwort. Hinter ihr kommt zögernd ein Mädchen von der Straßenecke herüber. Sie hat ein rundes, ebenmäßiges Gesicht, das makellos rein und glatt schimmert. Ihre Hand hält eine graue Kunstledertasche fest, die ihr an einem langen Riemen von der Schulter hängt. Es ist die jüngere Bai Shan. Auf ihr Erscheinen hin sehen mich alle Anwesenden wortlos grinsend an. Ihr Mund verzieht sich häßlich zu einem gezwungenen Lachen, das noch schlimmer anzusehen ist, als wenn sie weinen würde. So kommt sie langsam auf mich zu.

»Hey, was soll denn das«, sage ich angeödet zu ihr. »Wenn du heulen willst, dann laß deinen Tränen nach Herzenslust freien Lauf, was ist denn das für ein Gesicht?«

»Nicht, nicht so, sei nicht so.« Gao Yang klopft mir besänftigend auf die Schulter.

»Laß mich, was hab ich denn angestellt? Mit diesem Gesicht läuft sie schon seit drei Tagen rum.« Ich sehe sie schräg an und werfe mich in Positur. »Hab ich dir denn was getan? Darf ich denn nicht mehr nach Hause fahren? Meine Adresse und die Telefonnummer habe ich dir doch gegeben; als ein freier Mensch kannst du mich jederzeit besuchen. Außerdem fahre ich ja auch nicht nach Taiwan, so daß wir uns ein Leben lang nacheinander verzehren müßten. Schließlich bleibe ich ja hier in unserem gelobten Land, wo du mich hast, sobald du mich suchst.«

»Das langt, hör auf, oder willst du sie unbedingt noch einmal zum Heulen bringen?« sagt Gao Jin. »Und am Ende heulst du dann auch wieder, dann heult ihr beiden einen ganzen Teich zusammen, und wir müssen das voller Unbehagen mit ansehen.«

Alle bersten vor Lachen. Ich werde rot und frage: »Wer, wer soll geheult haben?«

»Laß gut sein, denkst du, wir kennen dich nicht durch und durch?« Vergnügt wendet sich Gao Jin an Bai Shan: »Er hat dir doch seine Adresse gegeben, damit ist doch alles in Ordnung. Besuch ihn doch, dann wird er schon nicht wegrennen, wo soll er denn hin?«

»Außerdem mag er dich wirklich«, behauptet Gao Yang. »Gib bloß nichts drauf, wenn er sich jetzt wie der letzte Bastard benimmt. Wir wissen insgeheim ganz genau, daß er in den letzten Nächten dauernd ins Kopfkissen geflennt hat; morgens beim Aufstehen haben seine Augen immer wie Pfirsiche ausgesehen. Dieser Mensch steckt voller Gefühle.«

»Erzähl doch nicht solchen verdammten Mist!« Ich gebe Gao Yang einen Stoß.

Alle lachen, sogar Bai Shan, und sie sieht mich liebevoll an. Angewidert wende ich den Kopf ab.

»Seid ihr endlich fertig? Wenn nicht, dann unterhaltet euch ruhig weiter, ich mach mich davon.«

»Langsam!« Gao Jin holt einen Fotoapparat aus seiner Schultertasche. »Ich schlage vor, daß wir noch ein Abschiedsfoto von der ganzen Bande machen.«

»Dagegen.« Ich winke ab. »Du hast wohl 'ne Macke? Die allergrößten Normalos sind versessen aufs Fotografieren – wie die Affen, die dauernd ihre stinkenden Pissepfützen hinterlassen, um sich darin zu bespiegeln.«

»Los, kommt, ein Bild wird gemacht.« Gao Jin hebt die Kamera und geht ein paar Schritte zurück. »So, wie wir heute hier zusammen sind, kriegen wir später nie mehr alle auf einen Haufen. Ruft Xu Xun und die anderen her, was quatschen die dort so lange rum!«

Xia Hong kreischt etwas über die Straße und gestikuliert, woraufhin Qiaoqiao Wang Ruohai und Xu Xun am Arm ergreift und gemeinsam mit ihnen herüberkommt. Die drei überqueren nebeneinander die Fahrbahn.

»Bist du immer noch nicht weg?« fragt Xu Xun und grinst. »Ich hab dich längst satt.«

»Ich finde auch, daß ihr wie die Kletten an einem hängt.« Ich lache, während mich Gao Yang in die Reihe zieht und Xu Xun Bai Shan dicht neben mich hinbugsiert.

Schulter an Schulter stehen wir vor Gao Jin und seinem Objektiv und reden alle gleichzeitig auf ihn ein, daß er sich beeilen solle. »Mach schon, wir halten es keinen Moment länger aus.«

»Es ist gleich soweit.« Gao Jin schwenkt das Objektiv, stellt die Entfernung ein und kontrolliert noch einmal unsere Position. »Lachen!«

Wir alle verziehen unsere Münder zu einem breiten Grinsen. Gao Jin läßt die Kamera sinken und sagt zu Bai Shan: »Ling Yu, es tut mir wirklich leid, jetzt mußt du noch einmal lachen.«

Damals nannten wir Bai Shan Ling Yu.

Erst als wir alle wie blöde lachen, drückt Gao Jin auf den Auslöser.

Anschließend liefen wir auseinander, und ich ließ das allgemeine Händeschütteln über mich ergehen. Dann stürzte ich mich ins Taxi. Bai Shan, die von den anderen aufgestachelt worden war, wollte zu mir ins Taxi steigen, aber ich hinderte sie daran. »Bleibt alle hier, ich ertrag keine rührseligen Abschiedsszenen.«

Sie blickte mich durch das Wagenfenster an.

Der Wagen setzte sich in Bewegung und ließ die Gruppe hinter sich. Er holperte den Bordstein hinunter und fuhr dann auf der Hauptstraße davon.

Die Leute vor dem Hotel gähnten. Sie zündeten sich eine Zigarette an und unterhielten sich darüber, wohin sie wohl gehen sollten. Bai Shan hatte sich aus der Menge gelöst; allein lief sie in entgegengesetzter Richtung die Straße hinunter. Aus der Gruppe heraus sah Li Jiangyun ihr nach; die anderen ignorierten ihren Abgang.

Der zwölfte Tag

Auf den Straßen, über denen eine sengende Sonne steht, reißt der Verkehr nicht ab. Überall warten Eiswagen mit aufgerichteten Sonnensegeln, und zu beiden Seiten der Fahrbahn drängen sich die Menschen Schulter an Schulter im Schatten der Arkaden vor den Gebäuden. Ich sehe, wie ich das öffentliche Telefon vor dem Warenhaus an der Straßenecke verlasse, die Straße überquere und gegenüber hinter eine Steinsäule trete. Dort haben meine Freunde einen Eiswagen umlagert und kaufen sich alle eine Tüte

Eis. Qiaoqiao gibt mir eines mit Schnaps und Schokoladensplittern; es ist schon weich und zerschmilzt angenehm kühl im Mund. Mit dem Eis in der Hand gehen wir schweigend unter den Arkaden entlang, mit jedem Pfeiler ein Stück näher auf den grellen Sonnenschein an der Straßenmündung zu. Hinter mir geht der schmächtige Feng Xiaogang und lutscht an seinem Eis.

Wir laufen im Gänsemarsch durch eine kopfsteingepflasterte Gasse und halten uns dicht an die schattenspendenden Mauern; ab und zu ist uns ein offenes Fenster im Weg, dann müssen wir uns ducken oder mit ein paar Schritten ausweichen. Alle Bewohner der Gasse haben die Haustüren weit geöffnet und die Eingänge mit Eisenstangen oder Bambuslatten vergittert. In der Düsternis der Räume hinter den Türöffnungen kann man spindeldürre Alte in Unterhemden, fette Hausfrauen in Schlafanzügen und bleiche magere Kinder mit großen schwarzen Augen erspähen. Ein paar Leute trinken Tee, andere waschen Wäsche. Über der Gasse sind auf Bambusstangen kunterbunt durcheinander Wäschestücke zum Trocknen aufgehängt; von einigen tropft Wasser, andere bewegen sich leicht im Luftzug. Aus den Kassettenrecordern tönen an- und abschwellend Operngesänge. Die engen Gassen verlaufen kreuz und quer und kurvig, und ab und zu erhaschen wir einen Blick auf das lärmende Gewimmel von Autos und Menschen draußen auf der Straße.

Durch den Vorbau sieht der Eingang des Restaurants aus wie ein Garagentor. Über der Tür hängt eine schwere schwarze Holztafel, auf der in goldenen Zeichen der Name des Lokals kalligraphiert ist, »Himmelswarte«.* Im Halbschatten des Innenhofs stehen über hundert einstmals grün lackierte angeschlagene Eisentische und -stühle und warten auf Gäste.

Meine Freunde und ich sitzen an einem der Tische im Hof,

ganz nah an dem hochaufragenden Pavillon mit seinen geschnitzten Balken und bemalten Pfeilern, den Reihen von offenen Fenstern und Türen, den zurechtgerückten Mahagonimöbeln, den traditionellen Landschaftsmalereien, die die Wand schmükken, und den üppigen Pflanzen. Unsere Worte und unser Lachen, das Klappern der Teller und das Gläserklirren hallen in dem menschenleeren Innenhof wider wie in einer Schlucht, jeder Satz erzeugt ein Echo.

»Morgen um die Zeit bin ich zu Hause… Und wo seid ihr morgen?«

»Warum hast du Ling Yu Ling Yu nicht mitgebracht, warum?«

»Sie geht mir auf die Nerven Nerven, wozu soll sie herkommen, es ist langweilig geworden mit ihr, Qiaoqiao, Xia Hong und Liu Yan, die kannst du wenigstens anschauen, wenn du nicht an sie rankannst – an die kannst du ran, aber du kannst sie nicht anschauen.«

»Liu Yan hatte versprochen, daß sie kommt kommt, so spät kommt sie nicht mehr, die hat uns versetzt, das falsche Luder, Bruder Feng sollte ihr eine Tracht Prügel verabreichen.«

»Wer da wen verprügelt, weiß man nicht so genau, Bruder Feng kann die ›Gottesanbeterin Gottesanbeterin‹* nicht.«

»Wenn du wieder in Peking bist, dann mußt du für mich nach Kondomen Kondomen schauen, sammle soviel zusammen, wie du finden kannst, ich will sie nicht als Luftballons verkaufen Luftballons verkaufen, einer aus Fleischa will sie haben, dort gibt's keine, die Regierung von Fleischa verhütet nicht, das Volk will verhüten, man könnte sie einzeln verkaufen, eines für fünf Fleisch fünf Fleisch, ein Riesengewinn ohne Einsatz ohne Einsatz, der Vater von dem Typen aus Fleischa ist General von Fleischa.«

»Kein Problem, schätze ich, kein Problem, wir gehen eben ein bißchen sparsamer mit ihnen um**, ich etikettiere sie als Entwicklungshilfegüter und schicke sie an den Grenzfluß, so machen wir Geld und verhalten uns gleichzeitig äußerst internationalistisch, ein gutes, pflichtbewußtes Geschäft – wo nimmst du sie mit deinem Fleischling Fleischling in Empfang? –, ich schlag bei jedem ein Fleisch drauf.«

»Kein Problem, schätze ich, kein Problem, du kannst auch mehr draufschlagen, den Preis handle ich aus, wir fangen mit fünf Fleisch an, aber ich kann den Preis noch in die Höhe treiben, wer wird schon nachgeben, wir haben die Ware, wir brauchen zu den Brüdern und Schwestern aus Fleischa nicht übertrieben höflich sein höflich sein, Magneten ziehen einander an, wo's was abzusahnen gibt, muß man absahnen, und später wirst du der erste Zehntausend-Yuan-Haushalt* in Fleischa.«

»Ich will kein Bargeld, wir sind nur durch einen Wasserstreifen voneinander getrennt, wozu soll ich in Fleischa Millionär spielen, sag den Brüdern in Fleischa, daß sie mir Fisch und Vinylanzüge über den Fluß schicken sollen, dann treiben wir Tauschhandeldeldeldel.«

»Geben wir dir alles, macht überhaupt nichts, such aus, was dir in Fleischa gefällt, wir arbeiten umsonst, wir wollen keine Münze sehen, wir lassen dir alles, ganz nach Belieben, du darfst zuerst reich werden, wenn du uns dann nur später schnorren läßt läßt.«

»Nein, nein, laß uns lieber gemeinsam reich werden, und diesmal müssen wir's aber wirklich machen, ja nicht wieder bloß davon reden, und dann passiert nichts. Wenn ich in Peking bin, dann pack ich die Kondome zusammen, tun's gebrauchte auch? Nein, nein, verhalten wir uns lieber ganz korrekt, wenn wir das erste Mal Außenhandel betreiben, dürfen wir unseren guten Namen nicht gleich ankratzen, sonst sagen die Leute dann zu gegebener Zeit nicht, daß ein gewisser Zhang, Li oder Wang, sondern daß wir Chinesen nicht aufrecht seien, und erst recht nicht, daß wir mit ihnen durch dick und dünn gehen.«

»Die Fleischaner sind aufrecht wie ein Bambusstock, wir machen's, gesagt, getan, ich hab auf meiner Seite schon alles im

Sack, wer kneift, ist ein Feigling, klar, richtig, und wenn wir ordentlich Geld gescheffelt haben, dann müssen wir uns loben lassen, wir sind keine Halsabschneider, schick mir ein Telegramm, wenn du zehn Kisten zusammenhast, dann flieg ich direkt nach Fleischa.«

»Jetzt sind wir dran, reich zu werden, andere rühren sich nicht von der Stelle und werden trotzdem so reich[*], ich finde, diese Sache sollten wir machen, und wenn wir abgesahnt haben, stiften wir den Behinderten ein Sümmchen[**], und damit hat sich's, ist es riskant, wenn du nach Fleischa gehst?, du hast dort keine Möglichkeit, das Fleisch wieder rauszulöffeln, wenn es dir einmal in die Suppe gefallen ist, und die Suppe dort im Arbeitslager auszulöffeln ist noch unangenehmer als bei uns.«

»Ich kenne Mittel und Wege der Auslieferung, ich bin eisern entschlossen, jetzt hängt alles von dir ab, ob du dich traust oder nicht.«

»Ich trau mich, ich trau mich wirklich, so was Einfaches, das wollte ich doch schon längst machen, und wir haben immer nur davon geredet und nie was gemacht, wenn wir was wirklich machen wollten, dann hätten wir's längst fertiggebracht.«

»Dann ist das also abgemacht, ich warte auf Neuigkeiten von dir.«

»Abgemacht, sobald es Neuigkeiten gibt, sag ich dir Bescheid.«

»Als wär's echt, die zwei – was habt ihr denn Schönes in Aussicht?, könntet ihr uns vielleicht Anteil haben lassen?, für delikate Aufgaben sind wir zwar nicht zuständig, aber vielleicht könntet ihr uns ein paar protokollarische Titel und Pöstchen zuweisen, wir sind eine Großmacht, wenn ihr zuwenig Personal habt, nehmen die Leute uns auch nicht ernst.«

»Ist alles vorhanden, könnt ihr haben, wenn wir's zu Geld bringen, dann sollen unsere Freunde auch nicht leer ausgehen.«

»Wirklich, laßt uns die Wahrheit in den Tatsachen suchen, ehrlich gesagt, wollte ich schon lange sagen, daß ich mich nach Zhuo Yue sehne, in der Hinsicht war Zhuo Yue stärker als wir alle, sagt keine Silbe, keine Silbe zu niemandem, geht einfach hin und setzt erst mal rechts und links eine Ohrfeige, ehe er fragt, wem er sie austeilt, ehrlich gesagt, ist das der Geist, der uns fehlt, der Geist der Kriegsjahre.«*

»Ja, wirklich, wir müssen in die Praxis einsteigen, der Meinung bin ich auch, wenn wir uns jetzt nicht am Riemen reißen, dann reißt's uns irgendwann, stimmt doch, oder?, solange wir jung sind und arm, geht's noch, da können wir noch von unserem Aussehen und den gewissen Tricks leben, aber wenn wir alt sind, dann haut das mit dem Aussehen nicht mehr hin, mit der Gesundheit hapert's auch, und die Tricks sind längst überholt, wie sollen wir uns junge Mädchen angeln, wenn wir dann immer noch kein Geld haben, da würdigt uns doch keine mehr eines Blicks, na, und wer von uns hat dann nicht einen Mordsdruck, dann sieht's doch trübe aus, wenn einem dieses Vergnügen auch noch abgewürgt wird!«

»Trefflich gesagt, und von den Kindern kann man nicht viel erhoffen, das ist uns klar, schließlich sind wir selber welche, wir müssen Geld haben, wenn wir das Vergnügen nicht so kriegen, dann kaufen wir's.«

»Ich sehne mich wirklich nach Zhuo Yue, wenn er bei uns wäre, dann ginge es uns schon längst gut, dann brauchten wir überhaupt nichts mehr zu machen, sondern könnten ruhig dasitzen und Fleisch essen, und er ganz allein könnte rauben und plündern. Sagt doch, was hat ihm sein Verdienstorden dritten Grades genützt?, da haben sie die ›Awa-maru‹ wieder hochgeholt, aber die Goldbarren, die wir zur Verwirklichung der ›Vier Modernisierungen‹ gebraucht hätten, waren nicht drin, bloß achttausend japanische Urnen, was hatten wir denn davon?, was für Schätze hatte General Yamashita** denn schon, da haben uns die Japaner schön reingelegt, da helfen wir ihnen, einen Haufen

Dünger aus dem Meer zu fischen, das waren doch alles nur Lügen, und dafür opfert unser Kumpel sein Leben, unglaublich, dafür wird er von der ›Seeadler Nummer eins‹ erschlagen!«

»Was soll das denn?, hast du nicht erzählt, Zhuo Yue sei in der Küche umgekommen, als er den ersten Dämpfaufsatz mit Klößen mopsen wollte und sich die Birne an der Leitertreppe eingerannt hat?«

»Unsinn, unsere Flotte hat gegen Taiwan gekämpft, und wir haben sie mit einer Rakete beschossen, aber die war Substandard, die hat einen Bogen gemacht und ist zurückgeflogen gekommen, wir sind alle weggerannt, bloß Zhuo Yue ist wie ein Blöder auf dem Deck stehengeblieben und wollte sie auffangen, dieser dumme Hund, die war doch wahnsinnig schwer, über zehn Tonnen, meine Fresse, da ist ihm von diesem Batzen Eisen das Knochengerüst komplett zerquetscht worden.«

»Nein, i wo, so war es überhaupt nicht, das war die offizielle Version, in Wirklichkeit haben sie mit einem 130er Kaliber Zielschießen geübt, das Schiff von Zhuo Yue hat das Zielschiff geschleppt, und weil sie Angst hatten, daß eine Kanonenkugel danebengehen könnte, haben sie extra im Segelwerk ein über zehn Kilometer langes Tau flechten lassen, anvisiert haben sie zwar das Zielschiff, aber die Kanonenkugel ist trotzdem schnurstracks zum Schlepper geflogen und hat eingeschlagen, daß unsere Kampfesbrüder* Zeter und Mordio geschrien haben, der Trefferpunkt lag über zehn Kilometer neben dem Ziel, hast du denn vergessen, daß du die Kanone abgefeuert und danach nur noch stocksteif auf der Geschützunterlage gestanden hast?«

»Das war ja damals zur Zeit der Viererbande, ihr meint, da könnt ihr so dick auftragen, wie ihr wollt, stimmt's?«

»Hey, hey, die zwei Flaschen Schnaps müssen wir noch austrinken! Ich soll die Kanone abgefeuert haben? Das ist nicht wahr, ich hab den Feind bekämpft, und ich war der deklarierte Wunderschütze unserer ganzen Flotte.** Gao Yang hat geschossen, da fällt's mir wieder ein, er war der Schütze am vorderen Hauptgeschütz, ich stand hinten, ich hab auf das Zielschiff gefeuert und er auf den Schlepper, du Mistkerl, das muß ich noch mit dir abrechnen, du Lump hast einen umgebracht, bezahl, Auge um Auge, Zahn um Zahn, du wolltest Zhuo Yue insgeheim schon lange fertigmachen, weil Zhuo Yue, sobald er auf deinem Schiff war, immer deine Dosen gefuttert hat*, deshalb hast du einen Haß auf ihn geschoben.«

»Das war nicht Gao Yang, Gao Yang war doch Panzerschütze, der war gar nicht mit uns zusammen, der hat doch auf vietnamesische Dörfer geschossen, du meinst Gao Jin.«

»Gao Jin, mit dir muß ich noch abrechnen, du wolltest Zhuo Yue insgeheim schon lange fertigmachen, weil Zhuo Yue immer deine Dosen gefuttert hat, deshalb hast du einen Haß auf ihn geschoben.«

»Niemand hat Zhuo Yue fertiggemacht, der hatte es eilig, weil er sich die Klöße schnappen wollte, deshalb war er zu hektisch und hat sich den Kopf an der Treppe eingerannt, der hatte auch schon lange einen Arterientumor.«

»Du willst mich insgeheim schon lange fertigmachen, du schiebst einen Haß auf mich, weil ich immer deine Dosen gefuttert habe.«

»Los, weg hier, es ist ja überhaupt nichts mehr da, wollt ihr hier auf dem trockenen sitzen bleiben?«

»Gib zu, du schiebst einen Haß auf mich, weil ich dich dran gehindert habe, daß du meine Dosen auffrißt, bevor du deine eigenen gefuttert hast, und weil ich dir nicht geholfen habe, als du von den Soldaten aus Dalian** Dresche bezogen hast. Denkst du etwa, ich hätte dir helfen können? Die konnten doch alle Taekwon-do***, wenn ich mich eingemischt hätte, hätten wir doch nur gemeinschaftlich Prügel bezogen, Xu Xun und Wang Ruohai standen doch auch daneben, warum schiebst du keinen Haß auf die? Die haben außerdem sogar Feuerwehräxte mit sich rumgeschleppt und den ganzen Abend über angegeben, wie sie die Dalian-Soldaten kleinhacken wollten – ein Pisser, wer nicht voll reinhaut –, aber zum Glück bin ich clever und nicht so ein Hitzkopf wie du.«

»Du hast doch am Abend vorher auch groß getönt, in der Kabine warst du doch der Furchtloseste und Radikalste von uns allen. Du hast doch als erster geschworen, daß nur ein Feigling davonrennt, mit dem Fleischermesser am Gürtel bist du vorangestürmt und wir hinter dir her auf sie los, und als du bei ihnen warst, hast du doch tatsächlich gelacht und sie unterwürfig begrüßt, aber Gao Jin, dem die Wut ins Gesicht geschrieben stand, haben sie geschnappt und verdroschen, und wenn die Dalian-Soldaten nicht Respekt vor Zhuo Yue gehabt hätten, dann hätten sie Hackfleisch aus Gao Jin gemacht und wir hätten unsere Maultaschen damit füllen können, wer will denn mit dir noch gemeinsame Sache machen?«

»Frag ihn doch mal, ob es das erste Mal war. In unserer Schulzeit hat er genau dasselbe gemacht, damals, als wir uns mit den Straßenjungs von einem anderen Quartier beim Chaoyangmen dreschen wollten, da haben wir am Abend vorher verabredet, wie wir das eine Muttersöhnchen abstechen wollten, und sind Schwerter schwingend losgestürmt, aber der Vater von dem einen hat uns mit einer Schaufel in die Flucht geschlagen, über dreißig Leute, und wer ist als allererster weggerannt, daß er sogar seinen patentgebundenen Turnschuh verloren hat?«

»Los, los, gehen wir, reden wir unterwegs weiter, laßt uns in den Zoo gehen, ich hab gehört, daß die ein paar pensionierte Affen bekommen haben, die vorher beim Zirkus waren, die können rauchen und Melonenkerne knacken und einander zähnefletschend die Hand schütteln.«

»Also, gehen wir, mir völlig egal, wohin, wohin hat sich denn Gao Yang verdrückt? Der Strolch hat wohl Angst, daß ich ihn verprügle.«

»Wen willst du verprügeln? Was willst du denn schon, hau doch einfach mich, ich hab hier die ganze Zeit nichts gesagt, und du bläst dich mit jedem Wort mehr auf, das will ich doch erst mal sehen!«

»Sag ich doch, daß ich dich verprügeln will, hab ich etwa gesagt, daß ich dich verprügeln will?, ich hab doch gar nicht von dir geredet, was regst du dich auf?, was stellt der sich so an?, Gao Yang mag dein Bruder sein, aber deshalb brauchst du dich doch wegen so einer Kleinigkeit nicht aufzuregen, da kennen wir uns so lange, das ist wirklich enttäuschend, das letzte, das hinterletzte, von jetzt an mache ich keine Witze mehr über dich.«

»Ja, mach ja keine Witze mehr über mich.«

»Diese Affen sind wirklich liebreizend, fast so anmutig wie du, wenn es noch ein bißchen dunkler wäre, könnte ich überhaupt nicht mehr auseinanderhalten, wer von euch beiden älter ist.«

»Du bist leider nicht ganz so hübsch wie diese Affen, wenn du einen mit heim nimmst, anerkennen ihn deine Eltern garantiert als eigenen Sohn. Nein, wie dein Brüderchen lacht, und wie er raucht, das sieht besser aus als bei dir... Was drängelt ihr denn so, drängle nicht so, streck doch deinen Hals meinetwegen den ganzen Affenhügel runter, was willst du denn mit deinen schweißigen Patschhändchen auf meiner Schulter, wenn wir jetzt am Bärenzwinger ständen, würde ich glatt denken, ein Bär ist über die Bäume rausgeklettert. Was soll denn das, hey, sag schon, seh sich einer diese Mißgeburt an, ich soll dich wohl zwischen die Affen katapultieren oder was? Freunde, hier ist einer, der will's wissen, sollen wir dem Sack die Hucke vollhauen?«

»Komm, laß sein, schlag ihn nicht kaputt, sonst müssen wir am Ende noch Geld ausgeben, um ihn reparieren zu lassen.«

»Nein, seht ihn euch doch an, der hat doch einen Antrag gestellt, daß jemand ihn zusammenhaut. Los, gehen wir wohin, wo keiner ist, damit die unschuldigen Massen nichts abbekommen. Kannst du schwimmen?, kannst du, gehen wir an den See, gib gleich zu Protokoll, an welchen Stellen du nicht zerbrechlich bist, sag mir, wo du was verträgst.«

»Was soll das denn, was ist denn los?, wer will hier ein ruhiges Plätzchen suchen?«

»Das will ich sehen, was das für einer ist, der die Fresse so aufreißt, du bist das?, du siehst ja nicht gerade wie aus Eisen aus, an den See, in den See, ganz nach Belieben.«

»Entschuldigung, Pardon, unser Genosse hier ist krank, und er hat ein bißchen über den Durst getrunken, normalerweise ist er ganz anders, Sie dürfen ihn bitte nicht ernst nehmen, wir werden ihm Manieren beibringen.«

»Hört nicht auf den, die gehören alle zusammen, eben haben sie alle noch barbarisch rumgegrölt.«*

Der Kreis von Leuten, die sich auf dem Affenhügel stritten, brach plötzlich auseinander, und meine Freunde rannten in alle Himmelsrichtungen davon, ich allen voran und hinter uns die brachialen Kerle, die einzeln die Verfolgung aufgenommen hatten. Wir rannten quer über die Wiesen, über zierliche Brücken und durch sorgfältig angelegte Blumeninseln, brachen raschelnd durch ein schwankendes Bambuswäldchen und rasten auf dem Hauptweg des Zoologischen Gartens zum Ausgang. Dann verschwanden wir im Getümmel der Straßen.

Die Blumeninseln blieben verwüstet zurück; das Rot geköpfter Blüten leuchtete verstreut im Staub. Fußspuren führten kreuz und quer durch den kleinen Bambuswald. Menschen und Fahrzeuge zeichneten ein strömendes Muster auf die Straßen, sie hatten es eilig, und keiner achtete auf seinen Nachbarn. Die Abendsonne leuchtete blutrot, ihr goldener Dunst legte sich über die lärmenden Straßen der Stadt.

Bai Shan spazierte unter einer Pergola, deren weißes Holzgerüst von üppig herabhängenden Glyzinien überwachsen war. Hin und wieder taucht ihre Gestalt zwischen den Lücken des rankenden Geästs auf. An ihrer Hüfte schaukelt im Einklang mit ihren Bewegungen eine silbergraue Umhängetasche. Die Nachmittagssonne fällt in den Laubengang und zeichnet ein wirres Geflecht von Licht und Schatten auf den glänzenden Terrazzoboden. Außerhalb der Pergola ist der Garten von kräftigen Bäumen und Blumenstauden überwuchert. Tief im weit herabhängenden Schirm der Banyanbäume verborgen, singen die Zikaden ihr unaufhörliches Lied, das an- und abschwillt wie das Heulen einer Schiffssirene. Kein Mensch ist in der Nähe. Der Laubengang dehnt sich lang und gewunden. Zierliche Blumenpavillons, Weinlauben, lichte Gartenhäuschen und Bambushütten liegen im Park verstreut, große und kleine Hallen sind halb verborgen oder offen sichtbar ineinander verschachtelt, Schwingdächer wachsen aus niedrigen Gebäuden mit eigenwilligen Formen heraus, hier und da weht ein Vorhang, tut sich eine eingefriedete Sitznische auf, und europäische und chinesische Elemente ergänzen sich gegenseitig in ihrer Pracht oder Schlichtheit.

An vielen Tischen werden Fisch und Meeresfrüchte verzehrt, an anderen riecht es nach Hammelfleisch; die Menschen sitzen in heiterer Stimmung an reichgedeckten Tafeln und schmausen gesellig, ein Bild ineinander verschwimmender, einander überblendender fröhlicher Gesichter.

Den natürlichen Formen des Hügels folgend, windet sich der Laubengang abwärts und führt an einen smaragdgrünen See und zu einem Steinschiff, das, von einer Jadesteinbalustrade eingefaßt, unter einer zinnoberroten Dachumrandung am Wasser liegt.

Ich sitze an einem Tisch am Fenster, vor mir nur eine Kanne Tee und ein ungebrauchtes Gedeck. Ich lasse Rauchringe in die

Luft steigen, die sich wie eine Schlange ringeln, bis ich sie plötzlich auseinanderblase. Bai Shan nimmt neben mir Platz, und wir schweigen beide. Die Bedienung bringt noch ein Gedeck. Als Bai Shan die Speisekarte aufschlägt, sage ich: »Nichts Wildes.« Sie sieht mich nur kurz an und zeigt, um zu bestellen, auf verschiedene Speisen, dann reicht sie der Bedienung die Karte zurück. Stumm mustert sie mich.

»Gao Yang ist nicht gekommen?«

»Nein, ich sitze schon eine Ewigkeit hier rum, aber er hat sich nicht blicken lassen.«

»Aber ich habe mit meinem Onkel gesprochen, er wechselt siebentausend zu vier-null, er erwartet uns heute nachmittag um halb vier zu Hause.«

»Dann gehst du um halb vier hin, und sagst ihm, daß wir nicht tauschen, vier-null ist zu viel.«

Die Bedienung bringt eine reichdekorierte Platte exquisiter Vorspeisen. Mit einem Griff habe ich den kunstvoll aus Rettich geschnittenen Pfauenkopf zwischen meinen Stäbchen und zerkaue ihn krachend. Plötzlich hat die Vorspeisenplatte alle Lebendigkeit eingebüßt.

»Wie soll ich meinem Onkel so was sagen? Vier-null ist überhaupt nicht viel, ich habe ihm erzählt, daß ich selber tauschen will, nur deshalb hat er sich darauf eingelassen. Normalerweise nimmt er mindestens vier-zwei oder vier-drei.«

»Du bist die einzige hier, die ehrlich ist, und deshalb sitzt du jetzt in der Patsche.«

»Aber Gao Yang hat das ganz fest mit mir abgemacht, auf Knien hat er mich überredet; ich hatte ursprünglich gar keine Lust, mich um diese Angelegenheit zu kümmern, und nur weil es dein Freund ist, war ich schließlich dazu bereit. Hat er denn überhaupt einen Freund, der Hongkong-Dollar wechseln will?«

»Vielleicht, vielleicht auch nicht, es ist genausogut möglich, daß er nur so dahergeredet hat und es in Wirklichkeit um den

Freund eines Freundes ging. Er hat irgendwas gesagt, und du hast irgendwas gehört, wer hat dir denn gesagt, daß du wirklich was unternehmen sollst?«

Bai Shan läßt den Kopf sinken und stochert mit den Stäbchen in den Fleischstücken auf ihrem kleinen Teller herum.

»Als er mit mir geredet hat, klang es unheimlich dringend, und ich dachte mir, daß es auch nicht schlecht wäre, euch zu ein bißchen Geld zu verhelfen, nachdem ihr in einem fort in irgendwelchen Restaurants sitzt, die ganze Zeit im Hotel wohnt und euch immer mit Taxis durch die Gegend kutschieren laßt – ich habe keine Ahnung, wie ihr das schafft, andauernd so dick aufzutragen. Gestern hast du doch auch voll und ganz dahinter, gestanden, daß man das machen sollte.«

»Ich stehe immer voll und ganz dahinter und sag bei allem, daß man's machen könnte. Was glaubst du mir denn noch alles? Du mußt doch selber wissen, was du machen sollst und was nicht!«

Bai Shan streift mich mit einem Blick und sieht dann mürrisch der Bedienung entgegen, die eine Platte Schweinshaxen auf Senfgemüse quer durch das Restaurant an unseren Tisch bringt; das Gericht trägt den Namen »Wildschweinwald«.*

»Von jetzt an brauchst du dieser Bande nichts mehr zu glauben.« Ich beiße in die Schweinshaxe. »Und merk dir, egal, was gesagt wird, hör es dir an, versprich ruhig alles, und damit hat sich's, halt auf keinen Fall etwas für wahr, sonst wirst du wieder reingelegt.«

»Und das mit dir, darf ich das auch nicht für wahr halten? War denn überhaupt etwas wahr von dem, was du gesagt hast? Oder fällt das auch unter ›und damit hat sich's‹, aus, vorbei und vergessen?«

»So ungefähr. Sieben oder acht von zehn Sätzen sind verlogen, die ersten beiden mögen hin und wieder wahr sein, aber auch das kann ich nicht garantieren.«

»Und das machst du bei allen Leuten so, immer und überall?«

»Bei allen Leuten, immer und überall.«

»Warum? Wozu muß das sein? Beißt du dir an der Wahrheit die Zähne aus, oder lügst du einfach, ohne zu überlegen?«

»Ich lüge, ohne nachzudenken, aber es ist auch nicht so, daß mir die Wahrheit nicht über die Lippen käme – es gibt nichts Wahres zu sagen. Was ist denn zu sagen? Wozu muß man die Wahrheit aussprechen? Außerdem ist das eine alte Gewohnheit, und wenn ich erst mal mit dem Reden anfange, kann ich mich nicht mehr bremsen – sobald die ersten beiden wahren Sätze gesagt sind, strömen die Lügen nur so aus mir heraus. Es ist einfach langweilig, wenn man beim Sprechen nicht voll aufdrehen kann.«

»Seid bloß ihr so, oder sind alle Leute so?«

»Das mußt du alle Leute fragen, oder du mußt dich mit allen unterhalten, dann hörst du sofort heraus, was wahr und was gelogen ist.«

»Hörst du denn bei mir heraus, was wahr und was gelogen ist?«

»Was? Was soll wahr oder gelogen sein?«

»Alles, was ich bisher zu dir gesagt habe. Ich habe dir doch so vieles gesagt, und du auch zu mir; heißt das, daß du alles vergessen hast, was du mir gesagt hast und was andere zu dir gesagt haben?«

»Sag's noch mal, sag mir noch einmal, was du zu mir gesagt hast.«

»Nein, ich finde, du hättest es dir merken müssen.«

»Ich hab's vergessen. Sag's noch mal.«

»Ich habe gesagt, ich liebe dich – nachdem du mir gesagt hattest, daß du mich liebst…«

Die Bedienung trägt mit höchster Vorsicht ein aus gesimmertem Huhn und Schildkröte bestehendes Gericht auf und sagt uns, es heiße »Zusammenkunft der Helden«.*

»Was ich gesagt habe, war wahr«, sagt Bai Shan. »Ich habe alles ernst genommen.«

»Du lügst.« Ich lache trocken. »Das hört man doch sofort.«

»Vielleicht hast du gelogen, aber ich nicht.«

»Alles war gelogen.« Unsicher betrachte ich Huhn und Schildkröte, die reglos in der Brühe schwimmen. »Nein, sag's nicht, ich bekomme eine Gänsehaut, wenn ich so was höre.«

»Aber damals hast du vor lauter Rührung geheult wie ein Schloßhund, oder willst du das abstreiten?«

»Dann schäme ich mich jetzt um so mehr dafür – hab ich das wirklich gemacht?«

»Ich schwöre dir, du hast Rotz und Wasser geheult, und alles auf mein Gesicht. Ich habe mich dreimal gründlich mit Seife schrubben müssen, bis die Kruste wieder runter war; ich hätte sie dir aufheben sollen.«

»Glaub mir nicht so viel. Meine Tränen fließen, wann ich will; ich heul oft tagelang und weiß nicht, weswegen.«

»Damals hast du es ernst gemeint, das weiß ich, genauso ernst wie ich.«

»Nein, ich mein's ernstlich nicht ernst, das darfst du dir auf keinen Fall einreden. Du bist nicht meine Traumfrau. Ich mag echte Vollweiber, das weißt du doch genau. Wenn man die ganze Rhetorik mal beiseite läßt, dann verspüre ich bestenfalls so etwas wie gelegentliche Zuneigung zu dir, ganz ehrlich gesagt.«

»Wenn das die ganze Zeit dein Empfinden war, dann hättest du mir das als verantwortungsvoller Mensch von Anfang an ehrlich sagen müssen.«

»Laß uns nicht spießig werden, ja? Wir sind doch beide keine Kinder mehr und für uns selbst verantwortlich. Du hättest die Risiken, die du als Frau eingehst, von Anfang an einkalkulieren müssen, und ich denke, du hast auch deine Vorkehrungen getroffen – schließlich bist du nicht blöd, du bist sehr intelligent. Außerdem, mit welchem Recht verlangst du von mir, daß ich ein edler, ein Mensch mit hohen moralischen Qualitäten* bin? Ich habe mir noch nie Gedanken darüber gemacht, ob ich andere womöglich verletze, und hinterher noch nie ein schlechtes Gewissen gehabt; hoff bloß nicht drauf, daß ich plötzlich mein Gewissen entdecke! Wenn du was mit mir zu tun haben willst, dann mußt du vorsichtig sein, und niemand sollte versuchen, mich zu erpressen. Ich suche mir nur Freiwillige aus, man hat sich alles selbst zuzuschreiben – selbst schuld! Andersherum gilt das genauso für mich, meinetwegen braucht sich auch niemand ein schlechtes Gewissen zu machen.«

»Das macht mich fertig.«

»Komm mir bloß nicht damit. Wieso fertig? Wer ist fertig? Wer wäre denn nicht fertig? Und wie viele sind denn wirklich am Ende? Wir leben doch alle ganz gut. Ich sag dir, ich esse keinen Bissen mehr, wenn du auch nur eine Träne vergießt, ich mach mich stehenden Fußes auf und davon. Tränen erweichen mich gar nicht.«

Bai Shan sieht mir mit großen runden Augen direkt ins Gesicht; ihre Züge sind angespannt, als müsse sie sich anstrengen, um mich durch den Schleier eines stürmischen Regens hindurch deutlich zu sehen.

»Sieh mich nicht so an, ich fand deinen Blick noch nie überwältigend.«

»Das bist nicht du.«

»Das bin ich.« Ich lache. »Da dachte ich, du würdest dir etwas mehr Emphase** abringen, und dann kommt so was! Das haben all die gebildeten Menschen vor uns doch schon längst trivialisiert.«

»Du bist nicht mehr derselbe.«

»Das ist genau dasselbe, nur anders ausgedrückt, aber nicht weniger trivial. Woher willst du denn wissen, wie ich früher war? Wie lange kennst du mich denn schon, sag! Ich bin schon immer so, von klein auf war ich so, mein ganzes Leben lang. Wenn du irgendwas bei mir festgestellt zu haben meinst, das früher anders war, dann habe ich mich da auch nur verstellt. Jetzt solltest du mich richtig erkannt haben.«

Bai Shan läßt deprimiert den Kopf sinken. Ich rufe die Bedienung, lasse den Reis bringen*, löffle mir die dicke Soße des »Wildschweinwalds« auf den schneeweißen Reis und schaufle ihn mir in den Mund.

Vom See weht eine leichte Brise herauf und läßt den bemalten Bambusvorhang erzittern. Von leisem Klappern begleitet, verändert die Landschaft darauf ihre Gestalt.

Im weichen Rasen liegt flach der See, und das Rot von Blüten spiegelt sich im Wasser. Am Ufer, das sich anmutig und frisch dem Blick darbietet, stehen alte Banyanbäume und Weiden. Der leichte Wind schaukelt die herabhängenden Zweige und weht die jungen Triebe sanft nach oben. Zwischen den schwankenden Zweigen hält mich Bai Shan eng umarmt und stammelt tränenüberströmt:

»Ich verlange nichts anderes, ich will nur weiter mit dir zusammensein können.«

»Das liegt nicht an dir, sondern an mir. Nach diesem Gespräch kann ich nicht länger mit dir zusammensein. Ich fühle mich nicht mehr sicher.«

»Ich werde nichts mehr ansprechen, wirklich, ich werde dich nichts mehr fragen, und wenn du eine Neue hast, dann gehe ich.«

»Besinn dich auf deinen Stolz als Frau.« Ich drücke Bai Shans Hand auf und versuche mich aus ihrem Arm zu lösen, der mich umklammert wie eine Schlange. Ohne mich loszulassen, erträgt sie den Schmerz und leistet Widerstand. Aus der Ferne muß es aussehen, als rängen wir zwischen den Weidenzweigen miteinander. »Du hast kein Rückgrat. Das hört sich an wie von einer Sklavin gesagt. Das paßt nicht zur dominanten Position der Frau im neuen China. Willst du etwa, daß ich dich noch weniger achte?«

Gao Jin ging mit der jüngeren Ausgabe von Li Jiangyun durch die Straßen. Er lachte viel und redete auf die Frau ein, die sich mit der Hand gegen die sengenden Sonnenstrahlen schützte. Dabei sah er ihr aufmerksam ins Gesicht und beobachtete ihren Ausdruck. Hinter der abschirmenden Hand verborgen, lächelte sie bedeutungsvoll.

Ein vorbeifahrender Trolleybus schob sich vor die beiden. Als sie wieder zu sehen waren, hatten sie sich herumgedreht und schickten sich an, die Straße zu überqueren.

Immer wieder wurden ihre Körper von Taxis verdeckt, die lachenden Gesichter jedoch behielt ich die ganze Zeit im Blick. Ob sie sich umschauten oder sich einander zuwandten, ihre Münder standen nie still.

In der stechenden Sonne verschwamm mir das angegraute Weiß des Hotelgebäudes schmerzhaft vor den Augen.

Der Standventilator drehte seinen Kopf gleichmäßig hin und her; im äußersten Winkel blieb er immer für eine Weile stehen, ehe er sich wieder zurückwandte.

Draußen vor dem weit geöffneten Fenster wölbte sich das üppige Grün einer Baumkrone vor einem fast durchsichtigen blaßblauen Himmel. Ein kraftvolles Licht durchflutete die Luft.

Xu Xun, Wang Ruohai, Gao Yang und ich saßen mit nacktem Oberkörper vor dem Ventilator an einem Teetischchen und spielten Karten; krachend flogen die Karten unter unseren Lachsalven auf den Tisch. Unsere Zigarettenkippen und die Hülsen der ausgeknabberten Melonenkerne hatten wir über den ganzen Tisch und rund um uns verstreut. Qiaoqiao und Xia Hong lagen, ohne einen Laut von sich zu geben, hinter uns auf dem Bett und hielten Mittagsschlaf, sie schliefen wie die Toten. Das Moskitonetz hing zusammengebunden in der Luft. Ihre Röcke waren weit hochgerutscht und hatten ihre schweißnassen Oberschenkel entblößt.

Bei unserem Spiel kam es auf Intelligenz und Raffinesse an. Jeder legte seine Karten verdeckt auf den Tisch und sagte den anderen dann die Werte an. Wenn einer der anderen die Ankündigung nicht glaubte, konnte er eine der Karten umdrehen, aber wenn ihre Punktzahl mit der angekündigten zusammenpaßte, kassierte er alle Karten. Stimmte sie nicht überein, bekam derjenige, der sie angekündigt hatte, die Runde. Da es zwei Joker gab, die beliebig eingesetzt werden konnten, war es nicht unwahrscheinlich, mit einer falschen Ankündigung durchzukommen. Eine der Grundregeln war, daß man nicht immer die Wahrheit sagen und das ankündigen durfte, was man tatsächlich auf der Hand hatte – das nannten wir »lumpen« –, man mußte mal ehrlich sein, mal lügen, die anderen mit allen Tricks reinlegen. Dieses Spiel hieß »Mogeln«, und Gewinner war, wer seine Lügentaktik am geschicktesten einsetzte und zuerst alle Karten los war. Es war damals sehr beliebt, weil die Regeln einfach waren; inzwischen ist es von komplizierteren Spielen abgelöst worden. Daß es auch in jenen Jahren nicht in weiten Kreisen Mode war, lag an einem fatalen Makel: Es konnte nur ohne Einsatz gespielt werden. Echte Spieler hätten sich nicht eine Sekunde lang damit abgegeben. Ohne Einsatz zu betrügen war einfach nur naiv.

Naiv und laut täuschen wir lustvoll Stärke vor, während uns der Schweiß über das Gesicht rinnt.

»Fünf Zweier und noch mal fünf Zweier.«

»Drei Achter und fünf Achter.«

»Die kannst du behalten, wen willst du bescheißen, ich hab zwei Achter.«

Kichernd sammle ich die acht Karten wieder ein, von uns vieren habe ich die meisten Karten auf der Hand.

»Wo steckt denn Gao Jin?« frage ich, während ich mein Blatt sortiere.

»Der hat was zu tun, was besonders Schönes«, antwortet Xu Xun vergnügt und zieht an seiner Zigarette.

»Hast du Liu Yan nicht geschafft, gestern abend?« fragt mich Gao Yang.

»Nein, wir haben den ganzen Abend lang geredet«, antworte ich.

»Geredet, den ganzen Abend? Wozu redet ihr denn so lange rum, findest du das nicht Zeitverschwendung?«

»Glaubt dem bloß nix, wer weiß, womit der geredet hat.«

»Ehrlich, ganz ehrlich«, beteuere ich. »Sie hat mir ihre Lebensgeschichte erzählt. Sie kann einem wirklich leid tun.«

»Die soll einem leid tun? Um die machst du dir Gedanken?« Meine Freunde lachen laut heraus. »Du bist echt blöd.«

»Hab ich dir nicht Anweisung gegeben, als ich sie dir zugeteilt hab? Ohne ein Wort, rein ins Zimmer, raus aus den Latschen, rein in die Kiste, und wenn du reden willst, dann dort, hinterher. Bei dieser Sache darf man nicht zuviel reden, welche hätte denn nicht ihre kleine Leidensgeschichte, wenn man da viel hin- und hererzählt und der Gerechtigkeitssinn erst mal geweckt ist, wie soll man dann noch die Hose runterkriegen? Du hast was Dreckiges vor, also solltest du dich hüten, zu andächtig* zu werden, wozu willst du dich wie der liebe Gott aufführen? Wer getraut sich denn, mit dem lieben Gott zu schlafen?«

»Der Strolch stellt sich immer bloß dumm, er will was ganz Besonderes sein, nicht so gewöhnlich wie wir!«

»Nein. Ich fand es nur schon immer ein bißchen zu roh, einfach so reinzulaufen und sie wortlos flachzulegen, irgendwas muß man schon sagen. Außerdem sind wir nicht sehr vertraut miteinander, da muß man doch wenigstens etwas Atmosphäre schaffen, ehe man der Reihenfolge nach vorgehen kann. Ich hab auch nicht erwartet, daß wir so lange quatschen würden, bis sie vor lauter Reden anfängt zu heulen.«

»Du solltest doch ihren Körper erlösen, nicht ihre Seele, wozu nimmst du ihr denn dann die Beichte ab?«

»Du Mistkerl hast doch auch geheult, oder? Hat ihre Jammerklage dir nicht auch Tränen entlockt?«

»Nein, nein, ich hab nicht geheult, ich hab ihr nur ganz ruhig zugehört; was sie erzählt hat, ist mir ein bißchen unter die Haut gegangen, und ich hatte großes Mitgefühl, aber so schlimm, daß ich geheult hätte, war's nicht.«

»Hör auf, Qiaoqiao hat alles gesehen, ihr habt euch gegenübergesessen und beide geheult wie die Schloßhunde, voller Mitleid und Erbarmen hast du dein gutes Herz offenbart – deshalb nennen wir dich doch Fang, den Wohltäter, nicht wahr, Qiaoqiao?« Wang Ruohai dreht sich um und stößt Qiaoqiao an, die zwischen Wachen und Schlafen dahinzudämmern scheint.

Sie reißt kurz die Augen auf und sieht mich schläfrig lächelnd an, dann fährt sie sich mit den Fingern über die Wangen, um anzudeuten, wie meine Tränen geströmt seien. Anschließend dreht sie sich um und schläft weiter.

Ich bin puterrot geworden. »Das stimmt nicht. Wenn ihr dabeigewesen wärt und Liu Yan gehört hättet, dann wäre es euch genauso ergangen wie mir. Das Leben ist grausam mit ihr umgesprungen, sie hat es nie leicht gehabt, ehe sie schließlich jemanden wie Feng Xiaogang getroffen hat, der sie ein kleines bißchen besser behandelt. Zwischen den beiden gibt es wirklich so etwas wie ein echtes Gefühl. Beide hatten ein verflixt hartes Los; sie hat mir ihre gemeinsame Geschichte erzählt, und ich war sehr gerührt. Feng Xiaogang liebt sie aufrichtig.«

»Hey, hey, auch noch echte Liebe, du hast dich wohl richtig in sie verliebt?« Xu Xun nimmt mein Gesicht zwischen die Hände und versucht meinen Kopf zu sich zu drehen. »Laß sehen, laß dich anschauen, da haben wir tatsächlich einen echten Heiligen im Korb.«

»Laß den Quatsch.« Ich schiebe Xu Xuns Hände weg. »Ich bin

nicht in sie verliebt, aber ich will mich auch nicht bloß ein paar Minuten mit ihr vergnügen, so daß sie mich für den Rest ihres Lebens für einen Dreckskerl hält und verabscheut.«

»Du Dummkopf«, sagt Gao Yang lachend mit einer Zigarette zwischen den Zähnen. »Diesen ganzen Müll hat sie doch schon uns allen erzählt. Frag mal Qiaoqiao, die kann dir auch eine Menge berichten, da geht's noch bunter zu als bei Liu Yan. Was hat sie doch für große Erwartungen gehabt, was für starke Gefühle, von klein an hat sie das Glück herbeigesehnt und war voller Ideale, aber immer und überall hat sie Pech gehabt, die Gesellschaft hat ihr auch Unrecht getan, und sie ist nur schlechten Menschen begegnet, die sie ihr Leben lang miserabel behandelt haben. Alle Nieten sind Pechvögel, sämtliche unfähigen Idioten erzählen einem dasselbe. Warum fragst du sie eigentlich nicht mal, warum sie nicht schön brav bei Feng Xiaogang bleibt, was sie eigentlich heimlich hier zu suchen hat – hat sie etwa jemand hierher entführt?«

»Daß nicht alles ganz astrein war, was sie mir erzählt hat, das habe ich auch herausgehört, und daß sie sich einiges selbst zuzuschreiben hat. Aber ich habe das Gefühl bekommen, daß sie nichts als Schmerz und Leid empfindet, und das war nicht vorgetäuscht. Vielleicht hat sie früher ja auch manches aus Spaß getan, aber wenn sie jetzt im nachhinein daran denkt, dann ist es für sie fast unerträglich, und sie bereut es sehr. Ich sage euch, sie hat mich gerührt; wie bitterlich sie geweint hat, als sie mir erzählte, daß sie alles bereut – das und nichts anderes war es, was mein Verantwortungsgefühl wachgerufen hat, das kann man einfach nicht willentlich kontrollieren. Wenn sie nichts bedauern würde und weiter Spaß dran hätte, dann hätte es für mich natürlich auch keine Zurückhaltung gegeben. Aber sie bereut inzwischen sehr. Ich war nicht edel, gestern abend, aber ich wollte mich wenigstens halbwegs menschlich verhalten und ihr eine Chance geben, die Katastrophe nicht noch verschlimmern nach dem

Motto, das Kind ist sowieso in den Brunnen gefallen, schmeiß den Stein ruhig hinterher. Das wäre mir zu grausam vorgekommen.«

»He, he!« grölen Gao Yang, Xu Xun und Wang Ruohai und betrachten mich. Die Spielkarten haben sie auf den Tisch geworfen.

»Wirklich!« beteuere ich aufrichtig und setze mich kerzengerade hin. »Ich bin schon ein ziemlich mieser Bursche, aber da hab ich mich sehr human verhalten. Ich hab mich zwar einen Abend lang recht trocken unterhalten, feucht ist dabei überhaupt nichts geworden, aber, Freunde, ihr habt vom Erlösen geredet, erlösen ist wohl ein bißchen zu viel gesagt, ich habe eine Seele getröstet. Es gibt eben doch noch gute Menschen auf dieser Welt.«

Freudestrahlend reibe ich mir die Magengrube. »Ich bin äußerst zufrieden, das hat mich mehr befriedigt, als wenn ich sie gevögelt hätte. Ich habe festgestellt, daß mein Charakter noch nicht ganz verdorben ist, wenn man im entscheidenden Moment ein wenig mit dem Putzlappen an ihm herumwienert, dann glänzt er doch noch ein bißchen und produziert so was wie Opferbereitschaft.«

Gao Yang verkneift sich mühsam das Lachen und fragt mich: »Weißt du, wo deine getröstete Seele, dein armes Opfer, dem du die Chance gegeben hast, wieder Mensch zu werden, gerade ist?«

»Keine Ahnung. Auf jeden Fall hat sie gesagt, daß sie euch nicht mehr sehen will.« Selbstzufrieden erkläre ich: »Ich habe ihr schon klargemacht, was für üble Kerle ihr seid.«

»Freu dich nicht zu früh«, warnt mich Gao Yang grinsend. »Geh doch mal raus, und klopf gegenüber an, sieh nach, wer dort im Zimmer gerade zugange ist.«

»Wer ist denn drin?«

»Weiß ich doch nicht.« Gao Yang wedelt mit großer Geste durch die Luft und lacht. »Sieh doch selber nach, dann erfährst du's.«

Auch Xu Xun und Wang Ruohai blicken mich an und feixen hinterlistig.

Lachend stehe ich auf, und auch die Freunde erheben sich lachend. Lachend sehe ich sie an und gehe zur Tür, drücke die Klinke herunter und lehne mich zurück, um sie aufzuziehen. Ein Luftzug aus dem Korridor fegt herein, weht die Spielkarten vom Teetisch und erstickt das Brummen des Ventilators, er bläht die Kleider der schlafenden Mädchen und wirbelt ihre Stirnfransen durcheinander, und raschelnd fährt er in die Baumkrone vor dem Fenster. Der Wind hat auch die Tür gegenüber aufgestoßen, er gleitet lautlos über den Fußboden und die Wand hinauf. Die Vorhänge bewegen sich. Die Gardinen aus dunkelgrüner Georgette sind zugezogen, und es ist dämmrig im Zimmer. In einer Ecke dreht sich der Standventilator hin und her, er bläst in Richtung Bett, das hinter dem etwas hervorstehenden Badezimmer verborgen ist. Auf dem Sofa an der Wand liegen in wirrem Durcheinander die Kleider eines Mannes und einer Frau – Oberbekleidung, eine Hose, Unterwäsche, ein Rock, und über der Armlehne baumelt wie eine herabhängende Hand ein Büstenhalter. Die Vorhänge schwanken. Sprungfedern quietschen, und jemand stöhnt, Geräusche, die sehr deutlich zu hören sind. Dann lacht ein Mann laut, eine Tür geht auf und zu, und Wasser plätschert aus einem Hahn, jemand gurgelt, räuspert sich und spuckt aus... Erst kommt der Kopf, dann der ganze Körper Gao Jins um die Ecke des Badezimmers, er ist nackt und versucht seine Blöße zu bedecken. Schnell rennt er zur Zimmertür und schneidet uns grinsend eine Fratze, ehe er sie zustößt und die rotbraune Tür krachend wieder die Öffnung in der Wand schließt. Der Wind legt sich, und kein Laut stört mehr die Stille auf dem Korridor.

Ich mache die Tür zu und drehe mich um. Meine Freunde sehen mich hinterhältig grinsend an, während ich unbeweglich auf dem Fleck stehe.

»Ich bin wirklich bescheuert«, sage ich und lache. »Zu blöd.«

»Ja, du bist wirklich bescheuert«, antworten meine Freunde. »Zu jung. Sag mal, warum hast du sie davonkommen lassen?«

»Was heißt das, warum hab ich sie davonkommen lassen?«

»Wer verschmäht, was der Himmel gibt, dafür seine Strafe kriegt; wer nicht entscheidet, wo Schluß sein muß, erntet dafür viel Verdruß. Die Weiber sind alle gleich.«

»Alle, alle sind sie gleich.«

»Deine Ling Yu ist auch keinen Deut besser.«

»Ganz genauso, keinen Deut besser.«

»Bild dir bloß nicht ein, daß sie besonders fest an dir klebt. Ich krieg sie vor deiner Nase rum. Wir haben den entscheidenden Angriff bisher lediglich hinausgeschoben*, nicht, weil sie so hartgesotten wäre, sondern weil wir Angst hatten, daß du vielleicht überempfindlich reagierst. Wenn du's nicht glaubst, ruf sie her, dann wirst du schon sehen.«

»Das will ich sehen«, sage ich fröhlich. »Rufen wir sie her!«

»Macht es dir tatsächlich nichts aus? Hast du nicht behauptet, du liebst sie wirklich? Sollte dieser Anfall noch nicht vorbei sein, dann lassen wir's lieber, nicht, daß du wieder sauer auf mich bist, wenn ich sie nehme.«

»Schwer zu sagen, da solltest du besser vorsichtig sein.«

»Völlig egal, das macht nichts, in der Gesellschaft, in der ich groß geworden bin, gab's keinen Privatbesitz.«

»Gut, also prima, aber vorher machen wir ab, daß keiner von uns sauer werden darf.«

»Niemand darf sauer sein, keinen Ärger!«

Lustig lachend betrachten wir einander, messen mit den Blicken, wer am natürlichsten lacht. Gao Yang greift zum Telefon, sieht mich grinsend an und steckt den Finger in die Scheibe, um zu wählen. Die Verbindung kommt zustande. Über den Hörer gebeugt, beginnt er zu sprechen.

»Ist Ling Yu da?...Ling Yu? Nein, nein, ich bin nicht Fang Yan, hier ist Gao Yang, hallo, guten Tag.« Gao Yang zwinkert uns zu, dann dreht er sich wieder weg. »Ich hab ein Problem, ich ruf dich wegen einer Sache an. Wie – sonst darf ich dich nicht anrufen? Ah, ich darf also auch anrufen, wenn ich kein bestimmtes Anliegen habe? So ist's gut! Genau, was geht uns das an! Kannst du kommen? Hierher, natürlich zu mir hierher.« Gao Yang wirft mir einen Blick zu. »Der? Der ist weggegangen. Ich weiß nicht, wohin. Eine Frau hat ihn angerufen, und dann ist er fortgegangen.«

Wir stehen da und lachen, ich lache am längsten.

»Ist doch egal, ob er hier ist oder nicht. Unsere Sache geht nur uns beide was an... Natürlich ist es wichtig, wenn's nicht so wichtig wäre, hätte ich dich nicht angerufen. Kannst du herkommen? Hast du etwa Angst wegen Fang Yan...? Nein? Stimmt, weshalb solltest du auch wegen dem Angst haben... So ist es recht!... Jetzt, du kommst also jetzt. Gut, ich warte hier auf dich.«

Gao Yang legt auf und sagt grinsend zu uns: »Sie wird gleich da sein.«

Wir geben uns gegenseitig Feuer. Als ich ein Streichholz anreißen will, brechen mir mehrere nacheinander ab, ehe eines anbrennt, doch auch das erlischt gleich wieder. Xu Xun, der mit aller Kraft an seiner nicht richtig angezündeten Zigarette zieht, sieht mich an und sagt: »Du brauchst nicht zu zittern, zitter doch nicht so!«

»Ich zitter doch gar nicht, das ist ein Erdbeben«, entgegne ich lachend und zünde ein neues Streichholz an.

»Wenn sie gleich kommt, darfst du dich auf keinen Fall sehen lassen«, sagt Gao Yang mit einer Zigarette zwischen den Lippen. »Gib mir deinen Schlüssel, ich geh mit ihr in dein Zimmer.«

Ich überlasse Gao Yang meinen Schlüssel, an dem auch der Hotelausweis hängt, und ziehe lächelnd an meiner Zigarette. Xu Xun, der am Fenster steht und die Straße beobachtet, dreht sich um und sagt: »Sie ist da, sie ist schon im Hotel.«

»Es darf keiner reinkommen!« Gao Yang wirft sich hektisch eines der gestreiften Hemden über. »Ihr dürft höchstens lauschen.« Er lacht und ist schon aus der Tür.

Wenig später ist auf dem Flur Gao Yangs Stimme zu hören: »Das ging aber schnell. Ich finde, du hättest dir doch ein bißchen mehr Zeit lassen sollen.«

»Was ist denn so dringend?« fragt Bai Shan fröhlich. »Ist Fang Yan wirklich mit einer Frau weggegangen? Das glaube ich nicht.«

»Ich glaub's auch nicht. Welche Frau geht denn schon mit dem?«

Die Schritte gehen an uns vorbei und bleiben in geringer Entfernung stehen. Dann öffnet sich die Tür nebenan, und die Stimmen sind aus dem Zimmer zu hören. Die Tür schlägt zu, und es ist wieder still auf dem Flur. Von nebenan dringen nur noch undeutlich und leise die Stimme eines Mannes und das Lachen einer Frau herüber.

Qiaoqiao ist aufgewacht. Sie liegt auf dem Bett und betrachtet uns verschlafen. Xia Hong schläft immer noch. Blätter rascheln, Autos rollen vorbei, und von der Straße klingen Stimmen herauf, im Badezimmer tropft der Hahn, und eine herbeisegelnde weiße Wolke löst sich unter den kräftigen Sonnenstrahlen auf dem blauen Himmel auf.

»Spielen wir weiter?« Wang Ruohai hat sich wieder auf das Sofa gesetzt, er hat die Spielkarten aufgelesen und mischt.

Nachdem Xu Xun und ich uns gesetzt haben, teilt Wang Ruohai schnell und geschickt aus. Wir spielen weiter »Mogeln«. Jedesmal, wenn ich eine gegnerische Karte umdrehe, erwische ich ihn beim Mogeln.

Aus dem Zimmer nebenan ist nichts zu hören. Obwohl der Ventilator uns pausenlos Luft zufächelt, läuft mir der Schweiß übers Gesicht, und meine Hände sind so feucht, daß die Karten kleben.

Qiaoqiao setzt sich auf und lächelt plötzlich bezaubernd zum

Eingang hin. Als wir uns umdrehen, kommt Gao Jin ordentlich gekleidet zur Tür herein, und hinter ihm folgt ebenso ordentlich gekleidet die jüngere Li Jiangyun. Xu Xun und Wang Ruohai begrüßen sie, ich stiere weiter beflissen in meine Karten. Li Jiangyun die Jüngere kommt zu mir her und sieht mir ins Blatt. Ein intensiver Geruch nach Schminke und Schweiß und ihr heißer Atem streifen mich. Ich sehe Xu Xun an und sage: »Spiel!«

»Und wo ist Gao Yang?« Gao Jin hat sich zu uns gesetzt, er zündet sich eine Zigarette an und wirft die Streichhölzer zurück auf den Tisch.

»Nebenan«, antwortet Xu Xun lachend.

»Was macht er denn dort?« fragt Gao Jin verständnislos. »Ist Feng Xiaogang gekommen?«

»Nein.« Xu Xun sieht mich vergnügt an. »Er vernascht gerade Fang Yans Feuertopf.«

»Wen? Was ist hier los?« Gao Jin sieht mich wachsam an.

»Fang Yan hat ihm Ling Yu zugeteilt. Die beiden sind jetzt gerade nebenan.«

»Wirklich?« fragt Gao Jin.

»Ja«, bestätige ich lachend und betrachte die vielen bunten Karten in meiner Hand, »ich hab ihm Ling Yu gegeben.«

»Ihr seid einfach mies, unmögliche Typen!« schimpft Qiaoqiao auf dem Bett. »Stimmt doch, Liu Yan, oder?«

Li Jiangyun die Jüngere lächelt Qiaoqiao an.

»Los, spielen wir«, sage ich schnell, als ich bemerke, daß die anderen mich alle beobachten. »Was ist denn dabei? Dinge werden ihrer Bestimmung zugeführt – und Frauen…«

Alle lachen. Gao Jin fragt mich: »Und willst du wieder irgendwann aufmachen?«

»Vorher dick sein, zählt nicht, wer zuletzt dick ist, bringt das Bett zum Einstürzen. Du machst dein Spiel, ich meins.« Ich lächle strahlend. »Bis vor kurzem war ich ein bißchen dumm, aber das ist doch gestattet, daß man kurzfristig etwas vernagelt ist, nicht wahr? Wenn ich von jetzt an klüger bin, dann ist ja wohl alles in Ordnung.«*

»Ich klopf mal bei ihnen.« Gao Jin ist aufgestanden. »Wir dürfen's nicht zu bunt treiben. Wir müssen die reinen Gefühle schützen.«

»Nicht, klopf auf keinen Fall! Ich werd stinksauer, wenn du rübergehst.« Lachend frage ich Gao Jin: »Und wer hat reine Gefühle? Ich jedenfalls nicht, noch nie gehabt.«

Nebenan gurgelt die Toilettenspülung. Eine männliche und eine weibliche Stimme lassen sich wieder vernehmen. Ein Fenster öffnet sich, und die Stimmen werden lauter.

Eine Tür geht auf, und die Stimmen sind wieder auf dem Korridor zu hören, der Mann und die Frau unterhalten sich scherzend. Gleich darauf wird die Tür unseres Zimmers geöffnet, und in ihrem Rahmen erscheinen der ordentlich gekleidete Gao Yang und die ebenso ordentlich gekleidete Bai Shan.

»Hier bist du ja!« sagt Bai Shan lächelnd und kommt auf mich zu. »Gao Yang hat mich beschwindelt und behauptet, du seist ausgegangen.« Sie strahlt übers ganze Gesicht, ihre Wangen sind rot, die Haare äußerst sorgfältig gekämmt und in Ordnung gebracht. Sie hat ihre weiche, silbergraue Kunstledertasche umhängen.

»Er hat gesagt, er braucht mich zum Geldwechseln, ich soll für jemanden Hongkong-Dollar tauschen, angeblich springt was dabei raus. Und ich habe geglaubt, es ginge um sonstwas, dabei hat er mich bloß deswegen herkommen lassen und behauptet, es wäre wunder wie wichtig. Ich kann tatsächlich wechseln, aber die Frage ist, ob ich es machen soll. Was meinst du? Lohnt es sich? Wieviel Gewinn kann man denn machen? Ich habe gesagt, ich müßte es mir erst noch überlegen, und noch nichts fest versprochen. Sag, soll ich ihm das Geld besorgen?«

»Ob es sich lohnt oder nicht oder ob du wechseln sollst – mach doch, was du willst! Das ist eure Sache, geht mich nichts an. Ich finde das weder besonders lohnend noch nicht lohnend.«

»Du meinst also, daß ich ihm helfen soll.«

»Tausch doch, was ist denn groß dabei!« Ich lache und sehe Gao Yang an.

»Wenn du hier warst und gewußt hast, daß ich da bin, warum hast du dich dann nicht bemerkbar gemacht?« fragt Bai Shan und betrachtet mich. »Hast du gewußt, daß ich hier war?«

Ich schweige lächelnd.

»Was führt ihr denn im Schilde?« Bai Shan blickt von einem zum andern. »Warum hast du mich denn nicht gefragt, wenn ihr Geld tauschen wollt?«

»Geh schnell heim«, sage ich. »Gerade hat dein Onkel angerufen, irgendein Verwandter aus Hongkong ist zu Besuch gekommen, der will dich sehen. Er gibt abends ein Essen, und du sollst unbedingt vor fünf zu Hause sein.«

»Was ist denn eigentlich los?« Bai Shan rührt sich nicht von der Stelle und sieht mich an, sie wird immer hartnäckiger.

»Nichts, wirklich nichts. Ich bring dich runter.« Ich zerre ein gestreiftes Hemd zu mir her und schiebe Bai Shan zur Tür, während ich es überziehe.

Bai Shan sträubt sich und schaut die anderen an, die ihr zulächeln.

»Was tut ihr bloß immer alle so heimlich?« fragt Bai Shan, als wir im Treppenhaus sind. »Ich mag deine Freunde nicht.«

»Niemand zwingt dich, sie zu mögen, du mußt sie ja nicht sehen, wenn sie dir nicht gefallen.«

»Ich will kein Geld für Gao Yang tauschen.«

»Tausch doch. Schließlich hast du's ihm versprochen, dann mußt du auch wechseln.«

»Was machst du heute abend?« will Bai Shan unten am Hoteleingang wissen.

»Was soll ich schon machen?« antworte ich, die Arme in die Seite gestemmt, und sehe die Straße hinauf. »Wo soll ich denn hingehen?«

»Dann komme ich nach dem Abendessen zu dir?«

»Nein, nein, komm auf gar keinen Fall her, womöglich gehen wir ja doch aus, komm bloß nicht her.«

»Und wann sehen wir uns dann?«

»Das sehen wir. Morgen ruf ich dich an, oder du mich, dann sehen wir.«

»Wie hast du dir diese Ling Yu bloß so gut rangezogen?« fragt mich Gao Yang, sobald ich wieder oben im Zimmer bin. »Obwohl ich sie mit Süßholz zugeraspelt und mir bald einen abgebrochen habe: Sie stand unbewegt* – unglaublich! Was hast du dir einfallen lassen, um sie zu so einem unbezwingbaren Eisblock zu machen? Keine Chance – das ist das erste Mal, daß mir so was passiert ist, ganz ernsthaft. Sie war nicht zu erschüttern, und mir ging's wie dir, ich hab geredet und geredet, bis wir schließlich völlig abgedriftet sind.«

»Passiert ist passiert.« Ich lache. »Du brauchst nichts zu vertuschen, du verrätst dich nur um so mehr. Du sollst auch deine Chance haben, Wang Ruohai, das nächste Mal darfst du einen draufgießen.«

»Deine ausgelaugten Teeblätter interessieren mich nicht«, entgegnet Wang Ruohai. »Ich sehe überhaupt nicht ein, weshalb ich wegen so einer so einen Aufstand machen, mich derartig aufregen sollte...«

»Ja, sie ist wirklich ziemlicher Durchschnitt«, bestätige ich, »durchschnittlicher geht's gar nicht. Es würgt einen noch, wenn man sie in homöopathischen Dosen genießt.« Bösartig lächelnd schaue ich alle rundum an.

Der Himmel verdunkelt sich, das Licht wird schwächer, und düstere Wolken ziehen auf. Die Baumkrone vor dem Fenster schwankt heftig, ein stürmischer Wind ist aufgekommen, und ein Fenster klirrt. Die Hitze hat sich im Nu verflüchtigt, und schwarze Schatten rücken von fern heran, sie fallen auf alles, verdüstern weithin die Straßen und Viertel der Stadt. Qiaoqiao schließt unter Aufbietung aller Kräfte das Fenster, und gleich darauf klatschen erbsengroße Tropfen dagegen. Das Regenwasser rinnt in Strömen die Scheiben hinunter. Der Wolkenhimmel, die Bäume und Straßen draußen sind nur noch undeutlich und verschwommen zu sehen. Die Menschen, die im Zimmer stehen oder sitzen, haben sich in reglose schwarze Schatten verwandelt.

»Zu wem sind wir schon freundlich? Wen behandeln wir denn als Mensch?«

Der achte Tag

Der Regen prasselt herunter und reißt Blätter und Äste der Bäume auf der Straße mit sich. Auf den Fahrbahnen bilden sich wilde Bäche, die längs der Bordsteine auf die eisernen Abdeckgitter der Kanalisation zustürzen. Die Blätter und Zweige, die das von allen Seiten zusammenströmende Schmutzwasser mit sich führt, verstopfen die Gitter, so daß das Wasser nur langsam abfließt und sich staut, bis es die Bordsteine überschwemmt, die Bauminseln und Blumenrabatten umspült, die Gehsteige überflutet und sich eine hell scheinende Wasserfläche weit ausbreitet. Hinter den beleuchteten Fenstern, die alle geschlossen sind, bewegen sich schwankend unscharfe menschliche Gestalten wie auf der Bühne eines räumlichen Schattentheaters.

Im düsteren Schlauch des Hotelkorridors sehe ich erst Qiaoqiao, dann Wang Ruohai und Xu Xun aus einem Zimmer kommen und beobachte, wie Xu Xun mit der Klinke in der Hand noch einmal den Kopf ins Zimmer streckt und lachend ruft: »Geh schnell rüber, die Bahn ist frei. Und denk dran, du brauchst überhaupt nichts zu sagen, einfach rein, und dann überrennst du die Front.«

Xu Xun schließt die Tür und verschwindet mit Qiaoqiao und Wang Ruohai lachend um die Ecke ins Treppenhaus. Kurz darauf öffnet sich die Zimmertür wieder, ich trete auf den Flur, schließe die Tür hinter mir und mache einen Schritt auf das gegenüberliegende Zimmer zu; meine Hand zögert noch einen Moment in der Luft, dann klopfe ich an. Die Tür öffnet sich, und das Gesicht einer Frau zeigt sich flüchtig in ihrem Rahmen, dann trete ich mit einem verlegenen Lächeln ein, und die Tür schließt sich hinter mir.

Vor dem Hotel rennen Qiaoqiao, Xu Xun und Wang Ruohai lachend durch den Regen und das angestaute Wasser. Sie zwängen sich in ein Taxi, das mit angelehnter Tür in einiger Entfernung wartet. Die Tür schließt sich, und das Taxi fährt mit rauschender Bugwelle davon.

Noch immer gießt es in Strömen. Ein Taxi pflügt sich durch das Wasser und hält vor dem Hoteleingang. Eine Frau springt heraus, schreitet durch das Eingangsportal und die lichterglänzende Halle auf die Treppe zu.

Lang und von gelblichen Lampen nur trübe beleuchtet erstreckt sich der Hotelkorridor. Bai Shan betritt ihn, sie geht auf die Tür zu, aus der Xu Xun und die anderen kurz zuvor gekommen sind, und klopft an, aber nichts rührt sich. Sie klopft noch einmal, dann dreht sie sich um und geht zur gegenüberliegenden Tür, hinter der ich gerade verschwunden bin, und klopft, doch auch hier regt sich nichts. Sie geht an die anderen Türen und klopft überall, aber nirgends erhält sie Antwort. Sie drückt die Klinken nieder, aber alle Türen sind abgeschlossen. Da kommt aus einem der vorderen Zimmer ein Mann und geht zur Treppe. Bai Shan sieht erwartungsvoll auf, dann läßt sie den Kopf wieder sinken und geht ebenfalls langsam zurück zum Treppenhaus.

Neben den goldenen, mit Drachenornamenten verzierten Säulen in der pompösen Empfangshalle des Hotels stehen blauglasierte Schalen mit prächtig wuchernden Blumenarrangements. Blitzend bricht sich das Licht der Kristallüster in den blanken Spiegeln. Gepflegt gekleidete Männer und Frauen flanieren über die dicken roten Teppiche. Qiaoqiao, Xu Xun und Wang Ruohai stehen oben auf der Galerie an grellbunten Spielautomaten und drücken hektisch auf Knöpfe, um auf die Zielfiguren zu feuern, die unaufhörlich über den Bildschirm schießen, während das Gerät Folgen an- und abschwellender synthetischer Klänge von sich gibt. Von ihrem Platz aus können sie Gao Yang deutlich sehen, der mit einer Gruppe auffällig gekleideter Auslandchinesen in einer Ecke der Lobby in der Cafébar sitzt und lebhaft auf sie einredet; Xia Hong leistet ihm dabei lächelnd Gesellschaft. Gao Yang zieht hastig an seiner Zigarette, nippt an seiner Cola, redet in einer Tour und unterstreicht seine Worte mit prahlerischen Gesten und einem gefälligen Lächeln. Dann holt er etwas heraus, das er unter den Hongkong-Chinesen reihum gehen läßt, wobei er mit der Zigarette immer wieder auf das Ding weist und bedeutungsvolle Erklärungen von sich gibt.

»Das ist bei weitem kein gewöhnlicher Edelstein, er hat Geschichte.«

Aus der Nähe hätte man sehen können, daß die Hongkong-Chinesen sich einen roten rhombischen Kristall etwa von der Größe eines Melonenkerns weiterreichen. Gao Yang erläutert: »Das ist nicht nur ein Edelstein, sondern ein Kulturgegenstand, Zeugnis einer hundertjährigen wechselvollen Geschichte. In ihm hat ein für das chinesische Volk schamvolles Kapitel konkrete Gestalt angenommen. Eingefaßt auf dem Pantoffel der kaiserlichen Konkubine Zhen Fei sah er die erhabenen Palasthallen der Verbotenen Stadt, fand er sich in den kaiserlichen Schlafgemächern, überschritt er die weißen Marmorstufen vor der Halle des Goldenen Kranichs, erblickte er die einträchtige Liebe des Kaisers Guangxu und seiner Konkubine, das gestrenge Antlitz der Kaiserinwitwe Cixi und das devote Gebaren des obersten Hofeunuchen Li Lianying, durchlebte er die stürmischen Tage der Hundert-Tage-Reform und das Scheitern der Verfassungsreformen.* Danach begleitete er seine Besitzerin durch ein langes, verlassenes Schattendasein im ›kalten Palast‹, von dem nur wenig bekannt ist, und wurde dabei von ungezählten Tränen Zhen Feis* benetzt. Während des Einmarschs der alliierten ausländischen Truppen in Peking kam er mit Zhen Fei an den Brunnenrand und konnte jede Silbe hören, mit der die Konkubine die Kaiserinwitwe Cixi verfluchte, und was für schmutzige Wörter das waren! Auch trampelte mein Großvater, der Eunuch, auf ihm herum; die Schmutzspuren seiner Schuhe waren noch zur Republikzeit sichtbar und wurden erst später abgewischt. Als Zhen Fei im Brunnen ertränkt wurde, blieb er zurück. Ich möchte Ihnen nicht verheimlichen, daß es mein Großvater war, der die Konkubine in den Brunnen stieß. Er war damals mit Li Lianying sehr gut befreundet. Als die Konkubine sterben mußte, wurde der Pantoffel gewaltsam von ihrem Fuß gestreift und verschwand im weiten Ärmel eines Hofgewands, was ein historisches Geheimnis blieb. Daß Zhen Fei barfuß in den Brunnen stürzte, war das Werk meines Großvaters. Immer wenn wir im politischen Unterricht die jüngere chinesische Geschichte durchnahmen, und ganz besonders bei diesem Kapitel, wurde ich schamrot – welche Schande er mir bereitet hat! Andererseits aber, wäre mein Großvater damals nicht so umsichtig gewesen, dann könnten Sie sich jetzt nicht hier an dieser Kostbarkeit erfreuen. So betrachtet, hat sich mein Großvater wirklich verdient gemacht.«

»Ja, in der Tat, äußerst verdienstvoll! Wenn jemand stirbt, sollen wenigstens seine Sachen nicht verschwendet werden.«

»Richtig, mein Großvater stammte aus ärmlichen Verhältnissen und haßte es, Dinge zu vergeuden. Wovon hätten sich seine Nachfahren wohl sonst ernähren sollen?«

»Das muß alles um 1900 passiert sein, nicht wahr? Ist denn Ihr Großvater nicht etwas zu alt?«

»Sehr alt«, antwortet Gao Yang ernsthaft. »Obwohl er über hundert Jahre alt wurde, hat er es doch nicht mehr bis zur Befreiung geschafft und ist voller Bedauern dahingeschieden.«

»Sie haben doch eben gesagt, Ihr Großvater war Eunuch. Soweit ich weiß –«

»Dieser Eunuch müsse in gewisser Hinsicht anders als andere gewesen sein, ich weiß, was Sie meinen. Das haben Sie nicht richtig begriffen, da liegen Sie völlig daneben; hierin verrät sich die Unwissenheit von Menschen, die unter Barbaren leben in bezug auf die eigentlich chinesischen Verhältnisse. Auch Eunuchen konnten sich eine Dame halten, und da war es egal, ob sie Kinder kriegen konnte, Hauptsache, sie sah gut aus. Später, zur Republikzeit, wurde mein Großvater von den Truppen General Lu Zhonglins aus dem Palast gejagt. Zum Glück hatte er über die Jahre hinweg eine Menge Dinge beiseite geschafft, die in der kaiserlichen Umgebung damals gerade nicht benutzt wurden, so daß er sich um seinen Lebensunterhalt keine Gedanken zu machen brauchte. Er baute Häuser, erwarb Land und nahm meine Großmutter zur Frau. Das war symbolisch und geschah nur deshalb, weil es ihm gefiel, daß sie meinen Vater im Bauch trug. Meine Großmutter war damals ebenfalls eine Berühmtheit, sie war eine Salondame des alten Pekinger Vergnügungsviertels und die erste dort in den ›Acht Gassen‹, sie verkehrte nur mit Prinzen und Adeligen oder Sprößlingen aus sehr reichem Hause. Unsereins kommt also auch keineswegs aus schäbigen Verhältnissen, sind wir doch dem Nebenzweig einer noblen Familie entsprungen. Damals war meine Großmutter gerade von einem Kumpanen General Cai Es sitzengelassen worden und litt an gebrochenem Herzen. Sie schiß auf alles und suchte nur noch einen guten Kerl, völlig egal, was an ihm baumelte oder nicht, er mußte nur ehrlich sein. Mein Großvater war ehrlich, ohne Abstriche, er hockte immer nur da und glotzte und faßte sie an, ohne jemals richtig zur Sache zu kommen, und so haben sich die beiden ineinander verliebt.«

»Das ist ja wahrhaftig keine einfache Geschichte, wie Sie an den Stein gekommen sind!«

»Ja, tatsächlich. In unserer Familie gab es ursprünglich jede Menge kostbarer Kinkerlitzchen, wir waren wohlhabender als Sie jetzt, die Nachttöpfe waren bei uns alle aus Achat, aber die hat mein Vater in Form von Opium verpafft. Was sind schon die Drogenabhängigen im Westen, bei uns hier in China gab es das viel früher, eigentlich wäre es an uns, denen ihre Drogen zu verkaufen! Was ist, wollen Sie ihn nun oder nicht? Betatschen und begaffen Sie ihn nicht bloß lächelnd, ohne mit der Sprache rauszurücken, Sie werden ihn bald zerbröselt haben!«

»Wenn Ihr Edelstein, wie Sie sagen, auf einem Schuh eingefaßt war, dann müßte man ja eigentlich annehmen, daß es ein Paar war. Ein Paar wäre okay, das würde mehr überzeugen.«

»Wer hat denn behauptet, daß es kein Paar war! Aber es waren ja schließlich zwei Eunuchen, die damals jeder einen Fuß festgehalten haben; den zweiten hat ihr der andere ausgezogen. Wenn Sie ihn im Originalzustand komplett und total haben wollen, dann hätte ich den Schuh von Zhen Fei tatsächlich noch, aber der ist echt kostspielig – so ein Schuh einer historischen Persönlichkeit ist ja noch viel wertvoller als der Edelstein. Ich fürchte, den könnten Sie nicht bezahlen.«

»Her damit, den wollen wir sehen. Wenn's einen Schuh dazu gibt, dann wollen wir ihn auch haben. – Oh, là, là, sogar aus Brokatsamt!«

Gao Yang hat unter seinem Hemd einen spitzen, wie ein winziges Schiffchen geformten Altweiberschuh hervorgezogen. Qiaoqiao, die das aus der Entfernung beobachtet, dreht sich lachend zu Wang Ruohai um und sagt:

»Der hat doch in der Tat den kleinen Stinkeschuh von deiner Oma hervorgezaubert und nicht mal Angst, die könnten wissen, daß Ihre Durchlaucht Schuhgröße 42 hatte!«*

»Laß mal sehen.« Wang Ruohai schaut hinunter und sagt grinsend: »Dieser Hund behandelt sie wirklich wie Idioten.«

»Ist Gao Jin fertig?« fragt Xu Xun, der zu den beiden hergeschlendert kommt. »Warum ist er denn immer noch nicht wieder unten? Vielleicht solltest du mal nachsehen, Qiaoqiao, damit er bloß nicht geschnappt wird.«

»Ich geh mal schauen.« Qiaoqiao verläßt die Spielautomaten und geht zum Aufzug.

»Der hat echt Nerven!« bemerkt Xu Xun lachend, während er Gao Yang von fern dabei beobachtet, wie der ohne Pause mit selbstzufriedener Miene das große Wort führt. »Daß ihm tatsächlich so viel Blödsinn einfällt, um diese Dummköpfe festzuhalten!«

Die Männer und Frauen aus Hongkong sitzen unten und lachen schallend.

Als Qiaoqiao im obersten Stockwerk eintrifft, kommt Gao Jin gerade mit einem Lederkoffer aus einem der Zimmer. Er fährt zusammen und geht wortlos an ihr vorbei und die Treppe hinunter. Qiaoqiao läuft weiter geradeaus an der Theke der Etagenkellner vorbei zum Treppenhaus am anderen Ende des Gangs.

Mit dem Koffer in der Hand durchquert Gao Jin das Gedränge in der Lobby und verläßt das Hotel durch die automatische Eingangstür.

Auch Wang Ruohai und Xu Xun verlassen ihre Plätze an den Spielautomaten auf der Galerie.

Als Xia Hong, die neben Gao Yang sitzt, sieht, daß die beiden von der Galerie verschwunden sind, greift sie nach einer Zigarette und beginnt zu rauchen.

»Sie rauchen auch, Fräulein Chen?« fragt einer der Auslandchinesen mit unterwürfigem Lachen.

Xia Hong nickt lächelnd und bleibt stumm.

Gao Yang wirft Xia Hong einen Blick zu und setzt seine Coladose energisch auf dem Tisch ab. Er sagt: »Geben Sie mir den Stein zurück. Ich sehe selber, daß Sie kein Geld haben, Sie riskieren ja noch nicht einmal ein Angebot, wirklich eine Schande für alle Auslandchinesen. Ich werd ihn wohl demnächst an die Japaner verkaufen, die kennen den Wert ostasiatischer Kulturgegenstände. Es sieht ganz so aus, als würde dieser nationale Schatz in ausländische Hände fallen.«

Qiaoqiao läuft im Eilschritt durch die Lobby und verschwindet vor dem Hotel in der Dunkelheit.

Es goß noch immer wie aus Kübeln. Die Luft roch nach feuchten Blättern, Gräsern und Blüten und nach schlammiger Erde. Durch das offene Fenster wehte eine kühle Brise herein, und unsere fröstelnden, entblößten Körper überzogen sich mit einer Gänsehaut. Den Zigarettenqualm, den Geruch nach Schweiß und Bett hatte der Wind davongetragen, es war frisch im Zimmer, still und friedlich. Die Nachttischlampe warf einen dämmrigen Lichtkreis. Draußen rauschte der Regen, und es klang, als riesle Sand durch ein Sieb.

Tränenüberströmt blickte Li Jiangyun die Jüngere auf das weiße Taschentuch in ihrer Hand, aus dem sie einmal einen Kranich, dann eine Maus knotete. So etwas wie ein Lächeln spielte auf ihrem Gesicht, während sie weiter und weiter erzählte. Ab und zu schneuzte sie sich die Nase, an deren Spitze jedoch gleich wieder ein glänzender Tropfen hin.

»Mein erster Mann war mein Lehrer. Als ich in die fünfte Klasse ging, unterrichtete er Musik. Er war jung, groß gewachsen und gutaussehend, und beim Klang seiner wunderbaren, kräftigen Stimme schmolzen wir alle dahin. Im Unterricht sang er oft herrliche russische Lieder, zu denen er sich selbst auf dem Akkordeon begleitete. Während er spielte und sang, sah er uns mit geneigtem Kopf lächelnd an und zog uns alle mit seinen glänzenden Augen in seinen Bann, und ein unbeschreibliches Gefühl durchdrang unsere Kinderherzen. Noch heute kann ich ganz deutlich das Gefühl in mir wachrufen, wenn er mich mit seinem wie zu einem O geöffneten Mund lächelnd ansah und sich dabei im Takt wiegte. Ich hatte ihn sehr gern, wir Mädchen mochten ihn alle, und er mochte uns. Damals war ich eine seiner Favoritinnen. Jeder Lehrer hat ein paar Lieblingskinder. Lehrerinnen haben ihre Lieblingsknaben, Lehrer ihre Lieblingsmädchen. Er sagte, ich hätte eine gute Stimme. Vielleicht war meine Stimme damals wirklich ein bißchen süßer und weicher als die der anderen Kinder, aber das spielte keine Rolle. Für ihn reichte es als Grund, mich ohne Aufsehen zu sich ins Wohnheim zu bitten. Es war Sommer, ein extrem schwüler Mittag, und ich war in seinem Zimmer. Jetzt fällt mir wieder ein, wie verführerisch er auf mich gewirkt hat. Ich glaube, er brauchte sich keine besondere Mühe zu geben, denn ich betete ihn an, ich vertraute ihm absolut, gehorchte und unterwarf mich ihm absolut; in meinen Augen war alles, was er tat, edelmütig und erhaben, er belebte meine Phantasie und ließ mich vor Freude taumeln. Ich wünschte mir, daß die Beziehung zwischen uns viel intimer und ausschließlicher würde als seine Beziehungen zu anderen – obwohl ich keine Ahnung hatte, was das bedeutete. Sein Gesicht kam mir ganz nah, es war so groß, daß ich all die kleinen Flecken auf seinen Wangen und die offenen Poren deutlich sehen konnte. Lächelnd redete er leise auf mich ein, freundlich murmelnd, ja fast schmeichlerisch, während ich gleichzeitig spürte, wie eine feuchte Hand meinen Körper tastend erforschte. Sein Lächeln war ungeheuer freundlich. Es tat weh. Wie ein Vater streichelte er mir das Gesicht. Ich hatte heftige Schmerzen. Er lächelte wie besessen. Schweiß rann ihm über das Gesicht. Aus den Winkeln seines vom Lächeln verzerrten Mundes troff Speichel. Seine Augen loderten fanatisch, und ihr Blick bohrte sich in meinen. Er stöhnte laut, schloß die Augen. Sein Gesicht zog sich in Falten, als peitsche ihm der Regen entgegen. Er versuchte, das ängstliche Rasen seines Herzens zu unterdrücken. Dann verlor er die Kontrolle, und ein leiser Aufschrei brach aus ihm hervor. Danach wurde er ruhig, und sein bleiches Gesicht bekam wieder etwas Farbe. Langsam öffnete er die Augen. Glücklich sah er mich an und lächelte. Bis auf einen Augenblick hatte er die ganze Zeit über gelächelt. Das Herz schlug mir bis zum Hals. Ich weinte, ich hatte das Gefühl, daß mir etwas angetan worden sei. Wie ein guter Arzt, der seinen Kranken tröstet, half er mir, mich wieder zurechtzumachen, er reichte mir meine Kleider und sprach mit sanfter Stimme auf mich ein. Ich lachte, und als ich sah, wie fröhlich er war, hörte ich auf zu weinen. Bis auf einen einzigen Augenblick hat er von Anfang bis Ende gelächelt.«

»Und später, was geschah dann zwischen euch?«

»Danach war es wie vorher, zweimal in der Woche gab er uns Unterricht, dann saß er im Klassenzimmer im warmen Sonnenschein, sang die wunderschönen russischen Lieder und begleitete sich auf dem Akkordeon, er betrachtete uns lächelnd und wiegte sich, den Mund rund geöffnet, dabei im Takt. Und wir hielten die Hände auf dem Rücken verschränkt und sangen mit ihm im Chor Lieder wie *Katjuscha* oder *Laßt uns zu den Rudern greifen*, *Wenn wir die Hausaufgaben gemacht haben.** So ging es weiter bis zum Beginn der Kulturrevolution, als ihm das Akkordeon entrissen und er von Kopf bis Fuß mit Kleister beschmiert und ihm ins Gesicht gespuckt wurde, man ihm mit Eisendraht ein Schild um den Hals hängte und ihn zwang, zusammen mit dem Schuldirektor, dem Ordnungslehrer und anderen auf dem Sportplatz vor den Massen aufzumarschieren. Danach hat er sich umgebracht, er sprang vom Schulgebäude und stürzte in das Becken mit Branntkalk im Luftschutzbunker**, der Kalk verätzte sein schönes Gesicht. Später wurde er rehabilitiert.«

»Du hast ihn nicht verraten?«

»Nein. Die anderen Mädchen haben ihn entlarvt, und das mit mir hat er von selbst gestanden. Mir hat er sehr leid getan damals, außerdem hatte ich schon längst auf die Mittelschule gewechselt, deshalb habe ich ihn nicht aus eigenem Antrieb angezeigt.«

»…«

»Mein zweiter Mann war mein Vater. Ich war in der Mittelstufe, in der siebten Klasse, und hatte einen Platz im Wohnheim der Schule, heimgefahren bin ich nur an den Wochenenden. Zu Hause waren nur mein Vater, meine Mutter, ein noch kleines Brüderchen und die Kinderfrau, also drei Alte und ein Kind. Ihr Dasein war ziemlich eintönig, nur wenn ich zu Hause war, ging es ein bißchen lebhafter zu. Mein Vater war damals schon sehr alt. Ich war sein erstes Kind, und er hatte mich erst gezeugt, als er schon über fünfzig war. Ich erinnere mich an meinen Vater als an einen gütigen, sehr niveauvollen Herrn, der stets und ständig ein freundliches Lächeln auf dem Gesicht trug. Mit wem er sich auch unterhielt, er sprach immer mit sehr leiser, feiner Stimme. Zu mir war er sehr lieb. Von klein auf hat er mich immer an der Hand genommen, wenn wir zum Spielen ausgingen oder bei Freunden vorbeischauten, meine Mutter trug das Brüderchen. Mein Vater las immer, oder er schrieb; in seinem Arbeitszimmer waren die Wände völlig mit Bücherregalen zugestellt. Er sprach viele Fremdsprachen, und alle Leute, die zu ihm kamen, behandelten ihn sehr ehrerbietig. Als ich noch ganz jung war, hat er mir die bekanntesten Gedichte all der Länder beigebracht, deren Sprache er beherrschte, und noch heute kann ich mich vage daran erinnern, wie schön die berühmten Gedichte im Original klangen, aber was sie bedeuteten, habe ich völlig vergessen. Wie die Schüler heutzutage hatten auch wir ein kleines Büchlein, das wir begeistert mit Aphorismen berühmter Leute füllten, und diese Worte, die uns als Lebensmaximen dienten, waren für uns ein richtiger Schatz. Weil mein Vater so viele Fremdsprachen verstand, übertraf die Spruchsammlung in meinem Büchlein die meiner Klassenkameraden immer. Während sie meistens nur Sprüche von Marx, Engels, Lenin oder Stalin sowie einiger Sowjetgrößen zusammengetragen hatten, die im Vergleich eher farblos und beschränkt wirkten, konnte ich jede Woche mindestens zehn, zwanzig kluge und tiefsinnige Sprüche von Berühmtheiten aus aller Welt in mein Buch eintragen, die mir mein Vater beigebracht hatte. Meine Mitschüler beneideten mich deshalb, und ich selbst war auch sehr stolz darauf. In meinen Augen war mein Vater nahezu die Verkörperung dieser Weisheiten. In allen Lebenslagen, selbst wenn es nur um meine Klassenkameraden, die Schule oder die Launen meines Bruders ging, hatte er philosophische Weisheiten parat. Ich liebte und verehrte ihn, er war für mich so etwas wie ein Leuchtturm auf meinem Lebensweg, und ich lebte freudig, arglos und unbekümmert in seinem Licht.

Es war ein Sommertag – auch ein Sommertag. Ich war zu Hause, und es war schon spät. Meine Mutter und das Brüderchen schliefen schon fest, nur mein Vater und ich lasen noch, jeder unter der Lampe in seinem Zimmer. Ich weiß noch genau, daß ich gerade *The Gadfly** las und regen Anteil am Schicksal Arthurs und Gemmas nahm. Da kam mein Vater herein, sanft und liebevoll lächelnd. Er stellte sich hinter mich und begann mich zu streicheln. Am Anfang war es ein ganz und gar väterliches Streicheln, das mich sehr glücklich machte, ich fühlte mich wohl und geborgen. Als aber seine Hand von meinem Kopf nach unten strich, meinen Hals streichelte und dann weiter abwärts glitt, spürte ich, daß etwas nicht stimmte. Ich hatte ja schon Erfahrung und wußte, was es bedeutete, wenn beim Streicheln diese Grenze überschritten wird, aber ich wollte es nicht glauben, ich konnte mir einfach nicht vorstellen, daß ein Vater mit seiner eigenen Tochter so etwas macht und erst recht nicht mein Vater, der doch so viele Sachen auf dieser Welt verstand. Ich glaubte es auch dann noch nicht, als er die Hand dorthin steckte, wo die Hand eines Vaters niemals hinlangen sollte. Ich war nur bis ins Mark verschreckt und krümmte mich panisch zusammen, und als ich endlich den Entschluß gefaßt hatte, mich zu weigern, hielt mich mein Vater mit aller Kraft fest, sah mir direkt in die Augen und sagte: ›Ich bin dein Vater!‹ Dieser Satz klang genauso weise und philosophisch wie alles, was er sagte, so wahr, wie wenn er über die zwingende Logik in den Beziehungen aller Dinge untereinander sprach. Ich bin Dein Vater, ich habe die Macht, selbst Du bist von mir geschaffen! Daher kapitulierte ich vor den kategorischen Worten und den scharfen, funkelnden Augen und sah weg; ich vermochte der Autorität und dem strengen Blick meines Vaters nichts entgegenzusetzen. Mit der Schnelligkeit und Begierde des älteren Mannes nahm er mich in Besitz und wahrte dabei die ganze Zeit über seine Würde und Nonchalance. Daß er sich dabei mehr vorgenommen hatte, als seine Kräfte erlaubten, und zu füllig und unbeholfen war, um sich zu bewegen, überspielte er mit seiner Intelligenz, und er verlor nie die Fassung.«

»Das alte Schwein!«

»Danach kam mein Vater immer, wenn ich samstags zu Hause war, in mein Zimmer, um sich zu holen, was er mir gegeben hatte; ich glich einem seiner Werke, einem Manuskript, in das er nach Belieben hineinkritzelte, dessen ursprüngliche Aussage er korrigierte, wie es ihm paßte. So blieb es bis zum Anfang der Kulturrevolution, dann wurde *er* von anderen korrigiert, Leute, die ihm alles gegeben hatten, übten jetzt Macht über ihn aus.«

»Ist er auch rehabilitiert worden?«

»Ja. Wenn er noch am Leben wäre, würde er mir sicherlich wieder Sprüche wie ›Jeder ist sein eigener Herr‹ auftischen oder mir was von der dialektischen Beziehung zwischen alten und jungen Hunden erzählen.«*

Der Regen hatte nachgelassen, es nieselte nur noch. Die Autos walzten über die nasse Straße, und irgend jemand schrie unten herum. Dunst stieg vom Boden auf und schwebte wie Watte in weißen Schwaden durch die Nacht. Dann hörte es ganz auf zu regnen, nur vom Dachvorsprung tropfte es noch herab, und das Wasser, das sich in der lecken Regenrinne gesammelt hatte, plätscherte auf den Boden. Der Mond schien zwischen den dahintreibenden Wolken hervor, die sich immer wieder vor ihn schoben, und sein kaltes Licht beleuchtete ihre mannigfaltigen Formen.

»Der dritte Mann war ein Klassenkamerad, er war Anführer der Roten Garden an unserer Schule und anschließend, nachdem wir gemeinsam zum Produktions- und Aufbaukorps gegangen waren, Kompaniechef. Er war der erste, in den ich wirklich verliebt war. Er war der beste Schüler an unserer Schule und ein begnadeter Sportler. Während der Kulturrevolution bewies er sein Talent als Führer einer Fraktion und brachte es eine ganze Weile zu durchschlagender Berühmtheit. Bei den ›Großen Debatten‹* redete er wie ein Wasserfall und betete die Klassiker nach, und im bewaffneten Kampf stürmte er mit der Fahne in der Hand voran. Auch im Korps war er immer vorneweg, sei es beim Bäumefällen in den Bergen, beim Fischfang, beim Häuserbau oder beim Ausheben von Gräben, sei es nachts, wenn er bis zum Morgengrauen endlose Felder mit dem Traktor umpflügte. Tagsüber schuftete er rastlos, und wenn er nicht arbeitete, dann saß er nachts unermüdlich über den Klassikern von Marx, Engels, Lenin und Stalin und machte sich dazu noch jede Menge weiser und erleuchteter Notizen. Er war einer jener bewußten Intellektuellen, ein unerschütterlicher Anhänger des Kommunismus, der sich um Volk und Vaterland sorgte und im festen Glauben lebte, daß die Verantwortung für das Schicksal von Staat und Volk auf seinen Schultern ruhe. Das Chaos im ganzen Land erfüllte ihn mit tiefer Besorgnis, und wie Mao Tse-tung entdeckte er überall Revisionisten und Opportunisten aller Schattierungen und Tendenzen, die den reinen Marxismus zu unterwandern und die korrekten Ansichten des Volkes zu verzerren drohten. Obwohl Liu Shaoqi und Deng Xiaoping bereits eliminiert waren, tickten in der Umgebung Mao Tse-tungs noch immer Zeitbomben, die selbst Mao bis dahin entgangen waren. Er war überzeugt, Mao Tse-tung warnen zu müssen, er glaubte, nur er könne verhindern, daß Mao Opfer dunkler Intrigen würde – es war Jiang Qing, die er als Schurkin entlarven wollte. Damals meinte er in ihren Reden und Taten entdeckt zu haben, was für eine durch und durch skrupellose Lügnerin sie war. Er konzentrierte seine gesamte Zeit und geistige Energie auf eine ganze Serie von Briefen, die er an Mao Tse-tung schickte, Enthüllungsschreiben, in denen er sein Innerstes offenlegte, ja seine Offenbarungen sogar tränenreich beschwor. Jeden zweiten Monat schickte er zusätzlich noch lange Eingaben* an Mao, in denen er ausführlich Grundsatzfragen des Marxismus erörterte und mit großer Courage Mao in einigen Auffassungen sogar widersprach. Für mich war er so etwas wie ein Gott aus einer anderen Welt, nicht zu vergleichen mit uns gewöhnlichen Sterblichen. Ich verliebte mich in diesen Gott, und obwohl er mich kaum eines Blickes würdigte, akzeptierte er seelenruhig alles, was ich für ihn tat, ob ich seine Kleider wusch, Decken nähte, Wasser holte, Essen kochte – über nichts verlor er auch nur eine Silbe. Eines Tages im Sommer hielt ich ihn neben einem Heuhaufen zurück und gestand ihm meine Gefühle. Er sagte nichts, kein Wort, sah sich nur um, ob uns niemand beobachtete, und dann drückte er mich ins Heu, um sich in einem großen Durcheinander über mich herzumachen. Er war völlig unerfahren, hilflos strampelte er sich ganz umsonst ab, bis ich zum Schluß die Regie übernahm, er die Sache irgendwie hinter sich brachte und danach kommentarlos die Flucht ergriff. Am nächsten Tag zeigte er mich in einem Brief an die politische Abteilung des Korps an. Ich wurde auf der Belegschaftsversammlung des gesamten Korps als Schlange kritisiert, die unter den aufs Land verschickten Jugendlichen mit Schulbildung ihr verführerisches Unwesen treibt. Wenn er mich anschließend traf, mißachtete er mich wie früher. Begegneten wir uns aber allein auf der Straße oder dem Feld, dann rannte er wie an jenem Abend erschrocken davon, als sei er einem Wolf begegnet. Ich fand das zunächst ärgerlich, dann lächerlich und suchte deshalb täglich nach Gelegenheiten, um ihm allein aufzulauern, bis er mich schließlich einmal beschimpfte, mit altmodischen und gedrechselten Schimpfwörtern, die er nur aus Büchern haben konnte. Kurz darauf wurde von oben jemand geschickt, der ihn mit dem Jeep abholte und direkt ins Provinzgefängnis verfrachtete. Nach einiger Zeit transportierte man ihn mit dem Auto wieder zurück zum Korps, und nicht nur ihn, sondern auch das schriftliche Urteil, daß er als Konterrevolutionär mit dem Tode zu bestrafen sei. In der öffentlichen Versammlung führte er sich heroisch und charakterstark auf, als er mit seinen Hand- und Fußschellen, kahlgeschoren und bleichen Gesichts, aber erhobenen Hauptes vor die Menge trat. Kurz vor seiner Hinrichtung soll er noch Parolen wie ›Lang lebe der Vorsitzende Mao‹ und ›Lang lebe die Kommunistische Partei Chinas‹ gerufen haben, ehe er wie ein Held starb. Inzwischen ist er selbstverständlich auch rehabilitiert und zudem zum ›Revolutionären Märtyrer‹ erklärt worden.

Meinen vierten Mann habe ich kennengelernt, nachdem ich in die Stadt zurückgekehrt war. Das zehnjährige Chaos war eben erst vorbei, und überall herrschte eitel Freude. Die Leute, die man ihrer Positionen, Macht und Ehre beraubt hatte, erhielten einer nach dem anderen ihre Ämter zurück, waren wieder mächtig und anerkannt, sie zogen wieder in die Wohnungen, aus denen man sie vertrieben hatte, kutschierten in neuen Autos herum und erhielten die konfiszierten Besitztümer erstattet; die Lebenden kehrten an ihre Plätze zurück, und die Toten wurden rehabilitiert und reingewaschen. Alle waren stark davon in Anspruch genommen, die verlorene Zeit und was sonst noch immer wettzumachen, und es ging nicht nur darum, das Leben wieder in seine alten Bahnen zu lenken, sondern sich zu verbessern, komfortabler als in der Vergangenheit zu leben. Ich hatte nichts zu tun, es gab für mich nichts zurückzugewinnen und nichts zu erhoffen; ich wollte heiraten und so schnell wie möglich ein eigenes Zuhause, eine Familie und ein Kind haben.

Ich habe ihn kennengelernt, als ich mir in einer Veranstaltungshalle einen Film ansah, ein großer, kräftiger Mann, der einem gleich das Gefühl von Aufrichtigkeit und Verläßlichkeit vermittelte. Ich bin sehr schnell zu ihm gezogen, denn mit irgend jemandem mußte ich schließlich zusammenleben, und da war ein Mann, dem ich nahe und vertraut sein konnte, besser als die Verwandten, die mir längst fremd geworden waren, auch wenn die mich aus Mildtätigkeit hätten umsonst mitwohnen lassen – wenn ich selbst dafür aufkam, konnte ich viel freier leben. Er war ehrlich und in mich verliebt, nur war er übertrieben argwöhnisch. Vielleicht hatte man ihn früher ungerecht behandelt – ehrlichen Leuten wie ihm war das in den Jahren zuvor fast unvermeidlich passiert –, und da hatte er gelernt, nicht mehr ganz so aufrichtig zu sein. Er fühlte sich ständig von anderen betrogen und hinterrücks bedroht. Wenn ich ohne ihn weggegangen war, fragte er mich hinterher ständig aus, anfänglich noch recht vorsichtig und umwunden, später ganz direkt und ziemlich barsch. Er ist mir sogar nachgeschlichen, wie ein Spitzel hat er sich mir an die Fersen gehängt, obwohl er nichts entdeckt hat. Mich hat das extrem angeödet. Vielleicht verstieg er sich, gerade weil er nichts herausfand, immer mehr zu der Annahme, daß ich irgendein düsteres, abgründiges Geheimnis haben mußte, das ich mit niemandem teilen konnte. Er verstand es nicht, daß ich ziellos durch die Straßen schlenderte, vielleicht hätte er es eher noch eingesehen, wenn ich wirklich einen Geliebten gehabt hätte. Schließlich kam der Tag, an dem er mich schlug, als ich nach Hause zurückkam. Geschlagen zu werden ist für mich noch nicht einmal eine besonders unerträgliche Beleidigung. Zu dem Entschluß, ihn tatsächlich zu verlassen, brachte mich erst die Einsicht, daß selbst so eine Null wie er auf einmal dem Erfolg nachjagte, daß er nach Amt und Würden strebte und alle Kräfte aufbot, um sich hochzurackern. Nicht, daß er das alles früher schon einmal gehabt und dann wieder verloren hätte – er war und besaß ursprünglich ebenfalls nichts, gar nichts –, aber er wollte jetzt alles zehnfach nachholen, als wäre er die ganze Zeit unterdrückt und kleingehalten worden. Er machte die Bekanntschaft einer Frau, die nun wirklich ihre Zeit verpaßt hatte, die sitzengebliebene Tochter von irgend jemandem, von dem er sich erhoffte, daß er ihm Zugang zu der Gesellschaftsschicht verschaffen würde, die er bis dahin immer nur von unten gesehen hatte, und ließ sich einiges einfallen, um ihre Gunst zu gewinnen. Zu mir sagte er dann durchaus aufrichtig und tränenreich, er liebe mich, und brachte auch mich dazu zu sagen, daß ich ihn liebte – ich wollte ja keine Prinzipienfrage draus machen, also sagte ich, was er mir nahelegte. Da wir einander liebten, meinte er daraufhin, brauchten wir uns doch um die Form nicht zu kümmern und könnten ein Leben lang gute Freunde sein, uns ohne die Einschränkung durch Konventionen wirklich lieben, in reiner Freundschaft, und solange wir uns liebten, könnte man eine Heirat ja als Mittel benutzen, um andere Dinge zu konsolidieren. Er war wirklich ehrlich, ich war ganz gerührt von so viel Ehrlichkeit. Ich sagte, ich begriffe, was er meinte, das sei überhaupt kein Problem, wir sollten es genau so machen, wie er gesagt hatte, das sei wirklich die allerbeste Entscheidung. Da fing er tief bewegt an zu weinen und sagte, er würde mich ein Leben lang lieben wie ein echter Ehemann und mich glücklich machen wie eine Frau, die einen richtigen Mann hat, ich würde nie einsam sein, ›mein Herz wird immer bei dir sein‹. In jener Nacht waren wir unzertrennlich und unendlich zärtlich. Er sagte mir, ich könnte bis kurz vor seiner Hochzeit bei ihm wohnen. Ich sagte, gut. Am nächsten Tag war ich fort. Ich hatte es gar nicht darauf angelegt, ihn betreten zu machen, ihn meinen Groll spüren zu lassen. Ich sah nur keine Veranlassung, ihm sein Lebensideal mit einer Frau und einer Geliebten zu ermöglichen. Wenn ich selbst verheiratet gewesen wäre und mein Mann alles andere für mich gewährleistet hätte, dann hätte ich es mir vielleicht überlegt, für irgend jemanden die Geliebte zu spielen. Aber selbst dann wäre er nicht in Betracht gekommen, er hätte höchstens einen mittelmäßigen Ehemann abgegeben, als Geliebter war er viel zu fad. Er war überhaupt kein attraktiver, charmanter Typ; und bloß eine aufs Heiraten versessene Frau würde sich vielleicht bereit finden, mit ihm eine sexuelle Beziehung einzugehen, nachdem gesetzlich alles gesichert und geregelt war.

Die Männer, die dann kamen, sind zu zahlreich, um sie einzeln aufzuführen. Die meisten waren solche wie ihr, Kerle, die ein Schnäppchen machen wollten; sie kamen daher wie gewürzte Melonenkerne, kunterbunt und tütenweise, du ziehst sie dir rein und spuckst die Schale aus. Ihr habt mich nicht als Mensch behandelt und ich euch nicht. Dann kam Feng Xiaogang. Ich lernte ihn kennen, als mich Wang Kuanglin in seinem Wohnviertel von Tür zu Tür schickte, um kleine Jungs zu vernaschen. Damals war er gerade aus der Armee entlassen worden und trug trotz des heißen Wetters Turnschuhe vom Militär, in denen seine Füße vor sich hinmuffelten; eine Plastikkoppel hielt die dicke Militärhose, und unter den Achseln und auf dem Rücken seines Uniformhemds zeichneten sich Schweißflecken ab. Er benahm sich frei und unbefangen und lachte heiter, und seine ganze Art hatte noch etwas von einem Soldaten. Im Grenzkrieg mit Vietnam war er als einfacher Fußsoldat eine Woche lang im Dschungel gewesen, und die Bisse der vietnamesischen Moskitos, die er aufgekratzt und die sich infiziert hatten, waren auf seinen Armen noch als rote Bläschen oder Narben zu sehen. In seiner Hosentasche steckte immer noch ein Militärabzeichen dritten Ranges, das mit dem Schlüssel und einem Nagelknipser zusammenhing; sie hatten auf seiner Oberfläche schon haarfeine Kratzer hinterlassen. Ich fragte ihn nach seinen Kriegserlebnissen, und er erzählte mir etwas von zerstörten Panzern, brennenden Dörfern, Hängebrücken über reißenden Flüssen, dem wuchernden Dschungel und Serien von Flugabwehrgeschossen, die über seinen Kopf hinweggesaust seien. Als die anderen ihn auslachten und fragten, wie denn die vietnamesischen Soldaten aussähen, da druckste er nur verlegen herum. Erst später habe ich erfahren, daß er genausowenig vietnamesische Soldaten zu Gesicht bekommen hatte wie wir. Nachdem sie die Grenze überschritten hatte, ist seine Kompanie nur tagelang durchs Gebirge marschiert; kaum hatte sie einen bestimmten Ort erreicht, erhielt sie umgehend Befehl, an einen anderen Sammelplatz aufzubrechen. Während sie marschierten, wurden sie oft genug von den Vietnamesen aus dem Hinterhalt angegriffen. Es passierte, daß sie in ein Tal hineinmarschierten und aus den scheinbar völlig verlassenen, grün überwucherten Bergen eine Fla-Maschinengewehrsalve nach der anderen auf sie abgefeuert wurde. Sie rannten dann auseinander und warfen sich flach in die Wassergräben, die das dichte Gras durchzogen, und schossen wild in alle Richtungen in die Berge zurück, bis sich das Trommelfeuer gelegt hatte, sie sich wieder zusammenzogen und weiter vorwärts marschierten – bis zum nächsten Angriff, bei dem sie sich wieder zerstreuten, auf dem Bauch lagen, das Feuer erwiderten. Auf diese Art und Weise drehten sie eine Runde durchs Langkon-Gebirge. Das Verdienstabzeichen dritten Grades hatte er erhalten, weil er den ganzen Marsch über nicht ein einziges Mal zurückgeblieben war und weil er den politischen Instrukteur ihrer Kompanie, der bei einer Geländeoperation von einem verirrten Geschoß am Gesäß verletzt worden war, in voller Kriegsausrüstung auf der Bahre eine ganze Nacht lang zum nächstgelegenen Verbandsplatz getragen hatte. Wenn er auf diese Dinge zu sprechen kam, dann war er immer besonders beschämt und fühlte sich an der Nase herumgeführt – da zog man in den Krieg und bekam noch nicht einmal einen toten, geschweige denn einen lebenden oder wenigstens gefangenen Feind zu Gesicht. Das war wie ein schlechter Scherz, den sich jemand mit einem erlaubte, dabei hatte er sich noch vor seiner Abreise in die Fingerkuppe gebissen und als Ausdruck seiner Entschlossenheit mit dem eigenen Blut ein Gelöbnis niedergeschrieben. ›Die Vietnamesen sind beschissen unehrlich und hintenrum, kein Wunder, daß die Amerikaner auch nicht gern gegen sie gekämpft haben!‹ erklärte er mir. Ich sagte, daß mir das nichts ausmache, ob er gegen den Feind gekämpft habe oder nicht. ›Bei mir wirst du als tapferer Kriegsheld geführt, du bist es auf jeden Fall mehr als die Kerle, die den Feind nicht erledigt haben, sondern im Gegenteil von ihm fertiggemacht und erst dadurch zu Helden wurden.‹ Er dagegen sei zurückgekommen, ohne daß ihm ein Haar gekrümmt wurde. ›Du hast denen nichts getan und sie dir nichts, und du bist eben ein bißchen in ihrem Land herumspaziert.‹ Ich mochte ihn sehr, heutzutage gibt es nur wenig Menschen mit solchem Ehrgefühl wie ihn, bloß noch schamlose Halsabschneider, und wer es schafft, noch verkrüppelter zu sein als die anderen, der bringt's zu was.* Ich sagte ihm, daß er sich keine Gedanken machen solle und mir gegenüber zu nichts verpflichtet sei, hinterher könne er seiner Wege gehen, in der Etappe** habe heute niemand mehr das Gefühl, dem anderen etwas zu schulden, immer schuldeten nur andere einem selbst etwas, er brauche sich also kein bißchen schlechter vorzukommen als die anderen. Am nächsten Morgen bin ich gegangen und habe die Angelegenheit vergessen. Ein paar Tage später begegnete ich ihm zufällig auf der Straße. Als er mich erkannte, hielt er mich schnell fest, ganz bleich vor Aufregung, und sagte, er habe mich tagelang überall in der Stadt gesucht. Wie es die anderen machten, sei ihm gleichgültig, er jedenfalls könne nicht einfach so aufhören, er hätte schließlich auch seine Vorstellungen von Keuschheit, und da ich ihm seine Jungfräulichkeit nun einmal geraubt hätte, müsse er im Leben wie im Tode an mir kleben, ›wer ein Huhn heiratet, muß Hühner lieben, und wer 'nen Hund, Hunde‹.*** Ich sagte ihm lachend, daß er mich wohl doch nicht verstanden hätte. Er antwortete, er hätte vollkommen begriffen, er selbst sei ein Naxi-Mann, ›und nach Ansicht unserer Nationalität bist du die wunderbarste Frau des ganzen Dorfs, wenn du so viele Liebhaber hast‹. Ich entgegnete, daß es für ihn vielleicht kein Problem sei, aber für mich, ich dächte niemals daran, ihn zu heiraten, er sei zwar ein guter Geliebter, aber bei weitem kein idealer Ehemann. Die Pflichten eines Ehemanns seien ganz andere als die eines Geliebten, lediglich Liebe im Überfluß beizusteuern reiche nicht aus, man müsse auch so einige Konsumgüter herbeischaffen, um ein Milieu zu erzeugen, in dem sich eine Ehefrau wohl fühlen könne. Das bedeute, daß er mit seiner Jugend und seinem finanziellen Hintergrund nur als Liebhaber herhalten und sich von der Frau unterstützen lassen könne. Ich riet ihm, erst einmal schön zur Seite zu stehen und sich unter den jungen Mädchen umzusehen, um von Liebe zu plappern, und wenn er dann genügend Geld gespart hätte, könne er sich immer noch eine Frau zum Heiraten suchen. Er sagte, so wie ich mit dem anderen Geschlecht mein Spiel treibe, sei ich moralisch degeneriert, und dann lachte er und meinte, wenn's bloß ums Geld ginge, dann wäre doch alles einfach, Geld lasse sich beschaffen. Ich sagte, wenn's so leicht sei, dann solle er's doch tun, daherreden sei einfach, ich sei schon bald alt und hätte es noch nicht zu Geld gebracht, also müsse ich mir wohl überlegen, wie ich mir einen mit Geld angeln könnte. Er sagte, er, er sei der mit Geld, er würde jetzt Geld machen, aber ich müßte ihm garantieren, daß ich in der Zeit, bis er es zu Geld gebracht hätte, nicht mit einem anderen mit Geld davonlaufen würde. Ich konnte ihn beruhigen, gegenwärtig gab es unter denen mit Geld keinen, der mich genommen hätte. Also, sagte er, paßte ich ja doch am besten zu ihm, er würde bald Geld haben und er liebe mich. ›Ich zweifle nicht im geringsten an deinen Gefühlen‹, antwortete ich ihm, ›und ich hoffe, daß du zwei Jobs auf einmal machen und deinen Verpflichtungen hinreichend gerecht werden kannst.‹ Nicht viel später kam er wieder zu mir, um zu erzählen, daß er schon einen Weg gefunden hätte, eine Gruppe alter Kampfesbrüder – und das wart ihr – sei gerade dabei, ein dickes Geschäft zu machen, sie hätten Rubine an der Hand und das

Monopol auf die Mine, er müsse nur ein bißchen Geld auftreiben, um Aktien zu kaufen, dann würde er im Handumdrehen lawinenartig Gewinne anhäufen. Er sei schon dabei, sich überall Geld zu leihen, und ich solle ihm auch dabei helfen, er würde es innerhalb von drei Monaten mit Zinsen zurückzahlen. Ich nahm ihn zu einigen ehemaligen Schulkameraden mit, vor denen er sich sehr versiert als großer Kenner aufspielte, er redete so selbstbewußt und gelassen und blies sich mit seiner Geschäftstüchtigkeit und Lebensanschauung so auf, daß meinen kleinkarierten Kameraden, die immer behutsam und sparsam gelebt hatten, der Mund offenstehen blieb. Sie glaubten, daß jemand mit einer solch kalten Intelligenz große Dinge fertigbringen müßte, daß er alles besäße, was ein erfolgreicher Geschäftsmann braucht, und der richtige Mann zur richtigen Zeit sei, einzig und allein jemand wie er konnte in unserer Zeit unbarmherzig und rücksichtslos erreichen, was er wollte. Tatsächlich hatte er all seine Tricks erst in den paar Tagen zuvor von mir und den anderen gelernt. Die Sache mit den Rubinen war auch nur erstunken und erlogen, das war ein Märchen aus Tausendundeiner Nacht, das ihr euch vor lauter Langeweile mit eurer ins Kraut schießenden Phantasie um den Glasknopf auf dem kleinen Stinkeschuh von Wang Ruohais Großmutter ersponnen hattet, und außer so einem Trottel wie Feng Xiaogang würde euch auch keiner auf den Leim gehen. Ihr habt bloß innerhalb von ein paar Tagen das Geld, das wir mitgebracht hatten, wie die Heuschrecken ratzekahl aufgefressen. Wir tappten im dunkeln, als wären wir noch einmal im vietnamesischen Dschungel, wo man keinen Menschen zu Gesicht kriegt, während die Angriffe serienweise aus dem Hinterhalt erfolgen, was dann hinterher auch noch als konventionelle Kriegsführung ausgegeben wird. Feng Xiaogang träumte weiterhin von einem erfolgreichen Unternehmen, und ich fand heraus, daß er ein tölpelhafter, feiger Einfaltspinsel ist, der nur auf den Zufall vertraut und darauf baut, daß andere ihm zum Glück verhelfen; in eurer Runde kriegt er doch immer nur den Beschiß ab; wenn's was Gutes zu verteilen gibt, übergeht ihr ihn. Ich sagte zu ihm: ›Was für ein Glück, daß du deine Erfahrungen auf dem Schlachtfeld in Vietnam hast, wo du deine Runde gedreht hast und völlig unversehrt zurückgekommen bist, das kannst du vor Nichteingeweihten schamlos zur Heldentat aufbauschen.‹ Diese Fähigkeit, bei Sachen, die keiner mehr bezeugen kann, das Blaue vom Himmel herunterzufabulieren, habt ihr alle, als wäre jeder von euch schon neunmal um Haaresbreite dem Tod entkommen und hätte unendlich viel erlebt. Es wundert mich schon die ganze Zeit, daß noch keiner von euch Schriftsteller geworden ist, mit eurer Erfahrung wäre das als Beruf doch das reinste Kinderspiel.«

Li Jiangyun die Jüngere oder Liu Yan weinte wieder, die Tränen rannen ihr langsam in zwei Bächen über die Wangen. »Ich bedaure es wirklich, daß ich Feng Xiaogang nicht schon vor zehn Jahren, als ich noch jünger war, begegnet bin, niemals würde ich dann mit ihm hier rumhängen und euren Unsinn mitmachen, ich wäre erst gar nicht hier; wir hätten uns in einen Winkel verkrochen und würden stinknormal und mittelmäßig ein glückliches Leben leben. Aber jetzt, wie soll ich jetzt noch so tun, als sei ich blind, und wie ein vernarrtes Mädchen an meinen Liebsten geschmiegt die Zeit göttlich verstreichen lassen? So zu tun, als sei nie etwas passiert, als sei ich noch so rein und unschuldig wie ein Kind – dazu müßte ich mich zu sehr verstellen. Und selbst wenn ich es könnte, er brächte es nie fertig, denn er hat meine Lektion schnell gelernt. Ich weiß, daß es für uns vorbei ist, es gibt keinen Weg zurück, und was vor uns liegt, das ist absolut kein gangbarer Weg, wir könnten nur noch die Augen zumachen und weitergehen und so tun, als wäre alles in bester Ordnung und voller Zukunftsperspektiven. Ich habe ihn wirklich lieb, und auch er liebt mich noch wie eh und je, aber es ist das beste, wenn wir uns trennen und jeder sich allein durchschlägt. Wir sind uns gegenseitig längst eine Bürde geworden und beide nicht in der Lage, den anderen mitzutragen, wir kommen nicht vom Fleck; jeder soll sich um sich selbst kümmern, es ist sinnlos, sich aufzuopfern, es führt zu nichts. Ich bereue es sehr, wir hätten es erst gar nicht so weit kommen lassen, erst gar nicht anfangen dürfen. Ich bin älter als er und habe mehr Lebenserfahrung, ich hätte wissen müssen, daß all die tollen Sachen, die die Leute wohltönend auf der Straße anpreisen, nichts als Quatsch sind.«

Liu Yan glättete ihr Taschentuch und schneuzte sich, doch über ihr Gesicht, das sie sich gerade erst abgetupft hatte, strömten gleich wieder die Tränen.

Ich sagte: »Ihr habt noch eine Chance. Ich an eurer Stelle könnte so tun, als wäre nichts geschehen.«

»Du vielleicht, ich nicht.« Liu Yan sah mich mit einem winzigen Lächeln an. »Und wie lange könntest du das? Das Verhängnis schwebt über uns, wenn wir ihm diesmal noch entrinnen, dann trifft es uns beim nächsten Mal. Wenn ihr uns nicht mit dieser Rubingeschichte verführt hättet, dann hätten es andere mit einer anderen getan; so können wir nicht in Ruhe und Frieden leben.«

In diesem Moment öffnete sich die Tür, und Qiaoqiao steckte den Kopf ins Zimmer, ehe sie mit einem Ausruf zurückschrak.

Ich stand auf und sah draußen auf dem Flur nach, aber dort war niemand mehr. Ich hörte, daß sich Gao Yang und Gao Jin im Zimmer gegenüber lautstark unterhielten, und klopfte an; Xia Hong machte mir auf und ließ mich schnell rein. Sie waren gerade dabei, einen Lederkoffer auf dem Bett zu durchwühlen, überall lagen Strümpfe und Nylon-T-Shirts verstreut. Gao Jin betrachtete den billigen Plunder und sagte weinerlich:

»Man entschließt sich ja nicht so leicht, Herzklopfen zu spielen, und dann erwischt man wieder einen Hongkonger Proletarier.«

Ich ging in das andere Zimmer zurück. Liu Yan schminkte sich im Lichtschein der Deckenlampe vor dem länglichen Wandspiegel die Lippen, dann nahm sie ihre Umhängetasche und den Schirm und sagte:

»Es hat aufgehört zu regnen, ich gehe; Feng Xiaogang ist bestimmt noch wach. Heute abend war ich nicht besonders in Stimmung, entschuldige vielmals – beim nächsten Mal.«

»Das macht nichts«, antwortete ich und gab ihr den Weg frei. »Ich hätte mich eigentlich gern noch länger mit dir unterhalten.« Ich sah sie an, lachte und sagte: »Was du erzählt hast, macht mich... Ich kann's nicht ausdrücken – mir ist nicht gerade behaglich zumute.«

»Erzähl deinen Freunden nichts.« Liu Yan sah mich lachend an. »Sie würden sich bloß über dich lustig machen.«

»Nein«, antwortete ich, »ich werde niemandem etwas sagen.«

»Und laß den Kopf nicht meinetwegen hängen, das ist alles längst vorbei, es lohnt sich nicht.« Sie lachte mich noch einmal an und ging zur Tür.

»Hey!«

»Was ist?« Liu Yan war stehengeblieben und sah über die Schulter zurück.

Ich lachte. »Komm nicht mehr her, wir alle sind üble Burschen.«

»Danke, ich weiß.« Sie fixierte meinen Blick und lächelte.

»Einen anständigen Menschen zu finden ist nicht leicht.«

»Ich werd's mir merken.« Sie nickte und eilte aus der Tür.

»Einen anständigen Menschen gibt's nicht oft«, sagte ich im Zimmer vor mich hin. »Anständigsein ist nicht leicht.«

In jener Nacht lief ich weit durch die Stadt, die nach dem Regen dunkel und still war, und niemand begegnete mir unterwegs. Die Luft fühlte sich feucht und kühl an, und mein Kopf war außergewöhnlich klar. Eine kindische Gemütsbewegung beherrschte mich, in einem Augenblick stiegen mir wie einem kleinen Jungen heiße Tränen in die Augen, im nächsten lachte ich erregt und völlig ungeniert. In dieser Stimmung getraute ich mich nicht ins Hotel zurück, ich hätte Angst gehabt, meinen Freunden so gegenüberzutreten.

Mit meinen tränennassen Augen nahm ich die Stadt nur verschwommen wahr. Ich merkte mir nicht, durch welche Straßen ich lief und an welchen Gebäuden ich vorbeiging. Ich erinnerte mich nur, daß am Himmel ein orangefarbener Mond und auf der Erde orangefarbene Leuchten hingen, die ein trübes Licht in die immergleichen Straßen warfen, so düster, daß man die Augen kaum aufbekam.

Ich wußte, daß ich die Empfindungen und Gedanken, die mich in diesen Momenten so leidenschaftlich erregten und aufwühlten, für mich behalten mußte, sie hätten lächerlich gewirkt, sobald ich darüber gesprochen hätte, egal, mit wem.

Ich wußte, wie grotesk ich war, wie albern; niemand, einschließlich meiner selbst, konnte das gebrauchen. Ich mußte mich beruhigen und so schnell wie möglich zurückgehen, als wäre nichts geschehen, ich durfte mir nichts anmerken lassen.

Ich verabscheute mich dafür, daß ich derart die Fassung verloren hatte, schließlich war ich kein Kind mehr. Als ich im Morgengrauen ins Hotel zurückkam, war ich wieder vollkommen normal, als hätte ich mich die ganze Nacht lang köstlich amüsiert.

Der sechste Tag

Auf den Straßen, über denen eine sengende Sonne steht, reißt der Verkehr nicht ab. Überall warten Eiswagen mit aufgerichteten Sonnensegeln. Ich sehe meine Freunde, die auf dem Grünstreifen neben einem Boulevard unter einer Arekapalme sitzen, Eis schlecken und über die unschuldigen Passanten herziehen.

»Bei so einem muß man zuschlagen, da läßt sich was

abzocken, der hat unter Garantie Knete!« sagt Xu Xun und zeigt auf einen glatzköpfigen Dickwanst, der eine vorn und hinten beeindruckend konvexe Braut abschleppt. »Sieh sich einer den alten Sack an, eine kopflose Wampe auf Beinen, gemästet mit dem Fett und Mark des Volkes, und dann noch so 'ne Mieze am Arm!«

»Es könnte einen ankotzen«, sagt Gao Jin, der sein Eis aufgegessen hat und sich den Mund abwischt. »So viele Jahre auf dem Buckel und noch nicht bereit, sich seines Lebensabends zu erfreuen – das schreit doch verdammt nach Prügel. Was ist, machen wir ihn alle?«

»Klar, der wird erledigt!« Wang Ruohai hat sich erhoben, streckt und reckt sich und sagt mit zur Seite geneigtem Kopf: »Gao Yang und Xu Xun, ihr beide laßt den Alten stolpern und trampelt ihn fest, daß er sich nicht mehr rühren kann, Feng Xiaogang und Gao Jin durchsuchen ihn, und ich nehm die Mieze auf mich.«

»Das bringt doch kaum was ein«, meint Gao Jin. »Was willst du denn mit so einer Drecksbraut? Hast du keine Angst, daß dir ihre Läuse durch die Klamotten an die Hoden gehen? Wir sollten uns als Brüder dieser Schlampe ausgeben und die beiden ohrfeigen, bis sie umkippen. Und dann erpressen wir den alten Fettwanst, daß wir ihn entweder auf die Wache oder zu sich nach Hause schleppen.«

»Gut, gut, das ist besser! Und dann soll der Alte eine schriftliche Reueerklärung abgeben, damit haben wir dann ein wandelndes Sparbuch. Die Kleine stopfen wir ins nächste Klo und spülen sie runter, oder wir kleben ihr eine Acht-Fen-Marke aufs Oberstübchen und schicken sie weit, weit weg in die Mandschurei«, schlägt Gao Yang vor. »So ist es richtig. Aber erst müssen wir rauskriegen, was der Alte und die Mieze miteinander zu tun haben, nicht daß sie seine Tochter ist.«

Der Glatzkopf und das Mädchen sind längst fort.

»Wenn sie Vater und Tochter sind, bekommen sie dieselbe Behandlung. Dann zeigen wir sie an, weil wir sie beim Inzest erwischt haben.«

Ein gutgekleideter Fünfziger kommt daher.

»Wir wär's mit dem?« fragt Xu Xun und schielt in seine Richtung. Alle Anwesenden mustern den Herrn, und Gao Yang sagt: »Der verdient auch eine Behandlung.«

»Da muß Qiaoqiao oder Xia Hong ran«, sagt Xu Xun. »Sie soll ihn anmachen, mal sehen, ob er in die Falle geht. Sobald er drin sitzt, stürzen wir uns auf ihn, dann geben wir uns als Verwandte der jungen Braut aus, die alle seit acht Stunden nichts mehr gegessen haben; dann soll der Kerl erst mal ein Essen rausrücken, anschließend sehen wir weiter.«

»Wozu geilst du dich denn so an einem Essen auf? Was ist denn so toll daran?« fragt Gao Jin. »Wenn wir schon absahnen, dann aber ganz fett. Qiaoqiao soll mit ihm zur Sache kommen, und hinterher gehen wir zum Angriff über. Zuerst darf er mal richtig ran, und dann rennen wir zu seiner Alten und erzählen ihr alles. Wang Ruohai, du bist der geprellte Ehemann und fragst seine Frau, wie sie sich das vorstellt, ihr Gatte hat deine Frau gebügelt, entweder sie rückt raus mit dem Geld, oder wir nehmen sie uns selber vor.«

»Und wenn wir mit ihr fertig sind, dann trotzdem her mit dem Geld, ansonsten nisten wir uns bei denen ein, sozusagen kriegt ihr Kindchen noch 'ne Mama und 'nen Papa dazu.« Gao Yang fragt Qiaoqiao lachend: »Wie wär's, Qiaoqiao, machen wir es so? Dann hast du einen schönen Platz am Herd, bei dem Scheißer wird bestimmt nicht schlecht gegessen.«

»Okay«, antwortet Qiaoqiao und knackt weiter ihre Melonenkerne. »Ist schließlich egal, wo man futtert.«

»Kannst du ihn dir angeln?«

»Kein Problem«, sagt sie und sieht dem Mann nach, der sich entfernt, »das wird ein Volltreffer.«

»Oho, da kommt noch eine! Seht euch die an, wie findet ihr die?« fragt Gao Jin flüsternd. Alle sehen in dieselbe Richtung, aus der ein aufgetakeltes Püppchen daherstolziert kommt.

»Die entspricht doch ganz eurem Geschmack«, stellt Qiaoqiao lachend fest.

»Ich weiß, wie wir bei der vorgehen müssen«, sagt Gao Yang. »Gao Jin und Xu Xun, ihr seid die Rowdys und belästigt sie, dann komm ich angeflitzt und schlag euch in die Flucht.«

»Nein, nein, es ist besser, wenn ihr die Rowdys seid, du und Gao Jin, und ich schlag euch in die Flucht.«

»Ich fliehe doch nicht«, sagt Gao Jin. »Ich schlag euch allemal. Das wollen wir doch sehen, wer hier wen in die Flucht schlägt!«

»Das macht doch keinen Spaß, ist doch langweilig, wenn wir uns wirklich hauen, dann kloppen wir uns, und das Mädchen ist längst weg. So, wie die Leute heutzutage sind, eilst du ihnen zu Hilfe, und sie machen sich davon und überlassen dich dem Rowdy«, sagt Gao Yang. »Das hat schon seinen guten Grund, daß ihr die Rowdys sein sollt. Ihr seid nicht so geschickt wie ich. Oder habt ihr eine Ahnung von den Lebensidealen, über die die jungen Mädchen so gern reden? Könnt ihr etwa so viel hermachen wie ich? Ich muß das Mädchen zunächst mal geistig erheben, bis sie alle materiellen Dinge oder gar so was wie Geld ausgesprochen dreckig und ordinär findet, und dann sammle ich alles, was sie verworfen hat, mit schön heuchlerischer Miene wieder ein. Das stinkt sie unheimlich an, also haut sie ab und nimmt noch nicht mal Geld von mir. Für den Rest ihres Lebens bin ich für sie gestorben, und wenn wir uns jemals wiedersehen, grüßt sie mich nicht einmal.«

Alle lachen, und Gao Yang sagt: »Na, sagt schon, stimmt's, oder hab ich recht?«

Alle grölen, bis das Mädchen zu ihnen hersieht. Gao Yang blickt zurück und sagt breit grinsend: »Das war's, jetzt hat sie gesehen, daß ich zu den Rowdys gehöre.«

»Mach dir bloß nichts vor«, sagt Gao Jin, »der Trick ist doch uralt, den kennt doch jeder. Damit geht dir sowieso keine mehr auf den Leim. Und wenn jemand mit dir über Ideale schwatzt, dann ist's in jedem Fall ein Habenichts; die, die welches haben, wissen ja wohl alle, was für eine feine Sache Geld ist.«

»Du mußt ja so denken, aber es gibt Leute, die zu viel haben und es liebend gern ihrem Seelenheil opfern würden.«

»Sieh nur, da kommt wieder eine. Die knackst du jetzt, diesmal spielen wir die Rowdys. Schau, die hat sogar einen goldenen Fingerring!«

Eine alte Dame in einem Anzug aus schwarzer Guangdong-Gaze kommt dahergewackelt, im Gesicht verrunzelt wie eine Walnuß. Bei ihrem Anblick wiehern alle los. Als die alte Dame merkt, daß sich die jungen Leute über sie lustig machen, verdreht sie vor Ärger die Augen, und meine Freunde brüllen erst recht vor Lachen.

»Aber was macht ihr euch denn über alte Herrschaften lustig?« tadelt Gao Yang die anderen. »So ein ehrliches altes Mütterchen, die hat ihr Lebtag niemandem was getan. Kommen Sie gut nach Hause, verehrte Tante!«

Ohne seine Worte zu verstehen, hat die alte Dame mitbekommen, daß Gao Yang ihr etwas nachgerufen hat, und schaut noch wütender.

Die Freunde krümmen sich vor Lachen.

Barfuß in Sandalen und mit einem Joch über der Schulter gerät ein Bauernbursche ins Blickfeld der Bande, und Xu Xun fragt: »Wie ist der?«

»Der ist nix«, sagt Gao Yang, »der ist noch ärmer dran als wir.«

»Da bist du aber schiefgewickelt, alle Bauern sind jetzt reich«, erwidert Xu Xun. »Die haben sich vielleicht den Dreck im Gesicht noch nicht abgewischt, aber unterm Strohsack stapeln sie die Scheine schon bündelweise.«

»Na, dann teilen wir ihm doch Qiaoqiao zu.« Gao Yang dreht sich zu Qiaoqiao um und winkt sie her. »Du läßt dich ein paar Tage lang von dem Bauern mißbrauchen, dann tust du ihm ein bißchen Rattengift in seinen Topf, und schon gehören dir seine gesamten Besitztümer.«

»Verpiß dich.« Qiaoqiao knackt die Hülse eines Melonenkerns und zieht sich den Kern rein. »Warum schickt ihr nicht eure Xia Hong dem Trampel das Gift untermischen?«

Gao Yang sieht kurz grinsend zu Xia Hong, die abseits sitzt, und erwidert: »Xia Hong geht nicht, die mag der Bauer nicht, der Bauer hat's gern massiv, wenn sich so einer 'ne Frau nimmt, muß sie immer erst auf die Waage, und bei den Verlobungsgeschenken wird dann Pfund um Pfund aufgewogen.«

»Dann geh doch selber, du bringst ja genügend Pfunde mit!«

»Na und, wovor hast du denn Angst? Verachtest du unsere Brüder vom Land etwa? So ein Bauer ist auch ein Mensch, was ist schon dabei? Schlimmstenfalls wird's so wie Brüderchen Fengs Ausflug nach Vietnam, du drehst deine Runde, schlägst dich mit keinem, kehrst völlig unversehrt zurück, kriegst sogar noch einen Orden dritter Klasse, und zu erzählen hast du auch noch was!«

Alle lachen und sehen Feng Xiaogang an, der still dasitzt. Er selber lacht ebenfalls, ein bißchen verlegen.

»Ihr könnt einen wirklich anöden, egal, worüber ihr quasselt, irgendwann landet ihr immer bei mir.«

»Feng, alter Bruder«, Gao Yang geht zu Feng Xiaogang und setzt sich vor ihn hin, »wenn ich du gewesen wäre, hätte ich mir in Vietnam ein verlassenes Plätzchen gesucht und mir selber einen Schuß verpaßt. Hinterher hätte ich mich als Schlachtopfer dargestellt. Dann hättest du bei deiner Rückkehr nicht bloß einen Orden dritter Klasse, sondern wer weiß was für einen ehrenvollen Titel bekommen! Und du brauchtest nicht den Spott der Geringen* zu ertragen, als wärst du in Vietnam nur mit dem Mund und nicht mit der Hand fleißig gewesen.«

»Als ob du mit den Händen besonders fleißig wärst!« macht sich Liu Yan bemerkbar, die an den Stamm der Arekapalme gelehnt sitzt. »Ihr redet euch hier stundenlang die Köpfe heiß, und die Leute gehen scharenweise völlig ungestört vorbei!«

»Findest du etwa, daß wir hier eine Kontrollschranke einrichten sollten und jedem, der kommt, eins überbraten? Was sollen denn die Leute denken?«

»Die glauben, die Nationale Armee* hat ihre Fallschirmspringer hier abgesetzt«, sagt Feng Xiaogang.

Gemeinsam unter einem Sonnenschirm bummeln Bai Shan und ich mitten im lebhaften Getümmel fröhlich plaudernd daher. Auf der Straße, über der eine sengende Sonne steht, reißt der Verkehr nicht ab. Überall warten Eiswagen mit aufgerichteten Sonnensegeln, und zu beiden Seiten der Fahrbahn drängen sich die Menschen Schulter an Schulter im Schatten der Arkaden vor den Gebäuden. Ich sehe meine Freunde, die an der Kreuzung in einer schlichten, kleinen Eisdiele sitzen und ein einfaches, unverziertes Eis essen, während sie mit Händen und Füßen gestikulierend die vorübergehenden Männer und Frauen kommentieren.

»Was würden wohl die Leute auf der Straße machen, wenn ich jetzt mit einem 56er Maschinengewehr rausstürmen und mal eben einen Fächer in die Runde ballern würde?« fragt Gao Yang Feng Xiaogang und demonstriert seine imaginäre Attacke.

»Wahrscheinlich würden mehr totgetrampelt als von dir erschossen«, antwortet Feng Xiaogang.

»Und wenn jeder von uns eins hätte?«

»Dann würden wir die Militärkontrolle in der Stadt übernehmen und die Stadtverwaltung schnurstracks in eine Kommune umwandeln, wir gründen ein Revolutionskomitee und regieren rotierend.«

»Ich will nicht regieren«, wirft Xu Xun dazwischen, »mir reicht es, wenn ich Literatur und Kunst leiten darf.«

»Ich kümmer mich um Außenhandel und Tourismus«, schlägt Wang Ruohai vor. »Wenn ihr dann in meinem Restaurant speist, bekommt ihr die Zeche ausbezahlt.«

»Gao Jin ist zuständig für Polizei, Zoll und Steuerwesen. Fang Yan, dem könnten wir die Geburtenplanung und die patriotischen Hygienebewegungen* übertragen.«

»Sämtliche Banken und alle Unternehmen werden beschlagnahmt«, sagt Gao Jin. »Von den Krämern und Straßenhändlern erheben wir hohe Strafsteuern.«

»Eine Nordfeldzugsarmee?«**

»Nein, nein, was sollen wir denn damit?« entgegnet Gao Jin. »Wir sind unabhängig. Wenn's der Zentralregierung nicht paßt, werden wir eine autonome Region. Die Frauen können als unsere Gesandten bei der Zentralregierung residieren.«

»Wie niederträchtig, uns in die Höhle des Löwen zu schicken! Wenn die erst mal an der Regierung sind, geht's uns übel!« bemerkt Qiaoqiao lachend. »Wir begehren keine gutbezahlten Posten. Könntet ihr nicht eine Frauenverbandsgewerkschaft oder irgendeine Massenorganisation in der Art einrichten – das müßte sich doch machen lassen?«

»Nein, ihr seid zu gut über unsere Interna informiert, ihr müßt zum Schweigen gebracht werden«, sagt Gao Yang. »Die anderen müssen wir auch alle nacheinander einkassieren, es darf kein einziger übrigbleiben. Wenn ich ans Ruder komme, muß ich Leute umbringen, nicht wahr, Gao Jin? Alle prominenten Persönlichkeiten des öffentlichen Lebens, die überlebenden Höflinge und jungen Anhänger der letzten Dynastie werden ausnahmslos erschossen.«

»Man kann sie nicht sofort erschießen«, sagt Gao Jin. »Wir müssen sie als Geiseln gefangennehmen. Wenn aus irgendeiner Richtung Unruhe aufkommt, lassen wir den Kopf dieser Richtung öffentlich erschießen – Hitlers Methode.«

»Das ist gut, wir müssen die Fehler der Pariser Kommune vermeiden und mit eiserner Faust durchgreifen*; will man eine stabile Regierung, muß man's so machen. Was nützen schon Bücherverbrennungen und das Begraben von Gelehrten bei lebendigem Leibe?** Wenn wir metzeln, dann bis das Blut in Strömen fließt.« Gao Yang wendet sich lachend an die anderen: »Wenn ihr in der neuen Gesellschaft überleben wollt, dann müßt ihr mich jetzt hervorragend behandeln, zum Beispiel müßt ihr mich jetzt zu einem richtig guten Essen einladen, wenn ihr Geld habt. Sonst werde ich mich nicht mehr an alte Gefühle erinnern, nachdem ich an der Macht bin. Und wenn ihr mich noch so auf Knien anfleht – ich schicke euch zumindest ins Konzentrationslager.«

»Na, dann verbünden wir uns eben gegen euch beide und bringen euch um«, sagt Xu Xun feixend. »Wir sind dann nämlich auch Regionalfürsten und haben Untertanen.«

»Dann entfachen wir eine Kulturrevolution«, erwidert Gao Jin. »Wir kritisieren euch in Grund und Boden und treten euch mit zehntausend Füßen nieder.«***

Alle amüsieren sich unbändig; Xia Hong ist vor Lachen so außer sich, daß sie aus Versehen ein Tellerchen zu Boden fegt. Gao Yang beruhigt die Bedienung schnell, die es klirren gehört hat und herbeieilt: »Wir bezahlen es, wir bezahlen, rechnen Sie es mit dazu.« Er kramt das Geld heraus, begleicht die Rechnung und steckt das fast leere Portemonnaie mit einem Seufzer wieder in die Hosentasche. Lachend sagt er: »Arm und niedergeschlagen ist der Held, welch schlechte Zeiten brechen an!«

»Nutzen wir die Zeit, wo's ihm schlechtgeht, um den Mistkerl abzustrafen. Wenn's ihm wieder gutgeht, dann geht's uns nicht gut«, sagt Xu Xun und verdreht Gao Yang den Arm, und schon verknäulen sich die beiden ineinander.

Liu Yan sitzt daneben und sieht zu Feng Xiaogang; sie lächeln einander resigniert an.

Auf der Straße, über der eine sengende Sonne steht, reißt der Verkehr nicht ab. Überall warten Eiswagen mit aufgerichteten

Sonnensegeln. Gemeinsam unter einem Sonnenschirm bummeln Bai Shan und ich mitten im lebhaften Getümmel fröhlich plaudernd daher. Meine Freunde kommen aus der Eisdiele, stehen in der Sonne und bespötteln uns lachend und grölend. Bai Shan und ich lächeln unter unserem Sonnenschirm hervor, winken ihnen zu und gehen weiter. Die Passanten drängen sich Schulter an Schulter im Schatten der Arkaden vor den Gebäuden. Überall warten Eiswagen mit aufgerichteten Sonnensegeln. Auf der Straße, über der eine sengende Sonne stand, riß der Verkehr nicht ab.

Der vierte Tag, der dritte …

Die große Flughafenhalle ist von Stimmengewirr erfüllt; Menschen laufen durcheinander, viele bugsieren ihre Gepäckwagen quer durch die Menge, und die geschmeidige Stimme einer Ansagerin hallt unter der Decke wider. Am Service-Schalter wird telefoniert, woanders stehen Leute in Grüppchen zusammen und unterhalten sich vergnügt, wieder andere sitzen in der Sonne dösend auf den bequemen Sitzbänken an den riesigen Fensterfronten, hinter denen silberne Flugzeuge über die Rollbahn gleiten. In der Ferne verschwimmen von Gräben und Kanälen durchzogene Felder und die dunstige Silhouette hintereinandergestaffelter Hügelzüge im Glanz des strahlenden Sonnenlichts. Der Himmel ist wie blankgefegt, und wie ein großer Vogel, der seinen Kopf emporreckt und die Flügel weit spreizt, entfernt sich ein Flugzeug langsam in das Blau hinein, auf dem es seinen Kondensstreifen hinterläßt; lange noch bleibt es im Blickfeld und wird immer kleiner.

Ich sehe den Krüppel Wang Kuanglin, der steif und korrekt im Anzug auf der gepolsterten Bank am Fenster sitzt; seine Gesichtszüge sind gegen das grelle Licht kaum zu erkennen, klar zu unterscheiden ist er nur vom Hals abwärts. Er trägt ein gestreiftes Markenhemd unter dem dunklen Anzug, und der Rauch seiner extralangen Zigarette, die er zwischen ringgeschmückten Fingern hält, kringelt sich nach oben; er hat die Beine überkreuzt, so daß die Spitzen seiner frischgewienerten, glänzenden Schuhe aufwärts zeigen. Schräg gegenüber stehen Gao Yang und ich am Anfang einer langen Schlange neben der Gepäckwaage an einem Schalter und verhandeln mit der Angestellten. Immer wieder werden wir von den vorbeiströmenden Reisenden verdeckt. Gao Yang verschwindet fast zwischen all den Männern und Frauen, die ihr Check-in erledigen wollen, nur ich selbst stehe deutlich abseits. Liu Yan und Feng Xiaogang erscheinen in der Menschenmenge, sie ziehen ihr Gepäck auf Rollen hinter sich her. Sie sind gerade erst aus dem Flugzeug gestiegen und stecken voller Unternehmungsgeist. Liu Yan trägt ein edles weißes Kleid und ist frisch geschminkt; sie sieht so berückend lebendig aus, daß sie unter all den Menschen sofort auffällt. Neben ihr wirkt Feng Xiaogang matt und unscheinbar. Immer wieder schieben sich Leute vor ihn, und er wird unsichtbar, als sei seine Anwesenheit ohnehin belanglos. Ich sehe auf, mein Blick gleitet durch die Menschenmenge und trifft sich mit dem Liu Yans, die ein Stück entfernt dasteht und zu mir herübersieht. Ein fröhliches Lächeln spielt um ihren Mund. Ich stoße Gao Yang in die Seite, und er wendet sich kurz um und sieht hinüber, ehe er sich wieder auf den Schalter lümmelt und weiter auf die Angestellte einredet. Allein durchquere ich die Halle und gehe auf Liu Yan zu. Gao Yang rennt mir wenig später nach, indem er sich rücksichtslos seinen Weg durch die Menge bahnt. In diesem Moment läuft eine japanische Reisegruppe von Bauern aus der Präfektur Yamaguchi dem weißen Fähnchen ihrer Führerin hinterher durch die Halle. Sie tragen alle den gleichen weißen Sonnenhut und sehen aus wie eine Sportlerriege beim Einmarsch ins Stadion. Vorübergehend werden wir von der

Gruppe aufgesogen. Als sie endlich in Reih und Glied vor dem Sicherheits-Check am Eingang zur Wartehalle stehen und nach und nach weniger werden, sitzen wir auf der Polsterbank hinter einer glänzenden Terrazzosäule und unterhalten uns mit sichtlichem Vergnügen. Neben der Sitzbank steht ein schlanker, metallener Abfallbehälter mit dem Emblem der chinesischen Zivilluftfahrt. Gao Yang und Feng Xiaogang sind von der Säule verborgen; nur Liu Yan und ich sitzen zusammen auf der Bank. Sie sagt irgend etwas, und ich lache laut. Wieder kommt eine große Gruppe vorbei, hochgewachsene amerikanische Rentner mit weißen Haaren und weißen Gesichtern und herausgestreckten Busen und Bäuchen, die ihre Taschen und Koffer unter den dichtbehaarten Armen, auf den Schultern oder neben sich herschleppen.

Das rote Taxi fährt vor uns her, es verschwindet ab und zu, bis es im Strom der Fahrzeuge wiederauftaucht.

Die Stadt ist in ein verschwenderisches Licht getaucht. Längs der Straßen reihen sich exquisite überfüllte Geschäfte und Restaurants aneinander. In den Geschäftsstraßen sind überall Werbetafeln und Leuchtreklamen angebracht. Wie die dichten Autokolonnen und das Gewimmel und Geschiebe der Menge zeugen sie von einer pulsierenden Vitalität, die sich im prallen Licht der Sonne in einer die Sinne betäubenden, vielgestaltigen, grellbunten Fülle offenbart.

Die zahllosen Fenster der Hochhäuser und die Schaufenster der Geschäfte im Erdgeschoß werfen wie Spiegel das blendende Sonnenlicht zurück.

Neben der Allee verläuft eine wellenförmig auf- und niedersteigende, von Bambus überragte Mauer. Im Abstand weniger Schritte geben klassisch geformte Maueröffnungen den Blick auf die kleinen Hügel, Teiche und blühenden Sträucher des Parks frei. Dann folgt die Straße einem dunkelgrünen, nahezu stillstehenden Wasserlauf, auf dem sich große Flecken von Wasserlinsen ausbreiten; am anderen Ufer wiegen sich die langstieligen, fächerförmigen Blätter grüner Pflanzen im Sonnenschein.

Das Taxi fährt an einem weißen Hochhaus vorbei und hält vor einem Restaurant, dessen mit roten Laternen geschmücktes Eingangstor einem traditionellen Ehrentor nachgebildet ist. Ich sehe uns einen nach dem anderen aus dem Taxi steigen und durch das prunkvolle Portal gehen.

Der Saal prangt in einer verschwenderischen Ausstattung wie die prächtigen Palasthallen in traditionellen Opern; zahllose Lampen verströmen ein funkelndes, blendendes Licht. Die Bedienungen tragen enganliegende, geschlitzte Seidenkleider mit einem Drachen- und Phönixmuster und schwenken die Hüften wie Mannequins bei der Vorführung der neuesten Mode. Im Saal sitzen gut vier-, fünfhundert geschmückte und ausstaffierte Frauen und Männer, die es sich schmecken lassen. Unsere ganze Blase sitzt an einem runden Tisch aus Aprikosenholz vor einer Spiegelwand. Im Spiegel sitzt noch einmal eine völlig identische Gruppe. Mit einem breiten, verzerrten Grinsen sehen wir einander an, während wir die Servietten auseinanderfalten und uns gegenseitig Tee einschenken. Das grelle Lampenlicht verleiht uns wachsfahle Gesichter, auf denen ein starres Lachen steht.

Der Tisch vor uns biegt sich unter der Vielfalt der farbenprächtigen Köstlichkeiten, die in feinen silbernen Schalen serviert werden.

Mit grellroten Lippen und einem Gesicht, das so weiß ist, als wäre es gepudert, sagt Gao Yang: »Du mußt dich nur getrauen, dann wird das Geld, das du ausgibst, zu dir zurückströmen wie Wasser.«

»Du kannst dir ausdenken, was du willst, ich getraue mich, es zu machen«, sagt Feng Xiaogang mit grellroten Lippen und einem Gesicht, das so weiß ist, als wäre es gepudert. »Ich bin wild entschlossen, und wenn ich einen Mord begehen muß.«

»Du mußt nur ein eiskalter Kinderfresser sein, dann gelingt

alles.« Gao Yang mit seinen grellroten Lippen und dem puderweißen Gesicht weist auf uns andere: »Die sind schon in die Praxis eingestiegen, die haben hier schon alles mächtig ins Wanken gebracht. Wenn du jetzt noch mitmachst, dann können wir erst recht loslegen.«

Mit puderweißen Gesichtern, in denen grellrote Lippen starr lächeln, sehen wir Feng Xiaogang an.

»Es geht gar nicht anders, die anderen sind alle schon dabei, und wie unersättlich und bescheuert sie auch sind, sie werden alle reich.«

»Wir waren bisher nur zu ehrlich und haben uns zurückgehalten, aber wenn wir erst mal anfangen, dann haben die überhaupt keine Chance mehr. So fähig wie die sind wir doch allemal. Wie war das denn mit den Vietnamesen? Was die Amis nicht hingekriegt haben, da mußten wir ran.«

»Wir machen's ganz oder gar nicht, und wenn, dann bringen wir den Himmel zum Einstürzen. Wir haben doch eine Unmenge von Tricks und Kniffen auf Lager; wozu wir imstande sind, das konnten sich selbst die Blauhemden* nicht ausdenken. Was auch am Himmel fliegt oder auf der Erde rumkriecht – wenn es uns gefällt und wir es haben wollen, dann gibt es kein Entrinnen mehr. Hier ist die Elite des Landes versammelt.«

»Tun wir's, wir sind zu jedem Opfer bereit. Es ist nicht so einfach, Gleichgesinnte wie uns hier zu finden. Wir können doch nicht resigniert und stumpf dahinleben! Verabreichen wir ihnen eine Kostprobe dessen, wozu wir fähig sind! Wir schaffen ein Vorbild – gleichzeitig produzieren und kämpfen!«**

»Am allermeisten hassen wir die, die immer bloß reden und nichts tun. Entweder man redet erst gar nicht, oder man setzt das, was man sagt, mit vollem Einsatz in die Praxis um.«

»Das geht mir genauso. Der Tiger in mir schläft ziemlich fest, und es ist nicht so einfach, ihn zu wecken, aber wenn er einmal wach ist, dann Gnade euch Gott. Angst? Wenn ich erst mal losschlage, dann ist alles zu spät, da kann sich einer noch so blitzschnell ein Versteck suchen. So wie ich die Vietnamesen erledigt habe, so erledige ich die!«

»So sind wir alle, äußerlich ganz locker und gemütlich, aber der echte Könner gibt sich eben nicht gleich zu erkennen!«

Feng Xiaogang greift zu seinem Glas und lacht kräftig. »Ich freu mich schon richtig drauf, mal sehen, wer ab morgen das Pech hat, uns in die Quere zu kommen!«

»Scheißegal, selber schuld!« stellt Gao Yang kategorisch fest.

Die Männer und Frauen im Spiegel lachen breit. Liu Yan ist puderweiß im Gesicht, und ihre Lippen sind grellrot. Ich sehe sie an, und sie blickt zurück. Der Saal prangt in einer verschwenderischen Ausstattung; zahllose Lampen verströmen ein funkelndes, blendendes Licht, und rundum blitzt vielgestaltiger Schmuck. Die Bedienungen in ihren enganliegenden, geschlitzten Seidenkleidern mit dem Drachen- und Phönixmuster bewegen sich hüftschwenkend wie Mannequins in den Spiegeln. Die Fensterscheiben reflektieren ihr ansehnliches Profil, einige lächeln deutlich, andere sind nur verschwommen zu sehen.

Als das weiße Taxi in eine Allee einbiegt und im Schatten der Bäume weiterfährt, hat es die blinkenden Lichter des Restaurants schon in der Dunkelheit hinter sich gelassen. Auf der im fahlen Mondschein liegenden Straße wimmelt es von Menschen. Neben ihr verläuft dunkel und still ein schmaler Fluß. Die fächerförmigen Blätter tropischer Pflanzen wiegen sich im Mondlicht. Unter schwarzem Bambus führt eine niedrige Mauer mit einer erstarrten Wellenbewegung in die Finsternis.

Ein nicht abreißender Menschenstrom gleitet zwischen den hell erleuchteten Schaufenstern der Geschäfte wie durch einen verspiegelten Korridor und erinnert an farbenprächtige Fischschwärme in einem Aquarium.

Ich sehe eine Reihe Bäume nach der anderen an den mal helleren, mal dunkleren Straßen, zwischen deren Blattwerk der rötliche Schein der Leuchtreklamen hindurchblinkt; ein Rondell, ein Platz folgt dem anderen, und mit ihnen wechseln die Menschen und Statuen.

Das Taxi kommt in einer düsteren, verlassenen Straße zum Stehen, es hält vor der Eingangshalle des schmutzigweißen Hotels. Ling Yu und ich steigen aus, das Taxi fährt davon, und sie steht da und sieht hinauf zu den Fenstern des Hotels, deren Schein sich in ihren Augen spiegelt, und sie sagt fröhlich: »Hier wohnst du also?«

»Ist doch nicht übel, oder?« sage ich lachend. »Gehen wir rauf, die Zimmer sind äußerst komfortabel.«

Die Lampen auf dem Korridor erzeugen ein dämmriges, gelbes Licht.

Aus allen Zimmern dringt der flackernde Schein des über die Mattscheibe flimmernden Fernsehprogramms. Die Dialoge der Filmfiguren hallen verzerrt durch den Etagenflur. Zwischen menschlichem Kampfgebrüll rasseln ab und zu ohrenbetäubend Panzerketten. Einzelne Maschinengewehrsalven ertönen, die Raketenartillerie feuert vereint. Eine getragene Sinfonie mit einem Chor hoher Männerstimmen erklingt. Begleitet von Geschützdonner, stürzen Bomber im Tiefflug über das Schlachtfeld.

Mein Magen ist schwer und drückt wie eine übervolle Blase; der süßliche Geschmack von Vergorenem steigt mir in den Mund.

In dem dunklen Zimmer steht wie eine silberne Leinwand das durchs Fenster einfallende Mondlicht, und schwankende Gestalten führen ein Schattenspiel auf. Ein feuchter Mund haucht mir seinen warmen Atem entgegen. Ich rieche den intensiven Duft von »Levkoje«, und er erregt mich, wie der Moschusgeruch im Frühling die wilden Tiere im Zoo aufreizt, kaum erträglich und doch betörend.

Sie sinkt langsam aus der Leere herab, als glitte sie wie ein Kind mit gespreizten Beinen eine Rutschbahn herunter, und ein tiefes Glücksgefühl überschwemmt meinen Körper Woge um Woge.

Das große, feste, vibrierende Stück Fleisch, das meine Hand umfaßt, ist unzweifelhaft real.

Im Zimmer nebenan dreht jemand die Wählscheibe des Telefons, und ich höre das Klacken; am anderen Ende wird nicht abgenommen, ich höre nur immer wieder von neuem, wie sich die Wählscheibe dreht.

Der Vorhang weht sanft im Mondlicht, das alles wie Reif versilbert, und sie murmelt selbstvergessen: »Ich liebe dich, ich liebe dich.« Die Laute schweben im Raum und erzeugen ein warmes Gefühl. Ihre Haut ist glatt, das Haar wirr, wir geraten in Verzückung, und die Sprungfedern quietschen. Kraftvoll wie ein edles Roß bäumt sich ihr Körper hoch auf.

Meine tiefsten Schichten sind erreicht, und mein Körper bebt, als würde er von einer von weit, weit jenseits des Horizonts heranspülenden Woge überschwemmt, immer deutlicher, immer gewaltiger.

Eine Stimme im Raum wiederholt einen Satz, den ich zu ihr oder den sie mir sagen mochte, er wird immer lauter, als spräche ihn ein riesiges Gesicht dicht in ein Mikrophon und die Nadel hinge, während sich der Plattenteller unaufhörlich weiterdreht: »Ich liebe dich, ich liebe dich.«

Der Stöpsel am Beckenboden wird plötzlich herausgerissen, und das heiße Wasser läuft langsam über den gekachelten Fußboden, wo es sich hellglänzend und durchsichtig ausbreitet und die Fußsohlen wärmt; ein Windhauch weht heran und bringt Kühle mit sich.

Es ist mitten in der Nacht, und der Mondschein erleuchtet das ganze Zimmer; vor den Fenstern schimmert der Sternenhimmel glänzend wie die Innenglasur einer Majolikaschale; alle Möbel und Gegenstände werfen lange Schatten; neben mir liegt wie ein weißes Schaf ein Körper, und wir fallen wie unter freiem Himmel in einen leichten Halbschlaf.

Ich bin wohl eben erst eingeschlafen, als das Telefon rhythmisch, mit Unterbrechungen zu klingeln beginnt; es hört sich an, als stünde es weit entfernt in einem leeren Raum. Die ganze Zeit nimmt niemand ab.

Draußen herrscht schon blendende Helligkeit. Autos fahren vorbei, und neben der Fahrbahn laufen Leute. Aus dem Grün der tropischen Pflanzen am Straßenrand steigt weißlicher Dunst auf. Glitzernd tropft das Kondenswasser von den Blättern. Ein Sonnenstrahl fällt durch den Dunst, und sein Glanz bricht sich funkelnd wie in einem Prisma. Der weiße Dunst verflüchtigt sich, und vom Boden steigen dampfende Schwaden auf. Die Gebäude und Straßen nehmen Kontur an, und auch die Menschen und Fahrzeuge treten immer deutlicher hervor. Ich sehe einen nahezu stillstehenden Fluß, der die Fahrbahn säumt und unter dem dicht herabhängenden Geäst der Sterkulien mit ihren runden, fächergroßen Blättern fast verschwindet. Auf dem moosbewachsenen Fußweg gehe ich übers ganze Gesicht lächelnd auf ein Mädchen zu, das mir im Schatten des Blattwerks langsam entgegenkommt. Es hat ein rundes, sanftes und ruhiges Gesicht. An ihrer Schulter baumelt eine silbergraue Umhängetasche aus weichem Kunstleder, und ihr unauffälliges Kleid ist so adrett, daß es mich rührt. Vor einer herzförmigen Öffnung in der an- und absteigenden niedrigen Mauer, die den Park eingrenzt, versperre ich ihr den Weg und sage lächelnd: »Ich glaube, ich habe dich schon einmal irgendwo gesehen.«

Das Mädchen betrachtet mich unschuldig und bleibt stumm.

Ich lächle noch immer. »Ich bin zwar erst gestern angekommen, aber es kommt mir vor, als hätte ich dich hier schon oft getroffen. Wir beide kommen anscheinend immer wieder hierher, um spazierenzugehen. Was ist das für ein Ort? Sind wir uns nicht früher schon begegnet, und wann war das? Erinnerst du dich nicht an mich?«

Sie nickt und schüttelt den Kopf.

»Haben wir nichts miteinander zu tun, oder sind wir von der Vorsehung füreinander bestimmt? Warum begegnen wir uns immer wieder und wechseln nie ein Wort? Ich sehe dich an und du mich, nicht anders als die Menschen um uns herum.«

Das Mädchen gleicht einem Tautropfen, der jeden Moment frisch und durchscheinend vom Blatt herabrollen und mit dem glänzenden Moos am Boden verschmelzen kann.

»Ich möchte mich an dich erinnern können«, sage ich freundlich, »sag mir, wie du heißt, woher du kommst, wohin du gehst, wo deine Familie lebt und was du machst – sprich mit mir!«

»Es hat keinen Sinn, dir das zu sagen«, entgegnet sie leise, »du wirst es wieder vergessen.«

»Wir träumen, nicht wahr?« frage ich mit einem Lächeln. »Wir befinden uns in einem Traum. Wer bist du? Wie bist du in meinen Traum geraten? Gibt es dich wirklich?«

»Ich möchte auch wissen, wer du bist und wie du in meinen Traum kommst«, sagt das Mädchen und lacht, während ein rötlicher Schimmer ihr Gesicht überzieht.

»Ich heiße Fang Yan, ich bin ein schlechter Mensch, ich wohne in Peking, weit, weit weg von hier.«

»Ich heiße Ling Yu, ich bin ein guter Mensch.«

»Es ist egal, ob wir gut oder schlecht sind, da wir uns in einem Traum befinden, ist das unerheblich.«

Ich nehme das Mädchen an der Hand und gehe mit ihr an der langen wellenförmigen Mauer entlang weiter. »Du brauchst auch keine Angst zu haben, daß der schlechte Mensch dem guten etwas antun könnte; wenn wir dann aus unserem Traum erwachen, werden wir feststellen, daß wir Tausende von Kilometern voneinander entfernt zu Hause in unseren Betten liegen, und alles ist vergessen, es war höchstens wie ein Alptraum, in dem du traurig warst und geweint hast, und wenn du aufwachst, merkst du, daß nichts von allem passiert ist, daß das Unglück im Traum uns gar nicht betrifft.«

»Warum führst du mich nicht in einen schönen Traum? Können wir beide im Traum denn nicht alles selbst bestimmen?«

»Wie du willst.« Ich lache sie vergnügt an. »Dann geben wir uns doch Mühe, daß wir etwas Schönes träumen.«

»Nur wir beide, wir lassen niemanden sonst in unseren Traum.«

»Niemanden«, versichere ich. »Wir haben das Recht, über unseren Traum selbst zu verfügen.«

Der erste Tag

Der Platz ist vieleckig und rundum von Hochhäusern umstanden, die sich in dichten Reihen hintereinanderstaffeln, alte und neue Gebäude jeden Stils, deren spitze oder flache Dächer sich gegenseitig überragen, einige türmen sich bis an die Wolken, andere erstrecken sich längs der Straße. Im Sonnenschein blicken ihre vielen Fensterreihen von allen Seiten wie zahllose streng ausgerichtete Augenpaare auf den Platz. An einer Seite des Platzes erhebt sich wie in einem Fußballstadion eine Tribüne mit vielen geländergesäumten Stufen aus Beton. Zu jedem bedeutenden Festtag stehen die Größen aus Partei, Regierung und Militär wie Chormitglieder hintereinander auf den Stufen, um die Miniaturausgabe einer Militärparade oder den Vorbeimarsch der Massen abzunehmen; Reden werden von dort oben gehalten und Aufrufe bekanntgemacht. Jetzt ist die Ehrentribüne leer, nur ein paar junge Mütter führen ihre Kinder, die strauchelnd laufen lernen, immer wieder hinauf und hinab. Auf dem Platz steht auch ein Fahnenmast, an dem zu jedem Festtag und nach dem Ableben einer bedeutenden Persönlichkeit die chinesische Flagge hoch oben im Wind flattert oder auf Halbmast hängt. Jetzt ist der Mast kahl. Gegenüber, weit von ihm entfernt, befindet sich ein neues Brunnenbecken, in dem zu jedem Feiertag aus tausend Düsen Wasser emporsteigt, bunt angestrahlt und von Tonkaskaden begleitet. Jetzt ist das Becken trocken, und die leeren Schachteln oder weggeworfenen Eispapiere und Limonadenflaschen liegen darin herum. Ich sehe Fang Yan und seine Freunde, die mit baumelnden Beinen auf dem runden Beckenrand aus bunten Granitsprenkeln sitzen, jeder ein Bonbon lutschend und dabei rauchend. Mit ihren kurzgeschorenen Haaren und den weiten Militärhosen sehen sie ungeheuer jung aus, wie eine Gruppe von Schulschwänzern. Würdevolle Erwachsene mit Kindern gehen in ihrer Nähe vorbei, und immer wieder hockt sich einer nieder, um vor einem der Hochhäuser ein Foto zu machen. Wie an einer Schnur sausen in beide Richtungen Taxis auf den Boulevards dahin, die den Platz flankieren, halten vor den Eingängen prachtvoller Hotels, Restaurants oder Bürohochhäuser und brausen gleich wieder davon. Am anderen Ende des Platzes, dort, wo der Blick in die Weite geht, vereinigen sie sich wieder zu einem Strom, mit dem sie über die geschwungene schwarze Eisenbrücke in das Gewirr der Straßen auf der anderen Seite fahren. Unter der Brücke wälzen sich langsam die gelben Wassermassen eines breiten Stroms hindurch. In kurzen Abständen fahren Motorboote, Schlepper oder Lastkähne darunter durch, und das dumpfe Pfeifen ihrer Sirenen ist noch weit zu hören.

Die Sonne wärmt angenehm, ein Lufthauch umschmeichelt die Menschen und läßt ihre Kleider leicht flattern. Fang Yan und seine Freunde halten ihre strahlenden Gesichter blinzelnd der Sonne entgegen.

»Hier gefällt's mir«, sagt Fang Yan begeistert und sieht über den Platz, »ich mag die sonnigen Städte im Süden. Ich schau mir auch gern die prächtigen Gebäude und die schönen, gepflegten Menschen an.«

»Wir nehmen uns die tollsten Zimmer und essen das Beste, das es gibt; ich hab mir geschworen, daß ich alles kosten will, was Äcker und Wiesen, Flüsse und Meer hier zu bieten haben«, sagt Xu Xun. »Jetzt wird im Luxus geschwelgt.«

»Das gehört sich ja wohl so«, bekräftigt Wang Ruohai. »So viele unserer Jahre haben wir an die Armee verkauft, jetzt müssen wir's uns gutgehen lassen und gründlich genießen.«

»Was seid ihr bloß für Provinzler!« Gao Yang betrachtet seine Freunde, die gerade erst aus der Armee entlassen worden sind, und lacht. »Könnt ihr euch die Extravaganzen etwa leisten?«

»Ich hab Geld«, frohlockt Fang Yan, »ich habe meinen gesamten Entlassungssold dabei, ein paar Hunderter, wir können also mit Geld nur so um uns werfen.«

»Scheiß auf die paar Kröten! Damit kannst du dir den Arsch abwischen! Mit dem bißchen Trinkgeld, das dir deine Jahre in der Armee eingebracht haben, kannst du noch nicht mal anständig essen gehen. Und da wollt ihr euch noch die Karte rauf und runter fressen? Dazu reicht's noch nicht mal, wenn ihr euch in Einzelteilen verkauft. Als Gao Jin und ich hier angekommen sind, waren wir am Anfang unheimlich sparsam und vorsichtig, trotzdem konnten wir uns nach drei Tagen höchstens noch gebratene Reisnudeln leisten. Dabei war ich länger in der Armee als du und hatte bei meiner Demobilisierung einen höheren Sold bekommen. Hier mußt du entweder reich sein oder darben.«

»Ach was, wir wollen ja auch nicht lange hierbleiben, wir hauen ein paar Tage lang auf den Putz, und wenn wir pleite sind, machen wir uns wieder aus dem Staub.«

»Dann könnt ihr gleich wieder gehen, deine paar Piepen reichen vielleicht gerade für die Fahrkarte und ein, zwei Übernachtungen, und dann mußt du schon vorsichtig damit sein; dorthin, wo wirklich in Saus und Braus gelebt wird, brauchst du erst gar nicht zu gehen. Für den Imbißstand wird's mit Ach und Krach reichen.«

»Wie kämen wir denn dazu zu darben?« empört sich Xu Xun mit runden Kulleraugen. »Wer sind wir denn? Wir gehören doch schon immer zur Elite; wir essen das Fleisch und andere die Suppe, und das wird auch jetzt nicht umgekehrt sein.«

»Das kann ich einfach nicht glauben«, grölt Wang Ruohai. »So ein Superort soll uns nichts zu bieten haben? Wer sind denn hier eigentlich die Herren im Lande? Ich kann ja die Armee rufen, daß sie den Flecken dem Erdboden gleichmacht.«

»Was bläst du Wichser dich denn so auf?« fragt Gao Jin grinsend. »Du kannst allerhöchstens noch die drei Funker rufen, die du unter dir hattest. Du kannst noch so rumtoben – dich hier einzunisten und Digitaluhren in den Norden zu verschieben ist allemal besser und hat mehr Sinn, als deine Truppen zu alarmieren.«

»Glaubst du im Ernst, daß ich so was mache? Da müßtest du mich schon totschlagen, so erniedrigen würde ich mich nie. Kann sich ein anständiger Mensch mit so was abgeben? Ich hab eine Ausbildung als Marinekommandeur!«

»Ja, richtig, wir können uns doch nicht mit denen auf eine Stufe begeben, die sollen sich erst mal an uns messen, und wenn sie damit fertig sind, entfachen wir die Kampagne gegen die drei Übel* und kassieren alles ein«, schlägt Fang Yan vor. »Wozu brauchen wir denn überhaupt Geld? Wir haben keins, aber wir leben doch auch nicht schlechter als die Reichen. Außerdem sollte man auch nicht vergessen, wo wir hier sind – wessen Reich ist das denn? Im Kapitalismus wäre das was anderes.«

»Dann dürft ihr gern darben und darauf warten, daß der Staat euch zu eurem Recht verhilft.«

»Ignorieren«, sagt Gao Yang zu Gao Jin. »Die sind alle noch nicht aus ihrem Traum aufgewacht. In ein paar Tagen wird sich das unter Garantie gegeben haben. Was man mit Geld anfängt? Eine Menge. Es gibt nur zwei Sorten Leute, die nicht wissen, was man mit Geld macht: die, die von Geburt an genügend davon haben, und die, die seinen Geschmack noch nicht gekostet haben.

Was soll der Scheiß von wegen Geistesadel! Was für einen Adel gibt es denn in China? Das sind doch samt und sonders Hirtenknaben, die vor dreißig Jahren aus der Leibeigenschaft befreit wurden und verflucht noch mal alle betteln gehen, weil der Staatstresor zubleibt.«

In diesem Moment bricht in einem der Gebäude am Platz Feuer aus. Die Flammen lodern aus den Fenstern unter dem Dach hervor, sie lecken an den glänzenden Aluminiumrahmen und klettern an der perlweißen Außenwand empor. Wo die Flammen gewütet haben, hinterlassen sie eine schwarze Rußspur. Glas und Metall schmelzen im Feuer und fließen glühendheiß davon. Auch die Fenster weiter unten beginnen jetzt zu brennen. Das Gebäude brennt zur Hälfte, heftig lodernd, und die Flammen fressen sich durchs Dach. Unter dem klaren, sonnigen Himmel flackern sie leuchtend rot auf und sinken wieder zusammen. Schwarze Rauchschwaden steigen empor und breiten sich auf dem grenzenlosen Blau aus. Aus allen Straßen, die auf den Platz münden, rasen mit schrillen Sirenentönen Feuerwehrautos auf das brennende Gebäude zu.

»Am allerwenigsten kann ich die Typen riechen, die keinen Heller haben, aber supervornehm tun, als gehörten sie zur Crème de la crème. Es ist unsere Lebensaufgabe, diese Sorte mit Stumpf und Stiel zu vernichten, damit sie in der nächsten Generation endlich ausgerottet ist«, sagt Gao Yang voller Haß. »Sie werden einen noch übleren Abgang haben als die Mandschus; die haben noch nicht einmal irgendwelche Schätze im Haus, die sie verpfänden könnten, nichts als grobklotzige Möbel, die sie vom Staat gekriegt haben.«

Das hohe Gebäude brennt wie eine riesige Kiefernfackel.[*] In dem strahlenden Licht leuchten die Flammen unvergleichlich rot. Vor dem Gebäude läuft eine Menschenmenge zusammen. Die Feuerwehr fährt ihre langen Leitern aus, und von verschiedenen Seiten richten sich silberglänzende Wasserstrahlen in die

Höhe. Die Helme der Feuerwehrmänner blitzen in der Sonne auf, und Wasser versprüht glitzernd wie Millionen Kristalle. Die Flammen weichen nach oben zurück und demonstrieren ihre zerstörerische Gewalt, indem sie noch einmal hoch auflodern und schonungslos wüten. Rot und schwarz wirbelt es in den Himmel hinein. Ruhig und unberührt sind die Dächer der Häuser rundum in betörendes Sonnenlicht gebadet.

Ich sehe von fern den Bahnhofsplatz mit seinen Palmen und den betriebsamen Menschen, ich sehe die Taxis, die wie eine Schar Vögel daherschwärmen und wieder davonfahren, und ich sehe die dunklen Ströme von Menschen, die wie Ameisen an den Ein- und Ausgängen zusammenlaufen. Ich sehe einen Zug, der hinter dem Bahnhofsgebäude aus der Kuppel hervorrollt, die die Bahnsteige überdeckt. Solange er noch in der Stadt ist, kreuzt er unter Hochstraßen und nähert sich dann zwischen den freistehenden Häusern der Außenbezirke der unendlichen Weite der Felder. Dörfer, Gewässer und Fabriken verteilen sich über das riesige Tiefland. Wie eine kurze schwarze Raupe kriecht der Zug zwischen Himmel und Erde dahin. Weit, weit entfernt brechen sich die Wellen an der langen gewundenen Küste, sie werfen sich auf und zerstieben weiß, wogen wie eine unermüdliche Riesenschlange auf und ab, rollen heran und weichen zurück, kommen von Süden und strömen nach Norden, branden aus dem Osten in das Meer im Westen. Auf dem Ozean pflügt eine Flotte der Kriegsmarine in voller Fahrt durch die Wellen, und eine Ölspur breitet sich auf den blauen Wellen aus. Ein kurzer Zug durchquert das von Feldrainen durchzogene Land, das sich endlos dehnt, er rollt über Flüsse und Ströme und vorbei an Höhenzügen, die sich in der weiten Ebene emporkrümmen. Grauschwarz liegen zerklüftete Hügelketten in der Ödnis, in der über lange Strecken kein Herdrauch aufsteigt. Wie eine Perle aus einer zerrissenen Kette gleite ich durch den Raum, das unermeßlich weite

Land fliegt hinter mir zurück, und in der Eile der Bewegung sehe ich ganz fern einen anderen Fang Yan herniederschweben.

Offenbar saß ich in einem ratternden Zug am Fenster und las ein Buch. Die Felder und Länder wichen hinter mir zurück, und in der Ferne sah ich den Herdrauch von Dörfern. Kleine Vögel stießen wie gejagt in Bögen in den Himmel und sanken pfeilschnell wieder nach unten. Weiße Wolken begleiteten unseren Zug. Der Protagonist des Buches war dem Glücksspiel verfallen; er ging keiner geregelten Beschäftigung nach, bis er eines Tages von der Polizei verdächtigt wird, in seinem Vorleben jemanden umgebracht zu haben. Langsam ordnet er in den Tagen danach seine Erinnerungen, er sucht alte Freunde auf und bekommt nach und nach ein fortlaufendes Bild seines früheren Lebens, in dem jedoch immer noch sieben Seiten fehlen. Ich sehe, wie er sich das Hirn zermartert und Himmel und Hölle in Bewegung setzt, selbst in seiner frühen Jugend gräbt er herum, doch nichts kommt dabei heraus, was die Lücke füllen könnte. Wie man sich denken kann, ist er ein ziemlich konfuser, wankelmütiger Mensch, der viele Dinge anfängt, aber nicht zu Ende bringt. Dieser Kerl hat sich schon weit entfernt, stolz wie ein Pfau ist er in die Matrosenuniform geschlüpft und auf sein altes Kanonenboot zurückgekehrt. Anscheinend wollte der Autor den Stift noch nicht weglegen und schrieb großartig weiter und immer weiter, bis er ihn in den Bauch seiner Mutter zurückbefördert hatte. Ich habe jedoch kein Interesse mehr weiterzulesen; ich vermute, daß er zuletzt auch nichts anderes sein wird als ein fröhliches kleines Dickerchen, das mit den Händchen wedelt und mit der Milchflasche im Kinderwagen durch die Stadt schaukelt und alle Leute entzückt.

Ich schließe das Buch, das ich nur zu einem Drittel gelesen habe; die Seiten, die ich schon umgeblättert, und die, die ich noch nicht aufgeschlagen habe, unterscheiden sich auffällig.

Wang Shuo und die neue chinesische Subkultur

Wang Shuo ist im China der späten achtziger Jahre ein neu- und einzigartiges Phänomen. Ein Schriftsteller, der nirgendwo hingehört, noch nicht einmal irgendeine Zeitungsredaktion als *danwei*, »Einheit« (Arbeitsplatz, Kontroll- und Vermittlungsinstanz) vorzuweisen hat, schreibt unabhängig und freischaffend und produziert einfach, wie es ihm paßt und seine Sozialisation es nahelegt: Seine Werke spielen in den Pekinger Straßen mit ihrem Jargon, ihrer Frechheit, ihrer Bereitschaft zur Parodie. Ihre Protagonisten sind Hochstapler und kleine Gauner, Halbstarke und widerwillig erwachsen Gewordene, denen die zehn Jahre der Kulturrevolution und die neue Ellenbogengesellschaft jegliche Lebensillusionen geraubt haben. Sie sind durchsetzt von parteiamtlichen Floskeln und Abgedroschenheiten, die mit ironischem Scharfsinn aufgegriffen werden; sie spiegeln jugendliche Brutalität, wie sie in absurden Lebensverhältnissen entsteht. Wang Shuos Erzählungen und Romane wurden in China als *Pizi wenxue,* die Literatur der Rüpel und Rohlinge, der Drop-outs und Hooligans etikettiert. Doch schneller, als die offiziösen Kritiker ihn festnageln konnten, hat sich bisher ihr Verfasser immer wieder allen Kategorisierungen entzogen. In einem äußerst geschickten Balanceakt von nichtopportunistischer Anpassung an den politischen Zeitgeist, sehr freiem Denken, kommerzieller Orientierung und gründlicher Ablehnung intellektueller Verstiegenheit gelingt es ihm, Platzhirsch auf dem noch kaum existenten freien Markt chinesischen Kultur- und Mediengeschehens zu werden und mit seinen Büchern und Filmen immer wieder ein ganzes Land zu bewegen.

Wang Shuo, der 1958 geboren wurde, wächst in Peking heran, als die schlimmsten kulturrevolutionären Unruhen bereits wieder abklingen. Der aufsässige Jugendliche wird von seinem Vater zur Marine geschickt, wo er mit seinen Freunden krumme Dinger dreht und Frauenbekanntschaften pflegt. Als 1979 der Krieg an der vietnamesisch-chinesischen Grenze geführt wird, legt die Armee auf sein patriotisches Engagement keinen Wert. Wang Shuo und seine Freunde haben Zeit für ein paar weitere Schiebereien. 1980 wird er aus dem Militärdienst entlassen und beginnt in Peking in einer Apotheke chinesische Medizin zu verkaufen. Wieder bleibt ihm genügend Zeit für seine Kumpels, Frauen und Schwarzhandel. Naturgemäß folgen dem engere Kontakte zur Polizei. Unter literarischen Gesichtspunkten haben sich diese Aktivitäten allemal gelohnt; die Lebenserfahrungen und das absurde Lebensgefühl jener Zeit sind im vorliegenden Roman, der 1988 in einer Zeitschrift, 1989 als Buch erschien, leicht wiederzuerkennen.

Nach dieser Phase hält Wang Shuo mehr Distanz zur Halbkriminalität und noch weniger zu Frauen. Die Beziehung zu einer Stewardeß findet ihren literarischen Niederschlag in der Erzählung »Die Stewardeß« (*Kongzhong xiaojie*, 1984). Seit 1986 lebt er mit einer Tänzerin und inzwischen auch mit der gemeinsamen Tochter zusammen. Er arbeitet als Schriftsteller und Drehbuchautor beziehungsweise Lieferant von Filmvorlagen. 1986 erscheint der Roman *Yiban shi huoyan, yiban shi haishui* (»Feuer und Wasser, Maß für Maß«). 1988 kommen vier Filme, die nach seinen Werken entstanden, erfolgreich ins Kino. Das »Wang-Shuo-Fieber« grassiert. Die Verfilmung der Gesellschaftssatire *Wanzhu* (»Die Macher«, 1989), der Geschichte der 3-T-Serviceagentur, einer Firma für alle Lagen des modernen und oft reichlich paradoxen Lebens des chinesischen Städters, wird einer der beliebtesten Filme des Jahres 1989. (Der Film lief im deutschen Fernsehen unter dem Titel »Gesellschaft ohne

Haftung«.) Den komischen Roman *Wo shi ni baba* (»Ich bin dein Alter«, 1991) schreibt Wang Shuo »für Intellektuelle mittleren Alters, die sich um unser Land sorgen«. Es geht um die Frage von Vertrauen oder Autorität, die nicht durch falsche Kumpanei zu lösen ist. Mit der Gleichsetzung von Vater und Staat wurde dem langen Roman immer wieder eine politische Folie unterschoben.

Seine witzig-kitschig überzogenen Fernsehserien erfüllen die Träume und Sehnsüchte des chinesischen Städters. Die über vierzigteilige Serie *Kewang* (»Sehnsucht«), an der Wang Shuo als Koautor mitwirkt, hat 1990 den Straßenfegereffekt und war den chinesischen Fernsehmachern und Politikern willkommen, um die Bilder vom Juni 1989 zu verdrängen. *Bianjibu de gushi* (»Geschichten aus der Redaktion«) setzt den Erfolg dieser rührselig-dramatischen Schicksalsarie fort. Die vielteilige Serie *Ai ni mei shangliang* (»Lieb' dich ohne Diskussion«) und weitere Serien können das Erfolgsniveau nicht ganz halten.

Es seien lediglich kommerzielle Interessen, behauptet Wang Shuo bei der Gründung der gemeinsamen Produktionsfirma »Seepferdchen«, die ihn und etwa dreißig Freunde bewegen, diese schön trivialen Stoffe aus der Herz-Schmerz-Liebe-Triebe-Kiste aufzubereiten. Es scheint sich so sehr zu lohnen, daß unter Wang Shuos Namen Filme über die chinesische Fernsehmattscheibe flimmern, von deren Drehbuch er nicht ein einziges Zeichen geschrieben hat (*Guanggaoren,* »Der Annoncenmann«; *Haima gewuting,* »Die Seepferdchen-Gesangs- und -Tanzbar«). Massenhaft erscheinen seine Bücher in Raubdrucken.

Wang Shuo, der nie freiwillig etwas mit dem Gesetz und seinen Hütern zu tun haben wollte, erkennt die Zeichen des neuen kommerziellen Zeitgeistes und zieht die Konsequenzen. Er geht einerseits wegen der Fälschungen vor Gericht. Darüber hinaus ändert er seinen eigenen Status: Nicht länger bleibt er der völlig frei schaffende Schriftsteller und Drehbuchautor aus der Pekinger Szene, der sich die Projekte zusammen mit Freunden nach

Lust und Laune aussucht. Seit April 1994 steckt ein kleines Funktelefon in der grünen Umhängetasche aus grobem Armeestoff, die er noch immer trägt. Er selbst sitzt meistens hinter dem großen Schreibtisch des Managers der »Agentur für kulturelle Information und Zeitgeschehen«. Als maßgeblicher Mann dieser kommerziell strukturierten Firma realisiert er weiter endlose Fernsehserien und ist auf der Suche nach jüngeren talentierten Autoren, deren Erzählungen und Romane sich zur Verfilmung anbieten. Daneben kümmert er sich darum, daß die Rechte an den Produkten, sprich der Gewinn, bei den Autoren bleiben, das heißt, ihm selbst und den durch seine Firma vertretenen Schriftstellern.

In seiner 1992 erschienenen Selbst- und Werkdarstellung »Ich bin Wang Shuo« stellt er, der angebliche Intellektuellenfeind, leicht spöttisch fest: »*Herzklopfen heißt das Spiel* sollten Leute mit literarischer Bildung lesen.« Vielleicht trifft das für chinesische Leser wirklich zu, denn nur wer über eine gründliche sprachliche Bildung verfügt, wird in der Lage sein, die zahllosen abgewandelten, aus umgangssprachlich nicht gebräuchlichen Zeichen bestehenden viergliedrigen Ausdrücke zu goutieren, die der Autor passagenweise setzt. Die gebildete chinesische Leserin wird auch erkennen, wenn Song-zeitliche Gedichte Vorbild für die poetischen Beschreibungen des Autors waren. Sie wird am Ende des Romans in der Unterhaltung Fang Yans und Ling Yus die Stimmen der Helden Jia Baoyu und Lin Daiyu aus Chinas größtem klassischem Roman, *Traum der roten Kammer*, im Hintergrund hören und bemerken, daß sich die modernen Helden außerhalb des Gartens lediglich an seiner Mauer befinden, daß sie keinen Zugang mehr zur Utopie haben und ihr Traum schon längst gescheitert ist. Aufmerksamen chinesischen Lesern werden auch kaum Bezüge auf den mythologisch-phantastischen Abenteuerroman *Die Reise nach Westen* entgehen und die Tatsache, daß dem rebellischen Affen Sun Wukong, Sinnbild für Einfallsreichtum und Aufruhr, offensichtlich die Sympathie des Autors gehört. Vieles ist für chinesische Leser zu entdecken, was in der Übersetzung nicht durchscheint oder worauf in einer Anmerkung hingewiesen werden muß.

Auch auf einer noch grundsätzlicheren sprachlichen Ebene ist das Original flexibler als die Übersetzung: Die unscharf definierende chinesische Grammatik ermöglicht ein perfektes Verwirrspiel mit den verschiedenen Zeitebenen. Wie mit einem Zoom-Objektiv kann der Autor sich übergangslos durch die Vergangenheit und in einzelne Situationen und Erinnerungsfetzen hineinblenden. Im Deutschen müssen die einzelnen Zeitstufen überdeutlich voneinander geschieden werden. Vielfältiger sind auch die Möglichkeiten, direkte oder indirekte Rede, innere Monologe und Dialoge darzustellen: Auf chinesisch wird seitenweise ohne Punkt und Komma, ohne Anführungszeichen und ohne Kennzeichnung des jeweiligen Sprechers erzählt. Souverän bedient sich Wang Shuo all dieser Möglichkeiten, um das Traumhafte, Vage und existentiell Verwirrende zu einem Grundton des Romans zu machen.

Pekinger Ortsbezeichnungen, Wortspiele und Slang-Ausdrücke machen das Flair der Stadt und die Atmosphäre unter den jungen Leuten lebendig. Ihre Wurzellosigkeit und das Gefühl der Unbeständigkeit und Unzuverlässigkeit treiben sie an Orte des Transits: Straßen, Restaurants, Taxis, Züge. Selbst das eigene Ich ist kein sicherer Rückzugsort mehr; wo die Unzuverlässigkeit schon im eigenen Gedächtnis beginnt, ist keinem mehr zu trauen. Kommunikation ist Lüge, und die menschlichen Beziehungen erkalten zur Beliebigkeit. Viele der Erlebnisse und namentlich genannten Personen in dem Roman sind autobiographisch; es sind dieselben Eindrücke, die Wang Shuo auch in seinem Kurzroman *Dongwu Xiongmeng* (»Das Bestiarium«, verfilmt unter dem Titel »In the Heat of the Sun« von Jiang Wen, Goldener

Löwe für den besten Hauptdarsteller, Venedig 1994) verarbeitet. »Ich war nicht bei den Roten Garden, sondern gehörte zu einer Halbstarkengruppe, einer wie im *Bestiarium*. Dort spiegeln sich die Einsamkeit, Verlorenheit, das Ausgesetztsein. Am Ende ist kein Sieg im Geiste, keine eindeutige Moral mehr möglich... Die Szenerie entspricht der meines Elternhauses, es ist der Hof zwischen den Wohnblöcken für Soldaten auf einem Pekinger Armeegrundstück, gegenüber dem Armeehospital. Jetzt ist das alles abgerissen. Die Umgebung ist ganz realistisch beschrieben, auch das Dutzend Kinder im selben Alter, unter fünfzehn Jahren, verachtet, weil alle über fünfzehn schon zur Armee gingen... Ich will dieses Material auch noch benutzen, um eine ausführliche *Bittere Jugend* zu schreiben, so eine Art Jugendroman der Mao-Zeit, oder einen modernen *Traum der roten Kammer*. Hier ist noch Material zu einem großen Roman.« Darauf wird am Schluß von *Herzklopfen* übrigens angespielt, wenn im selbstironischen Verwirrspiel von Autor und Protagonist erzählt wird, daß Fang Yan lediglich ein Drittel des Buches gelesen habe – *Herzklopfen* ist ein Band der geplanten Jugendtrilogie.

Herzklopfen heißt das Spiel ist ein äußerst vielschichtiger Roman. Er ist ein Krimi, ein Liebesroman, ein psychologischer Roman, einer über den harten Kampf der Geschlechter, die Schuld der Verantwortungslosigkeit und ihre bittere Sühne. Jedes Kapitel scheint sich ein anderes Thema gesetzt und eine andere literarische Bezugsebene zu haben: Neben den schon erwähnten klassischen chinesischen Bezügen erinnern einzelne Kapitel an Kafka, Dostojewski oder in den intensiven Beschreibungen von Gerüchen, Klängen, Schatten und Farben an Proust. Ein anderes ist rhythmisch angelehnt an die nordchinesische Kunst des traditionellen Wechselsprechgesangs. Wieder andere schwelgen in übelstem Pekinger Gassenjargon.

Vor allem aber ist *Herzklopfen* ein Roman über die chinesische Gesellschaft und ihr Verhältnis zur Kulturrevolution und zu

Mao Zedong. Ironisierte Zitatfragmente aus Maos Werken sind breit gestreut. Der Sarkasmus, ja Zynismus, mit dem Wang Shuos Generation ihm nur noch begegnen kann, vermag die Trauer über die erstarrte Utopie und den Verlust der Jugend nicht zu überdecken.

Sabine Peschel

Anmerkungen

Seite 6

* Wortspiel mit verschiedenen Lesarten der Zeichen für *Ming Song* und *Ming Deng*, die so, wie sie geschrieben sind, »helle Kiefer« und »helle Lampe« heißen. Genauso ausgesprochen, aber mit anderen Zeichen geschrieben, heißen sie »bekannt« *(ming)*, »vorzeitiges Sperma« *(song)*, »Schwanz« *(deng)*.

** Auch hier beruht der Witz auf einem Zeichenspiel und muß dem deutschsprachigen Leser entgehen: Chinesische Leser denken bei *heixin...hen* sofort an *heixin...lang*, wörtlich »Wolf mit schwarzem Herzen«, einen vielgebrauchten Ausdruck aus der Kulturrevolution, wo er die »Unterdrücker«, vor allen die Amerikaner meinte. Die beiden Zeichen *hen* und *lang* unterscheiden sich in der Schreibweise nur durch einen kleinen Strich. Der Witz besteht nun in der Anspielung auf die häufigen Fälle, wenn nicht besonders gebildete Kader die falschgeschriebenen Zeichen in ihren Manuskripten so falsch vortragen, wie sie dastehen. Solche Witze, die an die deutschen Lübke-Witze erinnern, erzählt man sich in China mit diebischer Freude.

*** »Hauptquartier« und »Lederunterhose« beziehen sich wahrscheinlich auf den Kriegsherrn Zhang Zuolin, der in den zwanziger Jahren in Peking ein ausschweifendes Leben führte. Seine vielen Frauen sollen so attraktiv gewesen sein, daß angeblich alle männlichen Besucher eine stabile, enganliegende Unterhose zu tragen hatten, wenn sie in ihre Nähe kamen.

**** Der Name Fang Yan, der durchaus wie ein ganz realer normaler Name klingt, ist programmatisch. Übersetzt bedeutet er »Dialekt«, »Mundart«. Bei chinesischen Namen steht der im allgemeinen einsilbige Familienname zuerst.

Seite 27

* Zur Bestechung. Der Ausdruck wurde bereits in den fünfziger Jahren innerhalb der KPCH verwendet, um angeblich bestechliche Genossen zu kritisieren.

Seite 29

* Diese Vorform des *Qigong* namens *Hexiangzhuang* (um den Pfahl kreisender Kranich) war Anfang der achtziger Jahre vor allem bei älteren Menschen sehr in Mode.

** Klingt wie »Müller, Meier, Schmidt«.

Seite 30

* In der traditionellen chinesischen Literatur gibt es zahllose Erzählungen »seltsamer Begebenheiten«. Zu den bekanntesten gehören die Geschichten von berückend schönen Frauen, die junge Männer, meist Scholaren, verführen. Das Glück ist jedoch nie von Dauer, weil die Frauen Füchsinnen sind und sich irgendwann rückverwandeln müssen.

Seite 31

* Die »Kremlwache« spielt auf Lenins Leibwächter Wassily in dem Film *Lenin im Oktober (Liening zai shiyue)* an. Doktor Tôtô ist eine Figur aus dem japanischen Kriminalfilm *Fluß des Zorns,* der auf chinesisch unter dem Titel *Die Verfolgung (Zhuibu)* lief. Beide springen aus dem Fenster.

Seite 34

* Die nordchinesische Aufstandsbewegung »Faustkämpfer für Recht und Einheit« (»Boxer«) richtete 1899–1901 ihre fanatischen Aktionen gegen die in der Provinz Shandong und in Peking ansässigen Ausländer, nach der Niederschlagung durch alliierte Truppen verpflichtete das »Boxerprotokoll« von 1901 China zu hohen Reparationen.

** Der Taxifahrer verfällt vollkommen in den Duktus und die Worte einer offiziellen Kadersprache. »Öffnen und ankurbeln« bezieht sich auf Deng Xiaopings Motto »Nach außen öffnen, innen ankurbeln« (dui wai kaifang, dui nei gaohuo), das 1979–84 in der Phase der »Bewegung zur ideologischen Befreiung« bestimmend war.

Seite 35

* Anspielung auf die Propagandakampagnen der »Fünf Erklärungen, vier Verschönerungen, drei heftigen Lieben« zur Hebung des moralischen Niveaus vor allem junger Menschen (zum Beispiel gegenüber Pornographie), zur Verbesserung alltäglicher Verhaltensweisen (zum Beispiel bezüglich der Hygiene) und zur positiven Einstellung gegenüber Militär, Partei und Vaterland.

Seite 42

* Jeder junge Mensch in China mußte während der »Großen Proletarischen Kulturrevolution« (1966–76) anstreben, ein »braves« beziehungsweise »gutes Kind« (hao haizi) Mao Zedongs zu werden. Der Verteidigungsminister und seit 1969 designierte Mao-Nachfolger Liu Biao formulierte 1967 in seinen *Reden:* »Lest die Bücher des Vorsitzenden Mao/hört die Worte des Vorsitzenden Mao/handelt nach den Weisungen des Vorsitzenden Mao/seid gute Kinder des Vorsitzenden Mao.«

Seite 51

* Anspielung nicht auf das Mao-Mausoleum, sondern auf den Regierungswohnsitz Zhongnanhai, wo die Wohnräume Maos noch immer tabu sind, als sei er noch am Leben.

Seite 53

* Ironisches Zitat aus der revolutionären Oper *Kampf in der Ebene* (1974, *pingynan zuozhan)*, wo es heißt: »Die Partisanen sind allüberall!« *(Youjidui biandi dou shi a)*.

Seite 55

* Auch auf dem chinesischen Festland sehr bekannte Schriftstellerin aus Taiwan; als eine Art chinesische Françoise Sagan und Verfasserin zahlreicher Liebesromane ist sie vor allem bei Teenagern populär.

** *Die Geschichte vom Maulwurf* ist eine tschechoslowakische Comic-Serie, die zirka zwei Jahre lang täglich im Vorabendprogramm vor den Abendnachrichten lief. Sie wurde von *Mickey Mouse* abgelöst.

Seite 59

* Sie spielen das Spiel *San kou yi*, »Drei krallen einen«, das so nur in Peking und in den Kreisen der Drop-outs gespielt wird. Maximal kann man hundert Punkte erreichen, Joker und Zweier sind Hauptpunktekarten. In der ersten Phase des Spiels muß angekündigt werden, wie viele Punkte man zu machen beabsichtigt. Wer die Punktzahl am meisten unter- oder überschreitet, verliert. In dieser Szene halten sich die vier Spieler nicht streng an die Regeln, sondern bluffen.

** Hautkrankheit, die rote Gesichtsflecken hervorruft.

Seite 60

* *Rouzi*, »Fleischa«, ist ein phantastisches Land, das im *Shanhaijing*, dem fabelhaften *Klassiker der Berge und Meere*, beschrieben wird, »das Land des emsigen Fleisches«. *Rou*, das im Namen eigentlich nur phonetisch gebraucht wird, bedeutet Fleisch. In den beschriebenen Zuständen in »Fleischa« werden chinesische Verhältnisse karikiert.

Seite 63

* Der 1962 verunglückte Mustersoldat Lei Feng war seit 1963 Held und Vorbild verschiedener Kampagnen für Soldaten der Volksbefreiungsarmee und die Jugend: sparsam, selbstlos, hilfsbereit. Sein Wiederbelebungsversuch in den frühen neunziger Jahren wurde von der städtischen Jugend nur noch mit Sarkasmus aufgenommen.

Mit der Formulierung »leibhaftig« richtet sich eine spöttische Spitze gegen den chinesischen Politbetrieb: Deng Xiaoping wurde 1976 wegen eines völlig aus dem Kontext gerissenen Ausspruchs kritisiert. Dem-

nach hatte er angeblich gesagt: »Onkel Lei Feng lebt nicht mehr.« *(Lei feng shushu bu zai le.)*
Hier wird auf Fang Yans Armeevergangenheit Bezug genommen, denn es gehörte zu den verlogenen Pflichten der Soldaten, sich selbst in den Schulen als gute Vorbilder vorzuführen.

Seite 68

* Wörtlich: »So wie der Fisch das Wasser nicht verlassen kann«, das ist ein Zitat aus dem kulturrevolutionären Lobgesang »Der Große Vorsitzende ist unser Steuermann« *(Dahai hangxing kao duoshou):* »... der Fisch verläßt das Wasser nicht/die Gurken lösen sich von ihren Sprossen nicht/die revolutionären Massen verlassen die Kommunistische Partei nicht/das Mao-Zedong-Denken ist eine Sonne, die nie untergeht.«

Seite 69

* Das chinesische Kinopublikum lernte Alain Delon Ende der siebziger Jahre in der Rolle des »Zorro« kennen.

** Der rebellische Affe aus dem Roman *Die Reise nach Westen. Kan hou,* »den Affen sehen«, kann ebenfalls als geringschätzige Bemerkung bedeuten »den Affen machen«, das heißt, Fang Yan hat sich nur lächerlich gemacht. *Sun Wukong* und die chinesische Umschrift für Alain Delon reimen sich, so daß man hier auch lesen kann »...sahen wir alle nur Alain Delon«.

*** Zitat aus den *Reden* Mao Zedongs: »Menschen vor dem Untergang zu retten und Verwundete zu heilen heißt, den revolutionären Humanismus zu verwirklichen.«

**** Dieses »finster« *(an wu tianri)* kennt der chinesische Leser bestens aus dem Kontext »die finstere alte Gesellschaft«. Die Formel steht am Anfang jeder Erzählung, die die Zustände vor der sogenannten Befreiung 1949 beschreibt.

Seite 74

* Li Yuhe ist ein kommunistischer Held und eine Figur aus der revolutionären Modelloper *Die rote Laterne*. (Als Eisenbahnarbeiter und Kommunist wurde er zur Zeit des chinesisch-japanischen Krieges von den Japanern verhaftet und mit seiner ganzen Familie umgebracht. Lediglich seine Tochter Li Tiemei überlebte und vollendete das Werk ihres Vaters, indem sie der Achten Armee an seiner Stelle geheime Nachrichten überbrachte.) Seine Schellen wiegen vierzig Kilogramm, das bedeutet, daß der Häftling bereits vor der Hinrichtung steht.

Seite 75

* Schlange in Schnaps ist eine typisch südchinesische Spezialität mit gesundheits- und potenzfördernder Wirkung für Männer.

Seite 78

* Das heißt Mandschuren. Die letzte Dynastie, die der Qing (1644–1911), wurde von den Mandschuren gestellt, von deren Nachfahren naturgemäß noch viele in Peking leben. Militärisch-administrativ waren sie in acht Bannern organisiert, innerhalb deren eine strenge Etikette zu beachten war.

Seite 82

* Bei chinesischen Namen läßt sich nicht immer sagen, ob es sich um eine Frau oder einen Mann handelt.

Seite 90

* Hosen mit einem offenen Schlitz über dem Po, zur unkomplizierten Erleichterung der Babys und Kleinkinder.

Seite 91

* Das Gebirge an der Grenze zwischen China und Vietnam war im chinesisch-vietnamesischen Krieg im Februar/März 1979 kurz nach Deng Xiaopings »Thronbesteigung« heftig umkämpft. Heute halten es die Chinesen besetzt.

Seite 92

* Ironisches Zitat aus dem sechsten Akt der revolutionären Modelloper *Mit taktischem Geschick den Tigerberg erobern.* Dort sagt der Banditenhauptmann Zuo Shandiao: »Wenn es gelingt, werdet ihr es alle zum Divisions- oder Brigadekommandeur oder noch weiter bringen.« Den Rang des Brigadekommandeurs gibt es in der chinesischen Volksbefreiungsarmee seit Beginn der Kulturrevolution nicht mehr.

Seite 95

* 1912–27. Die Rede ist von Duan Qirui.

Seite 98

* Das heißt drei, insgesamt gibt es sechs, vier Zweier und zwei Joker. So vorsichtig zu spielen ist fast unehrlich, eigentlich müßte er, wenn er schon über fünfzig Punkte auf der Hand hält, ankündigen.

Seite 108

* Es handelt sich um Werke der äußerst populären Schriftstellerin San Mao. Ihre leicht melancholisch getönten Erzählungen, Prosastücke und Reisebeschreibungen finden vor allem bei der jungen und mittleren Generation Anklang. Sie nahm sich 1992 das Leben.

** Hier werden die unter- und mittelrangigen Kader veralbert, die es gewohnt waren, immer mit dem Dienstwagen zu fahren, solange sie noch

»auf dem Posten« waren. Nur hochrangige Kader dürfen ihren Wagen samt Chauffeur auch nach der Pensionierung weiter benutzen.

Seite 113

* Ironischer Ausdruck: Im traditionellen China wurden die Leute vor der Hinrichtung identifiziert, damit sich nicht ein Reicher durch die Hinrichtung eines gekauften Ersatzmannes entziehen konnte.

Seite 116

* Zitat aus dem populären Schlager »Vergeudete Jugend« *(cuotuo suiyue).* Er wird in dem gleichnamigen Fernsehfilm gesungen, der auf einem Roman von Ye Xin basiert. Er handelt von relativ gebildeten Jugendlichen aus der Stadt, die viele Jahre unter harten Bedingungen auf dem entlegenen Land verbringen mußten.

** Politjargon aus der Zeit der Kulturrevolution

Seite 117

* »Unzählige Gedanken bestürmen mich« ist ein ironisches Zitat aus der Rede von Maos Sohn Mao Anqing, die im September 1977 anläßlich des ersten. Todestages des Großen Vorsitzenden veröffentlicht und stark propagiert wurde.

Seite 121

* *Ti yaoqiu:* ironisch zitiertes Parteichinesisch, wörtlich »welche Forderung(en) ich an dich richte«.

Seite 123

* Wahrscheinlich eine Anspielung auf Maos Rede *Über die richtige Behandlung der Widersprüche im Volke* vom 27. Februar 1957.

** *Tan sixiang:* Politslang, Gedankenaustausch im Sinne von Beichte, Selbstkritik.

Seite 124

* »Die kaiserliche Armee«: Gemeint sind die japanischen Truppen, die in der Mandschurei und in den anderen von ihnen besetzten Gebieten die chinesischen Marionettentruppen befehligten. Frage und Antwort sind ein Zitat aus dem vierten. Akt der revolutionären Modelloper *Shajiabang,* wo sich der Marionettenchef Hu mit seinem Stellvertreter streitet.

Seite 126

* Die drei »großen Berge« sind Imperialismus, Feudalismus und bürokratischer Kapitalismus. Mao forderte die Chinesen mit ihrer »minderwertigen Ausrüstung« vor 1949 erfolgreich dazu auf, sie umzustoßen.

** Dieser Satz ist ein Zitat aus dem fünften. Akt der revolutionären Modelloper *Die rote Laterne.* Dort erklärt Tante Li der Heldin Li Tiemei, wer ihre drei revolutionären Väter sind. »Die Familiengeschichte erzählen« wurde während der Kulturrevolution zu einer standardisierten Übung des Rituals »sich am bitteren Gestern das süße Heute bewußtmachen«.

Seite 137

* Die paramilitärischen »Produktions- und Aufbaukorps«, in denen Jugendliche aus der Stadt unter extrem harten Bedingungen arbeiteten, kamen während der Kulturrevolution in entlegenen Regionen zum Einsatz.

** In dieser *Hongta*-Kongreßhalle im zentral-westlichen Peking fanden nichtöffentliche Filmvorführungen und Konzerte statt. Sie war auch ein Ort für politische Veranstaltungen. *(Hong,* »rot« – im politischen Sinn –, *ta,* »Turm«, bezieht sich auf einen Turm im ehemaligen »revolutionären Stützpunktgebiet« Yan'an. Dort hielt Mao am 23. Mai 1942 seine berühmte intellektuellenfeindliche *Rede über Literatur und Kunst,* die offiziell noch heute als Richtschnur jeglichen literarischen und künstlerischen Schaffens gilt.)

Seite 140

* Übliche Anrede für Polizisten und Soldaten. Hier wird zugleich eine Beleidigung ausgesprochen: Indem er zum Onkel eines Hundes erklärt wird, wird der Polizist als Hund beschimpft.

Seite 141

* Die *Xidan* ist eine Nord-Süd-Achse, die die zentrale Innenstadt westlich begrenzt, eine sehr belebte Einkaufsstraße und in den achtziger Jahren Treffpunkt für die Szene der jungen Leute mit Geld, Kaderkinder, Händler, Drop-outs.

Seite 144

* Das Auto heißt Polonez. Wang Shuo umschreibt es anders als gewöhnlich mit den Zeichen »Bo-le-nai-zi«, was wie »Polonaise« klingt, aber, nähme man die Zeichen wörtlich, »Brustgrabscher« bedeutete. Den F.S.O. Polonez gibt es häufig in China, auch als Taxi, ein hochstehender Wagen mit großer Heckklappe und gutem Geländegang. Er ist nicht aus Frankreich, sondern aus Polen.

** Wang Kuanglin brüstet sich übertrieben mit seinen guten Beziehungen. Die »Büros« der hohen Regierungsvertreter sind in China jenseits aller Legislative und Exekutive mit großen Sonderrechten ausgestattet und daher sehr mächtig. Zhao verweist auf Zhao Ziyang, der bei Erscheinen des Romans noch Ministerpräsident war. Er stürzte mit dem 4. Juni

1989. Li meint Li Peng, den Nachfolger Zhaos, der für die Niederschlagung der Demokratiebewegung mit verantwortlich war.

*** Hier wird die Anspielung auf Deng Xiaopings während der Kulturrevolution verkrüppelten Sohn Deng Pufang ganz deutlich, der vor allem über die von ihm geleitete Behindertenstiftung auch Riesengeschäfte macht, unter anderem mit Waffen. Die chinesischen Zeichen des Namens Wang Kuanglin lassen sich, so man will, assoziativ-spielerisch als Deng Pufang entschlüsseln.

Seite 146

* In China stehen die preiswertesten Gerichte auf der Speisekarte unten.

** Eine normale Portion von vier Liang, das sind 200 Gramm, sind für einen Mann sehr reichlich.

Seite 147

* *Xishi,* berühmte Schönheit der »Frühlings- und Herbstperiode« (770–476 v. Z.), *lan:* Orchidee. *Xishilan xialu* (»Sommertau«) ist der Markenname eines medizinischen Duftwassers gegen Körpergeruch.

Seite 148

* *Wu liang ye,* wörtlich »Fünfkornbrand«, ist ein bekannter Schnaps, der bis 1929 *za liang jiu,* »Mischkornschnaps«, hieß. Er wird aus Gaoliang-Hirse, Klebreis, Reis, Mais, Weizen und anderen Getreidesorten gebrannt, ist also eine Art Schnaps-»Eintopf«. Als Name übertragen auf eine Frau, wird auch sie zur »Allaufnehmenden« gestempelt. *Wu liang ye* ist außerdem homophon zu »keine ruhige Nacht«.

** In Kaifeng, Hauptstadt der Provinz Henan sechs Kilometer südlich des Gelben Flusses, hat sich eine kleine jüdische Gemeinde aus den ersten Jahrhunderten n. Z. erhalten.

*** Minnan: Sprache in Süd-Fujian (Fukien, Küstenprovinz).

**** Lisu: Minderheit in der Südwestprovinz Yunnan.

° Die Verbündeten Streitkräfte der acht Mächte Deutschland, Japan, Rußland, Großbritannien, USA, Frankreich, Italien und Österreich-Ungarn, die 1900 in China zur Unterdrückung der antiimperialistischen »Boxer«-Bewegung einfielen.

°° Ost-Han: 25–220 n. Z. Wahrscheinlich läßt Wang Shuo seinen Protagonisten absichtlich die Östliche und die Westliche Han-Dynastie (206–24 v. Z.) verwechseln.

°°° Der Prinzregent Wang Mang usurpierte 9–23 n. Z. die Macht und unterbrach die Herrschaft der Han. Sein Interregnum unter dem Namen *Xinchao,* »Neue Dynastie«, hatte die Verlagerung der Hauptstadt aus dem Westen nach Osten zur Folge.

Seite 149

* Busstation in Nordwest-Peking in der Nähe der Nationalbibliothek.

** ›Musac‹ ist amerikanisch für seichte Musik, wie sie in Restaurants oder in Asien in Taxis gespielt wird, ein bißchen abwertend: Konserven. Im Chinesischen heißt es auch nicht normal ›Musik‹ = *yin yue,* sondern geziert *yin yao.*

*** Er sagt das so anzüglich, als spräche er von seinem »dritten« Bein.

Seite 151

* Marschall Ye Jianying war von 1973 an Mitglied des Ständigen Komitees des Politbüros und von 1978–83 Parlamentspräsident.

** Die VR China hatte Taiwan die Einrichtung von direkten Post- und Telefonverbindungen, Flug- und Schiffsverkehr vorgeschlagen. Der zweite Punkt wurde bis heute nicht realisiert.

*** Die Kuo-Min-Tang ist die Regierungspartei der Republik China = Taiwan. (VR-Umschrift, die hier immer gebraucht wird, Guomindang, aber als KMT bekannt.)

Seite 152

* Ausflugsgebiet in den Bergen, etwa siebzig Kilometer südlich von Peking.

** In einer der Strafkolonien, die sich dort möglicherweise befinden.

Seite 153

* Pekinger psychiatrische Klinik.

Seite 158

* Viele Polizei- und Armeefahrzeuge fahren ohne Kennzeichen.

Seite 159

* Die schöne Chang E und der alte Holzfäller Wu Gang leben nach chinesischem Mythos auf dem Mond, wo Wu Gang den Zimtbaum fällt.

** Ende der siebziger, Anfang der achtziger Jahre wurde in China propagiert, daß friedliche Koexistenz verschiedener Systeme akzeptabel sei und zu allgemeiner Prosperität führen werde. An dieser Stelle klingt jedoch auch ironisch die japanische Variante dieser Auffassung durch, nach der Ostasien eine einheitliche Kultursphäre sei, deren verschiedene Staaten gemeinsam erblühen müßten – selbstverständlich unter japanischer Vorherrschaft.

Seite 160

* Hühnerblut zu trinken gehört zu den Ritualen beim Eintritt in eine chinesische Geheimgesellschaft.

Seite 162

* »Du mußt sehr standhaft sein«, ermahnt im fünften Akt der Modelloper *Die rote Laterne* Tante Li die Heldin Li Tiemei, als sie ihr in tiefer Trauer die ganze Familiengeschichte erzählt.

** Das Gras im Rücken schmeckt natürlich immer besser – aber die Trauben sind sauer. »Ein braver Mann…« bezieht sich auf das Sprichwort *haohan bu chi yanqian kui,* »ein echter Held weiß an der rechten Stelle auszuweichen« – ganz wörtlich: »frißt nicht den Schaden vor Augen«.

*** Ironisch abgewandeltes Zitat aus Maos Artikel *Dem Volke dienen,* wo es heißt: »Wo es Kampf gibt, gibt es auch Opfer, und der Tod eines Menschen ist keine Seltenheit.«

Seite 163

* Dieser Stoßseufzer hat zwei Bezugsebenen. Zum einen ist er ein Zitat aus der 1973 uraufgeführten revolutionären Oper von Wang Zengqi, *Du juanshan* (»Kuckucksberg«), geäußert von dem Helden, einem Gangster und Verteidiger der Unterdrückten, als er im Gefängnis der Nationalregierung sitzt. Die kommunistische Heldin Ke Xiang führt ihn daraufhin auf den revolutionären Pfad. Zum anderen bezieht er sich auf den Brief eines Jugendlichen namens Pan Xiao. Dieser Brief wurde unter dem Titel »Weshalb werden die Wege des Lebens nur immer enger?« in der Zeitschrift *Chinesische Jugend* veröffentlicht. Er löste Anfang der achtziger Jahre, zur Zeit der ideologischen Befreiung, eine lebhafte weltanschauliche Debatte aus. Im wesentlichen ging es bei dieser Auseinandersetzung darum, daß subjektivistische Standpunkte zulässig und von gesamtgesellschaftlichem Nutzen seien. Sie richtete sich besonders gegen verordnete, stereotype Vorbilder wie »Onkel Lei Feng«. Der zynische Witz besteht in der kontrastierenden Mischung von zwei ganz verschiedenen Arten von Zeitgeist und individueller Verlorenheit.

Seite 166

* Chinesen verfügten bis Mitte der achtziger Jahre normalerweise nicht über einen Personalausweis, sondern über einen Ausweis der Arbeits- oder Ausbildungsstätte. Verreisen konnte man bis Anfang der neunziger Jahre nur mit einem Empfehlungsschreiben dieser sogenannten »Einheit« *(danwei)*. Man mußte gewöhnlich Ausweis und Reiseerlaubnis zusammen vorlegen. Inzwischen wurden besonders im Süden diese Bestimmungen gelockert, und es herrscht mehr Freizügigkeit.

Seite 170

* Anspielung auf den authentischen Feng Xiaogang, einen Freund des Autors, mit dem er viel zusammenarbeitet und gemeinsam produziert, zum Beispiel für verschiedene Fernsehserien.

Seite 172

* »Die Stärke der Ausländer« ist ein Begriff, der in der sogenannten Selbststärkungsbewegung im 19. Jahrhundert eine große Rolle spielte. Der hohe Beamte Wei Yuan forderte in seinem berühmt gewordenen Buch *Annotierte Beschreibung der Länder und Meere,* man müsse die Unterlegenheit Chinas gegenüber dem Ausland bekämpfen, indem man sich die Stärken der Ausländer zuerst aneignete, um sie dann damit zu bekämpfen.

Seite 176

* Ironischer Anklang an die Formel »voller Schwung und Begeisterung die Große proletarische Kulturrevolution betreiben«.

Seite 178

* Ironische Übertragung einer Begrüßungsformel aus dem sechsten Akt der revolutionären Modelloper *Mit taktischem Geschick den Tigerberg erobern* in das Milieu der Geheimbünde.

** Anfang eines Kinderreims, dort heißt es »Hund« statt »Kuh«.

*** *Sankeshu,* wörtlich »drei Bäume«, ist der Name einer Kreisstadt im Nordosten Chinas in der Nähe von Harbin. Der Witz besteht zum einen im banalen und völlig unsinnigen Weiterspinnen von »eins« zu »zwei« und »drei«. Zum anderen sind die »zwei Alles« eine politische Anspielung auf die Maximen von Maos Nachfolger Hua Guofeng, »Alles, was der Vorsitzende Mao gesagt hat, müssen wir befolgen«, und die von Deng Xiaoping dagegengesetzte, »Die Wahrheit in den Tatsachen suchen«.

Seite 180

* *Kuai ba,* was Wang Shuo wörtlich mit »schnell ausziehen/herunterreißen« umschreibt, ist eine verballhornte Bezeichnung der kantonesischen Umschreibung des in den achtziger Jahren beliebten synthetischen Materials.

** Freundschaftsläden gibt es in allen größeren Städten. In Peking ist es ein großes Kaufhaus, in dem Ausländer und Chinesen mit »harten« chinesischen »Foreign Exchange Certificates« ausländische Artikel und chinesische Luxuswaren kaufen konnten. Inzwischen wurde das »Ausländergeld« abgeschafft, und das Geschäft hat seine konkurrenzlose Sonderstellung verloren.

*** *Xiao pingtou,* wörtlich »kleiner Flachkopf«: Der chinesische Leser erinnert sich an dieser Stelle, daß Deng *Xiaoping* bei seinem Sturz am 6. April 1976 in den Zeitungen so genannt wurde.

Seite 181

* *Daijiro* ist ein gebräuchlicher japanischer Name, chinesisch *Tailang*.

** In China wird die Qualität von Stoffen nach der Garnnummer gemessen. Normale T-Shirts haben ein Garn von vierzig Denier. Einhundertzwanzig ist ziemlich unrealistisch.

Seite 184

* Ein Kabinett gibt es im Verwaltungsapparat der VR China nicht. Der chinesische Begriff für das »gute Pöstchen« bezeichnete zur Zeit der letzten Qing-Dynastie (1644–1911) Beamte mit einer unklaren, aber angesehenen und einträglichen Position. Jetzt wird er spöttisch für alle derartigen Arbeitsplätze und Tätigkeiten verwendet. Der Seitenhieb richtet sich wahrscheinlich gegen den »Verwandten« Fang Yi, der bei Erscheinen des Romans Vizepräsident und Direktor der Academia Sinica war. Er galt als sehr farblos und zeichnete sich vor allem durch sein Muttermal auf der Stirn aus: Mit einem Mal wie Gorbatschow sei er ein Unstern, scherzten die Pekinger, als er abtrat.

Seite 185

* Von Zhang Xing gesungene Schlagerschnulze, die 1985/86 populär war.

Seite 186

* Eine äußerst belebte, zentrale Straße in der Gegend des Qianmen.

Seite 187

* Der Titel *Frühlingsauge* ist eine Verballhornung von Titeln dreier bekannter Erzählungen, die der herausragende Autor und ehemalige Kultusminister Wang Meng (geboren 1934) Anfang der achtziger Jahre veröffentlicht hat, *Frühlingsstimmen, Meerestraum* und *Nachtauge. Glockenblitz* ist parodistisch nachempfunden. *(Frühlingsstimmen* erschien übersetzt von Christine Weinand in der Zeitschrift für Kulturaustausch 1986. *Rare Gabe Torheit* ist der deutsche Titel eines Romans (1987) von Wang Meng. (Er erschien 1994 in deutscher Übersetzung von Ulrich Kautz.) Der Originaltitel, den Wang Shuo natürlich benutzt, ist vieldeutig und läßt sich unter anderem lesen als »Aktivitäten (ver)formen die menschliche Gestalt«, was angesichts des Betrügers natürlich noch ein zusätzlicher Witz ist.

** Anspielung auf Wang Meng, der seit 1986 und bei Erscheinen des vorliegenden Romans amtierender Kultusminister war. (Er trat nach der Niederschlagung der Demokratiebewegung im September 1989 zurück.)

*** Wang Meng war 1958–63 zur »Umerziehung« aufs Land verschickt und 1965–79 nach Xinjiang verbannt worden.

Seite 194

* Parodie eines zen-buddhistisch inspirierten Dialogs zwischen dem jun-

gen Helden Jia Baoyu und der Nonne Miaoyu in Chinas berühmtestem Roman *Der Traum der roten Kammer.*

Seite 195

* Wörtlich »kaum aus dem Wagen gestiegen sein – einen neuen Posten antreten«. Die Wendung bezieht sich ursprünglich auf Beamte, die mit der Arbeit beginnen, ohne die neuen Verhältnisse zu kennen. Sie wurde von Mao in seinem Artikel *Diaokan yanjiu guanliao zhuyi / Den Bürokratismus untersuchen* gebraucht und dadurch bekannt gemacht.

Seite 196

* Eine Anspielung auf Maos Rede *Über die demokratische Diktatur des Volkes* vom 30. Juni 1949.

Seite 197

* Formuliert wie der chinesische Werbeslogan für Nescafé.

** Anspielung auf Maos Artikel *Über den Widerspruch* vom August 1937.

*** Mitte der achtziger Jahre war Disco-Gymnastik besonders bei älteren Menschen sehr in Mode. Man traf sich dazu morgens im Park.

Seite 198

* Zitat des zweiten Teils eines Slogans, mit dem die städtischen Jugendlichen während der Kulturrevolution aufs Land geschickt wurden: »Große Entfaltungsmöglichkeiten haben und ein unbegrenztes Betätigungsfeld vorfinden.«

Seite 201

* Klößchen aus klebrigem Reismehl mit süßer Füllung, die es zum Laternenfest in der fünfzehnten Nacht des ersten Monats nach dem Mondkalender gibt.

Seite 204

* Der Mann sagt wörtlich: »Ich wollte Sie sehr gern einmal sehen und *Sie plaudern hören.*« *Ting ni liaoliao* mißversteht Fang absichtlich als das gleichlautende »mich von Ihnen behandeln lassen« und antwortet entsprechend.

** Horn und Geweih sind wichtige Heilmittel in der traditionellen chinesischen Medizin. In erster Linie gelten sie aber auch als potenzfördernd. Fang Yans Antwort ist also reichlich unverschämt: Er erklärt sich selbst indirekt für hochpotent und den älteren Mann für impotent.

Seite 206

* Die Produktions- und Aufbaukorps im Nordosten sollten als Bollwerk gegen den sowjetischen »Sozialimperialismus und Revisionismus« wir-

ken. Sie dienten auch der Agrarproduktion, und das bei extrem harten klimatischen Bedingungen mit Kältegraden bis zu minus vierzig Grad.

Seite 207

* Wang Shuo gebraucht hier eine Formulierung, die ursprünglich auf den Philosophen Mengzi zurückgeht. Es ist dieselbe, die der Regisseur Lee Ang als Titel für seinen Film *Eat Drink Man Woman* (1994) wörtlich ins Englische übersetzt hat.

Seite 211

* Die Anspielung greift zurück auf das *Shiji,* die *Historischen Aufzeichnungen* des Historikers Sima Qian, wo von der dünnen, feinen Seide aus Lu Gao gesagt wird, daß der Pfeil eines kraftlos gespannten Bogens selbst sie nicht durchdringen könne.

Seite 215

* Der Song *Yi wu suo you* (»Ohne alles«) des bekanntesten chinesischen Rockstars Cui Jian hatte Ende der achtziger Jahre Hymnenstatus bei jungen Leuten, die sich für fortschrittlich hielten.

Seite 223

* Im Originaltext »Dongzi« nach Pan Dongzi, dem kommunistischen Kinderhelden des kulturrevolutionären Films *Der leuchtende rote Stern* (1974) über die Zeit des Bürgerkriegs zwischen der KP und der Guomindang. Im Film ist der Vater im Bürgerkrieg, die Mutter verbrannt. Dongzi ist also ein Waise – ob mit oder ohne Schwester, bleibt unerwähnt.

Seite 228

* Der Ausdruck legt einen anderen nahe: *Fengsao,* »wollüstig/liederlich«, gleichlautend ebenfalls: nach Urin stinkend (wie ein Fuchs). Fuchsfeen sind Verführerinnen.

Seite 248

* Eine kantonesische Spezialität: oft teigummantelte Leckereien, die in speziellen Restaurants am Vormittag und über die Mittagszeit von kleinen Wagen aus serviert werden. In diesen Restaurants geht es gewöhnlich sehr laut und lebhaft zu.

Seite 254

* Dieser Satz bezieht sich parodistisch auf Maos Artikel *Dem Volke dienen* vom 8. September 1944, wo es heißt: »Uns liegen jedoch die Interessen des Volkes am Herzen, wir denken an die Leiden der gewaltigen Mehrheit des Volkes, und wenn wir für das Volk sterben, dann sterben

wir einen würdigen Tod.« (Mao Tse-tung, *Ausgewählte Werke*, Bd. III, S. 206.)

Seite 256

* »Im Herzen des Volkes weiterzuleben« war lediglich Mao Zedong und Zhou Enlai vergönnt. Diese Formel wurde offiziell auf keinen anderen »Revolutionshelden« angewandt.

Seite 260

* Der folgende Abschnitt spielt wahrscheinlich in Kunming.

Seite 261

* Der folgende Abschnitt spielt vermutlich in Dali in der Provinz Yunnan, zirka einhundertfünfzig Kilometer von der birmanischen Grenze entfernt.

Seite 262

* Schauplatz des folgenden Abschnitts ist wahrscheinlich Wanding, eine Kleinstadt an der Grenze zu Birma.

Seite 265

* *Worte des Vorsitzenden Mao Tse-tung*, Peking 1967, S. 140 (»Massenlinie«).

Seite 279

* Der Name, wörtlich »Stätte der Himmelsbetrachtung«, erinnert ironisch an die Fabel vom Frosch im Brunnen; wirklich könnte kein Restaurant so heißen.

Seite 280

* Die »Gottesanbeterin« ist eine scheinbar weiche, aber sehr effektive Kampfposition mit ausgestreckten Armen beim Taiji.

** Viele Jahre lang wurden Kondome am Arbeitsplatz an die Männer ausgegeben, je nach angeblichem Bedarf. Jetzt erhalten sie die Frauen.

Seite 281

* Zu Beginn der Wirtschaftsreform Anfang der achtziger Jahre wurden vor allem die Bauern reich, und es gab die ersten sogenannten »Zehntausend-Yuan-Haushalte«. Nachdem Deng Xiaoping die Losung ausgegeben hatte: »Laßt einige Leute zuerst reich werden«, begrüßte die Politik diese Neureichen, die man Millionären gleichstellen kann, als Vorboten eines allgemeinen Wohlstands.

Seite 282

* Anspielung auf die Korruption der Partei- beziehungsweise Verwaltungsfunktionäre, die in den achtziger Jahren rasant zugenommen hat und inzwischen eines der grundlegenden Probleme Chinas ist.

** Seitenhieb auf den Behindertenverband, dem Deng Xiaopings Sohn Deng Pufang vorsteht, der über diese Organisation Geschäfte macht und große Summen verschiebt.

Seite 283

* Ironisches Zitatfragment aus einer Rede Mao Zedongs, die er am 19. März 1957 in Nanjing vor hohen Kadern hielt. (»Weiter entschlossen kämpfen, enge Verbindung zu den Massen halten.«) Darin polemisierte Mao heftig gegen Generäle der Armee, die mehr Privilegien und höheren Sold verlangt hatten: »Wir müssen den Geist der Periode des revolutionären Kampfes der Vergangenheit bewahren, die revolutionäre Begeisterung, die völlige Einsatzbereitschaft, um die revolutionäre Arbeit zu vollenden.«

** Der japanische General Yamashita Toshiyuki war 1944 Oberkommandeur auf den Philippinen. Es wird behauptet, daß er Gold gehortet und versteckt hat. 1946 wurde er aufgrund seiner Kriegsverbrechen in Manila gehängt. – Das Schiff »Awa-maru« war ein japanisches Passagierschiff. Als ein amerikanisches U-Boot entgegen einem Abkommen am 1. April 1945 das Schiff versenkte, befanden sich über 2000 Menschen an Bord.

Seite 284

* Dieser Ausdruck entspricht witzigerweise nicht der kommunistischen Terminologie, sondern der der Guomindang-Armee.

** Die chinesische Marine besteht aus vier Flotten.

Seite 285

* In Zeiten, in denen in China die Nahrungsmittel rar waren, galt die Verpflegung bei der Armee als gut. Am besten wurde die Luftwaffe versorgt, annähernd so gut angeblich auch die Marine.

** Die Männer aus Dalian gelten als extrem sportlich und tapfer.

*** Taek-won-do, eine koreanische Form des Kampfsports, beherrscht in China niemand. Mit dem Scherz wird auf die Nähe der Stadt Dalian zur koreanischen Grenze angespielt.

Seite 288

* Die gesamte absurd-witzige Unterhaltung charakterisiert eines der größten Vergnügen, das die Pekinger kennen und wofür sie in ganz China berühmt-berüchtigt sind: *liao'r tian,* in den Tag hineinzuplaudern. So ein Gespräch, bei dem es nicht auf den stimmigen Inhalt, son-

dern auf Witz und Geistesgegenwart ankommt, ist für die Pekinger ein großer Genuß, den sie sich möglichst oft gönnen. Wang Shuo hat den Tonfall der Gasse und Vorstädte perfekt getroffen. Auf chinesisch fließt die Rede ohne Punkt und Komma.

Seite 291

* Der Name geht auf eine Geschichte in dem populären Roman *Shuihuzhuan (Die Räuber vom Liangshan-Moor)* zurück, wo von dem Mönch Lu Zhishan berichtet wird, der verbotenerweise Fleisch ißt. Im »Wildschweinwald« hat er sich im Kampf gegen Übeltäter einen Namen gemacht.

Seite 292

* Der Name stammt von einem Kapitel des Romans *San guo yanyi (Geschichten der Drei Reiche).*

Seite 294

* *Gaoshang de ren* ist ein Begriff, der aus Maos Schrift *Dem Gedenken Bethunes* bekannt ist: »...nur wer eine solche Gesinnung besitzt, wird ein edler Mensch mit klarem Charakter und hohen moralischen Qualitäten sein, ein von niedrigen Interessen freier Mensch, der dem Volk nützlich ist.« *(Ausgewählte Werke,* Peking 1968, Bd. 2, S. 392 f.) Fang Yans Auffassung von seiner persönlichen Freiheit steht dazu in grobem Kontrast.

** Fang Yan benutzt ironisch einen Ausdruck aus der Zeit der Kulturrevolution, eine »kraftvolle, gewichtige, laut- und wohlklingende Äußerung« *(kengqiang de hua).*

Seite 295

* Bei einem guten chinesischen Essen wird Reis – wenn überhaupt – erst ganz am Ende des Mahls gereicht.

Seite 298

* Wang Shuo benutzt hier einen Begriff *(shenchen),* mit dem Mitte der achtziger Jahre nach der Welle der gefühlsbetonten, oft sogar kitschigen »Narbenliteratur«, die von den traumatischen Erlebnissen der Kulturrevolution handelte, eine überromantische Verhaltensweise gekennzeichnet wurde. Darunter verstand man vor allem einen nachdenklich-philosophischen Gestus, nach außen getragene Grübeleien über den Sinn des Individuums. Beliebte Fragen waren »Wer bin ich?«, »Was soll ich sein?«, »Was kann ich überhaupt sein?« Zur selben Attitüde gehörte es, Beethoven zu hören, lesend am Seeufer zu sitzen, über Moral und Politik zu parlieren etc.

Seite 303

* Der Autor verwendet einen bekannten Begriff aus der militärischen Strategie Lin Biaos im »Antijapanischen Widerstandskrieg«: *wei er bu da,* »belagern, ohne zum Angriff überzugehen«, abwarten, bis der Feind in einer umzingelten Stadt von selbst kapituliert.

Seite 307

* Ironisierung einer Formel aus dem Ritual von Kritik und Selbstkritik: »Fehler sind statthaft, wer sich korrigiert, wird ein guter Genosse.«

Seite 309

* Fragment aus dem Gedicht Mao Zedongs *Jinggang shan,* »Ching-Kang-Berg«, vom Herbst 1928: »Vom Feind umzingelt, zahlloser Macht,/auf uns gestellt, stehn wir unbewegt.« (Zitiert nach Mao Tse-tung: 37 Gedichte, Hamburg 1967, S. 11).

Seite 312

* In der Bewegung von 1898 versuchten die hohen Beamten und Gelehrten Kang Youwei, Liang Qichao, Tan Sitong und andere Gleichgesinnte im Interesse einer liberalen Bourgeoisie Reformen durchzusetzen. Die Unterstützung des jungen Kaisers Guangxu konnte sie nur kurzfristig schützen. Die Kaiserinwitwe Cixi kontrollierte die Verhältnisse aus dem Hintergrund und brachte den Reformversuch nach hundert Tagen zum Scheitern.

Seite 313

* *Die Tränen der Konkubine Zhen Fei (Zhen Fei lei)* ist der Titel einer Oper.

Seite 315

* Die letzte Dynastie, die in China von 1644 bis 1911 herrschte, kam aus der Mandschurei. Unter den mandschurischen Frauen gab es die Unsitte des Füßebindens nicht, also hatten sie auch keine winzigen »Lilienfüßchen« wie die höhergestellten chinesischen Frauen.

Seite 319

* Bei den letzten beiden handelt es sich um kommunistische chinesische Kinderlieder aus den fünfziger Jahren.

** In ganz China wurden nach dem Bruch mit der Sowjetunion zu Beginn der Kulturrevolution Bunker angelegt, um Maos Parole »Tiefe Höhlen graben, Getreide horten, nie nach der Vorherrschaft streben« und Lin Biaos Idee, »unterirdisch eine eiserne Große Mauer zu errichten«, in die Tat umzusetzen.

Seite 321

* Roman (1897) von Ethel Lilian Voynich (1864–1960), deutsch: *Die Stechfliege* (1952).

Seite 322

* Das Beispiel der Hunde wurde in der chinesischen marxistischen Erziehung benutzt, um Hegels Dialektik der quantitativen und qualitativen Veränderungen populär zu erklären. (Sie setzen einander voraus – weder der eine noch der andere kann fehlen; Wirkung und Gegenwirkung – der junge wird sich in den alten verwandeln.)

Seite 323

* Ein offener Brief Mao Zedongs vom 16. Mai 1966 markiert den Ausbruch der Kulturrevolution. Darin postuliert er: »Große Debatten bewirken große Veränderungen«, und »Durch Debatten wird die Wahrheit immer klarer«.

Seite 324

* Ursprünglich handelte es sich bei diesen *wan yan shu* um Eingaben an den Kaiser, die ihn vorsichtig kritisierten oder auf Mißstände aufmerksam machten. Zwei sehr bekannte Beispiele für kommunistische Eingaben sind die des Literaturtheoretikers Hu Shi (1952) und die von Marschall Peng Dehuai (1959). Beide wurden zum Hauptgegenstand von Kampagnen und kosteten ihre Verfasser Position und Reputation.

Seite 330

* Die Versehrten, die aus dem Grenzkrieg mit Vietnam zurückkamen, wurden in einer von vielen Chinesen als peinlich empfundenen Propagandakampagne zu Helden hochgejubelt. Sie erhielten Auszeichnungen, Belohnungen und oft auch junge Frauen vom Dorf.

** Die Front ist an der Grenze zu Vietnam, die »Etappe« weit weg in Peking.

*** Bei den traditionellen arrangierten Heiraten galt der Spruch für Frauen: »Wenn du ein Huhn heiratest, mußt du dem Huhn folgen, heiratest du einen Hund, folgst du dem Hund.«

Seite 341

* Die Bemerkung spielt auf das klassische Gegensatzpaar der beiden Stände des »Geringen« *(xiaoren)* und des »Edlen« *(junzi)* an. Der Edle gilt als kultiviert, da er »den Mund bewegt und nicht die Hand« *(junzi dong kou bu dong shou)*.

Seite 342

* Gemeint ist die taiwanesische Armee.

Seite 343

* Alljährlich werden Kampagnen zur Ausrottung von Ratten, Mücken und Ungeziefer propagiert. Insbesondere der März wird gern zum »nationalen Hygienemonat« gemacht.

** Die Nordfeldzugsarmee unter Chiang Kaishek *(Jiang Jieshi)* unterwarf im Ersten Revolutionären Bürgerkrieg (1924–27) den unter regionalen Militärmachthabern unabhängig gewordenen Norden (1926/27).

Seite 344

* Im chinesischen Geschichtsunterricht werden die »Fehler der Pariser Kommune« analysiert. Hauptgründe für das Scheitern seien, daß sie sich nicht auf die Bauern gestützt habe und daß sie zu weich und disziplinlos organisiert gewesen sei.

** Der erste chinesische Kaiser der Qin-Dynastie (221–207 v. Z.), Qin Shihuangdi, ließ alle Bücher außer Schriften über Heilkunde, Ackerbau und Orakelwesen verbrennen und die Gelehrten begraben.

*** Das Diktum war in der Kulturrevolution gegen Liu Shaoqi gerichtet, ehemals Maos Genosse im revolutionären Kampf. *Luhou,* »Regionalfürst«, kann auch als »Fürst der Route« gelesen werden und spielt auf die revolutionäre Achte-(Route-)Armee an.

Seite 349

* Die *Lanyishe,* wörtlich »Blaue-« das heißt »Zivil-Kleider-Vereinigung«, bestand aus Geheimagenten, die in den vierziger Jahren im Auftrag der Guomindang spezielle Aufträge ausführten, oft Killerkommandos.

** Diese Parole wurde von der kommunistischen Armee im revolutionären Stützpunktgebiet Yan'an ausgegeben. Der Text des revolutionären Lieds *Naniwan,* das auch in der Interpretation des Rocksängers Cui Jian sehr bekannt wurde, bezieht sich darauf, insbesondere auf die 359. Brigade unter dem Brigadekommandeur Wang Zhen, der 1942 in Naniwan die Selbstversorgung der Armee propagierte: »Kämpfen und produzieren – die 359. Brigade ist das Vorbild.«

Seite 358

* Die »Drei-Anti-Bewegung« gegen Korruption, Verschwendung und Bürokratismus, die vor allem 1951/52 geführt wurde.

Seite 359

* Das Wort *Songming,* »Kiefernfackel«, das hier am Ende des Buches steht, erinnert an den Namen *Mingsong,* der am Anfang des Buches auftaucht. Es wird mit denselben Zeichen geschrieben.

Die Übersetzerin bedankt sich bei Chang Hsien-Chen, Ruth Keen, Ma Yingli, Zhang Danhong, Oliver Corff, Gisela Reinhold und Jörn Taubert, die ihr in verschiedenen Phasen der Übersetzung geholfen haben.

Jakob Arjouni im Diogenes Verlag

Happy birthday, Türke!

Ein Kayankaya-Roman

»Privatdetektiv Kemal Kayankaya ist der deutsch-türkische Doppelgänger von Phil Marlowe, dem großen, traurigen Kollegen von der Westcoast. Nur weniger elegisch und immerhin so genial abgemalt, daß man kaum aufhören kann zu lesen, bis man endlich weiß, wer nun wen erstochen hat und warum und überhaupt.
Daß *Happy birthday, Türke!* trotzdem mehr ist als ein Remake, liegt nicht nur am eindeutig hessischen Großstadtmilieu, sondern auch an den bunteren Bildern, den ganz eigenen Gedankensaltos und der Besonderheit der Geschichte. Wer nur nachschreibt, kann nicht so spannend und prall erzählen.«
Hamburger Rundschau

»Verglichen wurde er bereits mit Raymond Chandler und Dashiell Hammett, den verehrungswürdigsten Autoren dieses Genres. Zu Recht. Arjouni hat Geschichten von Mord und Totschlag zu erzählen, aber auch von deren Ursachen, der Korruption durch Macht und Geld, und er tut dies knapp, amüsant und mit bösem Witz. Seine auf das Nötigste abgemagerten Sätze fassen viel von dieser schmutzigen Wirklichkeit.« *Klaus Siblewski/Neue Zürcher Zeitung*

Verfilmt von Doris Dörrie, mit Hansa Czypionka, Özay Fecht, Doris Kunstmann, Lambert Hamel, Ömer Simsek und Emine Sevgi Özdamar in den Hauptrollen.

Mehr Bier

Ein Kayankaya-Roman

Vier Mitglieder der ›Ökologischen Front‹ sind wegen Mordes an dem Vorstandsvorsitzenden der ›Rheinmainfarben-Werke‹ angeklagt. Zwar geben die vier zu, in der fraglichen Nacht einen Sprengstoffanschlag verübt zu haben, sie bestreiten aber jegliche Verbindung mit dem Mord. Nach Zeugenaussagen waren an dem Anschlag fünf Personen beteiligt, aber von dem fünften Mann fehlt jede Spur. Der Verteidiger der Angeklagten beauftragt den Privatdetektiv Kemal Kayankaya mit der Suche nach dem fünften Mann…

»Jakob Arjouni: der jüngste und schärfste Krimischreiber Deutschlands!«
Wiener Deutschland, München

Ein Mann, ein Mord

Ein Kayankaya-Roman

Ein neuer Fall für Kayankaya. Schauplatz: die (noch immer) einzige deutsche Großstadt: Frankfurt. Kayankaya sucht Sri Dao, ein Mädchen aus Thailand. Was Kayankaya – Türke von Geburt und Aussehen, Deutscher gemäß Sozialisation und Paß – dabei über den Weg und in die Quere läuft, von den heimlichen Herren Frankfurts über die korrupten Bullen und die fremdenfeindlichen Beamten auf den Ausländerbehörden bis zu den Parteigängern der Republikaner mit ihrer alltäglichen Hetze gegen alles Fremde und Andere, erzählt Arjouni klar, ohne Sentimentalität, witzig, souverän.

»Jakob Arjouni ist von den jungen Kriminalschriftstellern deutscher Zunge mit Abstand der beste. Er hat eine Schreibe, die nicht krampfig vom deutschen Gemüt, sondern von der deutschen Realität her bestimmt ist, das finde ich einmal schon sehr wohltuend; auch will er nicht à tout prix schmallippig sozialkritisch auftreten.« *Wolfram Knorr/Die Weltwoche, Zürich*

Pino Cacucci im Diogenes Verlag

Outland Rock

5 starke Thriller
Aus dem Italienischen von Jürgen Bauer

»Von Cacuccis genau charakterisierten Antihelden geht eine eigenartige Faszination aus, hervorgerufen durch die coole Selbstverständlichkeit, mit der sie ihre Rolle als Außenseiter spielen. Bis etwas Unvorhergesehenes ihr Leben aus den Fugen geraten läßt. Cacucci wahrt eine ironische Distanz gegenüber dem, was er schreibt. Seine Sprache ist wie das Objektiv einer Kamera. Dadurch entstehen unsentimentale, scharfe Bilder und eine Spannung, die den Leser bis zur letzten Seite in Atem hält.« *Sender Freies Berlin*

»Dieses Buch hat mich so gefreut wie ein unerwartetes Geschenk, es war, als hätte ich einen Freund getroffen, der mir ein Bedürfnis, das ich selbst nicht genau kannte, zugleich weckte und befriedigte, jemand, der mir Gesellschaft leistet. Cacucci füllt eine große Lücke in der italienischen Literatur: Endlich einer, der das Erbe von Hammett und Chandler antritt.«
Federico Fellini

Puerto Escondido

Roman. Deutsch von Ulrich Hartmann

»Ein road-movie, das sich gewaschen hat. Atemberaubend, spannend bis in die Haarwurzeln, elektrisierend. Ein italo-spanisch-mexikanisches Abenteuer: Im Mittelpunkt ein Mann, drei Welten, schöne Frauen, schräge Typen, ein Kommissar, viel Tequila, Peyotl, Mescalin und jede Menge Dope, Opium, Koks, Base und Salsa. *Puerto Escondido* ist der große Bruder von Kerouacs Klassiker *Unterwegs.*«
Stadtblatt Osnabrück

»Wie in emotional tiefgefrorenen Momentaufnahmen schildert Cacucci mit messerscharfer Sprache eine Generation der lakonischen Verweigerer.«
M. Vanhoefer/Münchner Merkur

Tina

Das abenteuerliche Leben der Tina Modotti
erzählt von Pino Cacucci
Deutsch von Karin Krieger

Tina Modotti zählt zu den faszinierendsten Frauengestalten unseres Jahrhunderts: Fabrikarbeiterin, Hollywood, Modell und Muse im Mexiko der zwanziger Jahre, bekannte Photographin, Helfende im spanischen Bürgerkrieg. Ungewöhnlich ist ihre Stärke, rätselhaft ihr Tod.
Von den geschichtlichen Tatsachen ausgehend, bietet Cacucci in seinem biographischen Roman weit mehr als nur ein Faktengerüst: er läßt den Leser die Widersprüchlichkeit einer Epoche durchleben, das innere Drama einer geheimnisvollen Frau.

»Eine leidenschaftliche und zuverlässige Beschreibung ihres Lebens.« *L'Indipendente, Mailand*

»Das Buch ist wie die vorangehenden Bücher des Autors in einem klaren, eindringlichen Stil geschrieben, die Handlung wird geschickt in zügigem Tempo präsentiert und fesselt so den Leser.«
El Observador, Barcelona

»Eine fesselnde Lektüre über das Leben einer außergewöhnlichen Frau sowie über den künstlerischen und politischen Umbruch in Spanien und Mexiko in den zwanziger und dreißiger Jahren.«
Edith Jörg/annabelle, Zürich

»Es läßt den Leser nicht los.«
Peter Zimmermann/Die Presse, Wien

Andrea De Carlo im Diogenes Verlag

Creamtrain

Roman. Aus dem Italienischen von Burkhart Kroeber

»Kritisch äußert sich Andrea De Carlo über seine Erfahrungen in Amerika, die er sich in seinem ersten Roman *Creamtrain* vom Leibe geschrieben hat. Mit diesem Buch, dessen Manuskript sein Sponsor und Lektor Italo Calvino betreute, wurde Andrea De Carlo auf Anhieb zum meistversprechenden literarischen Debütanten.« *Sender Freies Berlin*

Vögel in Käfigen und Volieren

Roman. Deutsch von Burkhart Kroeber

»Eines Tages wird Fjodor Barna, der Held des Romans, aus seiner Ich-Befangenheit herausgerissen, in seinem scheinbaren Stoizismus irritiert durch die Liebe zu dem ebenso schönen wie unberechenbaren Mädchen Malaidina, dessen Anblick ihm das ›Blut verkehrt herum kreisen‹ läßt; und wenn man in Fjodor einen späten Nachfahren von J. D. Salingers Holden Caulfield sehen zu können meint, könnte Malaidina eine Nachfahrin von Holly Golightly aus Truman Capotes *Frühstück bei Tiffany* sein.« *Frankfurter Allgemeine Zeitung*

Macno

Roman. Deutsch von Renate Heimbucher

»Macno, einst Talkmaster im staatlichen Fernsehen, hat sich über Einschaltquoten zum Diktator befördert. Ausgehend von einer konventionellen Kritik an der Allmacht des Fernsehens nimmt der Autor die Idee auf und überdreht sie ohne Hemmungen, bis am Ende eine schrille Geschichte steht, die dennoch verblüffend wirklich klingt. Die gedankliche Abenteuerlust De Carlos hat eine Geschichte hervorgebracht, an die sich deutsche Autoren selbst in zehn Jahren noch nicht herangetraut hätten.« *Tempo, Hamburg*

Yucatan

Roman. Deutsch von Jürgen Bauer

»Der Roman spielt auf mehreren Ebenen: der topographischen Ebene einer Reise nach Mexiko, der psychologischen einer Selbstfindung des Helden, der ideologischen einer Gegenüberstellung verschiedener Lebenshaltungen. Obwohl das Magische immer wieder in die Geschichte hineinspielt, dominiert es sie nicht. Man kann *Yucatan* auch als Reisebericht lesen. Dies um so mehr, als sich der gleichsam photographische Blick, mit dem der Verfasser gewisse Aspekte des amerikanischen Lebens wahrnimmt, seit der Veröffentlichung seiner Erzählungen *Creamtrain* (1985) und *Macno* (1987) womöglich noch geschärft hat. Bemerkenswert ist nicht nur die Präzision, sondern auch die Wertfreiheit seiner Beschreibungen. Der Verzicht auf die Attitüden eines schöngeistigen Antiamerikanismus versetzt De Carlo in die Lage, ohne Zorn und Eifer bestimmte zeitgenössische Phänomene zu registrieren, die ihren Ursprung auf der anderen Seite des Atlantik gehabt haben mögen, aber nicht auf Amerika beschränkt geblieben sind. Dank seiner Fähigkeit zur Nuancierung erkennt man jedenfalls in *Yucatan* überall die Wirklichkeit wieder, in der wir leben.«
Frankfurter Allgemeine Zeitung

Zwei von zwei

Roman. Deutsch von Renate Heimbucher

Ich dachte, wie verschieden und zugleich wie ähnlich doch im Grunde unsere beiden Lebensläufe in diesen Jahren gewesen waren, zwei von zwei möglichen Wegen, die an der gleichen Gabelung begonnen hatten.

Mario und Guido, beide aus mehr oder weniger kleinbürgerlichen Verhältnissen, lernen sich in der Schule kennen, 1968 in Mailand. Guido ist der aggressivere, frühreif, voller Ideen und Utopien. Mario ist von ihm fasziniert, hängt sich an ihn an. Sie erleben zusammen die politische Revolte jener Jahre, aber auch die erste Liebe. Dann trennen sich ihre Wege...

»Der ironische Blick, der den Kern einer Situation erfaßt, ist De Carlos herausragende Qualität, und war es seit je. Ohne tiefschürfende Introspektion rückt er psychologisch äußerst komplexe Zusammenhänge ins Licht, indem er sie an ihren sichtbaren Zeichen erkennt.« *Neue Zürcher Zeitung*

Techniken der Verführung

Roman. Deutsch von Renate Heimbucher

Ein junger Autor zwischen einer Frau, die er liebt, und einem Literaten, den er bewundert und der ihn fördert: In diesem modernen Künstlerroman wird das Schriftstellerdasein zum Abenteuer. Unter De Carlos Feder entsteht ein ebenso spannendes wie scharfes Bild des heutigen – korrupten – Italiens: Der Leser blickt hinter die Kulissen und erfährt nicht zuletzt Aufschlußreiches über das Innenleben von Redaktionsstuben und Literaturbetrieb...

»Ein hervorragendes Buch.« *Der Spiegel, Hamburg*

»Eine zeitgenössische Version von Balzacs *Verlorene Illusionen* oder Heinrich Manns *Schlaraffenland*.«
Frankfurter Allgemeine Zeitung

Christoph Neidhart
Nach dem Kollaps
Die ehemaligen Sowjetrepubliken

Reportagen
Mit einem Anhang mit Daten und Zahlen
zu den neuen Staaten, einem Literaturverzeichnis
sowie einer Übersichtskarte

Nach dem Zusammenbruch des Sowjetimperiums die 15 neuen Länder im Portrait: Litauische Friedhöfe · Ukrainische Denkmäler · Aserbeidschanische Gärten · Estnische Lieder · Tadschikische Eröffnungen · Moldawische Hochzeiten · Armenische Seufzer · Kirgisische Jurten · Lettische Wolken · Weißrussische Krankheiten · Turkmenische Wüsten · Georgische Trinksprüche · Usbekische Moscheen · Kasachische Steppen · Moskauer Küchentische · Russische Ränder.
Christoph Neidhart hat den historischen Augenblick genutzt. Er beschreibt die ehemaligen Sowjetrepubliken sozusagen in ›statu nascendi‹. In seinen Portraits kommt zugleich das schwer lastende Sowjeterbe und das künftige Gesicht dieser neu entstandenen Staaten zum Ausdruck.

»Neidharts Sprache zeichnet sich durch einen unverbrauchten Ton aus. Historische und wirtschaftliche Daten setzt er überlegt und wohldosiert ein.«
Süddeutsche Zeitung, München

»*Nach dem Kollaps* ist ein Buch, das in unangestrengtem, lockerem Ton Filmhaft-Lebendiges mit Informativem verquickt, zu Nonstop-Lektüre verführt und den Leser kaum merken läßt, welche Fülle an fundiertem Sachwissen er dabei angeboten bekommt.«
Deutsches Allgemeines Sonntagsblatt, Hamburg

»Dieser Reportagenband kann gar nicht warm genug empfohlen werden. Eine unerhörte Vielfalt der Kulturen tut sich auf, von der der Westen immer noch nichts ahnt.« *Rheinischer Merkur, Bonn*

Matthias Matussek im Diogenes Verlag

Showdown

Geschichten aus Amerika

Reportagen

Matusseks Reportagen sind in einer Phase des Umbruchs entstanden: dem Ausklang der Ära Reagan/Bush und dem ersten Jahr der Präsidentschaft Clintons. Auf den nationalen Erfolgsrausch nach dem Golfkrieg folgte die Katerstimmung angesichts der hausgemachten Probleme: Wirtschaftskrise, Haushaltsdefizit, die Straßenschlachten von Los Angeles. Der Stoff, aus dem der amerikanische Traum ist – zerschlissen ist er und abgetragen; aber diese *Geschichten aus Amerika* machen deutlich, wie sehr sich alles noch auf ihn bezieht. Die Feier des großen Siedlermythos. Der Basketball spielende Ghetto-Junge, der auf die große Karriere hofft. Der Medienmogul, der im »Bilderkrieg« die Kontinente erobert. Ob Cocktailparty oder Obdachlosen-Verlorenheit, ob Fieber des Broadway, Konsumrausch oder das Todesurteil Aids – man hat Amerika, New York, selten intensiver erlebt. Sprachliche Brillanz, Witz und der Blick für das überraschende Detail zeichnen Matussek aus, einprägsam, provozierend.

»Matussek versucht sich an einem Genre, das es in Deutschland so nicht gibt: Gesellschaftsliteratur der Media-Society. Ein stimulierendes Vorausbild dessen, was eine metropolitane Literatur werden könnte.«
Erhard Schütz in Text und Kritik

»Seine Reportagen sind in Wahrheit gelungene Kurzgeschichten.« *tip, Berlin*

»Matussek teilt Schläge aus, daß es eine Freude ist.«
Michael Freund/Der Standard, Wien

Fifth Avenue

Zehn Stories und ein Dramolett

Matusseks Debüt als Erzähler. Schauplätze, Schicksale und Tonarten dieser Stories könnten kaum bunter und vielfältiger sein: Da ist die Geschichte von Jim Dole, dem letzten Cayuse, der im Reservat von Green Springs das Vermächtnis seiner Ahnen verwaltet – bis zu dem Tag, an dem er Amok läuft. Oder eine Touristenhochburg in Mexiko, die einer Stewardess fast zum Verhängnis wird. Jungdealer erleben eine dramatische Zeit in einem indischen Gefängnis. Oder das Leben klassenkampfbegeisterter Wohlstandskids in der Bundesrepublik der siebziger Jahre. Ein Dramolett über die deutsche Spaltung in Ost und West – privater Art. Und immer wieder New York, das glitzernde, trostlose, herausfordernde New York. Matussek schreibt metropolitane Literatur, beweglich und elegant, wie man sie bei amerikanischen Autoren so bewundert.

»In seiner elektrisierten Sprache lebt etwas fort vom Leuchten des Broadway an einem Premierenabend. Frech, provokant, brillant.«
Walter Vogl/Die Presse, Wien

»Matthias Matussek ist der beste seiner Generation.«
Harold Brodkey

Philippe Djian im Diogenes Verlag

»Djians Sprache und Rhythmus verschlagen einem den Atem und ziehen einen in die Geschichten, als wäre Literatur nicht Folge, sondern Strudel.«
Göttinger Woche

»Djian schreibt glasklar und in einem Tempo, dem ältere Herren wie Grass und Walser schon längst durch Herzinfarkt erlegen wären.« *Plärrer, Nürnberg*

Philippe Djian geboren 1949, lebt in Bordeaux. Pierre Le Pape über Djians Stil: »Die Puristen mögen getrost grinsen; morgen werden die Schulkinder, sofern sie dann noch lesen, bei Djian lernen, was viele der besten jungen Autoren längst von ihm erhalten haben: eine Lektion in Stilkunde.«

Betty Blue
37,2° am Morgen
Roman. Aus dem Französischen
von Michael Mosblech

Erogene Zone
Roman. Deutsch von Michael Mosblech

Verraten und verkauft
Roman. Deutsch von Michael Mosblech

Blau wie die Hölle
Roman. Deutsch von Michael Mosblech

Rückgrat
Roman. Deutsch von Michael Mosblech

Krokodile
Sechs Geschichten
Deutsch von Michael Mosblech

Pas de deux
Roman. Deutsch von Michael Mosblech